倾听未来的声音

曹文轩/主编

第5季 ▶ 上

北大培文杯 全国青少年创意写作大赛优秀作品

北京大学出版社
PEKING UNIVERSITY PRESS

图书在版编目（CIP）数据

倾听未来的声音：“北大培文杯”全国青少年创意写作大赛优秀作品·第 5 季：全 2 册 / 曹文轩主编 . —北京：北京大学出版社，2018.12
ISBN 978-7-301-30068-8

Ⅰ.①倾… Ⅱ.①曹… Ⅲ.①中国文学—当代文学—作品综合集 Ⅳ.① I217.1

中国版本图书馆 CIP 数据核字（2018）第 259338 号

书　　　名	倾听未来的声音·第 5 季（全二册） QINGTING WEILAI DE SHENGYIN
著作责任者	曹文轩　主编
统　　　筹	高秀芹　朱　竞
责 任 编 辑	丁　超　黄维政
标 准 书 号	ISBN 978-7-301-30068-8
出 版 发 行	北京大学出版社
地　　　址	北京市海淀区成府路 205 号　100871
网　　　址	http://www.pup.cn　新浪微博：@ 北京大学出版社　@ 培文图书
电 子 信 箱	pkupw@qq.com
电　　　话	邮购部 62752015　发行部 62750672　编辑部 62750883
印 刷 者	三河市国新印装有限公司
经 销 者	新华书店
	720 毫米 ×1000 毫米　16 开本　40.5 印张　536 千字 2018 年 12 月第 1 版　2018 年 12 月第 1 次印刷
定　　　价	78.00 元（全二册）

未经许可，不得以任何方式复制或抄袭本书之部分或全部内容。
版权所有，侵权必究
举报电话：010-62752024　电子信箱：fd@pup.pku.edu.cn
图书如有印装质量问题，请与出版部联系，电话：010-62756370

出版说明

历经一个赛季的筛选角逐，《倾听未来的声音》（第 5 季）如期而至。本书收录了第五届"北大培文杯"创意写作大赛各阶段赛事的优秀作品，时下最本质、最真实的青春写作得以呈现，青少年的创意风采在这里一览无余。

"北大培文杯"举办五年以来，在三个方面获得推进：一是倾心呵护青少年写作力量，为文学保留青春的种子；二是通过相关高端论坛的建设性研讨、进校写作理念面对面交流，实现了大赛与中学语文教学的良性对接；三是发现大量具有创作才能和创新潜力的青少年，为文学和教育事业提供了可观的人才资源。

当代青少年阅读量巨大，他们视野开阔、思维活跃，从所呈现的作品看来，他们甚至正在努力拓宽汉语言表达内容及方法的疆域。他们拥有令人惊叹的艺术感知力和丰富创作力，这是一个时代值得发掘、培育的精神财富。在精彩纷呈的作品中，有纪实，有探索，有热情，有迷茫，不缺的是他们记录着他们所观察的世界，他们书写着他们所体悟的人生。大赛主席曹文轩说过，在数千年人类文明传承的过程中，写作承担了极其重要的角色。作为今日生活的记录者和书写者，青少年又必将是未来文明的构建者。

青春是什么？文学是什么？我们可以从本季优秀作品集了解到一个大致样貌。本届大赛从初赛到复赛，从复活赛到决赛，经过专家精心挑选、严格审核的大赛命题着意鼓励青少年诗意书写人生和社会。在大赛"创意想象、观点立意、逻辑结构、语言表达和内容细节"这五个评判维度的引导下，想象丰富、内容扎实及展现艺术之美的文字俯拾皆是。

作品集按写作方式进行了分章划节，无论是文前对"青春与文学"的宣言，还是洋洋洒洒的作品，都不乏少年怀古新诗，有青春幻想迷梦，也有年轻躁动的生命，以及不羁的热情和萌动的心绪。

　　这些青涩的果实，有的虽然不甚成熟，但大多清新、鲜美。它们又如林中欢腾的小溪，虽有低徊婉转，但终是流淌不息。热爱文字的人，内心必是犹如火炬般燃烧的。葆有这份热爱，向上走，不随流，便是青春的品质。

　　青少年的幻想，就像一面透明的镜子，用最魔幻的外表投射出最真挚的青春面貌。青少年的写作，也如同漫天孔明灯，让无限少年心事在暗夜里腾空燃烧。

　　少年才藻新，词气动干云。我们看见，我们欣喜，我们鼓与呼。

"北大培文杯"大赛编委会
2018 年 10 月

大赛顾问、著名书画家、北京大学中国画法研究院院长范曾为大赛题字

决赛阅卷评委

曹文轩　　北京大学教授、著名作家、"国际安徒生奖"获得者
李敬泽　　中国作家协会副主席、著名评论家
白　烨　　中国当代文学研究会会长、著名评论家
陈晓明　　北京大学教授、著名评论家、长江学者
陈旭光　　北京大学教授、著名评论家
孙玉文　　北京大学教授、著名学者
高远东　　北京大学教授、著名学者
臧　棣　　北京大学教授、著名诗人
汪　锋　　北京大学教授、著名学者
高秀芹　　北京大学中国诗歌研究院副院长、著名诗人
邵燕君　　北京大学副教授、著名评论家
格　非　　清华大学教授、著名作家
孟繁华　　沈阳师范大学教授、著名评论家
贺绍俊　　沈阳师范大学教授、著名评论家
郜元宝　　复旦大学教授、著名学者、长江学者
王　尧　　苏州大学教授、著名评论家、长江学者
谢有顺　　中山大学教授、著名评论家、长江学者
郭冰茹　　中山大学教授、著名评论家
欧阳友权　中南大学教授、著名评论家

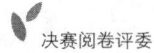

李剑锋	山东大学教授、著名学者
张鸿声	中国传媒大学教授、著名学者
陈福民	中国社会科学院研究员、著名评论家
罗　岗	华东师范大学教授、著名学者
倪文尖	华东师范大学副教授、著名学者、教育家
张　生	同济大学教授、著名评论家
张学昕	辽宁师范大学教授、著名评论家
刘川鄂	湖北大学教授、著名评论家
何　平	南京师范大学教授、著名评论家
谭旭东	上海大学教授、著名评论家
张　莉	天津师范大学教授、著名评论家
孙民乐	中国人民大学副教授、著名学者
杨庆祥	中国人民大学副教授、著名评论家
胡少卿	对外经济贸易大学教授、著名诗人
彭　程	《光明日报》领衔编辑、著名评论家和散文家
李　舫	人民日报海外版副总编辑、著名评论家和散文家
王　干	《小说选刊》主编、著名评论家
孙甘露	《萌芽》主编、著名作家
黄宾堂	作家出版社总编辑、著名评论家
梁　彬	《新华文摘》编审、著名评论家
萧立军	《中国作家》原副主编、著名评论家和编辑家
赵　瑜	中国报告文学学会副会长、著名作家
罗　勇	四川省作家协会巡视员、著名评论家
柳袁照	著名诗人、教育家

朱　竞	著名作家、编审
顾建平	《小说选刊》副主编、著名评论家
金　宁	《文艺研究》副主编、著名评论家
吴　玄	《西湖》主编、著名作家
徐则臣	《人民文学》编辑、著名作家
吕　正	《萌芽》编辑、著名作家
石一枫	《当代》编辑、著名作家
舒晋瑜	《中华读书报》编辑、著名评论家
堵　力	《中国青年报》编辑、著名评论家
彭　敏	《诗刊》编辑、著名诗人
郑熙青	中国社会科学院助理研究员、青年评论家
林　品	首都师范大学教师、青年评论家
高寒凝	中国社会科学院博士后、青年评论家
薛　静	清华大学博士后、青年评论家
王玉玊	北京大学博士生、青年评论家

目录·上

序一	写作的功用：传承文明／曹文轩	001
序二	好习惯才有好人生／朱永新	003

辑一　夏日迁徙

夏日迁徙／祖子涵	009
奔流／吴安琪	014
老顾面馆／高翔宇	021
活着的人／阎昕睿	026
灯／李馨月	031
脆弱／吴悦澄	037
抛锚／刘馨阳	044
看见阳光倾泻与否／凌晨	051
乡·链／梁磊	059
雾清／王湲翔	065
公竟渡河／彭永姗	069
看见光／李洁云	074
开山鼻祖／王梓祺	081
凝晖纸／李文馨	087

	幺舅建白 / 陈春麟	093
	逆流 / 祖子涵	099
	胖头 / 王一鸣	105
	花灾 / 刘紫君	108
	流云拴火 / 谭玉涵	112

辑二 漫天孔明灯

360度日光 / 邓雪	119
漫天孔明灯 / 汪浩澜	124
断臂与花 / 吴婧妍	129
在四月等候鸟归来 / 李胤潜	138
寻 / 袁璐莹	143
破 / 姚秋雨	151
雅子 / 刘霞诗	159
不如燃烧 / 孟雨欣	166
献给怪物的花束——Waldron日记节选 / 于艾佳	172
幸 / 高千惠	180
不坠之日 / 杨蕙茹	184
后来的我们 / 许雯	192

辑三 阳光中的向日葵

小说家 / 胡志诚	201
燃烧 / 张涵抒	207
阳光中的向日葵 / 赵睿佳	213
丽塞亚 / 梁书函	219
豁口 / 兰春璐	226
等光来 / 焦碧莹	233
校园捕食 / 邓雅瑞	237
作茧 / 王迪	243
杀死太阳 / 卓慧	250
挽回 / 金怡然	255
林追风 / 徐仪筱	259
同桌 / 周怡宁	267
答案 / 阎旭	273
大梦小半 / 胡新月	281
化石·江海·火鸟 / 陈雨荷	289
阿央 / 龙曾乐	299
不存在的永远 / 冷晨阳	305
怪物 / 张恬语	309

序一

写作的功用：传承文明

曹文轩

我们——或者说人类，为什么要写作？

一、写作可以帮助我们整理混乱的思绪，使我们的思路变得清晰、合乎逻辑。一段未经文字整理的话，和一段经过文字整理之后说出的话，两者在质量上、深度上有天壤之别。

二、写作可以帮助我们培养认知世界和表述世界的能力。我们无法设想，人类如果没有写作，没有成百上千年的写作者积累的知识，我们今天对世界的认知会是怎样的浅陋而糟糕的水平。

三、写作可以帮助我们修身养性。是写作使我们有了教养，有了风度，有了气息，有了雅致的情调，使人更像人。

四、写作可以满足我们与生俱来的自由意志。关于这一点，我在第三届"北大培文杯"写作大赛闭幕仪式上曾作过论述。

五、写作可以帮助我们学习语文。写作是语文学习的目的之一，也是语文学习的手段之一。通过自己的写作实践，可以切身体会那些语文文本的文章之道，文章之法，从而加深了对语文文本的理解。

六、写作是财富的象征。关于写作的这一意义，我在第四届"北大培文杯"写作大赛上已作过专门论述。

现在说第七点，这是我要着重讲的：传承文明。

人类先进的文明程度，是由数千年的文明传承累积而成的。不是数学性质的累积，而是在累积过程中，不断产生能量裂变而形成的。在传承过程中，人类的写作承担了极其重要的角色。

这里，我们离不开"历史知识"这个话题。

在一些特殊的知识领域，这些知识，正如《像哲学家一样思考》中所说，是"一定要通过别人的证词才能得到"的，比如"所谓的历史知识，都是通过他人的言词得到的。由于我们所说的'过去'，只存在于我们的心灵中，单靠经验是观察不到的。因此，我们必须依靠那些亲眼目睹真实时间里头那些生活情景的人"所记录下来的"他们认为重要的值得保存下来的事件"。

而在所谓的记录中，文字记录也许是最重要的记录。从前的文字，使历史、文明得以保存、流传。我们在写作，但我们并未想过，我们的文字实际上在保存历史，后世将以我们的记录——我们的证词，而得以知道我们所在的今天。于是，人类的历史形成一条有浩大源头的长河，越来越浩大地奔向前方。

我们的写作，是这长河之水的一部分。从这个意义上讲，我们虽然活在当下，是今天写的文章，但却参与了明天的文明建设。

在所有的写作中，文学写作也许是最重要的。因为文学是显示生活的实际状况，是个人经验的产物。它呈现的一切，对后世而言，是具体的，是可以触摸的。它是在向后世呈现今天的，甚至比专门的历史记录，比如各种各样的史书、传记更加有效，我们看到了一个悖论性的事实：书写个人经验的文学，却把最生动也最完整的历史的、集体的经验活生生地保留了下来。

写作本身就是人类文明的产物。

序二

好习惯才有好人生

朱永新

什么是写作？写作有什么意义？

记得在2017第四届"北大培文杯"颁奖典礼上，我曾讲到：与文字打交道的人是幸福的。为什么幸福？因为写作的人，是文字的魔术师，是伟大的观察家，是智慧的思想者，也是历史的创造者。

今天，第五届"北大培文杯"颁奖发布会上，我又一次站在这里，与大家一起谈如何写作的话题。我看到，在座的都是来自全国各大院校的文学院的院长、长江学者，著名的作家、评论家和编辑们，他们都是专业的写作者。我不想班门弄斧，深入写作的内部谈写作的本质与价值，而只能敲敲边鼓，从心理学和教育学的角度，从习惯养成的视野，谈谈写作的问题。

前几天有人对我说，我们都知道阅读和写作很重要，但是就是没时间。工作很忙，学习任务很繁重，眼睛一睁，忙到熄灯，根本没有时间阅读与写作。

我想，没有时间，其实是一个伪命题，是一个借口。我一直认为，重要的事情，总是有时间的。如果你真正把阅读或者把写作作为你一生当中最重要的事情，作为你每一天生活中最有意义的事情，我相信你一定会为它找到时间，一定会把它作为你的生活最重要的方式。而当阅读和写作成为我们的生活方式，成为我们良好的习惯时，我们就不必刻意地为它寻找时间了。

习惯的问题,也是一个大家熟视无睹的问题。

我想问大家,每天晚上你几点睡觉?早上你几点起床?每天睡觉之前你做什么?每天起床以后你做什么?其实,每一天你差不多是做着同样的事情。因为这些问题不需要你思考,不是你精心思考以后的安排,而是不假思索的"习惯"使然。毫无疑问,正是"习惯"帮助我们安排了一切。

"习惯"是人的第二天性。英国哲学家大卫·休谟说:"习惯是人生的伟大指南。"翻译家楚图南先生则认为:成功的人生其实就是一系列成功习惯的积累,"人是一束习惯"。1999年,美国一份心理学杂志曾经发表过一个研究成果,温迪·伍德在得克萨斯州对70名大学生做过一项调查,发现人们在差不多三分之一到一半的时间内都是受"习惯"支配的,做出的都是习惯性行为。这个数据可能还有点保守,因为实验对象很多都是习惯没有最终形成的青年人。

所以,习惯其实就是人类心灵深处的一个发动机,一旦开始运转,就会悄悄控制我们的人生。习惯虽然是后天形成的,但是它又集中而准确地体现着人的天性,不知不觉在塑造我们的人性,塑造我们的个性,所以说习惯养成第二天性。

习惯既可以为我们改写,又能改写我们的人生。通过改变习惯,我们可以重塑我们自己的第二天性,从而更换角度来展现我们人的天性。

由此可见,是习惯养成了我们稳定的价值观,形成我们良好的人格,也创造了我们幸福完整的人生。正因为习惯对我们的生活、生命有着深刻影响,所以作为教育工作者,我们一直在思考怎样培养习惯。我们新教育实验的十大行动之一"推进每月一事",培养一生最重要的十二个好习惯,就是出于这样的考虑。

前不久,商务印书馆出版了我的几本小书,一本书叫《人生没有最高峰——朱永新人生感悟》,一本叫《让孩子创造自己——朱永新教育感悟》,

一本叫《梦想因阅读而生——朱永新阅读感悟》，这三本书的出版，就是我的写作"习惯"的副产品。因为这几本书，都是我每天早晨五点钟起床以后写的东西。对于我来说，每天早晨五点左右醒来，阅读与写作的习惯，已有几十年了。这个"习惯"，是我父亲给我一生最好的"礼物"。

在我小学一年级的时候，当小学教师的父亲因为要赶到学校，每天早晨五点就把我从床上拎起来写毛笔字，结果字没真正写好，生物钟却形成了。每天早上到了五点钟左右就醒。醒了干什么呢？就是阅读、写作。我的许多著作就是在早晨写就的。上面这三本书，就是我近年在新浪微博开的一个小专栏"一言难忘"的文字。我的另一本书《儿童有一种未知的力量》，也是我每天早上写的一个栏目"新父母晨诵"，这是我对话蒙台梭利的读书笔记。接下来还有对话杜威、对话苏霍姆林斯基、对话陶行知、对话叶圣陶等人的作品要陆陆续续出版。每天早晨写的一点点文字，完全是靠"习惯"的养成完成的。所以，养成好的写作习惯，非常重要。

今年"两会"期间，我出版了一套书，共十本，叫《见证十年——一个民主党派成员见证的中国民主政治进程》，三百五十余万字，讲我过去十年参政议政的故事。很多人奇怪，你哪里有时间写出这些文字？其实这就是我在"两会"期间每天的日记，以及参加调研的调研手记等。这些都应该归功于我的写作习惯。

有一位美国总统曾经说过：并不是所有的读者都会成为领袖，但是所有的领袖都必然是读者。其实作家也是如此，并非所有坚持写作的人都会成为作家，但是所有的作家一定是坚持写作的。

养成写作的习惯，把阅读和写作作为我们的生活方式，对我们的人生是一件特别有意义的事。因为写作是自己和自己的对话，写作是帮助我们反省自己生活的一个过程，写作是训练我们思维的一个过程。最近清华大学宣布，为全校学生开一门写作和沟通的课程。这个建议不是清华搞文学的人提出的，而是清华经济管理学院的钱颖一院长提出来的。几年前我跟他讨论教育问题的时候，我们一致认为写作很重要。所以他在清华经济管理学院率先进行实践，效果非常好。写作和沟通，对一个人一生的作用非常大，它和阅读构成了我们整个人的精神重构的过程和精神发育的过程。前两天全国政协常委会上他也有一个发言，他提出，为什么我们写不好？写不好其实是想不清楚，想不清楚所以写不好。

  16年前，我曾经为新教育的年轻教师开过一个成功保险公司，这个公司的保约只有一条，就是每天坚持记录自己的教育生活，坚持写作1000字。坚持10年，如果不成功，我负责赔偿，以一赔百。今天我也真诚地邀请各位同学到我们的保险公司投保。希望大家把写作作为自己的生活方式，作为自己人生的习惯。

  好习惯才有好人生！

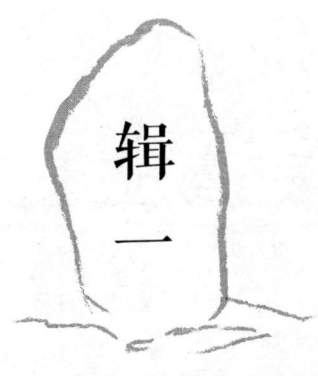

辑一

夏日迁徙

他们会继续飞行下去,直到某一天,他们飞不动了,于是像我一样找到一个可以安停的栖息地,把那里认作自己的故乡。

> 文字具有极强的欺骗性，当你弄清楚自己在为什么道理而创作时，这通常是一个陷阱。我们屡屡为了"深度"而创作，我们试图美化一些诞妄的呓语，我们夸大不幸者的痛苦、强调处境的忧虑，好像只有这样才能突显"我"的清醒。但写作时"我"的印记是并不必要的，"为赋新词"的愁苦不应该成为写作的理由，只有真正的生活值得我们去爱慕和揣摩——真正的生活就是它本身，无需多加渲染，痛苦不比快乐更高级，"而后乃今将图南"和"从流飘荡任意东西"的追寻也没有哪个更可贵。

祖子涵

夏日迁徙

夏夜的风黏腻而潮热，混杂着聒噪的蝉嘶，一股脑儿地拍打在我脸上。小区旁是一片在黑夜里显得阒寂的临时安置房，在那里，垃圾和断砖碎瓦旁若无人地扩张着它们恶臭而污浊的疆界。

我的烦闷随着眼镜一遍遍从鼻梁上滑下，终于在当一个毛头小子从不知何处斜穿出来撞在我身上时达到了顶峰。

不待我将他推开，前方迷迷瞪瞪的夜幕里又传来几声兴奋的叫喊："他在那儿！快抓住他！"几乎是下意识地，我把这个从撞上我起便一言不发的男孩揽在了身后。几道匆忙的脚步刹停在我面前，擦出尖利的噪声。

为首的小孩我认识，是小区里的"孩子王"虎头，兴许是见到熟人，他放松了许多，指着我的身后略带埋怨："大哥哥，你护着他干什么？"然后他又凑近了些，脸上带着些许隐秘的神情，噪音般的大嗓门却不就势放小："他是那个'鸟人'的儿子！"

我感到背后的人突然一动，似是那个撞上了我的男孩想要跳出来争辩，不禁觉得有些头疼，心中暗暗后悔掺和了这群小孩幼稚的争斗。"别闹了！"我皱着眉头一声吼，果然吓得一切动静都被迫按下暂停键，"已经很晚了，要再不回家，我就去找你们家长！"仿佛是为了配合我的威胁，远处又传来几声女人的呼唤，为首的虎头脸色明显一僵，右脚不甘心地在地上跺了几跺，便领着他的"部队"撤去了。我也懒得再关心身后小孩的反应，只拍了拍他的背示意他赶快回家，接着便揉按着自己不断跳动的太阳穴朝所住的单元走去。

"回来啦？"邻居家的阿婆正好出来倒垃圾，看见我便热情地打招呼。我"啊啊"两声当作应答，她却自顾自地开启了话匣子："哎哟，最近我们这边的外来人口是越来越多啦，你看看小区外面，简直被他们搞成垃圾场咯！这样下去治安也是问题嘛！这些人换什么地方待着不好，非要住到我们这里来……"我"嗯嗯啊啊"地敷衍着，只感觉自己的太阳穴跳动得越发严重，几乎是慌不择路地用钥匙捅开了锁孔，关门前还听到那位阿婆念叨着，街道派出所终于准备要来查暂住证了，这些人马上就会被赶走云云。

终于隔绝了这些声音，我忍不住长吁一口气，把自己狠狠摞进床里，衣服也来不及脱就阖上了眼皮。

再睁开眼已是艳阳高照，洗漱干净出来姑且可以算作神清气爽。我光着膀子仰躺在掉皮的小沙发上回忆前一晚的闹剧，想起虎头说的"那个鸟人"，细一琢磨，禁不住哈哈大笑："真是个精妙的比喻！"

我是知道那个被叫作"鸟人"的男人的，事实上，很少有人会对这样一个家伙没有印象。他的脖子总是前伸着，头颅好似无处安放，半推半就地夹在高耸的两座肩头之间，堪堪可以维持稳定。两片肩胛骨因为紧绷而突出，活像两张没有羽毛的鸟翼，在他快步行走的时候奄奄一息地扇动。

我曾恶趣味地想过用"汲汲"来形容他的走路姿态，但终究觉得不很妥当。毕竟我们总是习惯在"汲汲"之后接上"富贵"的，但就我所知，这个

　　住在那片临时安置房里的男人没有什么正当职业，整日只是骑着他那辆破自行车去各个巷口给人擦鞋，两片瘦弱的肩胛骨耸得好像要带他飞起。这样的人是当不得"汲汲"作形容的，我面对着手机屏幕上突然亮起的加班通知哈哈大笑，好像嘲笑他能使我感到轻松些。

　　再回到小区时已经又是深夜，照旧是混杂蝉嘶与垃圾臭的热风在小区门口守候。夜浓稠得像久置的墨水，天公吝于放出哪怕一颗星星。酒桌上主管的提点还在我大脑皮层下跳跃，他说我大学刚毕业，年纪轻资历浅，既然想要留在这座城市，就必得要付出十成的努力。于是一些不知来处的任务开始偷偷堆往我的桌面，我只好在处理完每一份额外工作任务后给自己打气：这都是为了留下来。就这样，我加班的时间越来越长，为了"留下来"而付出的代价也越来越大。

　　单元门口立着一个瘦小的身影，在我经过时轻轻拉住了我的衣摆："哥哥——"见我回头瞪视，他又慌忙松开手指，"我是来谢你的！"我有所明悟了些："你是昨天被追的那个？"他的面庞显见地因我的问话而染上一抹喜色："是我！我叫刚娃！"

　　我和刚娃自此熟识起来，有时回来得早，能遇上他正站在小区门口等我，一些草编的蜻蜓、纸折的飞机便是他给我的礼物。我带着这些小玩意儿回家时总是哭笑不得，心中暗想："难怪是'鸟人'的儿子，送人的都是些会飞的东西。"

　　夏天的味道越来越浓了——我是指小区旁那临时安置房里传来的汗味和垃圾的恶臭，闷得处于下风向的小区几乎喘不过气。阿婆情绪愈发激烈地向我咒骂那些讨人嫌的"外来人口"，好像已经全然忘记了我也是外来的一员。我就在这样的一个夏夜里最后一次见到了刚娃，彼时他正揉捏着一个粘满黄泥的矿泉水瓶，遍布折痕的扁瓶已不能再在他的弯折下发出多么响的声音，但他还是在每一次"咔嚓"声后回头张望，警惕着随时可能亮起的灯光和随之必然炸响的喝骂。

"刚娃？"我冲他招招手。他看见我后朝前迈了几步，嘴唇嗫嚅几下，却又把头低下。他紧绷的背上立起的两片肩胛骨，几乎要像他父亲的一样高了，我心底霎时涌起一股怅然若失的情绪，忙把他引进了家门。

"认识你这么久，还不知道你是哪儿的人呢。"见他不说话，我只好故作轻松地开口。"啊？"他的脸上现出一丝茫然，好像在自己过往的八九年生命里，从未有过"故乡"的概念。"那——那你过年的时候会去哪里？"我换了一个自认为浅显的问题，他的眸光显而易见地因为这个问题变得闪亮："啊啊，有一年是在珠海，有一年在桂林，还有一年在北京！"他眼里闪烁的全然是一个孩子炫耀自己所去地方之多时的骄傲，丝毫不见一个背乡游子此情此景下应该表露出的茫然或是悲痛。我看得愣住了，一时间不知如何回应，甚至感到些许吊诡的艳羡。

又过了几天，我正走在回家的路上，突然接到主管的电话："大成！恭喜你啊！你转正了！你的居住证会由公司给你办，你可要继续努力，好好工作啊！"挂断电话后，我还有一丝恍然和难以置信。转正、办居住证……我可以留下来了？我可以留在这个城市，成为这里正式的居民了？一阵狂喜攫住了我，还有一些别的什么东西，裹挟着我朝前飞奔，这种得以安定的停驻感和一种异样的悲愤交织在一起，让我快要喘不过气来。

我毫不停歇地朝小区跑去，却一下子被眼前的景象扼停。几台推土机和挖掘机正在原本立着安置房的那块平地上大展身手，除去几个围观的大爷大妈，剩下的都是呆立在废墟跟前的"外来人口"。我匆匆扫了一眼，没有看到那两对高耸的肩胛骨。

"阿婆，这是怎么了？"邻家阿婆正在看热闹，高兴得几乎要手舞足蹈："哎呀，大成！你回来得正好，你看，我说的吧，这些外来人口哟，一定会被赶走的！"她旁边蹲着一个小孩，正是虎头，他听到这话有些不满地抬起头：

"可惜'鸟人'前几天就已经带着他儿子走了,不然也能让他们尝尝被赶走的滋味!"

"鸟人"和刚娃走了?我有些懵,刚才难以抑制的兴奋褪去,竟让我感到些许怅惘。我以为他们是不会走的。他们应当像他们的邻居一样,要么站在废墟旁悲哀地注视,要么背上自己为数不多的家当,在这个城市的其他角落继续寻找栖身之所。毕竟谁会舍得离开这座城市呢?这像纽约一样的大都市,伸出的诱惑拴住了无数漂泊者的脚踝。

可他们的的确确是走了,我甚至可以想象到"鸟人"骑着那辆从车头一直"丁铃哐啷"响到踏板的破自行车,后座搭着刚娃离开的情形。那两对相似的肩胛骨奄奄一息地扇动,在绚烂的霓光灯下被涂上珍珠鸟羽毛般鲜丽的色彩。

趁着这个夏天最热的那股热浪,"鸟人"和刚娃飞走了。他们走得刻不容缓,仿佛夏天一过,那非走不可的勇气就要死掉一些。我毫不怀疑他们会继续飞行下去,直到某一天,他们飞不动了,于是像我一样找到一个可以安停的栖息地,把那里认作自己的故乡。

但如果可能,我真希望夏天永远不要过去,"鸟人"和他的孩子有热浪作推力,是不是飞行的时间就能更长,被迫安停的时候就会更晚来一些?

(作者学校:四川省成都七中林荫校区)

本文为2018第五届"北大培文杯"决赛参赛文

> 每一次认认真真打量这个世界的时候，就像闭着眼睛捂着耳朵穿行在横纵交错的巷子里。巷子像是扭曲的蛇，冰冷灰暗的墙面不留情面地扇我一个巴掌。我听见不甘的尖叫，看见红肿的、微弱的光芒将要熄灭的眼睛，看见一个个撞得头破血流的肉体。我需要保持冷静，把这些即使是我闭眼捂耳仍然能看见的，过滤一次，再一次，直到不剩任何的激烈情感，我才能把它们捏成我想要的模样。在这样的故事里，没有明白的光明与黑暗，只有浸泡在黑中的白，沉淀在白中的黑。隔着这些文字，我希望，你们能认出自己最本真的模样，因而坚硬中能窥见一丝柔软。

吴安琪
奔　流

　　这条巷子细细长长，如同抵在镇子咽喉上的一根针。它很容易让人联想到生物进化中的一个分支，退化的遗传因子，消失的进化媒介，无路可走的迷惘孤独。

　　巷子前面是宽敞的马路，每一条路都笔直地指向着人们所想抵达的地方，无数的车子如同匆匆的旅人，卷起飞扬的尘土。巷子后面是逼仄的狭小空间，斑驳的墙剥落着灰色的皮肤，空地上野草疯长，架在屋子外头的炉子上永远在煮着什么，前年的日历还挂在墙上，翘着角，像是鱼儿白白的肚皮，风一吹过就发出"窸窸窣窣"的声响。奔跑的孩子和忙碌的妇人，搭建出巷子破败的骨骼。

　　这里的日子和这里的水泥地一样，灰色，坚硬，乏味，老旧，满是人来人往的脚印。几乎要溢出来的灰色中，只有嘉丽他们家的雨棚是鲜亮的蓝色，

像是在暗淡的日子中托举出来的一只蓝色盘子。雨棚是嘉丽的父亲自己装的，整条巷子就只有他们家有雨棚，这里本该是雨天妇人们闲谈的好去处，可嘉丽的奶奶是个极其喜静的老太太。看到聚在他们家门口的女人，嘉丽奶奶脸上的皱纹里溢满了不乐意，她与巷子里其他女人不同的那点修养又叫她不能大声呵斥，她只是委委屈屈地扶着门，看着门前闲谈的妇人们。绵长的叹息像无形的薄雾，包裹在妇人们周围，叫她们自己也不安起来，渐渐地也就不再聚在这里了。

　　嘉丽的父母常年在外地打工，日子久了，他们的面目日益模糊，巷子里的人几乎都忘了嘉丽父母的存在。嘉丽是由奶奶带大的。她总是穿着一双后跟磨坏了的男式皮拖鞋，在巷子里窜来窜去。她把别的小孩的纸娃娃的头折下来，恐吓说她们的头也会这样掉下来。被吓坏了的孩子走路时直挺挺地昂着头，生怕自己的头掉下来。巷子里游手好闲的男人有时会跟她开些玩笑，捏捏她圆滚滚的鼻子，她也不像其他孩子那样放声大哭，只是倔强地看着他们。她常常窝在自家雨棚下的旧沙发上，自己翻着花绳，玩着她父母几年前给她寄来的，早已缺了一只手臂的旧娃娃。巷子里的人都不喜欢嘉丽这个怪孩子。

　　与嘉丽不同，嘉丽的奶奶就像是一场单调冗长的悲剧。她把这间屋子收拾得干干净净，甚至是叫人把屋子漆成了白糖糕一样的雪白，虽然很快就被巷子里的油污侵染得一片白一片灰。她的身上散发着与巷子格格不入的气息，灰白的头发在脑后编成长长的麻花，如同一尊古老的雕塑，立在屋子里头。对于巷子里的那些流言与算计，闲谈与肉欲，她从来不会参与。偶尔巷子里的人向她来借半颗大蒜或是两只苹果，她便要拉住他们，将一肚子发酵的陈年哀怨倾倒出去，她怨自己当年遇人不淑，怨嘉丽爷爷过早地离去，怨嘉丽父母背井离乡的生计，怨嘉丽的乖张与不懂事。这种怨是轻盈而单薄的，在巷子沉重的生活里飘忽不定，如羽毛一般挠着为柴米油盐奔走的邻里，叫他们心里涌起一种动荡的不安情绪。巷子里的人们偶尔会来嘉丽奶奶这儿，听她陈旧的幽怨，掉几滴自己的眼泪。大多时候，是不大来的。

所有人都应该知道，嘉丽是个早慧的孩子。长久的不安与奶奶无尽的怨气滋生了她心里无处安放的欲望，她目睹了这么多人的悲喜，眼见着狭窄的巷子里女人的肉体愈加膨胀，长到生活的每一处角落里，怎么也拉不出来。她在心中策划了一场逃亡，把这些老旧的房屋全都甩在身后，把那些鸡毛蒜皮的苟且都抖落干净，走到巷子前面的那些宽敞马路上去，那里会有她的方向。曾经她也这样做过，她跑到马路边上，马路像是奔流不息的江河，来来往往的车辆是满满的小鱼，在江河的血管里肆意游动着。她从中看到了一种明亮的未来，即使是飞扬的风沙蒙了她一脸。

巷子里的一个女人看到了站在马路边上的嘉丽，女人脸上带着可笑的慌张，她肥厚的手臂用力地拽住了嘉丽，把嘉丽牵回到嘉丽奶奶那里。女人夸张地向嘉丽奶奶描述着一切，唾沫星子溅到嘉丽的衣服上，烧出一个个黑色的洞。女人在嘉丽奶奶的感谢声中满意地离开。又是这样，嘉丽绝望地想。嘉丽奶奶再次开始倾倒那些腐烂的哀怨，这些哀怨带着浓浓的腐烂菌类的气息，淹没着嘉丽的头顶。

这样的经历让嘉丽明白了，她需要一个同伙。她的逃亡的失败源于这一点，整个巷子的女人都是同伙。她们用那一具具在生活中浸泡得发肿的身体围成一个坚实的堤岸，压抑住每一条河流奔涌出去的机会。冲破这个堤岸，嘉丽一个人是不够的。她需要同伙。她的目光在巷子中扫了一遍又一遍，所有的孩子都怕她，她也不屑于跟他们为伍。她的目光停留在了傻子俊勇身上，就像一只饥饿的野兽，嘉丽的目光瞄准了他。俊勇的脑袋比任何人都要长，为了呼应似的，他的四肢也是细长的，如一堆柴火，凌乱地搭在轮椅上。他不会说话，这样最好，嘉丽想。巷子里的女人总是用被算计削出来的尖锐声音议论着他人的是是非非，嘉丽奶奶永远不会停止的琐碎声音让人厌恶，言

语本来就不是个好东西。只是俊勇的喉咙里时不时会发出"咕噜咕噜"的声音,像是往一泓清泉里扔了一枚硬币,这样的声音一波一波荡漾开来,传至嘉丽耳中,也是动听醉人的。

俊勇的存在总会让嘉丽感到一种莫名的心安。她把他推到家门口的沙发边上,在他无神的注视下缩在旧沙发里睡着了。没有奶奶一声接一声的恼人的叹息,只有来自同伙的陪伴,孤独被一扫而光,这样的睡眠比果仁还要香,比糖果还要甜。嘉丽觉得俊勇跟她正肩并肩地站在一起,像是两条汇集的河流,骄傲地俯视着这个混乱不堪的巷子。一起逃出去吧,嘉丽笑着对俊勇说。俊勇的喉咙里"咕噜咕噜"地沸腾着,透明的唾液从嘴角流出来,在他的衣襟上留下深深的痕迹。嘉丽把这种流唾液的行为看作是一种渴望。她满意地笑了。

她开始不断地从家里拿东西给俊勇吃。她拿了奶奶要送人的一筐水蜜桃,偷偷塞进俊勇手里。她父母寄来的那一点点她一直舍不得吃的糖果,她也能慷慨地分给俊勇大半。巷子里的孩子看到她跟俊勇玩在了一块,便有人笑嘻嘻地说:"疯子配傻子。"嘉丽狠狠地瞪了他们一眼,作势要打人,孩子们就吵闹着一哄而散。她把能够拿出来的东西都给他,却仍然觉得不够。嘉丽想了很久很久,于她自己而言,最渴望的除了奔流,还有什么呢?她想到了玩具。那只独臂的娃娃是她唯一的玩具。她想给俊勇也买一个玩具。俊勇抱着她给他买的玩具,嘉丽抱着那只娃娃,他们一起走在笔直的马路上,这是嘉丽所能想到的最好的事情。

巷子里时常有小贩挑着担子经过。"咚咚咚"的木鱼声和馄饨是每个夜晚都会有的,卖陶瓷碗的女人每五天来一次,但是卖玩具的小贩来得不经常。原因很简单,巷子里执意掩饰的贫穷与不堪在孩子们哭闹着要玩具时便会展露无遗。女人们狠狠地拍着孩子的屁股,把他们往屋子里拽,男人们背过身去,不肯看孩子们渴望的脸。如此一久,小贩便也不常来了,他知道在这里奢望一笔买卖是徒劳的。因此嘉丽偷偷地从奶奶的罐子里摸了一些钱，塞进那双男式皮拖鞋里，等待着一个给俊勇买玩具的契机。

她日日夜夜等待着小贩的经过，甚至是在睡梦中都听到了卖玩具的小贩摇晃着拨浪鼓的声音。那天嘉丽正在洗澡，在"哗啦哗啦"的水声中，她听见了隐隐约约的拨浪鼓的声音，她屏住了呼吸，停下了手里的动作，像一株植物那样一动不动。是拨浪鼓的声音，微弱得像是滴入江河中的一小滴水，却是清晰实在的，越来越远了。嘉丽顾不上别的，用力拉开了门，赤着身体跑了出去。她一边跑一边向巷子的尽头望去，真的是那个卖玩具的小贩。她大声地喊，等一下，等一下，我要买玩具。小贩摇晃着拨浪鼓，缓慢地向前走着，或许是他从来没有想过在这条巷子里会有什么生意，女孩的呼喊让他不能会意。奔跑的嘉丽狠狠地摔在了地上，赤条条的，如同一只从锅里蹦出来的透明的青鱼，在巷子冰冷的地板上挣扎着，却仿佛不能控制地，渐渐与这样的灰暗沉闷融为一体。巷子里的人一个个围了过来，一颗颗乱糟糟的脑袋像是一个篱笆，把嘉丽围在其中。嘉丽把脸埋在地上，她不敢抬头看，这一张张平凡的幻觉一般的脸上，挂着怎样的嘲笑。她感到一种难以言说的愤怒，但对于绝望，她仍然一无所知。

这次嘉丽的行为让嘉丽奶奶丢尽了脸。嘉丽奶奶默不作声地看着嘉丽身上深深浅浅的疤痕，嘉丽等待着一场关于哀怨的风雨。可是没有，嘉丽奶奶只是动了动她像被熨斗熨过一般冒着热辣辣湿气的脸，对嘉丽说，你先去洗一洗吧。

以后的几天，嘉丽一直待在房间里。她不想出门，不想看到傻子俊勇嘴角蜿蜒的唾液，不想看到巷子里的女人似笑非笑的表情，不想听到男人们围聚在一起低低的笑声。她打开了面向马路的那个窗户，透过一块块坚硬的木板，她看到了奔流的马路。马路，即使她是现在这样的模样，马路仍然在喧嚣着，车子仍然在不停地飞驰。她感到一种前所未有的委屈与不甘，眼泪却

没有办法流出来。她想念起了俊勇,想念起了空落落的远方,想念起了她梦中的,属于她跟俊勇两个人的孤傲却不孤单的奔流。她对自己说,明天,明天就开始这场逃亡。必须是明天。必须。

但是明天永远有着各式各样的借口,把嘉丽的所有计划通通打乱。她已经踏上了那双旧皮拖鞋,脚底那纸币坚硬厚实的触感却不复存在了,她诧然地抬头看着端坐在那里的奶奶。嘉丽奶奶的脸上毫无表情。有人推门进来了,嘉丽转过头,她看见了被俊勇母亲抱着的俊勇。俊勇的四肢松松垮垮地搭在他母亲的肩膀上,口角流出的唾液在他母亲的肩膀上洇成深色的斑纹。俊勇母亲的声音尖锐地响了起来:"嘉丽奶奶你看看,你们家嘉丽把我们家俊勇打成什么样子。"说着她掀起俊勇的衣服,密密麻麻的青紫色毫不留情地撞入了嘉丽的眼睛。嘉丽刚想开口,俊勇的母亲就狠狠地瞪了她一眼,说:"巷子里的孩子都跟我说了,是你弄的。"她用力地把手指按在俊勇背上,俊勇配合地挣扎起来,像是被束缚的小鸡一样用力地扑腾着。嘉丽的奶奶安慰着俊勇母亲,替嘉丽道歉,从口袋里摸出钱来,递给她,两人推脱了一番。俊勇的母亲终于拿过那笔钱,心满意足地走了。嘉丽转过头,看见深藏在奶奶平凡无奇的皱纹底下,一种坚硬得像石膏一样的东西,底下或许是满是树枝与枯叶的土壤,或许是与她同源的金色河流。

灰暗的天空,灰暗的,被巷子切割成细细的长条的天空。嘉丽抬头看,天空中没有一只飞鸟过境。巷子里的一切都是河堤,漫长的,没有尽头的河堤。孩子们的喧闹是河堤,在炉子上沸腾的中药是河堤,斑驳倾斜的墙面上爬着的青苔是河堤,嘉丽那个没完没了地感叹着悲剧人生,看似软弱却最坚硬的奶奶是河堤,俊勇的母亲是,俊勇也是。嘉丽感受到一种前所未有的孤独,比与俊勇相识之前更甚的孤独。从前的孤独是她一手铸成的,坚硬的孤独。而现在的孤独却是二手的,软弱的孤独。她甚至在想,或许她也不是一条江河,她也是河堤。

马路上仍然川流不息，小鱼一样的车在江河的血管中飞快地奔流。巷子里，孩子们仍然在无缘无故的快乐中跑来跑去，女人们尖锐的叱骂声与低低的议论仍然在继续。谁都不知道，那个从这里走出来的女孩嘉丽，身体里奔流的江河早早地凝固了起来，变成坚硬的，不会飘荡的堤岸。

（作者学校：浙江省瑞安中学）

本文为 2018 第五届"北大培文杯"高三赛参赛文

> 我们每一个人都是在人生的汪洋中被固定在小舟上的孤客,在这片四方接天的无尽中茫然地探寻着,没有出发,也没有终点。偶然发现一点莹绿,便要奋不顾身地前往,哪怕是海市蜃楼,哪怕是水中捞月,最终还是要再像落汤鸡一样地上船,拧一拧衣服,继续漠然游荡。这场旅途中,有的船近了,有的船远了,但终也没有同行。终于的终于,天空也被蒙住了,月亮也似乎被这汪黑墨沉在了水下,连波澜也没有,万籁俱寂只属于一人,星星在凝望着,凝望着蜡白的脸。我只希望通过这些文字,可以替最沉默的船点一盏烛光。

高翔宇

老顾面馆

一

面馆在老城区的小胡同里,不大,甚至可以说非常拥挤了。黄褐色木制柜台上,摆满了几桶自家酿的白酒,上面贴着"自酿45度高粱,1块一杯"。墙上挂着毛主席画像,还有那经典的红红的标语"劳动最光荣"。天棚上的风扇呼呼地吹着,但还吹不散屋子里沸反盈天的聊天声和叫菜声。一进门就能看到正对着十几张饭桌的老顾在玻璃后面忙前忙后,一会押一押面,一会看一看锅,却一直笑呵呵的。他的菜板上摆满了一堆调料,五颜六色的好不显眼。每每提到他的调料,老顾都无不自豪:"都是好东西嘞。"

老王坐在饭桌旁,看着玻璃后面脸色红润的老顾:"老顾头,我喝二两白酒嘞。"

"自己接，又不是一次两次了，等我忙完再出来找你喝。"

"那怕不是要等到半夜，我这明天就退休了，你不快点？"

"马上嘞。"玻璃后的老顾嘿嘿一笑，抬头看向外面，看到的却是自己的脸。这玻璃面向他便是一面镜子了，是看不到外面的，不过老顾也不需要看外面，因为他知道，外面的饭桌上只会有客人满意的笑容。一想到这，老顾笑得更是开心，脸上的皱纹都堆到眼角了。

玻璃上的白板写着：

"今日原料：香菜1块每斤，'吉江'牌面粉22块5毛一袋，牛肉18块每斤，辣椒2块……汤汁配料：……以上均在东市农贸市场购买。"

二

老王眯着眼睛，举着酒杯，摇头晃脑地："老顾，我当片警也二十多年了，终于熬到退休，以后我有空了就天天来跟你喝酒，喝穷你！"

老顾也脸颊涨红："老哥只管来就是。"

"明天接替我的小杜就来了，肯定会来这儿走一圈，不过我跟他打过招呼了，你这儿就是小了点，卫生健康什么的肯定没问题。"

"那还用你说，要不是厨房乱点，我这儿早评A了！"老顾吹胡子瞪眼地指着墙上的餐馆等级评比的B。

果然第二天一清早，就有个穿警服的小伙子进来了，冲着厨房忙活的老顾喊："顾伯伯！"

老顾听到声音连忙擦擦手，小跑出来，定眼一看，心想："呦，这小伙子长得倒俊朗。"他笑呵呵地用双手握住年轻人的手："你就是——小杜？"

"是是是，我就是接替王叔的小杜，您这餐馆就是我负责的了。"小杜也微笑地回答道,还使劲握了握手。

"那接下来就辛苦你了,坐下吃一碗?"老顾瞬间皱了皱眉,但又笑着迎和。

"不用了,我还有工作,听说您这是街坊里有名的诚信的面馆,最出名的就是你这厨房和外面的'透明'的镜子,您就这么有信心?"小杜微笑着问。

"那肯定,伯伯我可以绝对地说:咱的都是纯绿色、最廉价也最好吃。"老顾说着还拍了拍胸脯。

"这我自然相信,但是啊,有时候也需要改变方法,没准更成功。"小杜笑着,说着不经意地瞟了瞟墙上明晃晃的"B",接着转身离开了,"伯伯我去看看其他的了,您老注意身体啊。"

老顾一直笑着注视着小杜走到看不见的地方,突然拉下脸,打开了手心已经被汗打湿的纸条:

"伯伯何以辛苦至此,赚钱不多?今小生有'一滴香',无毒无害,还可让您节约原料,坐等钱来。"

"放屁!"老顾脸涨得通红,恶狠狠地骂道,撕碎了纸条,一把丢进垃圾桶。

玻璃上的白板写着:

"牛肉面配料:鸡蛋一枚,面粉一碗,香菜一两……以上均在农贸市场购买。"

三

最近几天老顾经常失眠,每天老王来喝酒都会问他为什么脸色极差。

"最近没睡好罢了。"老顾挥挥手。

前几天老顾收到一封餐饮部门的信:

"顾先生：近日多人对老顾面馆投诉卫生问题，检查团将于7个工作日内对餐厅进行检查，如不合格将处以停业处分。"

"混蛋！"老顾收到信时气得心脏直痛，"肯定是那小兔崽子干的！"

离7个工作日越来越近了，老顾每天愈发沉默，脸也越来越黑。"有时候啊要改变一下方法。"小杜的话经常在老顾耳边响起。终于，第七天的一大清早，老顾找来螺丝刀，吭哧吭哧费了好大劲把镜子卸下又安上，不过，翻了个面。

镜子上的白板写着：

"5月5日，天气晴，10—21度。"

四

老顾餐馆更火爆了，街坊们更加赞不绝口，据说老顾更新了配方，也不好透露。总之面馆人是越来越多，不知不觉间那柜台也从木质的换成了大理石打的，毛主席也换成了财神爷，下面写着"财源滚滚"，唯一不变的却是老顾的脸色。"他可能是太累了。"老王对街坊们说。

六月份，老顾依旧繁忙之时，小杜笑嘻嘻地跑了进来："顾伯伯，您看这是什么？"老顾从厨房抬头，看见小杜手里拿着块板子，是餐厅评级！上面赫然画着绿油油的A！老顾甩了甩手，走出来在街坊们的掌声中沉默地接过了评比板。

晚上喝酒时，老王说："我就说你肯定有回报，这不A拿到了吧，好人总会有好报的啊。""你这能睡个好觉了吧。""你倒是笑一笑啊！"

老王闷闷地把小杯白酒一饮而尽。

今天镜子上的白板什么也没写。

五

"老顾!大事!"老王急匆匆跑进来冲厨房喊。

"怎么嘞,急死了你?"老顾慢慢走出来。

"你知道吗?小杜被撤职了,说是向其他餐馆售卖'一滴香',就是那个让人变傻的配料!这个畜生,心里没个镜子照照自己良心啊!"老王喘着粗气愤恨道,"看他一表人才,真是知人知面不知心!"

老顾瞪大了眼睛:"真的?"

"真的。"

"真的?"

"真的!"老王重重地拍了拍大腿。

老顾突然气息不定,四下低着头瞅了瞅,抿了抿嘴,受了惊似的把老王推出去:"老哥,我突然有点事,明天再找你喝。"

"哎哎,你就不想知道下一个接管……"

老顾重重地关上门,把镜子上的白板摘了下来。

六

老顾扶着墙走进屋子,翻出工具箱,把工具倒得满地都是,跪着找到了螺丝刀,颤抖的手一把抓起,又走到那块透明的镜子前。可是拧到一半,老顾停住了,伫立了有半分钟。"哎!"老顾重重地叹了口气,松开了手,螺丝刀"咣当"一声在地上滚了两圈。老顾转身又从地上捡起了锤子,抡起,瞪红了眼,喘着粗气,狠狠地朝那块几十年的透明的镜子砸去。

(作者学校:吉林市第一中学)

本文为2018第五届"北大培文杯"复赛第十五场参赛文

> 真实,这残酷的真实。认清它使人痛苦,接纳它使人从容。文学的意义即在于让人领会这两番滋味。这段故事里,有略有缺憾的过去,有平凡又带着烟火气的生活,也有固执的老人。老人所知所感所思所想,即是生活不加掩饰的模样——没有大波大澜,没有星辰大海,只有淡淡的痛苦和负重前行的人们。我想讲一个不完满的人过着不完满的生活,却完满地领会了未来、生活与幸福的奥义的故事。

阎昕睿

活着的人

又到了老陈有事的这天。村里人都知道,老陈每月总有几天"有事",风吹雨打都要出门,固定得跟新闻联播一样,多少年不改的规矩。这"事"吧,大家心里头明了,不敢说,死人的事,说了忌讳,还戳人伤疤。

老陈提了一袋子杂东西,切成方形的烤得金黄的酥,圆圆的一摸就掉屑的饼,小碗盛的饸饹面,并着土豆熬的汤,少油。

老陈准备得仔细,从前他都是一个人提前把这些鼓捣了,现在身子不大行了,隔壁的谢婶就来搭把手。谢婶一来,老陈就敞开大门院子,拿个铜板将帘子卷起来卡住,坦荡让人瞧。

毕竟老陈家女主人入土十年了。

老陈出了门,远处的山头瞧不明晰——起雾了。这还算好,雾不大,比起下雨好多了。下了雨,地上湿,雨水裹了泥,直往裤腿上钻,脚一下去,拔起来费半天事,可老陈还是雷打不动地去。

谢婶出门就看到老陈了，两人打了个照面，都是笑笑，说两句闲话，谢婶说有事先走了。她提东西的手糙，但这是她勤劳的荣耀；她的背也驼，家里没壮劳力，她难免背负得多。

老陈接着走。一路上他没再跟村里人说话——他心里憋，不想说，何况他们又忌讳白事，又急续娶的红事，总是压低了声音问他不打算再娶个妻吗？老陈说暂时不想，就这么着过吧。他们不解，老陈年纪不算多大，干啥这么憋屈自个儿呢？

老陈踩着一条一人走的小道上了山头，山头上有几亩玉米地，收完之后就搁在那，只有玉米秆子发黄的叶片在发抖，除此之外，就是老陈家埋人的宝地。

这条道，老陈走得多了；这条道上想的事，想得也多了。

两侧的玉米地发着枯燥又令人焦灼的"沙沙"声，时不时传来干枝条断裂的声音，听得人心里一紧。这雾也不知道啥时候变浓了，两侧远些的玉米地都瞧不见了，咋看都是一片白茫茫的，微末的声音就更清晰了。

老陈不知不觉加快了步子，他发觉今天他心思动摇得厉害，许是昨日里腿痛难忍的时候，谢婶的关心让自己觉得心里一暖，许是昨晚刚被谢婶晒过的被子身子一挨上便发出热度，许是谢婶没事串门聊天让自己觉得舒畅了痛快了心里活了。

但这条小路又把他的思绪引回一条老路。他心里又想起当初娶妻后家长里短中的幸福，想起妻死后立下的誓愿。

"娶啥啊，咱能辜负人家吗？指不定天上看着呢，我要再没羞没臊，干那续娶的事，不让人死了之后还寒心嘛。一把年纪了，娶谁不是害人？"老陈也就敢走小道上这么给自个儿说说，村里人听了，指不定怎么笑话呢——现在女的都不给男的守孝了，又不是同时娶两个，也不犯法啊。

老陈也说不上为啥就是不再娶，真娶了，没人戳他脊梁骨，民政局还给

发个小红本证明呢。但就是不想,就是心里膈应,总好像亏欠了有罪似的。老陈烦了这想不出法子的问题,低着头看踩得实实的小路。

今儿雾着实是大,老陈走得有些犯迷糊,他把提的东西倒换了下左右手,发现已经是离得不远了。

他腿其实挺疼,昨天疼得站不住,今天又走这许多路,但他还是曲着腿一样一样把东西摆了,把礼数周全了一通,捡着平整些的石块坐了。

老陈又开始没话找话。其实礼数里没这条,只是老陈觉得她年纪轻轻没了,缺人解闷,最初来时总说些事与她听,如今就是习惯了。

"今天这酥是村头矮子家的。"她很喜欢这家,他回回都在那儿买,他习惯了。

"今年玉米只能卖个两万多,卖得贱啊。"其实她也不能出谋划策,但他还是把她当家里女主人,家里最大一笔收入,总得说说吧,他习惯了。

"今天来晚了些,腿疼,说不定快去见你了——"他止得快,这话不该说,忌讳。但是礼数这些东西,几十年几十年地守着,还是虚的,腿疼这些个破事,眼下有了就忽略不掉。大伙儿都是只顾眼前的,老陈觉得他不该属于这个"大伙儿"。

"这饸饹面咋样啊,谢婶做的,不知道合不合你胃口,晚上托个梦给我说说呗。"说完,他这才想起女人是不喜欢听到别的女的这种话题的。一时之间又是没话了。

老陈心里忽然有些累了,一个地上一个地下那么多年,曾经无话不谈的夫妻也没话说。他就跟头蒙了眼睛拉磨的驴一样,干着一成不变而无趣的事情,被一根绳子拴死在磨盘上。

而他甚至不知道那根绳子是个啥,是他死去的媳妇吗?那他得认咯!可他媳妇去了,从来没逼他啥。那是村里人?村里只有人急着给他荐人。

又是这种没解决法子的问题,老陈有些烦躁。

雾浓得厉害，他最好是在这儿待一会儿，他知道，但他想走，他想知道那根绳子是什么。他站起身来，腿疼，他歇了会儿才缓过劲来。歇完之后，他提着东西，跟妻子道别了，走了。

雾很大，他瞧不见几步以外的路了。老陈不慌，妻亡的十年他都是走的这种路，清醒又混沌。

他有些急，大概他半生来还没想过这种深刻的问题。他所拥有的知识，只有有关土地的、生活的、父辈那儿继承的，自己直觉认为的。他不知道这其中哪个可以帮他解决问题，他反倒觉得这些知识正在干架。

父辈告诉他的，是有关于人的魂灵的、守节的、道德的。他贯彻得很好。

直觉告诉他的，是有关于有人气的家是暖的、饭是暖的、被褥是暖的。他害怕自己会屈从。

他的腿随着思绪动得飞快，疼，很疼。一下子压过了一切，成为他大脑的首要信息。顺带着他想起昨天的饭，昨天的床，顺带着他想起谢婶，想起谢婶勤劳的身影，热情的语气，想起自己每每想到谢婶时舒坦的心。

他觉得自己真是个混账，因为有一点痛，他就清楚地分开了过去妻子的幻影和如今生活的现实；因为走在这条小路上，他在想旁的女人，他在构想未来没有妻子，反倒有另一个女人的幸福生活；因为他一边觉得愧对妻子，一边觉得补偿了自己；因为他一边骂自己混账，一边为自己好像挣脱了什么而窃喜。

太阳现了，那无孔不入紧紧包裹的雾气消逝得像干草进了火堆，倏忽间连残影都没剩下。

于是他走得更急了，腿痛得厉害，却全然不顾。他觉得自己脚步轻快，像一个愣头小伙子，想托个媒人送方布到女方家。

他想，然后，他会做一碗好吃的面，把自己灌得实实的，再去趟澡堂子，弄个清爽，置两套行头，收拾收拾屋里，去远些的集市上买好一些的玉米种子，然后，然后，然后……

他想，我是不爱她了吗？

他想，我还是爱她的。只是不再容许雾挡了道儿。

毕竟大伙儿都是顾眼前的，他也是。

（作者学校：四川省绵阳南山中学）

本文为2018第五届"北大培文杯"复赛第一场参赛文

> 我抬头看天，只看到深邃的黑暗；我环顾四周，人群熙攘像拥挤的火柴；我低头看路，土地阴湿，污秽不堪。世界像一个巨大的火柴盒，盒盖很紧，压得人喘不上气。可突然有人跳起来，顶了顶盒盖，就透进一丝光；又顶了顶，就吹进一丝风。光穿破黑暗，风吹散污秽。我希望我们中的一个，踩着文字的梯子，能把这盒盖再撬开一些。等光与热聚成一团火，点燃火柴，火柴又点燃灯，万家灯火烧穿盒盖，我们便得以窥见真正的天光。

李馨月

灯

一

清晨七点，薄雾漫上山腰，掩住山谷尽头朝阳的影子，唤醒了一只灰秃秃的公鸡，公鸡扯起嗓子，有气无力地嚎醒了山林深处的村庄。

丁火在一片彩色的尘埃中醒来，身侧是一摞一摞的彩纸和蜡烛。她坐起身，倚在一米三宽的小床上艰难地用脚尖在彩纸堆里找自己的破布鞋，只探到一堆粗糙的纸屑。

她干脆光脚走出屋，和院子里嚎了几嗓子就昂着头仿佛要上天的灰公鸡对视了一眼，翻了个白眼："妈——！你又把纸堆我屋里！"

院里响起妇人尖锐的声音："别的房里放不下才搁你屋的！当我愿意进你那小猪窝！"满脸憔悴神色的妇人拍着手上的灰从另一间房里走出来。"厨房有馍馍。妈床头有双新布鞋,穿上帮村长迎客去,城里来的文化人,可别怠慢了人家,啊。"

丁火巴不得早点离开这个飞满粉尘的家,忙穿了新鞋,连吃的也没拿,飞也似的跑出了大门,惊得公鸡上下扑腾翅膀,扑掉了一根尾巴毛。

小村庄通向村外的"主干道"是一条崎岖的土路,在朝阳下安静地闪着光。丁火一脚踏上去,路上"腾"地炸起一股黄烟,新布鞋马上蒙了一层土黄。路的尽头漫着遮天蔽日似的黄烟,朦胧地罩着两个人影,一高一矮,从中传来苍老却不沉稳的声音,极为高亢:"我们?我们村做纸灯的,就给十五里地远那个什么——旅游什么景点做的,他们每天都有活动,是啥我们也不知道,反正是要灯用,以前的老玩意儿了,也不知道用它干啥。"

"嗨,哪有人有文化啊,大家会说话就行了,最多算个数,我们全村就丁家人识几个字,丁家老汉说他们家祖上有人当过官,他们家还有古书呢!"

"娃娃?不少!整天就是皮!怎么,您来这儿不是来买灯,是当教书先生的啊?"

丁火站在路的另一头,没来由地一阵紧张,想跑回家吃馍馍。可那两人已经从一片黄蒙蒙中走到丁火面前了。

老村长看见丁火,从滔滔不绝中回神,拽住身边的人,指着丁火:"老丁家的女娃娃,村里顶聪明,又漂亮!小火,快和陈——老师打招呼!"

丁火盯着脚尖的土,没吱声。一只白净纤细的手却已经伸到她眼底下。丁火顺着手向上看,看见一个瘦瘦的女孩,笑出一口小白牙:"我姓陈,是来这里支教的老师,明天早上在村东头开课,你愿意来吗?"

纸屑飞舞的村庄,来了个干净利落的人。

丁火不知道拿那只手怎么办,只愣愣地点了点头。

二

第二天鸡一叫,丁火立马翻身起床,屋里的彩纸被父母搬了个七七八八,她很快找到了新布鞋,无视妈妈的询问和灰公鸡,一路跑着去了村东头。

太阳在东方升起,村东的树和树下瘦瘦的女孩被朝阳镀上一层尚且清冷的光。光一寸一寸蔓延开,照亮了树下一排排歪歪扭扭的板凳和板凳前的课本。

板凳上面没人,课本也没被翻开。

陈老师蹲在树下,盯着一排小板凳出神。

她师范刚毕业,满怀着一腔热血和教书育人的理想,一路跋涉来到这个偏僻的山村支教,听村长说,村里没什么人识字,心中不禁涌起一股不合时宜的兴奋。她以为自己能用文学唤醒闭塞的心灵,能让孩子们不至于与长辈一样心中只有纸灯。

没想到,红烛想燃尽自己点亮蒙昧中的灯火,却发现没有灯芯。

她站起身,颇有些绝望地想收拾东西下山,却看见了不远处正踟蹰的丁火。

一身黄土的小女孩怯生生地开口:"陈——老师?我来听课。"

天光大亮,照彻山林阡陌,烛火找到了灯芯,也重新找回了与日月争辉的激情和勇气。

三

陈老师和丁火坐在树下,没坐板凳没用课本,坐着黄土地顶着艳阳天,从日头高照,讲到日落西山。

"小火,你知道吗?很久很久以前,从一片海开始,有了鱼,有了蛙,有了猴子,又有了人……"

"老师,什么是海?"

"你可以认为,海是很大很大的一汪水,这一汪水不断变化,被咱们脚下的土地分成一块一块的,以前的鱼啊蛙啊,就藏进河里和石头里。人们看着海,看着土地、石头、河水,创造出了文字和美丽的语言,语言可是世界上最大的学问了。"

丁火认真地听着,感觉在这不长的几段话里,藏着她生命前十年都没有窥见过一角的斑斓世界。若有所得,很快又怅然若失。

"老师,我们村的人说,会说话就行了,不用学写字和文——文章的。"小姑娘低着头,缤纷的世界露出的一角被一只沾着纸屑和蜡油的手遮盖起来。

陈老师没反驳,只是问:"小火,你看那是什么?"

丁火顺着陈老师的目光看过去,答道:"太阳。"又咬住嘴唇,皱起眉,迟疑着补充:"落日?"

"对,但你知道,会写文章的人怎么说吗?"陈老师盯着落日,"他们会说:'在森林的深处和天空的尽头,在幽暗深渊的边上,腾起一只火鸟,让一切虚假的都燃烧起来,烧成金色,在最辉煌的时候归于沉寂。'你懂这种感受吗?这里没有提到太阳,但你能从这段话里看到落日。"

丁火心中燃起一点小火苗。一个新世界呈现在她面前,漏出羸弱的光。她想拨开那些手,让光强一些,照进她的心里;她甚至想让自己成为光的一部分,而不仅仅是在这个小村子里,点亮一盏纸灯。

三个月后,丁火带着父母半信半疑的希冀和对她不选择纸灯的责备,每天赶在公鸡醒来之前出门,踏着黄土飘舞的路,去比用纸灯的旅游景点更远的小镇读书,将自己心里的一盏小火苗艰难而执着地放大成一只火鸟,将自己烧成璀璨的金色,烧上森林和天际。

四

丁火从回忆中回过神，眼前是宽敞的大厅，一排排绒布座椅上，坐着一个个眼神清澈明亮的孩子。

旁边，孩子们的带队老师温柔地发问："这就是您成为作家的原因吗，丁老师？"

丁火笑了笑，眼神中仍有当年的向往和渴望："是的，我走出来以后，才知道什么叫天高地阔。陈老师当年的一段话，激励我走遍高山大海，让我不懈地去探索未知的世界，去寻找更美的语言，把自己看到的未知的知识和美景传达给更多的人。所以今天能给孩子们做演讲，我真的特别高兴。"

陈老师当年用一轮夕阳点亮了丁火的心灯，丁火也实现了她当年那个比梦还要更遥不可及的目标——成为光的一部分。

"所以，这里是我演讲的最后一站了。"演讲结束后，目送着小孩子们离去的丁火对同行的人说，"下一步，我要回我的小村子。我要让那里的孩子们也知道，世界上不是只有大山，还有海，还有鱼，还有躲进石头里的水草，还有文字。"

写在纸上的，刻在石头上的，埋在土里的，沉在水底的文字，我要让他们都看看。

我要去点灯。丁火想。

五

走过被压瓷实了的黄土路，路过一群灰扑扑的小鸡仔，穿过飞舞的彩色纸屑，清晨，丁火来到村东头。

阳光穿过巨大的树冠，照亮一排排整齐的小板凳，上面坐着一个个好奇的小朋友，手里摊开的是一本书。

那是丁火的处女作，文辞并不复杂，却像在黑暗中摸索着的人，看见一丝光，光与目力所及之处，五彩斑斓，她只想把一切看到的美好的东西，未知的东西全都记下来。

所有父母老人反驳的声音都被丁火拦在一旁，她劝来了所有的孩子，像当年的陈老师劝丁火一样。

万幸的是，孩子们没有让丁火失望。

她站在他们中间，孩子们围拢在她身边，手里捧着书。有的大一些的孩子已经开始阅读，有点艰难的样子，但显得兴趣盎然；有些小孩子的书本还是合上的，他们小心翼翼地看着丁火，指着封面上的字，怯怯地问："老师，这个字，念什么？"

丁火仿佛看见了当年那个踟蹰的自己，看见了她心里那一簇小小的火苗。

"灯。"

（作者学校：太原市第二外国语学校）

本文为2018第五届"北大培文杯"初赛参赛文

> 高一加入学校校刊编辑部被问及"青春校园文学是什么",当时糊弄了事,现在再想起来,这是一个很严肃的问题。
>
> 我可是翻开五三看到那句"不再来的,还有你的青春"会哭的人,惊人地傻气。但五三上那句老话是真的:只有在这个年龄,人们才可以理直气壮地把大把时间花在"没什么用"的事上,理直气壮地进行"青春迷茫"。这种群体性地犯傻和莽撞,就像明知会溺亡却还是排着队跳下海边的悬崖一样,尽管俗套,却让我感动。所以,我很执念。
>
> 那么,所谓"青春校园文学"就是莽撞、无用与迷茫的记录了。从文字间你可以看见无数位眼神游移的同学,这些人都算是这种文学的创作者。
>
> 问我这个问题的学姐夏天刚刚毕业。学姐,你能看到我迟来两年的答案吗?

吴悦澄

脆　弱

一

周五晚上六点半,张建业推开自己家的门。没人在家,他扬手把公文包掼向鞋架,高跟鞋球鞋人字拖雪地靴无助地全部掉到了地上。与此同时,在他身后甩上的防盗门"哐"地发出了大快人心的金属碰撞声。

张建业抬脚弯腰脱掉皮鞋,开了灯,清清喉咙开始哼京剧曲儿。清嗓子的声音听上去气若游丝,一口老痰梗在喉底,挫败感席卷而来,使他震怒。他一边哼着曲儿一边把手里的鞋猛地砸向他和王明的卧室门,鞋碰到门发出沉闷的撞击声。门被一下砸开，露出背后黑漆漆的房间，又子弹般迅速地弹了回来，扫出一阵风，把张建业头顶稀疏油腻的头发吹起。

他感到一阵恼怒的舒畅，环视四周，看见餐桌上压着的一张对折了的纸，怒火烧得他几乎高兴了，于是他放开了嗓子：

　　某昔年大战长沙郡，
　　偶遇云长二将军。
　　某中了他人的拖刀计，
　　俺的百步穿杨箭射他盔缨。

另外一只鞋脱手而去，狠狠砸到他女儿张青的房门上，顺着门板僵硬快速地滑落，撞在地上不动了，但是这回房门没有向内撞开。张建业回身扫视着木头餐桌粗糙肮脏的表面，那张对折的纸纹丝不动。

这纸是什么意思？他忍了这么多年，压根儿就没人知道。张青她没有证据，她不会有证据的。

　　弃暗投明来归顺，
　　食王的爵禄当报王的恩。
　　孝当竭力忠心尽，
　　再与师爷把话云：

他一伸脚就把餐桌旁的第一把木头折叠椅踹翻在地。倒地声还未停息，他就抓着第二把椅子猛地扫过桌面，酱油瓶、花生米罐子、豆腐乳和老干妈罐头"咕噜噜"滚动，花生和花生皮撒了满桌。他松手，椅子乖乖地被抛到墙面上，砸在地板上，发出令人胆寒的一串响声。

　　一不用战鼓咚咚打，

二不用副将随后跟；

只要黄忠一骑马，

匹马单刀取定军。

快步走向客厅，茶几上空空如也。张建业今年四十九岁了，他新来的部门主任姜主任三十出头，今天上午心平气和地把提拔的机会给了小赵，而小赵今年二十七岁，婚都没结。张建业明年就五十岁了。

对折了的纸还压在餐桌上，花生撒在它上头。

他的戏唱得抑扬顿挫，他运的气儿平稳，他的调儿荡气回肠绵延不绝。茶几就是姜主任，就是小赵，"咚"地砸向地板，余音袅袅，不绝如缕。二楼的在吵架。

十日之内得了胜，

军师大印付与我的身；

十日之内不得胜，

愿将老头挂营门。

举起沙发上堆的一摞厚书，举起书是那么容易，腰部带动肩部，大臂带动小臂，一本不落，结结实实地冲向地面，发出的闷响一下炸开，像惊雷、炸弹，四楼弹钢琴的被吓得断了声。他笑呵呵的。

他常常觉得气短胸闷，去年给他爸治病花的钱全部打了水漂，今年他妈一起病了，像是命中定好了一样，死的还是死，活着的都要生病。他的胸口闷得像有石头压着。

他回过头，那张纸还是折着在那儿呢。他妈的破纸。没人看得到，没人在家。放心。

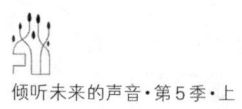

二

纸上的信是张青写的,她观察她爸张建业有一年半了。

她高三那年,下了晚自习,在寒冷肃杀干巴巴的楼门前,二楼的徐婶冲她套近乎。她们进了电梯间,徐婶说,你家咋隔三岔五老砸东西扰民啊,语气不快。张青说不是,开口刚带了点反驳的语气,徐婶就从圆滑变得老辣:已经两年了啊,你瞅瞅,这不行啊,你家怎么回事儿,小心我去居委会告你们。

话音未落,电梯门开了,徐婶扭着迈步出去。张青堆笑说,我回去问问,阿姨再见。

电梯到达三楼,张青推开门,她妈出差了,就她爸一人在家。张青发现,客厅地毯上有茶水渍,茶几缺了一角;她去厨房喝水,水杯上出现了裂纹;而当张青在面对着物理错题本时,她发现自己频频陷入她爸揍她妈的画面里,随后惊觉:她爸根本没揍过她妈。

那天晚上,张建业似乎心情很好。

她越留意,迹象就越多。她想,能砸东西摔茶几,不见得就不会揍人。就算现在不揍,那以后也会揍。楼下徐婶家老吵架,她爸妈虽然不吵架,但她爸爱她妈吗?她爸对待她妈和她自己就像执行某样任务,尽管憎恶,却不得不小心地维持那层窗户纸。她在知乎上看到,要对这些事保持警惕。

张青感觉到危险。

她根本不喜欢这个家庭。她想劝妈妈离婚:万一张建业打她妈怎么办!

于是她写了信,发短信告知了她爸去阅读。信中谈及她对张建业暴力倾向的怀疑与不安,询问张建业是否还想维持这个家庭。代替妈妈去写这封信让张青感到些许自豪,她觉得自己有了能耐。

但信不是重头戏:那天下午,她一直坐在万籁俱静的家中等待着。张建业回来了,张青听得到他走上楼梯的脚步声,几秒之后他就要掏出钥匙。张青点开手机开始录音,手指冰凉。她想证明危险真实存在着,她笃定自己可以做到。

三

  我主爷帐中把令传,
  将士纷纷取东川。
  恼恨那军师见识浅,
  他道我胜不过那夏侯渊。

  吹风机、化妆盒和小镜子落到浴室地板上,还不够响,为什么今天这么惊慌?张建业甩开淋浴间的门,一巴掌将淋浴头摔向地面,金属撞击白瓷砖,清脆,但不够响。生活在什么时候出了错?他从什么时候开始与正常的生活背道而驰?

  他要五十岁了,人生仍然在走下坡路,哪里错了?

  是张青出生的时候吗?不是,更早。是从结婚的时候开始的,他被蒙蔽了,他恨王明。

  张郃被某吓破胆,
  弃甲丢盔走荒山。
  坐在雕鞍三军唤,
  大小儿郎听我言:

  他举起收纳箱,力不从心,今天不对劲儿。收纳箱与地板对撞,那张纸让他紧张,他想打开看看,但不敢。万一至今的一切都破碎了,那他的生活谁负责?这个家庭毁了他,他本该前途万丈,这不怪他,想为家庭赚钱有什么可诟病的?

万一罪魁祸首解散了，他怎么办？

就是结婚的时候出了错，第二个收纳箱砸到地板上，王明被摔在地板上；撞击声在空间里回荡，王明声嘶力竭。

我的人生全被毁了！他快乐地想，快乐地砸，快乐地唱。

>上前个个功劳显，
>退后的人头挂高竿。
>大喝一声催前站！

他走向餐桌，穿过摔得满地都是的家具，只有这一刻，庸俗的生活才被打破了，只有这一刻，他才觉得自己如此不凡，如此遗世独立，但他又必须小心。

不会有事的，怎么会有事呢？王明出差，张青在学校，这么多年了他的收尾工作从来一丝不苟，没有人发现，不会有人发现，一辈子都别想有。肯定是别的事，不好当面问的事，张青这丫头腼腆，他也知道。没别的。错的哪能是自己呢！没道理啊。

>十日之内取东川。

花生屑抖干净了，他展开那张纸。

四

他开始读信了。

冰冷的现实攥住张青的五脏六腑：她估摸错了，她在发抖，她虽然知道危险，但她不知道那层窗户纸竟然如此脆弱而严密，危险与安全的界限如此模糊。那些惊雷般的无法预测的响声，以及张建业那首平稳舒畅的《定军山》让她生出一种原始的恐惧，这种恐惧在她生命中前所未有。

她估摸错了,她根本无法保持镇定,当歌唱声和噪音停止时,张青能听得到自己的呼吸声。除此之外,她还能听见另一个呼吸声,她蜷在门板边,门板随着她一起颤抖。

当我听着他时,他也在听着我……

五

都结束了。

五十年一事无成,张建业并不想继续了。他是被逼的,他一开始根本不想这样。他早就知道自己有才华,如果不是被这个家庭牵扯住了,沉沦了,他怎么也还能在这个世界上摸爬滚打着呢?没道理啊。

生活只有下坡,死亡一览无余,错不在我,凭什么只罚我!

他手中的纸一览无余。

他把纸捅破,撕烂,揉成球。

六

愉快的歌声由远及近,钥匙声在张青头顶叮当作响。她后悔了。

在张建业唱着歌用钥匙打开反锁着的房间门之前,张青哭了,泪水不断滚落,一滴,两滴,三滴,前仆后继,滴到地板上。

(作者学校:清华大学附属中学)

本文为 2018 第五届"北大培文杯"初赛参赛文

> 文章前言？我不会写文章前言。我也想信笔挥就那些诗似的语言，但老实说，看到自己幼稚的文字我就半句话都憋不出来。所以就是这样，我不会写，我就写我怎么不会写，我现在脚陷入了泥潭里我就写那泥潭的烦人劲，我吃了块蛋糕我就写它好吃，累到不想动笔就描述自己不想动笔的狼狈样子。既然身边的一切都带有狡诈的弹性，那就不要刻意去观察，否则，它也就会刻意去表现，然后给你呈上一幅色彩饱和度过高的商业片似的画面。就像个抛弃思想的狂热信徒那样去信仰一个名为"当下"的神，继续用蚊子血在练字本上涂涂画画吧。

刘馨阳

抛　锚

太阳尚未落下。

远山轮廓如一条巨龙的脊背，在龙火残余的紫烟中有规律地缓缓起伏，太阳本身却已被山峰挡住，它射出的金光像是被巨龙所永远守护的万顷宝藏给人们透露出的信号，在无数个世纪里吸引着无数贪婪却胆怯的视线。耕地如华美的波斯地毯自龙的脚下延伸，三两个在作物丛间颤动的人影倒像藏在地毯毛皮间的跳蚤那样渺小不堪。杨树的大手拨开碍事的城市楼宇，把黄绿相缀的厚毯抖开，一直铺到铁路的边缘。那列漂亮的列车攀行其上，熠熠的金属光泽让它像一位策马的银盔骑士，从一个透视点撞来，向着另一个透视点撞去。激起的尘土在金光中纷飞，如几只睡在花上却被愤怒的脚步声所惊起的蝴蝶。列车攀行并飞驰，准备迎来不远处那漆黑的隧道口的无礼挑战。

却在几声哀嚎似的异响过后,它缓缓停在了隧道面前。

"尊敬的各位旅客——"乘务员充满机械感的清冷女声自车顶响起,"非常抱歉,由于我们的技术故障,列车将在此停留一段时间,请各位旅客不要惊慌,配合我们的工作,在此期间卫生间将禁止使用,对您带来的不便,我们深表歉意。"

几声哀嚎似的异响又在旅客当中震起了。

"怎么回事?我想知道出了什么事。"张小姐说。

"列车抛锚了。真荒唐,这比我的司机还不可靠。"王先生说。

"它应该停在前面,看看那些山和树。我喜欢那儿的风景,他们像是从画展的墙上溜出来的。"李同学说。

"这个怪真硬!它是铁皮做的吗?"玩着手机游戏的赵先生说。

杨树悠悠地晃着,骄傲地,漫不经心地,等到阳光给它灼上了一层薄薄的金膜。

"这可真可怕!"染着一头红发的张小姐叫了起来,挥舞的双手像是在狂风中挣扎的彩旗,脖子上的廉价金属链子闪出夸张的光泽,"我可从来没有料到会这样。我们离终点还有多久?前面还有其他站点吗?你说这是直达车?不,别说了,我不想知道了。我只知道我必须在明天天亮之前到达终点站。当然啦,我不能迟到,我在那里有一场表演赛——你知道的,舞台从来不等人,你挤不上去,那就只能当一辈子观众了。我是做什么的?哦,你不妨猜猜。歌唱家?不不,我没有那种花栗鼠似的嗓子。舞蹈家?哈,抱歉,他们说我个子不够高。乐器?也不对,我可不想被琴弦割伤手——我是个表演艺术家!你看过舞台剧吗?……没有?好吧,那你可真是错过了好东西。听着,下个月在终点站,火车站出去后十字路口东边走到头,体育场对面的那家剧院,大家都去看吧,给我捧捧场!"

"什么叫推迟不了会议?乙方那边你自己想办法!……一群废物。"刚刚放下手机的王先生说,他拉起西服袖子,盖住了那块略显老旧的手表,"这才走了一半,并且居然停在这里。看,前面就是那个隧道,据说死过不少人。诶,行了,没什么吉利不吉利的,这是事实。我说话不讨人喜欢?干嘛要讨人喜欢?生意场上能说会道的都是手脚残疾的废物,干出成绩来才是真本事。老总——这词听着真别扭。你们应该没听说过我们的公司,那就不说名字了。我们在终点站要和乙方会面,对,也是明天之前,虽然会面在上午但我们还要准备资料。修理员还没来吗?什么,早着呢?看,就这服务态度,这铁路公司也迟早要倒闭。我真后悔坐这趟车了,要是坏了我的生意,叫他们小心着!"

"你看隧道边缘,像不像吉格尔的画?"李同学趴着车窗说,一个沾满颜料的书包搁在他的脚下,他的格子衬衫衣角也残留有被认真洗过却仍洗不净的颜料,"吉格尔是谁?就是汉斯·鲁道夫·吉格尔,嗯——你看过电影《异形》吗?听过?他就是电影的原画师!你做什么?呃,那个,你还是别搜了,搜出来可能会吓到你——当我没说吧。是的,我是个学生,去报名的准大学生,我学美术。哎——小学校,不足挂齿。我觉得这趟车还行吧,路上的风景真的很美,对,哈哈,隧道是有点吓人,但有时候它们就是在这些方面才有魅力啊!没、没什么,美院的学生其实都这么说话,听起来一套一套的很厉害,实际上——不不,我不算什么专业啦,这不是正要去学习嘛!最好明天能到站。是的,我一个人。"

"怎么停车了?到了吗?"摘下耳机的赵先生说,那部老款的智能机就搁在了他的腿上,已经被磕碰掉了漆,"——哦,我就说呢。随便吧。我不紧张?我紧张什么?反正到了站也没我什么事。嘿嘿,不是,我开玩笑的。我要回老家。是,我出来打工的。在哪儿?哪儿都有!你去看看,现在什么工地上不缺人?一个个争着要盖大楼,一个个争着要往天上爬,留下地上一堆没工钱的可怜人仰着脑袋往上眼巴巴地瞧,对!就是我们。哎——这世道不就这样吗?能买到票回去就不错了,回去,说实话回去有什么用?回去歇歇,家里——有人等我呢。我的工钱勉强要到了,这不就往家送吗?对,我年轻,我家里老幺,哥姐几个都跑了,我多好啊!多可怜啊!就剩我一个养着了。"

车窗外的风景像是被啫喱似的暗光封住了,一动不动。

张小姐笑了一下,耸耸肩。

"你看话剧,舞台剧那些?真的?——没见过我?哦,我,嗯,我不是那种爱出风头的演员,你知道吧,我不会为了点儿网络流量就跑去爬制作人的大腿。哎,那种人多的是,我就见过,整天台上台下都浓妆艳抹的,那个矫揉作态的,都不知道她是要在台上演戏还是台下!谁?你应该知道,前几天大热的那部剧,结尾时女主角穿一身红裙子在树底下跳舞那个——对!女主角的B卡就是她!A卡前几天脚崴了,都是她上场!那眼睛瞪得像鬼一样,居然还有那么多人捧场——我当然知道,她是我同学——对啊,人家出名了,还挣了钱,我有什么办法?我这坐个车去选拔赛都要迟到的——表演赛?我说的表演赛吗?那个,你看,表演艺术选拔赛嘛!——对,选拔角色——呃,是,我还不能上场,那个——喂!这车还不开吗?"

王先生叹了口气,收起手机。

"妈的,这是不打算走了?想把我们饿死在这儿?我必须到那儿!舞台不等人,生意更不等人啊。几个亿?哈哈,这太夸张了——小生意,小生意。小生意也不能丢啊!细节决定成败。是,现在国内局势不是太好,你看看那些政策,明摆着会说话就能要到帮扶金,像我们这些认真干的就靠边站吧。帮扶金?——唉,能怎么办?你看看这年头谁能干得下去——我们还好吧,支撑得住,但是——这次生意真的不敢丢,已经是我们求着他们啊——哎,算了,不说了不说了,在这儿说有什么用!天知道什么时候才到站。"

李同学在速写本上涂了几笔,合上了。

"对,我很喜欢画画,我是学美术的嘛。给你看看?呃——行吧——嗯,看,这些都是临摹的,你要想知道——哦,没事,艺术嘛,有几个人能看懂的？对，这是临摹照片。画得很像？——嗯，谢谢，但其实，美术生不太愿意听到这样的评价——不不不，没事没事，我知道你的意思。唉，是我水平不够。我不明白，为什么有些人随便涂几笔就叫作名画？你知道叶教授的《伤痕》吗？不知道的话我画给你——对，就这个。卖了100万。不明白吧——我都不知道我为什么要花父母的钱到这些领域里。我考上了，是，但你们肯定听都没听过我的学校——行了，我没天赋，我——我不也得硬着头皮去学——谁能告诉我几点才到站？"

赵先生把头搁在车窗上。

"——什么？不，我没事，不是晕车——我坐车可坐多了。我就是有点累。那是，现在人哪个不累！你听听刚才那几个说的，一个个穿得那么好那么时尚，实际上还不是个个都掉个脸。车停了是一个，但——我脸色不好？没事，真的，劳烦您了。我——唉。我妈病了。我哪儿知道，他们说的那些乱七八糟的东西我又不懂，我除了把钱往回背我还能干嘛？我爸？我爸早走了！下个地滑到在泥坑里，脑袋直接砸上个尖石头，多荒唐！老天爷怎么想的我怎么知道啊！有时候我都想着，妈这次要是撑不住了，也算是个解脱。我？她才不想看见我呢！我现在——能怎么办！我没结婚呢——过不下去啦——喂，离终点还有多远来着？"

一阵风像吹散彩带那样吹散了金红的光，露出下面蠢蠢欲动的黑暗，吓得树们沙沙地颤抖着。

张小姐裹紧衣服，把脑袋埋进领口。

"我刚才说的剧场？出了火车站的十字路口往东——我不知道，他们就告诉我这些。我是去竞选角色的。女——我不知道女几号，甚至可能是个背景板，看运气吧。对，选上的话会在那儿演——我能怎么办？他们看不上我，我接不到剧。到了终点站，也就是这一趟的终点，我还不能歇歇脚，万一这次不行，我还得跑下一个城市去！对，再换一个车站。车站多的是呢，等着演戏的人更多哪！我都有点不想去了。——谢谢，但——谁知道这一站我又得受什么折磨啊……"

王先生敲着桌子，摇摇头。

"到了站，得请乙方吃饭，记账，可能还得送东西，花的钱全废到这些地方了。生意场哪儿管你谋划好不好，只看你笑得好不好！……我也不想花这个钱，可再不这样，公司就撑不下去了——快倒闭了。谁知道呢，说不定公司倒了就是个中转站，叫上哥们儿重新开业，我以后有的是机会！……我不知道，没人知道要怎么办。天都要黑了。到站——唉——干脆停在这儿算了……"

李同学玩着手指，却红了眼眶。

"我不知道——大学新生嘛，我不知道该怎么办，我可以问老师或者——我没有朋友在这儿。爸妈——我不想再麻烦他们了。我花他们的钱，到美术兴趣班睡大觉——也没有，我就是，我——我不知道——我都考到这儿了，有什么办法？到站以后不就得靠我一个人了——没什么危险的，现在社会不就这样嘛，我可以去打工，我已经给一些小网站当美工了——梦想？梦想，不就是个永远到不了的车站吗……"

赵先生打开手机游戏，又放下了。

"现在大家不都玩这个？我玩得不行，你看看我的工友——诶，不然等工的时候你能干嘛？我们又读不了书，又干不了别的。去打牌？那就把人毁了！你看看我多少工友是把工钱赌得一干二净——我回去也不能怎么办。这钱治不了病，太少了，就陪着我妈——我不知道他们说的，但是——可能是癌症——也好，走到终点站了，不用受罪了，不用像我这样，卡在半路上走不动也回不去……"

暮色是一只诡异的蜘蛛，蹑水来袭。巨龙抱着宝藏隐入了黑暗中，现在闪出光芒的只有颤抖的人的泪水。

"到不了站就不到吧。"张小姐说,"我想在这儿睡一会儿。我不想再多想了。我——让我休息吧,中场休息,我——不想演了。"

"住在车里也挺好。"王先生说,"如果公司破产了,我就得卖房子还债。哈,那就住在车里吧。别走了。"

"别进隧道,就停在这儿。"李同学说,"隧道里黑得可怕——大学也黑得可怕——车站,我,别扔我一个人去那儿……"

"我不想到站了,幸好它还远。"赵先生说,"停着吧,我不想回去,我不想——看着我妈死在床上。"

几声发狂似的鬼叫过后,列车重新颤动起来。

"尊敬的各位旅客——"乘务员无情的机械声在车顶俯视众生,"列车故障已得到妥善处理,我们将在三十秒后重新发车,对于您耐心的等待,我们十分感谢,方才停车时所耽搁的时间我们将会尽量赶回,预计到站时间将不会改变,请不用担心,衷心祝愿您旅途愉快。"

几声发狂似的鬼叫在旅客当中震起了,还有哭声,还有喊着"停下!""我不想到站!"的绝望的尖叫声。

太阳落下了。

死神的黑色斗篷渐渐吞没了一切,如波斯地毯的耕地上的人们逃窜回家中,小平房的窗户里透出的暗淡的光像一只只因恐惧和绝望而瞪大的眼睛。直达列车在轨道上攀行,车身在暮色中映出如棺材般诡异的原木光泽,从一个无尽的时间的点撞来,向着另一个无尽的时间的点撞去。

而车站就在远方等着。

它总能等到这趟列车。

(作者学校:陕西省宝鸡中学)

本文为2018第五届"北大培文杯"复赛第十七场参赛文

> 文学是沟通心灵的渠道，是广纳青春的典籍。字里行间，我能看见青春的影子，在段落里，在标点符号上，欢快地起舞。
>
> 在我的复赛作品中，主人公是一个失明的人，可这并不影响他用自己的文字尝试与这个世界产生沟通。重要的不在于文字表面，而在于文字背后，在更深层的地方。在那里，有一个灵魂的喜怒哀乐，有一段青春的悲欢离合。在等着人发现她，并且与她说话。
>
> 愿你的美好心灵在纸间流淌，终成每一篇好的作品。

凌 晨

看见阳光倾泻与否

"我曾见过两三张他生前的照片。"我对来访的女人说，"喝杯茶？"在得到她婉言谢绝后，我继续说："一张是他小时候的照片，照片里的他背对着阳光大笑，笑得露出了牙齿却不见了眼睛，俨然是一副天真可爱的儿童模样。"

看见那女人的眼中含满悲伤，我顿了顿，接着又说："还有一张是他二十六岁左右的照片，那时他大概失明有三年了吧，是他和您一起照的吧。你们俩一起大笑着，看起来很般配呢，韩文慧小姐。"韩文慧小姐没有应声，但眼神中流露出一种怀念的神情。嘴角微微上扬，目光游离，好像陷入了某种回忆之中无法自拔。

好一会儿，她才缓过神来，一边抱歉地说"不好意思，刚才稍微走神了一会儿"，一边从包里取出请柬，不无紧张地说："明天您有时间的话，呃，我是说如果。请您务必来参加他的葬礼，这可能是他最后一点慰藉了。他已经孤独地来到了这个世界,不能让他孤独地离开。"说完她便起身要走,我见外面雨势滂沱,起身道:"雨正大着,要不你等雨停了再走?"

她听了没有回头,只说了一句:"不用了。"便头也不回地走了。

我回到屋里打算把请柬收起来时,瞥见她落在茶几上的几个本子。我打开门向外看了一看,发现她已经不知所踪了。算了,我想,待会应该就会来取的吧。

我瘫倒在沙发上,望着天花板,脑中不自觉地勾勒出了一副他的形象:

他是我的初中同学,在我的印象中,他总是默默无闻。从小父母离异的他仿佛因此更加懂人情世故,他好像朋友很少,又好像朋友很多。换句话来说就是,他太合群了,以至于合群到消失了都不会有人发现。他学习很好,每次考试几乎都是拿满分。他的相貌很普通,普通到很特别。是那种即使看了也不会留下印象的,以至于让人总想不起他的具体容貌,记忆中他的脸似乎是模糊的。

上了高中一直到大学毕业就再也没有他的消息,直到大学毕业后,听说他当了作家,还出了一本书,于是写了一封信去祝贺,他也回了一封信表示感谢。除此之外,再无交集。那么优秀的人,生活得一定比我好吧。

我的心神又回到空白的天花板上。良久,一种不自知、不可抗的力量促使我拿起了那几个本子,里面是一些日记类的文字,往下的就都是那些文字的摘录了。

失明第一年　十月二十九日　晴

不知从什么时候起,我写日记开始用失明那时来纪年了,这种习惯令人啼笑皆非,然而却也改不过来,索性便这样。

家里散落着许多未开封的新书,在床上、柜子上、书架上、电脑桌旁、窗户上,都堆积着几本已经落上灰尘的书,阳光把它们照得微微发烫。我以前总说自己没时间读，几乎不曾认真地读完其中的任何一本书。

可是实际上把手机放在一边，读书花不了多长时间。为什么不读呢，难道书也是买来当摆设的吗？现在即使想读也没办法读了。

失明第二年　五月十一日　雨

母亲去世的消息从老家传到我耳中，没有什么太大的情绪波动，我甚至都不怎么感到难过，站在一旁的爱人支支吾吾的，听起来都比我难过，她问我："叶明，没事吧？"我挤出一丝微笑，刚好显得我是在强颜欢笑，对她说："没事的，文慧啊，葬礼我们就不去了，你让老家的亲戚们好好安葬我母亲，费用由我们承担。"良久，像是下定了决心一样，文慧终于发出一句"嗯"，然后就从我房间出去了。雨滴不断地击打着窗户，我皱起了眉头，想起了一些好似遥远又好似就在昨天的往事。

去年的一天，也是一个雨天，我和母亲发生了很大的争执，我气急败坏，跑出了家门。雨下得很大，我只穿了一件短袖，又累又饿又冷又困，昏倒在路边不省人事。最后还是路人接了我怀中不断震动的电话，才和我妈一起把我送到了医院，往后连续几周高烧不退，我始终昏迷不醒。

一个多月后终于醒来了，第一感受就是疼，全身都疼，我努力想睁开眼看一看周围，眼睛却被纱布缠着，母亲含着泪水告诉我，因为高烧引起了眼角膜脱落，我失明了。

这个消息如同晴天霹雳。那一刻，我突然感觉自己像溺水的人失去了最后一根稻草，于是肉体同灵魂一起陷入了温暖而又冰冷的无边黑暗中。完了，我想着，张大嘴巴却无法发出一点声音，落不下一滴泪，我已然说不出来，哭不出来了。

文慧和母亲坐在病床前安慰我，我一句都没有听进去。

失明第二年　八月二十三日　大抵是晴天

最开始那几个月我想过死，但还是放弃了。活着和死了，又有什么区别呢？死了也许还会让母亲和文慧伤心。

我做不了写太多字的工作，因为看不见东西，我的排版实在太乱，所以我让文慧帮我工作，我一边口述她一边记录下我所说的。但这样效率极低，通常几个月才能完成一个作品，今天我不太想写了，反正就算写成了书也没有人看。文慧可能以为我不太高兴，静静地坐在我身边。

"还是不行。"她的声音就像犯了错的孩子一样，让我在感到心酸之余也有点悲伤。

"嗯？"我问。

"我走了好几家出版社，没有一家愿意刊你的文章。他们说，还不够格。"

我没有说话，只是没来由地生起怒火，把面前的稿纸撕了个粉碎。我也不顾文慧，径直去睡觉了。

失明第二年　九月十二日　阴（？）

家里的生计全靠文慧一人维持，她每天除了白天要替我写文章，有时晚上还要去送外卖，我都难以想象她是如何扛下去的。我真是没用，什么也干不了，便在家里炒股吧，我的头脑应该还有可利用的价值吧。

失明第二年　十一月二日　晴

今天去老同学的婚礼——是哪个我也记不清了——认识了一个叫李辉的人。我感觉他和我很相像。如果说朋友就是互相讨厌而又装作无事一起喝酒的那种关系的话，那么我和他大概就是这样的朋友吧。

我给他看了一些我写的书，看完后他合上书，郑重地对我说："叶明，你一定能成为一个大作家的。"

那又能怎样呢,我想。

失明第三年　二月十六日　阴

前天文慧找到李辉,她知道李辉人脉广,想让李辉帮我办一下出书的事,李辉立刻答应了,我未置可否。

他到我们家里,跟我讲述他是如何在网上宣传我,把我刻画得如同一个瞎了眼却依然坚持梦想的落魄作家……听他在那里侃侃而谈,我微笑着在心中纠正。我是瞎了眼,落魄,然而并没有梦想。梦想那种东西遥不可及,既美好又空幻,我是不配拥有的。

失明第三年　二月二十四日　晴

我写的书找到了愿意出版的出版社,当文慧把这消息告诉我时我并没有太高兴,努力挤出一丝微笑来迎合她,她沉浸在喜悦中没有察觉,她似乎比我更在意我的事情。

"我带你去公园里转转吧。"她的声音是那么坚定,不容置疑。也好,就当放松了,最近太压抑了。

她带我来到公园的湖畔,水汽扑面。脑子里突然蹦出了个想法,我想看一下大海。我从没有亲眼见过大海,但在这里,我可以感受它,想象它。海浪打在石头上,海鸥在头顶盘旋,腥咸的空气扑鼻而来,那种想象是美好而又充满希望的,我从未有过比那时候更强烈的想要看看世界的欲望。真傻,我想,怎么可能呢。

失明第三年　三月二日　雨

炒股票小赚了些钱,文慧很高兴。这些钱正好可以在稿费送来前缓解下手头的拮据。要知道,我们为了请那些编辑什么的人吃饭也欠了不少钱。

于是我便和文慧在外面的小铺子吃点夜宵。此刻天正飘着雨丝,打在饭馆门口的伞上倒也异常好听,空气里那种潮湿的感觉令人十分舒服。

我坐在椅子上,声音如潮一般涌入我耳中。猫在墙角发出了一声"喵呜",小汽车的汽笛声,钟表的滴答声,拉面打在案板上的声音,塑料拖鞋在雨中飞奔着,踩过一个又一个水坑,溅起了对蚂蚁来说算是海啸的水浪。

饭端上来了,虽然不是什么珍馐,但也非常美味,我和文慧相对而坐,没有说话。良久,一阵急促的高跟鞋敲击水泥地的声音突然打断了宁静。"我回来了。"原来是这家店的老板娘,接着便听见她和老板亲吻的声音。我听出了文慧的笑意,她一定觉得这样很幸福吧。

"真好啊。"她说。

我说:"真好啊。"

失明第三年　五月十八日　晴

网友在微博上骂我装盲人,一位德高望重的老年作家指责我文章狗屁不通,为人处世极其低劣,我没有反驳。这样的事也不是第一次了,悲剧没有发生在自己身上,谁都不能切身感到痛苦。文慧替我读评论时,语气像是要哭出来了,我安慰了她几句。

我面向她说,如果有一天我死了,让她删除我所有的微博,我不想在死后微博被数以万计地转发,被人哀悼被人惋惜,那是对一个人最大的侮辱。

失明第三年　八月三日　晴

眼角膜移植很成功,我就要出院了。摘下纱布那一刻,好像一瞬间便有了光,我想,这大约就是上帝造光时。

我让文慧先回了家。"我想一个人出去转转。"我说。

凌　晨
看见阳光倾泻与否

　　我没有管医生的建议，抬头望向了天空，是灰蓝的。大约是太多的云，或是阳光太强，才没有儿时记忆中的那么蓝。我安慰自己说。

　　回家的路上我又去了经常去吃的那家小铺子，要了一碗牛肉面坐下来吃。

　　路口那里有一个身影，我不太认识，她面前站着一个男人，她向四周看看，确认没人后迅速在那男人的脸上亲了一下，随后便分开了。

　　她走过我身边，惊讶道："啊呀，小叶，好久没见你了，怎么，咱家的不合你口味了？"

　　是老板娘。

　　我随意说了几句搪塞过去，老板娘又抱了一下老板进屋去了。

　　"结账。"我说，随后掏出一张皱巴巴的五十。"刚好十块对吧？"我问。老板不动声色地接了过去，神色极其自然地放回了兜里："对，刚好。慢走啊。"他们还以为我是盲人，不过我没有说破。

　　我出了店门，心想，不知道是不是眼盲，让我没有心盲。

失明第三年　八月六日　雨

　　要去看看我朝思暮想的大海了，我无数次幻想着它的面貌，它的雄壮，它的汹涌。

　　我去了海边，更准确地来说，是一个极大的废液处理池。

　　附近开的一家化工厂和一家炼油厂每天都把大量的污水排放到海水里，使海水的颜色变得浑浊而恶心。头顶上传来鸟叫，我心生疑惑，海鸥到这里来干什么。抬头一看原来是乌鸦，伺机寻食海中翻白的鱼的腐肉。

　　原来大海只是这样的，我想。

　　我去到市区里的公园，这时雨下得已经很大了。我坐在树下，感受着那少得可怜的甚至有些赝品气息的泥土味道。难以置信，人们把自然搞得一团糟，却又在钢铁丛林中另造一个"人工自然"，难道人造的总比自然的好吗？

057

生命的本质又是什么呢？

  我想不通。

  日记到此戛然而止，他在写完这最后的日记后，便在公园的湖里投水自尽了。有人称，当时他看见叶明走进湖里没有太注意，以为他是想游泳，过了几分钟他一直没有看到叶明上来，这才报了警。

  我合上本子，窗外雨已经停了，阳光透过窗户照进房间，远方映出一道彩虹。我想，生命的意义，也许在于能看到这样澄净的彩虹，以及窗外倾泻的阳光，足矣。

  我想了想，把请柬放在了我的衣服口袋里。

（作者学校：新疆克拉玛依市第一中学）

本文为 2018 第五届"北大培文杯"复赛第七场参赛文

> 我以为，文学、青春，都该有点"情怀"。
>
> 莫言先生说："如果没有文学，人的生活便会粗鄙野蛮。"所以，每当提笔，总希望写出的文字是热腾腾的、带着37℃体温的。不求它辞藻华丽、句式精美，只希望它透着人性的温暖、闪烁着思想的光华；用心思考，希望它能够笨拙稚嫩地表述"人何以为人""社会是否可以更美好"之我见。
>
> 至于青春，我希望在这不长的时光里，体味一切应体味的美好，品尝所有应品尝的苦涩，学习尽可能多的知识，阅读大量"有用"或"无用"的书籍。因为我祈盼，有一天，我的文字，或是别的什么，能够对这世界做出一些有所裨益的改变，哪怕这改变的光芒渺小而短暂。
>
> 不畏做那些黯淡的星星，因为它们更高远啊！

梁 磊

乡·链

一

县里来人时，老人还在窑里痴痴望着他望了一辈子的窑火。

老人已经几天几夜没有合眼了。瘦小的身躯被熊熊燃烧的窑火投影在窑壁上，身影拉得很长。灰白的窑灰均匀地铺满了老人脸上每一寸黝黑的肌肤，填平了每一道纵横的沟壑。就连老人本就斑白的须发，也像又覆了一层霜雪，衬得老人愈发苍老起来。

老人不知道，自他进窑制陶以来，窑外的雨就淅淅沥沥下个不停，这一窑瓷器怕是要坏了。

村里人祖祖辈辈都活在山窝窝里，只有一条迂回曲折的山路与外界连通，山里人想要走出大山，难。下了几天的雨，山路上便和起了稀泥，车轮陷进去，寸步难行。不过，雨总是好的，至少，山路旁挺拔俊秀的树林在细雨朦胧里愈见青翠起来。

一阵短促的叩门声，让老人的目光不得不暂时从旺盛的窑火上移开。老人站起身，拍拍屁股上、衣服上的灰，连声应着，动作缓慢地推开沉重的窑门。

来人是个三十岁上下的青年，脸庞瘦削而坚毅。他连伞也没顾上撑一把，黑色西服外套已经被雨水浸透。乌黑的头发也湿漉漉的，有些凌乱。青年身后，跟着老人的儿子——村主任杨福贵。

"来，快进来。"老人微微侧身，沉着而不容否定地将来人迎进窑。

"大叔，我是县扶贫办的。这次本来要去邻村的，山路走不通了，就先来您这儿了，不过早晚也要来的。这次来，是有些事想和您商量。"青年一边说话，一边脱下浸湿的外套，随老人坐在窑火旁取暖。

"你说嘛。"老人摘下窑壁上备着擦汗的毛巾，两手捧着，递给青年，"可别嫌弃。"

青年接过毛巾，轻轻在头发上按压："怎会。是这样，咱村是县里的贫困村，这您知道。国家有扶贫政策，要让咱精准脱贫哩！您在村里德高望重，所以想和您商量，能不能请您带头搬迁？县里统一安排修建新村。这杨主任也同意了的——"

老人安静地听着，火光照耀下，他那黝黑的脸上渐渐泛出猪肝紫。老人快要失态了，但此刻他什么也顾不得了，于是粗鲁地打断青年：

"这怎么行，我们祖祖辈辈，在这山沟沟里住了多少代人。'金窝银窝不如自己的草窝'，是你们说搬就搬的？"

"爹，您就应下吧。"主任接下了话茬。

"你给我闭嘴！当个村主任还管上老子了。"

"叔，咱们可以慢慢谈嘛。搬迁也是为了咱村的长远发展考虑……"

"不行，绝对不行，我不同意！你们走吧，这事没商量。"老人用尽全身力气，站起身来，推着儿子和青年出了窑门，重重地关上门、插上门闩。

"叔，您再考虑考虑吧。"青年不死心地拍着窑门。

两人走后，老人弓着腰，独自在窑火前坐了好久。

二

熄灭了窑火，老人背着双手，一路走走歇歇，慢慢向家里的老屋走去。

老屋的确该换换了。在老人还不老的时候，是他亲自砍了大树，给老屋上了房梁。到如今，木梁已经开裂，屋顶用陶土烧成的瓦片换了几回，还是没能止住老屋漏雨的毛病。

"爹，您回来了，吃饭吧。"福贵讨好地笑着，在屋前候着。

"你别叫我爹，你混蛋！祖宗留下的地，是咱的根，我就是被栓在这里一辈子，也认了！你怎能帮着外人，说不要就不要了？"

"爹，您得往长远了看啊。搬迁能让咱村真正走出大山，真正过上好日子！"

"往长远了看，往长远了看……"老人喃喃着，没有进屋，转过头，向远方走去。

"爹，您去哪儿？"福贵伸长脖子叫喊。

老人却像什么也没听见似的，头也不回一下。他背着双手，披着藏蓝色外褂，颤巍巍地走着，背影越来越小。

老人来到烧陶器取黏土的山坡，用黝黑、开裂的双手捧起一簇潮湿的泥土，紧贴在脸颊上，扇动鼻翼，细细嗅着土香。直嗅得浑浊枯萎的老眼被晶莹剔透的泪珠儿灌满。

他怔怔地杵在那里,仿佛失掉了什么。

三

几天后,县里的人又来了。

青年停下被山路飞起的泥土抹得灰黄的汽车,跳下车门,直奔老人的老屋。此时,他已经换上了板正的西装,显得英俊许多。

"叔,开门啊!"青年轻轻叩门。

半晌,老旧的木门"吱呀"着打开一道小缝。青年忙闪进身去,放下手中的礼物,满脸堆笑,抢先说:"叔,我今天来,是想请您老跟我一起去看看新村址。看过咱们再谈,行吗?"

老人没有拒绝。上回,那样一个雨天,他不由分说地赶走青年,心里是有疙瘩的。

青年搀着老人,一老一少在小村崎岖的石板路上慢慢走着。山民多年劳作,山里又格外冷湿,上了年纪的人,大多是有风湿的。

一个多小时的爬行后,汽车才开出大山的包围圈。一路颠簸,老人有些胸闷。汽车穿越县城的熙熙攘攘,停在了县城另一端。

老人笨拙地打开车门,缓缓下了车,细细打量着周遭:

这地方交通倒也便利,还有一条小河傍村而过,孩子们夏天是可以摸鱼的。每家每户都有一栋独立的砖房,房前辟出一小块地,可以种些蔬果。水泥铺就的村道在低矮的建筑中蜿蜒穿行,直通到村东供人们消闲的小广场。最重要的是,这里处处有路灯,村人再不用过每逢夜晚就成了"睁眼瞎"、提心吊胆的日子了。

老人有些惊愕,久久说不出话来。

"还不错吧,大叔。"青年微笑。

"你再容我想想。"老人照旧四平八稳,不容置疑。

老人其实是有些动摇的。他不愿因为自己让大家过不上好日子,只是还放不下制陶的手艺和先祖的故地。老人是大山的风筝,总有些东西,牢牢系着他。

回到山村,老人去了村西坟场。他抚摸着一块块石碑,僵硬地跪下去,老泪纵横。

四

人老了觉少。

清晨,老人醒得格外早,醒了便再睡不着。匆匆吃过早饭,披一件衣裳,出门了。

天还不大亮,几颗星星顽强地悬在空中,闪烁着。不时有露水划过草叶落地的声音。大山的早晨,冷湿得侵人骨髓。

老人漫无目的地挪着步,这几天,为搬迁的事,他心里乱得很。

背后一阵"窸窣"的脚步声打断了老人的思绪。这么早,会是谁呢,老人想。于是站定,等那脚步靠近。

"杨爷爷早!"

老人看清楚了,是村北老刘家的二小子。孩子古铜色的小脸瘦瘦的,看着怪可怜。

"好孩子,你早!这么早,干什么去?"

"上学去。"孩子清脆地答。

哦,是我老糊涂了,竟忘了这事,老人想。这些年,村里的日子一年不如一年,村里的学生也就越来越少。到后来,乡里干脆搞了个"撤点并校",

这之后，孩子们上学，不得不翻过一座山，走十里山路，到山那边的鲁店村小学，因此也就起得格外早。

"好孩子，辛苦了，快走吧。好好学，一定走出大山去。"

作别孩子，老人便转身回老屋了。他决定了：

搬！就像儿子说的，得为子孙后代考虑。自己的手艺再好，也不如村民过上幸福日子好，搬！

五

听说青年又要进山，老人早早沿着石板路，颤巍巍走到村口，候着汽车引擎的轰鸣。

青年远远望见老人，停了车，冲老人跑来。

"小伙子，我想跟你说——"

"叔，是陶窑的事吧。我正要找您呢，我听杨主任说了，您放不下制陶的手艺。这不，我跟县里申请了，帮您申请县里的'非遗'，以后，会有人帮您把手艺传下去的……"

（作者学校：内蒙古一机一中）

本文为2018第五届"北大培文杯"复赛第二场参赛文

> 为了拥有七月的橘猫，树叶里的云，脸红的灰格子裙摆，瞳仁中的蓝色青柠汽水。为了向你道早安的发梢，和可乐泡在鼻尖爆炸的仲夏。
>
> 也为了清晨便已馊掉的柳橙汁，佝着脊沉默的查拉图斯特拉，和那些猫躲在四十迈的车轮下、云被麻雀吞进肚子、格子被掷在电闪雷鸣的地板上、青柠在鞋带上流泪的夜茫。
>
> 韶华未逝、天涯咫尺。
>
> 我曾踏月而行，只因你在山中。

王湲翔

雾清

吴清猛得睁开眼睛。像是被人狠狠攥了一把心脏，窒息感夹杂着钝痛在胸腔中肆意扩散。她拽着被角缓缓直起上身，倚在床头大口喘息。又是同样的噩梦。梦里的自己被笼在青白色的混沌中，任自己如何挣扎，都撕不开眼前的茫茫大雾，苦苦纠缠，逃脱不得。吴清用力闭了闭眼，拿起手边的闹钟。五点三十二分。今天是儿子生日，要去看儿子，她掀开被子，翻身下床。

六点十五分，厨房传来绵绵香味，灶台上蓝色的火舌跳跃，不急不缓地煨着青色砂锅。吴清打开卫生间的水龙头，冰凉的水拍在脸上。她直起身，端详镜子里的自己。水珠顺着法令纹滚落，脸上的皮肤被地心引力控制，松弛下垂。四十多岁了啊，果然老了。她自嘲地笑了笑，拿毛巾擦干水珠。儿子都已经十八岁了，自己怎么可能不显老。又去厨房看了看砂锅，浓浓的鸡汤，再炖上两小时肯定入味鲜美。儿子马上就高三了，营养可一定得跟上，不然怎么吃得消。吴清一边想着，一边往布包里装上昨天买的火龙果，多拿两个，儿子住在学校，平时吃不到水果。

听见房门打开的声音，她扭过头看，是丈夫起床了。两人在餐桌前坐下，吃简单的咸菜小米粥。"快吃快吃，吃完早点走，可别赶不上儿子中午休息时间。"吴清催促。"还早呢。"丈夫抬起头，深深看了吴清一眼，"不会耽误的。"

七点半，吴清将砂锅里的鸡汤小心地倒入保温盒，再套上层塑料袋，想了想害怕洒出来，又套上一层。丈夫提着水果站在门口，等吴清换鞋出门。走出楼道，触目皆是团团白雾，缠绕着幢幢高楼，令人看不清楚。吴清停下脚步，抬头仰望，像是梦里的那片混沌，看不见天际线。"怎么总是阴天。"她喃喃自语。

丈夫发动车子，雾大，能见度很低，开得很慢。吴清坐在副驾驶上，怀里紧紧抱着鸡汤，透过车窗向外看。人行道上的电动车和自行车来往穿梭，多是些骑山地车的学生，呼啸而过。

"喏，你看这孩子们，雾这么大，还骑这么快。"吴清说，"愣头小子都这样，咱儿子也是，骑车飞快，腿一蹬，人早出去二十米远了，哎，长大了啊。"

"男孩子都毛躁，所以我说，还是养女孩好。"丈夫接话。

吴清扭过头看他："你说得轻巧，我知道你可怜福利院里那个叫莎莎的小姑娘，可咱儿子马上高考了，哪儿有工夫再照顾一个。"

丈夫眼神直勾勾地看着前方的路。

吴清接着说下去："我也不是不喜欢莎莎，可咱可以平时去看她嘛，你说，哪儿有自己孩子好好的，还领养一个的道理，独生子女怎么了，我就觉得一个孩子好。"

许久，丈夫才轻轻开口，却前言不搭后语："唔，今天雾真大。"

车子继续向前行驶，儿子的高中离家远。吴清闭上眼养神，嘴却不闲着。"现在的孩子啊，可真辛苦，上次去看儿子，他瘦得哟，跟竹竿似的。"她紧了紧手中的鸡汤，"你一会走到秦岭路在路东停一下，那儿有家西点店做得不错，得给儿子买个蛋糕。"

"行，你就在车上坐着吧，一会到了我去买。"丈夫回答。

"别买太小的，他回寝室里说不定能跟室友分着吃。"吴清叮嘱。

车子驶离车道上的洪流，像一尾逃脱的鱼，停在西点店前。丈夫下车，抬头看见同事老王正从西点店走出来。"哟，怎么在这呢？"老王寒暄。"去看儿子，你嫂子让买点蛋糕带过去。"丈夫答。"噢，去看儿子啊，"老王拍了拍丈夫的肩膀，"照顾好嫂子。"

九点四十分。气温缓缓升高，浓雾像是被吃掉一半的千层糕，透出盘底的白瓷，路两边的大楼显出隐隐轮廓。车子驶出市区，吴清看向窗外："可算快到了，你说，学校建这么远有什么好，真不方便。"

"建得远安静，周围不那么吵，怎么不好。"丈夫回答。

"儿子不知道又瘦了没，快一个月没见他了。"吴清不住地念叨。

车子终于停下来。十一点半。视野变得开阔，太阳从白雾中露出一圈金色的光影。丈夫提着蛋糕水果，挽着吴清，慢慢地走。吴清仍抱着怀里的鸡汤，小心翼翼地护着，生怕一不留神洒出来，手却微微地抖。

"你还记不记得，咱儿子小时候可皮了，爬上爬下的，有一回站到我的梳妆台上扮孙悟空，结果脚一滑摔下来，磕碎半颗门牙。"吴清的眼睛望向远处，陷在回忆里，脸上满是温柔的宠溺。

"记得啊，咱儿子从小就聪明，三岁就会背唐诗呢。"丈夫回答。

"哎，时间过得可真快，转眼啊，儿子长大了，我们都老了。"

吴清和丈夫停下脚步。他们在一座新立的墓碑前站定。大理石的碑面上沾了一层薄薄的灰，儿子的相片嵌在上面，冲着吴清和丈夫微笑。

吴清蹲下身子，用袖子将灰尘拭去，认真地，一遍一遍擦拭。然后将鸡汤小心打开，连着水果蛋糕一起摆到儿子面前。

"儿啊，妈来看你了，今天过生日，妈给你炖了鸡汤，爸给你买了蛋糕，你多吃点。"吴清喃喃开口,"学习别太累了,自己可要当心身体,等你考完大学,妈带你旅游去……"

丈夫俯下身,扶住吴清颤抖的身体,两人的眼泪混在一起,砸在儿子的墓碑上。

也是这么个大雾天,那天的雾迟迟不散。儿子骑山地车回家,被看不清路的公交车司机撞飞出去。

儿子今天十八岁。儿子永远十八岁。

丈夫站在一旁,和吴清一起陪儿子度过成人礼。

大雾无声地褪去,墓碑上映出吴清佝偻的影。

不知过了多久,吴清抬起红肿的眼,看向丈夫:"儿子长大啦,咱们明天去办手续,把莎莎接回家吧。"

微风轻轻拂过,金丝般的阳光撒下来。

(作者学校:郑州外国语新枫杨学校)

本文为2018第五届"北大培文杯"复赛第一场参赛文

> 一条游弋的舟，本身不动人，是它漾的游波扰乱人心。而作者即弋舟，文章即水声。文学的湖太广太深，以至我的小舟才泛泛涉浅，我便知万事皆晚——舟的近旁，博大的深意正将我围城；我的头上，前人的白鹤在只只掠过。那是古诗词的鹤，民国文学的鹤，现当代小说与杂文的鹤。
>
> 写作与读书予我四大天马行空的使命：为惊鸿作信，为纯粹动心，为冷眼找一归处，为文字方生方死。
>
> 天曰：公无渡河，公竟渡河，堕河而死，将奈公何？
>
> 我回：便杀了我，严肃文学——请来擘画我的一切，调度我的一切。

彭永姗

公竟渡河

一

风，自是没有的。但湖却在微微漾动——算不上咏叹调，顶多为酸曲儿的幅度——那是蜻蜓在产卵。

"爷爷，你为什么佝着？"不悖看着他爷在湖边弯腰试水，弯得和饮水的白鹭一样。

"这小玩意，把儿子生到塘里，自个儿一溜烟跑了。"老人瞅罢，眼儿微微眯上。

缅湖之大，如同世纪沟渠，擘画一切，调度一切，隔断了听松颐养院与那方省城，使之成为无扰而孤独的天伦之境。它的水来自那边远僻乡，可能还在哪个峡里裹土跃涌着，但终于囚禁于此。这是老人蛰伏在此的第三个年头。每月初三，儿子会带亲孙来见他。

三个亲孙都小，一年分十二节长高；叫不怵、不悸、不恸，是儿子丈人那边请了大师取的，愿三个少爷超尘脱俗。

老人凡三孙来，便同他们讲故事，那是他诚愿自己还有点儿趣味。开悟都是大岁数，他老了。

"我们那儿，屋门都长在墙上一米多高的地方……做菜时把碎白米、碎青菜、鱼、肉、豇豆一通放进坛里，出来就是酸的了……"他眯眼嘀咕，也许试图回想起一个酸味儿苗乡，记忆像一只乱飞的麻雀，比他那迟钝的躯体倒要灵活得多。有时他心念灵魂一说，怕并非信手拈来，而且讲述灵魂的人，恐怕多半也是乱飞的麻雀，与自己一般出口不忌。

爷爷，家里的电饭煲也是这样。不恸叽喳。

"那是你们家，我家的锅不同。你们的家坐车回，我的家——是风吹了就回。"

等他变为一抔灰，一缕烟便回。

不怵攀在他爷爷的肩背上，摸他爷的稀发头。疏毛之下头皮的疤斑斑点点，尤其像北边井旁牛羊啃草留下的斑点状荒漠，叫他不觉好奇。老人似乎早知道他手指的磨蹭同流连代表着什么，说，那是年轻时候给板栗砸的。

不怵说："爷爷，你骗不过我。板栗怎么可能砸成这模样。"

"那是绿的刺的板栗果，一颗果里包四颗板栗……"

不悸嚷嚷，那不就是炭炒板栗的小包装嘛。

不恸拉扯他，不悸，你不要打断我们听故事。

"……根根刺细黄又棘实。你们爸和我劳了一天，饿怕了，我就给你爸挑棍子打板栗，那球儿从树上砸下来正中我头心。有好心人来给我挑刺清头，那洗头盆里是个血汪汪。乡里都说一滴血抵一碗饭，一盆血也不知道抵多少饭。"

彭永姗
公竟渡河

不悌抠摸着这些疤,貌似在这凸起上更觉得了一点乐趣。这乐趣很原始,和牛羊扯草反刍一样自发。他边抠边听不恸讲,爷爷,不要紧,你再吃饭,血就回来了。

二

静风小学作为办学典范,德育向来火热。这月可不,各班墙柱都裱上了新的二十四孝图。

车后座,三个孩子哂笑同窗给自班的图又添了什么新花样:最精明经济的还是给王祥绘上了几笔,比那侧躺着洗头、发似海带的妇人还美。

又是这月初三,照例,文晟开车带三个儿子,驶上去听松颐养院的路。越往里越成一个境界,土地越绿,枝梢越足。

文晟停车在服务区,兀自去方便,叫儿子等着。他站在白墙前,只有在这种原始的时刻,才终于感受到一身鄙陋的酸与舒爽。这样的酸,总被他埋在坛里,不放出来。但他想到菜终究敌不过酒,只会酸过头,不会久而醇。谁知道酸生长在哪片天底下呢?他还是喜欢酒。

"你在哪,应酬是吗?"耳畔便是酒的声音。

遥遥与之呼出的,是接来父亲的无数个夜晚,那个不愿开灯并总偷情一样万般省电的老头,坐在黑暗里双眼异常清亮地等待儿子,活像一尊酸味的泥像。夜里他常常听到小儿子雀一样的尖叫,那是出房小便撞见了无眠的老人。

一时,他竟想,父亲该何时化作梁上烟,门前河?

他洗了把脸,回到车上。叶如盐多,车窗一路吞吐着叶子形的日光。他突然像脑子里一只麻雀叼了灵感来,问三个儿子:"不恸不悌不怵,你们都来讲,有人去世了,你们怎么做?"

不恸说,哭成倾盆大雨。

071

不怃说，哭得震天动地。

不悌干脆说，像两眼破了尿肚子一样哭。

三个男孩嘻嘻地私下怼瞥着眼笑。

他们的父亲全然无觉，道，你们都出息又孝顺，以后人成了烟，你们也要这样哭。他想，儿子们总会光宗耀祖的。

三

我老了，血流不快，如果生了血就会堵在原处，不会回来啦。我的饭，都留着给你们长血用。老人打趣叹气。

三个孩子笑，家里饭多得是！爷爷用不着留。

老人微合着眼，微微笑着，慈祥地看着他的乖孙。

"爷爷为什么不回家去？"

"这里好，我喜欢这里。你们家里没有多余的房间……"

"不怕！这个好办！我们把软软赶出去，爷爷睡软软的床。"

"多不好，别人的床是抢不得的，别人的梦也从来抢不走——你们妈妈又新添了一个妹妹？"

"不是！不要听不悌乱讲！我最喜欢软软了，抱着它睡觉，毛茸茸的……"

"爷爷也坐不惯你们爸爸的车。爷爷就看着这片湖，可以想到我家门前的水——天下的水都是相通的。"

不怃突然眼睛一亮，惊喜地尖叫："爷爷，天下的水都是相通的，你顺着这片湖一直游，不就回到你的家了吗？"

老人微微一颤，笑："真聪明。"

四

是夜，风烟俱净，湖面温柔平和之至。

老人老丝瓜一样蜷着醒来，他的藤脉上曲折地流着从梦中淌出来的河。

他在一万个睡梦间爬起来，听到隔床的老人轻轻呓语一个乳名。那太含糊，听上来倒像是谁在呼唤他子孙的乳名。水雾间，窗外的缅湖一眼望不到头。

老人蹑手蹑脚来到湖边，像白鹭一样弯腰试水。他像一块重而缓的历史的沉石，足下土地已经松动，只用了一点力，就完美地栽入水中；像新生的泉一样活跃，完美地栽入小流之中。

他便化身小流，一直流到桥墩旁边，流到一排房屋门像二十四孝图一样挂在墙上的地方的沿街。

岸景乱云飞渡，终点一座小庙，有声音呼唤他上前去。

庙的大匾上书文孝庙，老人走进去，看见三个男孩跪在蒲团上，虔诚地嬉笑。那尊大佛，长得像文晟，惹他怜爱。庙里突然聚起很多人，是他儿媳，还有很多亲属。每个人嘴脸不一，细屑的声音合为一叹。

天发声了，问老人："你可知道郭巨埋儿？你可怨他不去哭竹生笋，倒去挖坑？你可怨他不弹孝调，倒奏新调？"

老人答：我只知道郭巨弑母，没有埋儿。我不怨。

（作者学校：湖南省湘西州民族中学）

本文为2018第五届"北大培文杯"复赛第四场参赛文

> 有个说法是人好比容器，盛满各种情绪与欲望，但我觉得这个比喻并不恰当，人应该更像是通道。快乐也好，悲伤也好，当中流过，不会太长地滞留，死亡之前也没有空白。而青春这一段就是情感最容易堵塞的地方，欲望膨胀，思绪长出肉翅乱扑腾。快乐也好，悲伤也好，在身体内停留过久就会发酵成为新的东西，灵魂深处肿胀着。而写作并不能消去这肿胀，写作对于青春里的人更多的意义仅是记录，记录本身即已是纾解与反抗。比起技巧与内涵，更重要的是真实。只有真实。

李洁云

看见光

一

"我在梦里，见过她三次。"

二

"在原野。"

她背对我，抱膝而坐。胛骨透出衣衫，露出两道狭窄的痕。日光透过黯淡云隙，照得她身影朦胧。

我想上前，脚下却动弹不得。脸上渗了汗，牙龈战战地酸着。

我看到一匹马坠在乌黑的泥潭。

昂起头颅嘶鸣，身子已湮没大半。是匹白马。白得刺眼，正屈蹄踢蹬周身软烂的泥。泥潭努力要将它吃进去。

救？

我蹲在树后与它对视。它湿润的眼瞳里没有绝望，如鸦雀啄了大半的残月，有我看不懂的东西流淌。温柔又倔强。

三

"在苍穹。"

铅云轻小，她只身坐在云上，脚踏悬崖万丈。

长风破空，远山有骤雨。而她满不在意，撩起五指将一团颈侧的发，松松拨到脑后。

足下万里晦暗，头顶清朗穹顶。她却像忘了，许久之前渴望爬上来的旧梦。

我知她悠然眉梢，是动荡呼吁久不至的来春。心脏冷了很漫长的一场深雪，她是无冬眠的兽类，伤痕累累。所幸有光，疤像草籽旺盛地长合。

痛痒吧。她发呆，更不爱说话了。

我再次确信，她的痛楚，我从来不曾懂。

四

"在深海。"

她仰面漂在粼粼光影里。鱼群纷扰而过，如老人终生的琐碎记忆，轻轻地接连弹过她的肌肤。目所及处，大段时光剥落老去。

青白色的脸颊，有营养不良的病态的肿胀。她像无形中被削断骨骼。又瘦了。

她嘴边咬着笑，目光越过我看向他处。模糊的赭色岸线，浅海熙攘的小渔船，亚热带阔叶林与将要喷发的火山。

她阖上了眼睛，长长地呼出一口气。

她周身有光。

是生命行将消逝的光。

想起十九岁的她，蜷在钢厂的荒草里唱歌。我听到她温柔声音。

"我很满足。"

五

她是老钢厂那一片的人，老孟十几年前捡来的弃婴，抱回来给口饭养着。大了跟其他被拐的小孩学掏包和盗窃，定时交钱。

钢厂里女人不多，都是买回来的农村妇女。男人看不惯朴素的脸，把女人倒扣在桌上扒裤子。一晚上谁哭得可怜，就在谁腰上用烟头烙个光荣的痕。

都是低档妓女。就孟怀冬不是。

孟怀冬是畜牲。

老钢厂乱归乱，边缘零碎的居民区比较安全，只要别出门瞎转，不会有事。我把相机镜头一个个取出，放到小院儿的土墩上。

我低头翻看照片。眉头蹙着，只几张还满意而已。拇指越按越快，直到最后一张。停了。照片上，被三个青年围殴的孟怀冬，蜷着极瘦的身躯在地上滚，怀里紧紧抱着小铁盒，死活不放。

我无心救人，救是引火烧身。当时是习惯性举起单反，蹲在树后面调焦。没有人看到我，我以为孟怀冬那个混不吝的小孩也不行。

那一帧，我在取景器里看到她努力昂首盯紧镜头正中央。她视线挺弱，像一只被狩猎的小黄麂。短短的绒毛鹿角，微妙而狡黠地顶撞着我的眼神。

杂草尖粘在她汗湿的鬓角，勾到嘴边，像道细刀痕。"痛意有，没有血，淡得跟猫尾巴扫过，酥。"她没心没肺地笑着。

算认识了。

六

"你这畜牲——我真服气你。"

我给她倒了杯热茶。她听我骂这一句，又开始笑。睫毛被先前的泪打成绺儿，拧在一处抖着。

嘴里的烟掉下来，孟怀冬用没伤的左手哆嗦着捡起。左手想必也疼，烧了半截的猩红的烟卷子还是落进水坑，"吱"的一声熄了。

她瘦削的肩，渐渐风起的叶一样打颤。不是笑，哭了。水染泥，虫饮酒，指月目昏耳聋，柳不上东墙梢头。一遭又一遭，她又哭又笑，向我说了不应景的笑话。

孟怀冬看着我，不言语，就像是一切悲剧都有了源头，正站在那儿。

我把烟按灭。犹豫一下，还是开口了。

我肯定不会救她。

我只是——为了让更多人看到她失意的人生。让更多的人能翻开脚底下臭烂泥封得严密的石头缝里，跟摸河虾似的乱搅一番，心满意足地窥探别人难堪的隐痛。

像害病的眼睛避光，破碎的皮肉怕风，角落里的人孤零零地缩着捂好疤。没心没肺的畜牲也一样。

我清楚尚苟活于烈日下的正常人，想看到什么。

孟怀冬有独特之处。她是个不屈不挠挣扎近二十年也没放弃的畜牲。我瞥了眼她左小拇指，偷偷留长的指甲被老孟生拔了。带血丝的嫩肉翻出来，清晰如利刃上映出的假象。

现实像隔夜老砖茶。一刮，杯壁上浓重的厚油，浮在冷茶上，竟也闪辉光。钱是亮的，摄影杂志月刊的封面头版是亮的，女人鲜艳的唇是亮的，泥金色版筑似的名声是亮的……都亮。

孟怀冬早不哭了，沉默地抽烟。

"小孟，你算彻底从老钢厂离开了？只是被打得快残废了？"

"还交五万块钱。"

"——你又掏包了？偷？"

"我攒的。几年快十万了。"

"哦——那你现在打算怎么办？我要离开了，这片太乱，我相机架都丢了。"

"我——自己找点工作吧。服务员什么的。"

孟怀冬有些小心翼翼。

我差点开不了口。

"是这样，小孟。你知道我是摄影家，对老钢厂的环境挺感兴趣。我想跟拍你，一两个月吧。"

"我——"孟怀冬慢悠悠吐口烟，一脸嘲弄，"你没吃药吧。我不行，何况我得找工作，哪有空。"

"你听我说，我觉得你有特点有故事，还很有代表意义。如果拍出来，绝对好效果。"我接着问了一句，"你不想看看自己新生活是什么样的吗？离开钢厂，自力更生——也算是人生片段啊。"

"——行吧。"孟怀冬显然被最后一句说服，她腕内崩出两道青紫的细血管，还使劲捏住烟在手里抖着，思索很久，"一天多少钱？"

"八十可以？"

"行，日结。"

孟怀冬十九岁，没上过学，姿色平平，正身无长物地叉着腿坐在我面前，大大咧咧感叹没找过工作没挣过钱，问我租房到底怎么办，还有"照片到底他妈照什么"。她迷茫又无故兴奋地弯眼睛，像只湿漉漉的幼豹，嚎叫着冲向阳光刺眼的苍白世界。

我知道她下午三点走，先去两里地外钢厂唯一的站点，等公车。我看眼腕表，快两点半了。她拿着只老款手机认真确认着我的号码。

而我不能救她。

我斟酌着开口："——小孟，你知道，有时你越对着一片荒芜，越觉着幸福……"

"我不要幸福。"孟怀冬打断我，随即半张着嘴不知该说什么。我捏了一根烟放嘴里叼着，静静地。

"我要到更高的地方去。"

孟怀冬抱着她的小铁盒，一溜烟跑了。

七

她走得忽然，还没来得及告诉她，世上压根没有高地。人生是路啊，每个人都是踩着脚下人事往前。衣服包裹的仅是肉身，风都能吹进不知何时开裂的缝隙，能扎透了心脏。

孟怀冬长在地缝的烂泥里。她要亲手挖断根须跳出来。街上形形色色匍匐前进的畸形兽物不少，可没有人敢敲断自己的腿骨，只为向前一步。一步。

孟怀冬死了。

她在中心路的沙县小吃打工，老孟从外地回来的手下捉住她，打成重伤，几天后悄没声儿死在廉租房。也就在当地新闻社会板块上滚动播出了几秒。

烟灰落到裤子上，烫得我一跳。头颅里的脉搏不安地鼓动。我心里有很多我自己也不明白的东西。昨夜的孟怀冬举着她的破手机兴奋地喊了七八遍"找到工作了",她甚而在电话里决定,为第一次拍照买一条二十块钱的牛仔裤。

她的声调里有泡面味、低劣洗发膏和公共浴室的潮。后厨火燎的烟,熏得她的声音沙哑而坚硬,练习上百遍的"欢迎光临沙县小吃"很有模样。孟怀冬像一夜成熟,又像一夜老去。

我手里只有孟怀冬的一张照片。是初遇。她深陷泥潭,眼睛却比谁都干净。孟怀冬是在以自己的方式,摸索飞行。

我猜到老孟不放过她,松口不过是为她藏的钱。老钢厂的人你争我抢地把彼此往黑里拽,只有孟怀冬想往上爬。怎么行。

失手打死人的手下没有罪名,因为根本没人知道孟怀冬怎么死的。孟怀冬没飞,跌得更重。可我眼里的孟怀冬没有失败。她死得比芥子更轻,尘埃似的一阵风过了,像没来过。可我记得。

我还记得,原来是我不敢救她。

她再未入我梦。

八

孟怀冬是我骨缝里莫名烧起来的焰火。是石头堆里深埋的骏马的嶙峋骨。是北大西洋暖流浮动的小鱼团,听说在那遥远梦乡,浅海的鱼微弱地发光。很微弱很微弱的,却始终不熄地亮着。

也许,就是孟怀冬吧。

(作者学校:山东省东营市胜利第一中学)

本文为2018第五届"北大培文杯"初赛参赛文

> 我将用我的整个青春去倾听，去触摸，去描摹。我将去倾听一个普通人的心跳，倾听一个群体的无奈与幸福，倾听人潮人海中渺小微茫而摄人心魄的辛酸和苦乐；我将去触摸一只钟表的脉搏，触摸一卷史册的泪水和欢歌，触摸几千个春夏里简单平凡但熠熠生光的存在与生活；我将去描摹一个时代的画卷，描摹一个社会的激扬与失落，描摹十丈软红间不可捉摸却延续百年的交锋与言和。我终将衰老，而承载我青春的文学将永远年轻；文字的主人终将离去，而它将永远记得我，记得我这样活过，这样在它身旁待过。

王梓祺
开山鼻祖

谨以此文，向中国第一代电竞选手致敬，向各行各业中所有勇于拥抱新事物的"开山鼻祖"们致敬。

一

我在1999年的冬天再一次遇见我的邻居。

浦东的冬天在世纪末之年的结末斑斓到令人发指，霓虹灯和车灯在沾着雨水的柏油路面上折射出炫目的彩光。他是蜷在红利网吧门口的台阶上颤抖着的，骨节分明的手指冻得发白，每一根头发上都盘踞着冷雨里拧出来的湿雾。曾敲着键盘作指点江山状的年轻人叫浓稠的黑夜死命裹紧，活像一条被现实困在涸辙里殴打致死的冷水鱼。

他把手掌伸出来，摊平，掌心躺着的是他的账号卡。我从他冰凉又单薄的掌心里捏起它来，习惯性地去看上面的文字。

"HT–WAR–2.0　刺客五丁"

二

你不要皱眉，我的邻居从不皱眉。让我们把镜头切回去，切回这个故事的起源。

九十年代是什么样的九十年代，浦东就是什么样的浦东。机遇和挑战把黄浦江煎成滚烫的铁水，人们指使着勇气去偷电灯的红。天光彻亮，所有人的眼前都是新的光景，我的邻居也不例外。

梦里的灯花挑出新火，他五年如一日地躲进闹市一隅的小楼。七平方米的屋子清净到除我之外再没有别的访客，探看儿子的老夫妇、喝夜酒的年轻人、送便当的漂亮姑娘……统统没见过。将有十年没刷过的墙面和不断翻着白眼的管灯一致地看向角落里的电脑，说罪魁就在那儿置着呢，有事没事别瞎问他，扎心。

西面斑驳的灰墙上开了扇一尺见方的窗子，可那儿竟不进光，窗下便规规整整地挤了一地的书。除了二三十本电竞笔记之外，也有贴满了便签的英文字典和拿电脑说明书包了封皮儿的蝴蝶定理证明集之类。翻开去看，才知道纸页都叫人掀得泛着黄，密密麻麻地塞进这个前数学系高才生的批注——这家伙是从全国人做梦都想进的J大里跑出来的。一个研究生突然扔了尺规去搞什么电子竞技，导师教授们是必定要苦口婆心地劝一劝那自我暴殄天物的。奈何他始终扬着脑袋，自有一番道理去说——

"省长市长也好，学者专家也好，厂长经理也好，J大从建校以来，什么人物没有出过？这林林总总一大堆，新鲜的东西出来了，总得有第一个上手

去干的人吧！中国的电竞刚刚起步，我是铁了心要去做个开山鼻祖的。从此以后，逢山开道，遇水搭桥，撞了南墙就凿出个窟窿，跌在夜路上就点上盏灯，跪着爬着也要蹚出一条道来！"

三

　　五年光景就这样从逢山开道和遇水搭桥中过去。现在的他挺直了腰板儿戳在这小屋子的电脑椅上，少年时的狂热随着时间凝固成凛凛的气劲儿，拿眼底的坚韧锻成如水的清凉，满满地散了一屋子。

　　账号卡是早早插在主机上的。我一屁股坐上电脑椅的扶手，却在看他用指头虐待键盘时听了一耳朵油得反胃的沪语。那个穿着大红皮夹克和尖头亮皮鞋的麻将馆老板斜眼看进窗里，指着我的邻居对他那七八岁就戴着一副比脸还大的蛤蟆镜的儿子说，侬可莫蠢似那玩游戏的猪头三，必认得掼金票才是咯。大嗓门穿过墙来，然而那恨不能把显示器拱去一块儿的"猪头三"，对此是眼皮都不抬一下的。可他心里一定会抽抽着疼一疼，右手小拇指上的指甲也一定会在手心里生生抠出一个紫红的印子。然而这之后他就要把手松开，在自己的眼睛里点起灯来亮着，很响地敲着键盘去练他的三段突刺了。

　　拜他把一秒钟掐成八瓣儿用的训练强度所赐，在新人眼里难过作掌上舞的三段突刺对他而言已经不是什么高精尖技术了。且看他钉在墙上充架子的板儿条儿上齐齐整整地码满了光盘盒子，那是他每一场比赛的视频记录。四次世界邀请赛，六次全国选拔赛，不计其数的个人对抗赛……他在每一个深夜里抽掉多半盒呛得要人命的金丝猴来吊着精神，用白炽灯的滚烫光线去烹煮那些视频，两分一回放、三秒一暂停，熟稔到闭着眼睛就能说出大阪HT俱乐部那个叫山崎丰义的魔法师如何在九七年横滨电竞邀请赛的第二十三分三十四秒绕出了那个堪称经典的走位。他把一年更比一年厚的镜片栽进已经开始发热的显示器里，呵着手在海明威的夜海渔船上添了烛火明灯，让照亮自己的火焰彻夜地烧去，直到把浓黑的夜幕烧燎出东方的红。

四

我在这五年中不断地去想同一个问题：能死撑到现在，那小子是吃人阳寿长大的吗？

夜灯往往在我胡思乱想的时候亮起来，让我试图用眼睛抓住他舞得叫人头晕目眩的手指。左手食中二指的指腹侧面是薄薄的茧，常年被压迫的方向控制键赏他这份赐礼。右手拇指的指根上贴的是整块的膏药，HT-WAR 中长时间的刺客生活正悄无声息地毁损着一个年轻人的腱鞘。

这并不能让人放心，可使人揉皱了肝肠的却不止于此。那是个秋天的无星夜，雨势大到难以用倾盆二字去概括。这小子半软不软地瘫在能听见弹簧声响的破床垫上，指望我能倒腾出半盒八成已经过了期的退烧药。可拉开抽屉去看，紧挨着两条假烟的是成罐的百忧解和眠尔通。我攥着那罐子，指节都因使力太过而泛着白，教罐子里的药片碰撞出刺心的节奏。可那坐没坐相的家伙拒绝坦白从宽，苍白着脸色拼命地咳，像有只湿透了翅膀的蝴蝶在他嗓子里"啪嗒啪嗒"地翻腾。我黑着脸给他灌下去两大口凉水，顺手把他脸边那张撤资通知抓过来揉了。

你别着急呀。他眨眨眼睛，用眼皮把猛咳带来的眼泪拍碎。那罐里是鱼食，我留着喂鸽子的。

五丁同志。我伸手去冰他烫人的额头，咱们家旁边是高速路，叫我上哪儿给您找鸽子找鱼去。

五丁同志？没文化。他开了腔，两手小孩子般地在半空里瞎戳，打岔打得生硬得很。五丁开山听说过吗？那是五个狠角色，是打通蜀道的老祖宗！你且放心吧，只要能扛得下去，小爷爷就是中国电竞的开山鼻祖，是祖师爷！

　　一道闪亮的白光劈头盖脸地翻下来，把他的脸色漆成一件褪色的旧毛衣。他在电光与惊雷之间匆匆扯出一个扭曲的笑面，听凭雷声石头般地砸进自己闪着光的眼睛里。

五

　　你不要苦笑，我的邻居从不苦笑。他比谁都知道，开山鼻祖的故事是决然不会憋屈着完结的。

　　然而我确乎从没想过再一次的相逢是在红利网吧的台阶上，也从不知道他的崩溃会是这样的突然，就像村上春树的肥皂泡一样，越吹越大，惶惶然颤了一下，然后就什么也不剩了。

　　他顶着几乎能拧出水来的头发，费力地抬起头来，像被抽干了力气似的。你知道吗？俱乐部解散啦。他小声说，嗓子是风化的砾岩一样的沙。经理走啦，条都没留一张。

　　路灯是黑的，可能是暂时故障，也可能是永远地报废了。他缩在模糊的月亮下面，眼里汪着一潭水，嘴角却硬生生地挑着，都快咧到耳根子了。

　　好了，好了。我不敢大声，只把手盖在他通红的眼眶上，听任他的睫毛小鸟翅膀似的在掌心里扑腾。五丁同志，开山鼻祖……我在听见抽噎声后胡乱地喊他。不行咱们换个事儿做去，别在这儿——

　　他止了我的话头，把我的手从脸上缓慢而坚决地拿下来，露出他的眼睛——像水洗过的星灯一样明亮的眼睛。我望进去，触手可及的是峡谷里的风声和萤火的光明。那明灭的星灯慢慢地灼，终于烧成熊熊的燎原火。

　　你刚刚叫我什么？那眼睛是这样在问我。

　　"逢山开道，遇水搭桥，撞了南墙就凿出个窟窿，跌在夜路上就点上盏

灯，跪着爬着也要蹚出一条道来！"

那燎原的火把高楼上的玻璃幕墙烧成照眼的红色，我的眼睛居然也跟着热起来。路灯突然开始短路似的闪，很刺眼，晃了两下之后，竟回到正常的亮度，像是不会再灭掉的样子。他打着摆子站起来，一眼看去瘦得很，摇摇晃晃地走出去两步，又回了个头。我的邻居在久违的灯光下眯起眼睛，像决定了什么似的。

走了，他哑着嗓子小声喊，下意识地推了推眼镜，把贴着额头的湿发撩开再捋顺，顺手去揉漾着水色的眼睛。走啊，跟祖师爷回家看视频去！

我攥着他的账号卡去看路灯下越来越长的影子，听他把白月踩成闪电和刀光的长短句。路灯稳稳当当地亮着，爽利地呼出一股闯劲儿，随手揽过他眼底焰色的光辉，去烤心尖儿上烫手的烈火。

（作者学校：河北省唐山市第一中学）

本文为2018第五届"北大培文杯"初赛参赛文

> 现在的我漂在时间的激流里。
>
> 水声在身边冲撞，风声在身边咆哮。无数个同龄的伙伴在旁边一同漂着，脚下暗涌着浊流，波纹荡漾着清流。年轻的我们被一波波水浪推来拥去，对着水下，好奇而迷茫地打量。
>
> 大概青春就是这么一个弱小又强大的阶段，因初生而有着无畏的强大，因幼稚而有着无知的弱小，与世界隔着一层纱，正尝试用自己的手指感受水是温是凉。而文学，是年轻的我们的潜望镜，帮助前进的划水桨。很幸运，我的青春，有文学为伴，可以一窥水底的多彩绚丽。

李文馨

凝晖纸

本堂造纸，留墨凝晖，印永世之画意，记执笔之才德。

一

一个画师，几支毛笔，虽不是名笔，沾一次颜料掉一撮毛，但也是可以在纸上涂抹；几支颜料，虽然一不纯净二不明艳，但可以对外称是"老色"——就是在调色盘上不洗，下次拿水和一下就用的颜色，许多卖出高价的大画家都褒扬"老色"，说它在调色盘上，随着停留时间和完成画幅数量的增长，各种颜色相互融合发酵能如酒曲与粮食一样产生神奇的化学反应，颜料自己就具有了醇香而深厚的气韵。

王秋是在捧着一幅鲜亮饱和的画去找画廊被小厮痛嘲一番后知道的。

所以掉毛的毛笔和浊色的色彩都不太碍事。但是要是纸不好，着实令人头痛还无解决方法。

王秋就是这么一个没有好纸的穷画师。画工笔，用的是洒金的白熟宣，纸厚，颜色上去不会乱跑乱洇，水笔留下的水珠就像荷叶上的露珠一样凝在上面。但是王秋的纸，没有洒金，手腕稍一松劲，一不留神，颜色就脱缰野马般跑开，水笔就带来水漫金山的灾难。画写意，用的是白薄的生宣，干笔上去有漂亮的飞白。劲厉的山石，苍古的树干，他都会画；湿笔划过有绝妙的水痕渐变；饱满的树叶，欲滴的藤萝，他都不俗。但王秋的纸，干笔上去，总会剐裂；湿笔上去，又会洇烂。

王秋不是不知道哪里有好纸：凝晖堂的纸，声名在外，熟宣白腻，生宣薄弹。凝晖堂的铺子就在镇子的主街上，单卖纸的人不多，人家也不愿将海大的纸拆了卖，大多是到台子前一订就是一季或一年，凝晖堂每月差人一个个地送去。他们的纸质量过硬，小厮的服务周到，价格也同样高调美丽。所以王秋这种一没钱二无名的小画匠，且不说买不买得来，就是买来了，画完了，卖不出去放在家里生霉，不是赔了夫人又折兵？王秋才不干这种可能竹篮打水一场空的事。

没有名买不来好纸，没有好纸就没有妙画，没有妙画就更无纸无名。

王秋生在秋天，现在也是一个秋天，秋风簌簌，树摇影颤，树叶被吹得五彩斑斓的，红的黄的打着旋儿，在地上飘着。这是拜师以来寄住在老师家的第九个秋天，学是没啥可学了，正经教的，该偷师的，都烂在了他肚子里。成年后没卖过一幅署着自己名字的画，只能在这里干杂活打下手不算出师。虽算不上白吃白住，但到底是心里憋屈，有次狠下心跟老师说想自己出去闯一番事业，谁知老师怒不可遏，竟比王秋小时候弄脏了成打儿的凝晖纸时还要生气，直骂他"欺师灭祖""大逆不道"，要揪着跟他历数师祖师宗。王秋明白了：这是怕他走了之后从二师哪。

李文馨
凝晖纸

老师最看重自己一派的脸面，虽说到他这一辈也只有一个徒弟没什么派系之说了，但该守的规矩、磕的头、行的礼一样没差过。王秋知道自己出不去了，师父就是亲自举着砚台出去找他也得把他找回来。

二

师父毕竟是老了，卷起来没用的凝晖纸藏在箱子底，哪怕百般爱护也泛黄了，从他没法再买这纸以后就留了几张一直藏了起来，怕自己老到发抖的手糟蹋了这纸，又怕他学艺不精的徒弟轻慢了这纸。

但有一天在他整理东西时不小心碰到了这纸的一角，让那最外一层的纸晒干的落叶似的"咔咔"碎掉了，老头知道，不能再拖了。他把王秋叫过来，打开这捆纸，拿出最里面那几张——它就像被裹在最里面的白菜心一样，还白嫩可人。

"拿去，画几幅好画吧。"

"师父？"

"拿去，去画幅好些的画。"

王秋眼睛紧紧盯着这纸，还是不敢接。

"拿过去！"师父倒竖了眉毛，和平时要教训他时一样令人心惊胆战，"画几幅好画，给他们瞧瞧！"

王秋有了第一张好纸，凝晖堂的纸。平日里老画匠们都说，这纸是最白最干净的，颜色的质感和你走笔的路数，在纸上是看得一清二楚。王秋像是供奉似的把一张生宣纸拿出来放到桌子上，画什么？其实没啥可想的，世人皆爱牡丹。王秋小心翼翼地下笔，一笔下去就吃了一惊。这一点点的水分，它就从深到浅，从笔尖到笔肚，从嫣红到粉红，明明白白地展示出来了。更不要说在王秋长期用那破纸锻炼出的对水的掌控力的支配下洇出的水痕，一个花瓣起手,仿佛满园春色,争奇斗艳就从这小小的一朵渲染开来,漫过了纸面。

王秋看着这花瓣愣了一会儿,紧接着毛笔都忘了放下就在原地胡乱叫着转起圈来——他仿佛可以看到自己就如这可预想到的画面一样可预想的锦绣前程。虽说欢喜得几乎昏了头,但还是记得要宝贝着这张纸,笔尖绝不往纸边挥,他用劲地挥舞着笔,衣服、地和桌案没有一个可幸免于难全被撒上了红点子,唯有那纸,还干干净净地只托着一片花瓣。

师父吩咐过,画的几张里,一定得有一张有腔调的。王秋左手放一幅娇艳欲滴的写意牡丹,右手放一张亭亭玉立的工笔荷花,富丽堂皇,清风雅乐,各有所韵。

三

"秋儿,今儿个又从你师父的箱底翻出哪个大家的存货了?"画廊的小厮看见王秋就笑了起来,仿佛握住了天大的乐子。

"说什么胡话哪?"王秋在画筒里往外掏纸。

"秋儿,咱们是老相识了,你也不用拿你那东施效颦的东西来我这儿诓高价。我哪,甭管是外人还是行家,都不会瞎嘟囔你,你呀,给我老老实实地仿画,价钱,咱们都好商量。"

王秋心里有些不快,但还是很快被卖自己画的兴奋淹过去了。"您看。"他把案子上的杂物都清到一边,这才展开自己的画。小厮伸手就要拿起来,被王秋一巴掌打了回去:"脏手!"那小厮没见过王秋这个架势,忙看那提款儿。

"嗨,你的啊,拿回去拿回去!我们这不收憋货!"

"正经的季派的亲传,大名鼎鼎的季黄春第八代弟子,天下独此一份儿,你可看明白了。"

"什么弟子都不行，人家不认你这货！"

"正经的老色和羊毛大提斗画的。"

"去去去！不做生意就请回，忙着呢！"

"凝晖堂的纸。"

这小厮才住了口，瞄了一眼王秋，见他一脸得意的样子，这才细细瞧起画来。这王秋在之前烂纸上都能仿画，被磨出来的手艺上了正经纸上面，着实是出神入化。小厮瞧着瞧着，不再瞧了："我请我们掌柜的去！"

王秋的画买了个好价，"王秋"这两个字也可以被他理直气壮地署在纸上了。眼看一个画界新星就要冉冉升起，这廊间又传起了耳风。

"画技倒是都有，全堆到浮华之物上去了，没一点执笔的高雅风骨。"

小厮又不再收他的画了："行行好，不是我们不收，人家都不敢买，怕被说俗。"又趴到王秋耳朵跟前："那群老家伙们，看你红得这么快，眼红着哪！你的卖出去了，他们的不就没人要了。其实他们也不瞧瞧自己那画，数那纸最养眼，手都端酒杯去了，哪儿还会运笔啊，也就题款还顺手。"

四

王秋听着画廊小厮给他透的消息，来到了一家酒馆门口。

"小二！"

"来啦，您哪！"

"这芙蓉间在楼上哪啊？"

小二把笑脸堆起来："不好意思啊，那是人家画画的人的地方，不见外人。"

王秋背过身给他看自己的画筒："我就是画画的。"

小二："客官，先不说你面生得很，就是去了，人家也满座了啊。"

王秋从大褂里掏出一串铜钱:"行个方便,我们就是同行间的交流,画画的都能来。"

小二眼盯着那铜钱,没忍住,接了过来。王秋这就上了二楼。

五

师父走了,只收了王秋一个徒弟,没有儿子,王秋就定居在了师父的院子里。每月一次,凝晖堂的人"吱吱呀呀"地推着车子来送纸,他也能千杯不倒地在酒桌上跟人品评指摘新人的画,也能一个题款就市值高价。

都说这凝晖堂的纸是最白的,但王秋涂上去的老色却越来越浑浊,不知是随着时间和画幅的增长酿着韵味还是酿着恶俗。

(作者学校:山东省实验中学)

本文为2018第五届"北大培文杯"初赛参赛文

"你太感性了。"

"如果不感性了,我还是我吗?"

"你觉得现在的你就很好吗?"

现在的我好吗?骨子里少一些桀骜,也不敢去撞南墙。别人都说理化生能给我面包,顶峰的高度不是谁都能达到,我就顺从地剪了文字的翅膀,删去宏伟的理想,对自己说实际一点啊,你要实际一点。

现在的我好吗?心比天高,命的厚度还没丈量。期待远方,山间的粉白是银河遗落的尘星;珍视羁绊,愿在我生命长河中留下倒影的人心中留下一片波光粼粼。

我不知道。

但都说少年心性岁岁长,就用文字守一份干净,做人间鲜活的生命。

陈春麟

幺舅建白

"娃娃些,说,这是啥子?"白舅拈着正楷抄的《一去二三里》的纸页。像夕阳和蔼又执拗地穿过云海与林海,射进山坳坳。

——"纸!"脆生生地亮起来。

——"诗!"齐刷刷地盖过去。

白舅笑出一口烟熏、茶浸、酒又泡的大黄牙,将纸页粘在泥巴墙上。随即转过身,敲了敲大搪瓷杯,收住"小麻雀儿们"的争论。

"纸——"他背着手在泥巴讲台上踱步,"本来呢?白的!可这写了东西,就了不得!你要把它寄到城里头报社,那可就登报纸,得票子,拿到街上,买奶糖吃！"听到奶糖，教室里"哇"一声馋溜溜地炸开了。白舅抄起干竹棍儿，"啪啪啪"朝着土黑板直敲。声浪平息，他舒展笑容，伸着脖子，压小声音说："但是娃娃些莫忘了，它本身，还是张纸！"

白舅换回粗布衬衣，独自回到大山褶皱中的故乡那天，白粉蝶于漫山遍野间蹁跹。

他拿着笤帚，细细地清扫了父亲的坟，上三炷香，杂着青烟烧去一封信，一袋纸钱。火光暖着，信边儿卷了下，烟气袅袅，迷了白舅的眼。

白舅点了根儿烟，回忆起过去的事。

他回到半壁书、半壁画的书房，那时他还是个白胖娃娃，是大山坳坳里远近闻名的书香人家的幺少爷。起名字时，父亲在灯下翻了一宿的书，泛黄的纸页上，密密麻麻。鸡打鸣儿时，父亲黑着眼眶，背着手挺起胸脯蠡在主屋前，眼珠闪着骄傲的光，把一年四季都穿着的中山装整理得没有一丝褶皱。他向大家宣布，儿名"建白"，"建"是字辈，万千期寄，全在一"白"。

这儿的人称"小"为"幺"，在单字后头填个"娃"便是爱称。那时的幺白娃白嫩嫩似个糯米团子，眸子亮得像山泉水晶汪汪地在暖阳下闪着光。

山坳坳里只有一条街，谁跟谁都认识，谁见了白娃都爱笑眯眯地逗他。

白娃一扭一扭团进了自家门儿，母亲和姐姐在厨房卧室"叮叮咚咚"张罗打扫，父亲穿着中山装背着手在院子里踱步吟诵："苔痕上阶绿，草色入帘青……"见儿回来，放下书，一把将儿子抱在怀里。

"幺儿啊，爹爹教你识字要得不？这白纸上写了字儿可就大不一样喽！"

"那纸还是纸不？"白娃抬起头问。

父亲一愣，随即笑容就舒开了脸上的皱纹。

"是！不管写什么，还是纸！"

白娃抽条儿似的长高，在父亲的教导下完成识字启蒙后，就进入山坳坳里唯一的小学，然后考进唯一的初中。初中毕业，白娃又成了全街唯一一个

陈春麟
幺舅建白

考上省城师专的孩子。

白娃离开那天,全街人带着羡慕的目光,在长街站了一列。父亲穿着崭新的中山装走在前面,白娃挺直腰板跟在后头,姐姐母亲拿着大包小包,笑盈盈地边走边向街坊点头。

"老先生家要出文曲星啦!"有街坊大声说。

"白娃有出息了,不要忘了,我是抱过你的啊!"另一大娘堆着笑朝白娃说。

白娃前两年还回来,兴高采烈地讲着城里新鲜事,特别说了几个朋友辍学做生意,赚得盆满钵满,父亲黑下脸,一声不吭。那之后几年白娃就偶尔寄封信,托人带些城里的新玩意儿。他几次在信里提出想经商,父亲都在回信里把他臭骂一顿。再后来,他因成绩优异,毕业分配到省城一所有名的小学当语文老师。从城里回来的人都说:

"白娃性子开朗,思想能跟上趟儿,和娃娃们打成一片,家长些也都夸!这学问是老爹您教出来的,硬是没话说!就只是嘛……"

母亲赶忙端来茶,小心地问:"咋子了?"

"就是太潮流了。"他把"太"强调得很重,"听人说,伙些朋友经常在外面耍。还嫌当老师钱少,安生不下来。"

母亲回头,瞟了一眼铁青脸的父亲。

大山也感觉到了城里的风,开始有人蠢蠢欲动地想要到城里经商。白娃的爹却仍旧穿着中山装,背着手,在自家院落画竹吟诗。

白娃回来的那一天,全街人一早就被震耳欲聋的"蛇精"声催到街上。白舅披着打了摩丝的长发,把黑墨镜夹在脸上,穿着喇叭裤一路扫来。手提的双卡大喇叭中,邓丽君妩媚柔情地嗲着。

父亲黑着脸,脸上的肌肉在颤动。他站在主屋下,中山装在手里被攥得褶皱交横。

"给老子跪下!"父亲嘶吼,青筋暴出,脸红得像要炸。

白舅吊儿郎当地立着。

老文人发了狂,冲到儿子跟前,"啪"就是结实实地一巴掌。他一把拽起喇叭裤肥大的裤腿儿开撕。"嘶啦——"母亲姐姐都来拉,街坊邻居把门外堵了一圈儿。儿子狠劲儿地把老父亲一推,骂骂咧咧地夺门而出。

"你看老子再不回这个家,再不叫你一声爸!"

街上人嘴多,白娃的消息成了家家户户下饭的泡菜。

白娃辞了老师的工作,做起了木材生意,租了个院儿,里面堆满了粗粗细细的木头。城里姑娘一串串地追着他跑,歌厅舞厅电影院的小姐小哥都谄媚似的叫声"哥!"也有人压低了声音,说他结交了一帮弟兄,生意做得不清不楚,不黑不白。

一开始还不断有他的消息,不久人们便不再关注。生活日新月异,街坊们有的是新闻。

突然有一天,街上炸开了一个消息:"那个娃儿,进去了!"

父亲开始不断咳嗽,再也吟不动杜甫和陶潜。除夕的家宴上,他喝到酩酊大醉,红着眼,拽着弟兄一遍遍唠叨:

"真不该把那畜生送出去!"

"他是忘了本了!"

此时彼方,白娃的床头写着他的名字:X建白。犯罪性质:经济犯罪。

天气阴沉,白娃呆呆地望着;天气晴朗,白娃就开始撕指甲,把十个指甲撕到平秃,然后鲜血淋漓。

每个月都有一天探望日,一组一组轮批去,一轮二十分钟。白娃从来不去,别人问起,他把头一摆:"早就不认了。"

"你家里人来了。"狱警冲白娃喊了一句。

白娃一愣,鞋都没穿好就往外冲。接见大厅外的铁门窗面前,他突然停

陈春麟
幺舅建白

住了，用囚服袖子抹了抹脸，拔起了鞋跟儿，刚要走，却又停住。顿了一会儿，他深吸一口气，低着头走了进去。

阳光涌进来，白娃一下子睁不开眼。三姐和母亲把带的布包一扔，扑在台子上号啕大哭。他颤抖着挪到悬空玻璃前坐下，把头蜷到了手臂里。母亲老泪纵横，哭着骂着："你个不孝子啊！你怎么会去做这种事啊！你爸他病得厉害啊！手抖得没法儿！一咳一包血啊！老是念着你啊！你好久回来看他嘛！"她将手死命地从玻璃墙传递物品的空间中挤进来，抚摸着儿子的头发和脸颊。

白娃慢慢抬起头，蜡黄的脸，通红的眼。他蠕动着嘴，吐不出半个字。泪水淹了玻璃窗内外。

夜里，白娃靠在监舍墙角，拿出父亲的信，颤巍巍地打开，笔画像虫在爬。

吾儿建白：

    勿烦。不见子久矣，常念。吾家儿郎，无一人不兼智与直，望汝起居于荆棘而自振。生来白纸，死后白纸，纸上种种，一生所遇以书之。吾及汝母烹粳米而待汝归。

                                    父名不具
                            ××年××月××日晚

墙角那团皱巴巴的影子，开始变小，缩进黑暗。那人在影子里皱巴巴地哭，哭得蹲不住。

白舅回来了，穿戴规矩，瘦了一整圈儿。

父亲不等了，留给他一具乌黑的棺木和一街纷飞的纸钱。大山祭出呼号的风，哀悼这位一生仁厚清高的老文人。全街送葬，纸钱纷飞，一仰一俯，一起一落，诉说亡者一生跌宕。

一见棺木，白舅猛地停下，眼神突然涣散。"老汉儿！"他声嘶力竭地吼出迟了十多年的话，踉跄着扑向棺木，猛地跪下，重重地磕下三个响头。他顶着额头上一个血包，默默地开始打理父亲的丧葬事。

那天，纷飞的白纸，像人；一身缟素的白舅，像纸。

白舅回到祖屋照顾老母亲。他开始注意庄稼的长势，第一次盼望一场如期而至的雨。他当上了附近唯一的小学的语文老师，勤勤恳恳地为孩子们改作业，监督他们背杜甫和陶渊明。他鼓励孩子们走出大山看看，也告诉他们不忘初心。他将座右铭工工整整地写在每本书的扉页上：

"生来白纸，生时添笔墨，死后白纸。"

每届都有孩子闪着亮晶晶的眼睛来问他：

"白舅，啥子意思？"

他笑出黄牙，揉着孩子的头，笑得很和蔼，很和蔼。

（作者学校：四川省泸州市高级中学）

本文为2018第五届"北大培文杯"初赛参赛文

> 文字具有极强的欺骗性，当你弄清楚自己在为什么道理而创作时，这通常是一个陷阱。我们屡屡为了"深度"而创作，我们试图美化一些诞妄的呓语，我们夸大不幸者的痛苦、强调处境的忧虑，好像只有这样才能凸显"我"的清醒。但写作时"我"的印记是并不必要的，"为赋新词"的愁苦不应该成为写作的理由，只有真正的生活值得我们去爱慕和揣摩——真正的生活就是它本身，无需多加渲染，痛苦不比快乐更高级，"而后乃今将图南"和"从流飘荡任意东西"的追寻也没有哪个更可贵。

祖子涵
逆　流

　　旧历的年关眼瞅着就近了，城市被一点点搬空，人像潮水一样遵循着时令的秩序，在春季之后的夏汛时汇入，到了冬天，又四散回到来处的河流。我不得不抓紧时间继续在城里奔走，想着能多拉一单生意是一单生意。

　　我还记得那天很冷——平日里虚张声势的热气已经被返乡的人顺势瓜分带走，风也特别大，呼呼地吹，吹得人脸麻。像丧家之犬一样躲进接踵摩肩的地铁站里，在汹涌的人潮中，在行李箱轱辘声汇成的轰鸣中，我终于勉强感到一丝热度，这时才发现我妈的电话已经打来了十多个。看着手机屏幕上红赤赤的一片未接来电，我随便按了一条给她拨回去，她却又不接，转而给我爸打电话，一接起来就是一声暴吼。

　　"读过几年研究生你就觉得你出息惨了是不是！大年二十七了都还不晓得回屋嗦？"不知道是不是在地下待久了，我觉得脑袋有些发昏，一种窒息感攫住了我,一时间发不出声音来应答。

"咋不说话呐?我给你说,你的那些同学们早都回来了,今天我们还碰到了虎子,人家虎子的女儿都会喊老子爷爷了,你在城头混那么多年,女朋友都没给老子带回来一个!当时喊你和你们那些同学一样留到屋头留到屋头,你硬是不听,非要出去闯,好像很洋盘①的样子……"

后面的话,我就没认真听了,无非是些老生常谈的抱怨:"你们同学怎么怎么""我们邻居的儿子又怎么怎么"。这些年里,我总是听到这样的话,时间久了,竟偶尔也会怀疑大家都走的路,会不会真的就比一个人"特立独行"的那条路要好一些。"晓得了。"我终于找到了自己的声音,哪怕从里面听不出一点情感,"我这两天就回来。"

回去和继续留在城里,对于我来说其实也没什么不同,只不过是父母的抱怨由远程变成了面对面,他们赶我出门去参加高中同学聚会时,还不忘嘱咐我要和那些人多学学。学什么呢?我看着眼前推杯换盏的同学,虎子变胖了很多,啤酒肚挺着,油光满面的;月芳已经不是以前那个含羞带怯的班花了,她的头发烫成张扬的卷,不同于那些男人把烟捏在嘴边,她用的是中指和无名指夹烟。

"大成!"突然有人叫我,我抬头看去,是端着酒杯的虎子。"现在在城头干啥子呐?操得好哇?成都是大都市哦!"他一句话把周围同学们的注意都吸引过来了,我懒得在意他话中暗藏的讥诮,端起酒和他碰杯:"混得差,在做广告文案,生意不好。"

"嗨呀,广告文案啊,大成读过中文系的研究生,和我们就是不一样哦!"虎子旁边一个男人接过话头,佯作敬佩地向我敬酒。"哎呀!大成,生意不好的话,这次回来就不走了嘛,跟到哥干噻!"虎子笑眯眯地看着我,

---

① 洋盘:洋气,拉风。

左手无意识地搓着右手的无名指，我看到那上面有枚很厚的金戒指。或许是见我没有答话，他又凑近了些，刻意压低了声音："我现在在炒化肥，化肥里头有硝铵，可以做炸药的嘛，赚得很！"说完，他又直起身子，放大了声音："我记得大成你读书的时候化学也多好的嘛，文青肯定和你说过这个的原理噻！"听见那个已经很多年没听到了的名字，我一时间有些恍然，身旁的同学们则纷纷大笑，有个叫不出名字的女人甚至笑出了眼泪。

"文青现在在干啥子呐？好久都没听到他了。"有人笑着发问。

"哎呀，鬼晓得啊，人家是不得了的人，用现在网上的话说，是一股清流啊！"

饭桌上的人笑成一片，我没有说话，只发觉眼前这群人的面庞和十几年前高中教室里大笑的一群家伙的脸渐渐重合。

坐在我旁边的那个人刚刚说文青是"清流"，但其实我们都知道他不是的。

严格意义上来说，文青是一股逆流，这逆流反动、不驯、难以压制，足以激起所有"顺流"们的厌恶与忌恨。

"我出去抽杆烟。"我走出包间，靠在走廊拐角处的栏杆上沉默，十几年前的记忆渐渐回笼。

文青姓文名青，文艺青年的文，文艺青年的青。

曾有传闻说，文青本名不叫这个，他也不姓文，真正的名字是张满贵——那是他母亲在她家乡用一篮子鸡蛋从某位高僧处讨来的。但且不论僧人吃鸡蛋是否犯戒，这谣言甫一传出我便知道不实。用鸡蛋换名字在那个时期的我们这个三线"大城"都可谓是件极其奢侈的事情，更遑论传闻中那个故事发生的十八线小城了。而文青这个人又定是要用"文青"作名字才显得适宜的，全因为他是个有格调的人，"张满贵"这三个字土腥味太重，断断配不上他。

说他有格调绝不是我无的放矢。他是全班唯一一个会在夏季校服的外面穿上厚实的皮背心的人。

我想大概也是全校唯一一个。

文青的皮背心有型有款，约莫是出于嫉妒，又或是因为那穷山恶水处的小城的市民们所世袭的浅陋，班上的人总把这当笑料。只是他们当年多背地里拿他打趣，不像现在这样毫不掩饰。也偶尔会有胆大的，在文青被老师点起来回答问题时出言"关心"他隐隐印出汗迹的皮背心，同学们便顺势配合地发出哄笑声，只是这样的时候并不多，也从未见文青有所回应过。

文青很少搭理别人，就连对大多数老师也是毫不热络，好在他是当年我们这座三线小城里为数不多的化学竞赛人才，同学们也不敢对他太过放肆。而我当时被安排做了文青的同桌，用现在的眼光看，真不知道是幸运还是不幸。

我至今仍记得文青第一次主动开口和我说话的场景，那是2007年某月某日的一个下午，我正在看一本美国人写的小说，小说的封面是一条巨大的大马哈鱼。

"你知道吗？"文青歪着头瞟了两眼书的封面，"大马哈鱼是一种溯河产卵鱼类，在调节体内渗透压时，会从腮部排出 Na^+。"

我顺着他的眼神看了眼书的封面："你在给我科普化学知识吗？这本小说和化学其实没什么关系，也没怎么讲大马哈鱼。"

文青的脸上罕见地露出些许失落的情绪，他的手指无意识地在桌上敲打，好像还想再对我说点什么，但终于没有说出口。直到那个学期结束，我在清理书桌时从桌膛里掏出了一张叠得很小的纸条，才终于明白那个下午他欲言又止的话究竟是什么。可惜彼时他已转学，甚至至今也音讯全无。

"嘿！大成！怎么还不进去！"有人从包间里出来，拍拍我的肩膀，打断了我的回忆。我转头，发现这个人虽然面熟，却叫不出名字，于是便只朝他点点头。"走啦！"他伸手来揽我的肩，推搡着我往包间里走，"又上了新菜咯，是三文鱼！洋盘得很！"

祖子涵
逆 流

　　三文鱼和大马哈鱼同属于鲑科，两者有很大的相似处，我一时间又有些恍神。橙黄色的鱼肉被片成片，堆在晶莹的冰块上，有筷子把它夹起，在面前黑乎乎的酱料里滚了一圈，然后把它放进了我面前的碟子里。我抬头看，发现给我夹菜的是虎子，而他正把另一片三文鱼往自己口中塞，嘴巴张得像妖怪，一口一片，只象征性地嚼一口便囫囵吞下。"吃嘛兄弟，好东西。你在城头天天跑，难得坐下来好好吃顿饭。"虎子抬起头来，用还粘着酱的筷子隔空朝我指了指我的碟子，有几滴酱被甩出来，不知甩到了哪里。

　　"你也不小了，还是要好生谋划一下了。不要天天想到要走不同的路，太辛苦！回来跟到哥干，有吃有喝的，哪点不比你在城头好！你那么高的学历，不要浪费了噻！"虎子给我倒酒，苦口婆心地又劝，"你现在这个样子真的叫执迷不悟，哥哥比你多在社会上闯荡了几年，看得比你要懂！"

　　"虎哥给你说，你现在想不通，就是高中那会儿被文青影响了，用你们文化人的话说，叫什么什么，价值观被带坏了！文青这个人觉得自己了不起完了①，就想搞点和大家不一样的事情，好像显得自己特别洋盘，结果最后怎么了嘛？还不是只有转学！现在在哪个桥洞洞里头睡都不晓得！你爸妈在屋头着急得很，让我来劝劝你，你也好生想一下，为叔叔阿姨考虑噻！"他见我既不搭腔，也不动筷，便又给我夹了一片三文鱼，这次没有蘸酱："吃不来芥末哇？"

　　汹涌的怒气在我胸膛中左冲右突，喋喋不休的声音刺得我神经疯狂跳动。我猛然站起身来，推开虎子，冲出了包间，不管身后有怎样气急败坏的叫喊。

　　饭馆楼下就是这座城的"母亲河"，冬天的时候会结冰，但因为是从低纬度地区流向高纬度地区，常常会有凌汛。我一路冲到河边，见到临岸的冰面坚硬光滑，倒映出我气得发红的脸颊。文青留下的纸条上的字自动开始在我

---

① 了不起完了：非常了不起。

103

脑海中语音播放:"逆流而上的鱼好像有不懂顺应规律的愚蠢,但溯回时的它们自成一股潮流,比顺流更为汹涌的逆流。"

从低纬向高纬的逆流,漫过冰面,肆虐汹涌,冰上的凌汛和冰里静止冻结的水,借着浮冰沟通,汛期也仿佛连成一片。

(作者学校:成都七中林荫校区)

本文为2018第五届"北大培文杯"复赛第九场参赛文

> 天微蓝，太阳像咸蛋黄，我站在这个世界的尽头，跨过山，蹚过河，来找你。我的心是一朵花，一片叶，它渴望与你相遇。我放学必经的橱窗，也许你曾千百次地路过，不必为遇见而黯然神伤，文字能带我们走过一处。你所经历的青春，我都遭遇过，也曾书写过，那条三八线，那张宿舍床，那个帅男孩，那些"坏"老师。而我，在春天等你，希望你也同样能到达。

王一鸣

胖 头

中国的北方没几个大湖，查干湖却算一个。说是湖，实则又是一个大大的白色水泡，人们靠着那些鱼过活。

胖头是北方人对鳙鱼的俗称。第一字读一声，第二字读轻声，活脱脱展现了东北人的大气与"脱俗"。

他头大且略扁，人又似牌头般富态，肥头大耳，人便叫他"胖头"。孩子们爱开玩笑，便"大头""大头"地叫着，他听了就会跟人家打架，直到母亲受不住他的顽皮，给他做了顶小帽，那布是偷村长家捕鱼旗的，红色的，上面缀着黄色的小花。

胖头一天天长大，越来越得老村长的喜爱，原因无他，他找洞冬捕的本事太厉害了。他常夏天下水，又极爱潜水，这片湖已探得差不多了。哪深哪浅，哪有沙哪是沼，他一清二楚。自成了年，他就一直跟着鱼队出湖冬捕。

冬捕可是件大事。从辽帝开始这"冰鱼"就闻名。全村人都守着湖，全村人都靠着湖。谁家出了个天才（这里指捕鱼），买菜都是免些钱的。再加上东北人饭量大，一顿饭买上个三棵大头菜，吃完也就是分分钟的事。在物资极度匮乏的那个年代，这三棵菜是可以免费送的。

大头跟去打鱼，漂亮的姑娘们体态丰腴，给渔工们献上奶干。喇嘛再把供品给"渔把头"，"渔把头"点燃九炷香，分别插在三个大大的香炉里，点燃，把酒樽高举过头顶，是谓敬长生天。这时，大头与其他青年把供品撒向天空，把酒倒入冰洞，拿起"抄捞子"，往大头事先探好并打眼了的冰洞里搅几下，吃紧劲往上一提，开湖鱼便出来了，其中最大的一条，叫"头鱼"。

风，是顽皮的孩子，跌跌撞撞地冲入这冰雪世界。雪，裹挟着湖面的浮冰，扎得人眼珠生疼。那姑娘也真是美啊，穿着五彩的衣裳，俏生生地站在那儿，看着你笑。蒙古族姑娘大都圆脸，较圆润，经风吹日晒皮肤成了稻田的金黄色，但那大方的嘴角像一把太阳刀，直往人心窝子里扎，让你流干了几滴心尖血，不由自主地去追寻她的热度。

大头偷偷溜走了。他偷偷地在另一个冰层上刨，吃了劲又不能使劲，为的是让冰层薄而剔透。刮起沫子的冰只能再磨，直到平静得如夏天的湖水，像她深邃的眼神般，把眼睛一贴，一个奇妙的世界便出现了。

"你快来！"他兴奋地说。

"干啥呀？"她笑着，不似银铃，倒似锣，声大且响，教方圆十里都能听到。

"你看下面！"

"妈呀！啥时候春撩钵呀？"她正脚踩那片碎冰，不怕掉下去，但也没凑近看。

他有些失望，是他头太大了，不招她喜欢吗？正想着，她却走了，五彩的裙摆像一条鲭，透明精致，放在阳光下都能看到那肥肥的粉红灯笼裤，那灯笼跟花一样。

他撇起嘴，用捞子把冰层敲碎，再捞上几条鱼，串起来拖回家，远远望去似是一条线，从太阳的上方直延到湖里，身后的湖里还有鱼不断地跳出，

像是银色的宝剑,带着红光,精神抖擞地跳。呵!好家伙,脑袋足有三分之一鱼身那么大。

时间过得匆匆,少年离开了大湖,去前旗。他没有戴那顶小帽,也没带那姑娘,就到了人间。他有了名气,借助自家的池塘开了个养鱼厂,专养鱼苗,但不养胖头。他娶了个妻,是汉人。

有天做梦又见那笑颜,他开了台灯,问妻:"你去过我的故乡吗?"妻迷茫道:"睡吧!"

那年冬天他回去,乔装打扮,却知没有再懂自己来自哪里的人了,再听不到"大头、大头"的讨厌声音了,再也没有羁绊与纠缠了。头鱼是要卖的,祭天是有人拍照的,那么多女人穿着高跟鞋在冰面上舞蹈,她们抿着嘴笑着,白得如冰上的白雪,瘦得如小时候大家都不爱捞的瘦鱼,于是他流泪了,他走了,没有带走一片云朵。

回到家,他让妻叫他"胖头",她音发得标准,第一个字读了四声,第二个字读了二声。

他忽然明白,大湖留不住他,他也留不住大湖。

听老人说,那女孩听他父母病重,深知挽留不住他,也不想挽留。便找了个渔人,两人生了个孩子,头也不小,是典型的渔人形象。渔人听她讲他磨冰层,二人却都没有在冬季去试过,也再没看到那鱼群摇曳的冰下世界。

冬捕,离不开长生天的庇佑。

冰上与冰下是两个世界,打通只能让各自的世界混乱不堪。

留不住胖头,留大湖。

胖头弃了大湖,大湖弃了胖头。

(作者学校:吉林省松原市前郭县第五中学)

本文为2018第五届"北大培文杯"复赛第十场参赛文

> 曾梦见自己在太阳里划船，目之所及无边际，仿佛在一个巨大的玻璃罐里，阳光铺天盖地地泄下，通透明亮，船下是通红的岩浆，铁水般慢吞吞地翻滚涌动，周围是大片大片的红，天地寂静，世界平阔，时间无处流淌。这是我为数不多的至今仍清晰记得的梦，梦里那种感觉至今仍觉得好真实。写作于我更像是记录一种氛围，从前我所经历感受过的氛围，我便可与它产生情感的共鸣。

刘紫君

花　灾

　　下午四点一刻，阳光暖融融地照着，路旁两排梧桐夏日苍郁青葱的叶子如今却焦黄了大半，在地上瑟瑟地滚动着，香港的四季并不分明，来来往往的行人，仍是一身秋装，有女士着长裙：明黄，奶白，嫩粉，咖啡，袅袅而过。吴振铎医生收回望向窗外的目光，踱到沙发前坐下。

　　圣诞节快到了，可天气还不太冷，吴医生穿了件深蓝圆领毛衣，手肘处向上卷着，下面一条浅灰薄呢裤，头发向后梳得妥妥帖帖，鬓角却掩不住一片花白，的确是老了——脸上的皮肤松松垮垮，一笑，眼角深深一撮鱼尾纹。吴医生叹了口气，伸手在面前烟灰缸中摁灭了燃至一半的香烟。暖气开得太足了，吴医生觉得胸口闷得发胀，索性起身步到院子里去。

　　庭院右隅是一丛茂盛的白菊。百花之中，吴振铎最爱菊花，红菊艳丽，白菊高洁，这丛菊花是吴医生特意从别处找来栽下的，不过几年，便抽发得生机勃勃，三指粗的根茎，向上延伸直至人的膝盖，侧枝向旁探出。每至深

刘紫君
花　灾

秋，便托满一丛滚圆的、白得亮眼的花球，一并移来的几株茶花，却不知是否因为水土不服，叶尖总卷起一圈焦黄，无精打采地蔫着，总也调养不好。

　　吴医生这间寓所不大，但设计讲究，看起来气派体面，客厅中央那张梨花木厚茶桌上搁了只釉色温润暗红的陶瓷瓶，托着几朵拳头大的白得耀眼的菊花。桌上，整整齐齐摆着一套精致的英国珐琅瓷器，盘中盛放着几片糖葱薄饼，薄如蝉翼的糖片上洒了芝麻和熟面粉，这是吴医生特意托菲佣从九龙城广场买来的，这种潮州小吃现已不多见，却是当时慧芳的最爱，吴振铎斟酌摆盘时，菲佣立在一旁笑嘻嘻地问道："吴先生，今天有贵客来呀？"她倒是猜对了，平时由于身体原因，吴医生烟也抽得很少，那套英国珐琅瓷器，平时也只是在橱窗里摆着，极少拿出来待客，可慧芳又是不同的。

　　上大学时，吴振铎和慧芳、张江关系最好，慧芳和张江是四川人，两人是高中同学。慧芳学音乐，她当时身材高挑，面容姣好，看外表是名弱不禁风的女学生，弹起琴来却铿锵有力，下手极重。有次，她在桌子上为吴振铎空弹了一小段，震得玻璃都颤动不已。慧芳最爱茶花，三四月份，每次走进教室，总看见她的钢琴上那个粗陶瓶里插着几束亮白的茶花。这些年来，什么事情都冲淡了，那抹白啊，却始终在吴振铎心中亮着。嗯，张江面色黝黑，长得五大三粗却学了绘画这门高雅的艺术，他虽面容粗犷，画法却十分细腻婉约。每当他用粗厚短胖的手指捉了画笔在画布上点蘸时，就显得十分笨拙有趣。当时街角有家台北人开的咖啡馆，店面不大，但内设有隔间，安静雅致。吴振铎三人常聚在那里。慧芳弹她的肖邦莫扎特，十指纤纤，不时在桌面上敲打。张江讲他的缪斯毕加索，每至兴奋处，他那张黧黑的面孔便涨得通红。吴振铎常是在旁边啜着一杯咖啡，不似这两人，他对医学本无太大热情，学医也是随了父亲的意愿。对于他们两人热情高涨的谈话，他几乎插不上嘴，但他并不排斥这种感觉，至少，不是一个人冷冷清清地待着。

　　毕业后，慧芳和张江，一同去了纽约，吴振铎独自留在香港。临走那天，吴振铎去送行，三人留了张合影，慧芳兴奋地朝镜头挥手，风把她那件手织毛衣吹得飞张起来，吴和张一左一右立在两旁，三人都笑得那般灿烂，好似头顶上一碧如洗的天空。

慧芳答应一到纽约便给他来信，如今，信到了，却是迟了二十年。

吴振铎有些局促地看着对面的人，他几乎认不出慧芳了！不像他满头洒了白霜、皮肤松弛的老态，岁月却没有在慧芳脸上留下太多痕迹。她竟胖了些，腰身变得丰圆起来，裹着件银灰驼绒大衣，但并不显得臃肿，脸上的皮肤细致多了，一侧头，耳边一对红宝石耳坠簌簌地颤着。见他一直盯着自己，慧芳笑道："振铎，老了，是吗？"

吴振铎摇摇头："你？我才是老得厉害。"忽然想起什么似的将瓷盘向前推了推："快尝尝，我特地买的，记得当时你最爱吃。"

慧芳吟吟地笑着，伸手慢条斯理地掂了片糖。吴振铎的目光不由得落到那只手上，修饰过的指甲晶莹透亮，一把青葱的玉指玲珑地翘着，无名指上套了枚绿汪汪的翡翠戒指，灯光下仿佛在汩汩地流动着。

吴振铎有些意外，下意识问道："你结婚了？"问完才发觉唐突了，一张脸霎时烧得通红，但他的意外倒是不假，他记得当时慧芳认定以后不要结婚，想一心一意学音乐。他和张江还因这揶揄说不知多少男人听了这话要心碎。慧芳抬起手，在灯光下饶有兴味地看着那枚透亮的戒指，说："哪能不呢？我现在都四十岁了。四十岁的女人——"她端起咖啡啜了一口。晶绿的戒指衬着银质咖啡杯格外显眼。"我现在已不弹琴了，太累，又没前途，坐久了腰也受不了……"从纽约回来，慧芳倒是话多了些，吴振铎只看见她的嘴张张合合，觉得满身不舒坦。他转了话题，不禁问道："张江呢？怎么不见他一起回来？"

慧芳竟难得沉默下来，半晌开口道："他这些年一直过得很不好，先是莫名其妙的背痛，体重也降得厉害，到后来连饭也吃不下了，到医院检查才知

道是胃癌。他一个穷学生，手头没多少钱，我当时也手头紧——那种病，你是知道的——"慧芳仍是有些四川口音，一串话不黏牙似的从她嘴里蹦出来，打得吴振铎愣住了。

两人都沉默着，一时间屋里静了下来，忽然，慧芳抬头道："时间不早了，外面风大，我该走了。"吴振铎这才发现窗子已被风吹得开开合合，他站起身："走吧，我送你。"慧芳瞭着镜子，极快地用手捋了下鬓角滑落的头发，两人一前一后走出门去。

六点的街道人潮汹涌起来，红红绿绿的霓虹灯，在微弱的日光下，显得苍白黯淡，慧芳耳边的红宝石耳坠颤颤地闪着，一瞬间就被各种明黄、奶白、咖啡、嫩粉淹没不见。

回到家，菲佣迎上来递给吴振铎一件大衣："吴先生，外面冷呀？"吴振铎有些疲惫地说："是的，谢谢你，外面冷得很。"他半躺在沙发上，一手按着太阳穴，燃着了一支香烟，忽然抬头道："明天把那些茶花清理一下吧，这么些年，怕是不能活了。"

（作者学校：河南省驻马店市汝南高中）

本文为2018第五届"北大培文杯"复赛第十场参赛文

> 我所爱的文字都生于这片土地，生于一片连绵的青俊的原野，生于一片心中横亘的远长的河。青春赋予文字生命，文字赋予青春灵动，它们又赋予我热情，于是青春文学便是我心头不住翻涌的热血。它有希望和动力，敢豪放敢内敛，既是得意又是失意，是一人千面，却同样动人心魄。就如同我笔下的蔑儿干，我在写我的，也是他的渐躁渐冷的热血和青春。
>
> 鹰的羽翼上是飞散的流云，马的鬃毛下是沉凝的草原。马缰是勒得住烈日的绳索，长诗是销得动青石的歌谣。我在这其中，四方阔野，曾见天地，也满是离别。——蒙古人都是风的儿子，他们的血里呼啸着浩荡的长风，心里掩着轻风和煦的柔情。他们挚爱这片草原。

谭玉涵

流云拴火

  蔑儿干从额赫河岸上套回一匹马。毛色红得像是天火，蹄子在地上不安地踏动，拴在实打实的木桩子上也不住劲儿地往外挣。热气遇冷凝固成珠子结在马鬃上，它打鼻孔里呛出两股白烟，黑亮的马眼斜睨着蔑儿干。

  初冬的草原上生灵渐少，牧马牧羊的人都在部落南头划了一片草场。额赫河横亘在部落北头，是草原人的母亲，不到活不下去的地步，老族长从来不允许牧人去践踏额赫河岸。蔑儿干的帐篷里就他一个人，清晨的时候挎上猎枪猎刀自己出门往西北走，没有人知道他去了哪儿。他步行到额赫河岸，就在少有动物的草原上发现了这匹落单的好马。

  蔑儿干中断了回忆，他也斜眼跟马对视。烧着干牛粪的炉子里时不时迸出一点火星子，一人一马在暮幕下相对。不远处聚居的帐篷外飘散着煮干羊

谭玉涵
流云拴火

肉的气味，还不怎么烈性的冬风刮过草尖尖，让人寂寞。远处有几声晚归牧人的呼号，蹄子踏在土地上的声响震动着被风刮来，极远处的温吞的暮色也散在平直的地平线下了。

这畜生有股子傲气。蔑儿干心里这样想，他从马的动作和眼珠子里挖出了深深的敌意，更何况还有抛绳套子捉它时受的那一蹄子打底儿。棕红的毛在火焰的映衬下烈得如同夕阳，它抖动起马鬃来，白烟顷刻模糊了蔑儿干的视线。绳子在红马的挣扎下开始发出危险的"嘶嘶"声，蔑儿干在旁边看着，回头摸出了一条中溜儿的链子，他拿在手里掂了掂，似乎重量正合适。那链子原本属于蔑儿干的一条狼狗，半个月前死于什么病，铁链子被丢在帐篷里受冷空气和热空气的交替侵蚀——铁锈的气味凝在空气里又阴寒了几分。蔑儿干朝手心里啐了两口唾沫，粗粝的掌终于恢复了点灵巧，他用胳膊紧紧夹住马脖子，一条腿格挡在前马腿的下方。链子的两头一网一兜，把俩前马腿的膝关节缚了个结实。这样，除非这匹马能用小碎步跑出他的射程，它永远都走不开帐篷。做完这一切，似乎耗尽了蔑儿干的全部力气，他退坐在马的身侧，听见马的喘气声也如同他那样的疲惫愤怒。

蔑儿干对这匹马的来历闭口不提，但是部落的老人都心知肚明。这样烈日般颜色的马儿，除了日熄之地的额赫再也没有地方存在。但是他们也照样闭口不提，似乎是达成了什么共识，或者是保留了一个什么秘密的决定。南草场现有的承载力显然受不住大量的放牧，冬草的收割量不够，就会有牲口饿死，牲口一死，草原人的命脉也就断了。全部落的人都知道蔑儿干是草原的神射手，他家没有成群结队的牛羊，只有一把长弓，这种人生来就是要去开拓疆野的。早在秋后，部落人就隐隐躁动着指向西北方的额赫，那里有河水滋养的草原，尽管没有南方那么温暖，也足够大半的草原人生存。可是蔑儿干没有发表任何意见。

如今蔑儿干从额赫带回来一匹马，这代表着什么？于是很快，将要迁徙去额赫的言语在部落里流动，刮风似的兴起，部落大部分人都因即将获得足够水草的生存地而兴奋。老部落长脸冷绿得如同青铜打造的斧钺，敲着案板平息这消息。——他是白有了蔑儿干这个孙子，还是长生天对他们草原人的考验？

然而蔑儿干仍旧不发表意见，他总是在自己的帐篷——帐篷群最外围的一个格格不入的白色帐篷前，和马对视。或者说，蔑儿干似乎从未对外人称呼那是"我的马"；红马也没有像普通的畜生那样，在草原人手里拴个两三天就不再挣扎。腿不能大幅度地挪动，它便暴躁地用背脊去撞木桩，蔑儿干的帐篷前永远尘土飞扬，把帐篷顶部浅蓝的流云纹路淹没。蔑儿干手里拿着鞭子，却迟迟没有照着马抽下去，他这么在马蹄子旁边窝着，摩挲虎口上粗糙厚实的茧子，从指缝里看着乌蒙蒙的天际不时流下一点红光。

马跑了。链子生了锈，天冷得很，在木桩上磕下层层叠叠的槽，于是断了。听人说，他们看见了一团流火，一刹那间消失在莽莽草野，烈性得像是夕阳，把大地灼开一道致命的口子。同时，绍布家几头羊死了，听人说，只看见了羊皮，能食用的肉都少得很。人心惶惶，谁都知道这几年冬天的窘境，持续到这一年，怕不是真要尽了。部落长的白胡子一夜间枯朽得像是盘虬的草根，北风渐冷，贴着地皮一刮，像牛羊吃草似的卷秃一片。

一夜冬风摧枯拉朽似的揪下零星的草叶，阔野更阔，寒天更寒。

可蔑儿干还是没有说任何话，云顶帐篷被尘土蒙得发黑，黑得像是部落长的脸色，铁链子断成两截，在木桩下委着，散着铁锈的阴冷气息，那样死寂……部落长也开始动摇了。夜间的篝火也不再那么艳艳地跃动，好似马的逃脱也一同带走了人们的热情。第二天清晨，他的孙儿蔑儿干就进了主帐篷，结果拿来的是断成两截的弓。

"我用流云拴住了火。"年轻的蔑儿干声音嘶哑，毛裘裹着一层冷白风霜，魁梧而骄傲地站在他爷爷面前，将断弓高举头顶。声色浸透了草原的风雨，

谭玉涵
流云拴火

带着悠悠的马嘶和鹰鸣回荡，轻轻述说着一番外人不懂的故事。"但是火把我的流云烧成了虚无，消散在天际了。阿爷，额赫是我们的母亲，我们现在的地方也是我们的母亲。"

"额赫的马有着跟她一样颜色的烈性，我把它带回来了，可是我未能驯服它。部落人想让我带领他们去开拓额赫，其实我早就去了，结果是我输了。

"我也想让我们的人生存……去额赫吧。那匹马是额赫的精灵，我试图用铁链驯服额赫，可是她挣脱了。长生天要我们同草原相爱，但并不是征服草原。我们所做的征服，最终是被火烧成虚无……秉承长生天的意志，蔑儿干折断这把弓，给部落人以忠言：如果我们的牛羊如此狂暴地席卷草地，我们的人就也会埋葬在草地的沙下！"

雄鹰在部落的上空盘旋，鹰唳声唤醒了部落人的梦境。蔑儿干骑马跟在部队的最后，前进的目的地是他们一直以来向往的天堂。早霞在天际翻滚，炽烈的红光在流云中恣意穿梭，不出片刻就将薄絮撕成烟雾。蔑儿干抚摸着马搭下兜着的铁链，呼出一口白气。偏偏头，听见他同身后自己曾生于此长于此而又将要被废弃的原野间，似乎有一条什么样的链子，轻轻地但又毅然决然地——绷断了。

（作者学校：内蒙古通辽实验中学）

本文为2018第五届"北大培文杯"复赛第二场参赛文

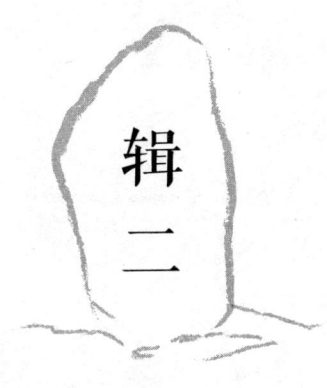

辑二

漫天孔明灯

那两只孔明灯,裹着激烈的旺火,独一无二,憧憬、明确地飞奔到天穹里去,好像能把整片黑夜乍地点亮,永远不会跌落下来。

> 我看见一塘疯长的野草在孤独里无声喧嚣，水面下覆盖着寂寂生斑的粼峋石块。我看见淤泥深处有发光的星星，看见天色熹微前冷铁卷刃的残光，看见梅子微黄时的一川碧草满城烟絮，看见亘古尘灰里冰凉淡漠的引渡蛇。我看见手中笔心中月，看到象牙塔外的刀锋，难以掬到的梦想。我知道笔尖须得朝下，而刀锋永远向前。
>
> 愿将此心碎，掷与拙笔端，博人一笑，共己一欢。

邓 雪
360度日光

太阳很晒。

路边的建筑贯彻了热胀冷缩的原理，被日光的白晕泡发了一样，挨挨挤挤地戳在路边。温舜抱着包，在大太阳底下挺成了一根面红耳赤的木头桩子，简直比旁边用来意思意思绿化市容的小树苗还蔫儿。

看到这一幕，我毛都快炸起来了。

"温三怂你干啥呢！"我大马金刀地向木桩进发，劈手就往他脑袋上一掴，"今天38度，大热天的你美黑啊！"

于是木头桩子进化为棒槌，棒槌朝我一扁嘴："兄弟……"

"……"得吧，甭管你后天情商多残缺，到底是我兄弟。

温舜，人如其名，从小温和柔顺，一副好学生乖小孩的腔调，按着父母的要求把重点小学重点初中重点高中重点大学一溜烟儿搞定，毕业领了国企铁饭碗，专职工程设计，多年来走势良好，堪称一颗冉冉上升的小太阳。

然后这哥们儿 cos 后羿，自个把自个给射下来了。

据温大羿说，在外人看来他发家致富撩白富美，是走上了人生巅峰。可人近而立之年，越发体悟到什么才是真正的成功。身心健康是真健全。

此君在物质建设上取得了小阶段成功，他不贪心，他打算好好整顿自己的精神文明。

何况那是传说中的梦想。

音乐梦。

他捂了十多年。

温舜说，老陈，我想开家酒吧。

老陈是个王八蛋，拍拍他的肩膀："不就是家酒吧吗？开！我还以为你要老黄瓜刷绿漆去报名超级女声呢！有梦想是好事，多请几个驻场的年轻娃子，说开咱就开！"

——这个喝醉了的王八蛋就是我。

经年缺心缺肺，一时酒精上脑，忽悠兄弟干这不靠谱的，该砸。

但兄弟就是兄弟，要疯的时候一起疯，要死的时候一起死。哪怕别人都呸他发神经，我也得跟他一起上工地搬砖。

工地是真工地，砖也是真砖。

这棒槌不愧是工程设计出身，辞了职把积蓄全投进去弄酒吧不够，他还要自己搭台子。两个大老爷们儿汗流浃背地当民工，我问他："你不是要唱歌吗？买个酒吧当据点我理解，虽然不靠谱也多少能挣点儿钱。你现在当包工头是图啥啊，家徒四壁请不起人啊。"

温舜摇摇头，"哼哧哼哧"继续干："这是我的舞台，我要自己唱，当然也要自己垒。"

——垒你个毛线球啊，你是爪哇海建婆罗浮屠的啊！

但当时他的眼睛太亮了，灼灼得像烧着两把火，一直蔓延到人腔子里去。

真的太亮了。

我叹了口气，我说中，再多人怼你兄弟我也挺你。你好好干，开心就好。

确实有很多人不支持他，很多人想看他的笑话。看这个傻子是怎么把自己从大好青年折腾得一无所有，国企工程师不干，去开劳什子的地下酒吧，不务正业，就等着赔死吧。

在他们看来，三点一线是脚踏实地，朝五晚九才是朗朗正途。

毕竟从古至今所谓的正途，不就是那一条在青天白日下大家一同走出来的路吗？

我服"踏多成路"，我不服"一条"。

温舜也不服，他信的是"天下无难事只怕有心人"，服的是"精诚所至金石为开"。

他想，只要肯投入肯努力总会有回报，他要给自己圈一块肥沃的园囿，让自己的音乐梦想抽芽，也想让无数同道们心怀的执念开花。

他想，好在总有两个人会支持他的。

一个是他兄弟我，王八蛋。

另一个，是沫沫。

沫沫就是他谈的那个白富美，身上常年飘着玉兰花的香味，盘靓条顺，书香门第，家里一水儿的老师教授，温文尔雅。

可问题偏偏出在这一家子的"温文尔雅"上。

温文尔雅的准岳父岳母请温舜吃饭。他们说，小温，听说你要开酒吧？

他们说，年轻人想法是挺多的。

他们说，可你也老大不小了，三十多的人，要踏实一点。

他们说，要不你跟沫沫，就算了吧。

温舜点头，温舜说好，温舜原本打算在酒吧开业的那一天，就向沫沫求婚。

他失魂落魄地出来，他很委屈，他握着我的手哭，老陈我才二十九……

我只能看着他哭。

他哭着说，我对不起沫沫。

我说，嗯。

他说，我能疯，这是我的梦，我得疯，可我不能拖着人家疯。

我说，嗯。

他说，每个人都有自己的活法，大家看法不同，所以有些事情就是这么不可兼得。

我说，——你还好吧。

他说，我心口难受，难受得，真想死。

他说，我想要沫沫。

于是温舜掏出手机，按快捷键。屏幕上浮现两个字，"老婆"。

回应他的却是冰冷坚硬的机械女声："对不起，您拨打的用户已关机。"然后是一阵"嘟嘟"的忙音，把心脏快刀剁碎。

一时沉默。"你还开酒吧吗？"我很轻地问。

他很轻地答，一个字，"开"。

他说，我想唱歌。

想，那就干。

酒吧到底还是开了，舞台倍儿棒，装修倍儿豪华。我看着成品，觉着温舜这大半个家底投进去也不算亏。唯有门口悬着的那一块招牌我看不懂，圆溜溜一抹儿，像是个太阳光辉的模样，中间嵌着个360，想不吐槽也没办法。我跟他勾肩搭背："兄弟你这是打算跟腾讯杠啊。看不出还是个脑残粉啊。"

他轻轻拿下我的手："不是360，是360°。"

他说："我上去了。"

我点点头，目送这满场灯光打在他的肩上。

温舜垂着眼睛，边弹边唱。

>像风中飞舞的万千落叶，
>在空气中有片刻的交会，
>一片落进水里，一片飞向远方。
>日光八方激荡，
>滚烫的馨香，
>淹没稻草人的胸膛。
>……

我看着酒吧门口的那个圈儿，看着里面大大的360°的符号，和它垂下来的长长的影子。

我想，人有一个影子已经够了，没有必要自己也变成一个影子，在剩余的岁月里不断重复自己已有的生活。

没意思。

世界只有一个，但生活是多元的。小小的一个圆，都有无数条半径，那么身为万物灵长的人，几亿个细胞的智慧体，为什么就不能有无数种活法？

该有的。

不眷恋影子，去找光，抓住光，成为光，明明朗朗来照亮。

照亮一个方向，每个方向，哪个方向。

温舜的歌快唱完了，吉他声渐渐小下去。

在他最后一个音调落下去的时候，我鼻子一抖，心头迭颤。

我闻到了熟悉的玉兰花的香味。

（作者学校：湖南省益阳市第一中学）

本文为2018第五届"北大培文杯"复赛第十四场参赛文

> 　　生临东海，听家门流水声，诞逢龙辰，期名里江河涌。身沉物化无垠蓝海，九九归一；心驰文史缥缈白云，欲辩忘言。总想问何处是归程，可车马喧嚣，大雾难散。
>
> 　　我感恩有一方清冽的、甘甜的水域，建立在我的思想里，这里没有尖叫，没有混乱。
>
> 　　不舍昼夜，我在水底潜行，用无声的气泡对话自己，也想让它漂流到遥远的天际，我终会金鳞锃亮，游过那气泡依稀、暗流涌动和巨浪腾空。最后枕在青荇上，消溶于淡色调的开阔水面。
>
> 　　生活是氧气，文学是流水，我愿成为携带六个结晶水的摩尔盐，六天沉静在水里，一天结晶，不易氧化。

汪浩澜

漫天孔明灯

　　今日不知是初几，梁芇孤行在那片熟悉的麦田间，麦草叶尖舐着她凉薄的睡裙，那感觉似针线作引飕飕传到她的眼角里去，令她恍惚间抬眸看……

　　黑夜是高贵脆弱的少女吧，梁芇摘下一茎草叶，凝望她的一袭丝绒黑羽，却不自禁又看见神镰般的月牙，今夜它格外温柔地悬于西天一角，刹那间，无数细星齐现，那是少女的泪，引得梁芇心烛乱颤。

　　夜里的光明动人心魄也让人不忍直视，她只好低下头去，直直走向一片荒败的死水塘。

　　她看见一个高梳马尾的小姑娘，笑盈盈坐在水边，用一根附了草网的木枝捉金鱼。"严燕燕，你怎么又乱跑呢？"梁芇痴听着，茫然看着池面上打出一小圈涟漪，才惊觉是自己在呆呆地说、呆呆地哭。

汪浩澜
漫天孔明灯

那是梁芃二十六年以来第一次听闻同龄人的死,昨天她慌忙回到了这个小村为燕燕守夜,竟发现陪燕燕最后一程的人仅有她父母和自己。

那夜,她盯着燕燕遗像里二十年来未变分毫的高马尾,一时不知是喜是悲。她保留着少女的激情与活力,就如一团旺火,一直在那里等梁芃回村,隔几年就把她们的手握得更紧一些。如今她孤零零地活在相片里,盼望有人能将她记起。

梁芃像做了个梦。倏地,干练的职场短发如藤蔓一样蓬勃生长,她又成了那个满脸笑着高喊"严燕燕"的疯女娃。梁芃有个挺富的家,父母在生了三个男孩之后终于迎来了她这颗掌上明珠,她以前总不情愿被母亲攥在手里,一遍遍地听自己名字的来历。"你爹给你取名字的时候,特意上城里去,两天后才回来,拽着我说取个'芃'字,说啥个女诗人忧国的时候有写'芃芃其麦'的句子,将来咱闺女定既有志气又有头脑,咱的麦子也能长得好哩!"据说,父亲那时翻了两天的字典。

可她当时不以为然,只觉得没什么文化的父母把一句四字诗背诵得熟稔,怪稀奇的。

严燕燕是村里另一个小姑娘,总扎着马尾飞来跑去,她是梁芃最好的伙伴,却没她好命。燕燕七岁就开始做零工,打工的第二年,就与梁芃分离,因为梁芃要去城里念书了。

梁芃记起当时用了"得去"这个词,又记起燕燕笑着挥手跑开的样子——燕燕口中分明高兴地对自己喊:"再见!"

现在梁芃却感觉那分明是另一种哭诉。

燕燕是打工累死的,她打了二十年的工,已经挣了不少钱,却一天天更加拼命,一生在辛苦里干巴巴地、突然地、终究地死了。麦草的幼芒在夜风里来回锯着,把回忆割裂成碎片。她不再看枯水塘,而是看远方一处仍亮的窗灯,那是她的灯,她仿佛看见千万只点水蜻蜓安静地消失,眼里仅剩下一

125

只白蛾子和一只黑蛾子，它们齐头并进，年轻又有力气，一定能捅破窗纸，把自己燃到灯火里去。

可她霎时被一根尖草划伤了手指，红血刺目，却像冰霜一般冷冽，那一抹，抹在黑夜和麦田之间，让梁芃又想起曾经与燕燕一起放孔明灯的样子。

是梁芃的父亲教她们做孔明灯，但她们做不好，又不会写字，最后两只皱巴巴的纸笼裹着旺火，慢慢地飞升上夜空里去。那景色真美，她和燕燕都不敢说一句话，好像嘴里含了块蜜糖，一开口就会溜走几丝甜。

"那夜与今夜多么相似，只是不再有你了。"梁芃呓语般含糊地吐着字。

其实她知道还少了许多东西。

那两只孔明灯，裹着激烈的旺火，独一无二，憧憬、明确地飞奔到天穹里去，好像能把整片黑夜乍地点亮，永远不会跌落下来。

多像她们的青春啊，单纯勇猛携一纸空白，就让人抓不牢地冲进未来里去，就算遇见黑云，也怀着使命感一头扎穿，准备当一个视死如归的英雄。

可如今，流出的鲜血也不再滚烫了。是今夜太冷吗？

梁芃厌恶地将它擦在草叶上，悲伤地发觉自己长大了。

总有人说，小孩子一下子就长大了，可没有人说，我们还要花更多的时间老去。

"也没有人说，我们该如何花那么长的时间老去。"梁芃的眼泪簌簌落下来。

当她第一次踏进城中小学的时候，一股难过就好像扬琴上的声音，刺耳又绵密地打起来。她看见父母敛着笑询问比他们高出一个头的私校老师；看见无数新同学规矩地套在一样的校服里，像千万只分不清的点水蜻蜓在吵闹地扭动；她还认识了许多个"燕燕"，只是第一个字不同罢了。

梁芃第一次置身于那样多的同龄人之中，与兴奋、好奇截然不同，她感到茫然、恐惧、无助，她发疯地想把身上的校服脱下来，以防被人群淹没，

汪浩澜
漫天孔明灯

透不过气。

她发了疯地读书，成绩愈好，老师愈夸赞她，父母亦如是，可她却感觉从此被一团雾气困住，那雾气黏糊糊的，想把她一点点吞噬掉，她感觉自己这只飞速上升的孔明灯其实是画着圆圈，在原地不知所措地乱滚，火焰变小，焰色也从鲜红褪成铁青。

可梁芃从来不敢去看这团火为何改变，生怕它就这样熄灭了。

后来，梁芃毕业去了国企上班，刚入公司的她频频被上司挑三拣四，骂得劈头盖脸，但那平稳日子引诱着她，让她不知所措地唯诺工作，变得愈发患得患失。

她知道了，这团黏糊糊的雾气是源自渺小的不安全感：原来，每一个人都能被轻易替代；原来，有那么多更优秀的"掌上明珠"；原来，真有一种向往的安逸叫得过且过。

就像消失不见的燕燕一样，她的生命是一盏孔明灯，其余的众人也是，他们的火焰有明有暗，辉煌绚烂却又转瞬即逝，她从前看不见它们的"易逝"，只是因为它们消失得太平凡、太自然了，火光骤灭，悄悄飘落，化一派朦胧青烟，一下子被吹散在更加旺盛的火光里，再也找不见了。

梁芃感觉此刻又站立在漫天的孔明灯下，却找不见属于自己的那一小盏。

"那盏，定是很暗了罢，暗到也将化为青烟……"她悲哀地等待凉风袭来，吻干她的泪痕。

第二天，正当梁芃准备回城的时候，一个小男孩怯生生走过来："阿姨——"五六岁的样子，弄得梁芃满目错愕，随即走来了两个老人，是燕燕的父母。

"阿芃，他是燕燕的——燕燕的孩子，他阿爸在城里打工——马上便回来。"他们的脸低低的，几乎要凑到孩子头顶上去，又暗暗寻找着什么。

"阿芃，我家燕一直打工做活，从没叫过苦，她读着你的几封信，偷偷瞧你每年回来时的样子，只想这孩子上城里读书去，这些钱——我不知够不

127

够。"梁芇惊颤地盯着小男孩。

她竟然不知道有这样一个小男孩。

"阿姨，我妈妈总说叫我别怕，要做个有用的人，日子保准会好的！可是姨——我有点怕。"他眼睛滴溜儿圆，像极了燕燕。

"阿芇，我们拜托你送他去城里先住个几天，找个好学校提前报个到，他爸准在那儿，他爸准在那儿——"

那一天，梁芇不停地推钱，不停地说着"早够了早够了""不怕不怕"，牵着男孩烫乎乎的手，一下子便哭成了个泪人。

她惭愧地认清，仅仅是漫天的孔明灯，就让自己感到绝望，却不知道，那些抱着烈火的灯壁慢慢开始映出故事，镌刻至深，深到让人永生难忘，也让每一盏灯独一无二。

那些奔向死亡的孔明灯之所以不肯取出火焰煨暖自己的身躯，是为了更长久地向上飞去，是为了燃起新一轮的熊熊火焰。像燕燕这样的灯永远不会熄灭，真正熄灭的是没有意念，受不了苦，便偷偷堕落的那些。

梁芇与小男孩走在夜色下，她突然俯下身问："忘了问你名字了，仔！"

"严家望。"小男孩的眸子亮得动人心魄。

"家望，家望……"梁芇念着。

或许在别人眼里，燕燕已成了无足轻重的青烟，但在我，在她父母，在她儿子眼里，她永远是不熄的烈火，是最伟大的孔明灯，她想。

夜空下，梁芇与家望同时抬起头，又看见漫天的孔明灯，她说了最后一句话："宇宙多少次看着她怀里的孩子啊，即使他们仅仅是一瞬间。"

她的心火不可遏制地燃烧起来。

（作者学校：浙江省舟山中学）

本文为2018第五届"北大培文杯"决赛参赛文

> 街口的红灯倒数到一，绿灯亮起的那一刻在暮色里刺痛了我的眼睛。逆着人流踽踽独行，汽车的轰鸣搅和着灰尘，雨过初霁的湿泥土的气味被人潮冲去。轰轰烈烈大踏步前进，踏过地上未曾相交的灰白斑马线，划过电线纵横交错骑楼伸头探脑的天空。
>
> 他们走过去。而我依然站在原地。我看见有的老人磕磕绊绊被人挤着拥着随着到了马路那边，我看到有的孩子战战兢兢立在那头探了探右脚深吸了一口气跟了上去，我看到有的人被人潮遗忘在街角的一隅，发出呐喊，声音却消散在焚风里。
>
> 我希冀看清这个世界的每一个个体，每一个被遗忘在星空边缘而从未放弃过挣扎的星星。这理想听起来不切实际，更何况我手中只有一支笔和文人意气，只有青春年少和天真轻信。可我依然妄图捧起被人潮覆盖的沧海一滴，透过水珠晶莹的弧面，看见文学，看见他们，看见自己。

吴婧妍

断臂与花

夏天不是我喜欢的季节。到处都是嘈杂，聒噪的蝉像是村口那位满嘴倒豆子和闲言碎语的白头巾大妈，藏在高高的枝叶里说闲话，那声音却响，像是直奔头顶而来，直教人耳朵也给喊聋。每到这个时候，我总想起课堂上胖胖的语文老师摇头晃脑地背着"风多响易沉"。可是，那么燥热地压着人的鼻息的焚风，怎么竟然压不住轻飘飘的蝉鸣呢。楼底下是菜市场，隔着几层薄薄的楼板也能听见卖肉的磨刀霍霍的声响，卖鱼的把冰块凿开，分成一片片的碎冰，然后"哗啦哗啦"水就灌进冰里了，"扑腾扑腾"是北冰洋里撞上渔船的鱼。"突突突"的供氧拔子冒出汩汩的泡，意外地应和上了屠夫手里眼珠子一瞥一瞥的乌鸡的哀鸣。我把电视的声音开到最大，震耳欲聋的，终于盖住了卖猪脚姜的阿婆的嚷嚷。风扇"嗡嗡"的声音也听不见了，只有蚊子还锲而不舍地叮扰我的脚趾头。

电视里的男人跪在地上，痛哭流涕，眼泪"吧嗒吧嗒"溅在灰扑扑的水泥地里，灰尘也都躲开来，十分嫌弃的样子。

他撕心裂肺地哭吼："向命运叫骂有什么用！命运他妈的是个聋子！"

我笑出了眼泪，只觉得男主滑稽得搞笑，连手边的小木桌也被我拍得"啪啪"直响。

"吵吵啥！？"

卖猪脚姜的阿婆嗓门真大，但是她管不着我，那句话又不是我说的。

我妈拧开门把，需要五秒钟。

"嘎吱"一声轻响，像是发令枪，鲤鱼打挺，拖鞋一踹，脚趾亲吻着冰凉的水泥地，我像个被抓包的小偷一样滑到了电视机旁边，"啪"地一下。电视机就像喉咙被砍了一刀，哑巴了，黑了，四周安静而沉默。小木桌旁边是摊开的作业，连笔也在最方便拿起来的地方，我蹲在桌子前面装模作样地念，一一得一，一二得二，一三得三……

"过来。"

我妈命令道。每当这时，她便从一个卖鱼的小商贩变成了军部总司令，尽管兵只有我。我心里"咯噔"一下觉得大事不妙，但还是强装镇定地揉了揉眼睛，像是写了好一会儿作业十分疲惫的样子，不动声色地把电视遥控器往书底下又塞了塞，才唯唯诺诺地走过去。

但是门口却站着一位阿姨，浑身散发着乌鸡的味道。我脑海里就想起了"磨刀霍霍向猪羊"这样八竿子打不着的废话。我想她大概是新来菜市场的小贩，大约也是我的邻居。她背后站着一个浑身散发着乌鸡味道的小男孩，怕

吴婧妍
断臂与花

生得很，拽着他妈一角的衣摆，畏畏缩缩地探头看我。我想他年纪和我相仿，尽管我也怕生，但是看到他这么怂蛋我就放心了，装出颇为主动的样子朝母子俩打招呼，然后我妈就对准我的脑袋一顿招呼。

"这是李阿姨。"我妈揉着我的脑门说，笑得十分慈爱，好像她平时也那么慈爱似的，"这是小强。"

这个名字一点也不走心。我想。我看着那黑黑瘦瘦颧骨有些突出的寸头小男孩，觉得竟然还有点人如其名。

妇女们之间的聊天大概都以一个上午为单位，我只知道我妈打麻将时桌上那些阿姨都是她这样聊出来的，但是这一次不同的是，她把王小强扔给了我，叫我"带他玩玩"。我看着王小强总觉得他有什么地方很奇怪，但是却说不出来。世界上最尴尬的莫过于和一个完全陌生的小孩"玩玩"，我问他玩乘法表吗？他瞪了我一眼。脾气还挺暴。最后还是得感谢发明电视机的贝尔德，拯救了我和王小强在妇女们家长里短时间里的青葱岁月。

电视还是那个狗血剧，不过这一次是应和着楼下卖蔬菜的阿叔的声音推进着剧情。电视里的女主长得很俊俏，穿着碎花荷叶边洋裙，高腰大褶皱，纹路是漂亮的蓝色玫瑰，衬得她整个人仙风阵阵。我一手抠着脚趾头一边对王小强说，女主长得水灵。但是王小强却根本没有回应我，一句话不说默默看着。我想这小子恐怕是色胚转世，见着漂亮的小姐姐便挪不开眼睛。王小强确实是直勾勾地看着屏幕，但是却跟我的看好像不太一样，他眼睛里闪着些羡慕的光，十分微弱地，看着那洋裙那小皮鞋那漂亮的蝴蝶结。眼睛里面像是有一株蓝玫瑰的花苞，将开欲开却隐隐地要枯萎了。

我想说什么呢，只听见王小强叹了口气，说，真好。

男孩子之间的友谊开始得莫名其妙，但是也顺其自然。从此以后王小强就经常来我们家，有时只是单纯地和我一起看看电视，有时我们也一起去楼下搞破坏。拔掉我妈放在水箱里的氧气拔子，追赶从砧板上跳走的虾，对着

131

挤在笼子里的乌鸡大声恐吓。但是王小强更喜欢和我单纯地看电视,尽管还是那一部男主叫骂命运是个聋子、女主穿着好看洋裙的电视剧。而我搞破坏的时候,王小强只是看着我,他总说他在放风,可我觉得他在逃避。他就像我之前见到过的其他菜市场里的女孩子一样,每当我带着她们到处破坏的时候,她们也总是站在一边看我,大约是为了不弄脏她们千金娇贵的手或者布料粗糙的连衣裙。

我带着他去街边的自动贩卖机买饮料,他说他要王老吉。

我顺着自动贩卖机的展示柜一路从下往上踮着脚看,发着光的红的紫的蓝的按钮里都没有。我说男孩子喝什么王老吉,多没趣,你难道不觉得可乐更加豪气吗?一路翻滚着清凉到底。

王小强说,怕长痘。

我愣了一下,随后蹲在地上笑得浑身发颤,用不恰当的成语形容一下那叫"花枝乱颤"。我说你是不是女生啊,这么娇贵得要看脸呢!我笑出眼泪的眼角瞥到了最底下一排有行金色的大字加多宝,于是按了下,又踮起脚尖熟练地摸到最高的可乐的按键,便感觉自己像个成年人一样成熟了。可我把那加多宝递给王小强的时候,却发现他似乎很生气,打掉我的手,加多宝的罐子"哐啷哐啷"地滚到了垃圾桶旁边,而王小强整个人都像是一个垃圾桶,散发着夏天垃圾桶特有的沤臭的情绪。

可王小强生气什么呢,我明明还请他喝饮料呢!

也不记得到底是几岁的事情了,总之是几年后,等我和王小强上了初中的时候。

有一天王小强跑过来找我,满脸都是淤青和血迹,眼角还肿起来了,高高地吊着,像是电视剧里面的反派邪魅一笑。我也想笑,可是王小强挂彩了,我不能像今天上午班会课说的"把自己的快乐建立在别人的痛苦上面"。我关切地问他怎么被打了,招惹了学校里的什么人了吗?

王小强答非所问，他说，你当我大哥好不好。

我露出近乎惊奇的表情看着他，我说你行啊，校规不是说了嘛，乱收小弟要被记过的，你可真行啊，要把我拖下水？

王小强低着头，几乎要哭出来一样。他说，你就说行不行。

我说，好啊马仔，看在我跟你这么多年的交情上，我也不怕被记过，你就跟着我混吧。

王小强乖乖地跟着我，回到我家那水泥地上坐着，我给他上药。他嗫嚅了好一阵子，抬起另一只完好的眼睛的眼角看着我，他说，大哥，我跟你说个事。我笑着骂他怂蛋，像个女人一样，拖拖沓沓。

"我想当女的。"

我一句笑骂都还没落下话音，王小强就用这一句话成功地让我闭嘴。我目瞪口呆地看着他，手里的红药水在地上洒成一个放射状的圆，几乎要把我困在里面。

"你开玩笑的？"

"不是。"

"什么时候的事？"

"从我知道我是男的开始。"

似乎有什么事情便说得通了，但是却令我更加疑惑。我下意识地要脱口而出一句"变态"，但是这两个字硬生生被我咬在舌尖，堵在牙缝，吞咽回肚子里，在胃里的盐酸腐蚀下烂到说不出来。可是这真的好奇怪。洋裙，小皮鞋，还有蝴蝶结，八竿子打不着边。

王小强说他在学校被男生们群殴了。他们从王小强的书包里翻出了一个蝴蝶结发卡，带头的男生起着哄，左边的男生骂着他变态，右边的男生发出嗤笑，说王小强你怎么那么贱呢，居然藏着女人的东西。他们说再翻翻，说不定还能找出裙子和衬衣。王小强反抗，他们就揍他，直到最后这群人走的时候，他们威胁王小强说，你说出去试试，全校人都会知道你是个变态！

我有些后悔骂他怂蛋了。我沉默了好久好久，久到王小强自己捡起掉在地上的棉花球，蘸了蘸打翻到地上快要干涸得像是血泪的红药水，往自己高高的颧骨上涂了涂，然后轻轻地问我，你还做我大哥吗？

我不知道，我不知道。我不知道该怎么回答，恍恍惚惚地我似乎听见王小强又叹了口气，"窸窸窣窣"地站起了身，几近无奈地恳求我：

"不要告诉我妈。"

然后他走了，背影挺得格外地直。

王小强后来很少来找我了，他总说"道不同，不相为谋"。我想这秘密他恐怕只告诉过我一个人，因为此后我再见他，总见到他叼着骆驼牌的烟，穿着吊儿郎当的黑骷髅头T恤衫，正像是那些"男人味"十足的打扮。王小强自己当了大哥，虽然也不知道他究竟是挂了多少彩才爬到今天这个地步的。我还记得他跟我说，你知道五牛牌的烟吗？听说那种牌子最呛。可惜烟草令禁了，不然真想试试它的味道。我想了想回答他，你说得真对，但我选择骆驼老师。我没有想到他从此以后就听我的推荐抽起了这种烟，而我其实没有任何相关经验完全是瞎说，也根本不清楚大人们抽的骆驼究竟是不是很冲。

我好像又看见了洋裙上的蓝玫瑰，花苞开了一个口子，一盆滚烫的水源源不断地倾泻在这个口子里，花苞烫出蓝色的眼泪，然后摇摇欲坠。我又好像看见了一块大理石，是跟黑黑瘦瘦的王小强不一样的白皙，但是却被刀口划出了一道道丑陋的疤痕，那些丑陋的疤痕上开不出娇艳的花朵，只有腐烂的垃圾桶一般的沤臭和熏黑。

王小强问我，你有没有听过一首歌，好像是这么唱来着，"我就是我自己……"

还有一首歌呢，我说："我就是我，不一样的烟火。"

王小强看着我笑，笑得花枝乱颤："然后'啪'的一声，爆炸得粉身碎骨。"

吴婧妍
断臂与花

听到他这么说，我扭头瞪了他一眼，我说你挂着彩呢，说这些吉利吗？王小强戏谑地瞥了瞥我，他恐怕觉得我现在像个大妈，楼下绑着白头巾，操着老闲心的大妈。王小强大抵是习惯了每天挂彩的日子，只是今天碰到了我，就拉着我两个人一起在垃圾场旁边的空地上坐着看星星——明明还是下午黄昏正好的时候。这种气氛正好，像是电视剧里面男女主告白或者分离的黄昏，像是悬疑片里即将掀起腥风血雨的暴风雨前夕最后的平静，像是平淡无奇的纪录片放着片尾曲准备结尾。

阳光被云翳稍稍挡了挡，橙黄的光线被揉了揉从云端微微洒出来一点，烈火从天的边界线上烧过来，吞吐着咸鸭蛋黄似的太阳。那不可一世的太阳此时便虚弱而无力了，只能任凭火烧云把它藏起来，压下去，吸纳到无边无际的黑夜里去，不再放他一丝一毫的光明。

还是王小强开了口，他说："我要辍学了，不读高中了。"

我惊讶地问为什么，他故作深沉地叹了口气："我就是我自己。"

他唱得真难听，还跑调，恐怕是自己填的词做的曲。可是生活不就是这样逼着人学会用眼泪和血液写出笑着哭、哭着笑的词曲吗？

王小强似乎在考虑什么，最后还是对我说了实话。

"我不想再掩饰自己了，我想当女性，让我当去吧。"

他说他是 MTF，是跨性别者。我问他，你怎么知道的，你也没有去看心理医生。他说查呗，人活着要是连自己都不能了解自己，做回自己，多无聊啊。他看起来十分轻松，也十分失落，好像是我妈放在砧板上脱水已经有些时间的鱼，不挣扎了，也没有力气挣扎了，就这么干躺着。但王小强好歹也是用另一种方式躺着，一只眼睛看着理想国，一只眼睛沉没在现实的长河中。

我突然想起芬兰人说的话，怎么说来着，美丽的大理石不用修饰。

可我想想王小强的黑黑瘦瘦高高突起的颧骨，和风一吹就能飞到南极的纸片身板，也许算不上什么美丽。他也不是什么美丽的大理石，他有划痕了，

135

有好多好多的瑕疵。但是也许可以引用萨克斯的话，在这不太合适的语境里表达一下我内心的感慨：要在断臂上，开出野百合和蔷薇。

有一天，我放学路过学校旁边施工的工地，听到那夏天特有的"叮叮当当"的声响，和工人们身上散发出的热气"吱吱"的轻响，跟挖掘机"突突"的采挖声。然后我被人拦住了去路。一瞬间我以为是打劫或者是勒索，但是抬头一看却是王小强。他穿着碎花荷叶边、绣着蓝玫瑰高腰大褶皱的粗糙连衣裙，脚上是小皮鞋，头上戴着假发，别着个小小的蝴蝶结发卡。他认出了我，而我因为惊愕却没有立刻认出他。

他其实，挺美的。

倒不如说，我在欣赏那种"天然去雕饰"的不加修饰的美。

王小强手里提着刚买回来的饭菜，似乎正要去工地上给工人们做饭。但他见到我，还是停了一停，寒暄道："最近成绩怎么样啊？"

他明明也才刚刚成年，说话倒有几分大人的样子了。

我说，还行，也就那样呗。

王小强笑了笑，笑容里面像是有几分无奈和无力。

他说他不太好，又要丢掉工作了。这边的工地也发现他性别认同的问题了，正准备辞退他。

"这是我给他们做的最后一顿饭。"王小强指指手里的袋子，"你妈那里买的鱼。"

我知道。那鱼已经不再挣动了，但是却还有气息。它也许是服从了命运，也许是在某一个黄昏还会惊天动地再做一次自己的决定。

王小强顿了顿，慢慢地说，语气一如当年的恳求。

他说："我想去法庭为自己的就业权利争取一下，如果被辞退的话。"

那样恳切的语气，却十分坚定，暗含着倔强。我很早以前就想说，收回对他怂蛋的评价。我总想安慰他些什么，或者单纯地鼓励他什么。但我却发现那是多余的,他从来都相信他是那块无需雕琢的大理石,那朵绽开得娇艳欲滴的蓝玫瑰。

"我会尽我所能帮你的。"我说。

"一直以来你都照顾我。谢谢你啊,大哥。"

至于王小强后来如何,我不得而知。是滑到了底层还是爬到了金字塔的塔尖,我也没什么兴趣。我只知道:"人只要有希望,是不会走上绝路的。"

无意间我得知蓝玫瑰的花语,是"无法得到的东西"。也许裙子对于他如是,成为女性对他而言如是,生活对他而言如是。但是后来我想啊,男主人公在电视剧里说得真对,"向命运叫骂有什么用,命运就是个聋子",所以断臂上开出来的花,那是花自己的努力,而不是别的什么东西决定。

（作者学校：广东省珠海市第一中学）

本文为2018第五届"北大培文杯"复赛第三场参赛文

> 文字对我来说是一种对人情世态的把握。我对于从荒唐怪诞的故事中去探索隐秘的人性有一种偏爱。我喜欢阅读这样的作品，也偏好用故事把生活中遇到的隐蔽的情感表达出来。事实上，在我写的小说中，我扮演的正是这样一个上帝的角色，创造一个与人类心理相关的荒诞世界。
>
> 在这种荒诞与现实的游戏之间，我努力将自己变成一个纯粹的写作者。于是借马尔克斯《霍乱时期的爱情》的结尾来表白我对文学的热爱。
>
> "见鬼，那您认为我们这样来来回回的究竟走到什么时候？"
>
> "一生一世。"他说。

李胤潜

在四月等候鸟归来

在夏季到来之前，这一座城市是灰暗的，春季的昏睡时刻未完全褪去，一切都显得乏味无聊，像是在等着某种意外发生。在某处街巷拐角，小铺子呢帽和绒线帽琳琅装饰着，那是一家品种齐全的帽子铺。一个男人身影在铺子里依稀出现。

北方的四月并不是如南方一般潮湿温暖，它承袭了从冬天来的干燥，或许还有些寒冷。比如今年，在四月北京就下了一场雪。如此的话，那么候鸟又将晚一些到达北山了。候鸟不是如人一般感知时间的生物，它比人类更能感知外界冷暖，它只会在羽翼渐暖的时候，飞回到它的北方去。

天气预报说，天又将转寒了。男人骂了一句，把并不薄的衣服领子再向上提了一点说，四月的天，女人的脸，说变就变。

有鸟向北山飞去，从电线杆上叫了一声，然后扑朔翅膀飞向更高一点的天空。男人来了兴致，望着那个角度，那是远远的淡淡抹开的云层，在那下面，是北山和北湖。每年，都会有候鸟在四月末来到这个地方，繁衍生殖。

再把男人的视野拉近一点，你会发现，帽子铺拐角的屋檐画角下，吊着一个空荡荡的鸟笼。

生命的一切都像是一个周而复始的过程。除了候鸟季节性地从各种地方飞过来，又在冬天来临前向不同地方飞翔而去，还有帽子铺电线杆上的乌鸦，每天上午飞到北山去，夜幕将至前又从北山飞回来，它们把夕阳剪成粉碎。

男人守着帽子铺是无聊的，所以他才能发现这些事情。这个街店本就顾客寥寥，即使有人，也多是同他一样讨生计的。恩格尔系数指出，人们越贫穷，生存消费占比就越多，所以像他一样的帽子贩在这一块区域已经越来越难以存活了。但是店子开着也是开着，有几间房子住总是好的，所以男人白天拉开铁门做生意，晚上拉上铁门生活。其他时候，他就坐在铺子边上，数今天有多少乌鸦飞到了北山去。等乌鸦终于少了以后，他就知道，北山的候鸟来了。

他仰着头，一直仰到有一个高大的身影出现。那个身影说，你好，我要买帽子。

"要什么样的？"

"小一些的，帽子不给人戴，给鸟。我是生物研究所的，我们要放芯片在帽子里，给鸟儿定位，看看它们冬天会飞到哪里去。"

男人这才把仰起的头放下，看了看面前那个男人，制服是熟悉的蓝色。

"晚些时候你把尺寸画给我吧，我做。你要多少份？"

"先三百份吧。在五月前请务必给我们。价格再谈。"

"你们要了解鸟去哪里，有什么用呢？"

蓝制服似乎没听见，他已经背过身去走了，男人得到了他一个星期以来的第一笔生意。但他做这些并不全是为了钱。他或许比穿蓝色制服的人更加在意，这些夏天飞来的候鸟，究竟会飞到哪里去。

"今年天气变化较大,四月天气将持续降温。在今后一周内的气温最低将达到零度以下。在这种特殊气温影响下,本市的季节性迁徙鸟类可能推迟抵达。跟随鸟类的研究队也将持续为本台提供最新消息。"

买细毛线,查鸟类的头型资料,研究进食习惯,制作模型,定型,设计毛线弹性,设计芯片口。

男人已经很久没做过帽子了。他做的帽子连人都很少光顾,给鸟做精细的帽子对他来说当然更是一种挑战。他拉开长而宽的制作台,上面密密麻麻摆上了缝针。他拿出毛线料子,细细缠起。用钉绕一下,为蓝制服说的芯片留一个口儿。男人觉得,自己从来没有这样认真做一样东西,为一只鸟,用最好的料儿,缝一顶毛线帽子。这样的帽子线不能太密,否则在夏天就会捂得太热,当然也不能太松,让鸟儿在冬天冻着。男人觉得他在手指缝间,把自己也缝进去了。像是在给他的女儿缝一件嫁衣,或者说是像给他的妻子写一封信,一笔一画,字斟句酌。

别人说独身的男人总有一些怪癖,男人说他不独身。但是说得他自己也有些心虚。

男人在铺子前郑重写上了"暂停营业"的牌子。他买了一盏工作台灯,又把门口的鸟笼摘下来,一并挤在他并不大的房间里。每织完一顶鸟帽,就拿起来,借着光,对着鸟笼比画半天。他用的全部都是蓝色的细毛线,为了和蓝制服衬起来好看一些。

"四月下旬气温将稳步上升,鸟类研究所宣布候鸟已经开始迁徙,预计将于十天内抵达我市。本市市民可在四月末看见候鸟大规模迁来的壮观景象。"

他还有十天时间。

再一次出门的时候阳光热烈,硕大的云团在天空掠过,在广袤居民区投下忽明忽暗的大片面积。这世界的色彩在夏季之前终于被体现出来。男人借了一辆车,他带着大大一箱织成的鸟类头套,每一顶帽子上,都有他亲自做的更精致的带子。那也是蓝色的。他开车时手也是抖着的，开往那个比他的帽子铺更偏僻的鸟类研究所。

今天的鸟类研究所应该是更喧杂了，因为他们南方的客人快要回来。

男人听见电台里在说，今天是四月的最后一天，大规模的候鸟如往年一般，在四月抵达我市。市民们可在北山附近近距离观看来自南方的迁徙候鸟。

鸟类研究所的人细细验了货，抓住一只候鸟，往它小巧的脑袋上戴上了帽子。男人伸出手去，为这只鸟理了一理羽毛，再摸摸帽身材质。鸟儿昂起头，扭扭纤长的颈子。他觉得，这些鸟儿戴着应当是舒服的。

先生，如果可以的话，以后我能了解到这些鸟去了哪里吗？

当然。如果你想的话。

男人揣着货款上了车，手握上了方向盘。这一回他手不会抖，他闭着眼也知道从研究所回家的方向。他的汽车穿越大街小巷，穿越鲜亮的云，穿越无数根电线杆。天色晚了，乌鸦散散落落地停在电线上，他隐约感到，候鸟已经来到了北山。他再把眼睛垂下来，他看见在帽饰琳琅的品种齐全的帽子铺门口，一个穿着蓝色制服的女人立在门口，已经等候多时。

终于回来了啊？今年候鸟迁得这么晚，差一点你也没办法在四月赶回家。

是啊。哎，你把屋檐下那只鸟笼拆下来了啊？

没呢，它就在我桌上。

我知道你一直挂念着要一只鸟儿，这只幼雏儿是我从南方带来的，给你养着吧。

它不用迁徙吗？

只要你让它一直暖着，它是不会离开的。

今年你能在家待多长时间啊？

我不知道，看冬天什么时候到来吧。别问我，它知道。

男人从口袋里掏出一把麦粒，洒向天空。刚学会飞行的雏鸟也嗷嗷叫起来，它扑朔着翅膀，去啄食视线可及的食物。闪动翅膀的间隙会拍到男人的帽子。于是男人用帽子又接了一把麦粒，雏鸟安静下来，低着头，伸着纤长的颈子，坚实地喙啄下去，发出"笃笃"的声音。男人思考片刻，从工作台上拿出他的第一顶帽子，预留的一顶，戴在它头顶上。

"你看，它和你一样，穿蓝色的衣服。"

"傻了吧？记着啊，别饿着它，记得给它喂种子谷粒吃。"

他觉得，这只小鸟就是候鸟带来的种子。它吃种子的同时，又会有一些新的东西，在北方生根、发芽。

（作者学校：湖南省株洲市二中）

本文为 2018 第五届"北大培文杯"复赛第六场参赛文

我从来不会认真地想青春是怎么一回事，因为它本身就已经以最真实的姿态呈现在我眼前，我只需要把它在我心中的样子原封不动地塑造出来。有时不必纠结眼前的瓶颈。笑容或眼泪，平淡或有味，该来的总是会来，该去的便由着它去。

　　一路走来，我们总会为了某些目标而有意无意地抛弃了些什么。或许后来偶然发现了，或许永远不自知。但哪怕岁月侵蚀，风吹雨打，它们也一定一直在这世间的某个角落，静静地闪光。

　　希望在这里，你们能够找到曾经的自己，找到某一年，某一月，某一天，某个人，能够想起当初的校园，某棵老树的枝干上层层叠叠的年轮。

袁璐莹

寻

有只蝴蝶落在我的窗台上

轻盈落下，不曾有羁绊

我注意到她美丽的翅膀

回首，她离开，落在我家房檐下

我起身瞧她

闪过，她回首

在阳台的月季上

凝视我

而我

> 不知怎地，被一朵云吸引
> 待风，终于把
> 那一朵飘渺的云
> 吹散在天边
> 我突然惊醒
> 回首寻她
> 已然不见
>
> ——《年华》

一

每天打开电脑，接收邮件，审审稿子。生活也无非是这样了。打开邮箱，看到一排崭新的红点，六六无聊地叹了口气。

退掉第八十份无关痛痒的小东西后，她伸了个懒腰，却无意间瞥到一封邮件，标题赫然三个大字"拜托了"。应该是昨天混在稿件里一起发来的。

可是，会是谁？六六自认为还没有什么人能够这么请求自己。

于是她打开看了。

六六：

你还记得一个叫周彦的高中同学吧？我是他妻子。你应该知道的，就是高中时候，你们隔壁班的安宁。

前几天，他出了车祸，去世了。

抱歉打扰到你的生活，但是，听说，那个时候你和他关系还不错。我从他的生命出现，是在十七岁的时候，他十七岁之前的生活，我都一无所知。

实在是对不起,我太想念他了。所以,你能不能把他十七岁之前的事情跟我说一说呢?哪怕一个字也好。

安宁

关掉邮件,六六静坐在椅子上。

周彦?何止是记得!那是她初中乃至高中自始至终赞赏的大才子啊!

叹了口气。思考了一会儿,她关了电脑。

走出老旧的大铁门,懒于回望那被绿漆侵蚀得斑驳的铁栏。此时没有暮色四合的样子,空气里些许沉闷着午后阳光的余温。天色已沉,但并不暗,一路走过的是夏初混着柳絮余香、紫藤残花的微热的触觉。而小湖边的长廊里,蜜蜂终于不再飞舞,只弥漫着活水升腾而起又忘情落下后溅出的腥黏的蛋清味道。

二

安宁小心翼翼地点开邮箱里唯一的一个红点。

安宁:

  周彦吗?认识他,让我想想,该是很久以前的事情了吧——那年,我十三岁。

  其实早在小学时代,我便对他有耳闻。不过,当时的学生有名,不是太优秀就是太差劲。我以为他是第二种,但是很久以后,我才知道,我错了。

  他真的是一个很有才气的人。我想,这个你应该比我更清楚。

  我和他是初中同学,但几乎没有单独说过话。我只知道他似乎是一个很实际的人。有时候，作业一多，大家都忙着分工合作，只有他一个人坐在一边自己写。他成绩一直很不错。

起先不理解他，后来考得差了才明白他为什么不愿意。他说，我想想抄完整整一本书，自己还一点知识都学不到，就直接不想写了。

这才是胜者会有的姿态。有得必有失，我们都不是圣人，不可能同时拥有所有美好的。

所以，抱歉，我只知道这么多。

这里还有一张我们初中的毕业照，在附件里，希望是你需要的。周彦这家伙总是丢三落四，这张照片估计早就丢了吧。

六六

三

六六：

谢谢你的照片。不出你所料，他连大学毕业照都不知道扔到哪里去了。

我想问的是，他高一那年是个什么样的人？另外，高中毕业照。你能不能把你们班的毕业照发给我呢？

安宁

四

六六再次点开那个特殊的红点。真是个执着的女人。她摇摇头，掏出早已准备好的照片。

安宁：

　　说到他的丢三落四，他倒是经常丢东西。不过，可巧不巧的是，他弄丢的只限于各科试卷。

　　高中时我坐在第一排讲台对下来的位置，他就干脆被安排在讲台旁边。这样，我们的距离就只有几十厘米。这家伙，每次讲题都找不到东西，一定只向我借——我离他最近啊，你说他有多懒！

　　照片在附件里。

六六

五

看完新发来的邮件，安宁了然地笑笑，慢慢地打开面前发黄的日记本。

2005年6月4日

　　"喂，陆游是哪里人？"我转过头去问她。健哥（语文老师）又在偷懒，发张练习卷就在讲台上苏苏地喝茶，嘿嘿。

　　"难得呀，大才子也有不知道的东西？"她挑眉，斜眼瞥过，"不知道。"

　　"嗷！"我看到她试卷上写着的大大的"D"，"你他妈肯定知道，快点呀！"

　　"江苏。"我听到这两个字的时候就觉得不对劲。再看看她眼睛，这小妮子唬我！

　　"喂，你！"

　　"唉！唉！"健哥敲敲讲台。我只好转回去。其间抛了个白眼给她。可惜她看不到。

　　……

仔细摩挲着这些字，安宁呆了好久。

六六：

　　你还记得一些他的事吗？关于八卦之类的——我没有别的意思，只是想填补一下记忆中他的空白。

安宁

敲完最后一个字发出去，慢慢地，居然有一种像没有搅拌过的奶油一样的感觉在心里升起。

六

安宁：

　　初中时候他自己没什么绯闻，但是他整个人就是个八卦中心，周围发生了什么他好像都知道。我给你讲一个小片段吧。

　　有一次我们几个同学一起吃饭，他冷不丁就问我一句："六六，你是不是喜欢齐岭？"

　　我能说他当时正戳中了我的小心思吗？"你有够无聊的啊！"我横眉瞪他。

　　他哈哈一笑，颇有计策成功的意思："咦，反应和齐岭一样呀。"

　　"……"

　　"我数十下，你不否认就是默认了！"

　　"……"

　　"十，九，八，六，三，一！默认！"

　　"草，有你那么数的吗？"我完全没有反应过来，脸一定红透了。

再看旁边的齐岭，一样没有说话。

而周彦，这个始作俑者，他竟然像是没事人一样，大口吞饭。

嗯，若要说是高中时候的八卦，其他倒没有沸沸扬扬。高一的时候，他和我的同桌七七交往有点频繁。

有一次上政治课，因为七七把试卷借给别人了，我和她拼了一张。周彦，他照例找不到卷子。

周才子一向出世，试卷什么的从来都是身外之物，自是从未放在心上过。

不过看他第一百次面对一张空的案板，心里还是有一丝丝小同情。

可谁管他，没试卷的人又不是我。

第七十次感觉到他炽烈又渴望的目光，我实在受不了了，七七更是干脆把书包里的书一摞堆在桌上，挡住他的脸。

"周才子，先读书再谈恋爱啊。"政治老师冷不丁冒出一句，"不要一直往后边女生看嘛。"

教室里气氛瞬间变得暧昧。可能，当时他确实对七七有点感觉吧。

话说回来，我倒是不清楚，他是不是有轻微的斜视？回想起来，他看七七的时候，眼神有些偏移。

再有，那就是他和你了。老实说，当时知道这件事的时候，我有些意想不到的。因为你那么平凡，甚至在我看来还有些问题少女的感觉。而且更让我吃惊的是，初中时代，我们的同学圈里，和你差不多类型的女孩子也挺多的，怎么就没见他和尚动凡心？

可能是当时年轻，小说看多了，总有一种才子应该配佳人的错觉，所以对你和他的事情不怎么看好。我说这种话，请你不要见怪。

六六

七

六六：

　　都过去这么久了，谁还会在乎这些。倒是，谢谢你告诉我这么多关于他的事。

　　刚才又仔细看了你们的毕业照。我才发现，你和我长得挺像的呢。

安宁

（作者学校：浙江省余姚市姚中书院）

本文为2018第五届"北大培文杯"复赛第十三场参赛文

> 写作永远是我沉溺其中的一场梦。我在梦里构思出了这样的场景，一个并不存在的小镇，一个连接黄泉的中转驿站，有轰轰烈烈的分别，更多的是平平淡淡的生活，然后在某一天被一阵风送去云端，继续在尘世间的飞行。我沉浸在是枝裕和式的空灵平寂里，沉浸在诡谲和瑰丽的童话里，把文字烫金，把梦摘下来放在纸上，铺展开来，熨烫妥当，邀请无数的目光进出随行。我的灵魂坐在破树巨大的枝桠上，把我浑浊的肉体往下掷去，摔入虚虚实实的浮生若梦，指尖掌心的云絮依恋着我，于是我知道，我真正看到了我想要的，我感到我活着，真切地活着。

姚秋雨
破

一

古老的红白客车摇摇晃晃地停在了站台前。伴随着一声刺耳的橡胶摩擦地的声音，车门像失灵了般慢慢挪动着打开。月抓紧了书包的带子，犹豫着下了车，看见那块斑驳的站牌上孤零零地写着两个大字——破镇。再向前面看去，是一大片一大片的花田，一座小镇就在花田深处躺着。

身后又传来了脚步声，紧接着是车门关上的声响。月回头看了看，瘪了瘪嘴，似乎对身后的人有点无奈。

"我们走吧。"那个人走上前来，又径直走到了月的前面。月看着前面的背影，心不甘情不愿地跟了上去——客车已经不见踪影了，她们的出路只有一条。

月和前面的人保持着不远不近的距离，漫不经心地向四处望着。客车把她们带到的这个地方，四面是高大的雪山，再向前明显有一条分界线，夏天和冬天在线两边泾渭分明。身处其中的花田斑斓地开放着未名的花朵，奇异的香气在鼻翼间钻来钻去，让人不自觉地心情大好。前方那个人依然头也不回地走着，以一个帅气的姿势插着兜，短到耳边的头发在风里微微地蓬起，露出了耳垂上的钻石。"明明是自己跟过来的……"月皱着眉头想。她总觉得这个人莫名地熟悉，那张和她几分相似的脸在她的记忆里闪过几个片段，却怎么也抓不住那些零星的碎片。她摇了摇头，不愿再去想这些问题，只专心致志地赶路——破镇已经很近了。

二

月一直很讨厌自己的姐姐，这仿佛是打娘胎里就带下来的。

就像很多小说故事里写的一样，月有一个完美而闪耀的姐姐——成绩好，性格好，招人喜欢。她留着齐耳的短发，高高的个子让她有几分男孩子的帅气，因而也备受学校里女生的追捧。而就是因为这样的处处完美，她好像做什么都不会被责怪，钉耳钉也是，不穿校服也是，总有人替她维护，总有人追随着她的脚步。"你应该多学学你姐姐。"这样的话，月从小到大不知道听了多少遍，如果此时姐姐在场，她一定会笑嘻嘻地摸摸自己的头——虽然会被月厌恶地躲开，但她乐此不疲。

月承认自己比不上姐姐。她不高，也不瘦，皮肤有点黑，性格也很内向。但月没来由地讨厌她烂好人的样子，讨厌她装腔作势地帮自己解决问题，

姚秋雨
破

以换来大人们仿佛一直贮藏在嘴里的褒奖。姐姐每天都会顺路捎给她一盒牛奶,那盒牛奶的结局一般都寿终正寝在了垃圾桶里,或者是那些崇拜者的桌上——她讨厌关于姐姐的一切。

三

一进入镇子,喧嚣的气息扑面而来。月惊讶地发现这样偏僻的地方竟然还有如此热闹的集市,两边是古色古香的建筑,街道上到处都是三三两两的人群,卖各式各样小吃的摊子在两边排布着,不时地有人大声吆喝着。两个人就这样在人流中穿行,走了好一段路,月终于忍不住开了口:"喂——我们去哪里?"

"我也不知道。"

月一下子被噎住。两个人面面相觑了好一会儿,才终于反应过来,随便找了个糖葫芦摊子停下。卖糖葫芦的大爷往棉棒上插着冰糖葫芦,向她们和善地笑笑,月忍不住问了一句今天是什么日子,却换来大爷一个吃惊的眼神。

"啊呀,你们不知道吗?今天是破节呢。"

"破节?"

"就是破树开花的日子。喏,就是那棵树。"

两个人顺着大爷手指的方向看去——在镇子的尽头,有一棵大树;不,不是普通意义上的大树——这棵树从平地而起,向上无限地延展,最高处隐匿在团团云雾之中,叫人看不清它的面貌;树上,有缀满枝条的白色花朵,不过离得较远,只见白白的一簇在风里抖动着。

月过了好一会儿才把自己大张的嘴巴合拢。她为什么先前没有看到这棵树?大爷又继续道:

"这破节可稀罕啦,上一次是一百年前的事情了咧,你们正好赶上了,

153

这个巧！"

尽量忽略了句子里诡异的时间，月问了破节庆典的时间和地址，拉着身边的人匆匆地混入人群。街市的景色从明清时代的建筑过渡到了更古老的样式，一直没有开口的人突然碰了碰她的肩膀，一个冰凉的东西贴上了她的脸。

"牛奶，喝吗？"

月看着她耀眼的笑容，勉强笑着接过了牛奶。不知道为什么，她对这样亲密的举动有点排斥，尽管她们并没有过任何不愉快的交集。

四

月觉得姐姐很清楚自己的厌恶，但她似乎坚持想要弥合她们之间的关系。在学校里也是，在家里也是，她总喜欢凑在自己身边，逢人介绍的不是自己的名字，而是"月的姐姐"这样的称呼。月不明白她这样举动的意义，潜意识里把这看作虚假的做戏，好稳固她在大人眼里"好孩子"的地位，看她的眼神里也不自觉带了几分鄙夷。

"那件事"发生在学校放学的时候。月为了躲开姐姐自己走了小巷子，结果被一群流氓混混堵住了。他们让她把身上所有的钱拿出来，同时用色迷迷的眼神打量着她。当他们围上来的时候，月假意因害怕跌坐在地上，手在背后抄起了一块板砖，正要发力打下去，一个混混却先被开了瓢，大叫一声跌倒在地。趁着其他人没反应过来，一只有力的手捏住了她的手腕，一把把她拉起来便开始跑。月被拽得晕头转向，看着跑在前面的人飘扬的短发，心里没来由地一阵怒气，挣扎着挣脱了她的手，在路边停了下来。

"怎么不跑了？他们追上来怎么……"

"谁要你救我的？你跟踪我？"

月看到那双明亮的眸子瞬间暗淡了下去，夹杂着说不清道不明的情绪。

姚秋雨
破

她强装镇定地哼了一声,擦着她的肩膀离开了原处,过了很久,都没有听见追上来的脚步声。

五

庆典在镇上的大广场举行,其实也就是那棵所谓的破树下。月她们到达的时候,暮色已经降了下来,天空是奇异瑰丽的紫红色,破树就这样毫不遮掩地连通了天地。说是庆典,却并没有平常的歌舞表演之类,人们三三两两地聚在一起,或多或少都抱着一些什么。月注意到有人捧着一束凋零的鲜花,有人抱着缺了耳朵的泰迪熊,甚至还有人扛着老旧的电视机。月摸不清头脑地往前走,看到破树前已经排了长长的一条队伍,最前面的人拿着铲子挖着坑,把手上的东西埋了下去。

"所谓破节,就是要把破的东西埋掉,这样就会有新的长出来了呀!"拖着布艺小沙发的女孩子笑嘻嘻地回答她们的疑问。她说这是她爸爸做给她的沙发,现在爸爸去世了,没有人来修理,就只好在破节这一天来埋掉它,以后就能收获崭新的沙发。月惊讶地感叹了一声,拉着一旁的人也加入到队伍中去——尽管她并不知道想要埋些什么。她晃了晃手里的牛奶盒子,拿起来喝了几口,然后一脸满意地盖好了盖子。

"这样就有无数的牛奶长在树上啦。"

"你这样只会收获无数个牛奶盒子……"

六

月站在路边,耳机的音量开到最大,震耳欲聋的音乐强烈地刺激着鼓膜。她茫然地看着川流不息的车辆,鼻子阵阵地发酸。

155

她想要那条项链很久了，小小的爱心，用钻石点缀得闪亮无比。妈妈是不会同意这样一笔高额支出的，所以她一直攒着自己的零花钱，到现在有了半年，已经基本上足够把它买下来了。但就在刚才，她亲爱的好姐姐，拿着那条她心心念念很久的项链进了家门——不用说，一定是妈妈帮她买下来的。一瞬间，委屈、愤怒的情绪冲上了脑海，她像是一切声音都听不到了，抓起外套夺门而出，一直跑到了这里才反应过来她根本无处可去。泪水一滴一滴地砸到地上，月回想着从前一切的"不公"，无意识地向前挪动了脚步，直到一声尖锐的喇叭声响起，她惊觉自己已经站在了马路中央。

"月！小心！"

一个身影扑了过来，世界天旋地转，然后是一片空白。

七

队伍终于走到了尽头。月拿着一边的小铲子挖了一个浅浅的坑，把喝了一半的牛奶盒子郑重地放了进去。身边的人也蹲了下来，趁着土还没盖上，迅速地把什么放在了牛奶盒子上面。

那是一只小小的，破碎的，点缀着钻石的心。

"为什么要埋那个？"

走出队伍，月说出了自己的疑惑。那个人牵起嘴角笑了笑，摸了摸她的头发。

"曾经有一个像你一样的人，伤透了我的心。"

"你恨她？"

"——不。"

她背对着光亮，身影被模糊得朦胧。

"我还是希望她幸福。"

姚秋雨
破

一阵大风吹起，月惊觉自己被带离了地面。她慌忙想抓住眼前的人，却怎么也够不着，只能眼睁睁地看着她带着凄凉的微笑，离自己越来越远，越来越远。风带着她沿着破树向上飞，高空冷冽的气流吹得她头晕目眩，最终眼前一黑，昏了过去。

八

"医生！醒了！我女儿醒了！"

月睁开眼，听到妈妈失态的尖叫，嘴角咧了一下，又迅速地放下了——那里有个不小的伤口。等到医生来检查完毕，妈妈抽着鼻子坐在了床边，一只手紧紧地握着她的手。月清了清嗓子，发现还能够出声，就迫不及待地问了出来：

"姐姐呢？"

姐姐，她有多久没叫过这个称呼了。月期待地看向妈妈，却发现她的脸刹那间白了下去，心里大概猜到发生了什么。

"月月，你真的误会姐姐了。这个——"她颤抖着从口袋里掏出了一条项链，放在了月的手心——那里已经被冷汗浸得湿滑。"你姐姐求了我好久，就是想要送给你的。她走的时候……"说到这里，她深吸了一口气，"一直紧紧地攥着它。"

月紧握住那条项链，像是要把它嵌进自己的手心里。她明白了梦境里的那番对话，也明白了最后姐姐那个凄凉的微笑——她伤透了姐姐的心，但她一如既往地对自己毫无原则地爱护。

泪水喷涌而出。

尾 声

  周一的早晨，女孩匆匆忙忙地洗脸刷牙，一边抱怨着闹钟的罢工。她"噔噔"地跑下楼，给了正在看报纸的爸爸和妈妈一个大大的微笑，叼起几片面包就换鞋出门。在妈妈的嗔怪声下，她回头对他们招了招手，及耳的短发微微蓬起，露出了耳垂上耀眼的钻石。走出家门，她深吸了一口清晨的空气，在牛奶箱里取出了今天的牛奶。

  又是美好的一天。

（作者学校：江苏省如东高级中学）

本文为 2018 第五届"北大培文杯"复赛第十二场参赛文

> 文字具备即刻的意义，记下的情节或观点，过后再看时，已是一种截然不同的心境，一样的文字在不一样的时空里也有了不同的表达和表现力。写一篇小说，如同画一枝芍药，塑一只陶器，织一匹锦，在这一过程中，有着让人孤独的欣喜。因而，小说的入迷之处，是可以塑造和建立一个自我封闭而又无限延伸的世界，表达延续生命个体的即刻所想，让自己听到，也让能够听到的人知晓。这也是我所一直追寻的目标。

刘霞诗

雅 子

我第一次看见雅子是在姑母家里。那时正值午饭过后，餐桌上的碗筷还未收拾，零零散散地堆放在桌上。她推开门走进来，穿着一件白衬衫，背后背着一个很大很奇怪的包，军绿色的。她走进屋里，一边用手抚摸着屋子的墙壁，一边用鼻子使劲嗅着，像极了迷路的小狗。我在一旁看着，心想这女人可真奇怪。

"嗯，还不错。"她笑了笑又说道，"你们这儿租房吗？"

"不租不租！"我刚急着把话说完，就被姑母一掌拍下。"你小子给我闭嘴吧。姑娘，有呢，来来，我们去楼上看看。"我刚想张嘴说点儿什么，姑母立马狠狠瞪了我一眼，我也回了个白眼给她，表示不屑。

楼上，姑母一把推开那扇关着的木门，由于关闭太久，灰尘扑扑地往下掉，直呛人。姑母满含歉意地望着雅子，可雅子摆摆手，表示不在意，把包往床上一扔，对姑母说："麻烦您了。""没事，那你好好休息。"姑母轻轻地退了出去,掩上了房门。对了,放在床上的那个包,很大很奇怪,是军绿色的。

姑母一走下楼梯,就立马变了脸色,拿着扫帚直往我身上招呼,嘴里还不停地碎碎念:"你这个兔崽子,只知道坏我好事。""哟,就您老人家那危楼似的房子,也想租给别人住?"我笑着调侃道。"你——"姑母一下子噎住了,我冲她摆摆手,跨上门口那辆摩托车,跑了。

我骑着摩托车来到自个儿开的酒吧门口,理了理有些凌乱的发型,推开门走进去。此时还未到营业点,二楞、棒子那一伙人正在一起搓麻将。我走过去说道:"干嘛呢?"他们扭过头来一看是我,又转回去继续了,只有二楞冲我嚷了一句:"一哥,你今天怎么没去陪你的小女友,太阳打西边出来了?""噢,分了。"我轻描淡写地说道。"又分了,你厉害。"二楞伸出手冲我比了一个大拇指。"得了,去你的吧。"我无所谓地笑笑,这么一来二去地打笑着,时间就过去了大半。

城市的夜晚总是疲惫与激情并存,酒吧中形形色色的男男女女明明骨子里都透露着一股倦怠,却都不知道回去泡个澡好好睡一觉,硬是喜欢来这喧嚣之地堕落沉沦,简直愚蠢至极。我晃荡着杯中酒红色的液体,眯着眼睛如是想。

"喂,一哥你看那儿来了个姑娘,长得可水灵了!"二楞猛地拍了我一下。

"嗯,啥?姑娘?"我眯着眼,顺着二楞指的方向一看,不由地一乐,这不正是中午去姑母家租房的那个嘛。

我端着酒杯走过去,很自然地在她旁边坐下,说道:"喂,你叫什么啊?"雅子回过头,看了我一眼,似乎在确认我是谁。"噢,是你呀,小房东,你好,我叫雅子。""雅子?"我心里琢磨着怎么那么像一个日本人的名字,难道?似乎看出了我心里所想,她连忙摆手说道:"你别多想,我是个中国人。"我一听,更奇怪了,一个中国人干嘛取个日本名字,崇洋媚外?可真奇怪。我冲她招了招手道:"你尽兴玩,今天我请你。""谢谢。"雅子轻轻说

刘霞诗
雅 子

道，不知道心里在想些什么。

我端着酒杯往回走，二楞他们冲我笑得一脸风骚："一哥，新目标啊？"我没做声，可总觉得有些东西在不经意间有些不一样了。

之后的几天我都没有见到雅子，姑母那儿我本也不常去，就没有过去打扰，可我现在有一种急切地想见她的冲动。啊，这就是所谓的一见钟情吗？我自认为不是这么肤浅的人，那又是什么呢？特质，这两个字在我脑海中闪过。对，特质，和我截然相反的特质。

又过了几天，我终于看到了雅子，她还是穿着那件白衬衫，稍稍晒黑了一些，还是背着那个很大很奇怪的包，军绿色的。她走到吧台前问我："你这儿招服务员吗？"我看着她，沉默了片刻道："招，你进来吧。"

就这样雅子成了我们酒吧的服务员，不得不承认她干得很出色，吃苦耐劳，当然除了偶尔的一点烂桃花，她简直就是一个帮你干完所有的事却让你无法发觉的存在。

我时常坐在吧台上看着雅子工作的身影，她的皮肤很细很白，可以很清楚地看到脸上的血管。她的嘴唇紧紧地抿着，这是她的一个习惯，我听姑母说这种人大多固执。我突然发觉自己是喜欢她的，是真心喜欢，但我更想把这归结于她的特质，那该死的但十分美妙的特质。

我决定向雅子表白，她和我以往的任何女友都不同，我知道她是独一无二的。当我站到她面前时我竟莫名地有些紧张，这在之前可是从未有过的。"雅子，我们要不要在一起？"我试着开口。雅子明显有些惊讶，她看着我，想了想还是点了头。我松了口气，摸了摸她的头道："轻松点，谈恋爱别太严肃。""噢。"雅子回应道，声音有些闷闷的。

不得不说雅子是个让人很舒服的人，不管是说话、吃饭、做事都让我很满意。二楞、棒子那群人每天看见我是又羡慕又嫉妒，可我的心里却始终不安，觉得雅子身上的那股特质越来越明显了，我总觉得会有什么事会发生。

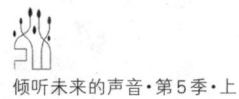

雅子不见了。

得到这个消息的时候,我非常平静,认为她只不过出去玩玩了,我并不想做过多的限制;可当过去了四十八个小时,我正拿出手机准备报警时,她回来了。还是穿着白衬衫,背后背着一个很大很奇怪的包,军绿色的。我本想冲她问两句,但话说到嘴边又咽回去了,因为我觉得应当给彼此一些自由。"下次出门记得留一张纸!"我冲她喊了一句,摔门而去。

这件事很快就过去了,我把它当成生活中的一个小插曲,没有放到心上。直到二十天过后,雅子又不见了。

这次她失踪了半个月。

我坐在酒吧里,手里把玩着一张纸条,上面有六个字和一个签名:"有事,出去几天。雅子。"我脸色阴沉,二楞他们看着我没有说话。

"一哥,你不会被甩了吧。"棒子冷不丁地冒出一句。

"一边去,瞎说些什么呢?"二楞有些嫌弃地把棒子拉开,"一哥,说不定雅子她回娘家去了呢。"我摆了摆手道:"应该不会。""那雅子是哪儿人?以前住哪?"我顿了半晌。"我不知道。""唉。"二楞叹了口气,"雅子可真奇怪。"

终于雅子还是回来了。"算了,事不过三,我就再原谅她一次吧。"我心里暗暗想道,这一页也就翻过不论了。

过了几天,我依旧去姑母那儿接雅子,愤怒地发现雅子又不见了。突然我发现雅子的包还在那儿,奇怪,她怎么不背包。好奇心驱使我走过去打开它,可里面没有什么东西,只有一幅画。画上是一栋房子,墙壁是红色的,窗棂是白色的,房子前有一大块草坪,上面缀有星星点点的花,旁边还有一架秋千。在这幅画的旁边,我看到两个用黑色马克笔写的字——故乡。故乡?谁的?雅子?

"哎呀——"雅子推开那扇木门走了进来,"你怎么来了?"她有些惊讶,我没有回答她,问:"你干嘛去了?""我去买早点了呀!"说罢还扬了扬手中

刘霞诗
雅　子

的早点。我点了点头表示知道了，又低过头去看手中的画纸。"呀，你看到我的房子啦！"雅子有些惊讶，我看了看她，觉得她接下来的话会让我明白她身上的特质和她无故消失的原因。

"我原来不叫雅子，我本在中国生活的，五岁那年，妈妈带我移民去了日本，为了让那里的小孩子不排挤我，妈妈给我起了一个日本名字。正如她料想的那样，我融入得很好，至少从表面上看是这样的，可我知道，我是不属于那里的。那里给不了我归属感。于是我开始频繁做梦，梦中是我五岁之前住的那栋房子。从那时起，我就下定决心一定要找到它。"

"噢，就为了一栋梦境中的房子？"我觉得有些好笑。

"不，它不只是一栋房子，它代表的是我的故乡。"雅子有些激动。

我看了她一眼，换了个方式问："那你找到了它吗？"

"没有。"雅子有些沮丧，"我走过了很多个地方，每当我看见它在前面，奋力奔跑过去时，它又去了更远的地方，每次都这样，都只差一点儿。"

"噢，你这说不定只是梦吧。"我笑了笑。

"怎么可能，故乡怎么可能只是梦呢？"

"那你就这么追着它跑？这极有可能只是你臆想出的一种情形罢了。"我耸了耸肩。

"不会的，我会一直追下去的，直到我追到的那一天。"

我看了看雅子，望了望手中的画，最终还是走了出去，关上了房门。

现在我知道雅子的特质是什么了。不错，的确是与我截然不同的特质。我厌恶流浪，喜欢稳扎一隅，这些都源于我的父亲。我的父亲是一个地理摄影师，常常为了拍好片子，把我丢在家里不管，我一个人待得久了，渐渐就习惯了一个人的安静。极度缺少父爱的我对他厌恶至极，不知是对他，还是对他永远也不会停下的"飞行"。

我的手机响起，是医院打来的。"陈先生，你的父亲情况不稳定，请迅速来医院一趟。""好，我知道了。"我挂断了电话。

我站在原地想了片刻，还是迈向了去医院的路。

我看着病床上的那个人，脸上没有什么变化。"我来看看你。"我面无表情地说道。"嗯。"他回答得很吃力，一时间，病房静默无言。"值吗？"我突然问道。"值，为了信仰，去追逐，很值。"一瞬间，我觉得自己原谅了他。我想起了雅子，她呢，也会觉得很值吗？

我到酒吧的时候，雅子已经等在那里了，她穿着白衬衫，还是那个军绿色的包，我知道她是来同我道别的。

"要走了吗？"

"要走了。"

"你还会回来吗？"

"找到了就回来。"

"你一路小心。"我冲她摇摇手。

"你也一样。"雅子停顿了两秒，转身就走了。

在雅子走后的很多个夜晚，我望着车水马龙的街口，一直在想她寻找的意义。街口有无数的车子在前行，也有无数的车子停下了，彼此穿梭，但从未间断。雅子就像那飞蛾，飞向那明艳的火堆，从未停息；而我就像那树，扎根于此，从未移动。

这也是万物变动的谜。

不知道又过去了多少天，我又坐在那儿看街口的车，突然看到雅子向我走来，一如我初见她的模样，我站起身走向她。

"找到了？"我挑眉问雅子。

"嗯，找到了。"雅子的眼里有泪光闪过，"但又不完全是。"

"那你还会去寻找吗？"

"当然。"

"就这么永不停息地飞行着?"我问道。

"不,也会安停一阵子的。"雅子笑了笑,"因为要找的,就在这儿啊。"她指了指我,又指了指自己。

一瞬间,我好像明白了什么,正是她明白了飞行,我明白了安停。

(作者学校:湖南省益阳市第一中学)

本文为2018第五届"北大培文杯"决赛参赛文

> 我看到了球场上律动的热浪；看到了篮筐下跳跃的身影；看到了沥青路上匆匆走过的人群；看到了教室里你我推搡的打闹场景。我听到了不远处教学楼上传来的读书声；听到了篮球拍打地面发出的有节奏的声音；还听到了午间食堂里闲言碎语的说话声。我闻到了与人擦肩而过时衣服的清香；闻到了书本翻开时散发的油墨香；闻到了秋天的树林里树叶的叶香……青春就是这些生活百态的合集吧，一切的细节，一切的末梢，一切的不经意拼凑起来，就会是一个完整而又奇妙的青春。而文学则来自生活，来自青春，文学是我们之间的纽带，连接起来无数个不同样的青春。透过文字我们可以看到新的大千世界，通过大千世界我们可以创作出不一样的文学。或许把文学烙在青春里会是我们演绎自我的最好方式。

孟雨欣

不如燃烧

简青直勾勾地盯着电脑上放映的影片名字，黯淡的色彩充斥着每一个画面，令人紧张的悬念还未解开，可是简青顾不上这些令人感到压抑的情绪了，她觉得自己身子里渐渐热起来，仿佛在燃烧。

简青视角

我喝着昨晚剩下的粥，置身于空无一人的家中。爸爸妈妈都是工地上的工人，每天都夜以继日地工作，再加上我成绩不好，爸爸妈妈一回家就总是因为钱而争吵的原因，所以他们很少回家，我也很少会见到他们。

粥快要喝完了，本来想要拎上包快跑到楼下的小卖铺里买午饭，然后再搭第一班公交去学校的，但此刻，我的内心却被烦躁与不安充斥着。"去学校干什么？那里又没有你想要的东西。"——这样的念头在我脑海里弹跳了出来。我想了想每天在学校里的生活，无非吃饭、上课、遭批，老师充满酸味的嘲讽，同学无意之间的轻视，一张张令人不安的试卷，这不是我想要的现况。而且今天又是期中考试成绩公布的一天，于是，绝望的心情促成了我旷课的决定。我放下书包斜躺在沙发上，大声地吼了一句："好空虚寂寞冷的人生啊！"

为了缓解无聊，我打开了电视，调到一频道——是本地频道播的一套烂俗电视剧，就在我想要换台的时候，滚动字幕显示的一则广告吸引住了我，广告如下：

> 本市将于十月二十日至十月二十五日在市艺术馆内举办一场新锐导演电影，更多详情请联系市艺术馆前台。

我愣了几秒，开心，激动，惊讶，不知哪一个心情更适合现在的我，我看着电影两个字，整个人都热血了起来。我重新拎上了书包，向艺术馆的方向飞奔了过去。

果然，馆内展出了许多青年导演的电影作品，并配有固定的放映时间。我来的时候屏幕是黑压压的一片，显然还没有电影安排。我逛了馆内又逛馆外，每一处地方都感觉充斥着胶片的味道，看了许多新锐导演的作品，有一个导演让我印象颇深，他叫李尧，生活在与我同样的城市里，他的简介上有一句话：如果生命空白，那就用红色填满；如果生活空虚，不如用火来驱除，与其平淡，不如燃烧。

很莫名其妙，看了这句话我突然振奋了起来，那种厌倦已消失得无影无踪，我觉得他好像是另一个我，他仿佛一直住在我心里，懂我到底想要什么，我贴近他的介绍板，突然发现了一行小字，语气是俏皮的："如果欣赏我的话，就去前台问我的秘密吧，哈哈！相亲不算！"我笑了一下，转身向前台走去，对服务的小姐问道："请问，李尧那秘密地址是什么？"小姐立马明白了意思，转身去拿一张纸然后递给了我。"他只留了这么一张。"小姐笑着说。

我展开那张纸，上面果然只写了地址，字迹像是"野火烧不尽"的草一般，随意洒脱。就在这时，背后放映影片的大屏幕开始放片子，我回过头，看见了那个醒目的片名——《火》，导演：李尧。

李尧视角

电影节后的第五天，我揣着一颗神圣的心，去了小木屋，推开门，一股松木味冲入鼻腔。我径直走向桌子，上面真的有一封信。我有些惊讶，但更多的是开心，我这样荒诞的电影还真有人看懂了，并且还很欣赏它。我迫不及待地打开信封，很工整的笔迹浮现在眼前，内容简单乏味，大概是个高中生吧——我这样想。我品味着她字里行间的真诚，虽有些笨拙，但我很感动。信的作者还很神秘，信末的名字只写了一个字母"J"。

我有些摸不清头脑了，既然想认识，何不把真实姓名告诉我？但转念一想，可能她就是想要这份距离感吧。我还是决定回信，我问了她最近有什么困难或者梦想是什么诸如此类的问题，然后大大方方地落款李尧两字，将信随便一折就离开了。

两天后，我又去了小木屋，桌上我的信已被拿走，取代的是另一封，我依旧满怀期望地打开信封，信上的字迹依然是很工整的，这次信的内容很少，只是短短几行，但却足以涵盖所有心情。她说：我想成为你，变成导演，拍自己的心情。

这句话让我对J又有了不一样的看法，甚至让我对这个陌生人感起兴趣来。我在回信里写道：成为导演，首先你要有专业知识，所以现在就好好学

习，别老是怨天怨地，没文化你何来值得去拍的心情？还有就是，燃烧你自己。写完后，我依旧用了大方的笔迹写下了李尧两个字，并在后面写了"你是谁"三个小字。

那次回信以后，一连一个多月她都没回新的消息了，我很疑惑，但更多的是担心。在没有来信的生活里，虽然有担忧，可每一天都多了份期待，我追逐梦想的脚步始终没有停下过，我学会把灵感留住，然后再投入到工作中。于是我把这些情绪全部灌到我下一部作品的剧本里，以重燃自己内心的火。

简青视角

李尧果然回信了，而且我们还写信联系了许多次，我好开心，感觉生活又变得有意思了，而李尧则是我生活的支柱，我真向往他，向往他的作品，他的生活，他的热情，他的燃烧，虽说是陌生人，但他却可以让我取暖，寻找继续生活的希望。

我是个胆小鬼，以至于我都不敢写自己的名字，只好弄个简拼"J"，可我还是道出了我的真实想法——就是当导演的事，那封信投出后的第二天，我便拿到了回信。我欣喜若狂，内心又被温暖了一分，但是回家后，坏消息来了，爸爸在工地上打工的时候，被一块大石板砸到了头，去世了。

去世？我不敢相信这两个字的发生，那一刻，李尧的热情感染不到我了，我又变成了一个冰凉的人，妈妈带我回乡下参加了爸爸的葬礼，然后在那儿待了一个多月。家里人每天都在哭，可我的泪水都已成冰了，我哭不出来。

我一直想告诉你，可是距离让我们无法传信，脱离了你的感染，我似乎就一无是处了。这不是爱，是依赖。一个月里，我一直在想如何给李尧写信，信早已写好，终于到了那一天，妈妈带我回城，我回到那个小木屋里，放下了信，走时，我回头看了一眼小木屋，却有了一丝陌生感，好像它明天就要消失一样。

李尧视角

你终于来信了,可是信里的心情悲观了许多,你说你父亲离开了,你说你依赖我太多,我的内心有些内疚,因为这不是我想要的结果。让你因为别人而喜怒哀乐并非我的初衷。我觉得我与J有必要见一面。

面对面有好多话要说,于是我又写了另一封信,以让自己思路不会在交谈中短路。与J见面的地点还是在小木屋,于是两封信我都放在小木屋里,一封在桌上,一封在桌下。

简青视角

李尧终于要约我见面,我虽有些犹豫,但最后我还是答应了,那天我早早地出门,本以为一路顺风,但在路上我却遇到了一起火灾。在路旁的一个独立房子燃起了大火,我在离它约有五十多米的地方,能清晰地听到里面呼喊救命的声音,在声音里我听到了绝望,听到了痛苦,我看着大火越烧越凶,自己却挪不动脚步。进去救人,自己也会搭一条命;拨打119,又说不清楚地方在哪儿。我心头一紧,加快了脚步向前方走去,任背后的熊熊大火吞噬房屋……

那天我到了小木屋,可李尧却没有来,一片失望的乌云笼罩着我,我最终还是回了家。家里电视开着,我无心理睬,那个火灾的事情仍在我脑海里,像忘不了的电影,反复放映。

这时,电视插播了一则新闻,我听到火灾两个字后缓缓抬起头。照片里的小屋正是我今天看到的啊!我不敢相信地看着。

新闻内容如下:

今日上午,某新锐青年导演家中失火,由于无人救助,火势越烧

孟雨欣
不如燃烧

越猛,目前,青年导演身份已确定为李尧,经医院抢救无效而去世……

我已经听不下去了。原来是这样——原来是我的胆怯我的逃避害死了李尧。我的眼泪流了下来——太好了,我终于能大哭一场了。后来我又去了小木屋,找到了一封信。不知李尧是何时写的,但一定是写给我的。李尧他说:"温暖你自己的,只有自己,他人无能为力,J,你的旺火就在你心里,只要你选择了燃烧,热情一定无处不在。J,其实你看到的只是我的青烟,你感受到的也只是我热情的一小部分,你应该是为你的梦想而活的吧?不是为我。好好面对内心,然后好好生活。"

是啊,我只是李尧屋前的过客而已,李尧说到底也只是一个与我不曾谋面过的陌生人,以至于他的屋里烧起了熊熊大火,我都置之不理,李尧用自己的燃烧教会了我如何燃烧……想到这,我的泪水已把信纸晕染。

第三视角

简青自信地踏入发布会现场,现场的影迷们瞬间沸腾,简青走到舞台中央,接过话筒来,让影迷观看新片的预告片。

灯瞬间熄灭,大屏幕开始放映——那感觉与简青在那个躁动的一天里,在电影节的大荧幕前看《火》的感觉一样。画面开始是一个女孩在熊熊烈火里燃烧,一片鲜艳且热烈的红色充斥的屏幕,然后醒目的片名出现了——《不如燃烧》,导演:简青。

(作者学校:山东省昌乐二中)

本文为 2018 第五届"北大培文杯"决赛参赛文

> 写作是对自我灵魂的叩击与敲打，借此来探寻人性本身的过程。
>
> 写作是在思维碰撞之后做出的，与世界对抗抑或是妥协的选择。
>
> 当我目之所及尽是黑暗时，有一抹名为文学的灯火，把我将要走的路照亮，要是能一直步履不停地走下去就好了，我这样想。但时间不容许我这样去做，我只得将纸笔换一场决绝的破釜沉舟，磨掉我的无病呻吟、自命不凡和年少轻狂。
>
> 安居一隅，独自思索，枯荣自守，与世无争。
>
> 当我在写作时，我就不再是我了，而是神明，正创造着一个永不老去的宇宙。

于艾佳

献给怪物的花束
——Waldron 日记节选

如果有机会，不如让我们重新来过。

也许我不会再说出那句话，只默默地，做一个看客，一个过路者。

即便是可以改变结局，我也不愿无视你心中那一簇野火。

我不得不对这个混乱又矛盾的世界感到绝望，只好一遍遍地说——

对不起，Jesse。

1931 年 3 月 29 日　天气：阴　地点：B 国 L 市

又见面了，这个水汽氤氲又多愁善感的城市，在世界大战的高压下，人们却出奇地平和与安定，或许这只是一种表象吧。

我刚经人介绍找到了这间出租屋,现在坐在窗前的木桌旁写着这篇日记。外面的花开了,肆无忌惮地开着,盛大而热烈,如同跳动的火焰,似乎要将这冷冰冰、灰扑扑的城市点燃。

——我刚回过神来,脸上还带着笑,那是不经意间露出的,我并未察觉。

这里环境不错,但租金略贵。我希望找个室友和我一起分担。两个人住,也热闹些。

1931年3月30日　晴

朋友帮我找到的未来室友,很快就找到了。他叫Jesse,和我同岁,也在C大学读书。他有一头柔顺的棕发,微卷,皮肤白皙,颧骨略高,五官明朗,看上去有些拘谨,又不失礼貌。这正合我意,毕竟谁也不想有一个整天吵吵闹闹的室友。

我冲他笑笑,伸出右手:"你好,我是Waldron。"

他握住我的手,笑着说:"Jesse,请多多关照。"

我要求帮他搬行李,他受宠若惊,推脱了一会儿,最后还是同意了。

3月30日

我们搬完了最后一摞书,他一定是一个学识渊博的人,阅读量惊人地大。最后,我看到了一个硬皮笔记本,蓝色封面。好奇心驱使我翻开了第一页,空白的。再往后翻,每一页上面都写满了乱码——不,这应该是某种密码,我看不懂。趁他还没回来,我在纸上抄写了一小段,有时间研究一下。

4月20日　晴

这一个月过得飞快,学习的任务很重,让我有些喘不上气来。

不过我还是抽时间自学了几种密码破译方法,这件事情千万不能让Jesse

知道，以免他起疑心。

我尝试着翻译那一段——虽然不能完全译出——不过事实又证实了我的猜想，我敢断定那是 Jesse 的日记。

Jesse 人很好，可我总感觉我和他当中隔着什么透明的屏障。每次我认为我已经足够了解他了，他就会马上向我证明，那不是真的。

他肯定有什么秘密，我一定要找出来。

5月1日　晴

今天心情不错，我决定打扫一下屋子。说不定——还能找到些什么。

5月1日

Jesse 好像生气了。

我溜进他的屋子（他不在家，他平时不喜让别人进入），书桌凌乱堆叠的书籍上赫然放着那个蓝色笔记本，他完全不设防（可能是觉得我看不懂），我大喜过望，抓起来翻阅着。

"我认识了 Waldron，他是一个很好的人。"

"今天我被邀请去破译敌军的电报，这有些困难，不过我会努力的。还有，这件事一定要守口如瓶，不能让 Waldron 知道，尽管他是我最好的朋友。"说实话，我感动得一塌糊涂。

"破译成功了！这一场正义的战争，我们一定会胜利的！我保住了我们的家园！我，我太激动了！等我们胜利了，说不定我的名字，就会被刻在历史的纪念碑上。"

"Waldron 最近怪怪的，吃饭的时候一直不停地和我说话，还劝我开朗一些，别总是冷冰冰的。可我明明已经很努力了，他是不是知道了什么——"我惊出一身冷汗。Jesse 敏锐的洞察力让人吃惊。还好只是怀疑，以后还是要

于艾佳
献给怪物的花束——Waldron 日记节选

多加小心。

"我其实——是同性恋,最近好像被人怀疑了——"霎时,我如遭五雷轰顶,手一松,本子掉在了地上,我的大脑飞速运转着,想在一片空白中寻找什么线索,我一直那样怔怔地站着,眼神直直地盯着笔记本,好像要把它看出一个洞来——直到 Jesse 走进了他的房间。

然后就是一场战争,我单方面被攻击。

我从没见过他如此失态,一句话也说不出来。

6月2日　多云转小雨

冷战。

无休止的冷战。

我忍不住了,毕竟是我有错在先。

这个月,我一直在思索。

人性、社会、世界、宇宙。

Jesse 就像一个异类,和我们不同,他的内心,有一把旺火,路人从旁边经过,可能只见一缕青烟,便不再理会。可这个社会的少数派和异见者都有他们的不得已之处,他们也渴望理解,渴望包容,渴望倾听。

同性恋也是人类,他们和我们并无区别,爱上了一个人,只是恰好那个人和自己是同一个性别而已。

他们做错了什么?

他们什么也没做错,他们只是出生了,在这时,在这里。

在这个不容少数派和异见者的社会。

我好像明白了什么。那一层透明的屏障,正是我们观点的差异。

我记得梵高说过:"每个人的心里都有一团火,路过的人只看到烟。但是总有一个人,总有那么一个人能看到这团火,然后走过来,陪我一起。我绝不可以让自己心灵里的火熄灭掉，我要让它始终不断地燃烧。"

如今，我也会这样做，我会上前拥抱 Jesse 心中的那一团火。他从未拿它来让自己暖和起来，因为这个时代拒绝火焰，拒绝异类，但我能够。

我在人群中，看到了他的火，然后快步走过去，生怕慢一点，他就会被淹没在岁月的洪流之中。

带着我全部的热情和温和来接纳他。

亲爱的 Jesse，我希望能与你一起见到这个社会伸手拥抱火焰的一天。

6月3日　晴

有些话我还是不好意思说出口，只好以笔代言，写一封信给 Jesse。希望他能认真看完，不要直接撕碎。

6月5日　晴

Jesse 给我回信了！他愿意接受我的道歉！

他为我能有这样包容的想法而感到开心。他以为我一个月不和他说话，是因为排斥、因为恶心，但并不是，他说他很感动，能够认识我，在茫茫人海中，找到一个能够接受他这种"异类"的人。

他这样写道："从你叫什么名字开始，后来，就有了一切。"

信纸皱巴巴的，字迹有些模糊，他应该是哭了。

我也是。

6月6日　晴

昨天，我流着泪敲开 Jesse 的房门。

我们谈了很多，他向我坦白，他已经有喜欢的人了。他征求我的意见，我拍了拍他的肩膀，说："勇敢点 Jesse，这个时代需要被人敲醒。"

于艾佳
献给怪物的花束——Waldron 日记节选

1931 年 6 月 8 日　晴

他成功了！我真替 Jesse 高兴。

或许爱就是超越一切的，至高无上的，来自心底的感情吧。

它不受条条框框的约束，也不在乎世人的眼光。

爱就是爱，无论如何，it always wins.

……

1937 年 8 月 25 日　小雨

我的女儿 Jessica 诞生了，看她胖嘟嘟的脸蛋，不经世事的纯净眼神，真是可爱。

Jesse 也来了，他祝愿 Jessica 能快乐成长。

Jessica 笑了，她看起来好开心啊。

1950 年 8 月 1 日　大雨转暴雨

Jesse 被带走了！他现在是一位有名的科学家，因破译敌军密码赢得战争胜利而被民众尊敬。政府的保密工作做得很好，人们现在不知道 Jesse 在哪儿，只知道他在进行一项重要研究！这真令人愤怒，可怜的 Jesse 就像一枚用完就被丢弃的棋子！如果不是他在信中用暗语告诉我，恐怕我现在也在替他高兴！

就算他是又怎么样！这个蛮不讲理的世界凭什么剥夺他人爱的权利！

为什么要改变他！为什么要改变它！

这不是病，Jesse 完全不该背负这样的罪名。

错的不是他，而是这个荒谬可笑而又悲哀的世界。

1951 年 10 月 16 日　雾

Jesse 现在情况越来越糟。当局正在对他进行"治疗"。用他的话来说，就是摧残身心。他们给他注射药物——这药物让人——简直生不如死！怎么办啊？谁能救救他？

我完全不知道他经历了什么。

在他最需要帮助的时刻，我却——

1954年2月13日　小雪

我不知道他能不能活下来。

在我看来，希望渺茫。

我和Jessica讲他的故事，说Jesse叔叔是一个很优秀的人。

你快回来吧。

求求你了。

我很想你。

1954年6月7日

怎么会！Jesse再也回不来了——

1954年6月8日

对不起。

1954年6月9日

对不起。

1954年6月10日

对不起

于艾佳
献给怪物的花束——Waldron 日记节选

1954 年 6 月 11 日

对不起

……

2013 年 12 月 24 日

我是 Jessica。

爸爸、Jesse 叔叔，你们在天堂还好吗？

今天，Jesse 叔叔被平反了哦，你们一定会开心的。

只可惜，你们不能亲眼见到了——

我会经常去看你们的，还会带上你们最喜欢的花。

遥祝君安。

2014 年 3 月 29 日

爸爸，叔叔，今天 B 国通过了同性恋婚姻法。

虽然你们不在，但你们的心意，大家都会感受到的。

为你们献上鲜花。

肆无忌惮地盛开着的、火红的、耀眼的花束。

是不是感到温暖了呢？

因为有火——在你们的心中。

永远永远。

（作者学校：石家庄二中）

本文为 2018 第五届"北大培文杯"决赛参赛文

> 有的时候，命运的确不是人力可以左右的东西，但更多的，是在不变的颓废的境遇下，人也像吃的丧气话太多，懒懒地躺在杂草丛生的荒地上自暴自弃。其实油画和天空都是令人向往的活泼、艳丽、明快的东西，它值得我们放手一搏。我们为什么不在色彩的长廊上飞奔？为什么不放弃鱼干跳上矮墙向那边的天空望一望？川明、阿罗和我们，走在石子不同但共同称之为路的地方。只待大家于正确的岔路上大步流星一往无前，即可到达心之所向。

高千惠

幸

我叫阿罗，是一只有理想的猫——

我希望永远安逸地窝在川明家柔软的沙发垫上。

猫本来是有九条命的，但现在的猫们全被主人捧在手心儿，再多的命也失去了本来的作用。有侠客心的飞檐走壁之猫和有责任心的日日捕鼠之猫，早已消失在高楼林立的整洁公寓里。像我这样肥得只能动一动爪子的兄弟反而层层有，冲主人撒娇或者发脾气掀饭盒的猫声每日从楼上传来。

猫生如此美好。我叼着一条川明新买的小鱼干，在靠枕边垂下沉重的眼皮。

我有一瞬间的恍惚。阿罗又吃着鱼干睡着了，肥胖的一坨瘫在沙发上。没有什么不对。可能是最近太累了吧，我想。我最近在考虑川明的许多事。

"川明是谁？"我曾经问自己。

川明是本市一名应届初中毕业生。高中没法继续学习热爱的油画了,所以至今他仍有些犹豫不决,要不要舍弃陪伴了自己多年的爱好。艺术这东西,天分极重要。祖上三代都是与艺术家毫不沾边的体力劳动工作者,到川明这儿倒萌生了对油画的兴趣,幸又不幸。好好考试终究会有个吃得上饭的工作,坚持油画却有可能全盘皆输。可川明爱画画。

唉,矛盾得很。

不过川明终于还是放弃了油画。心灵上的追求可以拖到有了物质保障以后。川明觉得,想通这点的自己很聪明。

不过,川明最近因为自己的聪明不太开心。

因为当川明已经做好心理准备作为芸芸众生中最不起眼的一个的时候,他路过了市中心美术馆的油画展览。

阿罗打个哈欠,醒了。一直紧紧叼在嘴里的鱼干随着一声猫叫掉下沙发。我弯腰捡起,扔回阿罗旁边。

这是一次浩大的画展,美术馆外的整条马路上贴满海报,近代有名的老画家和一些新兴画家各自择了最具个性和表现力的代表作参展,据说美术馆里现在摩肩接踵。

不是不想去,但怕自己意志太不坚定,一场展览动摇了自己。

可川明最终没忍住。回过神来的时候,买好的票已经交到了工作人员手中。

场馆显得比之前还大,色块融成的气流从他的每一根发丝渗入,完全将他浸没。

可是川明只是望着那些作品。一年前十分亲近的日日夜夜临摹揣度的每一种笔触,他都不能再亲近了。他只能像另一个叫川明的人一样看待它们。他是这个画展的陌生人。参观者多少有点对油画的兴趣吧?可他川明只是为了证明他与它们无缘。

"我怎能采撷你?"

家里还有他真正应当做的在等他:课本和作业。

他步行回家,一点点远离身后的巨大建筑和鲜艳海报们。

川明收不住心思了。展览举办的半个月,他一直在想自己没有用心去感受的那场画展。有一些十分珍贵的画,他还没走近就被人流挤开了无从细看,网上也极少有那些画的高清图片。

他要再去一次。

"世界的花,我又忍不住要采得你!"

川明走向美术馆的时候,海报已经在被逐个撤下。他飞奔到那片藏着很深的梦的地方。售票员打着哈欠,像极了阿罗:"最后一天,喏,票,进去吧。"

展览接近尾声时分,反而凄清又寂寥。他仍旧觉得场馆很大,但现在是一种沉静地置身于世界中央的空旷。世界的花开在周围,一朵一朵,他可以极近地观察它们,他可以看清叶片和花瓣上的每一条纹路。他想,这就是他梦里的花的色彩和经络。

"想想我怎能舍得你。"

川明的目光恢复了一望无际的神气,"我不如一片灵魂化作你!"

川明变回了川明。

那是在我考虑川明是谁的一个月以后。

油画的装备被我从地下室拖出来,抬上楼,摆回狭窄的房间。十年来,住了一个人一只猫,其余的空间塞满了十六岁少年必备的各种学习生活用具。不差这一套画具,我想,川明是要一直与油画为伴的人。哪怕成为不了名扬四海的画家,毕竟画画这东西靠天赋。但我懂世界的色彩,我懂世界的语言。

阿罗上个星期少吃了一条鱼干,这是我闻到臭味才发现的。鱼干们我每

天码好了放在它的饭盒里,它抓了一把拿去沙发边睡边吃。这个星期照样盆光碗净,我以为它仍旧是那只胖猫阿罗。

结果它把鱼干们倒在了荡秋千用的花盆里。

我气得要打它,它用肥肥的肉挡住我轻飘飘的一掌。

霎时间我与它心灵相通,它用神气的眸子告诉我,祖上三代懒猫的它,上周忽然萌生了飞檐走壁的兴趣。

"川明,你不要看不起我阿罗!我也可以的!我们都是有幸看到世界花朵的灵魂。"

(作者学校:山东省实验中学)

本文为2018第五届"北大培文杯"复赛第十二场参赛文

> 以前喜欢读书，如今似乎对一切都有些兴趣缺失。以前认为自己热爱写作，如今知道自己只是在追求一种更好的生活方式。世界上最平凡的事就是认为自己不平凡，少年时误自负凌云笔，如今不到春华落尽，便知自己只是芸芸众生中毫不起眼的一个，因此也未曾满怀萧瑟。
>
> 没什么大志，也无甚恒心，以前纸上千言，以为落笔成我。如今鲜少执笔，也难有惊人之句，心中沟壑、梦里孤岛，便只求作一声众生皆我。

杨蕙茹

不坠之日

一

"三、二、一——"落日余晖洋洋洒洒漫天而下，被半晚的风吹散成点点流金溶进我的眼眶，我微觑着眼，在心里跟雁子一起倒数。

"跑！"雁子一声令下，我深深吸一口气，向山顶飞奔起来。雁子又数了几秒钟才开始跑动起来，起先她还遥遥落在我的后头，不到半程却已经追上我，然后一点一点拉大我们之间的距离。我在后方因奔跑而剧烈晃动的视野中看雁子，她微微仰头迎着余晖的方向，齐耳的短发逆风向后飞动，被夕阳镀上一层绚烂的金色，像烈烈燃烧的火焰，点亮混沌的眼眸。

雁子抢先登顶，在夕阳无尽的怀抱中，她的身形被烂漫光华勾勒成一道瘦小的轮廓，笑得眼睛眯成一条缝，露出一排不齐整的白牙："今天又是我快！"

"你快就你快。"雁子比我年纪小，比我个子小，可跑得就是比我快，我

知道自己有些不讲理,却还是忿忿停下了脚步,"反正就是跑不过你,我以后不和你比就是了。"

"今天我让了你十秒钟呀。"

"胡说,只有五秒。"我很确定。

"那我明天让你十秒好不好?"

"我不要,我不想和你比了。"我扭过头去。

雁子看我真的生气了,赶忙跑下来拉着我爬到山顶,坐在我旁边连声道歉:"骆天骆天,对不起对不起对不起……"她总是这样,每回惹我不高兴的时候就不停道歉,没脸没皮,永远一副笑嘻嘻的样子。很多时候我也弄不清自己为什么要对她生气,就像一个重重的拳头打在一团棉花上一样白费力气,可正因为这样,我才会更生气,于是看也不看她,只抱着膝盖往山下望。

我们坐在象山上。象山不是山,是附近拆迁房废弃物堆成的一座小小堡垒,踩在上面凹凸不平,如果穿了底很薄的鞋,脚底板会痒痒的,雁子常常会边踩边笑得直不起腰。

象山是我们给它起的名字,它不像别的山有尖尖的芦笋一样的角,山顶是平平坦坦的,和大象宽阔粗糙的肩背一样。坐在山顶往下看,可以看到一排低低矮矮的老房子,墙壁是生锈一般的灰红色,底部还攀爬着密密麻麻的青苔,细细去瞧会感到一阵头皮发麻。老房子中的一大半已经被拆掉堆成象山,马上就要拆到我们家了。老房子之间是密密麻麻蚂蚁一样的人群,我从中一眼认出了奶奶,虽然她现在看起来是那样小小的,五官的轮廓模糊着,和另外的人没有什么不同,可是我能一眼认出她来,就像我听脚步声就能知道在后面追我的人是雁子一样。奶奶最近正在为拆迁的事情烦心,她想要多争取一些拆迁费或者房产。

奶奶烦心,我也总是为这件事烦心。老房子拆了的话,我们要搬到哪里去呢?

那里会不会也有一座不是山的象山？有一轮大大的像是咸鸭蛋黄一样的暖阳？雁子不能理解我的苦恼，她的爸爸妈妈以前是奶奶老宅里的租户，后来和我爸爸妈妈一样去外地工作了，就把雁子一个人放在了老宅里。奶奶告诉她，房子拆迁后她的家人就会把她接走，所以她满心欢喜地盼着拆迁。

雁子总不能和我想到一块儿去，显然现在也是如此。她抬头看着渐渐西沉的夕阳，还是那样无忧无虑不知天高地厚的样子，伸了一个大大的懒腰，然后发出一声长长的叹息："要是太阳能永不落下就好了。"

"有什么好的？"我还没有彻底消气，故意拿话去堵她，"亮得晃眼，都没法睡觉了。"

"这样我们就可以一直朝着它发光的方向奔跑了啊。"雁子轻轻地笑了起来，"一直追，一直追，朝着光的方向，不会累，也永远不停下。"

二

我和雁子念一所学校，雁子比我低一个年级，每天放学她都会来我们班的门口等我一起回家，我们班的人就会问她："你和骆天家住得很近吗？"

雁子点点头："我们住在一个房子里呀。"

于是有人又问："你是骆天的妹妹吧？可是骆天从没说过她有妹妹。"

雁子笑得眉眼弯弯："我不是她的妹妹，不过我们住在一起，特别亲。"

我拉着雁子赶快走，不让他们再问下去。雁子不是我的妹妹，我从来没有把她当成妹妹，她只是恰巧住在我奶奶的老宅里，可房子拆迁以后就不会了，她家里人是要接走她的，我们也就不必每天在一起了。雁子和我是那样截然不同，她笑起来有两个小酒窝，从来不会感到疲倦，总是"叽叽喳喳"个不停，不怕生不怯场，思绪漫无边际，好像永远不知愁一般。我和雁子走在一起的时候，人们总会第一眼注意到她，她像一个小太阳一样发光发热，

吸引所有人靠近她,我置身于她的光芒下,却不曾沐浴一丝暖意,还常常被那样的光芒灼伤了眼,看不清前方要走的路。

回家的路上,雁子拉着我的衣摆一蹦一跳地跟在我身后,脆生生地问:"骆天,我们的房子还有多久要拆呀?"

我刚想纠正她"我们"的说法,却还是硬生生忍住了:"我不知道。"

雁子掰着指头数:"要是再快一点就好了,我都好久没有见到爸爸妈妈了。"

她偏头问我:"骆天,你是不是不想房子被拆掉?"不等我回答,雁子又自顾自地沮丧起来,"是的呢,拆掉以后我们就不能住在一起了,也不能一起爬象山追落日了。"

我不说话,只冷冷地向前走,雁子从后面揽住我的肩膀,努力地安慰我:"你别难过,我肯定会经常来找你玩的。你以后还和奶奶一起住吗?如果你跟爸爸妈妈搬到其他地方去了,一定要告诉我,不管多远我都会去找你的。对了——"她停住喋喋不休,像是突然想起了什么:"我已经好久没有看到你的爸爸妈妈了,以后他们也会接你一起住吗?"

我停下了脚步。

我转过身,深深去看雁子的眼睛。她的瞳仁又黑又大,眼眸清澈见底,仿佛养着一汪水光。现在这双干净透彻的眸子里盛满的是真真切切的关怀与同情,在与我的对视中不含任何恶意,可这让我更加难以忍受,像是有一枚细小的针扎入心脏,不太疼,只是有一种钝钝的撕裂感。我想我接下来要说的话应该是出于冲动,而非我的本意,可我又是那样清醒,所以我想,其实我一直在等的不过是这一刻,我总归是要这么做的,只是或早或晚而已。就算不是我,也总要有人告诉她的,雁子不可能永远都不长大,就像落日不可能永远都不坠下。

我牵动嘴角,对着雁子笑了笑,那个笑容一定温柔又恶劣:"雁子,我跟你说件事好不好?"

三

没有别的事了,我知道的仅此一件,但有时候一桩一件就足够了,足够摧毁一切光明,而深重的阴影,就在光明的废墟之上昼夜不舍地投下。

雁子的爸爸妈妈走了,把她一个人留在了奶奶的老宅里,他们会定期寄回来费用,这件事我知道,奶奶知道,雁子也知道。

雁子的爸爸妈妈已经很久没有回来,他们也很久没有寄钱给奶奶,奶奶问了雁子的外婆,可外婆说怎么都联系不上雁子的爸爸妈妈。奶奶很喜欢雁子,和疼我一样疼雁子,她怕雁子难过,所以没有告诉雁子。雁子的爸爸妈妈可能不要她了,也可能出了事,这是事实,奶奶知道,我知道,雁子不知道。

拆迁以后我们没有了大房子,也就住不下雁子了,奶奶会让雁子的外婆把她接走。但我知道雁子的外婆并不想要雁子,她从没有给过我奶奶钱,也从不主动来看过雁子,她不喜欢雁子的爸爸,恼恨那个一无是处的男人拐走了她的女儿,因此也不喜欢雁子。她答应在老房子被拆掉后接走雁子,但我想,她其实是不情不愿的。

雁子是不知道这一切的,她总是跑得飞快去追逐太阳,她总是笑得露出一口不齐整的白牙,她总是简单而又干净地炽热着,燃烧着,但那些是不属于她的,那不是她所值得拥有的,她不过和我一样,她不该将阴翳取代了我追寻着的阳光。

我什么也没有从她那里夺走,只是让她变回了她本该是的模样。

四

后来雁子很少和我说话,也不再会到我的教室门口等我放学,更不再拉着我去象山追落日。她总是一个人慢慢地、慢慢地一步一步爬上象山,坐在上面发呆,不再仰着脖子,而是和我一样低着头往下看,看那些即将被拆解得七零八落的老房子,看那些在这里度过的零零散散的往昔时光。

夕阳的余晖轻柔抚在她的发上,样子不再是阳光,而是和我一样需要被照亮。奶奶像是察觉到了什么,她对我长长叹了一口气,但并没有责怪我,她远比我深知真相的残酷,和宣之于口的艰难。

那一天的到来并不突然,轰轰隆隆的机器轰鸣声慢慢逼近那座我度过全部童年光阴的老宅,像是暴雨尽情倾洒时天边爆出的闷雷,不尖锐,却有着极强的杀伤力,一击即中,仿佛能重重震荡至人的魂灵深处。那时雁子正抱膝坐在象山的废墟上,小小的身影仿佛和它融为一体,成了过往时光荒芜记忆里被冲击分解成一片片的、支离破碎的、零零散落的血肉,脱离了骨骼,失了血色,再不复生机。

听到这样的声音,她仿佛从一场深梦中被惊醒过来,仓皇站起身四处张望,最终目光锁定在远处老宅的一点上。她突然迈开腿,握紧了拳头,微微抬起了头半仰着脖子往上看,我无比熟悉她这样的动作,那是她即将全力冲刺时总会做出的准备姿势。

奶奶看见她了,她知道雁子要跑下来,可雁子跑下来又能做些什么呢?她什么也阻挡不了,什么也改变不了,她所能做的,只是用尽全力地奔跑罢了。奶奶大声叫她停下,对雁子喊危险。她允许我们去象山玩,但不让我们从上往下跑,这容易摔跤。雁子很少不听奶奶的话,可这次她不管不顾,只是跌跌撞撞地往下,一副随时要摔倒的模样。我们以前追落日时总是向上跑的,上面才有希望,站在上面才能看到更远的地方,我们都想要去的地方,可她现在站在上面了,却反而要往下跑。我不懂,这真奇怪。

越来越多的人被吸引过来,他们都认识雁子,都喜欢雁子,他们都怕她会不小心受伤,所以都远远地叫她不要接着跑了,嘴唇一张一合,吐出千篇一律的话语,像是在一起念咒语。有人已经开始往山上走,想要拦住雁子,雁子狠狠瞪着他们。似乎是他们挡住了她的路，挡住了她的阳光，她再也看不到光了。她仍然没有停下，而是拼命加速、近乎疯狂地向下跑，灵巧地躲过人群，越过一切阻碍她的事物。她的速度那样快，快到仿佛只是在人间路过，快到仿佛能够回溯往昔时光。

人群中突然爆发出一阵惊呼。

雁子摔倒了，她从快接近地面的地方滚了下来，象山上琐碎的锐利的砾石渗透着、切割着她的肌肤。我离她还很远，但我能够清晰地看见她脸颊边流淌着的泪水混合着血一起流下，落在了象山上，一点一点地融了进去，像夕阳一点点沉没入地平线下。她没有大碍，也只翻滚了很短的一段路程，但我却看见了她不停地向下坠落，坠落，坠落，直至重重跌入万丈深渊。

我冲上前去，在深渊边缘往下看，只见一片深不见底的黑暗。

从此，再无我们曾经无比纯真的对望。

五

那天的傍晚雁子还是走了，是和她的外婆一起离开的。奶奶有些难过，她舍不得雁子，我轻轻抱住了她，低声说对不起，我想奶奶能够明白我的歉意，而我不求谁的谅解。

再后来，我和爸爸妈妈去了别的城市生活，那是对于当初象山上的我们很远很远的地方。我再没有见过雁子，也失去了她的联络方式，没能告诉她我如今的所在，没能等到她跨越千山万水来找我。

我时常在梦里看见雁子，看见她站在象山上微微仰头逆着光微笑，看见她拉起我的手一起向上奔跑，看见她跌倒滚落，满身尘埃，满怀绝望，如同曾经我以为永远不会坠落的太阳。

有一句话我从没有告诉雁子，错失后便是永生遗憾，而我只能在那个无

限循环的梦境里,一遍遍地对着天对着地大声呐喊我还来不及说的话,祈求微风将我的声音送至她的耳畔:

我的雁子,在童年荒凉贫瘠的世界里,你曾是我唯一的太阳呵。

(作者学校:武汉市第十一中学)

本文为2018第五届"北大培文杯"复赛第八场参赛文

> 一开始,我希望能够变成一团烧尽一切的火焰,于是我叛逆、破壁,歇斯底里地寻找幸福。当我已经历良多,再一次回到起点时,我才开始思考:当一个人拿起笔时,他想要传达什么?
> ——原来,我们想要呐喊的,终不过无可救药的自己、创伤、无力抹除的印记、错过、隔阂与爱……我们嘶吼着的,原来不过是那么普通的东西而已。
> 我用尽了生命的力量叫喊表白,终于穿透厚厚的墙,传到你那里,或许只剩下些许微弱的、转瞬消散的音尘,但我终我的一生,不会停止。
> 再一次。

许 雯

后来的我们

一

听到高中时期的好姐妹要来北京看我,我顿时如陷入伦敦的迷雾中,一如四年前一样迷茫。我惧于她们的热情,甚至惧于听到她们的声音。身体先我一步回应,阳光明媚,剩下的是脚下的黑影:当年嘴上不明说心里却上定了北大的女孩,大概是浑身充斥神采飞扬的骄傲吧?然而现实是上着高不攀低不就的大学,等着研究生第二次考试,靠着父母供养,被自己的骄傲困得甚至迈不开步子,内心落魄。

我怕她们的眼神,怕那种故意想要避开别人伤疤的温柔眼神。

话虽这么说，但毕业后的她们都分散在各地，只是想聚一聚罢了。我根本无法拒绝。

我怕得要死。高中时期的朋友，要得来的不过两人，老李和亭。老李因为继承了一份遗产，家里极有钱。在我印象里，她是那种标准地天真开朗，有时候想法有点怪的女孩。她的母亲十分讲究，总让她穿校服裙上学。亭则是社会老姐，我永远搞不清她现在的男朋友是哪个，因为她永远在和那几个纠缠来纠缠去。我是她们中最土的一个，总被亭笑话为老大哥。如今想起当年的情景，仍旧忍不住微笑。只是，现在却不知道她们都怎样了。

不论如何，春光明媚的季节里，我去火车站等待她们。

远远地，却看见一个短发女孩冲我招手了。她的同伴涂了棕色的口红，眼角勾得锋利。认了许久，才看出是剪了短发的老李和妆很夸张的亭跑来，一如年少的岁月再度向我轮转冲刷而来。

二

一盏灯，投下昏黄温暖的光影，桌布墨绿的缎面映着光。点了菜，亭硬拽着我去上厕所。

"——其实也没什么事，我就跟你交个底儿吧。"她盯着洗手池的大理石台面，顿顿脚跟，"老李的爸妈离婚了。"

我大为吃惊，同时也恍然大悟了，她是为什么剪掉一头长发。

"没什么啦，就是——那个，想让她散散心。"亭局促不安，"高中那会儿，你爸妈不是也差点离婚吗？我觉得你应该能开导开导她也说不定。"

我拍胸脯说OK，包在我身上。我显然是松了口气的，因为老李毕竟是老李，我的落魄大抵是可以掩饰的了。亭点起烟，也笑起来，示意我先回饭桌。我前脚刚迈，她又叫住我。壁灯之下，她的眼神如希腊雕塑，漆黑一片。

"谭。我都没问过。你父母的事……没问题了吧？那个时候如果没有那种事，你高考也不会落榜了吧？"

我僵住，仿佛心中的一块玻璃被打破，亮晶晶的碎裂一地。

"已经没事了，现在他们挺好的，我也挺好的。"我转身对她笑道，看她在一片漆黑中唯一的那一盏灯下，烟头的火光颤颤巍巍。

三

我回到餐桌，如同在无边的风雪中找到一盏灯。老李安静地坐在桌前，望着窗外。看到我回来，她冲我招手，笑容温暖如春光。

"我就猜亭肯定跟你说了我爸妈的事了。"她竟然有几分俏皮地说。我本以为她会痛苦甚至痛哭，谁知她如此四两拨千斤，我几乎无所适从。

硬要说为什么的话，因为老李的父母无论怎么看，都是一对模范夫妻。女方是外交官，男方则是版权保护人，两人都干练且优秀。我的父母曾经请他们吃饭，那个时候两人恩爱的样子，很难让人想到他们会落到如今这个地步。

"啊——你没事了？"我试探道。

"谭，别人的事，很多时候你只能了解很少一部分。"她安静地说，"硬要说的话——我很小就懂得迟早会有这么一天了。"

她竟显出我所不知道的成熟与镇定来，让我很难相信她是曾经那个象牙塔中的天真大小姐。

"你真的是老李吗？"我难以置信地笑，"——跟我对你的印象不太一样了。"

"谭，人是会变的。"

我们笑起来。我心里却清楚，她笑容中只怕蕴含着比我想象中更多的苦涩，我不敢去触碰那苦涩，因为我们都是无可救药的个人主义者，心中的脓毒不能依靠自己之外的任何人，只有自己划开伤口，自己哭喊咆哮，然后自己等待愈合。

"比起我的事，亭要出国了。"老李突然说，光裸的指甲敲着桌面若有所思。

四

从高一开始，亭就一直与我们不同。她本来就对普通高中完全没有兴趣，用她自己的话说，她"并不喜欢国内学习的方式"。与她熟悉的人都知道，她求了父母很久，想要上国际学校，想出国，想学语言。那份愿望在我看来却是可悲的，因为它一半来自于求学的渴望，另一半则是对浮华的欲望。

至于为什么没有实现，可能只有我知道。我妈妈跟她母亲的关系不错，她告诉我：亭的母亲根本承担不起国际学校的学费。

那样的亭，终于能实现梦想了吗？我半是为她开心，半是为她忧虑。

"而且啊，谭，你知道她高中的时候为什么总怼你吗？"老李看向我，幽幽地叹口气，"我觉得是她自卑。"

因为你什么都不用做，就有那么好的家境。因为你什么都不用做，家里就会有余钱给你请家庭教师。因为你明明有实力却放弃了。她梦寐以求的学校，你的野心是她想都不敢想的。

我骤然懂了，刹那间，无数那些不甘心，那些劣等感流入我的心间。老李接着说："不过现在她终于有钱了。是不是？终于能够摆脱开那些东西了呢！"她欣慰地笑起来，"毕竟我们都希望她能好，对吧？"

"是啊。希望她能实现梦想，能把这些不好的事都扔掉，能开心地出国也是好的。"我也笑起来，心头发酸。

黑暗中模模糊糊来了个影子，倏忽间就到了座前。是亭，一身烟味儿，眼角泛红，好像哭过，沉默得如一把冷光凌厉的刀。我们懂得她的好强，装作看不见她泛红的眼眶。她一刀切入沉默的氛围，抓起餐桌上的鸡尾酒，笑道:"好不容易聚一回,咱们不聊那些不愉快的!所有那些家庭的、学校的、人际的还是自己的,咱们都全部忘掉!"

三只玻璃杯碰在一起。

"宣誓着永远又太过年少气盛,但是,我们永远都会前进!尽管一路走来,有无数的事,在我们身上烙下不可挽回的烙印,但是伤痕愈合后,相信我们会更加坚强!"

"我们都会走下去,我们永远相信自己。"

五

太阳落山,我赶回学校。稀稀落落地,还有些学生,在暮色的余晖中来来去去。坐在长凳上,我发现了包里的一封信笺。

知道你会难堪,所以,就让我们以这种形式来表达吧。谭,你是我们中野心最重的人,目前最优秀的人,但大概也是我们之中,对自己最失望的一个人。

如果对自己失望的话,就看看桃花吧。你见过古桃吗?它们不会结果,但是会如烟花一般绽放。我的妈妈曾经这样对我说:如果得不到好的结果,就美丽地绽放吧。现在,我们也把这句话送给你。

希望你,能不受任何拘束,不被自己叩问,遵从内心地活下去;

希望你,能摆脱过去,笑迎将来,相信着,以往的一切都是未来的礼物,我们都在变得更加坚强;

希望你,能成为了不起的、强大而美丽的女性。希望你永远永远,都能怀抱着那样发自内心的骄傲与自信。

如果你累了,我们就会在这里等你。

如果我们累了,你就是我们的依靠。因为我们都是无可救药的个人主义者,所以自己身上的不济,唯有自己以外的某个人才能去除。

愿后来的我们,都能美丽地绽放。

From 亭和老李

我听到静夜里花开的声音,那种在黑暗而香甜的夜里有如气泡破裂一般的声响,细腻而充满新生的力量。即使此时此刻,在我脚下肥沃的泥土中,也有种子在罹受着苦难,等待着发芽;也有嫩芽在安静中成长,等待着花开。在这鲜花绽放的日子里,我的心中那一汪清泉再度流淌,如同天降甘霖,滋润着久旱的心田。

我仰起头,看着微亮的天空,落下眼泪。

然后,聆听心中那渐次花开的声音。

(作者学校:北京十一学校)

本文为2018第五届"北大培文杯"复赛第五场参赛文

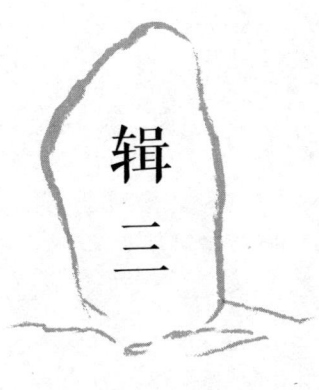

辑三

阳光中的向日葵

她只愿意做一棵向日葵,仰起头耗尽一夏,
即使连葵花子都不会存留。

> 文学的青春之于我，就像浮出黑影的大笑，教学楼独亮的灯，阳台稀薄的恐惧，潜出教室埋掉昨晚死去的野猫，吃快乐的土豆泥，等等。青春的文学之于我，就像黑影，大笑，灯，恐惧与兴奋，僵硬的野猫，土豆泥，以此类推。

胡志诚
小说家

其实我对八点五十分没什么特别的感觉。要知道，在安高，八点五十分与八点五十一分没什么区别。因为我们只需要三个铃：上课铃，吃饭铃，睡觉铃。但是偏要说八点五十分有什么有趣的地方的话，那么其实这是我们上午第二节课的下课时间。

我趴在三楼栏杆上，准备在冬季的暖阳下享受这十分钟。从高三教室的走廊看下去，安高的冬季其实很乖巧。阳光照在身上有一点暖意，呼出一口气又是一身清凉。前两天下的雪没化完，在小道两边堆着；绿化上还稀稀落落地覆了些雪，像是西洋蛋糕的奶油点缀。安高的同学们呢，更乖巧。下课了，上个厕所，回到位置，写作业。像我这样站在走廊上无所事事的人，都是孤孤单单的。

其实，前两天我还不那么孤单。孤单的滋味不好受，所以我时常想起曾经那个不让我孤单的人。但我越想越气。

许珂。说实在的，许珂她可能是我这辈子遇到的最容易追的女孩子了。具体一点，从我对她动心，到她答应做我女朋友，好像也只有那么二十多秒。

早恋已经很可怕，更可怕的是我们两个似乎都是心血来潮。即使我现在是趁着这下课十分钟，也要怀疑一会儿那二十秒钟到底发生了什么。许珂则不，她全然沉浸在这场不被允许的恋爱中。偶尔我会问她，你在答应和我交往之前就喜欢我吗？她回答时带着几分大义凛然的表情。不喜欢啊，她说。我被她的表情所感染，觉得这一切都丝毫没有反常之处。

我们都是神经大条的人吧，我想。这样就无怪乎我们交往不到一个星期就被德育主任发现了。那时我与许珂一起给我们的关系定性。我借用学校的说法，告诉许珂，我们这不叫早恋，早恋是不对的，是要被开除的，我们这应该叫男女生交往过密，最多被警告而已。许珂她笑起来，什么叫过密？她边问边把手搭在我的肩上。这样算过密吗？她问。于是这一幕就被监控拍了下来，又被学校保安送到了德育主任那儿。

在进德育处之前，我拉着许珂告诉她，待会儿仔细观察主任的表情，认真记下他说的话——都是可以写进小说里去的。许珂恍然大悟地点点头，义无反顾地拉都拉不住地走进了德育处。随后将近一个小时的思想教育听得我快要哭着认错，但许珂却一脸镇静和专注。主任问了好几遍：你看我干嘛？许珂的眼神仍然岿然不动。

出教导处时，许珂模仿主任的神情，对我吼道："黄天乐，又是你！一天到晚不读书，就知道勾搭女同学！"说完她"咯咯咯"地笑起来。

我看着她，感悟到两件事。第一，安高的监控可真厉害。第二，许珂是真的不爱我。

我也不是说非要她爱我到死去活来吧，毕竟两个高中生谈爱不爱的太矫情了，但她这态度让我感觉她十分不重视我。我已经被整个安高蔑视了，还要被她蔑视，想想就很窝囊。但我面对许珂单纯的脸，又难以抗议些什么。我说的单纯，指的是单纯追求"非安高"的生活体验。算了吧，我想，似乎我也不是什么好同志啊。

然而不管好与坏,这些都不再是我的了。我现在只能趴在栏杆上,看着几个结伴的女生去饮水机灌水。抽水时饮水机发出一声吊鸣,引得那几个女生哈哈大笑。我也有点想笑,在安高,这是难得的不同的声音。除了数学老师用力拿粉笔点黑板的声音,英语老师像是金属摩擦似的英文发音,语文老师教读音时突然崛起的口音,等等,饮水机的一声哭嚎大概是一天中最意外的邂逅。其实我觉得吧,八点五十正是虫鸣鸟飞的时候,我趴着,应该多少有些活物出现吧。等着等着,我才想起来,这是冬季,活物本就不多见,何况在这里呢?

在这样的地方想当个小说家,真的是难为许珂也难为我了。

被叫到德育处之后没一会儿,我们就在布告栏里看到了自己的批评通告。

黄天乐,许珂,男女生交往过密。警告处分。

"真的耶,是交往过密,不是早恋!"许珂拉着我说。

我无奈地点点头,很佩服安高的办事效率。

许珂继续看下去,边看边说:"高一七班张子海,自修课吃瓜子。哈,我能想象那个声音!高一三班吴旭德,英语课发呆。高二三班胡大江,晚自修喝牛奶。喝牛奶也违纪啊?高三七班任一琳,语文课不专注。值日老师连不专注都看得出啊?!……"

我们在布告栏停留了很久,最后许珂感叹道:"我觉得我写的小说还不如他们的违纪有意思呢。"

走进教学楼,许珂递给我她写的小说,神情有些失落。

"没关系,慢慢来,毕竟——我们才交往了这么短的时间嘛。"我只好这样宽慰她。

不知出于何种逻辑关系,让她的小说变得有意思算是我对她的承诺,以让她答应和我交往。当初我们一起参加了一个小说比赛,我得奖了,而她非但没有得奖,还被语文老师嘲笑说是没有看过小说。我也看了她的小说,觉得确实写得一般。写得一般，所以才有进步空间嘛，所以，才有空子让我钻嘛。

她问我为什么她得不了奖，我便告诉她是她的小说少了点趣味。

"趣味？我每天教室寝室食堂三点跑，到哪里去找趣味？"

很好，我就知道她会这么问。

"趣味嘛，得自己找的呀。环境无趣又不代表内心一定无趣。安高虽然很无趣，但里面的人都很有趣。"

"好有道理。"许珂的眼里有思考的闪光。

"那么，做我女朋友怎么样？这可是不一样的安高生活哦。"我顺势提议。

就是这样，毫不费力地，我追到了她。她和我在一起之后的第一个问题就是她的小说什么时候能变得有趣。我说很快的，你别急。但正在我计划着带许珂到处去玩儿，去发现不同的安高的时候，我们就被贴了处分，从此进入学校监控的重点关注范围。我不敢再有什么动作，毕竟两次警告就得记入档案。于是许珂在我身边变得百无聊赖，无聊之后，她又想起了那天看到的违纪公告，竟然开始每天关注那里的违纪通知。她不止一次在吃午饭的时候跟我提起张子海这个人。

"你知道张子海吗？那个违纪公告的常客。你知道他今天干了什么吗？他把狗粮带学校来了。你说他把狗粮带学校里来干嘛？我们去找他问问呗？"

"不知道，不去。"我不喜欢她老跟我提这个男生。

"你真的是一点好奇心都没有。"许珂有一丝失望。

上课铃还没响，我趴了这么久，却一个跟我说话的人都没有。在这里，认识的人，如果都是男的，就互相拍一下屁股，用这种幼稚的方式节省对谈浪费掉的时间；如果是女生，就对视一笑，难得说一声"嗨"。我背对着走廊，大概也只能收获几次屁股上的敲打了。我其实有点纳闷，许珂那时竟然说我没有好奇心，我面对着这早晨的安高校园，真的很难按捺住好奇心想去探索一番。但马上就上课了，我没时间，况且，在安高能探索出什么呢？所

有的地方都约好了似的,不肯给你一点点惊喜。

但许珂不信啊。她越来越关注张子海,越来越觉得他有趣。同时,越来越觉得我无趣,觉得跟我交往根本不能让她的小说变有趣。

"你知道张子海今天干了什么吗?他带了一大根骨头来学校。你知道为什么吗?"许珂脸上有些不屑。当然,是对我的。

不等我回答,她接着问我:"那你呢?你今天干了什么?"

"上课。"

"哦?那很好啊。"许珂故意做出惊讶的表情。我挺烦她这样的。许珂把鸭汤淋到饭上,蒙头不响地吃起来。她已经一连四五天吃鸭肉了,也一连四五天在跟我推销张子海了。当她从单纯的推销变成对我的奚落,我就该发觉事情不对了的。但直到她终于扬言要跟我分道扬镳,我才真有点哑巴吃黄连的感觉。

"黄天乐,你这个骗子。"她说。

当然我明白,她的意思是我没有让她的小说变有趣,而不是我欺骗了她的感情。后者我尚可辩解一番,前者我真是一点办法都没有。要怪,就只能怪安高的监控太清晰。我们好聚好散,散倒也散得干净,分开之后,她再没有找过我。我知道,她一定是有了更好的玩伴——张子海。

所以现在,我一个人面对这八点五十多分的,和昨天前天明天都没什么不同的安高校园发呆,他俩却指不定在什么地方干尽违纪的事。张子海啊张子海,一包狗粮一根大骨头就把我当初费了一番口舌才追到的女友骗走了,算你有本事。

下节课的预备铃响了,我准备起身离开。这时,我看到了许珂。她一个人从教学楼走到了图书馆顶层的阳台上。马上要上课了,这是要干嘛呀。我停下来,看了她一会儿。只见她往下左右张望了一会儿,我随她看去,突然看到一条黑影从图书馆门口的路上穿过。不等我看清,黑影已经消失。呵,我总算是见到活物了。还是两个。不对，是三个，我又看到了张子海，他正从图书馆对面的食堂慢悠悠地朝许珂走去。嘿！这两人果然混在一起。我一阵恼怒，俯下身子想看看清楚。张子海走到那条路上，从手里举出一根硕大的骨头，一边原地旋转，一边像观音菩萨洒仙水似的挥动手里的骨头。不一会儿，黑影又出现了。它伏在地上，前肢抓在前方，头低着，重心向后，隐约似乎是露出了长牙。张子海再一挥，它又伏得更低了。他们僵持了一会儿，张子海伸手一抛，骨头飞了出去，那黑影也窜了出去。

　　张子海抬头看着许珂，指了指那黑影。许珂捂着嘴笑起来。在学校里养了只狗，有趣啊，是吗？我在心里嘀咕。正要起身离开，我又看到那黑影回到了张子海身边，它面对着我的时候，我突然对上了它的眼睛。绿色的。

　　我迟疑了一会儿，那绿眼睛在我脑子里无限放大。"狼——"我想喊，但是我要喊什么呢？我睁着眼睛张着嘴，"狼——狼！狼来了！"

　　身后的教室泛起一两声笑，我不知道是不是因为听到了我的叫声。

　　穿过安高东侧的圆形花园，从高高挂起的已经枯萎的紫藤萝下看去，再透过安高的晨雾，越过图书馆东侧的低矮灌木丛，往上看，那是许珂。她在阳台边缘站着，一只手拿着笔记本，另一只手在写着什么。是该写些什么的，这就是她一直需要的东西。八点五十分的安高，出现了一只狼。看去，她自信而幸福的模样，俨然是一位技艺高超的小说家。张子海和那黑影在我的视野里跳动着，挥之不去。我仍然想喊，但是喊什么呢，我又不确定了。我费力地把目光从他俩身上移开，去看了眼身后的教室。

　　哦，不必喊了。这是八点五十分的安高，这里什么都没有发生。

（作者学校：浙江省安吉县高级中学）

本文为2018第五届"北大培文杯"高三赛参赛文

> 世上最荒唐的悲剧莫过于一只死于坠楼的鸟。
>
> 而它却时时刻刻于你我身边上演。
>
> 当被暮气懒化的青年将麻木与颓唐归咎于生活无可辩驳的恶意，就如同鸟儿敛起翅膀将责任推卸给地心引力。
>
> 少年是天生的飞翔者，青春的温度滋养出一根又一根流光溢彩的艳羽。而文字，是我得以挥动而飞翔，妄图对抗如地心引力般无处遁逃的空洞感的羽翼，在无数次失足跌落的瞬间，靠着这股渺小的确凿的上升气流，自我拯救。
>
> 当生活的幽灵又一次在暗中匍匐而来，用潮湿的铁爪攥住我的脚腕，"腾跃而上，不过数仞而下"，却足以用灵魂的轻盈，晃它个措手不及。
>
> 抟扶摇而上者，不必九万里，春风十里足矣。

张涵抒

燃　烧

一楼和五楼是两个完全不同的生态系统。

用我们生物老师的话说，这里的物种，一楼和五楼之间，是有生态隔离的。

论温度，一楼是北极，五楼是赤道。

论声音，下课铃响过的一楼，死寂得像一口沉重的棺材；上课铃敲起的五楼，像刚经历过炸弹空投的动物园。

论颜色，一楼是一片镜片反射光芒的皑皑雪原，纯白的校服苍白的脸，除了几颗暴躁的青春痘，单调的白仿佛隔壁的四医院；五楼是打翻的调色盘和揉碎了搅拌的彩虹。时装周上设计师的限量版这里可能有，可就是望眼欲穿看不到一件校服。

一楼是元一的尖子生班，五楼是元一的借读生班，人人都大几万的择校费交了进来的。想到这里，我上楼的脚步又沉重了一些。

五楼嘲笑一楼是只会读书的傻子；一楼蔑视五楼是只懂钞票的混子，我也不例外。

如果不是被元一艺术节的赞助费逼到走投无路，可能我这辈子都不会踏上五楼。

X主任说："听说5A班的Y脑子活，你可以找他商量一下。"

于是我来了，在一群涂着发胶喷着古龙水穿着花衬衣张牙舞爪的五楼男生中间，一个又一个小声问着："你好，打扰，我找一下Y。"

发胶最硬古龙水最浓衬衣最花的那个就是Y。

"你就是那个除了考年级第一什么都不会的主席Z吧？想找我要钱？讨你的老师欢心？哈哈哈——读书读傻了吧？我又不是闲得无聊，回去上你的课吧，乖宝宝，门都没有！"

Y浓黑的眼睛胖成一条缝，恰好够流淌出足够的恶意与嘲讽。

五楼果然都是这种人，对牛弹琴，不可理喻。

两个星期内我再没有踏上过五楼，元一艺术节赞助的事也没有丝毫进展。我受不了X老师多次询问后失望的目光，更受不了自己每次"对不起，正在努力"这种千篇一律的回答。

黑板上的字符开始在我眼前散乱，老师精心提炼的知识点像灌进耳朵的水银，脑子像被不听话的小孩捅爆的马蜂窝，日复一日"嗡嗡"作响，却不成曲调。

一楼的食物链是残酷的，"跻攀分寸不可上，失势一落千丈强"。我连续两周的统考，从第一名跌出了年级二十名。一楼的爱与荣光和你名字前面的数字大小成反比。

张涵抒
燃 烧

  人人都以为,作为学生会主席的我是为了博取老师们的欢心以获取全校唯一的校荐名额,才如此劳心费神地筹办这吃力不讨好的元一艺术节。

  结果搬起石头砸了自己的脚,两头都没保住。一楼的女厕所里都能听到低低的叫好声了,为我的失势,为我的愚蠢!

  虽然我不去五楼,但我常去七楼的天台。

  在元一快要六年,这里是我最熟悉的地方。一楼是看不到阳光的,更看不到星星。人在那种井底一般的地方呆久了,容易扭曲变态。所以我常到天台来,最近来得格外多。洒满星光的风吹来夜的味道,元一湖里的青蛙有一搭没一搭地唱着。夜从来不是黑的,它只是失了灯的蓝,可能微微有一点粉吧,是西天晚霞未熄的余烬。

  办一场属于自己的元一艺术节,是我心底埋了六年的梦。

  第一年是兴奋的观众,在精美的灯光秀下尖叫;第二年在合唱队里打杂;第三年走到领唱的话筒前,望着和灯光融为一片的人群却失了声音;第四年、第五年有幸加入导演组帮工,才知道原来最该佩服的不是仙裙飘飘、妆容精美的领舞和主持人,而是灰头土脸抱着电脑撰文、靠咖啡续命、在全场调试灯光全部亮起时眼泪不自觉流下的总策划。我注视着他们身着被汗水浸透的文化衫与主创团队拥抱的背影,羡慕着聚光灯下、台前幕后他们彼此鼓励的话语——"我的元一我来守护。"

  今年是第六年,我只想守护好我的梦,他们的梦,守护好这份元一人心中最盛大的感动与自豪。这是我心中滚烫的火焰。可为什么会变成这样?为什么他们看不懂。还说成是肤浅追逐校荐名额的方式。哼,那不过是烟,甚至是灰烬罢了。

  "别以为我把头抬着我就看不出你在哭啊。哎呦喂,瞧瞧你们尖子生这点心理素质,不就是钱的事吗?难道还怕这个?来来来,拉个赞助是吧,拿好你的策划书。小爷现在就给可口可乐市场部的人打电话——你好好学着点啊!"

209

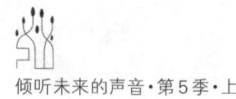

Y油腻腻的声音辨识度很高,两个星期不听也绝不会听错。眼泪尴尬地探出眼眶,琢磨是掉还是不掉。

"你为什么要帮我?"

"因为看不下去你们这些二傻尖子生毁了我的元一艺术节啊。"

是错觉,还是那一瞬间,我真的在Y浓黑的看不透的眼睛里看到了一点火光?

"你们这些尖子生真应该多来来天台,吹吹风,数数星星。嗨嗨嗨,不是让你们跳啊!一楼那种奥斯维辛,待久了容易心理变态。我看你快差不多了啊,一个校荐名额而已,至于吗?"

走投无路也好,死马当活马医也好。我只能让自己完全相信Y。因为那天晚上,我站在X主任的办公室门口,第一次说出了除"对不起,还在努力"之外的名词:"老师,赞助有进展了。"

从此我和Y的搭档,让我们都成了各自种群眼中不可原谅的异类。

我再不怕上五楼。总是熟门熟路循着最浓烈的古龙水找去,一把揪住Y粉红的衣领,找他商量晚会的场地布置、节目审核、赞助方案。

Y也是第一个走到一楼的五楼物种。他也学会了大摇大摆闯进我寂静的教室,不由分说把一叠新设计的海报和宣传手册砸在我桌前的卷山题海里。他每次花里胡哨地出现在一楼,都会陶醉在尖子生们看病毒一样看他的惊恐目光里。用他的话说,这叫"争渡,争渡,惊起一滩肥鹅。"

"白痴,那是鸥鹭!"

"你才是白痴,他们那么胖,配得上鸥鹭吗?"

原先我以为最难的事情是赞助,后来为自己的年轻深深感到痛心。从每一盏灯光,到每一把座椅的间距,从每一个主持人每一个音的吐字,到每一张印刷品上每一个用色的精美——这些事情取代了公式、古文和单词,挤占了我全部的思考空间。年段排名还在下降,作业上的红叉越来越多。来自一楼其他

生物的排挤与嘲笑越来越明目张胆，可我却比原来的每一天都更加快乐。

原来这就是燃烧的感觉吗？

"呆头鹅你怎么又迟到了？？？别拿拖课跟我当借口，快点去礼堂。布置音响和灯光的师傅大热天等半天了呢。"

原来这就是，一起燃烧的感觉吗？

我跟在 Y 后面上气不接下气地跑，被他紧握的那只右手，却似乎失去了知觉。

晚会的那天，早晨五点半，我是被自己的心跳叫醒的。

Y 说他也一夜没睡。这是晚会散场后，累得站不起来的他，躺在礼堂铺满彩屑的地板上蜷缩成一团，进入梦乡前，跟我嘟囔的。

元一艺术节那晚的灯光在泪水里融成一片斑斓的海。整晚的神经拉扯得仿佛随时都会崩断。想象中的喜极而泣、功成名就全都被一整晚不停歇地跑动，不断重复地询问"这里 OK 吗？需要帮忙吗？"所取代。

唯一和想象中重叠的画面是和 Y 一起喊出"我的元一我来守护"的那一刹那。这一次，再次望向他的眼睛，我确信那簇火焰的存在了，连温度都能感知。

应该和我胸膛里的一样吧，滚烫。

X 主任摘下眼镜拍拍我的肩膀说，这是他见过办得最好的一届艺术节。

艺术节的结束像一场梦一样干脆利索，一脚把我踢回原来的生活。我又重归一楼的"白色恐怖"之中，面对惨白的试卷和同学们惨白的脸色。Y 这只彩色鹦鹉也飞回了他的五楼树冠顶端，再也没有降落到一楼。而我也从未试图爬上五楼。我又重新在题海中挣扎，夺回第一。一切如常。

我们像水一样蒸发在彼此的世界里，像艺术节来临之前那样，安分地做自己物种里最有代表性的一个。

我第二次看到 Y，是在冬日公布校荐名额的红榜前。

巨大的黑字，猩红的底，千真万确的三个大字。我凝视着浓黑的墨迹，想起他那双浓黑的、看不见底的眼睛。

听到心里什么东西爆裂出一声脆响，溅起的火花飞进眼睛，可我没放眼泪出来。

关于那簇火焰，真的只是我的错觉吗？

"我就知道你会来这里。"

"你就没有什么要对我说的吗？"

"没有。你不过是利用我办好了这场晚会，以为可以坐稳你的校荐名额，没想到最后却给了我。哈哈哈哈，你一定想不到，我爸为了靠校荐名额送我去美国读书，捐了元一一栋楼吧。"

"我以为你和他们不一样。我以为你知道我办艺术节，根本不是为了什么破校荐名额。我真以为……"

"同学，你的路还很长，让我当老师教你一堂社会课吧。人本质上永远无法相互理解，你心中所谓的火，路过的人只看到烟。"

"我曾经以为，我看到了你的火焰，我曾经以为，你对元一的感情和我一样。我不信什么火焰什么烟。我只知道，内心有同样火焰的人，总会在一起燃烧。"

我紧紧注视着那双浓黑的眼睛，注视着里面沥青一般的浓黑在我的火焰下开始崩析融化，脱落瓦解。

（作者学校：厦门双十中学）

本文为2018第五届"北大培文杯"决赛参赛文

> 有一天你大概会开始关注教育、股市与房贷，你会尝试向生活让步讲和，你去做所有有用的事，最好的结局也许是，你终于成为一名"优异的普通人"。但是你会记得无风无雨、乖顺复沓的少年时代里，你曾经用力积存起每一丝熹微的光芒，你也咬住过牵进后颈的绳索，你还在心里悄悄圈养着一颗跳动的小火苗，将寡淡日常中的全部都丢进去助燃，开拓一片美丽又危险的天地。
>
> 既然前路的多余枝节都被及早削减，记得留住所有细碎的奢侈的离经叛道，即使你我都只能扮演平凡的大多数，也可以在一眼望到尽头的日月里俗气地活着——俗气而热烈地用力活着。
>
> 所以请你一定不要嘲笑我们的短浅或卑弱，因为从满地六便士里抬起头来，已经需要足够大的勇气。

赵睿佳
阳光中的向日葵

一

颁奖仪式还没有开始，我掏出老年机编辑了一条短信："我在你们学校。"抬起头就看见远隔了数排座位的观众席上，一个身影前倾着，剧烈地摆动手臂，几乎要重心不稳栽向阶下。我也站起来挥手，像之前很多次一样学着她的姿势。

"这就是你一直向我们夸奖的女孩子？"身边的同学围过来，她拉着我的手骄傲地点点头,高高的马尾辫一跳一跳。

脸上痘痘少了,好像又胖了一圈,包裹进蓝色冬装校服里显得格外臃肿。"假期跟我跑步去。"望进她眯缝的笑眼,我不自觉地略过了礼貌与客套。

其实我还有很多话想说,比如我很想她,比如她是我见过最美好的女孩子。

二

在遇见她之前,我们仍是根正苗红天真烂漫的优秀小学毕业生,直到她擅作主张,为我们的八人间添一块匾额,上书五个遒劲大字:节操挂失处。新同学尚未彼此熟悉之际,她已为全体舍友开设关于"网络小说奇怪剧情专题赏析"的免费小课堂,我们瑟缩进各自的小花被子,远眺她在上铺昂首挺胸手舞足蹈的伟岸身姿,诸多新鲜名词灌进耳,发觉她正为我们打开一扇新世界的大门。

初中的第一节作文课上,她就闯了祸。

文章写的是她为了抗击满脸青春痘,忍痛耐受禁食针灸中西药围攻,不抛弃不放弃的励志故事。然而为了描述饮尽满盆漂浮着昆虫残肢的极苦中药时的复杂心理,她偏不惜化用前人名句:"问君能有几多愁,恰似一群太监上青楼。"遂被语文老师引至办公室,以亵渎传统文学态度不端思想醒醍之罪痛斥半小时之久。作为新舍友的我们溜去办公室门前排排站,探出脑袋投去慰问的目光,她便转过身来,满脸泪痕抽抽搭搭,却向我们绽开一个鬼脸。

这件事照例被她收录于每天中午的单口相声,艺术多来源于生活,她的生活被无数尴尬的巧合填充完整。譬如走过污水四溢烂菜叶入泥的放学路时不慎崴脚,为了避免滚进脏水顺势靠墙劈叉;譬如在街上遇见熟悉的同学背影便兴奋地拍肩问候,转过身却是满脸胡茬的大叔,只好捂住脸大喊"果然还不适应这具地球人的躯壳";比如自习课上应和脑海里《植物大战僵尸》的

配乐，双手托腮扭动着脖子 Cosplay 游戏中向日葵时，忽略了后门窗口班主任阴郁而疑惑的目光……为此，她将诸多化解尴尬的秘籍整理成说明文一篇发表于校刊，反响空前强烈。

三

某天中午，一向过分活泼的她突然双手捂脸，格外羞涩地向我们宣布：她有男神了。

男神是她同桌，年级第一的学霸，相貌平庸，与她所博览过的千本言情小说中的男主形象截然不同。据她陈述，仅仅是某天下午自习课上，斜照的夕阳恰好笼罩了男神四周的小小桌面，配合男神眼离书本一尺远、手离笔尖一寸远的优等生标准坐姿，明亮耀眼得过分。

"佛光！"我们打断了她的叙述，相处日久我们也学会了调侃。

天有不测风云，她芳心暗许的第二天是体育测试，八百米最后一名的她头昏脑胀走出操场，男神从另一个有光的方向翩然而至，她来不及闪避便脸朝地栽在男神脚边。男神低头端详片刻，表情淡漠转身离去。

单纯如我们从未有狗血剧中"倒追"经验，她也一样。她的单恋付诸行动的第一步是接二连三的小纸片轰炸——过去的两三年里，她攒了数个摘抄本的漂亮诗句，涵盖从风花雪月到人生哲学的一切内容，经过她书法功底深厚的娟秀字迹誊抄一遍，男神桌上寡淡乏味的白色草稿纸也能精美如工艺品。我们依旧传阅着发黄发皱的本子，惊叹着她狂放不羁的外表下居然也藏有一颗少女心，她的卡片却已经飞跃半张课桌的千山万水，落回她的桌面。

水笔下诗行的一角浸了两滴雪碧，洇开一片彩虹的颜色。

男神从一开始就嫌弃她肤黑体胖仿佛没有文化的农家少女，这一定是因为沉迷竞赛的他从未曾深究文字的出处。我也曾疑惑她的摘抄本里为什么会同时出现李白柳永尼采艾米丽·狄金森徐志摩北岛顾城的名字。西北小城的夏天短暂，我们百无聊赖地趴在过街天桥的栏杆上，她凝视着槐树鲜绿的浓荫，突然向下方川流不息的车群喊完一整首《将进酒》。男神路过，匆匆瞥了一眼便目不斜视地继续前行。

从此诗句不再出现在男生桌前，它们被移上了教室最前方的白板，笔画衔接处的转折锋利而干净，在四周公式字母中格外醒目，内容却一天比一天柔软，于是满目枯燥的数理化也一并生动起来。

四

依旧是某个极为寻常的中午，极为寻常的闲聊后她倚着被子读一本极为寻常的心灵鸡汤合集，可我们分明听见了轻微的啜泣声。

是她抬起脸颊，小心翼翼地对我们说："我真的以为自己可以做一个很幸福很幸福的人。"

我们原本早已习惯了她奇怪的泪点，譬如看到《风之谷》里女主角开着飞行器去揍王虫时黯然泪下，譬如学长学姐的毕业典礼她却在观众席上泣不成声。可是这次不一样，她说她以为自己可以很幸福。

有长久的共处时光里，我们都在关注她的故事中使我们开心的部分。可她其实说过的，她也曾经因为帮妈妈看守杂货铺时收到一张假币后悔至今；也暗下过决心现今用力学习，将来的孩子就可以肆意拼爹；被老师和同学训斥时依旧嬉皮笑脸不是因为愉快而是因为尴尬。她也在作文本上写下过美丽的句子，说自己其实热爱孤独，可是收到的评语永远是"脱离生活缺乏说服力"……

放学后我们乘坐她爸爸单位的面包车回家，街边的灯影划过车顶，圈起一块色彩陌生的世界。她把手贴上车窗，低声告诉我们她渴望的生活，不是通过自己的书法美术才华换取某个高中特招生的名额，将志愿单交给家长后

自己便一无所知。她想像书法班的老师那样，闲暇时间便能邀三五好友坐车去乡下，弹琴写生临遍天下名帖。可她只有抱着中考中被忽视的政史地全A，去一所"还算行"的高中，也许向前眺望便是"还算行"的未来。

她的空间签名依旧是"你来人间一趟，你要看看太阳"。她向我解释她只愿意做一棵向日葵，仰起头耗尽一夏，即使连葵花子都不会存留。

五

五月，二诊结束。人心惶惶的我们像一段段被拉扯到劲度系数极限的弹簧，隔绝了窗外的所有颜色。她却收到一封来自一年前的信。

Dear sun.
亲爱的太阳。

那天是世界读书日，十四岁的她在街边简陋的小书摊，为十五岁的她写下这封信，蓝白校服涌动的潮水过去，没有人注意到一个女孩固执地蹲伏在防雨布上，马尾辫高高地翘向天空。

一年又一年，她依旧是明媚而绚烂的向日葵，仿佛时间从未改变。

毕业典礼上，她终于不顾男神的白眼，拖拽着他走过半个楼道，混乱的道别中甚至没有人注意到他们。之后她转身折返，又哭又笑地背向人群而行。

六

新的校园里没有她，可她留下的习惯都顽强地活在我身上。我开始讲段子开始读诗，开始将生活的每一个片段都变得热烈而丰盈。

满树桃花盛开 / 未必每朵都能结果。

读到这里我能想起她的向日葵，一样炽烈的姿态，安详地燃烧在地平线的原野。

生命便永远鲜活，天地永远宽阔。

（作者学校：西北师范大学附属中学）

本文为 2018 第五届"北大培文杯"复赛第五场参赛文

> 我常常想起曾经看到的一句话，世人最大的悲哀莫过于善良者被迫作恶，谏言者沉默噤声。我的嘴在同乌合之众一起唱颂歌，但思绪从未停止过纷飞，想到圣人，想到英贤，想到那些仿佛心胸中不曾有过畏惧的人。既然明知是错，为何还要出声？明知会被毁灭，为何还要冒着被挫骨扬灰的风险，只是为甚至可能根本不存在的真理呐喊？忙着与世推移，我却依然梦想能走进雅典学堂，瞻仰从穹顶洒下的思想天光。就算只有一秒，我也希望你能在我的文字里接触到神祇的力量，战胜庸碌的懦弱，炸响沉默的大多数。

梁书函
丽塞亚

我希望有一天，能去丽塞亚放白鸽。

一

我曾是个立誓永不说谎的孩子。

"说谎的孩子鼻子会变长，就像匹诺曹一样！"大人如此吓唬我，每次听到这个，我就触电般心虚地捂紧自己的鼻子，仿佛自己的鼻子真的会像童话里的匹诺曹一样直冲云霄。

奇怪，我并没有说谎，为什么还要这么慌张？

一天从小学回家，推门便看见父母高兴得哈哈大笑。在我疑惑的反复催问中，他们似乎是在抉择着如何适时地对年幼的孩子表达过于早熟的东西，终于，磕磕绊绊地，他们解释道："你的表姐她，她快结婚了，对象是个好人家！"

对象，就是那个大哥哥吗？我曾经见过一次，据说是很厉害的高才生，微笑像打翻的蜜糖水。

"我觉得表姐——好像配不上他哦。"在一些奇怪的时刻，我的脑回路总会格外地清奇。在所有人眼里，我的表姐只是个初中肄业的打工妹，每次见到不是在翻偶像杂志便是吃泡面。我有时候拿着数学口算去问她，都会被粗暴地赶走。

父母脸色陡然一变，用不重的力道拍了下我的脑瓜，语气带着诡异的惶恐和紧张："傻孩子，说什么话呢？你表姐哪里不好了！"

"可是——"我咂咂嘴还想再说什么，但看到父母肃厉的样子，把话硬生生地卡在了一半，就像一块难以忍受的鱼刺，在喉咙中划出铁锈味的委屈。

说实话，我并不知道我哪里说错了，也无人愿意解释，只是明白这么说不对。

后来，我变成了一个立誓永不轻易说话的孩子。

二

寒来暑往，夏始春余，高中的校园里单调的校服包裹着不同的梦想。

五月的阳光显得格外慵懒，照得人颓废，特别是刚刚考完数学后，疲惫的神经不费吹灰之力便战胜了学习的斗志，在下午的生物课上悄咪咪地打着盹。作为一个在重点班中等偏上的学生，"持续性踌躇满志，间歇性混吃等死"是我最好的状态写照。

"姜冬青，从这个家谱图中可以推测出遗传病就是伴性遗传吗？"四十二岁的中年男子似乎早已知道了我的底细，就等着在最合适的时候用一个问题将我打醒。

梁书函
丽塞亚

听到自己的名字我条件反射地"唰"一下站起来,睁大眼睛努力装出副很感兴趣的样子,就算之前什么都没听。"啊,这个,呃,那个,容我想想。"我一面死死盯住课件PPT的简图,一面疯狂地跳动眉毛给周围的人发求救讯号。时间宛若被拉长的麦芽糖缓缓过去,老师的脸色以肉眼可见的速度变暗:"再给你三秒钟,答不出来就算错!"

"等,等等!"在危急关头我似乎感到有人在用笔尖滑动我的后背,幅度不大但足以拯救我逃出难堪的境地,"不,不能,它大概……是有多种可能性吧。"撅了撅嘴,我朝老师露出自认为最灿烂的赔罪笑,丝毫没意识到自己的样子就像个地主家的傻孩子。

好不容易熬到下课的铃声,在内心的一片欢呼雀跃中我终于送走了可怕的生物老师,背后的冷汗也随着人出门的脚步神奇地蒸发不见了,难得的十分钟放纵时间,我连课桌都没收拾便掏出"非法"书籍津津有味地看起来。不知过了多久,我突然感到有人在拍我的肩膀,力道是如此陌生,吓得我在抬头的同时"嗖"一下把书塞进了抽屉,速度堪比闪电侠。

抬头,并不是想象中班主任"和蔼"的恐怖笑容,而是一个一直坐在我后桌却几乎不讲话的男孩子。"哦,是你啊,还以为是班主任,吓死宝宝了。"想起刚刚那节生物课上他的拔刀相助,我颇为内行地举起双手朝他一拱拳,"哥,人在江湖飘,哪能不挨刀!大恩大德,永世难忘!"

永世难忘吗?我的皮囊超脱了神经中枢的控制在卖力表演着,十多年的生命告诉自己,人总是喜欢充满傻气的插科打诨胜过真挚的言语。

看我没心没肺的样子,他似乎是万般无奈地摇摇头,没有任何道理之中的笑容。那个眼神,在被掠过身躯的一霎,我陡然地感到胆寒:这不是意料之中的嗤笑,也不是偶尔会遭到的鄙夷,而是力量,能直扒下浮肿的外壳,让人一丝不挂裸露在阳光下。

他很快就把目光落在我手上:"房龙的《宽容》?"

221

"啊——这——就随便翻翻,我啥都不懂的——你也看?"利用他人猎奇心态博取好感的技巧第一次被识破,我是难以言喻的羞耻和慌乱。直到被抠出硬壳后,人们才会发现看似坚不可摧的寄居蟹,原来是如此弱小,指头一捏,就可以化为味道刺鼻的鲜泥。

他点点头,歪头回忆了一下,念出了里面的句子:"'他们把真实想法小心翼翼地藏在拉丁文的书本里,而能够理解他们真正含义的聪明读者却寥寥无几。'"

三

"我发现你其实不怎么会说话。"他放下了手中刚写好的随笔,朝我瞥了一眼。

"啊?Excuse me?我那么话痨一个人,你是不是聋了?"我毫无形象地躺在三把椅子拼凑成的"床"上,把手中的《权力论》翻得擦擦作响。

"此话非彼话,我感觉你总是说着很多故意的东西。"无视了我用更大的翻书声表示的抗议,他继续发表自己的论点,"你心里并不是那么想的,对不对?"

"啥?何以见得?"

他低头望向我,眼神淡漠:"你一直反复强调自己看不懂这些,但为什么还要继续看?正常人都不会抱着自己不懂的东西不放。"

"哦,那个,其实——是有懂一点啦。"我挠挠头,一语中的被看穿的感觉很尴尬,我缩起两个几乎相碰的指头比画着,"不过就一点点!一点点!"

他好笑似的叹了口气,自从上次生物课一役,我和他逐渐熟络了起来,又得知两人都喜欢看哲学或者人文社会类有关的书,便相见恨晚地开始在言情鸡汤大行其道的教室里抱团取暖,成了交心的好兄弟。我也有了第一次沟通的

梁书函
丽塞亚

教训,开始在他面前有所收敛表演的天赋,但十多年养成的习惯不可能就此彻底被消灭,在大众和他一个人之间迅速转换,我也没那个本事收放自如。

"你应该知道苏格拉底是怎么死的吧?"

"嗯,这老头话太多,不仅他,像什么西方的中世纪啊中国的明清时代文字狱啦,大部分的异教徒和反贼都是太实诚的倒霉蛋。"

"对,他们都是为了人类的生存理想而死,在对精神孤寂的斗争中,刻意而求的生存又算得了什么呢。"

只剩两人的教室里突然陷入沉寂,只有强风卷起厚重窗帘拍打在窗框上的钝响。我难得沉默了,因为再也想不到合适的语言去打趣,窗玻璃正在颤抖地支撑,发出嘈杂的呻吟。

他眨眨眼,率先打破了原本肃穆的气氛:"我希望有一天,能去雅典的丽塞亚放鸽子。"

四

雅典,全希腊人的学校,辉煌殿堂里白胡子的教授和满头鬃发的年轻人在争论着世界的起源,他们的笑容会发光。

高二我有机会报名去美国做暑期交流生,有幸在大都会博物馆瞻仰了《苏格拉底之死》的真迹。雅克·路易的确是个善于奉承矮个子皇帝的宫廷画师,但心中革命的烈火和对思想的赞颂热情从未消退。一大群高中生围成圆圈,他也在其中,自始至终盯着画作,仿佛跳脱出了周围的世界,灵魂失了肉体的束缚,径直被吸进厚重的色彩里头。

金发碧眼的年轻导游用着不算太深奥的词汇介绍着面前的画作,其实不必解释我便可以猜出画面中心老者的身份。他赤裸着胸膛,手指苍天(虽然上面可能只是监牢挂着蜘蛛网的天花板),花白的头发鬈曲而浓密,就像一头年迈的狮子，健硕的身躯蕴藏着蓬勃的生机，在众人晦暗的哭泣中，他即将饮下鸩酒。

"When he was dying, he was still teaching."美丽的美国姑娘在用标准的美式发音朗诵使用多年的介绍词，她说，其实苏格拉底并不是一定要死，只要他承认自己的错误。他的确错了，错在一意孤行地布道，毕竟极端民主制度下的雅典已经从内部开始腐化，手持生杀大权的渔夫和农民无法容忍富有智慧而又洁净澄明的人。

"如果苏格拉底稍微聪明一点适当闭嘴，他就能在公民大会眼皮子底下安享晚年。"在参观其他画作的间隙，我拉过他的衣袖诽语，"或者学习后世的世俗学者，把自己的东西小心翼翼地藏在字里行间，总之不会被人发现。"

他听闻只是咧嘴笑了一下。生存还是毁灭，哈姆雷特在复仇时提出的问题在不断地重复上演，历久弥新。空虚的灵魂仿佛只有在群体的嘈杂中才能寻得迷失的碎片，久而久之，原本独立的个体便成为了乌合之众中空添的一张嘴，一副面庞。此外，那些可称幸运亦可称不幸的人，他们似乎天生就是孤独的，寂寥的心灵早已寻觅得自认的真理。因为敏感，所以坚强，因为完整，所以与周遭格格不入，不开口或许只会被当作妄图假扮金子的黄沙，开口则是与整个世界为敌。

他说："——这样，我们也不可能知道世界上有他存在过。"

我愣住了，游学接下来的日子里，他的话在我脑海中挥之不去，甚至在回国后，仍然一直伴随我，直到毕业季。

五

有人提出过精妙的比喻，说高中三年就是渡劫，三道天雷挨不过去就会粉身碎骨，挨过去了，就可以得道成仙。

十八岁的成人礼在学校的中心广场举行,一群临近高考的战士无视教学楼中学弟学妹的抗议尽力嘶吼着,口号就是他们出征前的战歌。为了理想磨砺三年就此一搏,大部分人其实并没有绝对的指向,但所有人都想获得应有的荣耀。

我是女生,所以排在班级队伍的前面,偶或偷偷扭回头,就能看见那自信而又温柔的微笑。他狡黠地眨眨眼,朝我竖了个大拇指,我则吐舌做了个鬼脸以表回敬。

平日素来不见人影的校长特意出席了这次盛会,站在台前大声发问梦想的力量,在人群宛如点燃的烟花般一浪高过一浪的校名中,我仿佛被什么戳破了城墙,心中直涌起一股别样的勇气。

我听见一个声音轻微而又有力地在说:"我希望有一天,能去雅典的丽塞亚放白鸽。"

我已经多久没有说过真正的心里话了呢?

(作者学校:浙江省新昌中学)

本文为 2018 第五届"北大培文杯"复赛第五场参赛文

> 写作是最最私密的事业。时至今日我早已忘却了第一次提笔的缘由，如同我无法回答文字之于我的意义。在无比规律的生活里遵循着无对错的匆忙，处于再现实不过的围墙之内却无法触摸可感的生活形态，囹圄之中渴望救命稻草般握紧了笔。握住笔，哪怕什么都不写，仍然令人感到真实。我从未拥有文学，是它救赎了我，救我不至沉溺于风沙后枯萎。正如徘徊在高耸围墙前拼命寻找的那个豁口，是否存在并不重要，重要的该是你是否终于明白豁口之外的芜杂或斑斓。纯粹会在字里行间得偿所愿。

兰春璐

豁　口

张易说，他从豁口里看到了别的世界。

他的原话是，他从豁口里看到了纸外的姑娘。

——一——

篮球场四周人声鼎沸。

"好球！"响起一阵击掌声。

张易坐在花坛边缘盯着左侧的高墙出神，他的影子倒向墙面，从肩部被折叠起来。如果是透明的墙多好，他想。影子透过墙印在另一边的操场上，就好像他真的去了那一边，逃出了这堵墙。

"该死的夏天。"林旭从汹涌人潮中挤出来，大喘几口气，俯身拎起张易

脚边的矿泉水，眯起眼享受着喉间来之不易的清凉眷顾。

"张易，上场了。"林旭用手肘撞撞张易。

张易接过滚烫的篮球往人群里走，目光的焦点却始终没从墙面上离开。

"呲——"

他猜，自己也许仍然在等候那个久违的声音。

张易记得第一次邂逅。

那年某种印着英雄人物的卡片风靡整个校园，收集卡片一时间成了潮流，限量版的反光卡片千金难求。张易记得清楚，拆了那堵墙，是三年级的林旭最崇高的理想。

还能如此大言不惭的那个晚上，年幼的林旭趴在高墙上，年幼的张易蹲在高墙下，这场因一张限量版反光卡片展开的"男人间的战争"显然已经进入了疲累阶段。

张易说："林旭，你下来，卡片我送你。"

林旭紧攥着那张会反光的卡片。他没想到自己会在这个晚上，以这种有些丢脸的方式，于这堵粗糙的高墙顶上，猝不及防地抵达了人生前所未有的高度。他带着哭腔朝张易喊："我下不去！"

张易瘫坐在墙角，哑着嗓子说："完了，爸妈找过来，我就要死了。"

易碎的夜晚只剩下林旭的抽泣声。后来的张易也曾疑心，是不是多亏了林旭，自己才察觉到了那几丝从高墙豁口里溢出的光，和光溢出时仿佛新草萌芽的那一声轻响：

"呲——"

是暖黄色的光，张易记得很清楚。伴随着笔尖摩擦纸张所特有的沙沙声，吸引着他。

他从来没注意过高墙上有一个豁口。

张易伏在红砖和水泥造就的粗糙墙面上，下意识地屏住呼吸。

源源不断的光与摩擦声流入墙的这边，太熟悉了。这灯光来自一种妈妈执意买给孩子的护眼灯，沙沙声是中华铅笔钝了些才发出的，班主任要求全班学生都用这个牌子的铅笔，就是这种声音，太熟悉了。

张易看见几缕发丝，还有微微颤动的睫毛。这是个女孩子，或许比第五排穿粉色碎花裙的女孩还要漂亮些。

张易陷在墙里，这种感觉不太对劲。豁口是那样柔软，和红砖、水泥的粗糙沙哑都不一样，并不十分细腻却无比柔和，像是——

像是，纸。

二

后来保安搬来了梯子，像救一只困在树上的病猫般救下了林旭。

下来的时候，林旭手里还攥着那张会反光的卡片。

林旭还是把卡片还给了张易。卡片已经皱巴得不成样子，上面那张本该英俊的脸早就模糊一片。张易随手撕碎了卡片——似乎比他想象的要容易得多。也对，限量版也好，会反光也罢，不过一张纸。

"呲——"

是这种声音。

张易把所有的卡片都送给了林旭，像是托孤的老人。他说，他有更伟大的事业。

其实张易把关于豁口的一切告诉了很多人，得到的回答和他设想的一样：墙那边只有一所高中。

只有林旭的回答不一样，他说，晚上不吃饭，饿久了确实会出现幻觉。

后来张易很多次沿着墙搜寻那个豁口，红砖，水泥，全是硬邦邦的东西，堆起来密不透风。从三年级到毕业这三年之间，张易知道高墙的哪里嵌了一

兰春璐
豁　口

颗钉子，哪里溅上了白漆，哪里粘上的口香糖已经变得坚硬，可是没有豁口，这堵密不透风的墙哪来的什么豁口。

隔壁只是所高中，有一群念书的傻子，晚上的操场空旷，没有护眼灯，没有中华铅笔，没有沙沙声。

更没有什么纸。

六年，张易终于从墙这边活到了墙那边。这只是一个和小学一样破旧的校园，跑道、路灯、草坪、篮球场，都没有什么分别。张易想起一个寓言故事，大概是说一只猫在镜子里看见了自己，敬畏地打碎了镜子后，却发现镜子后面什么也没有。愚蠢的猫。和自己一样无药可救。而林旭见到了这堵墙的另一面时，他拍拍张易的肩说："看，这就是为了防止隔壁那群集卡片的小屁孩翻过来。当然，也间接防止你翻出去。"

"隔壁的小孩早就不玩卡片了。"张易说，"江湖都换了。"

张易也不知道自己有没有死心，眼前的这堵墙像是要债的，把住了他的退路，杵在他面前不怒自威，兜兜转转还是逃不开。或者说，这是张易的南墙。

你希望它能为你开脱。你希望它成为你的共犯。

你看，谁也没饶过谁。

三

早上的第一节课是数学，张易偷偷把温度计从腋下抽出，在地中海发顶老头的眼皮子底下把它举起来读数。

三十六度八。很正常的温度。

没有发烧，可还是觉得脑袋昏昏沉沉，呼吸困难。他脑袋里乱七八糟的记忆和老头宛如念咒的那一句"奇变偶不变符号看象限"粘连在一起，就好像玩翻花绳时打了死结。小时候张易溺水过一次，被大人们手忙脚乱地捞上来之后，似乎也是相仿的感觉。

可是这一次没有人捞他上岸。这感觉太糟了。

恍惚里拿起笔，张易鬼使神差地将笔往面前的试题卷上戳去——

"呲——"

他惊醒。是这个声音。他盯着试卷上赫然出现的豁口，是这个声音，他一直在等的那一声。

张易下意识地望向窗外。

墙立在日光里。什么也没有。

张易回过神来的时候篮球正飞向他。匆忙接住后，他瞥见五米外林旭喘着粗气朝他使眼色，意思是，趁现在。没错了，三分球，就是现在。

篮球飞起，好像要逃出生天。砸在篮板上发出沉闷的一声。

篮球弹向高墙。

篮球撞上高墙。

张易确定他听到了声音，柔软的撕裂声，像春天的第一棵草破土而出，是纸上被轻划出豁口的那一声。

是久违的那一声。

四

林旭儿时最崇高的理想终于变作了现实。当张易看见那辆推土机向高墙驶去的时候，他知道结束了。

当那堵困了张易半个青春的墙轰然倒塌的时候，失落把张易吞没。

这和他想的不一样，他该兴奋、暗喜、享受撕裂束缚的快感，可是什么都没有。他看着本是个巨人的高墙顷刻间分崩离析，竟然为它惋惜。无数的碎片散落在地，里面还嵌着六年来张易心心念念的等候。结束了。现在，只有失落，这么多年加在一起的失落，从林旭趴在高墙上不敢动弹的那天晚上就开始滋长的失落。

张易记得那天晚上他抬头望向林旭问："你想翻过去吗？"

"翻哪儿去？"是林旭的哭腔。

"逃出去，随便哪儿。"张易搭了一句。

"你说啥？"还是哭腔。

"怂货。"张易暗暗骂一句，继续凝视那豁口。

姑娘，护眼灯，中华铅笔，沙沙声。如同六年前的张易不知道自己到底为什么想要逃出去一样，六年后的张易同样不知道自己该逃到哪里去。真相的躯体太过庞大，压得他喘不上气来。

他把这一点一点积攒起来的失落在怀里养了这么久，他以为会生发出柔软的藤蔓，结果面前却是一株张牙舞爪的绞杀植物，吸干了他身体里的养分，而后把他空无一物的躯壳丢在风里。这跟他想的不一样。

没了高墙，没了豁口，似乎没了束缚，却也没了逃离的路。如果不知道真相，也不会想要逃离，可如今他知道了真相，无处可逃。

这里是纸的天和地，他不过是在纸里苦苦挣扎的人。

无处可逃罢了。

篮球砸中墙的那天张易确实看到了豁口，他在熙熙攘攘的热闹声里伏在了那堵高墙上，豁口当中一片黑暗，没有护眼灯，没有中华铅笔，没有沙沙声，除了苕纸的质感如旧，什么都不在了。

没有别的世界，没有一个姑娘。

就像纸是囚笼，可纸也是故乡。

张易绕着操场狂奔，呼吸变得急促，胸口隐隐作痛——如同小时候溺水的感觉。这糟透了，这一次他溺在纸里，无人解救。张易停下，他站在操场另一边，像玩"抢凳子"时没了凳子可坐的小孩般不知所措，看着高墙被还原成一地红砖和水泥块的尸骸，那一侧依然是六年前他们围在一起分享卡片的狭窄操场。他呆站着，仿佛是为了祭奠死去的高墙。

也是为了祭奠纸里活着的人。

"沙沙沙沙沙。"

遥远的天边传来于事无补的声响。高墙再没有了，豁口也是。

张易瘫坐在地上。

此时此刻的他，只想好好地，睡上一觉。

（作者学校：郑州外国语学校）

本文为2018第五届"北大培文杯"初赛参赛文

> 如果没有杜牧味道的清明雨和挑动酥土脉络的惊蛰雷,我们也许会理直气壮地拒绝承认春天。
>
> 薰风丽日被我连缀成裙裾,古道烟草为我滤去风尘苦沙。援笔处我是仓颉,给每个方块字编排剧本;我是女娲,虚空中抟墨为土去流转一纸九连环身世;而当句读字词像开封的女儿红般于至简中翻腾起无声无色的波折,我也愿敛眉低目,做一回看客,读横竖撇捺后的无穷沟壑,探那钥匙孔中一线湛碧天机。我为草虫,我为楼台,我为牛毛银幕中一把紫竹为骨的油纸伞,借一双春天的眸子,看上下四方,平水桥塘。

焦碧莹

等光来

一天内的第一束阳光,穿过云,擦过风,温柔地吻上窗棂。

天上和人间的距离被它从容跨越,如同古老的传说涉过时光之河,今世赴约。

一

"阳光是个谎言。"他骄傲地说,语气是连自己也无法预料的笃定,还有几分自以为窥破天机的张狂。

"阳光是个谎言。这么多年以来它一直在照耀人间,对不对?每天早上对每一个人说早安的一定是它,对不对?让你觉得每一天都是新的,让你以为生活充满光明,然后信心满满地出门,再遍体鳞伤地回来,把眼泪往黑夜里流。而第二天——呵，第二天，还不是心甘情愿地再次被骗。"

同桌推他，开玩笑般建议他投稿给杂志社。"丧文化的旗帜。"他一向是以此自居的，"看看，天和地的距离就是我们和光明的距离。"他用夸张的手势指向天空，把自己凝固成一个古希腊雕塑般的姿势，无视前排同学抛来的带有各种含义的目光。

他把校服外套甩在肩上从后门出去。在他发表那篇戟指太阳的檄文之前，新来的语文老师曾叫他去一趟办公室。

"他就是隔壁班那个愤青？"

"嗯，对，高喊把现实打烂重造的那个。"

走廊里其他人的耳语状似无意地飘进他的耳朵。他一笑，打开办公室的门。

他的作文躺在老师的办公桌上，被人用红笔精心地修改过，红与黑缭乱交错在横栏间，像一幅抽象画。他恍惚了一下，记忆里对那篇作文没有太多的印象。其实他通常不写作文，反正没人会用心去读，这次也只是本着"给新来的老师点面子"的想法胡乱涂抹了一通交上去。他不抱太大希望地想过，也许会迎来一个"差""乱"或者"重写"的评语——其实这也不太可能，多半会毫无痕迹地发还给他。他的文字和他本人一样让人提不起翻阅的兴致，至少他相信如此。

但现在，他听到语文老师的声音，在告诉他如何如何修改——他其实很想说，用不着这样细地讲解，因为本子上的红笔修改已经很细了。他其实很想说，连本子上也用不着那么细地改，因为他自己是会改的，有许多句子他是开玩笑般写上去的。他其实很想说……他没能说出口，因为语文老师放下红笔后若有所思地说了一句话："我觉得你的很多想法都是有深度的，再组织一下语言和结构，可以投稿试试看。"

他不知道自己是怎么走出语文老师办公室的，也不知道自己心里其实也这么煽情。但他只是忽然回忆起，当自己还是小男孩的时候是怎样专注于笔

焦碧莹
等光来

与纸的舞蹈，还有从前老师批改他作文时的神情。

那就像阳光，那就是阳光，让他无视天和地的距离迎接每一寸照耀。

走廊尽头的落地窗外阳光倾泻，明丽如神启、温柔如梦境地描摹少年前行的影子。即使那灿烂的天际只是谎言，只要相信了，它也可以美丽真实到令人欲泪。

二

"你说，太阳会有影子么？"她拉着闺蜜的衣袖问。

"什么傻问题。"闺蜜白了她一眼，随即戏谑地反问："你觉得呢？"

"应该有的吧——我是说，也许是夜晚？"不知怎地，她的语气就弱了下去。结尾那个小小的问句被闺蜜的笑声几乎掩盖住，她有些讪讪地趴回桌子上。

"乖，小可爱。"闺蜜顺势拍拍她的头，显然未把方才的对话放在心上。

嗯，对，乖。她很乖。穿着中规中矩的白衬衫，留着学生头，乖乖地顺着墙边走路，乖乖地扶着扶手上楼。窗外的操场上，同学们正在奔跑跳跃如飞翔一般，阳光在她的眼镜片边缘画了一段金色的弧线，像是邀请，而她却只是乖乖地抿紧了唇，贴着右侧的墙根走向角落。

闺蜜下楼去玩了，她独自支颐，沉默还是沉默。沉默地看着阳光洒满世界，是外面的大世界而不是她的小世界。想到这里她看了一眼书桌里的小小白色瓷缸，装了大半缸黑色的泥土，中间拱起一株莹绿的小小幼芽。这是她的宝贝，是只有她知道的小宇宙。她抱着瓷缸移向窗边，让阳光把那亮绿色的叶芽映得几乎透明。她不敢和别人分享这种秘密，哪怕是闺蜜也只会玩笑一般看她折腾而已。

"咦，这是什么花？"

她吓了一大跳。在她愣神的时候有同学已经站在旁边了，她们手里还抱着篮球，身上有种汗水混合着阳光的气息。她支吾了一句，下意识想躲开，却被拦住。

"哇，你是在哪里发现它的？看上去不太像学校花坛里的耶，我从没见过这样的叶子。"

"是不是小芽芽都这么绿汪汪的？好可爱。"

她怔怔地站在窗前，那些眸子里都有阳光的女孩们，望着她的小世界发出赞叹。阳光描摹着她们的发丝，也温柔地在她掌心印下温暖的气息。风里似乎有看不见的小精灵在欢快地唱歌，把中午的窗台偷偷涂抹成暖金色。

她忽然就笑了。

原来打开窗子，阳光就可以洒进来，无论白天还是夜晚。夜不是黑暗，那是太阳的影子。

三

花季是场太阳雨，每一个剪影都有明晃晃的阳光气息。云层背后的灿烂，终归会温柔地充满人间，充满生活。

也许，我们要做的只是等待那晨光熹微的片刻。一天内的第一束阳光会穿过云，擦过风，吻上窗棂。

天上和人间的距离是它赴约的脚步，每次望向窗外洒落的金色访客，都是在凝望天堂。

（作者学校：东北师范大学附属中学）

本文为 2018 第五届"北大培文杯"复赛第七场参赛文

> 青春是不完美的，它不是那些赞歌中称颂的乌托邦式金色时光，它夹杂着迷茫、阴霾甚至是眼泪。正如校园这个地方也并不是一派和谐，各种有形和无形的暴力伤害着一部分孩子的身体或者心灵。食人花般的校园暴力的施暴者们虽然不是普遍现象，却就在我的身边真实存在。我创作的作品，也是记录着我所经历的青春；写下的文字，也是在青春的不完美里给自己撑起一方万里无云澄澈晴空的力量。

邓雅瑞

校园捕食

底　层

"食物链是一种生物学的概念，吃与被吃的捕食关系彼此联系起来的序列。"

我在"捕食关系"上划出一道标记，绿色的荧光笔留下的痕迹像是某种怪物的血盆大口。

血盆大口——会有哪一种生物的血液是绿色的吗？绿色的话——说是食人花的汁液也许更为恰当吧……我想着这些毫无逻辑关系、毫无意义的问题，还没有得出答案，就被粗暴地打断。

"万子！"

叹口气，身体先于意识自发起立，对于没有能够思考到最后而默念了几声"对不起"之后，我迎上讲台上生物老师冰冷的目光。目光里的意思再明显不过。

毫无意义。

同样的定语,只不过现在修饰的对象成了我自己。毫无意义的学生想着毫无意义的问题,相同的定语……

"万子!!"

竟然又由生物想到了语文,哦,不,说是英语应该也是没错的吧——修饰名词的叫定语,语文和英语里都是一样的……老师的怒气好像又深了一层,如果能换成文字输入的方式呈现的话,句子后面一定会多几个感叹号……

我的出神过于明显,终于让老师无法忍受。

"请万子同学站到教室后面去。"我听话地低头拿上生物书和笔走到教室最后,贴着墙壁站好。

"也许这样才能让你专心听课吧?"

疑问的句式,却没有疑问的语气。那么这句话应该就是讽刺了吧——如果文字输入的话还是应该要加上一个问号……

我没有想完,因为教室里响起了此起彼伏的嗤笑声。像是刻意压抑但又怕我听不见所以也刻意夸张。我抬头,就看到整整齐齐的桌椅间有几个人已经笑得乱七八糟。

他们在笑什么?笑我的差劲?笑我到这样的地步都可以继续走神吗?

"其实我比你们听得都认真。我一直在思考。"我本来想这样说。但这样的辩解毫无意义。

我最终还是闭着嘴不发一言,用手上的笔在生物书上食物链示意图的底层画上一个又一个的圈。匆忙之中我没有拿上自己的绿色荧光笔。手上的笔是红色的,但不是血红色。

我刚刚抬头时看到的人,皮肤下面的血管中正流动着绿色的液体。

邓雅瑞
校园捕食

初级消费者

万子在生物课上走神的事情已经不是一两次了，但每次大家都会乐此不疲地谈起。作为她的同桌，我享受着大家争先恐后来询问她当时窘境的感觉。尤其是当林琳眨巴着她的大眼睛一脸好奇地看着我的时候，我就恨不得把万子描述成一堆滑稽的烂泥，然后看着林琳笑弯的眼和染上喜悦绯红的白玉脸颊。

我喜欢每一次林琳因为我的话而捂着嘴笑的样子，我喜欢林琳拉开我身边的椅子坐下说要听我讲新的有趣的事。

我喜欢听林琳带着笑意轻轻柔柔地说："阿川啊，有这样一个同桌真是难为你了呢。"

我喜欢林琳，她是我见过的将白色诠释得最好的女孩。但不知为何，每次听到她用掩饰得很好的鄙夷的语气说出"这样一个同桌"时，我看着她蝶翼般的睫毛和小鹿般无害的双眸，却会想到另一双平淡无奇古井无波的眼睛。

万子其实是个很好的孩子。有时候我看着她貌不惊人的侧脸，这样想。

虽然平常她的话不多，我也听过有人用不乏嘲弄的口吻说她是"不食人间烟火的仙女"，网上还有各种关于她的流言蜚语，但坐在她旁边之后，我才逐渐了解到她只是很多时候懒得表达，甚至口头禅也是一句"毫无意义"。她没有表面上看上去那么冷漠，也并不阴郁。有时候我打一个喷嚏，她就会从旁边默默递过来一张无香的纸巾。

但这个世界是语言织成的海市蜃楼，你不去说，没有人会问的。

误会就是这样在沉默中发酵成隔阂的。

她其实是个称职的同桌。替万子澄清的话经常已经到了嘴边，但又被林琳眼底的淡淡嫌恶给狠狠逼退。

万子是被林琳嫌恶的人。替万子辩解的话，我也会被林琳嫌恶的。

替她辩解了之后，我又凭什么再成为众人谈话的主持者，又怎么再让林琳为我所讲的事开怀大笑呢？

反正大家对她都这么认为，我也只是顺应大势所趋而已。辩解的话，就像她常说的那样。

也只是，毫无意义。

次级消费者

"别笑了，你们这样，万子同学肯定也不好受的吧……"明明自己的内心有一种优越感和卑劣的喜悦感，却还要装出一副善解人意的样子，用无奈的好言相劝的语气，配上天真的表情，收获的赞美此起彼伏："哎呀，我们林琳就是善良啊。"

扮演这样的角色，我已经很熟稔了。

我深谙校园从来都是表面风平浪静一派祥和，内里风起云涌龙争虎斗，只有成为表面完美内里阴暗的人，才能占据有利的生存位置。如何获得老师的喜爱，如何获得同学间的口碑，如何获得所有人的崇拜，这些基本要义，都是校园捕食场上的基本规则。

每一次笑，都是食人花巨大花盘绽开的腥香；每一句看似柔软的话，都是暗藏杀机的利刃。

说起来，万子沦落到今天这个地步，我也是有不少功劳的。

她内心善良乐于助人，她勤奋上进，她很有自己的思想，她三观极正……我太了解她了。准确说，是江辰太了解她了。

江辰出现在我生命里的那一天，整个夏天的阳光都被他夺走了。

他只需要简简单单一件白衬衫往树影里一站，我就再想不出有谁比他更当得起"天使"一词。我从来都知道自己的脸蛋是极具攻击力的武器，可在

他面前只显得无力。这种卑微感于我而言很新奇，以至于对江辰的征服欲大过了心动。我有了一个要去追赶的目标，万子成了突兀在我前进路上的一个变数。

我和全校其他女生一样感到不可思议，江辰那样品学兼优风度翩翩的少年，竟然有万子这样的青梅竹马。万子成绩平平不说，其貌不扬，人缘也一般。但偏偏，她是江辰从小一起长大的朋友。

从知道这件事的那刻起，盘桓在我脑海里的只有三个字：她不配。

她不配。江辰那样耀眼的人，以她草芥的身影与之比肩，她怎么配？

我替江辰感到不公，也曾凭着自己娴熟的伪装轻描淡写地问过他，关于对万子的看法。

没想到，他只是温柔地轻笑道："万子是个很好的女孩子啊。她内心善良乐于助人，她勤奋上进，她很有自己的思想，她三观极正……"

后来江辰在说些什么，我已经没有听了，有某种怪物正在我内心深处破土而出，张着血盆大口，叫嚣着，疯狂地想要把他眼底涌动着的那种名为"珍惜"的情绪给撕碎。

他竟然视万子为珍宝吗？

江辰始终没有看我，眼睛里溢满的对另一个女孩的光辉，明亮到让我心里阴暗不堪的怪物把自己的萌动情愫硬生生斩断成了浓烈的恨。源于得不到，源于不甘心的恨。

他怎么可以将别人视为珍宝？

整个初中，万子在江辰的羽翼下都生活得很好，甚至借着江辰的光成为受同学们尊敬的女孩。升高中时，江辰被保送到国外读书，万子则和我进入了同一所学校。我知道，这条食物链可以改写了。在看到阿川那天盯着万子怔怔地出神时，一种熟悉的恐慌感让我发起了进攻。

我在学校论坛煽风点火，发布了许多抹黑万子的言论；现实里，也常常引导舆论往不利于万子的方向发展。我从来没有让人听到我亲口说出讨厌万子之类的话，却成功让万子在学校声名狼藉，同时塑造了自己的光辉形象。万子没有朋友，而我众星捧月；万子是老师眼里的问题学生，而我是学生会会长；万子阴暗古怪，而我阳光善良。

我知道她不会解释的，而现在不会再有那样一个江辰来替她说明一切了。我在用这样一种方式报复江辰。

这样才对。被珍惜的人只能是我。

穿上一袭白衣，我还是像极了那个纤尘不染的误入人间的天使。

底层？

"我啊，最近也没什么特别的事吧，只不过最近在找一种绿色血液的生物……"

"噗，那岂不是一种特别神奇的怪物？找到了吗？"江辰一如既往温柔而带着笑意的声音从听筒里传来，异国的距离也仿佛被缩短到耳边。

我眯着眼，看着前方阳光下距离暧昧笑得灿烂的阿川和林琳，打开手机的相机，选择了一个微妙而清晰的角度按下了快门，再选择"发送给——学生处xx老师"，署名是匿名。想了想，又匿名登录学校论坛，将图片上传。

"嗯——应该找到了吧。"

（作者学校：四川省棠湖中学）

本文为2018第五届"北大培文杯"复赛第二场参赛文

> 看书的时候也是看人，常常像交友。看人偶尔也是看书，总是要分析。我读书写字的时候不断剖析自己，得到很多益处，这已经让我开怀。认识生活和生命又向来是很重要的事，我在其中获取一些"之于我"的意义，竟然还能把这些想法和意义分享出去，简直兴奋得要手舞足蹈。
>
> 文学是足够好的，永远有耐心和包容，柔情和拥抱，被分享和分享。

王 迪

作 茧

我知道她讲的都是实话。

她坐在椅子上，双腿并得很严，筒裙遮住了膝盖以上的部位，高跟鞋一丝不苟地摆成六十度角。我看着她装在高跟鞋里的脚。脚背苍白而衰老，这是一双年过四十、保养不当的妇人的脚。她的声音从脚以上送出来："你抬头！"

我抬头，细碎的刘海很徒劳地包围了我的眼睛。我透过头帘看她，看见一张老去的美人脸。那脸上的五官很美，不施粉黛也美，庄重严肃地装点着她苍老的面孔，然而对揩平皱纹和斑点无能为力。我看见她的柳叶眉皱起来，在眉心成为一个大结。我舔着干裂的嘴唇，话语撑圆了嘴，死皮裂开一道缝："对不起。"

"你为什么要这样做？一个女生，高中生！为什么不能自尊自爱？怎么就偏偏不要人格人品，去抄袭同学的卷子？你是不是从没想过后果？你知道后果对一个女孩子的未来有多严重的影响吗？"

头帘挡住我的去路。嘴唇上的死皮缝渗出血。我看着她的脚,我又低头了。

"抬头!"

我又抬头,刘海粘在睫毛上,相互触碰,相互争位。我手上是腻着铅墨的汗。我又看她,她颈部细纹震动。

"重大考试抄袭同学试卷!你想怎么办?前桌的卷子被你一把扯走的时候,你心里到底怎么想的?你不要给我道歉,你得给你自己道歉,给你父母道歉。你这错事做得太大了!"

"对不起。"

"不要给我道歉!"

"不要给我道歉!"

那女人狰狞着一张脸:"不要给我道歉!"她靠着我的书桌,我侧抬头看她,怯生生地缩在椅子上。

我从小猪储蓄罐里掏出了五十块钱,去买了风靡一时的金黄色溜溜球,金光四射,让人颤抖。我把钱递给杂铺老板,心头漾开许多骄傲——只要我把这东西交出去,我也会成为"组织人员"。

"组织"的领头人是家境优渥的某同学。某同学很清秀,像一棵初栽的白杨。小白杨颇有商业头脑和组织能力,奋力在小学班级里打造了一个属于他的天地。小白杨的"组织"由他自己立了规矩,进"组织"要缴五十到一百块钱的礼物;"组织"成员占全班同学的百分之九十,可以相互抄作业玩游戏,拥有排挤栽赃耍弄其他同学的权利。

被集体排斥在外的同学很可怜,比如我。

我被女同学们推搡到男厕所,因莫须有的罪名被告状到老师那里,这都是相对积极的排挤。消极的,因为这些同学给我颁布的罪名,老师认定我是个问题儿童,屡屡找那女人。那女人每一次见过老师,要一脸阴郁地看向我,

王迪
作茧

她十点红指甲的颜色蔓延到头脸上。手和脸是被润肤乳呵护的，白而柔嫩，红也红得好看。指甲抠在书桌的海绵宝宝软垫上，偶尔一划，有牙酸响，咯吱咯吱的，足够难听。倒不如来掐我的肉。

我咧嘴，比桌子垫还小心翼翼地哼哼唧唧。她的手简直在索命，划得我心惊肉跳、毛骨悚然。靓丽的面孔常常俯下来："佳敏，你要认真地活着，不可以因为这些细小的事情耽误你的生命。妈妈惩罚你误了生命的长度。"我往往听不懂她讲话。软垫的划痕有可能会听懂，它们在海绵宝宝的脸上逐渐消失，反复呈现生机。

我在某一天，鼓足勇气，对老师说："他们欺负我。"

那位两天换一身新衣服的女老师，细细的眉毛一皱，粉红色的嘴唇扭动着："你跟老师说说。如果这种情况真的存在——真的存在在咱们班级，老师会帮助你的——不过他们为什么欺负你？孤掌难鸣？你自己也有错吧。你讲讲。"

我说了，她表示不能相信，并且要把那女人叫到办公室来，温和可亲地灌输她作为一名四有好教师的基本素养。我站在老师背后，她的后背隆起一个驼型，我看着她的驼背，总认为她的驼背像一个包袱，背着许许多多的掩饰得很美妙的错误。

那女人带我回家，她大步走，我背着书包小跑撵她。她掏出钥匙开门，顺便发出一声难听的抽泣。我颤抖了身体，等待红指甲的颜色蔓延，等待她冰凉的手指掐过来。然而那女人仍在抽泣，她把我推搡到小房间，自己在大卧室里哭泣。

我颤抖，悄悄起身，走到客厅中央。我从小猪储蓄罐里掏出了五十元钱。那女人的眼泪在脸上翻滚，我的牙齿在嘴里游走。

第二天上学，我去买了金黄色的令人颤抖的溜溜球。我把溜溜球收进怀里，我即将有权利加入"组织"，即将有权利排挤剩下的三个同学，即将不被

老师批评,即将不被那女人折磨。我真快乐,可是我忘记今天那女人要到教堂做礼拜,教堂的路经过我的学校。我被捉住了。

我被带回家。

那女人温柔,善良,很好说话的样子:"告诉妈妈,你为什要做这样的事?我把你生到这个世界上来,是让你感受美德,让你体会美。我没让你做过这样的事,我从没有让你将自己变得脏臭。"我颤抖起来。"所以!"她的红指甲竟然有点褪色,"所以我必须惩罚你。佳敏,你不该做出这样的事,我没允许你这样做。"

她又划海绵宝宝的脸,无意识的指甲最终刮下海绵宝宝的一层皮肉。海绵宝宝的嘴角扯出一个滑稽荒诞的笑,远远地看我;它明明那么善良,却像看戏似的看我。

她很美丽的一张脸上,五官逐渐绞杀起来。我是一具被火焰包围了的木偶,不敢而不能动。海绵宝宝是不肯解救我的,而我永远不能自救。"咯吱"声仍然在响,海绵宝宝变得越来越滑稽。我看着她,凭空生出一股勇气,大胆地开口:"对不起。"

她却突然狰狞了,脸上的五官再一次相互绞杀,《圣经》被她掷到桌上,发出一声尖叫。她的红嘴唇也尖叫:"不要给我道歉!"

那天晚上的天空无比美妙,月亮滚圆的身躯瘫痪在夜幕里,星星由漏油的荧光笔甩上。小广场的啤酒肚男人放声大哭,楼下叽叽喳喳的中年妇女谈论平光眼镜致癌,楼上弹钢琴的小子一曲没完没了的《欢乐颂》,一切简直过分可笑。

一切都不清醒。我在吵闹里逐渐困倦。抄《圣经》是个难事。我的笔写:"不可奸淫,不可杀人,不可偷盗,不可作假见证,当孝敬父母。"有许多字不识。我不是写字,是描画。

王迪 作茧

开学第一课，语文老师教我们春回大地，万物复苏。可惜春天去而复还，我还是没能了解。我第一个真正理解的词语是无能为力。

面对五年整的排挤，以及抄袭。

我恍惚地看向监考的女老师。老师是学年主任，一个美丽而优秀的女性。庄重肃穆，她是真正有知识有教养有文化有能力的好教师。她坐在椅子上，痛心疾首地看着我，眼睛里没有厌恶。那情感仅仅是担忧和悲哀，纯洁真挚，全是好意。

可是她不要道歉，不允许我低头。

我没料想到这种后果，我以为像往常一样填写违纪单就可以了，像每一次狂欢的代价。我在校门口把不符校规的刘海散下来，把对我冷嘲热讽的女同学掌掴，把热爱收礼的老师骂我的脏言脏语原封不动地在班会课发言上还给她……的代价。

我不懂春回大地、万物复苏。我不知道应当怎样承受这份好意，我没有学习过。练习过的不足以在这样的场合使用。我只能怔怔地与她对视，眼睛是在高速公路上探出天窗的眼睛，被风吹着不能看清，不合时宜。我只学会用拇指指甲压住食指，不安的指甲只懂得抠住陈年老茧。

老师从鼻子里叹出一声气。气从她鼻子里游到我脑子里。

除去婴儿时期，我第一次哭泣。

那女人问我："你为什么不哭呢？"

她是自言自语，这意味着我不能作答。她喝了一点酒之后，脸色常常很红润。和平时的发狂并不相同，倒像害羞一样。她的手支着头，看我，手肘的弧度柔和温婉："佳敏，生活又苦又无聊，你为什么不哭呢？"

这一句又是问话，我得挑选词句回答，争取说得动听而耐听。小心翼翼

247

组织答案、放低声音，我说："因为哭没有什么用处啊。"

"啊"，表示我没有故作深沉，也不是一锤定音，显得多么轻松活泼。这句话是我十六年以来说过的最典范、最具双商的回答，我甚至愿意将它写在宣纸上装裱。

但是我知道我最想说的绝非这个。

不加思考就能从喉咙里跳出来，像一直为她这个问句备着答案；我想盯着她的眼睛告诉她——哭是最懦弱、最无耻、最令人作呕的一种行为，你常常把自己的难过血淋淋地掏给别人瞧，佐以鼻涕与哀怨，彰显无助与无能，是最另类、最病态的要挟。

这句话密封了十六年，我想迟早有一天会有勇气说出口，也许是她迟暮的那天，也许是我长得比她好看的那天。谁知道呢。

她朝我微笑，很像被我的"啊"打动。她第一次做出师长的姿态，认认真真对我地说，说出我想说的："可是哭是最好的……"心里骤然生出不好的预感。求求你别说。

她只是停顿一下："要挟手段。"

我突然很想呕吐。

这句话明明得由我来说。她的歇斯底里和眼泪，对于抛弃她的第一个男人的哀怨以及哀怨的转移，对于无数个不属于她的文字，对于她的一切装模作样和伪善，我才是最有理由揭穿的那一个人。

像不爱出门的人，被生拉硬拽到门外。看见明亮的阳光，我想起裸露在外的头脸手臂，可是我还是想抬头看一看；刺目使我流泪，我还是想要看一看。

我看着监考老师，我知道她是被爱和知识填充过的人。她能对别人发散爱，也能从别人那里汲取爱；她传授知识给学生，也不断地丰富自己的学识。

她活得有价值有意义。

她就是我渴盼的一切。

假如生活从来都是先苦后甜。假如人生需要蓄力。我可以试图把递进的抛弃、跌倒、误时、情绪，全部当作反讽的影子。

"来，打电话叫一下家长。"

没有假如。

程佳敏很欢快地笑了，她突然发觉自己悲哀的所在。常人的行走前进都是有助力的。他们在前进的过程中有人推搡，叫骂着逼迫他们前行。他们绑一根橡皮筋，等他们走到橡皮筋不能负荷，等他们走到橡皮筋绷断，他们就完全自由了。但橡皮筋缺席她的人生，替代橡皮筋的是一根铁链。

不能往后走，不肯往前走。

左右是悬崖。

铿铿锵锵，哗啦呼啦。

（作者学校：哈尔滨市第十三中学校）

本文为2018第五届"北大培文杯"复赛第二场参赛文

> 青春就是可以肆无忌惮地呐喊，尽管许多人没有这样做。也许是因为所见的不是同一个世界，也许是因为所见的世界太过沉重，但既然拥有这样的权利，就是应该使用的。我们理应有自由表达情绪的权利，我们理应可以用愤怒冲破这个世界的屏障，我们理应有渴望这个世界染上自己色彩的跳动的心，世界也理应听到年轻的呼喊。既然对美好本能的向往在觉醒，既然意识到自己所处在世界的角色，而笔还能写一些什么，那就写些什么吧——以文学为剑。

卓 慧

杀死太阳

一

"我杀死了太阳。"

"什么？"我吃了一惊，惊疑不定地望向了窗外，太阳正懒懒散散地躺在天上。

坐在对面的戴着黑框眼镜的男生却笑了一下。"biu。"他用手比了个开枪的姿势，"像这样。不过是曾经。"

是个玩笑。我叹了一口气，自从情感交流室开设以来，这样的事已经不是第一回发生了。也对，都"微笑时代"了，有心理问题的人那是稀缺物种，即使不幸中奖，人工智能自动为您排忧解难，谁还会找一个治疗效果不能百分之百保证的人类心理医生安抚情绪呢。

只是我长得还挺符合主流审美，时不时就会有那么些"病患"过来"咨询咨询"。

"小朋友。"我送给他一个虚假的微笑，"出去的时候记得把门带上啊。"

男生摇了摇头："您误会了。我是指，我把'太阳'杀死了，那个'太阳'。"这话语故意压得很低，大概是想显得更迷人一点，我起了一身鸡皮疙瘩，起身离开桌子到窗边想要关上窗户。

此时他的表演到了高潮部分，男生露出一个颇为得意的神情："我知道什么是'愤怒'哦。"

"刺啦——"

窗合上了。

忘了说了，微笑时代能调节人们情绪的人工智能只有一个——太阳。

太阳是世间最愤怒的存在，所以微笑时代的人们，不需要愤怒。

二

我面无表情地回望他："太阳没有消失过。"

"我知道，但我的消失过。"

"唯心主义已经被社会淘汰了。"

"你的太阳不也死过吗？"他打断我。

气氛一时有些凝滞，我沉默地看了他几秒，坐回了椅子上。

"姓名？"

"许旷。"

"年龄。"

"十七岁。"

"哦，大好年华啊。职业？"

"高中生。"

"目标?"

"杀死太阳。"

"为什么。"

明明是个问句,对方却硬是说成了陈述语句,语气更是毫无好奇之意,好像早知道答案了一样。

许旷越发觉得自己来对了,弯着桃花眼笑道:"因为我不喜欢它。"

"再美好的东西看久了也会厌烦吧,何况它的阳光,太刺眼了。它凭什么挂在天上?"

此太阳非彼太阳,自然界有一个太阳,挂在城市上空的还有一个情绪管理器,通过虹膜检测人的情绪,每天发散着"阳光"们义务帮助人平复心情。说实话,轻度的悲伤、焦虑等低沉情绪它是不会主动管的,只有愤怒,只有愤怒哪怕只是冒出小芽它都会疯了一样把那人带到情绪控制中心,然后"吃"掉它。每一个从管理中心出来的人都会比以往更沉稳、更冷静,一代如此,下一代更甚,而微笑时代的人们,不会愤怒。

"欢迎加入杀死太阳行动小组,我是小组长唐棠,海棠的棠。"

三

之后的一切对许旷来说就像一场仓促的梦。

不算大的房间里被唐棠叫来的人挤满了,得有十几个。"他们都杀死过太阳。"唐棠是如此介绍的。

行走在黑暗处的"杀手"们集合了。许旷突然很想看一下时间,这么一群反动分子的聚会能载入历史吧?不过在载入历史之前更可能先会被逮捕?

"所以行动要开始了吗?"一个模样很清爽的女生发言了。

"什么行动？"许旷茫然，这么快就要去销毁太阳了？

"叫什么名字来着？世界电力保护行动？"靠着门的大汉回答了这个问题，看到许旷仍不明所以，以不同于粗犷外表的温柔耐心解释道，"就是一大堆人哗啦啦上到街上制造骚乱，目标是切断电源。唐棠你怎么什么都没告诉小朋友？"

回答完全不符合许旷的预想，怎么说呢，先不讲这个方法有多么粗暴原始："太阳难道不会抓人吗？它在天上看着啊！"

"就让它抓。"唐棠说。

她的笑容里透着一丝狡黠："谁说'杀死太阳'的就只有这么十几个人了？"

"唐棠是小组长。我们有很多组。"有谁说了这么一句，许旷已经完全没精神分辨声音来源了。

"太阳以为永远都是白天，但我们是从黑夜里爬出来的。你不是说你杀死了太阳？那你一定知道，切断阳光的联系只有一种办法，就是陷入永恒的黑暗。"

唐棠顿了一下，许旷仿佛看到他在某本古籍上看到的名为自由女神像的雕塑，自由女神举起了火把，而唐棠只是做了一个关灯的动作，黑暗在这一刻降临。

黑暗中没有太阳。

四周静悄悄。

太阳用光和人联系，通过虹膜判断情绪，那关了灯闭上眼不就好了？

"走吧，我们去关灯。"

四

许旷是在某个闭上眼的瞬间突然发现：啊，原来我是黑暗的。

"我"是黑暗的，"我"是光明的，二者并不冲突，太阳让每个人都待在白天，这太令人愤怒了。

而居然很多人丧失了愤怒的基因，这就更让人愤怒了。

最后发现不是所有人都盯着太阳看，还有很多愤怒的人们想"杀死"太阳，许旷想，还能怎么想呢，他被一个飞行器抓住吊在半空，大喊："关灯！关灯！关灯！杀死太阳！！！"

街上明明灭灭，喊叫声不绝于耳，一片混乱。

也许这次行动会失败，会被镇压，但愤怒不会消失，愤怒的种子只会在镇压中越埋越深。

所谓太平盛世，不是一个不能愤怒的时代的微笑，而是一个既能仰观太阳，也可凝视黑暗的人间。

人间，是人的人间。

五

我叫唐棠，微笑时代末期人。

问我对新时代做了什么贡献？

参与了新革命算吗？

哎呀，我可是一直相信自己会成功的。太阳那么亮，谁能一直看着呀？总得闭下眼睛吧。

是的，新时代，我很高兴。

（作者学校：浙江省瑞安市第五中学）

本文为2018第五届"北大培文杯"复赛第十六场参赛文

> 疲累得快要忘记生存的社会，忘记时间在一圈一圈的生命里蜷起弧度，忘记了一切失去形态的观点，还有，你轻轻嚷出的那句玩笑。我念着知觉外物，等在季节里的是由绿色、橙色和灰色构成的世界，沉甸甸的风与模糊的情绪于头顶盘旋。而那不见踪影的意识，就像所有不见踪影的事物一样，到处都留下了它的痕迹。句段记不清每一处景色，但我们依然可以趴在回忆的缝隙里斟酌过去，也不必担心未来的自己会更糟糕、好或不好。青春因此迷人，一如诗人、画家所期望的那样。

金怡然

挽　回

李思柔从车窗里目送，叶笑笑感受到了实实在在的压力。

这绝对是一个愚蠢的生活套路，多这一个情节与少去一个，有什么区别呢？只要你是我的母亲，并且我十分清楚，就够了。女孩想着，耸了耸肩，调整因下车匆忙而歪斜的书包。不过，等走到校门口时，她还是转过身，朝路口的母亲挥手，并扬起一个十分自然的微笑，显得温馨可人。

李思柔点了点头，夸张地动了几下嘴，叶笑笑明白那个每天如一的连贯口形所表达的意思——"加油"。之后，叶笑笑走进学校，李思柔开往公司。

教室里已灌满凉爽的冷气，看来今天有同学为大家早早地开了空调。叶笑笑愉悦地从后门溜进自己的座位，周边的死党都到齐了，她们快速地从各方向收回注意力，几个女生集中一处，探讨昨日的八卦新闻。

她们的交流就像汽车上的活塞，也像其他任何急速运转的东西一样，每个人都争先分享自己的所得，话题快速变化，肢体起伏不定，生怕早自习前无法彻底地表达尽自己的兴奋。叶笑笑同样有很多信息想被大家了解，细小的声音却总被吞没，她尝试寻找间隔，持续的喧嚷声里，如同一个人站在船头瞭望……

铃声响了。班主任老李踩着他的老款凉鞋，走到讲台上清点迟到人数。周围恢复了平静，叶笑笑除了某女明星更博两条，什么内容都没机会讲。她丧气极了：不是说是最好的朋友吗，一个个只顾及自己。她从课桌里摸出课本，翻到要早读的那页，一只手却握着铅笔在桌面涂着乌云般的旋。半小时的时长里，她没有发出声音，而是跟着大家的节奏浏览课文，她不知道自己的脑子里会不会记住那些文字，也许不会。或许她在课间还得花精力再巩固一次，不过现在，糟心的情绪可能确实翻涌得更实在些吧。

课间，叶笑笑并没有再看课本。那几个女生围坐在她周围，表示对她先前所说的某女明星存在强烈兴趣。叶笑笑瞬间觉得教室旋转起来，挂钟上的指针变得模糊，她陷入了一个黑漆漆的洞，开始无意识地滔滔不绝，连她自己都不清楚，眼睛里跳跃的光点是亢奋心情的外在表现，还是因有点懊悔、有点感激而凝集的一滴泪。

一天的功课被安排得有序而固定，只有越翻越旧的书页和越记越杂的笔记证明多少还有一点变化。叶笑笑坐得笔直，这节是最能激发她瞌睡欲望的物理课，她从来不会去强制自己，但今天她真的没有睡意。她直勾勾地盯着物理老师鼻头的黑痣，她想那可能是一只飞得倦了的苍蝇，因为停得太久，便形成了一颗琥珀，那必须是一只极黑极黑的苍蝇，停留了几十年。

"叶笑笑，请你上来对这个物体进行受力分析。"物理老师直指的粉笔残酷地拦截了她出游的神志。叶笑笑边朝讲台走边惊恐地凝视着黑板上复杂难堪的模型图，颤抖的身体牵动着她脆弱的知识体系，双方即刻均要崩塌，她感受到个人尊严在众人的怀疑和讥笑下被逼到岌岌可危的崖边。她憎恶那颗黑痣，她憎恶麻烦的物理，但她最最最憎恶……

"好吧，你再回去想想吧，我知道你等会儿就会想出来的。"台上的中年男子和蔼地一笑，如从暗影中向她伸来一只手。她抓住了这只手，从崖边头也不回地离开了。直到重新接触到坚硬的椅面，她才感受到踏实。她望了望窗外，天空泛出浅灰色，仿佛一群奶油色的丧家犬在游走。她摸了摸物理书的书面，其实也蛮亲切的嘛。

放学，她坐上了李思柔的车。其实她更羡慕可以和男同学一起回家的课后生活。可是，她没有要好的男同学，她只有李思柔。李思柔扭头瞅了瞅她，听似关切地问："今天学到了什么啊？"如果并非每天都是这个问题、这个语气，叶笑笑可能真的觉得这是一种关切，而不是象征性地没话找话。她今天累了，凡事一到顶点，就该下坡了。叶笑笑没像往常背一遍课程表玩笑似的应付过去，而是扯开嗓子："你这样真的好烦！"

车外的傍晚毫无诗意可言，因为是阴天，天空光秃秃的，就在那下面，在那个时间、空间、色彩的世界里，其他汽车的影子来去匆匆，像屎壳郎，又像是萤火虫。李思柔没了话，她们都保持安静。封闭的空气凝固了，没有出口流动更新，任由两个人呼进呼出，通过隐约的响声，偶尔证明自己的重要性。

叶笑笑悄悄地看内后视镜里的李思柔开车，她面无表情，似乎有什么人从她嘴边把一切表情一把扯去。她不自觉地回忆起今天，虽然她每天都有在回忆，但今天可能是低落的心情，使她寻思到另一个角度——她觉得自己在演戏。她知道，心里最快蹦出的想法从来不欺骗人，但她往往不能、也不敢马上将它们表现出来。它们从来是真实的，却不一定是正确的。每时每刻，她有意或无意隐藏着情绪，她只觉得肩膀上、舌根、后脑勺到处都沉滞。她像个演员，把自己一分为二，里面二分之一，外部也二分之一。她习惯倾向自己，但表演本身更是为了别人，为了人与人。像疯子一样逃离这出戏，会让人从难忍的闹剧中清醒，但看戏的人也会心生不满，就跑掉了。于是演员即刻又陷入思索如何挽回的窘境。她不可能不去挽回，不论是对同学、老师还是李思柔之类的家人。

也许，他们的做法也都是一种挽回吧。她眯了眼，因为她不愿意看见李思柔惹人心疼的面容，上面没有生动美好的五官，却明明白白地有着一种疲累的坚强。她从不缺勤的接送，从不厌烦的问候，甚至是现在不反抗的沉默，都是她身为母亲，对一个不经世事的孩子，最伟大的守护或者挽回吧。

叶笑笑打了个哈欠，使打破僵局的意思表演得显得既不生硬，也不做作："哎，想物理题想得我都困啦。"她偷偷看见李思柔发笑，内心漫上一阵甜甜的苦楚：也许我心里的二分之一并没有那么重要啊。一个人外在表现出的合情合理、足够体面的二分之一，与其他人内心因此而感受到舒适、惬意的许多个二分之一，同样能融和成一个美丽甜蜜的世界。

这个世界，因为许许多多的二分之一，一如诗人画家所期望的那样迷人。

（作者学校：浙江省瑞安中学）

本文为2018第五届"北大培文杯"复活赛参赛文

> 夜以继日，顶着光鲜亮丽的面具走到舞台中央去赢得观众的鲜花掌声；年复一年，拼命到近乎麻木地向前进发却忘记了自己为何启程。得到一切的人，不惜为了梦想燃烧自己，飞向高空得到升华；蹉跎一生的人，只是火焰烧尽之后的余烬。对一方素笺，我只想描绘出心中的世界；握一支短笔，我只想写出真诚的文字。我想去找寻那些平凡外表下隐藏着的呐喊的灵魂，我要去触摸光怪陆离霓虹中那些卑微而坚定的初心。

徐仪筱

林追风

"我是节拍与休止符，是不和谐音与完美和声，是强音是轻奏，是舞曲和幻想曲，是黑夜，是光明，是闪电，是交响乐，我就是，我就是音乐！"

一

地铁终于缓缓停下，那一刻静极了，仿佛是大法官忽然敲响了最终审判的钟声。车厢里空余的座位僵硬着身子瑟瑟发抖，车厢外如山的人群虎视眈眈。林巧儿踮起脚，无可奈何地看着那个离她最近的空位，窄窄的，周围都坐满了人，仿佛是特意为她留的。车门打开，她几乎是两脚离地被卷了进去，眼睁睁地看着一个肥硕的屁股趾高气扬地走进她的空位。别，别！她暗想。可那个大屁股终于坐了下去，一点座椅原有的黄色都看不到了。

"一共就那么几站。"妈妈笑着挨近她，一股浓烈的廉价香水味灌进了她的鼻孔。

妈妈不怎么抹香水，甚至都不化妆。她只有一个矮墩墩的香水瓶，上面积了厚厚一层灰，可她说还能用。她把香水瓶整个儿倒过来，向自己的手掌心里使劲叩了几下，终于甩出了几滴。

只有遇上"大事"，妈妈才会抹香水。

今天就是大事，林巧儿要去参加钢琴比赛了。

"你小时候和你爸一起坐地铁，不也是坐十多站？那时你还这么点儿，你爸就蹲在地上，让你坐他腿上，呦呵，从小就坐真皮沙发……"妈妈咧开嘴，露出一个香气扑鼻的笑，"老师告诉你的，你都记清楚了吗？"

"记清楚了。"

巧儿说出这句话就后悔了。她原本是想，如果自己这样回答，妈妈就不会再说一遍她已经听烦的那些繁文缛节了。可是妈妈欣慰地点了点头，又充满自豪地开始重复：

"对啊，我的巧儿才不会忘呢！弹琴的时候，腰一定得挺直，但是脑袋得稍微低一低，露出脸蛋和额头。眼睛得时不时地看评委老师一眼，牙呢？巧儿，你的牙应该……？"

"笑出牙齿来。"

"对了！小孩只有这样弹琴，老师才会觉得你可爱，觉得你可爱就能给你加分……"

可是林追风肯定不会这么弹琴。巧儿想。

二

林追风弹起琴来大概不会这么板板正正地坐着。她会笑，可这不是别人让她这么笑，而是她自己想笑。她弹琴，不是因为父母让她弹，而是因为她自己想这么弹。她的旋律从来不规规矩矩，而是像一个人闭了眼睛躺在芳草

徐仪筱
林追风

如茵的山坡上，偶尔心里拂过一丝涟漪，她就睁开眼睛跳起来把那旋律大声唱出来。她在捕捉，她在感受，她的每一个音符都是自己和自然的合唱。

她弹琴，是为了快乐。

林巧儿弹琴，可能是因为妈妈不想让她变坏。

林巧儿家住在破旧的出租楼上，楼下有一家琴房，上面总是滚动着红色的方块字"学音乐的孩子不会变坏"。巧儿现在已经忘了这家琴房叫什么名字，只记得这些字。琴房下面有几个剃着光头的小孩，他们整天蹲在阴凉地下面，玩"猫捉老鼠"，吃冰棍，把凤仙花和叶子拔得秃秃的去"做饭"。林巧儿跟着他们玩，他们还教林巧儿玩赛车，告诉她她的车叫"追风"。有时候他们会听到一种好听的声音从琴房的窗户里冲出来，他们就一起跟着叽哩哇啦地唱。

可是妈妈哭了。

妈妈哭了，巧儿慌了。妈妈没有发火，只是坐在床边上，红红的眼圈示意让巧儿靠近她。巧儿吓得不敢说话，妈妈就这样默不作声地给巧儿扣好扣子，整理好衣领，然后把她手腕上编的草手镯一股脑儿全都撸了下来。它们掉在地上，散成一团。

妈妈希望巧儿做一个好孩子，巧儿懂了，那种头发梳得整整齐齐，手指甲干干净净，大人来了彬彬有礼的那种孩子。那种会背唐诗，会弹琴，从来不玩赛车和打板的孩子。

巧儿盯着窗户，可是窗户不是镜子，没办法一下子照出自己的脸。她就一直在那里盯着看，终于模模糊糊地看到了自己。她笑，那个模模糊糊的影子也跟着她笑。

她说，我没法出去啦！影子也张嘴，说的也是"我没法出去啦"。

她说："妈妈不让我和小伙伴玩！"影子也说："妈妈不让我和小伙伴玩！"

她说："可是我还想出去玩！"这时候影子忽然不跟着她有样学样了。影子说:"那就出去呀!"

说罢,影子从透明变得忽然越来越厚实,一下子从窗户里跳出去了。林巧儿吓坏了,打开窗户,发现影子真的不在窗户上了——她在院子里,咧着嘴,头发蓬蓬松松地飞舞在空中,正跑向她的小伙伴们。

"镜子里的林巧儿,你快回来!"林巧儿扒着窗户喊。

"我不是林巧儿,我是林追风!"影子笑了笑,转身离去。

三

从此,林追风无处不在。

林巧儿上小学了,她站在讲台上,双手背在后面,露出小小的酒窝。她说,老师同学们大家好,今天,我很荣幸站在这里,为大家谈一谈音乐对人的灵魂的塑造作用……

这时林追风忽然间冲上讲台,她没穿校服,刘海也没有按要求梳在后面。她说,大家喜欢小鸟唱歌吗?

"喜欢——不喜欢——"底下的孩子笑成一团。

"那,大家喜欢鲸鱼唱歌吗?"

"没——听——过!"

"真的吗?"林追风自信地笑了笑,"我喜欢唱歌,我也没听过鲸鱼唱歌,所以——"她顿了顿:"我弹琴,就是想找到鲸鱼唱歌的声音!"

"哇——"台下的同学有的笑,有的半张着嘴认真地听。林追风回头朝林巧儿一笑,忽然消失了,像是一个水泡被戳破了一样。林巧儿脸上涨红的血丝还没有消退,讲台上忽然只剩下她一个人了。她左看右看,林追风真的不见了。同学们也都是抱臂坐好的姿势,没人动,也没人笑。林巧儿还没怎么回过神来,只能继续说下去:

徐仪筱
林追风

"子——子曰：'不图为乐之至于——至于——至于斯也'，同学们，就连先贤孔子都赞美的神奇的音乐，大家有了解多少呢？"她的额头上沁出细密的汗珠，妈妈写的稿子太难了，记住这句名言和"先贤"这个词简直要了她的命。

林巧儿绷直身子，练了一遍又一遍的开场白，妈妈皱着眉头看她微笑的弧度，用一把大尺子比着她的腰量了又量，说："挺直！"林追风在一边盘着腿，一边写着乐谱一边出神。

林巧儿戴上眼镜，剪了短发，去上辅导班，总能看到林追风骑着单车，戴着耳机，头发又被风刮起来，不知道去哪里。

林巧儿听妈妈的话，学钢琴是为了证书，是为了中考降分，不要去参加什么乱七八糟的社团，可是林追风参加了。她和她的朋友们打着手电翻进音乐器材室，五六个人唱歌，她在一边弹琴，好开心……

林巧儿悄悄地关灯，离开了妈妈的房间，妈妈在翻手机。林巧儿不会和妈妈聊音乐的美好，妈妈听不懂，她只在乎证书有没有得到。但是林追风却溜进了房间，不顾妈妈的不耐烦的眼神，热情地向她诉说自己对钢琴的热爱。

四

林巧儿，迷迷糊糊地就这么一路来到了钢琴考级现场。站了整整十五站，她不那么紧张也不那么开心，她总感觉自己已经考过试了，又感觉自己明明还有很长时间才考试。大厅昏暗的灯光这时忽然照得她睁不开眼睛。妈妈在台下，双手绞在一起。她上台，端端正正，一丝不苟，一个音符都没有弹错。鞠躬，下场，评委点头，对，一切都没有错。

"巧儿，考完级之后，我要送你一个礼物。"地铁上，妈妈对她说。

妈妈从来不守信用。到了下一站，"呼呼隆隆"下车的人好像也把这个秘密带走了,她眯着眼笑着告诉巧儿:"那就是——只要你过了十级,你就再也不用弹琴了!"

巧儿早就猜到了,她说,好。她怕妈妈不信,就仰起脑袋,看着妈妈的眼睛说,好。

巧儿也猜到妈妈会说什么了,妈妈立刻欣慰地开始絮叨:"咱很快就有高中上了,别的学生挤破头都上不去的中学,偏偏今年要招钢琴特长生!上了高中之后你得更加严格要求自己,懂了吗?"

巧儿说,懂!巧儿的声音有些颤抖,因为她看见了林追风,也在地铁上。林追风,这次终于没有喜笑颜开。她瘦小的身躯挤过人流,拼了命一样地挤到林巧儿和妈妈面前。

"妈妈,我弹琴又不是给你弹的,我也不是为了考这么一次试弹的!"地铁里没人动弹,没人回头去欣赏这刺耳的嘶吼。林追风吼出的每一个字都颤抖得失去了形状,"妈妈,从小你就让我作假人,弹假琴,我不想这样弹琴!我只想……"林追风呜咽了起来:"你能不能让我成为我想成为的那种人?我以不想再这样了……"

林巧儿紧张地咬紧嘴唇,哎呀!她又来了。不——不要紧,只有她自己能看见林追风,妈妈是看不到的。

她错了,妈妈盯着林追风,她能看见她。林巧儿的脑袋仿佛爆炸一般——妈妈一直能看见她!

"你从小不听话。"她提高了嗓门,几个好事者艰难地回过头来看热闹。"咱们娘俩辛辛苦苦从家搬到这里十来年是让你玩的?让你想怎么干就怎么干?妈妈这么多年没回家,没见你爸爸,你一共就苦这么几年,你耗费得起吗?"

林巧儿慌忙说,妈妈,那不是我!

林巧儿说,妈妈,我从来没这么任性过,我一直听你的话!

徐仪筱
林追风

林巧儿和林追风四目相对，林追风投来一个疑惑的眼神。她希望自己说什么，希望自己终于站在她身边一次吗？

林巧儿说，妈妈咱们下车吧，咱们快点下车吧。

下一站，林巧儿和妈妈下车了，妈妈没掉泪，只是一声不吭地拉着她快步向前走。人挤人，人挨人，林追风这才反应过来，向前跑，可是已经晚了。她哭喊着，伸着双臂向前够着，可是还是被人流堵在了车厢里面。她说，我要下车，我要下车……没人理她，她的声音越来越小。

五

可林巧儿一到台下就看见了林追风，她分明在台上。

她身着自己小时候曾经最想要的水蓝色裙子，没有向观众看一眼，昂首向前。她本来微微闭着眼睛，忽然猛地睁大，仿佛看见了什么启示一样，脸上带着欣慰的微笑。然后，她潇洒地坐在琴凳上，她在挥手，她在弹琴，她在撩起水花；晃着脑袋，脸上的表情融合了狂喜和虔诚，飞扬的眉毛在跳舞，头发在跳舞，裙子在跳舞。

自由的、不加雕琢的旋律在飞舞，她已经进入了无人之境，周围的一切都消失了，什么评委、观众、母亲，统统消失了，大厅也消失了，大地也消失了，四周一片黑暗，只有她和林巧儿。

黑暗消失了，四周都是玫瑰色的彩云，她脚下的木地板变成了柔软的细沙，她们置身于一片美丽的海滩之上，林追风还在弹，她的眼睛里有太阳的颜色。彩云消失了，细沙消失了，她们回到了那个破旧的出租房下，凤仙花旁。周围是吵吵闹闹的孩子，唱着毫无韵律的歌。林追风却在给他们伴奏。她忽然抬起头，目光望向不远处。林巧儿也抬头，她知道她会看见什么——

是母亲，幸福的母亲，欣慰的母亲，脸上毫不疲倦的母亲，正看着她的孩子。

　　林巧儿知道，这是林追风的最后一首曲子了。弹完后，她就要消失了。

　　她不敢告别，只能自己一步一步向远处走去。她踩着旋律，走向演奏大厅，走向不再有林追风的世界。

（作者学校：山东省泰安第二中学）

本文为 2018 第五届"北大培文杯"复赛第三场参赛文

> 喜欢把自己分成两半，然后说个不停。梦里常常在一个满是镜子的房间游走，只有无数自己和无人知晓与听闻的崩溃哭泣。遇见了文学，才开始学着在黑夜用手电筒光和书本交流，直到第一缕阳光照得尘埃与文字一起在眼前飞舞。在冗长而敏感的青春期里，我让那忧愁的二分之一逐渐在故事中变成气泡溶解并消失，化作一份忠实的记录。满地的玻璃碎片终将成为我坚硬的盔甲，让我带着无往不至的勇气与温柔站在你面前，写下属于我们共同的故事。

周怡宁
同 桌

一

新来的老师看起来马马虎虎的，都上了近一个月的课还记不全同学的名字。那天早上还没下课他就已经讲完了所有内容，有一下没一下地扒拉着自己软塌塌的皮包，抽了抽鼻子，开口道："要不我们取个代号吧。"全班都抬起头，不明所以地看着他。他显得有些兴奋起来，比画着说："第一排第一个就叫0.1，第二个叫0.2……然后，你，你就是0.5，你同桌是0.6。这样我以后上课叫人就方便多了，是不是？"

大家显然提不起什么兴致，断断续续地议论着。我忽视了他对着我的手指，百无聊赖地看向窗外。我所就读的第二中学坐落在一座小山坡下，说是小山坡，这里的人还是煞有介事地把它修成了一个公园景点，美其名曰百年老山。小山的存在无疑为第二中学增添了依山傍水的美名，所以这儿的老师和学生都十分喜爱它。校园里唯一的景色就是几棵温文尔雅的树和破旧的教学楼，为了配合这古朴的气质。新老师还很年轻，对这"历史沉淀感"和懒洋洋的气氛颇有微词，试图拿最应该具有活力的学生开刀来活跃气氛。

比如刚才那样。

当然，这是徒劳的。我们好像看耍杂技的人那样朝他投去嘲笑的目光，然后不再理他。再过一节课就要吃饭了，我胡思乱想，同桌突然戳了戳我的胳膊，小声说："0.5，你在看啥呢？""别叫我0.5，傻不傻啊。"她笑得前仰后合，抓着我的手，边摇边说："我还想当0.5呢，0.6更无聊好吗，让我当吧，让我当吧——"我也笑了，随口说："好啊，给你当了。"

在话音刚落的一瞬间，我感到一阵针扎般锐利的刺痛。同桌笑眯眯的脸逐渐模糊在眼前。

二

每节课上0.5被叫到的概率是最大的。我常常在午后的昏昏欲睡间察觉到同桌的轻推，然后站起来，东歪西斜地杵在那里，强打起精神看黑板上的题目。曾有个同学在下课时问老师为什么钟情于0.5，他也吞吞吐吐说不清楚，什么正好是二分之一啦，一半啦，毫无说服力。我还没厌烦，同桌已经眼红好久了。她可能是班里唯一认真学习的人了吧，每次在我站起来后都猴急猴急地悄悄提示我答案，恨不得老师下一个叫的就是她。可惜每当老师叫过我后就不再好意思光顾我这个小角落了，她被叫起的次数屈指可数。我也和她提过要换座位，她却像听到什么消息似的，瞪大眼睛摇摇头。

0.6的地理位置实在不好，窗外就是花园，小蜘蛛类的昆虫真的特别多，经常从天而降。有一次我还在0.6的正前方看到一只巴掌大的蜘蛛，引起全

周怡宁
同桌

班的骚动。男生们都拿着尺子上前对其喊打喊杀，我也凑上去虚张声势一番。大家的眼里都闪着兴奋的光，好像强行压抑着什么。那是平常我们这帮每天吃吃泡面睡睡觉的学生身上从来没有过的情绪。我混在推推搡搡的人群中，全神贯注地盯着那只蜘蛛，直到它最后安然地爬进一旁的墙缝中。教导主任闻声出现在教室门口，所有人也就嘀咕着离去，之前的一切仿佛荡然无存。

后来我发现那只蜘蛛在 0.5 和 0.6 位子中间结了张横跨桌腿的网，在阳光照不到的地方，每天上演着见不得光的厮杀。我和同桌心照不宣地没有告诉任何人，只会在走神时望向那张透明脆弱的网。偶尔会有人用怀念的口吻谈起那只蜘蛛，我会假装不知道它的存在。虽然我对它或是它们毫无好感，这张网却把我们微妙地联系在一起。我这么告诉同桌的时候，她认真地说，主观臆造的联系是诡辩论的特征。那么我和蜘蛛的联系是诡辩论，蜘蛛是诡辩论，我是诡辩论，0.5 也是诡辩论。

这样的拌嘴是少数。大多时候，我在安静地发呆，她在安静地做题或者看书。我有时候还挺羡慕同桌，她要是生在我家，一定是我父母宠爱的对象。他们都在外地工作，也实在不对我抱什么希望了。刚转到第二中学的时候，我就是个愣头青，明明是个女生却从来不参加班里的小团体，说话也冲。她却对这样一个同桌毫无怨言，时不时和我讲话，还帮我在其他同学面前说好话。虽然到现在我也不习惯和其他人相处，但相比起一开始，日常的交流是没什么问题了，我也学会了控制自己的脾气。

就像我上次快下课的时候晕倒在教室，还是同桌第一时间反应过来，把我送到医务室里还一直陪着我到我苏醒。想到这儿，我忍不住转向正在苦苦与数学做斗争的同桌感慨道："你为什么对我这么好啊！"

她愣了一下，开玩笑着说："因为你是 0.5 呗。"

说到这个我又来劲了，试探着问："要不咱们换位子呗。"

她没有言语。

269

"换位子好啊,你又可以上课回答问题了,还没有这么多虫子来骚扰你。而且……"

"别说了!我没讲过我不想换位子吗?说实在的,每天考虑这些乱七八糟的东西,不如多把心思花在学习上。"同桌突然打断我的话,怒气冲冲地说。我有些发懵,说道:"我也是为你好,你生气什么啊。"她深呼吸几口,冷冰冰地自言自语道:"我该走了。"

三

"你好,0.5,你好。有时候我在晚自习时突然抬头,看到周围懒洋洋的同学们,心里总会升起一股短暂的厌恶感。我总是很努力了,却一事无成,就像我身边所有人一样。'我们做着同一件事,感受着同一种焦虑,经历着同一种结果不满意的追寻。'可是如何让我承认自己只是配角呢?这太难了。有时候我真羡慕你。我们都是0.5,都只是二分之一,你可以和别人谈天说地,我却永远停留在那一瞬间,只能成为我自己。慢慢地,我发现你变了,你不再那么需要我了。这一天迟早会到来的,只是我有点不甘心而已。如果有一天我对你发火了,那一定是我压不住心中的妒火了吧。抱歉,产生这么多乱七八糟的心思的我,已经违背你的初衷了吧?我知道该怎么解决。你还在听我说话吗?马上就要结束了。我是0.5,我就在第二中学走廊尽头那个班第一排的第五个座位上,你可以随时来找我。"

四

我原以为这只是一次简单的拌嘴,没想到那天过后,同桌就再没来学校上课了。连续好几天面对空空的座位,我沉不住气了,第一次转过身和后面

周怡宁
同　桌

的同学说话："喂，你知道，额，0.6去哪儿吗？为什么没来上课？"

他还沉浸在我找他讲话的震惊中，好容易缓过神来，说："哈？什么0.6？"

"就是我同桌。"

"你同桌？"

我不知道他是真傻还是假傻，可问了好几个人，始终是这样如出一辙的反应。我脑子"嗡嗡"作响，不断感受到那天的刺痛，似乎想到了什么，眼前的一切眼见着又要虚幻起来。跑出教室的时候，我撞到了一个人，是那个新老师。他脸上没有了那种青涩的神情，取而代之的是凝重。他把我拉到办公室后，认真地说："你把一切都告诉我。"

我好像抓住最后一根救命的稻草，颠三倒四地说着我和我同桌的一切，提到蜘蛛的事。对，蜘蛛，我重复着这个词。他眯起眼睛，沉默了一会说："蜘蛛最擅长编造陷阱，制造幻觉。"

我听不懂。

"你还不明白吗？你是二分之一啊。"

我看着他一张一合的嘴唇，却接收不到任何声音，只有最后一句话落到我耳中："梦该醒了。你要知道，二分之一减去二分之一是零。让一切回到原点吧。"

五

断断续续的日子过去了不知多久，我放下了手中的书，坐在电脑面前敲敲打打。我当然没有轻易相信老师的话，只是通过记录我们的故事来抵抗记忆和现实。不知何时，老师站到了我身后，对我说："写东西还挺有意思的，是不是？对了，我需不需要给你安排一个同桌？"

我点点头，不想再理他。

他又静静地看了半天，忽然说："你有没有想过，二分之一加二分之一等于一？"

我的手指贴着键盘颤抖着，心中忽然涌起一股近似看见蜘蛛那天才有的躁动。窗外的小山笼罩在余晖下，门口一个路过的男生把易拉罐准确地扔进垃圾桶里。我有些悲哀而疲倦地想，我的同桌，可能再也不会回来了。

（作者学校：浙江省乐清市二中）

本文为 2018 第五届"北大培文杯"复活赛参赛文

如果说青春就在这样一个碎片化时代里无边徜徉，那确实是缺少些什么。把目光放在三点一线中，虽构不成三角形，但闭上眼睛默默地感知与祈祷，任凭思维的火花天马行空地碰撞，我猜也许会有什么灵异的效果发生吧。

厄运中的孤独，困境中的相助，光影与灵动的变幻，学科纷杂与站台往故，不得不说，与文字进行如此亲密的接触是一个庄严而神圣的过程。透过一笔一画的方块字，我们才能披着漫漫的羽毛跳起青春的舞蹈；穿过一丝一缕的长短句，我们才看得见，"生命再长，不过烟火，落下了眼角；世界再大，不过你我，凝视的微笑……"

阎 旭
答 案

从不喜欢听歌，

也不喜欢出门带手机。

有人说，这是一种生活状态。我说，不然。

在这个出门乘坐公交地铁都要扫二维码的时代，没有它，行路都难，难于上青天。

炎炎六月，应对新高考下的合格考，我们一天天愣在桌上，挑衅似的翻着不知何时能看完的小科课本。出门"唱完歌"，回来刚到座位上的我便看到调课后的数学老师一脸怒容地拿着一摞卷子冲进教室。"都坐下！这节课数学检测！"那可怜的历史课本刚刚被我草草翻了几页，面对突如其来的数学测验，我也只能用深深的叹息来作为最后的挣扎。

数学检测又叫每日的"统练"，这个名字很好听，统练——统一练习，这不算考试，同学们用不着紧张。可惜统练是要排名次的，我实在不明白要计分的练习和考试有什么本质区别。不过看着大家练完脸上迸发出的喜悦之情，想必这次的题很简单。可是我却是这个矛盾普遍性中孕育的一个特殊者，几条线绑在一起，扭成一个立体图形，求某高 AE 的长度，周围的同学瞟一眼便落笔"噼里啪啦"地构造上辅助线，"哗哗哗"全满分，唯我独哉！我用了二十分钟煞费苦心地把从初中到高中几何学中的所有判定和性质定理摊在草稿纸上，群蚁排衙般，又用了一刻钟的时间从祖冲之祈祷到哥德巴赫，从割圆法联想到莫比乌斯带，可是我依旧不会做眼前这道题。俗话说，"巧妇难为无米之炊"，现在米就在纸上印着，有米，怎能难为"巧妇"呢？哎，大概唯一合理的解释是我不"巧"罢！

　　统练，老师对此不是很重视，便也没批分，只是用那老一套，形式性地收上去再打乱发下来，同学们之间互批。我拿到的是一张没写名的卷子，上面的字迹干净端正，没有涂鸦和修改，中性的蓝色字迹，也没法让人判断出是男生还是女生。我一开始并没有在意，只是当老师念过的答案和卷子上的一一吻合后，我开始忍不住对卷子的主人好奇起来。

　　"有没有全对的？"念完答案，数学老师抬起头。

　　"老师，这儿有一份全给您老人家构造对了的——"我拿起卷子说。

　　对了，忘了解释，数学老师的构造法可是出了名。

　　"构造函数 $f(x)=$……"

　　"构造数列 $an=$……"

　　"构造四面体 E-ABC，连接 AM、AN，从而构造线段……"

　　渐渐地，我也学会了，既然数学里什么玩意儿都能构造出来，那就开心地构造呗！后来，我才发现问题的本质：当课堂中的老师已经求出所构造出的 AE 的长度为二分之一时，我才发现我把顶点 F 看成了 E。

我求出来的结果是一，而答案是二分之一。可是我的卷子上仍然是一个大大的红对勾和满分的 12 分。怎么？我有些不安起来……

第二天早晨，舍友起床后便偷偷摸摸地告诉我，昨晚一个女孩在 QQ 上通过舍友，发消息嚷嚷着要教我数学，说我数学知识点高危漏洞太多，证明过程不严谨等之类的话。

我说，那她深更半夜有话不能白天光明正大地说？

舍友说，女孩晚上玻璃心，你懂得。

我点了点头，说，我懂得。

第二周，我破天荒地带来手机，决定深夜用 QQ 一探事实。

"嗨，我说咱班那天出了个数学天才啊！可惜没写名，做好事不留名的——"

"嘿嘿，是不是个中性的蓝笔字迹？"

"对。"

"我才不会笨到不写名字好嘛，那天特例哦……"我大概知道了怎么回事，便继续。

"对了，那个二分之一——"

"没事的，那道题你没听明白么，明天我再给你讲讲那道题吧！"

……

无缘无故地，聊得很投机。以后的几个深夜，陪伴我们的不再是孤独。日渐从数学的痛苦中挣扎出来，我的世界变得明亮了许多。快乐，好像总是来得那么简单，那么无厘头。

她是小 C，严格意义上来说是我女神。几天的日子，我们一起吃饭，一起自习，随机成了别人口中"虐死了"的对象，我们心里再快活不过了。

可是，几周过去，当午休的间隙她频繁出现在班级男生的闲谈中，我才渐渐意识到什么。我怀着一颗本性里难以掩盖的懦弱心态来面对，在这懦弱心态的基础上若补充"她好像曾是我同班同学的情侣"这样高高在上的现在完成不知道进不进行时的虚拟语气，杀伤力不亚于加特林和 AK47，足以让我躲在心灵柔软的角落里不能翻身。憧憬着未来的多种幻想，没有勇气做伴，终究落得是一人空欢喜。我有些害怕，莫非我是她所求出结果中的那二分之一？可是我坚信我求出来的是一啊！

即使她在转过头讨论时能偶尔遇上我的眼神，即使她会大义凛然地教我数学题，即使我慷慨大方地教她生物题，但都是即使，though，总归，都是平常，也本应该是平常，我不能将这一系列事情前面加上我少男的玻璃心，平白让自己坠入无穷的深渊。

啥？少男没有玻璃心？我不同意。我说我的第 8 号常染色体的 DNA 分子 β 链上第 238 区段就带上了玻璃心的隐形基因，常染色体——和性别无关！

我早就开始去了解小 C，去 QQ 空间，去歌单，去发坦白说。喜欢一个人就想把自己的生命线与之重合得不差毫厘。所以理论上来讲，我想要去了解她所喜欢的所有东西，因而不小心打破了自己不带手机不爱听歌的规矩——

那首李玉刚的《刚好遇见你》？

五月天的《好好》？

是在小孩和大人的转角，盖一座城堡？

还是有着满满的羽毛，跳着名为青春的舞蹈？

不曾找到自己的原来的踪影，只顾迷离……

事实证明，跟一个人走得太近，非但回不去从前，还直接性颠覆了从前。日子一天天过去，我们之间的数学和生物传递敷衍了许多，原来的快乐和欢喜也冲淡了许多。渐渐地，我常常收到"【QQ 自动回复】您好，我现在有事不在，一会儿再和您联系"，QQ 小冰冷冷地嘲笑我，我仿佛感受到了不可言传的预兆。

天气愈来愈热，在热气熏天的周五大蒸笼下，人人忙着落荒而逃，回家去享受空调的乐趣。闷骚的雨日，淅淅沥沥，坐公交，一脚泥，我只好选择坐地铁——安检、扫码、打卡，我好不容易提着沉重的行李吭哧到站台，不经意间发现小C在距离我绝对值约为十米的地方来回徘徊。我几乎要把自己的这份玻璃心扼杀在摇篮当中，但机会又不谋而合地来临。

我抬头看了看屏幕，距离下一辆车进站还有四分钟，留给我们足够的时间解释。

我转过身，自动屏蔽掉对面列车的轰隆声，暗暗地握紧拳头而后松开。重复几次后，我终于做了决定。

我要主动去找小C聊天。

我以每分钟五十米的速度向她走去，脑海中已经构思好了画面，走上去，便是万事大吉。

可惜，所有的想法都被抹杀在随后短短的几秒钟内。我听见了粗粗的嗓音："小C，过来坐吧，我帮你拿行李——"我寻声望去，那人穿着和我一样的校服，淡淡的口吻，祈使句的Do，足以把我心中滚烫到极点的客观存在瞬间冻结，变成了炎炎烈日中顽强不屈的冰块。

事物的性质主要由主要矛盾的主要方面决定。"过来""帮你拿"这几个简单的短语在句中占据不到二分之一的位置，却足以抵消我几日以来幻想中的满心欢喜，以及慢慢积攒起来的百分之一万的勇气与希望。

"1—3—5—1——乘客们，开往苗岭路方向的列车即将进站，请勿倚靠安全门，注意列车与站台之间的缝隙，谢谢！Dear passengers……"机械的女声响起。上车时看见一高一矮的身影，我不曾忘记。

"滴—滴—滴—滴—滴—滴"，"咣当"，关门，列车哼唧着悲歌，飞驰出站台。

我预见了。就像那道数学题。标准答案是二分之一，我却坚定地写下了一。上次你给我算对，这次你却不再敷衍迷离……

我明白了。我只是你爱的生命中的二分之一，甚至是占有着连二分之一都不到的部分。

我忽然有了一种比数学考试中三角形面积没乘二分之一导致结果错算成一还要落寞的挫败感。

过了不久，周五放学的地铁站上再也看不见小 C 的身影，后来便听到小 C 搬家的消息。

不再失落，也不再窃喜，最美地铁线，不再有你，因为我只算个二分之一。

没有小 C 的搭理，日子就这样浑浑噩噩、波澜不惊地过下去，直到放暑假前的最后一个中午。

窗外的天儿阴阴的，昏暗沉积，黯然深邃。食堂里，空调开得很足，电视中正播放着《新闻 30 分》，我却坐在靠门的角落里低头耷拉耳地啃着自己已经吃腻许久的汉堡。

我不知道自己为何要选择这样一个有电视的食堂，因为我什么也不想看。但我确实需要一些声音来挽救一下这世界中令人窒息的寂静——喧闹中的寂静最可怕，还有，还有我心中的一潭空荡荡的死水。

可是小 C 端着餐盘就坐在我对面，相隔不到半米的距离。看到她的那一瞬间，我用舌头猛地衔出了汉堡包中的整张生菜，然后用牙齿"嘎吱嘎吱"地把它咬个粉碎。

坐在座位上，我总想说点什么，但欲言又止。人活在世上，说话前总该思考一下这句话该不该说，但就我看来，当我思考完这个问题时，我会立刻闭嘴，因为我惊奇地发现此时此刻此地每一句话都没有它说出来的必要。

视线扫过食堂电视屏幕中的新闻，又忙着低头啃汉堡时，我不小心遇上了小 C 的眼神。

"你——搬家了吗？放学路上注意安全——那么远。"纯粹为了缓解尴尬，我说了一句毫无营养价值的废话。

"嗯。"她点点头，我猜得出她的心在怦怦跳动。她抿了抿嘴唇："——也许我们不必再被绑在一起。"

"绑"字一出，那块即将入肚的炸鸡块瞬间在我的牙缝间停止了相对运动。"……"

"但并不代表我们不优秀。"她把筷子撂在餐盘上。

"还记得我批卷时给你批对的那个二分之一吗？我知道你为你的数学着急，所以才一直帮你解决数学问题——可是，等以后六选三，你偏理，我偏文，数学总要学，可是化学啊，生物啊，我选它们是连二分之一都不到的概率……"她把"二分之一"四个字着重强调着，说完，抬头看了看我，又马上把眼神转向远方。

我好像听出了些什么潜台词的概率。

她继续："我想也许会有人帮助我选文科吧——不过，你不必再操心，我男闺蜜——"她也许是觉着说出来不太好，忽然停下来："我知道你是不会选史地政的。"

我瞬间感受到了一种前所未有的落寂，感觉整个人要被世界抛弃。

《渔舟唱晚》的曲调响起，食堂的电视上开始播放天气预报："在高温持续一周后，我国北方地区迎来气温的大幅度下降，局部地区如山东、河北等地气温会下降5—6摄氏度……"女主播的声音响起，好熟悉。"南方地区也将迎来降温天气，如广东、湖南等地最高气温将不超过30℃……"女主播的脸忽然变得模糊起来，但她依旧微笑着。

我没有眼泪，只有凉凉的天，凉凉的人，凉凉的心。

"我们在小孩和大人的转角，盖一座城堡……"

"生命再长不过烟火，落下了眼角；世界再大不过你我，凝视的微笑……"放学路上，我戴着耳机，循环播放着这念念不忘的歌词。

落花人独立，微雨燕双飞。

我甚至不曾怀疑，我们的感情，在我心中永远是一。可是，在小C心中，它仅仅是像正确答案二分之一那样的客观不变吗？也许我不仅做错了那道数学题，是一错到底了。

如果没有前言，何必要来一个搞得像生死别离一般的后记？

……

"滴—滴—滴—滴—滴—滴"，"咣当"，关门。有了手机和二维码，高峰期的地铁，行路之难，一成不变的拥挤。

（作者学校：山东省青岛第二中学）

本文为2018第五届"北大培文杯"复活赛参赛文

> 世界之大，我却独迷恋窗外的芳草地，我沉溺于其中梦话，却总认为众人皆醉我独醒。自知从来都不是一个单向度的人。许多盏深夜熄灭的灯，许多个凌晨响起的钟，在无数个夜晚难眠又在无数个清晨挣扎。从未有那一种渴望孤独又置身喧嚣的纠结。于是我们跳舞，不信脚尖踮过的是岁月流逝的痕迹；我们举杯，不想杯子碰在一起是梦想破碎的声音。我们拥有的是提笔就是华章的白纸，是不朽的天真。我们不懂将青春融进历史里，将心情投入魏晋林岫皓然的诗篇里，不懂将文字装进大唐盛歌中。我们只是把自己塞进了笔尖，只是远方流动的河里的一株悠悠的水草。怨只怨，穷尽文艺，不止于此；愿只愿，物是人非，你我如一。

胡新月

大梦小半

大梦，小半。

逆着光，他擦完额间打完球冒出的汗，掰开从路边小店买的酒精棒冰。

他说："每个男孩年轻时总会做一个潮湿的梦，然后就干燥地老去。"

他将棒冰一半给我，一半叼在了嘴里。

当年的我们，就像酒做的棒冰——

既不是孩子，也不像大人。

01

大部分女孩都有这样的经历，一开始疯狂地迷恋粉色，然后无比厌恶粉色，最后又更加疯狂地爱上了粉色。她们一边不想长大，一边又渴望着拥抱花季雨季，她们也幻想过那些出现在肥皂剧里的男主人公能陪在自己身边。她们想拥有最坚硬的盔甲，却藏着最柔软的心灵。

据说灵魂有21克重，那么，那些所谓的人格将她们锯成了两个10.5克。

一半是天使，一半是魔鬼。

夏天的蝉鸣总是让人心浮气躁，尽管有空调送来的丝丝凉风，但那依旧是不真实的。七月流火，八月未央，可城市上空的热气迟迟没有消散，反而愈发浓厚。

坐在辅导班里，后排的女生悄悄将耳机塞进耳朵里，研究着不知从哪里得到的写着"独身是一种罪过"的书籍。前面的秃顶老师正在讲庄子，他摇头晃脑地说："日取其半，万世不竭。"

立刻有男生质疑他："万一是循环小数怎么办？"

教室里爆发出了响亮的笑声。

但热闹是他们的，我什么也没有。

直到看见了窗外满头大汗打着球的他。

大梦方醒，路途小半。

02

大部分男孩都有这样的经历，从迷恋动画片中的英雄，到渴望自己成为英雄，最后又无比怀念那时喜欢动画片里英雄的初衷。他们或许感情启蒙很迟，有时候只是傻到想多看看那个女生几眼。他们很难写出那些冒着粉红色泡泡的情话，却又想将自己的一腔孤勇与余生数几十年一股脑全盘托付。

其实，每个男生心里都住着一个小王子和一个大英雄。

一半单纯可爱，一半顶天立地。

胡新月
大梦小半

我很难做到在放暑假的时候安安静静坐在辅导班里学习那些晦涩难懂的文言文，我认为我是个理科生不需要学习那些心外无物格物致知的道理。我喜欢在酷暑里酣畅淋漓地打球，空气中的热气让我沸腾。

球赛过半，兄弟们要求休息一会，我们并排坐在了球架下。

兄弟们围在一起开黑吃鸡，而我在百无聊赖地发呆。

直到看见了窗内埋头看书的她。

大梦方醒，路途小半。

01

其实我喜欢那个打篮球的男生很久了，但是我一直没敢告诉他。

我们在一个重点高中，而他又是重点中的重点，他不仅球打得好，成绩也很好。仿佛是从肥皂剧里走出来的那种不用学习都能学得很好的理想型男神。

而我就不行了，当时侥幸与他分在了一层楼，也硬着头皮选了理科。

班主任总夸我会在理科学习之间寻找平衡，只因为我与班里其他学生不同，他们在刷数理化的时候，我在看柏拉图。那些智术师派的哲人与中国道家文化思想好多都是不谋而合，他们高举以人为中心的旗帜。这些东西可比物理公式好玩多了。

我常常能看得笑起来，又怕笑得太大声影响其他人学习，所以总会抬起头看一眼，确认没有影响之后继续看我的书。

可是那一次，我抬头时闯进了他的眼睛，四目交汇之时我低下了头，我能感觉到我的脸比窗外的毒日还要烫。

过了一会，他从我身边路过，留下了一张纸条，上面用古希腊语写着："好事多磨。"

纸条被他对折，字只占了二分之一。

却满满当当地埋进了我的心里。

02

我注意过那个女生,她总是偷偷看我,偷偷跟着我,当我回头时她总是在装作做自己的事情,我没想揭穿她。

我们高中以理科成绩好著名,所以几乎所有的学生都选了理科,人们总认为理科比文科有前途。可是我身为一个理科生却偏执地喜欢古希腊哲学。

每当我说出这种话时,我的朋友就会嘲讽我,说你一个理科学霸就装吧。

但是我很喜欢那些朴素的理性,比如柏拉图的理想国,那是凭理论与理性阐述创立的城邦,是不同于空想梦想臆想的哲学。

我没想到,她也喜欢看这类书。

大惊之余,我用平时只出现在物理公式里的希腊字母给她写下:"好事多磨。"

我把纸条按折痕折成二分之一。

我只写了一半,因为我想让下一半留给她去遐想。

01

不知道怎么,我们就熟络了起来。

尽管学校明令禁止学生恋爱,但我们还是冒天下之大不韪地在一起了。

用他的话来说,这一切就像做梦一样,但他不愿意醒来。

我们会在一起共读《奥德赛》,会一起摘抄《理想国》,我们也会像书中的苏格拉底与众人那样,争辩那些哲人的思想。在那些别人看起来难懂的思想对话中,我们融合在一起,逐渐成为这份感情里无法或缺的二分之一。

我喜欢吃棒冰,但是每次都掰不开,只能看着那层塑料外壳干着急,而他,发笑地看着我,看到我着急了才会帮我掰开。

他笑说出这个棒冰老掉牙的广告:"你一半,我一半,你是我的另一半。"

我也不甘示弱地回复他:"真正的欢愉是躯体与灵魂的共同产物,很不巧,你让我的躯体和灵魂都很开心。"

我将当初的那张纸塞在校牌里,在纸的另二分之一写上:

"纸短情长。"

02

我们关系的发展是很必然的,用现代诗人的话来说就是:

我在对的时间遇到对的人了吧。

不得不说,女生学习文学的头脑真的很棒,明明刚开始读不懂各种术语,现在竟然会在我的面前耀武扬威了。

用她的话来说,这是辩证思维,事物都是有两面性的,因此她很喜欢苏格拉底,她很喜欢辩论。

她喜欢吃棒冰,但总是掰不开。这时候我会把我自己想象成一个盖世大英雄来救美,救完之后就说什么我不需要你以身相许这类冠冕堂皇的话。事实上我也很想吃棒冰,那些把酒精涩味滤去的有着特殊风味的棒冰。

在她面前,我做不到平时拿全校第一的那种骄傲狂妄,我甚至想做她的猫。

是她呼唤出我体内的另一个自我,单纯而又可爱。

可是我是要做她的大英雄的,我的一腔孤勇,我年少时候的喜爱,一股脑地我全要给她。

我发现了她在另一半纸上写下了"纸短情长"。

我默默在心里回复她:

"书不成字。"

01

高中时候的恋爱有一个怪圈，就是男生成绩会更好，女生成绩会更差。

本来我们还能是半斤对八两，差不多的二分之一组成了一个差不多完美的整体。可是期末考试的分数将我打回原形。

他依旧是名单最前列最耀眼的那个，我呢，黯淡的星辰。

那天我平静地和他说了："我们都分开一会儿，冷静一下。"

我们从来没吵过架，但是此刻我能感受到火山喷发的炎热，心底却是寒冷冬夜。

人们说，女生都是双重人格的。所以我的身体中一个二分之一拉着我，一个二分之一推着我。

孩子般的固执，大人般的平静。

我没敢回头看那天他的目光，那会是怎么样的呢，失望，愤怒，还是难过？

我摇了摇头，对他而言，身边缺了一个不那么优秀的我也许会更好。

02

高手都有难免失手的时候，更何况我们都是普通人。

我曾自以为是我生命二分之一的姑娘因为考得不好离开了我。

兄弟们说女孩子的心思很多，肯定不只考不好这个原因。我表示认同。

她那天平静得让我害怕，让我觉得我灵魂的 10.5 克被人锯下再扔掉。她没有回头看我一眼。

夜晚的城市喧嚣，灯红酒绿，形形色色的路人穿街过河，炫目的好景都只有片刻。那一天，我尝到了真正的酒精滋味。

没有那么涩了，更多的是烈，一杯下去我的肠胃在燃烧，那些凶猛的液

体在我胃里游走,让我满血沸腾。

那感觉就像我把我的一腔孤勇,全部喝进了自己的故事里。

路边放着音乐:

> 我的左眼火山喷发,
> 熔岩如瀑,
> 右眼中星云闪烁,
> 一瞬间宇宙生,
> 一瞬间宇宙灭。

01

我还是会在闲暇重温那些哲学,那些被理科生称为天书的东西,那些只有我们两个人研究过的句子与对话。

我还是会想起他,就像想起了另一半的自我。

我也会偶尔再去买棒冰吃,但是为了减肥已经在克制了。

我羡慕着荷马史诗里那些描写缠绵爱情的句子:

"甜蜜的她,滋润着心灵,成为老年的伴侣。"

很快我能在这些生活中折中、平衡,一切又回归于整体。

至于他,没有什么语言可以形容他带给我的美好。

我一定会再次找到他,那时的我将会是最耀眼的我。

02

我做着一样类型的理科题目,闲暇时也会重温那些哲学,那些被我兄弟称为没有用的东西。

正如她所说的事物都有两面性，失去了一半应该把握另一半。

可她忘了有种东西叫莫比乌斯圈。

那些哲人一贯热衷于某一研究，因为研究能清楚地展示那种存在的物体，它永远有种本质，并不游荡于诞生和灭亡之间。

至于她，甜蜜的她，我相信她一定会来找我。

就像相信另一半的自我。

带着她的辩证，她的思想，一起朝我涌来。

01

那后来我们终于到了成年的日子，我们在无法狂妄做梦的时候选择了大梦。

大梦初醒，路途小半。

这只是人的肉体的路途，灵魂永远会走在路上。

它们是生命不可分离的二分之一，我们需要尽力满足它们。

我们会经历浩大的飞行，捱过无能为力的年纪。

生命中那些被主动的、被动的、乐意的、不乐意的二分之一，我们都要去日取其半。

虽然我不相信万世不竭，但是我相信芥子须弥，一瞬间，便是永恒。

感谢那一个个大梦与小半，出现在我生命中的以二为分母以一为分子的数字，也感谢那一个个隐藏着的另一个自我。

（作者学校：江苏省宝应县中学）

本文为 2018 第五届"北大培文杯"复活赛参赛文

> 曾经我疑惑，为什么那些已经成熟的人，还要看青年的文字？后来，我发现，青春决定了我们看世界的角度，它不是孩提懵懂无知地与一切误打误撞，也不是中年对未来轨迹老气横秋的预测，我们有期待，有向往，用模糊的价值观勾勒世界理想的模样。但是往往世界的某个侧面猝不及防闯入视野，一切光风霁月都仿佛从眼前撕开，所以总有些青年希望能够求索，用思维的光束探寻遗失的真理，于是有了自己的句子，有了"文学"的一抹明亮。
>
> "我们将扑倒在这大风雪里吗？是的，我们将。"像邹荻帆说的那样，即使有时这些文字像被挡在屋外的片片雪花般被摧残，但只要看见它们的人，从中获得力量，那么，"天青，水绿，鸟飞，鱼游"，世界终将有更多美好。

陈雨荷

化石·江海·火鸟

献给所有曾经或现在"道德挣扎"的孩子

"老爸，求你了，你再帮我印一次吧。"虽然实在是对低声下气蛮不情愿，但为了那38份《文言文常识》，她只好豁出去了。

"但你这——"毕竟是公司的打印机，爸爸还是面露难色。

没来由的坚持，奇特的责任感。冥冥之中的一抹希望。

一

燥热。

这是北方夏季室内特有的感觉。并非直接暴露在烈日下,每个毛孔都仿佛炸开的毒辣,也不是汗泉汩汩流淌的闷湿,而是——似有无数蚂蚁从心头爬过,一步步刺得生疼,想触碰却只把汗流过的痕迹抓出道道红印。

她在教学楼刚烤得暖烘烘的长凳上觅得一处好所在,毫不犹豫地把一摞课本、笔记、练习册往上一摊,席地而坐。除却写久了胳膊肘会粘在不锈钢凳面上,高度、宽度刚刚好。

因为,能安静地做功课,已经是很奢侈的事了。

"唉,今天早上那本言情,再借我看看嘛。"

"数学老师今天抽风了吗?这么多作业是'弑生之罪'!"

"——你写完了没?快点,就靠你了。"

——这种讨论热闹非凡,但也有偶尔的落潮期。

"嘘——"

"不一般,听我说,怪不得张××甩了李×呢,原来他瞄上了……"

——所以,只是下一轮轩然大波之兆而已。

这便是文尖班的所谓"午自习",是别人每次对她感叹:"哇,你们全班中午集体不回宿舍在教室自习呀,太用功了"时,她面露无奈之色的缘由。

走吧,走出去,走出这个配备空调而喧哗如闹市的教室,因为它那么像合格的"文尖班",又那么让人"近班情怯"。

这句话如江涛一般拍打在她胸口,驱使她迈起沉重而决绝的脚步走掉。

当偶尔她疾书的笔尖因思索凝滞时,却又有些思绪如江畔凸起的石子,硌疼了她的双脚。

陈雨荷

化石·江海·火鸟

这样逃避，真的合适吗？

明明我知道他们是错的，可为什么离开的是我？

其实大家的初衷都是想多努力一点，他们只是不够自律。

难道我所谓的毅然决然地离开，就显得多"正能量"，多么与众不同了吗？

事实上，大多数时候，她都是以"不闻他事，一心苦读"形象示人，可这次不知哪来的大义凛然的气概，仿佛光明之神正赐予她一把阳光铸就的利剑，好替天行道，一整这不像样的"文尖"乾坤。

可是——

就在她已目光炯炯准备起身回班时，又像被章鱼的触角缠住了双脚，不由得裹足凝神。

唉，她没在班委圈子里谋个一官半职也好，她一"管人"就心虚。也罢，就算再添上这决定本身让她犹豫不决，也都非重点，是她在内心的一句质问，浇熄了所有勇毅之焰。

奋不顾身，拼命学习，以期进入梦中的学府，这到底是他们所有人的梦想，还是独独她这条"鲤鱼"的痴心？

当然，提起虚幻的锦绣前程，谁不心潮澎湃血脉贲张，落实到实干上，又有谁舍得逼自己成长呢？若是她的同学并不志于此，或许度过一个轻松愉快的高中也会享有一个平庸安稳的人生，奔波忙碌、默不作声，那她的规劝也只会是个荒唐的玩笑。

她一直这样没有力量。

陆陆续续地，又有几个同学拎着或厚或薄的书，像项链上的珠子一样离了群，进入燥热之中。他们向四周张望，很快消失在楼梯口。他们一定也龟缩在这幢楼里的某个角落，热风徘徊脸庞，心中五味杂陈。

291

二

　　难得的一个假日，她中午享受这稀有的家庭午餐以及母女交谈的契机。美味的拌面推动了语言的释放。

　　"妈妈，你觉得，我是不是比小时候不诚实了很多——我是指初中前。"

　　妈妈不解地摇头："不太明显——你指哪方面？"

　　"比如五年级时，我真的有令我现在羡慕的单纯。那回学《哈利·波特》把学校的储物室当'密室'，在门上写了两行字，后来追悔莫及，内心不堪煎熬。一天终于大哭着告诉你：我干了件不好的事。叫你批评我，结果你安慰了我半天。"她和妈妈都笑出声了，欢快地吸了几筷面条。

　　"刚上初一时没大变，有一次写作文忘买新本子，向老师承认了，结果被罚不准上课，趴在窗台上硬把作文全重抄了一遍。还有一回被老师惩罚蹲到了教室后面。"

　　"但貌似后来的一件事给我产生了巨大的影响。那是一个我一直很尊敬的女生，我们班长，有次我和她作业都没有写全，老师检查时我正准备站起来认错，但她瞪了我一眼，把我空白的那半页一盖，'你怎么这么傻'，然后装作正在翻找的样子。当时我们都是班级前三，老师轻而易举把我们漏过了。我大为惊诧，可她泰然自若。"

　　"小时候犯傻的情况当然多，也未必会自己承认，但假如被发现了，会承认，会脸红，会掉'金豆豆'，在羞耻心下就不大再犯了。"她叹了一口气，"可后来学会了撒些'小谎'来掩饰，就像什么错都没犯一样。"

　　"这样子就加重了'自己是完美的'这种幻觉，也再难丢掉这种自我感觉，还冠之以'名誉''成绩'云云，一旦有损便拼命弥补，这种事到了高中尖子班也是一样，甚至什么听写作弊也屡见不鲜，都是直接翻书。这是我们同学非常熟稔的一套，以规避风险。我绝不会这样没底线，会努力去背，但真到写不上来时——毫无疑问我也是极想翻书的。

"说到底不过是难以承担错误的后果罢了，看上去欺骗了别人，蒙混过关，可实质上由糊人到蒙己，大谎盖小谎，从小到大渐渐把握不了底线，连考试也寄希望于'小聪明'。"

她突然用力握住一根筷子，"啪"一下，断了，吓了妈妈一跳。

"那么我现在就要从自己开始！从此，我不再愿意说一句违背真诚信条的话了！"

"尤其是，面对错误。"

一直在旁边倾听的妈妈终于发言了：

"那么，等你到了社会上，还会保证不说谎吗？"

她一怔，显然没有料到话题方向的转变。

妈妈又端出个腔调："随便打个比方，等你到社会上，如果你的老板或上司撒谎推责，你敢站出来揭发他吗？"

她回敬："凭什么不敢？"妈妈筷子一丢，胳膊一抱："切！那你到社会上处处碰壁去吧。就凭你这不懂琢磨老板心思，冒失爱挑刺，冲在前头，就现在这官场、职场，靠什么立足！"

"事实上，即便被开或者被削也比欺人害己、永远忍受良心的煎熬强！"她尽可能保持平静。

"那别人给你丢个鸡毛你尽管当令箭吧！你尽管当你的'傻白甜'，没头没脑，傻乎乎往枪口上撞呗！撞个头破血流才知道——咳，反正你长大成熟后自会明白。"

"这样倒好。我也知道人在难以抗拒的潮流下恐怕无法忠于本心，那就让我这尚且真诚、正直、向往光明的心态保持得再久些吧！"

"哼！但愿。在这世上你不得不相信潜规则。"

"我知道我以后也会成为你们那种人，但我不想早早堕落成个成年人。"

"你说什么？也许你是该栽栽跟头了。自己的事情看着办吧，我去刷牙了。"

她心不在焉地拨弄着盘中的残羹冷炙。很好！至少现在自己不会轻易为这种事痛哭了，仿佛信仰塌陷。无论如何她是坚强些了，稍稍不再是那只社会精神废墟前只会徒然伸着触须的蝼蚁。还记得上次她和舅舅、妈妈不小心聊到同类型的话题，她脱口引用刘媛媛的"我不是来适应社会的，我是来改变社会的"。他们闻罢她这"激进言论"立刻高声驳斥，大呼伊傻之甚矣，用狂轰滥炸的言论妄图掀翻她不过刚刚起锚的勇气、信仰小船。虽这目的没达到，但她也没忍住眼泪，它们只想痛痛快快把这点乞怜似的悲怆清洗干净，释放那暴风骤雨该有的力量。

"人执着到一定程度便不再哭了。"她咕哝道。

虽六出冰花易摧折，但子路、屈子不愿哭，文天祥也不屑哭，这不是文科生耳畔常萦之人吗？普通人虽然不能企及他们的高度，至少要保留我追求的权利。

可她这么想，鼻子还是酸酸的。

三

"真是气死我了，这简直难以置信！"

妈妈紧缩眉头用力拨着手机上的"联系人列表"："我一定要问个清楚，我究竟有哪点差到如此地步！"

她在妈妈身旁，担忧不已。妈妈是位小学教师，她一直觉得妈妈育人有方，平时也是以鼓励为主，不怒自威，那些出自妈妈门下的学长学姐们无不竖大拇指的。这一次教师评分，谁也没有想到在"师德"这一项里，妈妈的分数竟垫了底。

陈雨荷
化石·江海·火鸟

"这可是师德啊！他们的意思是，我连基本的职业操守都没有吗？"

尤其是这次期末考试，妈妈所教的学生在十校联考中拔得头筹。

短暂的午休后，或许妈妈去找校领导当面对质了。她相信妈妈绝不气短，但她还是不禁想了很多。

的确荒谬透顶，伤人不用尖刀。大概就是这样的恶例积累一多，便让人失去对社会的希望了吧。不是的确很多吗？妈妈总在饭桌上谈论这些，像某某老师凭着和某某领导的哪门子关系，早早晋升，不干重活，规避风险，最后连课也不带，反而与校长称兄道弟；再比如某某凭借老公在机关任职，可时得关照。关系，关系！于是下结论，有"关"一路高升，无"系"寸步难行！

是没什么稀罕的了，比如我的某个同学，学习不怎么样，却大受老师热捧，究其因，是他老爸管着学校。但深知世故板结之厚的还非我外公莫属。在某个"大多数人沉默"的年代，他锁起言辞尖锐的书，大谈他的遭境："你就写写童话故事，搔搔痒得了。"

真理无价，但我们宁愿相信我们不需要。

作为小虾鲱鱼一样在茫茫社会大海中，虽有随波逐流的权利，但无人不感这洪涛温之刺骨，力之巨劲。每只虾米都有逆流而行、永搏水力的幻想，一个浪头打来，算了，活命要紧。

万一这股巨流裹挟着你冲入黑暗深渊呢？妥协的虾和反抗的虾，我做哪一条呢？

她大约理解妈妈了。

"我回来啦！"

她风风火火急着开门，忙问妈妈解决得如何？

"呵！又是一番相互推诿。说是我没有和哪个领导搞好关系，一下拉低了许多分，安慰我说'大多数领导还是信赖你的工作能力的'。"妈妈甩掉鞋子，"不过人家都这么说了，我也不好硬来。一句话，太打击人积极性了，相信其他老师也会看在眼里的!"

"反正今年评职称是无望了。"

现在她觉得,倒也不用安慰妈妈了。一个不成形的念头在她心里默默变得轮廓清晰了。

四

你听说一种叫蝠鲼的鱼吗?

《蓝色星球》中的海,有着奇异的蔚蓝,更有滔天的怒火——巨浪,能掀起相当于几百颗原子弹同时爆炸的力量。

不可思议的是,蝠鲼可以自己制造旋涡。当几十只漆黑、身长几米的蝠鲼张开大口同时旋转,旋涡的强度足以将鱼群牢牢掌控在其中,这叫"蝠鲼龙卷风"。

它们在海里算不上庞然大物。

有信仰,很好;困难重重,很对。面对代沟、不平,她需要的不仅仅是时间。

她开始努力,想要变得更强大,而且不仅仅是学习。她更奋力地加入到集体的活动中来,甚至开始不只当一个小小的追随者。她会用才华、信念、勇气让同学们信任她,并不知不觉地站在她的周围。同时,她也加深了对学习真正目的的理解,不光是炫耀成绩,也不光是磨炼心智。

人们都是鱼,有渺小的又有相对强大的。对于小鱼而言,抱成大团或躲在沙子苟安都是蛮好的选择。搏击风浪需要力量,坚持信仰,无疑更需要力量。"让暴风雨来得更猛烈些吧!"这是高尔基,是无产者,是强者的呼声。

她仿佛觉得灯愈发明亮。在教师节上,她组织了近二十名同学演小品,圆了大家登台的梦想。

妈妈、外公是过来人，他们由于爱得真切，才迫切想把自己曾经撞得头破血流的那块砖指给自己的孩子，迢遥地希冀着发挥它的警示，但孩子们不理解，这是代沟的来源。这不是她自己能改变的，但她能通过自己的强大，给他们星星点点的安慰。

她不妄想改变他们对社会规则的态度，但要尽量少让他们看见社会不公对她的伤害。

这些，让她如何不去拼命。

挫折打击自然也是必不可少的历练，像作业本上的红叉一样醒目，可惜没法订正，只有面对。在全班女生声讨罢工不换水的男生时，她明知没用，还是替男生说话。

她准备好被舆论冲得无影无踪。

奇怪，并没有发生。

她的眼睛一扫灰暗，是时候了吗？

又是一个中午，一扇门，分隔开了喧嚣与宁静的两重世界。她在外，他们在内。

她把手放在门上，向前一推，"吱"——

"哇，这是什么？""天哪，这是你自己印的吗？""太有心了，谢谢！"

费尽周折，她才给每个同学打印下了文言文固定句式的总结笔记。下次有钱了，才不蹭公家的打印机，丢人啊！她还不太满意。

脚站在这里，便不要吝惜洒下你的光明。

后　记

我原以为灯就是"希望"，但后来发现不能把问题看得简单。卢新宁女士的演讲《我唯一的害怕》给我印象很深，那种学者的风骨很触动我。所以写下这篇文章,也是自我激励吧,希望世风再大,逆流再不可抗,我们也要秉住信仰那盏灯。

(作者学校:新疆兵团第七师高级中学)

本文为 2018 第五届"北大培文杯"初赛参赛文

在我看来，写作是一条未知的路。一开始很多人会因为看不到终点而放弃，接着你要明白，没有人会在道路两旁为你的坚持加油鼓劲，甚至旁观者们还时不时对你冷嘲热讽。这时你身边又有一些人因为承受不住压力，离开了这条路。最考验人的时刻是当你看到那些明明没有坚持下来的人却在享受着"美好的事物"，而你只有一支笔、一张纸时，这会儿，只有几个人还在走。他们终于熬出了头，开始有人关注他们，其中有人觉得这就是终点了，他选择停下来去休息，因为他觉得这已经足够了。但是还有一个人在走，虽然他走得很缓慢，但是在这过程中，他终于明白了写作是什么。我希望最后留下来的人有我，也有你。到那时我们要一起一直走下去，共同去寻找写作的真谛！

龙曾乐

阿 央

我与阿央分别的那个下午，既不像电视剧里演的那样，下着倾盆大雨，也不像诗中写的那样，好友之间吟诵着"海内存知己，天涯若比邻"。反倒是我要等着阿央来跟我告别。

"为什么要仰着头？"阿央打量着我。

"这不都是你告诉我的嘛！这样的话，眼泪就不会掉下来了。"可我还是没忍住，泪水就像决了堤似的，我再没有像第一次那样期待着她会过来安慰我。慢慢地，等我的泪流干了，我便起身去洗了把脸，镜子里的我挤出了一个笑，我知道这比哭还难看。最后把最不想说出口的话硬吐了出来：

"再见，再见——"

阿央，是我在学校门口小卖部认识的。我记得很清楚，每个周一下午放学后，我要照常给在那里等着我的学姐们送去一周的保护费。炎热的夏天不仅让人流汗，也让人大脑倦怠，让人变成了牵线木偶。其中一个学姐说想吃冰，大家就乌泱泱挤进小卖部里。结完账后，我的钱包瘦了一圈，领头的学姐故作歉意地说："不好意思，让你破费了。"还"亲昵"地搂了搂我，也正是那廉价香水的味儿让我暂时回了神。

　　"再见哦！小学妹。"我礼貌性地挥了挥手。等笑声逐渐消失，吵闹声也渐渐淡了之后，我才发现角落里有个人正盯着我看。我只好又掏出钱包，她走上来阻止了我。

　　"我叫阿央，你呢？"她嚼着泡泡糖，一双水汪汪的大眼睛望着我。高鼻梁，樱桃小嘴，乌黑的长发。她真好看，我心想。

　　"喂喂，我说你看什么呢？"她有些不耐烦。

　　"哦哦！我说你真好看，真的！"

　　她突然捂着肚子大笑："你是脑子秀逗了不成，我问你叫什么？"

　　"什么豆？不，我不叫什么豆子。我的名字是……"

　　"行了，以后我就叫你豆子吧。"

　　不远处传来了急促的喇叭声，是母亲来接我了，我连忙跟她道了别。回家后，母亲难得见我这么高兴，便问我发生了什么事，我把事情的缘由告诉她，当她听见"阿央"这个名字的时候，脸色就变了，连忙让我去休息。那天很奇怪，我在床上翻来覆去睡不着，我想阿央是不是就算是我的朋友了，可是她在哪个班？我以前好像从来没见过她，为什么母亲好像不太喜欢她？

　　太多的问题困扰了时值十二岁的我，以至于后来我一一解开困惑时，才发现人生早已悄悄发生了改变。

　　以上内容，是母亲在送我体检时，让我提前写好的。

　　"你最近的行为实在是越来越奇怪了！有好几次，你一个人在客厅里有说有笑的。每次你都说有客人要来,我准备了很多东西,可是没有一次有人来,从来就没有那个人的存在!"

"母亲,你太激动了。这件事我已经解释了太多遍,如今你竟要带我去看医生,我看有病的人,是你!"

一番争吵后,医院的走廊又变得冷冷清清,消毒水的味道让我清醒,不远处的扬声器里,机器毫无感情地叫着我的名字。

推开那扇门,一位身着白大褂的医生坐在桌子另一侧,伸手示意我坐下。桌子上躺着那张纸,那张记载了我与阿央初次见面情景的纸。看到我略为紧张的样子,医生笑了笑,让我放松。

"我可以问你一些问题吗?"

"可以。"

"那你要如实回答我,好吗?"

我点点头。

"你对自己有什么不满意的地方吗?"

"有。"

"比如?"

"我的长相普通,性格软弱。我过的是大人们安排好的生活,从来不知道自己想要什么……"

"从你写的文章来看,你确实是个这样的人。在学校受欺凌,也不敢寻求帮助。"

"你跟我说这些是为了嘲笑我?还有,我写的不是文章,是事实,请你不要混淆!"

"等等。"他打断了我,"你说的都是实话?"

"句句属实。"

"你说自己懦弱,可你的想法与说话的语气在我看来倒是挺强势的啊。"

"那是因为阿央,因为她告诉我要过自己想要的人生,做自己想做的事!"

"那这样看来,你与她挺有缘。她身上有你想要的,包括长相与性格。真巧,不是吗?"

"是巧合,而且我遇见她是很幸运的。那纸请你看完后还给我,我想自己留着。"我的话音刚落,医生就把纸放到我面前。正好,我也不想再待在这个地方了。在我走出去之前,透过门口的镜子看到了一个熟悉的背影。

回到家,我又仔细阅读了那张纸上的内容,当我刚准备把它撕掉时几个大红字映入眼帘:"下次见面的时间是周日上午八点。"

见鬼!那地方我绝不会去第二次。那张纸就像是试卷一样,医生还给我的文章作了批注。我承认纸上的内容是我编造出来的,我和阿央的事情不想再被别人知道,因为她是我的朋友。可自从那次争吵后,我就再没见过她了。

那天,我看见阿央和别的女生说话,我看见她们聊得很开心,我怕阿央会忘了我这个朋友,所以我不许她跟别人说话,我这是在保护她,可她不但没有领情,还说我自私。她丢下话让我好好反省就走了。等我回过神想去找她,却发现我对她一点儿都不了解,连去哪儿找她都不知道。就这样,我走到了那个小卖部。我想起阿央对我说的话,她说她会替我做主,把这件事告诉老师,让欺负我的人受到应有的惩罚。我望着前方,仿佛看见了阿央是怎么替我收拾她们的。那个个子不高的小勇士,一把揪住领头学姐,把她脸上的精致妆容抹得乱七八糟,又把镜子掏出来给她看,学姐看到自己的样子,尖叫一声,跑了。

就因为这件事我也出名了,那些人非说是我做的,当时我怕连累阿央便担下了责任。不过阿央答应帮我写检讨书……

在我陷入回忆的时候,阿央不知从哪儿冒了出来。我们俩就像是多年的老朋友一样,什么都不说,却又什么都知道。

"豆子,我希望你活得幸福!"她的声音很小,最后连人也消失了,我去

龙曾乐
阿央

追，却怎么都追不上她，我好像跑到了尽头，没有路，只有一束光，刺得我睁不开眼。等我再睁开眼时，发现那光不过是太阳发出的，而我躺在床上，原来是一场梦。

"周日见。"我想到了医生的留言。他一定知道些什么！

在去医院的路上，我试着努力回想与阿央一起度过的时光。

每当我练琴练到心烦意乱时，阿央总会出现。她拉着我去花园，告诉我："不带感情的旋律是死气沉沉的。"她让我仔细听大自然的声音。那晚知了有节奏的弹唱，不远处鸟儿的叽喳，池塘里清脆的蛙鸣，谱写出动听的仲夏夜曲，我听到了世界上最美妙的音乐。阿央还会用筷子在玻璃上敲打出清脆的声响，尽管在旁人听来很刺耳，甚至凌乱，可在我听来，那是自由的声音，是鸟儿挣脱牢笼的声音。

窗外的景色快速地变换，我记忆中的结也一点点被打开。

我最终还是坐到了医生面前，他仿佛料到我一定会来，早就坐在那里等着我。

我没有说话，他先打破了沉默。

"你想明白了，才会来找我。你的这个朋友可能再也不会出现了，你会后悔吗？"

"或许她从未出现过，不是吗？"我反问。

"看来你是真的想通了。刚开始，我怕你接受不了，所以我才给你些暗示。精神分裂症往往出现在人们压力很大的时候，因为你不想承担这一切的后果，所以幻想出一个人，可以替你做你不敢做的事。阿央她就是……"

"让我静静吧。"我打断了他的话。从前的我不敢对老师、父母说一个"不"字，即使他们的话是错的，我也会去遵循。可是我的内心有团小小的火，我不愿让它熄灭，于是阿央出现了。她拿着一把小斧头，一边帮我砍断枷锁，一边让那团火烧得更旺，让别人能看到它的热烈，看到它的强大。阿央也只是个十七岁的处于青春期的孩子。我会因为与父母吵架而说出绝食的话，会因为没有做出一道数学题在角落里偷偷抹泪，这些小事情被我们看得很重要，世上有千千万万个我，亦有千千万万个阿央。

医生拿出诊断书，让我签字，我想到自己曾经写下的那些所谓的回忆，那些毫无逻辑的句子，不禁笑了出来。

"做自己挺好的。"

"是啊！"我拿起笔，长舒了一口气，在姓名的那栏填上了自己的名字——

阿央。

（作者学校：石家庄市第一中学）

本文为2018第五届"北大培文杯"决赛参赛文

> 这才是我。
>
> 每当我被来自这个世界的讯息所包裹，我总是在心头默念这句话：我在心里为自己创造了另一个世界——那里有着下个不停的雨和一个坐在海边的我——那是一个从未对任何人提及的世界。
>
> 在无数个被星星压得弯下腰的夜晚，我都会对自己默念——这才是我、这才是我——下一句不会说出口的是所以不用在意别人的想法啊。而我每次写出什么，大多也是对那个世界的复刻与完善。因为足够真实，所以才能打动自己。逡巡在青春这座无街之城，只有一遍又一遍地告诉自己——这才是我、这才是我，才能走向那没有结局的终点，不会误入藕花深处吧。
>
> "想说却还没说的，还很多，攒着是因为想写成歌，让人轻轻地唱着，淡淡地记着，就算终于忘了也值了。"——这才是我。

冷晨阳

不存在的永远

流水不腐？雨水，算流水吗？它们是流水的最终结局，却又进一步化成雾，再变成无。散去，重来，散去，重来，永不停止。

她读懂了米兰·昆德拉的那段话：人是在雾中前行的人。但是当他向后望去，判断过去的人们的时候，他看不见道路上任何雾。他的现在，曾是那些人的未来，他们的道路在他看来完全明朗，它的全部范围清晰可见。朝后看，人看见道路，看见人们向前行走，看见他们的错误，但是雾已不在那里。

床头那本《被背叛的遗嘱》被翻得很烂，却许久都没有再翻过。

它一直就在那里，却被当作从不存在。就像她终于读懂了雾，雾却散了。

一

之前从未有过交集。

她第一次感受到那个男孩在她冗长记忆里清晰出现，是初二下的那个暑假，在书店。她静静地坐在地板上翻米兰·昆德拉的《被背叛的遗嘱》，翻来覆去地却烦躁地读不懂那段话。人不可能在雾中，她执拗地想。就像自己一直清晰知道自己的未来——离开。离开日夜争吵不休的父母，离开禁锢自己的校园，离开闷热却潮湿的这座南方城市，离开这个让自己既痛恨又心疼的沉默的身体。她不止一次地幻想着未来——一个陌生的环境，一群陌生的人，一个坚强独立的成功的自己——那是她开给自己的一张昂贵支票。所以她刻苦学习——她想要更多。

抬头，却有些意外地看见了自己的同桌———一个活泼开朗的女生。显然，对方也看见了自己，大大方方地冲她挥了挥手。于是点点头，假装没有看见对方身边跟着的百无聊赖的男生。那个男生似乎是班上的，不过自己并没有什么太清晰的印象，也并不需要有太深刻的印象。

二

她躺在床上，被雨声从回忆拉回现实。伸手从一堆厚厚的教辅书里抽出那本《被背叛的遗嘱》，摩挲着封底不突出的字痕，她打开床头灯，使劲盯着那一行字，仿佛那是恶鬼，是仇人。那上面写着：

一辈子爱你。L。

究竟是什么时候开始的呢？她吃力地回忆着。是从意外地和他同桌开始？

还是从发现他们都热爱太宰治？抑或是他开玩笑地说她是坠入山崖苦练神功的大侠？她甚至依稀记得他说过，这个比喻来自于一个他喜欢的青春文学作家，却忘了雾从什么时候就开始笼罩了她，让她不再清晰前路，不再坚定。她想起那句经典的"情不知所起，一往而深"，又自嘲地歪起嘴角，笑自己矫情。

毕竟时间过了这么久。毕竟当局者迷，旁观者清。

三

外头再也没了尖叫与争吵。

汹涌的雨声包裹着她厚厚的外壳，试图软化她被炼成壳的身体。可就像发生了非弹性碰撞的小球，她的心，永远都不可能恢复原样了。

她知道父母结婚时也曾被夸赞过金童玉女、天作之合，也说过要好一辈子，要白头偕老。可如果无法做到，又为什么要承诺一辈子？一辈子——少一年，少一个小时，少一分钟，都不叫一辈子。最后还是分开了。在她中考之后。她猜那个女人此时应该在另一个房间里抱着被子，同样瑟瑟发抖。可她不会再像小时候那样在雷雨天跑到大床取暖，入睡，从那个女人骂她不知廉耻、作践自己的时候开始。她跪在地上心灰意冷地想，雾里再也没有一个人可以照亮我的路。

她想起米兰·昆德拉的《告别圆舞曲》，那种令人窒息的爱的感觉，只是一道转瞬即逝的微弱的光。

四

如果你也在子夜悄悄观察过天空，那么你一定知道，天空从来都不是黑色的。

是浓度极高的高锰酸钾溶液吧,介于暗蓝与黑之间,又杂糅了不起眼的红。尤其是在下雨天。在这座南方城市里,只要下了雨,就会在清晨结起水汽氤氲的雾。就像中考后填志愿的那个早晨。

中考正常发挥,丝毫没有受到那一年的纷纷扰扰影响。既没有像自己想象中的那样发挥失常从此去流浪,也没有超常发挥。在走出考场的那一刻,她才意识到:自己的初中生活就这样结束了,它就这样过去了。留下的最后的印象——不过是考试的时候在下雨,淋湿了二楼考场窗边那一排梧桐,叶子掉落下来,铺了满地。

像是为了逃避什么,她义无反顾地选了离自己家最远的那所重点高中。

时间已经放过了她,她却不肯放过自己。

五

把高中生活记成流水账吧,这样她就可以走马观花地过去,不用浪费回忆。

她迷上了几米:如果有一天。让你心动的再也感动不了你,让你愤怒的再也激怒不了你,让你悲伤的再也不能使你流泪,你便知道这时光,这生活给了你什么。而你为了成长,又付出了什么。

她习惯了在雾中生活。

回望过去的岁月,她明明知道哪些是错的,哪些是对的,却左右不了当时的选择。她读懂了米兰·昆德拉。

下了一夜的雨直到现在都还未停止,她知道,明早一定会起雾了。不过没有关系,雾总会散去。

或者说,其实雾从未存在,也永不散去。

(作者学校:西南大学附属中学校)

本文为2018第五届"北大培文杯"复赛第一场参赛文

> 好像有谁对我说过这世界的真相：乌云压境，暗淡无光。推拒的双手，沉默寡言的眼睛，我们像是被困在名叫人情世故的网里互相拉扯，而四处打量却发现周围冷冷清清。当阳光穿过黑夜洒在铺满五彩斑斓的梦的路上，我看见红鼻子的雪人装点了整个寂静的冬天，我听见小小的蝉躲在树上霸占了一个夏天。我努力用手托着太阳升起，期待每一个看我文字的你，都能跨过荆棘，拨开乌云，捧着星辰，拥抱自己。

张恬语

怪 物

翅膀，真是一个了不起的发明。唯一羞耻的，是没有自由。
——阿梅丽·诺冬《闻所未闻》

一

沉闷厚重的夏季空气让我想起上周末在书店看的那本134页和135页粘在一起的书，打算一鼓作气撕开又发现旁边无不是店员虎视眈眈的目光，等着你撕开一条缝，然后走上前来让你为那条缝买单。我的思绪没被这个小小的教室关住，东拼西凑地在数学老师嘶哑的嗓音里把那记忆里空白的两页书的内容补出来。视线跟着老师手里的粉笔走走停停，最后划过一条完美的弧线落在我的斜前方三桌的位置。

粉笔落在桌上没有击起什么波澜，倒是同学的哄堂大笑惊醒了他。他猛地把头甩起来,放慢了镜头似的迟疑地捡起眼前的粉笔,迷茫的表情又逗得全班笑起来。同桌笑得使劲地拍着他的肩膀,把他整个人拍得一震一震的,后脑勺翘起来的头发也跟着晃啊晃。我盯着他那撮头发,上周在书店看到他时那撮头发也嚣张地冲着天顶,他手上拿着一本《津轻》,时不时还抬手按一下脑袋,企图把头发中的叛徒给镇压了。或许是他沉浸在《津轻》的风和日丽中,捂头发的动作被翻书替代了。良久才把左手腕上的手表举到眼前看一眼,然后环视了一眼书店里的人,看到了站在角落的我。

在我记忆里,他每节课都沉浸在自己的世界里,睡得无法自拔。我看过他睡觉的全过程,最开始的时候,他像是在后背抵了好几块坚硬的石头,坐得笔直,目视前方。上课不出五分钟,脊梁上的石头开始出现滑动,他像是意识到了,重新挺起胸膛,扶起快滑落的石头推了回去,端正地坐好。半节课过去,他的脑袋已经埋到胸前,耳朵里可能塞了节奏感很强的摇滚乐,一下一下地点着头打着节拍。他的同桌看不下去了,拽了拽他的手臂,他又条件反射地抬起了脑袋。他好像放弃挣扎了,干脆把头靠在墙壁上,黑鬃刷子一样的头发被迫抹上了一层白色的粉末。他溺在睡梦里,睡个昏天暗地,电闪雷鸣。

他像是沉睡的怪兽。下课时一堆女生"叽叽喳喳",最终讨论出这个结果,因为他并不好看的外表,有些臃肿的体型,和嗜睡的爱好。他真的太奇怪了,一天十一节课,除了晚自习,白天的每节课几乎都在睡觉,我藏在"叽叽喳喳"里,脑子里浮现了一个时间表,把我观察到他每一节课的样子移到表上去,还真是都在摇头晃脑里度过。

"嘿,你也来看书啊!"他挥着那本《津轻》走过来,我才回过神发现自己失礼地盯了对方很久。我也冲他挥了挥自己手中另一本《津轻》,对他笑了一下。

二

  我提着饭盒娴熟地避开人群来到后山的草地，说是草地，其实还有几棵枝繁叶茂的梧桐树和一棵需要三个人才能环抱住的榕树。那棵大榕树下面有横断的树干，不知道是在哪次暴雨天气折断了呼吸。等我到达目的地时，他已经坐在那个枯树干上画画了。

  "你来啦！"估计是听到细碎的树叶被踩碎的声音，他抱着素描本站了起来。说来也很巧，从那天在书店打完招呼后，我跟他遇到的频率默默地被提高了。隔天等我来这儿的时候，发现他霸占了我平时吃饭的地方。这是男生们翻墙出去打游戏的必经之地，一开始我还以为他打算出去打游戏，还调侃了一下顺便发泄我被占了位置的不愉快。然后他回答我，他是来这里画画的，比较安静。君子有成人之美，我倒也不好赶人家走。

  "你来得好早啊。"我不客气地在他让出的树干上坐下，一边打开饭盒一边跟他说，"今天画了什么啊？"

  他习惯性地揉了下脑袋，把手里的素描本递给我。我把掉落在树干上的树叶拿掉，饭盒放在一旁，想了想又在衣服上擦了擦手，才接过那本子。光束被叶子粉碎，落到他毛茸茸的头发上，悄悄在他头顶镶了一层金边，配上云淡风轻，就像在举行王位交接仪式一样隆重正经。

  厚厚重重的一本本子，在视线的正中间是一只被生锈的粗糙的铁链缠住的怪兽，像鱼，又像狮子，怒目圆瞪，表情狰狞，尾巴和四肢发力想要挣脱禁锢。

  "你画得好快啊，才下课一会儿。"我搓着书页，抬眼看着他。

  "没有，前几天晚上就在画了。"

  "不睡觉啊？"

"你听巴赫吗?"

"啊?没,没有。"

他的目光掠过我,落到远处的一个地方,许久才转回到我手中的本子上。

"巴赫习惯在深夜创作。"

"那,你是巴赫吗?"

他盘腿坐在我对面,漆黑的眼里突然染上了难过的色彩,左手不停地摩挲着一片叶子。"巴赫也会被上不完的课和写不完的作业逼疯的。"他说得很慢,吐出的每一个字仿佛有千斤的重量,让我想起了驮着墓碑的龟。

我愣了几秒,硬生生挤出个笑容。他眼底的难过晕得更深,不停地捏着手指头,把那些无法反抗的因素从血液里挤出去。我笨拙地不知道怎么安慰他,只好陪着他看着教学楼被爬山虎整片整片地侵略,配合着昏黄的墙壁张开了血盆大口,一口一口吞噬着一个个鲜活的生命,悄无声息地蚕食稚嫩的想法。我和他,和他们,只是被当作事物的先后顺序不同罢了。

日光在来来去去之后又从云里刺了出来,突然的光亮,让我不适地皱了皱眉。

"我们像一群被赶到山上的鱼。"说完他站了起来,像个危险和灾难来临时及时出现,逆着光线站着的超人。

三

那天的对话变成了一只猫,轻巧地踮着脚尖在一叠叠课本练习上走过,只留下小小的脚印,更多的也没有了。

他还是继续睡觉,波澜不惊。有时我走了会儿神,就看着他小频率动来动去的脑袋偷笑出声,下课了故意把发夹挂到他头发上,再偷偷拿下来,乐此不疲。几个本来很要好的女生不知道从哪一天开始不再招呼我一起去打水,慢慢就站在楚河汉界的两端。我把自己划在和他同一个阵营里，现在我也是怪物了。

那个暴雨天雷声反反复复，段长在讲台上张牙舞爪地揪着每个小测没过的同学的尾巴，从作业没完成数落到校服穿得歪歪扭扭。他一如往常，雷打不动。睡觉这种行为在老师训话时简直是连坐甚至诛九族的罪行，段长的炮火很快就集中到他身上，恶狠狠地把他从座位上拽到讲台，他脸上还有一条红色的压痕，有些滑稽，可是没人敢笑。唾沫星子砸在他的额角，慢慢地变成倾盆大雨。他低着头，眼睛无法聚焦般无力地看着地板。

段长的话戳在他的脊梁骨："成绩这么差，还想当画家，快醒醒吧！每节课都睡觉，这是做梦还没醒吧！"他终于抬起头，不是愤怒，而是悲悯。像造物者把鲜花和雨水送给人间一样，悲悯地看着段长，看着讲台下的每一个人。段长被这样的眼神梗了一下，随便说了几句，摆摆手就让他下去了。

成绩差和当画家有关系吗？我不知道该找谁问这个问题，谁能回答这个问题。

"最简短的问题，看来最难找到简短的答案。"

看来舒国治也难住了。

四

作为交换，某个下午我把他拉到草地上郑重地交给他我写的剧本，他一副老前辈的样子拍拍我的肩膀："深藏不露啊，年轻人。"

那些关于银幕，关于镜头的幻想，我连只言片语都不曾对旁人说过，偷偷塞在枕边的缝隙里，到睡前才小心翼翼捧出来看一看。在越堆越高的卷子、乱七八糟的草稿纸、横跨太平洋的板书里，它神采奕奕地钻出土壤，顺着血管爬到跳动的心脏，紧紧抓着主动脉不放，把那些未知的生生不息传递到身体上下每个细胞。

　　我享受在黑暗影院里走进主角的内心深处，不时就产生的共鸣把我从捆住身体的铁链中拽出来，我被赋予了新的生命，我手握着新的力量，我可以忘记每次战战兢兢地参加考试，然后失望至极地汇报不光彩的成绩。在声音画面的冲击下，我被领着走进这个斑斓的世界。

　　这种同类人的气息让彼此松了一口气，从那刻开始，我和他就是拴在一根绳上的蚂蚱，划着同一条船的渔夫，吊在同一个峭壁的登山者。每天午餐时间两小时的会面，我和他把自己当作传递情报的地下党，偷偷摸摸到树下，又光明正大地拿出自己的最新作品互相评价。

　　这样的和谐从他上课不再睡觉开始被打破。他不再像往常那样进入睡眠，甚至认真地记了笔记。我感到无解，在某个下课无意间看到他把素描本丢进垃圾房，愤怒就直接冲上头脑。矛盾的剑刺进我的胸口，一会想着他或许是在家长的镇压下不得不折掉翅膀，一会又略带嘲讽地觉得所谓梦想也不过如此，还是轻易被现实打败了。相望两无言，他的目光欲言又止，最终放弃挣扎。难道他在家长和老师的轮番炮轰下，像在暴风雪面前妥协的牧羊人，出卖了自己珍贵的心脏，把肉体扔进这个巨大的机器里，麻木地跟着运转吗？

　　"你妥协了吗？"我死死地盯着他的脸，不想放过任何一个细微的表情。

　　"他们都等着我出丑。"他漆黑的眼里映着我的样子，怪物路过的痕迹还留在里边，黯淡无光。

　　他是不是看穿我了？我心里一惊，抠着指甲不知道说什么好。我好像也在要看他出丑的那一群人里面，对他心怀远大理想表示祝贺，却又打心眼里觉得他异想天开；不设城防地交换梦想，实际上只是为抓到另一个异端而侥幸，紧紧拽着，到万不得已被人告发的时候再一起下地狱，一起被黑暗的巨浪卷走；嫉妒他无所顾忌地放弃一些东西，去跑去追去接近去触碰最渴求最希望得到的东西。那些莫名的被背叛的感觉，只不过是因为失去了一个替罪羊而感到恼怒。难道是这样的吗？

没等到我的回答像是他意料之中的事，他的目光翻山越岭不知道落在什么地方。

五

那天的对话之后，他又变回了原来的样子，用老师的话就是"本性难移""死性不改"。他依然我行我素，睡得天崩地裂，让我觉得那一段时间只不过是我主观臆造出来的。我坐在最后一排，翻书翻累了就看着他晃来晃去的那撮头发，心里头那个小小的被磕到的豁口悄无声息地补上了，又踏实又坦荡。

六月末的一天，期中考的前夕，他背着一个大包向我道别，说他还是不甘心，要去外省参加一个画画比赛。"当山鱼太强人所难了，一个劲地奋力向山顶游，被迫越过高树和岩石，最后渴在半山腰，一切显得那么徒劳无功而不值一提。太宰治心灰意冷地在颈脖束上'生而为人，我很抱歉'的枷锁，但天高云远的《津轻》还是拥抱了他，我既为人，为什么要当涸辙之鲋？"

那一瞬间，他眼底的奋不顾身变成了强劲的风，慢慢就要把我吞没。耳边的雷声炸开，我挣扎着从课桌上抬起头，讲台上的段长指手画脚地指着班上每一个人，奇怪的是他们的脸颊上长了两个不停鼓气的鳃，费劲地和外界交换新鲜的空气。两只鱼眼嵌在脸上，一动不动，死气沉沉，毫不反抗。他们的背弯成一道弓，奇丑无比的背鳍死死地黏在脊椎骨中央。他们像鱼，他们又像人，双腿没有被尾巴替代，被点到名的同学，捆着铁链匍匐地扭到讲台去。

我惊恐地看着这一切，揉揉眼睛，这一切又消失不见。

六

  窗外暴雨下个不停,飞溅的雨水打到窗上,像无情的定时炸弹倒计时的声音。我在纸上勾勒出一个"嗜睡"少年勇敢追梦的故事,没料到段长正冲着全班开火。一颗颗子弹窜过空气,摩擦出火花,在身边炸开,最后一颗,击中了我。我被拽上了讲台,四周悄然无声,连呼吸声都绵长轻盈,无迹可寻。我的故事被随意丢弃在地上,我低头看着那几张纸慢慢枯萎,变黑,最后融进地板里。眼泪控制不住一滴一滴砸在地上,也跟着干涸,最后消失不见。

  我慢慢抬起头,模糊的视野里,座位上的同学好像瞪大眼睛,不停地鼓动腮帮子,用力地呼吸。

  他就站在后面,拿着《津轻》冲我挥挥手,走出门去,像一条在水里得心应手的鱼。

(作者学校:厦门大学附属实验中学)

本文为2018第五届"北大培文杯"复赛第二场参赛文

北大培文杯 决赛评委

白烨	中国当代文学研究会会长、评论家
陈福民	中国当代文学研究会秘书长、评论家
孟繁华	沈阳师范大学教授、评论家
陆绍阳	北京大学教授、学者
吴玄	《西湖》主编、评论家
孔庆东	北京大学教授、学者
彭程	《光明日报》领衔编辑、评论家、散文家
陈旭光	北京大学教授、学者
季进	苏州大学教授、学者
王尧	苏州大学教授、长江学者、评论家
何平	南京师范大学教授、评论家
张生	同济大学教授、作家
梁彬	《新华文摘》编审、评论家
李剑锋	山东大学教授、学者
高秀芹	诗人、出版家
吕正	《萌芽》编辑、作家
堵力	《中国青年报》编辑、评论家
萧主军	《中国作家》原副主编、评论家
葛竞堂	作家出版社总编辑、评论家
赵瑜	中国报告文学学会副会长、山西省作家协会副主席、作家
金宇	《文艺研究》副主编、评论家
晓威	华南师范大学教授、评论家
罗岗	华东师范大学教授、学者
刘川鄂	湖北大学教授、文学院院长、评论家
彭敏	《诗刊》编辑、诗人
杨庆祥	中国人民大学副教授、评论家
郭冰茹	中山大学教授、评论家
石一枫	《当代》编辑、作家
郑熙青	中国社会科学院助理研究员
高寒凝	中国社会科学院博士后
薛静	清华大学博士后
王玉玊	北京大学中文系博士生
林品	首都师范大学讲师

# 倾听未来的声音

曹文轩 / 主编

第 **5** 季 ▸ 下

北大培文杯 全国青少年创意写作大赛优秀作品

北京大学出版社
PEKING UNIVERSITY PRESS

目录·下

辑四 房客与舞者

飞行与安停 / 蒋紫晶	319
房客与舞者 / 谭语卉	324
镜像 / 王超立	329
另一种拥有褐花的方式 / 张莹	336
纸片人 / 郑迪珂	343
燕子先生和他的种子 / 李扬	348
emoji 时代 / 杨诗月	354
戏剧性独白 / 刘馨阳	360
提奥的来信 / 潘映彤	367
种子 / 王灿	372
纸托邦 / 潘思瑶	377
知己知己 / 程滟斯	383
Re：Papyrae，或紙 / 赵炜	389
纸上行走——莫比乌斯环 / 周智宇	405
通天塔图书馆外的山坡 / 周曦和	410
知白的等待 / 陈文浩	416

i

光与鸟儿 / 郗国旭		422
Light / 王超立		427
链 / 韩明泽		433
大艺术家 / 李清泉		438
为纸君录 / 刘安然		445

辑五 海格的镜子

链城 / 刘安然	451
天灯 / 程滟斯	457
当雾散去 / 郑静铭	462
永恒的静止 / 鹿雨晨	467
点亮太阳 / 王茹钰	472
老伙计 / 于跃洋	478
槭的旅行日记本 / 屠诗妍	486
轮回 / 廖欣琳	497
老虎化作花 / 曹相宜	504
海格的镜子 / 王宇	507
风的絮语 / 李松晓	511
心之焰 / 魏晓宇	517

辑六 夕烧

桃花开 / 李青青	525
榴花两岸 / 刘晨曦	531
偏锋 / 燕丽晨阳	537
夕烧 / 郑雪琦	545
采花贼 / 肖静萱	549
岁月何欢 / 江依格	553
平沙落雁 / 朱怀熠	558
造纸 / 许雯	565

辑七 洗发店的人

洗发店的人 / 何瑞阳	573
心灵鸡汤之经典食材：风和蝴蝶 / 缪静翘	579
拴天链 / 岑伊贝妮	582
他们 / 钟若涵	588
故乡 / 周智宇	594
地火·烟尘·宇宙 / 李岱宸	597
南北行停 / 陈昭宇	601
我愿乘风归去 / 唐诗源	607
时光 / 余嘉怡	612

附录

2018 第五届"北大培文杯"赛题	619
跋 / 郜元宝	629

辑四

房客与舞者

我在恍惚间,以为模范房客站在队伍中间,我们听着他的口号走路:一二一,一二一;而女人仍然躲在那扇墙后跳舞,举手投足轻灵自由,像一只翩翩起舞的鹤。

> 我们谈论深度，深度，不过是河流身下匍匐的一摊沼泥。
>
> 我们谈论文字，文字，不过是思想的残次品。真相永远流动在言辞的碎片以外。
>
> 天生的通感症患者，能感知到文字、数字、音乐和气味背后的颜色。存在主义者，热爱象征主义诗歌和意识流小说，热爱西哲和古欧历史。
>
> 享受被自己的思想谋杀的滋味，也享受在这样的死亡上横空出世的美。
>
> 写作便是投入每一个当下去"觉知"，去"存在"，去"新生"——因为它除此之外毫无任何可以累积的意义。

蒋紫晶
飞行与安停

一

我从多刺的梦境中醒来。

那么多扇门纷纷自孕育了无尽黑暗的长廊两侧站起，这样的情景像是一个人生前参加的所有宴会的合集，暗绿色的桌布曾流动着四溢的汤汁和人们的晏晏笑语。然而，却有一位侍者，一位用心险恶的侍者收集起所有杯盘狼藉后相似的荒凉，将它在这条长廊里徐徐铺展开来。长廊的尽头是一棵树，掩映在黄昏的罩袍里，像是一块名为永恒的墓碑。

事情就是这样。危言耸听或故弄玄虚没有任何意义。但我对梦境分析理论还并未完全丧失信心，便开始在自我的潜意识里搜寻这样的意象。窗外的几只鸟儿腾扇而起,也许它们要在新的一天里开始无休止的出发与归来(或许将"开始"换作"继续"更为精准)。

一本日记本。一首短诗翻了出来,诗是作于孩提时代,作于故乡的小岛上。

请将我埋在那棵橡树下——
从前我偷了它的七颗槲实
分给了朋友们。

二

一瞬间,我感觉到有什么东西被连根拔起了。为了找到它,我决定回去找到那棵树,还有诗中的"朋友"——那个梦的隐喻让我心生不安。

早来的盛行西风和地中海东风在此相遇,秋末暴雨冲刷后的斜坡通往一座座黯淡的山丘。我将重心放低,艰难而缓慢地爬升,沿着路旁倒下的香橼和柠檬架。那竟出乎意料地唤起多年前的记忆,每条沟渠流淌着时令的喜悦,高举圣母像的人们簇拥着崭新的祈愿,还有曼陀铃与人们声势浩大的弹唱,彻夜狂欢后第一缕天光被海风缓缓晕开——那是盛夏的阳光,好像我一合上眼,就还会被它笼罩。

"对不起!"有人打断了我的沉默,"也许我们素昧平生,但我总觉得您像我从前的一位朋友。"

我不由得停住脚步,朝着声源处望去,那是一位面部肿胀的中年男子,手里拿了个白色烧瓷烟斗。身上穿的灯芯绒背心被身侧的树影模糊得斑驳陆离。

"也许我就是。"我随意地扔下一句,并细细打量着四周突兀的树桩,一只西西里红鹰隼从身旁的碎石上踏过。一种没由来的、巨大而空浮的孤寂感在这里的清晨中盘踞,只有远处钻井机聒噪的轰鸣,清晰如暗夜中的钟表走动声。

男人向四周简单地打量了一番,缓缓地吐出了一个完整的烟圈。我则在烟雾中重新将他审视了一番,人们习惯于将一个人的眼睛比喻成通往内心的甬道,但这并不适用于他的情况。那双灰色的眼睛更像是一块意味深长的界碑,将他的过去和未来严严实实地阻挡。外面刻着体面的身份与野心勃勃的计划(正如我现在观察的结果),内部则暗暗镌刻着他极力想要掩饰的一切——也许是童年一场永不停歇的雨,与记忆深处的一声浓重的叹息。(原谅我这超验一般的结论!)

"这是您的机器?"我问道。

"如您所见。"

"科技真是撬动地球的杠杆啊——连莫奈姆瓦夏① 也装了电缆!"我勉为其难地作了个突兀的打趣,"不知您的工程图上是否标注了一棵巨大的橡树?它对我——意义非凡,希望您可以仔细想想。"

他沉默了一会儿:"您看起来不像是位异乡客。树——我记不太清,不过,我可以带您找找——如果您还可以从它的树桩和年轮中精准地判断出什么的话。我很遗憾——尽管从前我也对这里了如指掌。"

树桩!在听到这个词后,我的眼睛竟像是失去调焦能力一般。周遭的一切变成了一幅色彩沉闷的洞穴壁画。然后是无数个王朝的横空出世,无数个被复写与重生的时日。远方隐约有一阵歌声,和着齿轮转动的声响。最后是新世纪煤灰味的曙光。带刺的铁丝网。霰弹。黑暗中其他的眼睛。神鸟飞向太阳然后坠地。一场终结一切的天火。

"那么好吧。"我回答,按捺住鼻腔中一阵令人不满的铁锈味,并竭力掩饰住刚才的眩晕,"请您为我带路。"

---

① 地中海与世隔绝的小岛。

他点了点头，似乎察觉出了什么，目光中闪动着一种模糊不清的东西（我不确定其中是否含有歉疚）。尽管他似乎并不想过多表露出他的情绪，但也无济于事，因为我从一开始便洞悉了他灵魂中更深层次的什么东西。不过我总算可以步入正题了，便跟着他沿泥泞的环山道路继续行进。沿途不断有各色的树桩横亘在我的眼前。过去，我和同伴们曾绕着它们中的某棵树推搡嬉戏，名为自由的东西洋溢在两片肺叶里，绽放在脚底坚实的土层间。无有时间，无有时间，只剩下与世隔绝的安谧，像悬停在一块浮木上的鸟。

"您是个怀旧的人，恕我直言，这不总是那么实用。每天都有各种发明创造倾巢出动，因为世界在飞翔。"他在一块陡壁前停住脚步，身旁矗立着的树桩大得出奇。悬崖下，浪涛撞击礁石的声响宣告这趟旅途的终结。它们日复一日地潮生潮灭，如同进行着一场声势浩大的自我流放。流放——在这个日新月异的世界。

"也许有朝一日他们因为自身的知识和想象力，感到不堪重负而迫降呢？"

这是一句反驳。但它仅仅是作为一种本能的心理活动，这不是因为我一贯缺少反驳的勇气而爱曲意逢迎，而是因为——因为我突然无法开口说话了！在我凝视着他身旁的树桩时，那一圈圈的年轮就像一个巨大的黑洞，将我的肺部抽成真空，继而那种力量缓缓向上爬升，也像是要将我的灵魂吸走一样——真是奇异至极！我难以用语言叙述那一阵荒诞的快感。

我感到自己的脚在深入地心。

目光在眼前环流，褪色，固结成一片片湿漉漉的苔藓，自我的双腿逐渐攀附向上。然后是肩胛骨的阵痛，深棕的枝条自两侧飞速抽出，伴随着神经末梢抽枝，分蘖的震颤，新生的树叶如锡箔纸般"沙沙"作响，有什么东西偷偷将我血液中的东西换成了植物的汁液，动脉和静脉本身也分别变成了导管和筛管。眼睛，还剩下我的眼睛，我猜它变成了树冠，从前它凝视地上的无常，现在它将每日瞻仰星群的永恒。

"您错了,世界是安停和静止——您瞧——"

他和悬崖下的浪涛同时凝滞,却仍然保持着最后惊悸的目光,朝着那棵代我说话的树。不过树的话也许不能称之为"话语",因为人们习惯于用最高贵的代名词修饰自身,但不管怎么说,现在一切都尘埃落定了。我认出了他,我童年的玩伴,以树的姿态——看哪,那个烟圈还保持着刚才的形状,也许它的主人在最后一刻也想起了什么,却再也不能惊呼出声了。

最后一阵知觉,在半空里破裂,离散。

三

有时候,人们总是能感受到记忆和经验之外的事物。像是原处于地平线外的景象,越过了横亘在它们间的薄雾横冲直撞到人们的眼前。

事实上,这一切不过是一个人在清晨半梦半醒的遐思,它的存在仅仅是为了填满这首断章的诗歌。好罢,如果你们执意认为它虚无缥缈而意义全无,我们又怎能确定自我的意识不是某种未知力量暗中的隐喻?

我用笔在早已干涸的墨迹下继续写道:

现在,我献上这具被偷走七十年的残躯,
作为偿还。

(作者学校:四川省眉山中学)

本文为 2018 第五届"北大培文杯"决赛参赛文

> 不得不说，写作并不是一件能令人快乐的事——或者借用张爱玲《封锁》里的一句来说："思想毕竟是痛苦的。"写作需要思想，而思想需要永不停息地探索，永不停息地反刍：它是一把反复切磨、要剖出写作者的脑子且将其逐片细细解剖的钝刀子。于是我思考，在我思考的同时，我眼角的余光在忙着打量社会、打量人生、打量我自己，最终打量起我面前的稿纸来。字句经过钝刀子的一番折磨，从我的脑子里蹦到稿纸上，自动自觉排成一行，凑成一段，最后组成一篇文章。并不是我在打磨文字，是文字在打磨我。

谭语卉

房客与舞者

六点响起床号。我和我妈跳下床，将被褥收拾成水磨豆腐块，然后刷牙，洗脸，穿上一样花色的布衫，与其他房客一道，在廊道上排成乌泱泱一列。房东遥遥在队伍一头喊："报数！"第一个人就说："一！"第二个人说："二！"我妈报五十三，我报五十四。站在队末的人跨出一步，说："报告领导！"他穿浆洗的衬衫，衣领颇牛气地竖起，好衬他胸前的"模范房客"勋章，他说："应到一百人，实到九十九人，一号住客缺勤！"房东说："一号又缺勤呢？"模范房客说："请领导惩罚这种不守纪律分子！"这个时候是六点半，早餐号眼看着就要响起。房东于是看一看表，说："这可没时间——我们先去吃饭，惩罚的事情回来再说。"于是队伍就开拔，乌泱泱一条毛虫迈动细腿爬楼梯。

楼梯在走廊一头。队伍向前走,势必要经过一号房,这个时候队伍会慢下来。包括房东在内,除了模范房客以外,我们每个人都整齐划一地扭头,我们是在看一号房客。

一号房不设门,在靠走廊的墙上辟一扇巨大的落地窗。一号房客,我情愿喊她女人,就住在玻璃窗后,住在一间铺了木地板的空房间里。女人是我们公寓最特别的住户。我妈说,她还是一个小女孩的时候,女人就整日一丝不挂,在玻璃窗后踮起足尖跳舞。我妈还说,女人老了——年轻时的女人披一头金色的卷发,她双手下垂交叠,恬静地伫立在房间中央,腰腹没有一条赘余的脂肪弧线;她开始舞蹈了,绷紧足弓,提起脚跟,在房间内轻盈地迈步、旋转、跳跃,金色长发在她身后飘扬,如同翻涌起伏的金色波浪;一屋阳光在地板上流淌,女人蹚在阳光里,每一寸皮肤都浸泡在金色中。现在的女人,金色从发根渐渐剥落,暴露出灰白的发絮,皮肤松皱下垂、染上黑紫色的老年斑;我们房客、我妈与房东尊称她为"阿姨",我们孩子趴在玻璃上,喊她"奶奶",我们看她仍然提起脚跟轻盈地在房里走来走去,像一只昂首阔步的鹤。这种时候,只有模范房客昂着头直视前方,从鼻孔里嗤出一声气,说:"淫秽!"

模范房客,他的本名是一百号房客,是最新搬进我们公寓的住客。他从别的公寓搬来,从城东搬向城西,由城西再搬到城北,最后城北的房东亲自开着轿车,送他来城中公寓。城北的房东对他赞不绝口,说,一百号房客是顶顶守时、顶顶守纪律的房客,虽年至花甲,仍然精神矍铄,热衷于参与公寓的日常管理工作,严格服从《公寓管理条例》和《文明房客守则》。模范房客住走廊最末一间的一百号房,房间装修完美遵循《公寓管理条例》——水泥糊的墙,水泥铺的地板,一米八长的床铺靠左墙摆放,床尾安放被褥块;没有唱片,没有电视与游戏机,拖鞋与布鞋在门口整齐排列,鞋尖一径向外。每有领导来视察,房东指挥我们整理内务、将所有的杂乱物什扫入床底时,总安排领导去模范房客的房间参观。于是领导对我们公寓赞不绝口,说:"你们公寓的内务,非常好!"领导还额外赠给模范房客一枚勋章,与模范房客合影一张。这张照片被模范房客放大,裱进相框,在水泥墙上挂着占据好大一片空间。有如此殊荣,在模范房客明确反对女人的不守纪律行为、要求对她加以惩治时,房东便不得不做出反应了:他要求一号房客穿上衣服,除此之外,还要带上枷锁以示悔改。于是,我们经过一号房时,看见窗后的女人披着一袭纱丽、扛着一副手铐脚镣,在一号房的木地板上跳舞。女人的体态步伐仍然轻灵,锁链相互碰撞、"叮当"作响,成为无声舞蹈的唯一伴奏;我们仍然放慢脚步欣赏,模范房客仍然愤愤骂一声,或啐出一口绿油油的痰来,一再督促房东采取惩罚措施。于是在吃饭的时候,我问我妈:"为什么模范房客这么讨厌一号房客呢?"我妈说:"因为他们不是一样地活着。"我说:"同样是活着,难道有什么差别吗?"我妈说:"每个人都有不一样的活法呀。有人想要人们的赞同,有人想要自己的独立。"我说:"那为什么要禁止一号房客跳舞呢?"这次我妈想了很久,她放下饭勺(模范房客在远处挥拳向我妈叫喊:"吃饭的时候要好好吃饭!不许交头接耳!"),对我说:

"我们每个人活着,都是在跳舞。每个人跳不一样的舞,跳伦巴,跳恰恰,跳慢三慢四快三快四,不免踩到别人的脚,所以我们需要镣铐,以将我们每个人拘束起来,不妨碍别人跳他们的舞蹈。"

吃完饭是七点,工作号响了。我妈去上班,我去上学。模范房客一类退休的老人无事可做,在公寓楼前排成一列,由模范房客喊口号,老人们一齐迈步。先出左脚,后出右脚,一二一,一二一,布鞋踏在水泥地上"哒哒"作响。没有杂音,模范房客如果听到了杂音,就要喊:"停!"他接着斥责老人们:怎么可以不同时出左脚、同时出右脚呢?只有每个人忘掉自己,保持一致、同心齐力,秩序才会存在,队伍才会齐整,老人们的晨练才会完美结束。他们接着行进,手摆成同一个角度,脚抬至同一个高度,布鞋在水泥地上"哒哒"作响。模范房客迈着步喊一二一，一二一，却一下喘不上气，停步弯腰狠命咳嗽，连咳出四五口带血丝的绿痰来，一头栽到地上去，仍然仰起脸来，怒斥驻足凝望的同伴："干什么吃的？走你们的步去！"他还说，他们走步，是要从早晨七点走到晚上七点，在年轻人上班的时候努力健身，要保持一致，不能因为一个人的倒下——他接着咳嗽，一声较一声嘶力竭。老人们再不听他唠叨，一窝蜂涌来，抬起模范房客，又一窝蜂向医院涌去，顾不得步调齐整不齐整。模范房客又要骂，却被抬上了担架床，再被医生七手八脚推进急救室去。房东去了医院，领回了模范房客的病危通知书；再去一次医院，领回了模范房客的骨灰盒。我们为模范房客办追悼会，所有房客都到场，女人不跳舞，双手交叠垂下，站在玻璃窗后，远远地望着人群。房东说，像千千万万个模范公民一样，模范房客是老死的，死后要葬进集体公墓里，拥有一块极其朴素的墓碑。我问房东："模范房客死了以后会怎么样呢？"房东说："死了就会被忘掉，像大多数普通人一样。"我说："被忘掉岂不是很糟糕吗？"房东说："这可不一定——"房东叹一口气，摸摸我的头，对我说：

"每个人都跳舞——跳不一样的舞，有的人跳自己的舞，有的人跳别人的舞。跳自己的舞不一定意味着好，跳别人的舞不一定意味着坏，只要我们都在跳舞，跳什么样的舞就不再是需要他人置喙的问题。"

房东这样说的时候，摸摸我的头，看着的是一号房的方向。模范公民下葬了，房东随即宣布：女人仍然住一号房，可以不再佩戴手铐脚镣、穿着衣裳，她在玻璃窗后拥有无时无刻起舞的自由。女人脱下纱丽，仍然戴着手铐脚镣，她在一号房里起舞，随心所欲，飘逸灵动，手腕翻转如花，手指屈伸张拢，在一池阳光里跳跃，下腰，旋转，白发飞扬如同浮动的浪花。三九严寒，工作单位与学校都放假，一公寓的人涌到一号房前，不顾玻璃的阻挡，看冬日阳光里的女人舞蹈，看她蹦跳，看她下腰，看她在地板上伏低身躯，像一只睡着了的天鹅。女人在那个冬天死去了，被送入棺木，葬在城郊专供有名艺术家永眠的墓地。女人曾经是天赋异禀的舞蹈家，不肯领受奖励与荣耀，固执地守在自己的一号房里跳舞。

再后来，我也长大了，一号房与一百号房被重新装修、安置进新住户，落地窗木地板被取缔，水泥墙水泥地也荡然无存。新住客不如女人般自由，也不再像模范房客般拘束。六点钟，起床号仍然按时响起，我和我妈仍然跳下床，将被褥收拾成水磨豆腐块，然后刷牙，洗脸，穿上一样花色的布衫，与其他房客一道，在廊道上站成乌泱泱一列。房东仍然在一头喊："报数！"第一个人仍然说："一！"第二个人仍然说："二！"我妈报五十三，我报五十四，站在队末的人中规中矩报数："报告领导，应到一百人，实到一百人！"房东带我们去吃饭，一大条乌泱泱的毛虫爬下楼梯。我们经过一号房，仍然有人扭头，打量那面被水泥封死的玻璃窗。至于我，我在恍惚间，以为模范房客站在队伍中间，我们听着他的口号走路：一二一，一二一；而女人仍然躲在那扇墙后跳舞，举手投足轻灵自由，像一只翩翩起舞的鹤。

（作者学校：广州市真光中学）

本文为2018第五届"北大培文杯"复赛第十四场参赛文

> 我小时候曾仰望过星空。那种星空不是普通的星空，那仰望也不是普通的仰望，很明显我没办法给它一个妥帖的定语，那个时候我只是张着嘴巴，看着那么多那么多的星星。我真的是每一次写什么时，总会想到农村里的那一个夏夜，我不想把文章写得怎么花枝乱颤，披上一些鬼魅的荧光。LED 灯绝对无法与篝火相比，围着篝火的是歌声是舞蹈，围着 LED 灯的是清仓大抢购的人群。语言，要有星光的真实，要有星光的温度，要有星光的热度，要有无声处使人落泪的力量，并且还赋予人们用手抹去眼泪的本领。我想要捉住我心里的那颗星星。

王超立

镜　像[①]

二年之前

　　她忐忑地走到一户洋房前，用汗津津的手紧握着洋房的照片。这张照片，她曾看过无数次了。户前地砖缝隙间长出了高低不齐的稀疏野草，墙角破裂的花盆里长出了高高的橙红色花朵。光与影就在那儿，和这些无名的平凡相互嬉闹着。客厅外的空调传来隆隆响声，空调的水一滴又一滴地滴下来，打在某个可能是硬瓷花盆的地方，花盆里小片三叶草不停地发颤，当然也可能是别的什么草，毕竟都是野草，没人会关心它们的存在。

---

① 本文故事向 20 世纪开创客观主义哲学运动的著名哲学家、小说家和公共知识分子艾茵·兰德致敬。

她笨拙地拎着行李箱走上前按响了门铃。

房屋的女主人马上跑出来开了门——她们是多么像啊,就像是——像是,在照镜子。

此后的每天,她都会来十小时,晚上九点到早上七点,来过她的镜像生活。

她是次级人(sub-human)。

三年之前

她也是碰巧才报了名的,那天下班,她看到一条长长的队伍,就排了过去。

"管它是什么,我已经太久没碰到过惊喜了,但如果是草莓味的酥饼那会更不错的。"她想,"上次吃完黄桃味的时候,我就一直想要一块草莓味的。"

她整天过着复制生活,像激光排版一样把上一天复制得完美无缺。上次碰到有点儿意思的事情(当然是对她来说),还是邻居家的王太太给了她一张菜谱,教人如何腌出黄瓜的全部营养,那里面的句子甚至比诗(当然也是对她来说)还好听。

"至少比有些诗好听。"她又想。

当她排到最前面的时候,发现这队伍竟然是买腌黄瓜的。"哦!我已经腌了五瓶了!"她沮丧地想,"而且说不定我腌得会更好,毕竟那菜谱读起来像诗一样。"但她也不是没有收获,她听到队伍前面的那对年轻夫妻在说次级人的事,人到中年就爱听些奇怪的事。

"亲爱的,听说政府在招收次级人,好像是针对那些无法挖掘内心力量,也找不到自身幸福的人,你说,这年头政府花样可真多。"那女的撇了撇嘴。

"但那要找到财富和幸福都富余的下家,而且为了不影响生活质量,他们还得很像,不论是外貌、身高、体形,还是性格、脾气,这不就一镜中人吗?还不能讲话,这不是自个儿找罪受吗?"那男的一边刷着朋友圈一边说,眼睛在小小的荧光屏上急速移动。

她则好似听演讲般听着他们的话（当然这也只是对她来说），不时还点一点头。

犹豫再三，她还是去政府报了名并接受了信息采集。一年以后，当她收到第一批次级人的通知时，心中有说不出的滋味，这跟几个月后她在女主人家门前看到那盆被空调水滴打的无名野草是一样的感受。

当然，她还没看到那盆野草，正如那盆野草也还没看到她。

于是，她收拾好行李。"如果行李箱再大一点，我还可以再放一瓶腌黄瓜。"她再次沮丧地想。关上了背后属于自己的那扇门。

她走了出去。

一年之前

她穿着和女主人一样的睡袍，不论女主人走到哪儿，她都跟到哪儿。

女主人有一个丈夫，一个寄宿制高中的儿子和一个还在读小学的女儿。

吃早饭的时候，她沉默不语——次级人就应该被忽视，并且不能有自己的言语和情感，一切都应该模仿对方的行为、言语，这是黄金规则。

这样，她就有了和最亲爱的家人吃早饭的感觉——尽管餐桌上谈论的话题她并不熟知，她也没发出一丝声响来表达自己的好奇。

女主人把女儿抱起时，她也感受到了自己女儿与自己拥抱的感觉。女儿鼻子吹出的热气痒痒的，似乎正有羽毛挠着她。她内心笑开了花，但依然没有发出任何声音。

晚上睡觉时，她在女主人床旁支起一架小床，安静地躺着，听着屋子里主人的讲话。声音越来越轻，直到传来男主人清晰的梦呓。她已经很困了，但她听到了女主人的咳嗽声，女主人还没睡。她强撑着，直到女主人传来轻轻的呼噜声。

该是睡觉的时候了，她想。

<h2 style="text-align:center">四个月之前</h2>

第二批次级人来了。

令人惊奇的是，男主人竟然也有个次级人。

"那多亏了我的表现不赖，否则也不会有第二个次级人。"她暗自欣喜地想着。但很快，她就责备自己——次级人不应该表现出她自己的情感。

餐厅里又支起了一把椅子，于是这儿到处是椅子。卧室里又放了一张小床，于是这儿到处是床。

夜晚降临的时候，她和他仔细地聆听着房屋主人的说话声和梦呓声，宛若处于一座桥的两端。

来访的客人都以为自己眼花看到了重影，但是他们知道应该忽视次级人的存在，否则他们也许会跑到医院眼科部就诊。客人们最终只是咽了一口唾液，继续友好地走进屋子，寒暄、讨论。她则在旁边听着，时而点头微笑，时而眉头深锁，致以担忧的目光（当然这都是房屋主人的神情）。

然而，发生了两起很不愉快的事。

第一件事情发生在男女主人参加殡礼活动，他和她实在不方便出席的一天。他走到正在发呆的她旁边，在沙发上坐下，问她要不要吃冰激凌，他说附近有一家很著名的甜品站，他可以跑去买。她吃了一惊，仿佛被人指着头劈天盖地骂。她伤了自尊，跑到厕所里反锁起门，大哭了一场。但次级人是不得和主人讲话的，否则她一定让女主人允许她把腌黄瓜砸到他头上。她摇摇头，叹了口气。

第二件事则是在三个月之前，这个事情更糟糕。男主人在刷牙时，他也一起跟着开始刷牙，刷左边，刷右边，然后是里边和上边。但是他不小心手一滑将玻璃杯掉在了地上，女主人和她马上戴着面膜向他望去，男主人尴尬地瞥了一眼他。终于清楚地意识到自己正和一个陌生人共同在自家卫生间里刷牙，这还不是最糟糕的。他紧接着发出一声长长的令人毛骨悚然的惨叫，一边说着"对不起"一边收拾着碎片。这下男女主人都清晰地意识到了他和她的存在——两个陌生人的存在。气氛突然开始紧张，碎片的碰撞似乎不小心划破了其他的一些东西。

第二天，他就走了。

不符合游戏规则的，都要出局，她骄傲地想着。

镜　像

我们每个人心中都有一团熊熊的、热烈的、翻腾着的火焰。

可我们却总是忽视它。

我们总想着自己是那么软弱，没有一点力量。

就如同被踩在脚底的爬虫。

身边的人无法看清你的内心。

医生能在 X 光片上看到你的心脏，也能准确地摸出你的每一节骨头，他能说你的骨头全都到位了。

但我想说，也许你的骨头并不是每一块都踏踏实实地在它们应该在的位置。

它们发出了"哼呵"声，它们不舒服了。

它们应该是巨人的骨架，应该步行于华尔街的证券交易所，应该步行在北大清华的草坪上。

那头骨上应该有华丽的礼帽。

那脚骨下应该有双漆亮的黑皮鞋。

你身上的骨头要有血有肉，它们应该温暖有弹性，结实有力量。

膝盖骨不是用来下跪的。

高傲的脸颊也不甘心被生活白白扇一记巴掌。

喉部的肉给予你大声说出梦想的力量。

双腿是为了让你奔跑在这广阔的大地之上。

双手要伸向太阳。

双眼要望向远方。

于是你终于成了你自己。你听到心中的火被烈烈的风吹得"噼里啪啦"，那是你梦想赋予的强壮的力量。

那才是你的火啊！

而不是成为镜像，成为生活的傀儡，成为一个吊线木偶。

你望着镜中的自己，却颠倒了两边。

哪边？

是哪边？

哪边是我？

哪边是镜像？

你伸开手，你也看到了手心的纹路。

你跺跺脚，你看到他的脚也跺向了地面。

但，别忘记，你心中有团火，它有亮度，它有温度，它不停地翻滚、咆哮，火星四射，如同一朵红色与黄色相间的热烈花朵，不再是地砖缝隙里长出的野草，它不在墙角，不在空调下方的硬瓷盆里。

你看到自己身体彤红，你对着镜冒出蓬勃翻腾的温暖白气。

他却原地不动，他只是木偶，他只看到你的一缕青烟，却无法使自己暖和。

你莞尔一笑。

他也莞尔一笑。

你听到你胸腔里的声响。

"我永远为你祝福。"

"我永远忠诚炽热地为你祝福。"

"我也为我祝福。"

"我也永远忠诚炽热地为我祝福。"

"不知名的陌生的你啊,我也为你祝福。"

尾 声

之后,她有了很多孩子,还有很多孙子孙女。

六十年后,她在她最后一任女主人的沙发上走了,她感到一生美满幸福。走时嘴角甚至还带有笑容。

(作者学校:浙江省东阳中学)

本文为2018第五届"北大培文杯"决赛参赛文

> 这篇文章初衷其实并不复杂。在对电影《每分钟一百二十击》的评价中，有人说电影所描绘的那种艾滋病自发性组织，和一些关于预防艾滋病的社会运动、非暴力抗议和巨大的社会压力正是法国社会十几年前真实模样的体现。"褐花病"的原型就是艾滋。除了致死疾病本身，我所在乎的，也同样是这种激进的生活态度。当死亡明目张胆地向人们逼近，人们则有太多的炽热喜爱，成为人们所留恋这世界的余温，这是文学部分，这是灵魂部分。

张 莹

另一种拥有褐花的方式

2011年6月11日，我用黑色签字笔涂掉这个日期。2011年6月11日，带着一份不够坚定也不够强壮的勇气，我重新写上这个日期。那天，成千上万张褐花图从未知的远方飘进这个小镇，你能看到正在吆喝着买菜的女人和还未数清零钱的旅人，都弯下腰来，从泥泞里，捡起被暴雨击打而惨烈落地的褐花图。因为这件事情被闹得如此浩大，你终于可以看见淙妈妈的笑，一种非常难得的发自内心的笑，既安然又激荡，她的笑眼里有一抹深沉诱人的金属光泽，让你瞬间感到心醉神驰。

我不敢相信这件事与淙妈妈有关。

淙妈妈身上有一条非常恐怖的裂痕，从淙妈妈的胳肢窝一直蔓延生长到肚脐眼，像是一道匍匐在大地上的裂谷。人们告诉她，这种现象应该是某种病，却没有人能拿出药。这条裂痕深处像是被烧焦了的模样，发出令人作呕的褐色。但是因为淙妈妈从来不将它公之于众，总是遮掩在一件又一件的服

张 莹
另一种拥有褐花的方式

装下面,人们各自忙碌各自的生活,很少有人提及此事,直到,她身上褐色的裂谷突然开始长花。

这是淙妈妈来到我们家之后才有的事情了。

她曾半开玩笑地和我们说:"女人啊,我是说,再坚强的女人,一听到'一束鲜花'这种词,也会心头一绽的。"

那天是母亲节,我和哥哥都知道这是她在向我们索要礼物,嘻嘻笑了很久。

哥哥回到房间里,把攒的零钱倒在了深蓝色床单上,挠挠头。

"算了,给淙妈妈买花吧。女人啊。"他如是说。

在把那淡红色的花束递给淙妈妈时,我不敢相信,在这之后的几年里,她身上竟自己长出了花。最初是几朵很小很不起眼的花,淙妈妈非常惊异,当着全家的面,用剪刀把这几朵淡红色的花儿剪了下去,流了血。但她为此疼了一周左右。这花的根、茎、叶都是这个弱小女人最真实的肉体。很快,花开始长得更加猖獗,原先剪去根茎的地方也长出了更旺盛的淡红色花朵。旺盛到她的衣服无法再遮盖那一片从胳肢窝到肚脐眼的花田,旺盛到她无法再正常地行动。

那几天,淙妈妈说她常常会做噩梦,梦到淡红色花朵围着她、淹没她的场景。她一直会在早晨给我、哥哥和爸爸做茶叶面,但是那几天,她常常会待在自己屋子里一直到中午。茶叶都变成了苦茶,因为我只会泡茶;面条都变成了咸汤面,因为哥哥只会放盐。有的时候,看到淙妈妈的双手已经在微微颤抖,能感觉到她的情感难以压抑,但是她还会放下一个改革者的架子,回归一位普普通通的母亲身份,朝我们笑笑,说:"起床了呀。"

爸爸说她就是这样一个温柔而有魅力的女人。

爸爸正是试图这么说服我们的。淙妈妈搬来我们家之前,我和哥哥已经渐渐习惯了没有妈妈的日子,虽然明明知道妈妈就住在不是很远的镇子里,但是也没有想让她回家来的欲望。爸爸在淙妈妈初到我们家的时候,时常笨手笨脚地试图缓解我和哥哥对淙妈妈傲慢的态度。可爸爸从来不知道,他的任何一句话都不如淙妈妈的一个眼神有力量。

这点,淙妈妈懂。我想如果读者能够稍微和淙妈妈接触过,最好再稍微尝尝淙妈妈做的茶叶面,都会很认同爸爸对她的评价:温柔而有魅力的女人。于是,我和哥哥没有造反,也没有更多抱怨,也感谢爸爸曾经给过我们的教育,我们并不像常规道德里那样排斥陌生人住进自己的家里,反而愈发安心地过起了有淙妈妈的日子。

"你知道我很厌恶你。"我曾这样明确地告诉她。

"我不关心你对我的态度如何。"淙妈妈轻轻在围裙上擦了擦手,"你能帮我解一下围裙后面的绳子吗?"

"我会一直厌恶你的。"我无动于衷。

淙妈妈将双手缓缓伸到身后,将两根手指拈住绳子的一端,轻轻拽下,绳子乖乖地顺着她的身体落下。接着她用右手把她长长的头发撩起,用左手把围裙的脖子带绕过她的头,再放下头发和围裙,最后不慌不忙地提了提她的衣服。她轻轻望向我:

"我说了,孩子,我不关心。"

我正准备带着愤怒转身离开她的时候,她突然掀起了她的上衣。

那是我第一次看见那道裂痕,一种触电之感遍布全身。

她又挪挪嘴唇开始说话了,音量很小却很有力量:"没有哗众取宠的意思,我出现在这里,是因为我爱着你的父亲,而不是取得你的认可。现在你看到了,这才是我最真实的人生。"

以我对这个世界浅薄的理解,可以说爸爸和淙妈妈彼此相爱。爱情没有那么伟大,看人们愿意如何定义啦。

有一段时间里,凡是没有下雨的日子,都能看到淙妈妈坐在庭院里给父亲剪花。暖阳落在砖块上,总是无言地陪伴着淙妈妈。而爸爸也总是会从身后偷偷搂住淙妈妈。

淙妈妈会背着我和哥哥，告诉爸爸："我不想死。"

爸爸会噙着眼泪，笨拙地摸摸淙妈妈的头发。

如今，淙妈妈的花已经开满了裂痕。那花枝非常庞大，压着她以至于让她无法正常行动上半身，只好坐在轮椅上。我很多时候无法想象，自己身上长出一片非常幽深的花丛的感觉。但是最黑暗的时刻，还要属哥哥得上褐花病的时刻。

全家崩溃。

哥哥身上发现了一道浅浅的裂痕，褐色的。哥哥传染上了这种疾病。

淙妈妈知道，不久之后，那道褐色裂痕就会开始变粗，开始变长，开始变得令人作呕，令人排斥，就会开始长花，开始做噩梦，开始带来残废，最后让哥哥迎来死亡。淙妈妈的哭声突然打破了宁静。一道窒息的阳光从窗外打进来。哥哥奔上去抱住她的头，父亲上去亲吻了她的脸颊，而淙妈妈不停地呜咽，眼睛渐渐变得红肿，最后她渐渐凝固在座位上，眼睛也没有闭合，只是时常能看到泪水从眼角顺着脸落下，落到地上，落到木质地板的最下沿，直到最后被蒸发掉。

那日，我见到淙妈妈在桌子上突然堆满了稿纸，纸上密密麻麻写着世界各地对褐花病的研究和治疗手段。她不是为了自己，我知道，她自从得了这种病后，已然放弃了对自己的救治，她只想和她爱的人宁静地生活在一起，这已足够。而她现在在做的，仅仅是为了拯救哥哥的生命。

"你在那里？"淙妈妈从橘黄色台灯灯光中转过头来，她蓬松的发丝的末端闪着金色的光泽。

"我在。"我倚着门框看向她。想说的许多话突然都没有了，只想安静地看着她，听她发出声音。

淙妈妈却没有说话。

"你在做什么?"我问。

"你知道的。"淙妈妈将双腿也转向我的方向,"褐花病,它是,它是一种世界性的疾病,它传播方式是血液。哥哥,哥哥是这么被传染上的。你还记得哥哥喜欢滑板,每次身上很多伤口,一定是这样。我很有可能在什么时候抱着他的时候把花粉传染到他身上了,很有可能,花粉这东西是传染源——现在是有药物可以治疗的,竟然是存在很多的,可以缓解。我现在还不太清楚,但是……但是。"

她还是没有回答我。但是我知道她有很多东西想要说,关于褐花病的病理、症状、表现和并发症,关于褐花病患者所遭受到的歧视、社会压力、心理扭曲。但我还不知道她到底在做什么。她双手颤抖,正处于一种极度激动的状态,也许她也不清楚她该做什么,总之她没有再说什么了,她知道没有解释清楚什么事情,就尴尬地朝我笑笑。

我上去轻轻搂住她。就在这一刻,我清楚地感觉到,我不再是需要她宽容的孩子了,我可以把双翅展开,用温柔的羽翼温暖她,用我的翅骨折成庇护所,可以为她挡雨,甚至可以去舔舐她。就在这一刻,她只像一只被猛狮追逐了彻夜已经遍体鳞伤的小鹿。

不过很快我就知道她在做什么了。

2011年6月11日,发生了一场自发性褐花病预防组织所策划的游行活动。那天下起了暴雨,他们的身影穿梭在大大小小街道上,警笛在空中威胁地盘旋,泥泞裹挟着叫喊和宣传单。一双双懵懂的眼睛看向这些疯狂的人们,这时才在心里被浅浅地留下了一个叫做"褐花病"的名词。而淙妈妈正是这场活动的策划人。那天夜里,她异常难受,血丝在双眼里肆意交错,病毒毫不在意地在她那虚弱的体内奔腾,冲击着她破碎的灵魂。爸爸的眼神像是一道能够抚摸一切的光芒,将淙妈妈从阴影中救出来。第二天白天,她虚弱地坐在轮椅上,缓缓地跟着人群移动,极其显眼地裸露出身上的花朵。地上被

张 莹

另一种拥有褐花的方式

雨浇湿的宣传单上绽开着由她亲手设计的褐花图,她才露出那种安然又激荡的笑。

奇怪的是,她坐在人群中央,将双手向上举,再向上举,再将双手合十,并不严丝合缝,却能感受到两只手掌用力相扣,将眼睛一直一直向上看,任凭浑浊的雨水击打着正脸。这是一副乞讨者的模样。

也许她不得不如此。淙妈妈身上的花开始枯萎。花渐渐变成了褐色。她终于不再需要去承受那么沉重的花束负担了,但是能感觉到她的整个人也在枯萎。一点一点,从皮肤到骨架。

"我可以把时间拆分开,我的一天可以拆分成一半,这一半再分到四分之一,这四分之一再拆分成八分之一。直到最后我的生命被拆分成数以万计的秒钟,我才能勉强感觉自己还活着,还有热爱。我也可以把一切合起来,把爱和恨同时发泄,把内疚和释然的过程瞬间抵消,再把悲痛和快乐彼此交融。因为我割舍不下这世界。"她最后在图纸上写道。

她放下了她的一切,向这个世界怒吼着,恨不得让全世界遍布褐花。记得她曾说过,再坚强的女人,听到"一束鲜花"这种词,也会心头一绽。从那天之后,她的眼神里仿佛有一把清澈的刀锋,戳向那些平庸的灵魂,又承载了一个混沌的世界,包容着那些或自卑或崩溃的人们。

也许,淙妈妈的灵魂我很难靠近。我不知道,但是可能她就像在褐色深谷里开放的一朵褐色花,即使直到那褐色深谷是她最温柔最彷徨的所在,也没有人胆敢爬上去采撷她。

这是一场褐色的葬礼。所有前来吊唁的人都身着着褐色的西服,也有人把口袋里的口袋巾折叠成了褐花的形状。当然了,哥哥骄傲地露出了他身上那几朵由肉和血生长成的花朵。由于花朵的营养侵蚀,哥哥的头发已经开始掉落,他脸颊苍白,病情开始恶化。

转头看见了父亲。我清晰地记得他穿的是黑绒的西服,在他西服的领口上，有一朵像是被烙印下的金色褐花。

他把手放在棺材上支撑着自己，眼眶里的东西苍白而无力。

"我就知道会是这样，这该死的。这该死的。"

他渐渐变得语言错乱，然后还没等我说一句话，就奔着门口方向走开。走到门口时，踌躇了一阵子，便彻底离开了。后来的葬礼他再也没有出现。

那天所有人坐在椅子上，偏偏房间的角落里放起了一阵极其青涩凄凉的钢琴声，我才发现自己脸上已经纵横交错了许多泪水，让我显得极其狼狈。我奔出去，发现外面的一切一切都很祥和，外面的一切都充满了希望。

紫色的光影从视野的边缘洒下，湿漉漉路面上的水汽正在蒸腾。

就像父亲一样，我再也没回到葬礼上。

为什么？为什么一群小小的生物病毒会带来如此毁灭性的对灵魂的灾难。

文学那些爱情和悔恨，诗人那些月光和玫瑰，到底比不过这该死的褐花病病毒吗？我可以说，我爱淙妈妈，所以请你回来吗？

淙妈妈的死只是开始。

我加入这一褐花病组织已达三年之久，成为领导者之一又已过去了一年之多。这篇文章献给我亲爱的淙妈妈。参加了无数次活动和宣讲，我仿佛能稍微体会到那抹金属光泽微笑的心境了。那是一股分外沉重而激进的力量。很可惜，我没有拥有淙妈妈和哥哥身上那片褐色花田，但是我找到了另一种拥有褐花的方式。我开始给自己煮茶叶面，我开始在工作台上设计图稿，我开始去学习相关的知识，我开始去爱周围的人，包括正在努力康复的哥哥，我开始站在褐花病焦点的正中央，不知不觉中，我的部分灵魂在以极限速度接近你。

（作者学校：北京大学附属中学）

本文为2018第五届"北大培文杯"复赛第十二场参赛文

> 1Q84年，置身于这冷酷仙境，耳边是Radiohead的另类摇滚，突然撞见一块广告牌，上面写着："老虎汽车为您加油！"
>
> 舞！舞！舞！千万文字在翻滚，燃烧，狂歌——它们玩命般地奔向苍茫夜色中的世界尽头。
>
> "我在各种悲喜交集处。能做的只是长途跋涉后的返璞归真。"
>
> 爱音乐，爱写作，爱探寻音符中的诗意，也爱细品文字里的岁月如歌。喜欢村上春树、马尔克斯、王小波、芥川龙之介……执意做一名在文学里孤闯的勇者，希望永有敏锐的思考与率真的灵魂，爱我所爱，行我所行，仗剑，行走天涯。

郑迪珂

纸片人

2012年的夏天，F先生终于把自己的生命折进了深深浅浅的纸痕里。折回到那些快乐或痛苦的、温暖或冰冷的、讳莫如深又呼之欲出的秘密之中。

您看，时隔已久，F的影子早该淡去。然而他那白纸般惨然的小脸以及纸壳般干瘦的身形，就像一张张薄凉的纸，这么时常地、毫无目的地划过我们的脑海，似乎在以这种无关痛痒的方式，竭力证明他曾存在过。

就在几年前，您还能在咱们镇上看到他。他总是一袭轻飘飘的白衣，那白衣同样轻飘飘地晃荡在他身上。就连他那眼神，也永远是飘然定格在没有方向的尽头。他轻飘飘的小眼神，就像一个沉重的套索，牢牢地套住我们，让我们无所遁逃。他声音极细，语速却很快，像极了夏日蚊虫的"嗡嗡"声，时而伴随着某种压抑的情愫，密密麻麻地涌进我们的耳朵。听他说话可不是一份美差，然而他总是极力表达着什么，诉求着什么。他那些琐碎的小怒火和小抱怨细细簌簌地攀满我们的心，像一张薄纸以极快的频率划动我们的情感，尽管它们毫无分量又令人啼笑皆非。但很奇怪，每当这时，大家都对F恭敬而客气，从不敢表现出一点不耐烦。也许是害怕被那套索给永远套住，也许是害怕某些说不清道不明的更为深邃的东西。总之，F先生就这样以最轻的方式，成了我们镇上最沉重的人。

> 人的生命就是一张白纸，有两种方式可以将它填满。一种是用彩笔给它涂上靓丽的色彩，一种是把它折成漂亮的形状。而我的生命，如今只剩灰蒙蒙的颜色和数不清的深深浅浅的折痕。
>
> 我也曾拥有生命最美好的形态，但苦难把它压散了，形成了最丑陋的折痕。我也曾拼命挣扎过，然而这一切只让折痕变得更深，最后刻在了我的生命里。也许是折痕的崎岖让我无望，我竭力想让他人的生命免受折痕之苦，他人的希望便成了我的希望。
>
> ——F

告诉您吧，每当咱们镇上有什么大事将至，F先生总是最积极的意见领袖。您看他蠕动着嘴唇，那"窸窸窣窣"的声音便又从四面八方奔涌而来。他挥动着干瘦的手臂，眼神不安地跳动着，然而没人敢望向他。我们都害怕听到那些过于悲观的、过于保守的言辞论调。尽管没人相信，但那些东西总是让人浑身不爽。偶尔也能碰到F先生难得的建设性意见，但当我们真正把决策权交给他的时候，他便像纸一样软软地滑了下来，小眼睛里闪现出极脆弱的、极不自信的光亮，这种光亮对我们而言甚至比蚊虫般的声音更可怕。它意味着F将无休止地回忆自己失败的过往，以此来证明他虽有经验，但不可担大任。于是他的计划便被搁置了下来。接着他又以一种更无望的阴谋论调来评论我们的计划,用绝望的神色逼迫我们一次次修改它。

"这里面有大问题。"F先生如是说。

最后我们什么也没干成。

也许什么都不干,就是F先生的最终目的。在他看来,避免所有过错的最好方法,大概就是坐以待毙。

  我想跳出我的折痕,迎接全新的生活。然而我永远跳不出这个怪圈,所以我一次次地咀嚼它们,久而久之便习惯了这苦涩的味道,甚至有种异样的快乐。我接受了自己是个彻头彻尾的失败者,接受了自己愈加单薄的人生。

  我的折痕,是我讳莫如深又呼之欲出的秘密。

  我想,人的生命以纸的形态开始,然后渐渐丰盈,从扁平的二维,变成厚重的三维。有的人,他们的生命在三维的基础上,浸润了雨露的芳香,吸收了时光的甘醇,变成了最有意义的四维。而有的人,在经受了生活的重压后,重回了二维。但此时的二维,再也没有伊始的单纯美好,有的只是苦难的残渣和为了活而活着的终极目的。

  一张纸被无情捏成了团状,从此生命成了无目的的浪费。

——F

您可知道我们的孩子都怕F。倒不是我们给孩子灌输了什么对他的看法,只是F对孩子的态度实在有些奇怪。他总是买一些花花绿绿的糖果逗孩子,有时会有胆大的孩子靠近他,怯怯地从他手里拿过一颗糖。他总会目不转睛地盯着孩子看,像是在注视着一件艺术品。一会儿他便露出一种极为悲伤的神情。这种悲伤浓得化不开,以至于在他苍白的脸上绽开了一朵奇谲的花,把孩子吓得哇哇大哭。我们都知道 F 是想起了他的妞妞,他那个夭折的唯一的孩子。我们不想再听 F 回忆一遍他妞妞的故事,于是我们赶忙带着孩子跑远了。大概把 F 留在一旁独自悲伤不太符合人道主义,但他带给我们的种种压抑早使我们顾不了许多。也许我们太了解 F,也许我们从未了解过 F。

  妞妞是我生命中的一道光,然而她转瞬即逝,她带来的痛苦掩盖了幸福。

  小孩子总会让我想起妞妞,想起她单纯的伊始的生命。而妞妞也让我明白,即使是幸福,也终究是一条折痕。我羡慕妞妞,羡慕她还没有过折痕便消散的生命。我也羡慕所有的小孩,他们有最本真的生命美学。

  既然如此,生命何必开始。最美好的生命,却失去了存在的意义。

  那我存在的意义是什么?或者说,当我死去后,还有什么能证明我存在过?我突然明白,我纸一样的生命,因为被赋予太多毫无意义的东西,早已无法承受。我也渐渐醒悟,过分轻贱自己的生命,只会让生命的存在失去合理性,使之成为人类之大悲。

  "我必须做一个殉道者,以度过彻底贷出的一生。"

  不能承受的生命之轻。

——F

  2012 年的夏天,F 像一只大鹏一样展开双臂,以从未有过的雄伟之姿,从水中生生举起了两个淹得半死的孩子。从此我们再也没有见过 F。

  在见义勇为的领奖台上,两个孩子的父母哭得稀里哗啦。可 F 依然没有回来。

就在这个夏天，镇上流行起一款叫 Stepping Pants 的游戏。一个会行走的纸片人，在玩家的控制下艰难行走，一不小心，双腿劈成一条直线。它的脸色惨然而痛苦，它像极了一个人。

我们都知道那像谁，但大家都默契地没有提起。那是我们讳莫如深又呼之欲出的秘密。

F 先生终于把自己的生命折进了深深浅浅的纸痕里。我们再也找不到了。

（作者学校：重庆市第八中学）

本文为 2018 第五届"北大培文杯"初赛参赛文

要我谈谈对青春和文学的看法。然而我得说，我对青春并不感到特别的骄傲，对文学也没有信仰。我就是个喜欢写作的人，我喜欢这个标签，像这样的标签让我觉得自己成了某一种有趣的人。

写作，文学，这是我在大概三四年前抓住的东西。当时只是想，我一定要成为作家，其实心里并没有那么痴迷与执着，我只是迫切地需要一些念头来让自己的存在更真实，并且媚个雅——优秀的人不都得有个响亮的梦想吗？也因为这种心态，其实我并没有真的努力。直到上了高中后，结识了一位重要的朋友，对我的醒悟有重大帮助，不过她倒是不知道自己做了什么。

之前我一直拼命探求永恒的事物，有段时间还纠结到底是该搞文学还是搞物理，毕竟文学并不永恒，人没了文学就没了。不过我现在明白，永恒是不存在的，也没必要把永恒作为价值判断的标准，所以我真正开始思考，我要做什么，写作又是什么。

李 扬

燕子先生和他的种子

2018年4月18日。

几个小时前，余树来敲我家的门，说是来蹭蛋糕吃的，我这才想起今天是我的生日。很抱歉地跟他说没有蛋糕，他似乎有点扫兴。"我礼物都准备好了。"他举起手中的书，"一个书摊上淘来的，卡洛斯·富恩特斯的《最明净的地区》。那个老板不识货，才花了十块钱，便宜死了……"没等他说完，我就把书从他手中夺下来了。"嘿！蛋糕都没有还想要书！"礼物很合我的心意，余树知道我喜欢拉美文学，我留他在家吃了顿饭，妈妈紧急让爸爸买了羊肉和鱼，炒了几个菜。饭后，我们一起读《最明净的地区》，发现在第二十三页夹着几张稿纸，是一篇手写的小说。"这算是一种非日常的奇遇。"我对余树说。

为了纪念我又一次摆脱日常，我把这篇意外得到的故事原样抄在这里。

"燕子先生！燕子先生！"病房的地面没有铺瓷砖，是灰色的水泥地，墙壁因为日子太久也变成了灰色，很多地方的墙皮因为渗水而开裂。病房里有三个床位，只有南面靠窗的床上躺着一个小男孩。他的手臂露在被子外面，可以看到突出的深紫色静脉。现在他正焦急地喊着："燕子先生！快来吧，燕子先生。"

一只燕子落在窗前的梧桐树上。隔着窗玻璃，小男孩说："燕子先生，请给我找一粒种子吧。"燕子先生向左歪着头看小男孩，那是他表示疑问的方式。"我想种最后一株花。"小男孩勉强地笑了，刚才一直在喊燕子先生，他有点累，"生病前我是很喜欢种花的，这几个月我都没有见过活的花。同学和老师带着一大捧死掉的花来看我，真让我难受。"燕子先生的头歪向右边，又一个疑问。"我还没有想好。"小男孩露出抱歉的表情，"多带一些种子来吧，也许有一颗种子我会喜欢。"这时，病房外有人敲门，护士推开门走进来。"不说了，燕子先生。"小男孩说，"到打针的时间了。"燕子先生拍拍翅膀飞走了。"在和谁说话呢？"护士一边挂好吊瓶一边问。"没什么，我在和朋友聊天。"小男孩露出一个甜美的微笑。护士也会意似的笑了。

燕子先生飞出医院的高墙。该去哪儿给小男孩寻找种子？他不知道，小男孩也没有说，那就随便找些好了。他拍拍翅膀往城市的公园飞过去。今年春天，他飞回自己前一年在医院做的窝，那窝看起来还能用。他四处飞来飞去找材料修补燕巢，就这样，他注意到有一个窗口里的小男孩老是盯着自己。

燕子先生回巢是没有固定的时间的，有时十几分钟一次，有时是一个多小时一次。这全看运气，因为修巢的材料并不是到处都有。可他每次回巢经过病房的窗户，都看到男孩正在注视着他。"这个孩子一直在等我。"他这么想。小男孩很瘦弱，病得很重的样子。"看样子，他活不过这个秋天了。"于是，在一个黄昏，当燕子先生的巢已经修补完善，可以用来做今年的新房时，他便飞落在小男孩的窗前，叫了几声，用自己最好听的嗓音，据说人类都喜欢鸟儿的叫声。

小男孩笑了，他说："谢谢，燕子先生。"燕子先生，这个词的含义是什么，燕子先生自己并不了解，但他喜欢这个名字。他努力又叫了几声，小男孩笑得更开心了。"你为什么来医院筑巢呢？这里一点也不让人觉得开心。"确实，这里总是会有死亡，而且院子很狭小，院子里的花坛也很狭小，花儿们都没法自如地伸展自己的肢体，只能挤成一团，勉勉强强地生长。"是因为这里很安静吧，外面总会有人捣毁你辛辛苦苦筑好的巢。据说乡下的人们对燕子都很友好，不会破坏你的巢，明年我带你去乡下吧，等我的病好了。"小男孩说，燕子先生惊讶于他知道自己的想法。"我都知道的。"小男孩的微笑一直挂在脸上。在谈话的最后，小男孩拜托燕子先生去给他找一根去年冬天的枯枝，他们就那样成了朋友。

燕子先生来到公园，现在正是春天，大多数种子都已经萌发了。他找了很久才找到一粒。不知道小男孩会不会喜欢，他这么想着。繁殖季节要到了，自己要准备找个妻子，生儿育女，不过还有点时间，自己还能多陪陪小男孩。

燕子先生飞回医院时，小男孩正在和父母聊天，燕子先生静

李 扬
燕子先生和他的种子

静地站在树枝上等着。爸爸先走了,而妈妈一直待到晚上。燕子先生看着小男孩和妈妈说说笑笑。孩子都是单纯而且乐观的,燕子先生想起自己去年的那一窝雏燕。妈妈的手机响了。"是弟弟又哭了吧?"小男孩说,"妈妈,你快回去吧,不用担心我的。"妈妈露出歉疚的表情,小男孩使劲摇摇头。"不,没事的,妈妈你放心吧。弟弟还那么小,我怎么会难受呢?"

妈妈离开病房,又只剩下小男孩一个人了。燕子先生飞落在窗前,小男孩望着病房的门,后脑勺对着燕子先生说:"其实我是想让妈妈留下来陪我的,可弟弟总是哭,我很嫉妒他。有什么办法呢?我不想让爸爸妈妈觉得我是不懂事的孩子。"小男孩转过头来,对燕子先生说:"如果我死了,爸爸妈妈会很难过吗?"燕子先生扬了扬翅膀,这是在表示肯定。"会有多难过呢?"小男孩问。燕子先生又想起了去年的那一窝雏燕,其中有一只孵出来的时候实在是太虚弱了,没几天就死了。当时燕子先生发了疯似的想要撬开小燕子尸体的黄色小嘴,喂他虫子吃。燕子先生对着男孩把翅膀使劲张开,努力地叫了两声。"会有那么伤心啊。"小男孩说,"可他们不会一直伤心,对吧,燕子先生。他们的伤心会越来越少,他们会把更多的爱给弟弟吧。慢慢地,我会变成他们都不愿意提起的一个名字,弟弟现在那么小,也许以后他都会忘记自己曾经有过一个哥哥,爸爸妈妈也不会告诉他。或者就算告诉他了,可等他长成大孩子,看到他只有十岁的哥哥的照片,也会觉得难以接受吧?"燕子先生不知道该说什么好了,小男孩很不对劲。他又叫了几声。"谢谢,燕子先生,我会努力变高兴的,你带种子来了吗?"小男孩说。燕子先生扬了扬翅膀,张开嘴吐出一粒黑色的种子。

"不,我不想要向日葵种子。"小男孩说,"向日葵太大了,我想把花养在花盆里。请再给我找一颗种子吧。"燕子先生使劲扬起翅膀。

　　以后，燕子先生一直在努力替小男孩寻找种子，可小男孩总是不满意。"谢谢，可我不喜欢蒲公英的种子，它会飘得到处都是。""不，牵牛花要有花架才好看，我这里没有足够大的花架。""请再给我找别的种子吧，栀子花要长很久才开花。"……夏天的繁殖期快过去了，可燕子先生根本无心去参加燕子们的相亲大会，因为男孩正变得越来越沉默，笑得越来越少，燕子先生害怕这是死亡即将来临的征兆，他急迫地想要找到男孩满意的种子。燕子先生有些遗憾，今年没能够养育新的孩子。不过这样一来，他就能够更专心地为男孩寻找种子了，燕子先生尽量乐观地想。

　　初秋，土地里的种子更多了。"燕子先生，停下吧，就算你找到种子，也许我也等不到它开放了。"燕子先生努力叫几声，给男孩打气，仍然是不知疲倦地为男孩寻找种子。

　　一天，在公园里，他遇见了曾一道飞来北方的雌燕，便打了个招呼。"你还在给那个孩子找种子吗？"雌燕问他。"是的。"燕子先生说。雌燕叹了口气："我很喜欢你，本来还想以后就只和你在一起度过繁殖季，没想到你对一个男孩这么着迷。"燕子先生被这突然的表白打蒙了。趁着这个机会，雌燕飞快地吻了燕子先生一下，拍拍翅膀飞走了。"冬天快来了，快点准备回南方吧！"雌燕的声音越来越远，燕子先生还在回味刚才的那个吻。

　　公园里杨树和梧桐树的叶子越来越少，燕子先生却还是没有找到合适的种子。他一天天地推迟南飞的行程，男孩多次劝他走，都被他拒绝了。直到有一天，他再次来到公园，发现土壤里到处都是种子，而枝头的叶子已经落尽了。

　　直到这一刻，燕子先生才发觉自己失去了什么。他本来会有一

李扬
燕子先生和他的种子

段美妙的爱情，一位可爱的妻子，和一窝翻飞在他身边的雏燕，可现在都没有了，他也无法赶在冬天之前飞回南方了。可是男孩，男孩的种子怎么办？他快要死了。燕子先生站在枝头，看着一地的落叶，思考了很久，太阳快落山了，燕子先生终于选中了自己的目标。"他一定会喜欢吧。"燕子先生觉得口中的礼物有些苦涩，他飞向医院的方向。

当护士走进病房的时候，发现男孩正盯着窗外看。一只燕子在不停地撞击窗玻璃。她奇怪这个季节怎么会有燕子。"姐姐，放他进来，快一点。"男孩躺在病床上，有气无力地说。护士慌忙打开窗户，燕子飞进来，落在男孩的胸膛上死去了，口中掉出一粒小石子。男孩笑了。他吃力地用双手捧起燕子的尸体，放在枕边，闭上了眼睛。当晚，小男孩离开了人世。

2018年5月3日。

在图书馆里，我和余树谈起我们偶然得到的那篇故事。

余树坚持认为男孩冷血得不可思议，从一开始，他就给燕子先生设下一个圈套。我无法完全赞同他的观点。"他快死了。"我说。"快死了就能做这种事？"余树大声反驳，引得图书馆里的其他人都朝他看。他红着脸闭上了嘴。"你小声点。"我说，"他不是让燕子先生离开了吗？他把自己也套进去了，你会说这是最卑鄙的地方，可这也最高尚。"

（作者学校：山东省临沂一中）

本文为2018第五届"北大培文杯"复赛第六场参赛文

> 青春是一种状态，它是一场纯粹的没有余烬的烟火。
>
> 它是总有一只脚踩在悬崖边上，它是因为一句"正值青春"，便永远可以用脚尖蘸蘸云端露水的狂。它是只盯着眼前的执拗和短见，不愿絮絮叨叨过去失去了多少，也不愿每晚守在电视机前听未来的天气预报。青春这个词，正是带着如此粗糙的完美触感。我们每个人或多或少披挂着现实尘埃，谁又能活在绝对的青春岁月里？
>
> 所谓少年，也就是在追赶着青春的人罢。没有经历过青春的人，无法成熟；被岁月打磨过的人，是否仍能青春？青春的炙热与成熟的柔和，给人生两种不同的选择，不论哪一个，都值得我们去追寻。

杨诗月

emoji 时代

一

"今年是 emoji 情绪表达与修正中心大中华区总部建成的第十年。在这十年期间，中国人的情绪表达因为有了 emoji 表情显示牌的帮助而更加高效、准确。emoji 表情作为无国界的语言，让中国也更快地融入全球交流通的浪潮之中。国人的日常交流也因它而更加方便快捷……"电视里的新闻主播如是说。

现在，做播音员可不轻松呢。以往只要微笑着把新闻平和清晰地念出来就行，现在还要根据不同的新闻内容选择不同的 emoji 表情。举个例子，当播到五一出游人数翻倍时，屏幕上得显示一个惊讶的表情。播到某地发生地震时，得及时弹出一个双手默哀的emoji。播到国庆阅兵的盛况时，得是鲜花加鼓掌。不然人家都说你这个播音员不真诚。

早些年还有人说新闻里用emoji表情不严肃，现在倒没什么争议了。大概是一段画面里没有emoji表情，会让人觉得不丰满了。只看播音员波澜不惊的脸，就像没有加糖的豆浆，一般人喝不下去。

其实播音员这点emoji工夫对大多数人来说都是小菜一碟。朋友聚餐的时候，每个人都拿着个emoji显示牌，讲到什么笑话了得赶紧举起三个"笑哭"的表情，不然便显得无趣、不合群；上班时给上司递交文件的时候，得一并奉上一个春风拂面般的"微笑"，还要避免让自己因熬夜赶工而忧愁满面的脸被看到；最要命的是夫妻吵架时，如果丈夫没有一直滚动播放诚恳的道歉脸，那这夫妻俩还得吵个一天一夜的了。

这到底是不是好事呢？小吴没想过。只是当面试途中妈妈突然来电话而自己又忘记了设手机静音的时候，她真希望发送满屏幕红色的"愤怒"脸到妈妈的手机上。

面试结束后，小吴胸腔里像装了个蒸笼，蒸汽鼓满了整个身体，脸通红。可她还是努力冷静下来，给她妈妈发去一条短信："妈，我刚刚在面试，你打电话来弄得我特别尴尬（绿色的"尴尬"）这下面试又没戏了。（红色的"愤怒""无奈""难过"）"

信息刚发过去，手机便响了。不用看，小吴知道准是妈妈，这年头打电话的人也不多了。

"喂，妈？不能直接回我信息吗？"

"我这不看你面试没成，一副不高兴的样子，打个电话来安慰安慰你啊。"

"哦。也不知道是因为谁不高兴。"

"妈错了。妈打电话是想跟你说，李叔叔，就是心理研究所的那个，说他们所里缺个助理,我看你挺合适。要不你明天去试试?"

"李叔叔在什么研究所啊?也不说清楚就让我去。"

"好像就是个抑郁症研究所。去看看总是好的。"

二

李叔叔穿着白大褂,走到研究所门口来接小吴。

"叔叔好,我是吴悠。"小吴的左手附上一个最常见的"微笑"。

"很高兴见到你。我先带你到我们所里参观一下吧。"李叔叔没拿出emoji显示牌,而是伸出了他的手。小吴赶紧把手递上去,握了握。

研究所的大厅里有很多人在等候,大多在俯首玩手机,手指忙碌地点击着。

"都是患者吗?"小吴问道。

"还有一些是来诊断的。"

"是患了抑郁症吗?"

"不,大多数人是由于情感表达障碍才来的。"

他们在一个候诊室前停下来了。李叔叔带着小吴进门,房间还被一道玻璃门隔开了。小吴能看见一个妆容精致衣着体面的女人坐在候诊室里。她端坐在医生面前,说道:"总有很多话,想说却不知道对谁说。面对着真正亲密的人,明明想好了要告诉他们些什么,却怎么也说不出口。"

"你觉得自己在情绪表达上有障碍吗?"

"不啊,我能很清楚地认识到自己的情绪并且在日常生活里表达出来,选择很准确的表情表达自己想说的意思。我周围的人都能懂。"

"你表达的是自己真实的情绪吗?还是你想让别人知道的情绪呢?"

女人的红唇轻吸了一口气,眼睛低垂,看着自己紧紧攥着的手。

小吴望向身旁的李叔叔,她问道:"就算表达的不是自己真实的情绪又怎

么样呢？那不过是社交的需要啊。"她把自己手中的emoji显示牌偷偷背到了身后。

"嗯，的确。可习惯戴上墨镜的人，可能会很不适应光照进眼睛的感觉。"

三

他们坐电梯到二楼。听说在这里能看到很多得到治疗的患者。

李叔叔走进一间房间在办公桌前坐下，旁边的沙发上早坐了一个男孩，看起来和吴悠差不多年纪。

"怎么样，最近的困惑和烦恼又少些了吗？"李叔叔笑着说。小吴想，李叔叔一定是还没戒烟，看他笑出来露出的大牙，还带着淡黄色的烟渍呢。

"嗯，还行，就是回来了有点不适应呢。"男孩说话的时候，眼睛弯弯的，感觉有阳光顺着眼角流出来。

"看起来恢复得不错嘛。给我讲讲出去玩的经历吧。"李叔叔靠在椅背上，看上去很轻松的样子。他看见男孩瞅了一眼吴悠，就介绍道："这是我侄女，不是外人，你大可以放心地说啦，她可不会有事没事举个有表情的牌子出来。"

吴悠的脸偷偷红了，很庆幸自己刚刚把emoji装进了包里。

"那你也坐吧！"男孩往沙发的另一边让了一大块，拍拍空位子。

吴悠坐下的时候，闻到他身上有一股久违的泥土芳香，是小时候暑假暴雨冲刷后，一帮小丫头小伙子结伴跑出去买冰激凌时能闻到的城市残存的清新气息。

"我先去了欧洲嘛，巴黎是很美啊。我感觉就像一块包装得很精致的比利时巧克力，那里的建筑有一种金色锡箔纸一样的质感。

"可是我实在是受不了在卢浮宫看那几幅世界名画啊，真是人山人海。我走到《蒙娜丽莎的微笑》那儿的时候，啥也没看见，就看到一群人对着画举着个'微笑'的牌子，不同颜色不同年龄的人举着同一个 emoji 牌子。感觉世界人民此刻真是手拉手心连心呢。"

吴悠听着，忍不住笑了。

"嘿，你笑的时候抽着肩膀，格叽格叽的，很像小鸡。"

吴悠立刻端正了坐姿，嘴角轻轻上扬："那我还是这样吧。"

"哈哈，我开个玩笑罢了。其实你那样笑的时候很可爱。我在斯里兰卡的时候，看到每一个人笑的样子都不一样，都很可爱。"

"你去了斯里兰卡吗？"

"是啊，欧洲结束后，我就跑去斯里兰卡支教了。看，这些都是照片。"男孩从背包里掏出一些明信片，上面有许多被阳光晒得黝黑通红的脸。有时还能看到他，站在一群孩子中间。

"那里很穷，还没有什么社交软件和 emoji，但是我也能听懂他们，看懂他们。"

小吴翻着明信片，果然，就像男孩说的那样，每个人的笑都不一样。扎着两个麻花辫的小姑娘的笑像浸润在日光里的向日葵花，小婴儿的笑让人想到蛋黄嫩嫩的荷包蛋，村落里老爷爷的笑像刻满年轮的树桩，裂开弯弯的纹。男孩穿着麻布衫和大裤衩，脚上全是沙，也咧开嘴大笑着。

竟然还有人们哭着的脸。女人穿着旧红色花布裙子偷偷掉眼泪，女孩努力憋住眼眶里快溢出的泪水嘴角使劲向下撇，小男孩因为膝盖上的伤口大张着嘴仰着头哭。

李叔叔也在看这些照片，他说："嗯，你找到人们真正的情绪了。那自己的呢，找到了吗？"

男孩回答道："我的情感一直都在。只是以前，我总想着要怎样表达才恰切，才让别人喜欢、理解。现在我不担心那些了，修饰得越多，反而越让别人看不透呢。"

四

  吴悠把 emoji 显示牌扔在房间外面，手机关了，电视也没开。她看着镜子里的自己，这张脸已经很久没有收留过幸福、忧愁、烦闷、愤怒了。不，或许是有的，当喜怒哀乐来临的时候，它们通过血液极速奔跑把信息传达给面部神经，所以她笑，她哭，她蹙眉，她怒目，可是那都让她感到羞耻，仿佛赤身裸体地站在田野上。没有人的时候还好，可是要面对别人，一定得把它们藏起来，只能亮出修饰到完美角度的、达到得体程度的表情。比如用几个 emoji 简单组合，这些精心设计过的图案，似乎能够最好地代表她的感受。

  可是那却不能代表她自己。千篇一律的表情，让她很好地窝居在庞大的社交群体之中，毫不出错。可是却像流水线上包装过度的产品，散发出一股难以察觉的防腐剂和香精味。

（作者学校：成都市树德中学宁夏校区）

本文为 2018 第五届"北大培文杯"复赛第三场参赛文

> 文章前言？我不会写文章前言。我也想信笔挥就那些诗似的语言，但老实说，看到自己幼稚的文字我就半句话都憋不出来。所以就是这样，我不会写，我就写我怎么不会写，我现在脚陷入了泥潭里我就写那泥潭的烦人劲，我吃了块蛋糕我就写它好吃，累到不想动笔就描述自己不想动笔的狼狈样子。既然身边的一切都带有狡诈的弹性，那就不要刻意去观察，否则，它也就会刻意去表现，然后给你呈上一副色彩饱和度过高的商业片似的画面。就像个抛弃思想的狂热信徒那样去信仰一个名为"当下"的神，继续用蚊子血在练字本上涂涂画画吧。

刘馨阳

戏剧性独白

幕启。

舞台上空无一人，也没有什么陈设。只有灯光，灯光是蓝色的、变幻的，但不是像水波那样变幻，更像电流，几秒钟闪烁或晃动一次，似乎收到了讯息。这里不一会儿就会热闹起来，这里不是我们现实的空间。一个身着格子衬衫、戴眼镜的男人小跑上来，在舞台正中站定。十八九岁的青涩模样，瘦削苍白，那副闪躲的模样好像他一生都不能在别人——包括太阳的视线下生存超过十秒钟。他是"用户233"，个人资料显示今年已满24岁。

用户233：（调整了一下姿势，目光从脚面挪向观众席，吞吐着）各位，我是用户233。嗯，这是个小号，但大号很快也就会停用了。（声音有些不稳）因为，我想——（摆手）删除重写。因为我

要自杀了。(微笑)

短暂的沉默中,一个身着护士服的女性上台,挡在用户233前面。

  护士:(播音腔)妇科炎症别担心,快来"美丽医院"帮助您——
  用户233:(推开护士)关闭广告!(待护士下台后,不安地挪挪脚,双手背后)我不知道有多少人能够看到这条微博,因为,说实话,现在微博上各种各样的信息太快太多,有人去欧洲游了?有人找女朋友了?有人和朋友吃饭了?这些都是让人开心的消息。(局促地一笑,摇摇头)其实我怕大家会看见这个,我不想破坏大家的心情——

话音未落,一对穿着时尚甚至有些张扬的男女冲上台。打头的男性一把把用户233推向一边。

  女性:(蹦跳着,嗲声)今天和老公去了商场大采购![笑脸][笑脸]老公,我爱你![桃心]@大猪头。
  男性:(整整领带)这么可爱的老婆不宠着怎么行呢?@小猫咪。

十几人从台上奔过,每人都向这对男女扔了一张红色心形纸片。

  女性:谢谢大家的点赞!(和男性拉手下台)
  用户233:(目送欢笑着的男女离开,又扫了眼一地的心形纸片,站回原位,紧张而尴尬)怎么说呢,我虽然不想被看见——(摆手)删除重写。其实我也希望有人能给我个评论。已经是生命的最后时刻了,就让我自私一些,至少现在,我希望能有人陪着我。(一张纸条从舞台上空飘下,用户233伸手接住,读道)评论:老哥,你这名字真六,23333。(皱眉,抬头)还有,我的名字真的是随机生成的,你们别在意这些。居然没有人问我为什么要自杀?

一个手持纸笔的人上台。

  手持纸笔的人:(对用户233)您好,请问您是否愿意参与我们的有奖问卷调查?只会占用您五分钟时间!
  用户233:调查什么的?
  手持纸笔的人:您的生活幸福指数。
  用户233:(把手持纸笔的人推下台去,回来站定,叹气)如果没有人愿意问,那么,我还是自己说吧。(烦躁地捂住脸胡乱揉了一把)不,我没和女朋友分手,因为我根本没有女朋友。我也没和父母吵架,因为我都离家三年了。我更没有和老板吵架,因为我早就辞职不干了。对,现在我什么牵挂都没有了。我真的是一心想死。(双手离开裤缝,向前稍微摊开)真的,我该死了。[哭泣][哭泣][哭泣](摇头)

几个年轻男女从两边跑上台来,把用户233挡在后面。

  年轻男甲:若若小姐姐又发自拍啦!
  年轻女甲:求小姐姐分享口红色号!
  用户233:(在后)现在我终于能够静下来想想了。你们说,人为什么而活着?什么叫作活着?如果一个人与外界的一切都切断了

刘馨阳
戏剧性独白

联系,那他还算不算是个人?

浓妆艳抹衣着昂贵而时尚的年轻女孩若若上台,在最前面站定,扭出几个造型。

年轻男乙:(拉过若若)转发。

若若:今天也在享受生活![飞吻]

用户233:(在后)我听说过一个思想实验,好像是个美国人编的。大意是说,如果在森林里有一棵树倒下了,却没有任何人听见或者看见,那么,这棵树究竟有没有倒下?

年轻女乙:(拉过若若)转发。我爱若若姐!

若若:(同样动作和台词)

年轻女丙:(拉过若若)转发。发个化妆教程吧!

若若:(同样动作和台词)

用户233:(在后)我现在身边没有一个人了,连吃饭都只叫外卖,室友也已经走了。我感觉就像那棵树——从楼上跳了下去,也不会有人知道,就好像我根本没有跳楼那样。

年轻男丙:(拉过若若)转发。今天什么时候开直播呢?[桃心][桃心]

若若:(同样动作和台词)

期间一直有人从台上奔过,向若若扔心形纸片。最后一群人拥乱着下了台,只留用户233一个人,一直在后面说着自己的话。

用户233:(朝前走着)不,我应该这样想:没人认识我,没人知道我要自杀,甚至没人知道我还存在于世上,更没有人在乎——(震惊似的一笑)那我还算不算真的存在?对啊,就好像,我从未出生过——(一张纸条从舞台上空飘下,用户233伸手接住,读道)评论:死就死吧,瞎逼逼什么?真当自己有文化似的,早点超生去吧。(低头,半晌不说话,左右看看,又重新开口)不用热心网友提醒,我会自己死的——我可能是真的有些孤独过头了。

期间,有说着"去海边了!"的旅行装大叔和怒吼着"渣男去死吧![生气][生气]"的女性从台上走过,有人追在他们身后扔心形纸片。用户233夹在他们中间,伫立原地。更多形形色色的人穿过舞台,人流不停,纸片不停。偶尔有人把用户233撞开。

用户233:(用脚拨弄满地纸片,拨出一个供他站立的空地,局促地看着左右来往的人)看看大家!我似乎在做一件残忍的事。我,一个没有任何人——(摆手)删除重写。一个除了公安局档案以外,没有任何人记得我的——将死的人,却还想在网络上找到一个倒霉蛋,叫他看见我,叫他陪我聊天,叫他记住我杀死自己之前是多么狼狈?是啊!我明明可以就这样无声无息地彻底消失像从未存在过,却还非要给别人留下些阴影才行?(踉跄)我的头好疼!我真自私,我想污染其他人的记忆?我?我这样的人?

仍然有人从台上走过,口中叙述着各类讯息;仍然有人朝他们身上扔去心型纸片;却没有一个人的视线投向用户233。用户233,这时正像一具僵尸,就那样直挺着脖子,直瞪着眼睛,穿过那些蜂雀般喧嚷飞过的人流,一步步地撑到舞台最前方,缓缓跪下,突然捣首而无声地痛哭。一个披金戴银

刘馨阳
戏剧性独白

的女士坐在一架挂满彩饰物的带轮人字梯顶端,被推上台来。刹时间彩灯向她打去,所有台上的人都看向作为灯光焦点的她,就像看美杜莎那样僵住。一切都静止在台上,除了——用户233,他慢慢抬起头,抽噎着向后面,那个高梯上的女明星看去。只有一束白光留在他所站之处,剩下的统统堆在女明星身上。

女明星:(拨弄了一下头发,俯视所有人,声音不快不慢,还有些做作的颤动)我和他,分手了。

一切都动了起来。一切都喊叫起来。舞台灯光发了疯地乱转乱射,所有人都发了疯地奔跑冲撞。他们拥住女明星的梯子,从这群人手中推到那群人手中,"转发"声此起彼伏;心形纸片像爆炸一样喷发,几乎要从台上飞到台下,舞台上空更如暴雪一般洋洋洒洒落下成百上千张"评论"纸条。女明星抱紧了人字梯,在梯子的滑行中惊恐尖叫着,却像是乘坐刺激的娱乐设施那样,她在笑着。用户233在唯一一束不变的光中摇晃着站起,不抬头,不说话,不再动弹。直到一切喧闹终于要散去,女明星的梯子被推下,红白的纸张,遍地触目,有的还未彻底落定。灯光也重新稳定下来,但比最开始要暗得多。一个身穿花裙的小女孩在几十秒的死寂后,从纸片堆中跌撞着摸上台来,朝舞台最前方的用户233走去。她看起来最多五岁。

小女孩:(站稳在用户233身边,看了他一会,怯怯地开口)大哥哥。

用户233:(愣了好一会儿,似乎终于才听见有人叫他,他木偶似的扭过头来,没有作答。)

小女孩:(有些紧张地踏踏脚)大哥哥,你能让我在这里站一会儿吗？（小手指着被打光的用户233脚下，见对方没有听懂似的，又补充道）我想站在那里唱歌，就唱一首。我站在前面，妈妈就能看见了。妈妈在——我妈妈在医院里，在大城市的医院里。

用户233：（看着小女孩，目光又越过她，去看她的身后，看他们周围的遍地纸片，没有说话。）

小女孩：（有些犹豫了，向后望望，又恳求似的朝前挪了挪）大哥哥？

用户233：（如梦初醒地）哦，好。可以。当然可以！（让开，温柔地）——你来吧。

小女孩：（绽出笑容）谢谢你！

小女孩站在舞台最前方。周身为唯一一束白光温柔地拥住。她唱起了《感恩的心》。没有伴奏的童声就在这空空的舞台上空空地荡着。

用户233退了两步，看着小女孩，似乎那就是他的孩子，是什么——世界上最美的东西。有一瞬间，他似乎笑了。然后他转过身，踩着纸片，"沙沙"，"沙沙"，走向舞台的深处，消失在最深的黑暗与宁静当中，就好像从未出现过那样。舞台上一地的红白纸片，也会被清扫干净。

灯光渐暗，歌声渐歇。

落幕。

（作者学校：陕西省宝鸡中学）

本文为2018第五届"北大培文杯"决赛参赛文

> 有人说生命只是一连串孤立的片刻，一幕幕画面时而浮现时而消散，譬如朝露，去日苦多。于是人们用文字来保留思想，延续生命，于时间的洪流上架起桥梁。人在转瞬即逝的一生中，试图将精神世界构建得无边无际，大概是浪漫的最高境界。
>
> 自己翻阅书籍并无崇高追求，细嚼慢咽或是囫囵吞枣，希望找到我的雪中炭、锦上花。
>
> 平凡岁月中总会有闪光的时刻，任其逝去有点可惜。偶尔挥动拙笔，无非是想把年少时的思绪，封存在不会老去的文字里。

潘映彤

提奥的来信

敬爱的兄长：

许久未能与你通信了（原谅我！），提起笔来，一时竟不知如何将我望说与你的千言万语理出一个开头。可别嘲笑我，兄长，此刻我的心情正如一个第一次与丈夫通信的妻子，第一次与老教授通信的学生一样，急切又紧张。

希望你的身体和精神状态都好！从你前些日子里寄来的只言片语中，我了解到你认为新的疗养院（我不愿叫它医院）很好，还有那位懂得油画的加歇医生做伴对吗？相信你们现在已经充分地交流过彼此的志趣，成了朋友，这样的话我会再高兴不过。

如果我诚实地告诉你，我希望像过去那样收到你的长信和画作，会令你高兴还是苦恼？噢，现在或许并不是提这些要求的时候，尽管我的确想与你有更多亲密的联系——原谅我的自私吧！我想我们都明白，比起肉体的伤痛与折磨，精神上的打击更易将人击倒，而这其中最令人无法忍受的，不是源自别人的咒骂，而是自己对自己的责备和厌恶！我深知你的心病，却对如何安抚你那受尽严刑的破碎心灵没有丝毫办法。我多么希望自己的泪水和亲吻可以使那些灵魂上的伤痕痊愈！可兄长，我无能为力。

即便在如今，回想起你在阿尔与友人高更的争执及这之后的病发，都令我胆战心惊，那到底怎么回事？不能看到你清楚的叙述和解释，至今使我担忧不已。我不止一次请求别人为我寻找对此事诚实的描述，却得不到满意的答案。那些话语使我痛心！偏见与无知多么可怕！原谅我，得知了阿尔一些人对你的看法，让我独自吞咽那些词汇吧，尽管传入你耳中的定是更加不堪的话语，我也万不忍心再重复任何一个词来踩踏你善良而脆弱的心脏！

我为我过去的无知和冷酷感到悔恨万分，如今只是窥见了你所受折磨的冰山一角已使我难以承受，过去的我又凭什么指望用那些浅薄的慰藉和钱财来安抚这世上最孤独的战士，治愈他疼痛的伤口呢？原谅我吧，兄长，原谅我这浅薄的真心！

这些日子里，我常想起你在信中对我说过的话（即使不在厚厚的信纸堆中寻找，也能忆起的你的话）。而到了这时候，我才似乎真正明白了你那番"火焰与烟雾"的语句。我原以为那是你处于逆境中的叹息，仅此而已。可现在我才明白，那是一种多么高尚的孤独！

有多少人踏入了那名为世俗的河流，水清之时雀跃地用它洗涤衣裳，而水浑时仍用它清洗双脚。这是真正的智慧吗？过去的我却认为聪明人正该如此！可是你，我的兄长，你却从不浇灭自己的火焰，也沐浴在那淘洗世人的大河之中，你竟在岸边行走着！不顾那些朝你泼来的水花，不顾那

潘映彤
提奥的来信

些逼迫你进入世俗的引诱或咒骂！太少了，拥有你那样热烈火焰和伟大心灵的人太少了，以至于世人只能见到火焰燃烧的青烟，原谅他们的眼吧（我明白你一直是这样做的，比我的醒悟更早）。

我为你感到悲伤，即使我知道我的悲伤比起你的什么也算不上，我甚至想要将你教唆得更冷漠、更残忍，好面对世人的冷漠时架起阻挡感知的盾。可我却是世上除你本人以外最了解你的人了，你那善良如金子的心使你永远也做不到那样。世界如此侍你，你却仍是爱着世界的全部！你像是对待刚出生的稚鸟一般，小心翼翼地爱着这并不全是美丽的世界。作为兄弟，我为此悲伤，可作为窥见你伟大一角的平凡之人，我无比感激，并为你骄傲！

让我这平凡的世人中的一员，幸运地成了你兄弟的提奥来竭尽所能地慰藉你吧。几缕清风虽不能使迷途的旅人脱离荒漠的酷热，却能给他们干渴的心灵几分希望。

还记得你刚刚决定当画家的时候吗？父亲和母亲气坏了，我虽然无法理解你那时抱有怎样的想法，却是支持你的，用钱财和弟弟对兄长的敬仰。如今回想起你在矿区布道时的来信，和之后画作中围坐在一起分享土豆的人们，我的心灵突然被什么触动，但我却无法言说出个所以然。

还记得你到巴黎时，穷困生活浇不灭的绘画热情吗？恨不得把每一块面包都变成颜料，恨不得让苦咖啡流入血管，才好没日没夜地作画。

还记得我来看望你时，你的欣喜和热情吗？在郊外你与我一同倒在草野上（仿佛我们孩童时代的游戏间隙），向我描绘你眼中所见的世界——你知道我听后在想什么吗？——原来在此之前，我一直是个瞎子！你的天赋和激情感染了我，我发誓将你的事业也当作我的，我将永远以真诚和爱支持你！

还记得你初到阿尔时，就对一切都是那样惊喜和热爱吗？你说那里的色彩是如此纯粹和富有冲击，有你爱的金黄稻田和向日葵，大片大片铺成造物者调色盘上的色彩。看着你的来信与习作，连我这平凡者的心中都不禁冲出了不平凡的渴望与向往——许多年以后，我们都会离开人世，（人类面对自然是如此渺小，死亡有何惧？）就让我们的坟墓紧挨在一起，就像兄弟生前紧挨在一起的两颗心，让我们被常青藤和向日葵永远拥抱吧，同它们一起被阳光永远亲吻！当有还记得你我的人（如果有）来看望我们时，献上一束金黄的麦穗便足矣，那象征着你单纯而广博的爱啊。因为你，我突然竟不畏惧死去。

而现在，我的兄长，我只有一个请求。

好好休养，健康而愉悦地享受生命。我深知你过去在苦难中也不放弃这样做，现在也请继续吧。

你知道，我衷心地赞赏你的每一幅画作，而现在我要告诉你我许多最爱中的最爱。

还记得你前些日子寄与我的那幅杏花吗？那便是了。我无法用言语告诉你，为什么我最喜欢的是这一树杏花，即使我长久工作于画廊，夸赞一幅画作对我而言轻而易举。或许最诚挚的真情就是那样难以言说。

我只能做出这样的解释——每每看到这幅画作，都使我想起你，所有的你。

就像你对高更说的那样："天气虽然寒冷，但杏枝还是开花了。"愿你的生命也能如此。

你告诉我，没人能透过青烟看到自己那热烈的火焰，没人能拥抱你内心的温暖。亲爱的兄长，现在我要告诉你一个秘密，一个事实。

——你早在画作中印上了你的火焰，青烟消散了，只剩下了充满温度的火焰。它们早就随你的每一次挥笔，被永远地封存在了画作中，将它们留给后世吧。总有一天，哪怕十年、百年以后，真知灼见者会发现你心中的火，那并不晚。知音永远不会晚，我向你保证。

而现在，就让那火焰继续燃烧下去吧。世俗之河中的我也将奋力起身回到岸边。

那徐徐腾升的烟雾在我眼中已是火焰和温暖。

我将找到你和你的孤独。

我将与你同行。

你真诚的兄弟
提奥

（作者学校：成都市树德中学光华校区）

本文为 2018 第五届"北大培文杯"决赛参赛文

> 作者说他想说的话，读者从中获取到他想获取的——这便是我所理解的，文学应有的被创作与被欣赏的过程。
>
> 事实也大致如此，只是极度地不平衡——于这样一个大环境下，在"读者想获取之物"面前，"作者想表达之物"几乎没有人权。
>
> 如果二者恰好重合，我相信那是一个职业创作者最好的运气。
>
> 但多数情况是错开的。于是一部分人选择默默无闻，另一部分人选择违背内心。但哪种都不会是他们想要的——这就是这个行业的悲哀。
>
> 幸运的是还未踏出校园的我们无需承受这份悲哀——这便是年轻的最大益处。
>
> 在这个年纪，我们的笔不用背负任何东西——我们只需单纯地思索、表达便好。
>
> 不用关注流量，不用追逐热点，就是纯粹地我手写我心——这难道不是一段再美妙不过的时光吗？

王 灿

种 子

一

我是被一只羽毛鲜丽、身体硕大的鸟衔来的——它长着金黄色的喙。

但我对这只鸟没有丝毫兴趣，更谈不上什么厌恶或感激——我从来不明白，为什么总是有莫名其妙的人喜欢在称呼我的时候加上一个前缀——"被候鸟衔来的"。

也许那些人总是喜欢追求一些诗意的东西——我知道，候鸟有诗意——

种子不够有诗意。

但我就是一颗种子，我因为机缘巧合从出生地来到这里，那个长着翅膀的生物不过是机缘巧合的一部分而已。

二

我不知道它为什么要把我放到这里。也许是经过这里的时候被灰尘呛到，恰好张开了口。

简单地说，这里糟糕透了。我不会用那些浮夸的词汇来描述这里不堪的空气、已经可以用黏稠来形容的水或者与垃圾无异的土壤。

对于一颗种子来说，这里仅仅就是糟糕透了，但没办法，我必须要在这个糟糕透了的地方活着。

听起来挺伟大的，但是事实完全不是这样——我才没有考虑这么多，我不过是不想死而已。

三

我不知疲倦地从几乎死去的大地中榨取养分与水，从已经浑浊不堪的空中吸收氧气。

我知道，我能活下来，并且终有一天我可以探出头来。

后来有人写关于我的故事，他们钟爱描写我在探出头之前那种虽然忐忑但仍充满信念的内心种种。

这百分之百是主观臆断——但是有些人就是爱看这种故事，尤其是老师。他们不厌其烦地用这个伪造的故事教育下一代。

当然，这个时候我才刚刚知道这个地方有"人"的存在。

人们在这里苟延残喘。他们的头发毫无光泽，个个因饥饿身体瘦削，肌肤上的每一个毛孔都被肮脏的灰尘覆盖着。他们中有大约一半人或多或少、或轻或重地患有各种疾病——或是身体的某个部位畸形，或是痴呆，或是每天咳嗽不止，等等。

但是他们奋力地活着。

此刻的我还不知道我与那些人都处于一座孤岛之中，于是我十分好奇他们为什么不选择离开。

但现在不一样了，现在我觉得那些人才是真正值得赞美的——"他们能生存在这里"这个事实才更应该被代代传诵。

四

那些人没有放弃过希望，但这个世界显然对他们满怀恶意。

也许过不了多少代，他们就会尽数灭亡。但这只能是也许了。

因为对于他们来说，我就是一切的转折。毕竟我是被候鸟衔来的。

我的体内蕴藏的能量或许也是候鸟通过唾液给予我的。

五

我终于探出头来，以难以置信的速度生长着。

不到十分钟，我就长到足足十米高。

我的树叶散发着翠绿色的光芒，它吸收掉空气中所有毒气与有害物质。

与此同时，我延展开来的根净化了这座岛上每一立方厘米的水与土壤。

这还不能被称为奇迹。

接下来，我的枝杈间结出了花蕊，然后花蕊便绽放开来。

人们的所有疾病就这样消失了。

等他们回过神来的那一刻，土地上已经长出了成片的庄稼。不长庄稼的地方是牛羊成群的草原、清澈的湖水或者他们焕然一新的房子。

但是最最醒目的是我——那棵生长在孤岛中央的参天神树。

六

把刚才的所有"我"换成"它"——人类就是这样记载那一天的。

之后人们便过上了安居乐业的幸福生活。他们把我比作神明，创作出无数本书，无数篇赞美诗。

只可惜这全都是梦境，是虚无的镜花水月。

七

事实上，我还不如一株小草高。

而我在破土而出之后做的第一件事便是释放出一种奇异的、淡紫色的气体。

人们吸入这种气体后便全部睡着了。

他们会陷入梦境。在梦境中的一年约等于现实中的一分钟。

他们在现实中平均能存活三天左右，于是他们能在梦境中享受数千年的美好时光——不老不死。

但是一旦他们在现实中的肉体停止呼吸，那个如泡沫一般的世界也就瞬间崩塌了。

我想，也许我做的是一件好事。

我作为希望救赎了人类，我让他们从苦难中解脱出来，在某种程度上延续了他们的寿命，甚至让他们享受到了世界的甜美。

虽然这个救赎是暂时性的。但是只要想一想就能明白，哪里有永恒的救赎呢？

也许，也许我做的也是一件坏事。因为我把那些人本来拥有的微乎其微的可能性变为无法挽回的零。

也许不久后的一天，另一只候鸟能衔来一株货真价实的"神树"的种子。

但是已经晚了。

八

以上不过是我在无聊时的一些胡思乱想。

其实那些人的命运怎么样跟我毫无关系。他们和候鸟一样，都是我丝毫不关心的事物。

就算我确实"货真价实"，真真正正地拯救了人类，那些来自人类的赞美也不会引起我内心的丝毫波澜。

我只不过是按照我的意志长大，按照我遗传物质里写好的习性生活而已。

很多时候，万事万物间没有那么多联系。这个世界上也没有纯粹的必然。一切只不过是巧合，是偶然因果的累积而已。

就比如说候鸟衔着种子飞翔又在某处丢掉——这完全就只是一系列巧合串联起来。

候鸟巧合地从我的兄弟姐妹之中选择了我，巧合地在这座岛上空张嘴，我又巧合地没有被风吹到海里而是落在岛上。

仅此而已。

因此，为什么一定要把一切附加上意义呢？

（作者学校：清华大学附属中学）

本文为2018第五届"北大培文杯"复赛第六场参赛文

> 笔下流淌的文字延伸了我的官能，向内心叩问，与世界对话，探寻更深处的自我，触碰平日里避而不见的真实，剥除光怪陆离的表象，剖析接近灵魂的本质，感知与思考，人性的复杂是我明知无法穷尽却仍痴迷于探索的"此山"。
>
> 我在我的血液里嗅到纸墨的气息。腥锈于舌尖留下的苦涩还未从记忆中淡去，杂着丝丝缕缕的沉朴墨香，赤忱与冷粹相遇，它们将彼此融进体内，在我的身体中不停歇地游走，仿若获得无尽的力量而无从宣泄，无处释放灵魂，我别无选择，我只有写。

潘思瑶

纸托邦

> 如果我死后还活着，而我个人已经不记得我曾经是博尔赫斯……
> ——博尔赫斯与威利斯·巴恩斯通的谈话
> （印第安纳大学，1976年3月）

一片树叶在秋风里飘飘袅袅，最后飘至我手中。

我无比惊讶，树叶上有两行我熟悉的写于去年的字迹。[①]

以为自己是比对犯罪现场DNA的警察，或是于显微镜下观察细菌的生

---

① 出自钟立风《短歌集》。

物学家，正执了玫瑰金边的复古眼镜在手，借一缕穿窗而来的清冽月光，试图将镜片与镜框之间的夹缝处擦拭尽净。突兀地响起的提示音打破了夜的静谧，吹灭了我的幻想烟云，似乎是受了惊吓，这夜呆滞了几秒钟放空了自己，紧接着电脑屏幕发出亮光，编辑发来了一份需要翻译的文稿，并附加一句话说："如我所见，你西班牙语熟稔的程度无人能及，这个老朋友还是需要你游刃有余地会一会。"

在床上滞坐了一会儿，点击下载，鼠标"click"的声音有如奏起了乐章的序曲，又一个应和的提示音后，我打开了文档。

我是哲学文学系在读大学生，也偶尔做些翻译。因缘相接，在书刊里遇到并自然而然地加入了"纸托邦"，一个外国文学中译者的线上联盟。①尔后谛听，佛说因缘既能生果，又究竟是空。

午睡后的意识较肉体延迟了五分钟左右，往往肉体早起而意识后来才醒，我习惯以音乐弥补这个时间差，待神魂归位。用卡其色风衣包裹住这具意识缥缈的肉体，隐约起了走上街去的念头，此时叫醒耳朵的一句，"Donde estas, donde estas, Yolanda？（你在哪里，你在哪里，约兰达？）"竟让我错乱地以为是将要出门的我该去找人呢。或许不一定是人，就是——寻找些什么？这条思绪闪电般划过，却刺激我清醒过来。生活处处有伏笔，它们潜藏在俗世的表象之中，留待日后带给你别样的回味，一句不经意的歌词或许是某件事的伏笔，一个人也可能是另一个人的伏笔。

安坐于圣詹姆斯咖啡馆②的落地窗旁，屋内有明显区别于街上的阴冷，阳光却能穿过透明的玻璃屏障轻抚面颊，一点一点地融化着体内的寒意。垂了眼帘小憩，恍闻自遥远的记忆深处有声音传来，却听不真切，直等它渐渐靠近，临了耳畔才分辨清楚——低低的男中音问道："我是否有幸坐在这里？"

---

① 现实生活中的"纸托邦"，是一个中国文学海外推介网站。
② 位于布宜诺斯艾利斯的博尔赫斯常去的咖啡馆。

潘思瑶
纸托邦

徐徐睁眼看到模糊不清的身影,那轮廓线倒是熟悉,或许是在哪张旧照片中见过相似的吧,老人眼窝窈深,头发灰白,散发着若隐若现的光芒,他面部的每一个细节区域似乎都在无声无息之中缓缓下坠——但当他说话时会被一种力量拉起来:"我想和你谈谈……"

或许是良久没有听到任何回应,他接着补充说:"关于你接到的翻译稿件。"

"您是?"

他右手紧握手杖,左手覆在右手上,微微低头示意:"纸托邦,豪尔赫。"

"豪尔赫先生,您好。"

将左手臂收回,小臂紧贴西装第二颗扣子的位置,避免无意中碰到或撞翻什么,他慢慢坐了下来,周身被一种柔和却不容反抗的张力所控,空气中的尘粒缓慢地漂浮着,仿似时空也因他而止而行。我对面的位置上,他右手仍握着手杖,目光遥遥递向远方,所至处影影绰绰,像是刚刚为一本厚重的大书轻抚去了尘埃,沉缓展开古老的扉页,老人叙说着。

"古希腊神话故事里,在克瑞特岛上有一座石砌的迷宫,它幽闭迂曲,据说可以无限延续,甚至包罗整个宇宙;那位雅典的后人柏修斯假如没有阿里阿德涅公主的指引,或许永远也找不到出口。而有着寺院、低矮的城门和青铜骑士造像的布宜诺斯艾利斯,道路虚幻,一个街区仿佛只是在重复着另一个街区。"①

"'在黯淡的灰尘中我辨出了/我所害怕的足迹。空气/在凹面的黄昏带给我一声呼喊/或一声呼喊的悲凉的回声。'② 那个词语找到了他……"

"是这个词,'迷宫'。"我突然轻喃出声,连我自己都吓了一跳。无意识的反应下,或者更准确地说,是潜意识里对于那些诗句所做出的应有的反应。而我对这一切完全不了解。

---

① 出自傅琳《英语中的迷宫建造者博尔赫斯》。
② 出自博尔赫斯《迷宫》。

老人不再说话之后，我将视线挪向窗外，天边晕染出金色勾勒的云彩，迟缓而幽远地注视着这座城市，焰火弥漫，白昼即将消逝，记忆中莫奈的画作冉冉浮现，与眼前的景象奇异地重合，莫奈仿佛就是那光的生命，直接参与着它的逐渐熄灭。光线透过玻璃窗在老人脸上投下一半和蔼的暖黄，一半无从了解的阴影。

入夜，清冷的水流轻拂过脸颊而后毫无留恋地离去，仿佛时间的流逝是可触的，决绝且无力阻拦，抬头望进镜子里，"我给你一个久久地望着镜子里的人的悲哀"①——发现眼前是个不认识的人，一个完全陌生的人。而我知道这个人就是我。一想到这，我便浑身发抖。②

荣格在《无意识心理学研究》中提到："自我，从来不存在于你可见的面孔中，它只在潜意识和无意识中才能保留。"

最近常常眼睛疼，疼痛发作时只能看到一些模糊不清的篇章。大概是用眼过度所致，翻找出备用的眼药水尝试滴了两滴，还是不出意外地从下眼睑流了出去。身体陷入柔软的床里，任凭海浪一波又一波灌入耳朵。

五线谱流动起来，像极了海洋，它的深不可测，只站在岸边观望是不得见，怀抱一本书惬意地摇曳其中，如果愿意感触，每一本书，每一页纸都有自己的温度和定力，捧它在手默默阅读，心里自然就有了谦和与安定。忽然蹿出来的西班牙字母一个大跳跃上四分音符，而后忽上忽下，讲述出生动又熟悉的故事。当大提琴奏起"Waltz No.15, *Lullaby*"（圆舞曲第十五号，《摇篮曲》）时，意识渐渐飘远，跟着勃拉姆斯，沉入大海。

我趴在电脑前打字，怀疑那天的相遇只是朦朦胧胧的梦，眼前的西班牙语句仍旧亲切，读起来就仿佛有温暖的血液在全身流淌，记忆虚渺不可及的地方，仿佛有什么在等着我似的，老人的面容就出现在黄昏里。

---

① 原句为"我给你一个久久地望着孤月的人的悲哀"，出自博尔赫斯《我用什么才能留住你》。

② 出自威利斯·巴恩斯通《博尔赫斯谈话录》。

潘思瑶
纸托邦

"'纸托邦'对你来说是什么?"

"大概,就是天堂的模样吧。"

"或许是这样:'上帝以他绝妙的反讽 / 同时给了我书籍与黑夜 / 他让失明的双眼来充当 / 这座书城的主人,这眼睛只能 / 在梦的图书馆里阅读 / 毫无意义的篇章.'①"他习惯不时地引用一些博尔赫斯的诗句。

有一句从第一次见面就产生的感觉,现在才能说出来:"实际上,您让我倍感亲切,就像是西语于我那般不明缘由,却有如至亲。"而我曾将这一切归结为法语中所说的 déjà vu(既视感)。

我是在一个萧爽的秋夜迷路的。在城市的街道上,我知道是那个地方,但周围景象却颇为不同,我知道我得找到回家的路,可我又不想回去。我走来走去总是一次次回到同一个地方、同一间屋子。②直到我的视线里铺满了金黄的落叶,于霞光下熠熠生辉,俯身捡起一片,似乎看到模糊得无法分辨的字迹,于是缓缓拿近……

猛然睁开眼,却落进一片黑暗。从我醒来的木质书桌上摸到一本摊开放置的书,一片金黄的树叶安谧地躺在书页上,我留下的字迹泛旧,依稀可辨,"que me figuraba el Paraíso / Bajo la especie de una biblioteca.(我心中暗暗猜想,天堂应该是图书馆的模样。③)"

小书房连接一个大厅,目光所及的远处昏暗一片,辽远的回声讲述了房间的空阔与深不可测,空气中弥漫着木材的朽烂与年老的书卷混杂的气味,我都能想象出纸浆、油墨与时间怎样沉淀过久远的年代。

突然有身影从暗中隐现。

"豪尔赫先生?"

---

① 出自博尔赫斯《天禀》。
② 出自威利斯·巴恩斯通《博尔赫斯谈话录》。
③ 出自博尔赫斯《天禀》。

"又做梦了？这一次有没有好的故事？"

他那双失去生命的眼睛闪闪发光，"我倒是有一个，Alter ego（拉丁文：另一个我）。"

图书馆疏离现实而存在，就是离群索居，它怀抱过去与未来的历史，横跨浩瀚的海洋，越过经纬纵横，容纳了各个文明的书籍，以比我们人类的目光更渊默的目光，孑立在这世上静观时光流逝，面朝比我们身世更深的深处，沉静而千钧。

穷年累月地穿行于书架之间的狭窄甬道，不同书籍的思想之对立和同一本书籍的观点之混乱，都构成了精神的迷宫。① 螺旋型的楼梯一头扎进无底洞又升至最高处，我借助梯子坚持不懈地攀登，顺其自然地担任起图书管理员的职务。

有许多个晚上，当我走下走廊和那些楼梯时，一个人也没有碰到。只有经过悬挂镜子的过道处，看着里面准确地映出我的面容时，才能听见豪尔赫先生对我提问的回答。

"为什么——不开灯呢？"

"你知道的。诗人，和盲人一样，能暗中视物。"

巴别图书馆② 里彻夜灯火通明。我相信自己从来也没有离开过这里。

1975 年，阿根廷国家图书馆馆长博尔赫斯发表作品《另一个人》。

2018 年"纸托邦"第 614 期，博尔赫斯《另一个人》，翻译……

（作者学校：陕西省宝鸡中学）

本文为 2018 第五届"北大培文杯"初赛参赛文

---

① 出自陈林群《迷宫中的博尔赫斯》。
② 借名博尔赫斯短篇小说《巴别图书馆》。

> 有时候世界有求必应,人能从中看到无尽的光明,也能看到黑暗的羽翼,其中徘徊着善于躲藏的神秘。有时候你遇得到它,在某种情况下,故事就是神秘所居住的世界,这时候的文字就能够体现无尽和魅力。神仙鬼怪的传闻通向的另一个世界里有剑仙和酒,还有重情重义的将军和世外高人,不管决定如何生活,有故事和故事里那些有趣的灵魂相伴,都能够活得轻松一点,然后继续追寻自己想要的自由。
>
> 故事无尽,神秘永存。

程滟斯

知己知己

一

温无右,一个总裁,自认没有什么通天眼的灵异体质,本本分分做人,勤勤恳恳做事。这天晚上回家路过公园,被一棵桃树拦住了。

树说,哎,这位小哥,你晓得咱们市那个道观往哪里走不。

温总裁作为一个本分的白领工作者,日常任务在上班和睡死之间来回切换,性格原因,对被下属和董事会吐槽比较随便,以至于并没有什么威严。曾屡次向同龄年轻人疯狂的深夜蹦迪表示拒绝,在拿很高工资的同时含有一定量的职业道德,工作相当认真,有时偷偷上网追"今日说法",良心会痛到发烫。打小儿是五好青年三好学生,从不上课偷看小人书,聊斋一类的幻想魔幻对他的惊吓程度大于等于午夜凶铃三,此时拿着报表被一棵(野生的)

桃树问路,他心理上不是很能接受。桃树看他八成是要尖叫,改了一个口气安慰他,树摇着满枝子的花,跟他掏心掏肺又掏肝,说这年头妖怪不容易啊,满大街都是高楼林立,你看那街头的星巴克又开了一家,别说养点灵性了,连树都没人种几棵,小爷我是好不容易练得差不多了,可这两天气候不对,我九成是要渡劫啦,小哥你人看着不错,帮我求个保命的签来对大家都好的嘛,嘿嘿嘿。

这大约是一个鬼。温无右想,可这个鬼貌似也是一个好鬼,而且它关于城市的见解真是深刻啊,这不跟我半夜犯中二时想的差不多。于是他就斟酌了一下,说好吧,然后撒丫子跑了,在喧嚣的风中听到那棵树道谢的"嘿嘿嘿嘿"声。

二

高人坐在道观的破板儿上,表情宛如天桥底下卖唱的,听完事情经过莞尔一笑,说这桃花树下逢知己,一半缘分一半情,水能生木,木能生花,完美。

道爷,讲个人话,温无右说。

这事儿我干不了,道爷说,这两天就是个冷锋南下,西伯利亚冷空气从北方吹来,容易形成强降雨,冷锋过境时有温度的强烈起伏,要注意衣物的增减。你回去跟那棵树讲,它想太多了,天庭最近忙得很,没闲工夫分雷法来霹雳它,就是西方的星君还有点空,我记得是他的什么斧还饥渴难耐了哟。

三

温无右不是很想理他,也不是很想理那棵树。他想,我不过是一个开公司的凡夫俗子,你们那些神鬼术法我懂个屁,放过草民吧。但是高人还是高人,指不定左手一个宙斯的闪电权杖,右手一个玉帝的扫把,可以让他到底下轮回三十次,次次有惊喜,他没有办法,只能回去找那棵树。树不但高兴,而且高兴得发疯,拿着那满枝子花不停拍他的肩膀。谢了兄逮,树操着口音跟他唠家常,我这回可是吓死了,不过也有点好处嘛,你这个人还是有意思滴,因缺思厅嘛,你看咱们交个朋友好不好呀?

不好,温无右说,然后转头就跑。树没拦住,只能在后面喊。它喊,哎,其实你真的挺有意思的,一般人类都是当自己幻听,你居然信我,你这人是挺好的,怕不是有故事可以讲吧。

温无右不跑了,他站在公园门口,背后是长得参天的桃花树,那满树的花是云云绕绕,玫白粉白红白团团压在枝头木梢。

树刚才问我有没有故事,他想,一棵树,一个鬼,一件奇遇,问我有没有故事。

那是当然。他说,转头又向公园里那个鬼走去,走得很风雅,桃树一样的风雅。

四

温总裁最近和树成了知己。温无右有时候也想,我们这个样子也算个知己吗?一个并不总裁的总裁,和一个并不鬼的鬼,怎么说都很奇怪的。但他们确实是在聊天,聊天南地北,聊菜市场的菜又涨了一块,也聊人生理想和麻辣烤串。温无右打小儿的梦想和幻想,没和任何人类交流,全便宜了这棵树,还不是一般儿的树,这可是棵桃树,听一句可以插十句嘴,是一棵很戏精的桃树。这样好像也不叫知己,可你说不是知己吧,温总裁场面朋友不少,要说这棵树也算在里头,那不行,树很不高兴。

温无右其实有很多不为人知的一面,他没有通天眼的灵异体质,但一直觉得万物皆有灵,事事皆神仙,命里有天数地数人数,走在路上看乞丐是世外高人,看乌云是风雨神仙。他会花大价钱买城北的水井磨豆花,而且吃上瘾,每天下班偷偷挤公交去抢。他喜欢可乐也喜欢绿茶,而且经常两个混在一起喝,曾经囤积了一大箱樱桃味可乐放在办公室那个很高大上的茶柜里,不小心没锁门,助理打开一看,总裁形象碎了一地。

我当场就要晕倒。温无右说。

树笑死了,说别人心里总裁是很严肃的生物,哪里会买可乐哟,你他大爷还买超大瓶的,怕不是个傻的。

那怎么了?温总裁要维护尊严,总裁就不可以魔幻吗?总裁没有梦想叫什么总裁,不如咸鱼。

这个是的,桃树说,每个生物都要有梦想嘛,要纯真一点,不然有什么乐趣呢?

温无右被感动了,他想,这,怕不就是知己本己,梦想本想,我真是相见恨晚。

然后他听见树说,你们总裁一定是每天从十万平方米的大床上醒来的,真好。

五

树被砍的时候温无右正提着菜回家,他走进公园,就看见那棵树倒在地上,枝子散开,花落了一地,刚劲的斧头正在挖树的根。温无右正准备来进行每天必备的谈心活动,顺便再跟它解释一下总裁真的不会有十五个保洁小妹,就看到树没有了。几个工人正拿着电锯分割木块,一个工头模样的站着指挥,工头旁边立着一根仅剩的小枝子,正被机器声震得打颤。

喂。他喊,喊的时候还提着那袋豆花。你这是干什么,他吼,这年头妖

怪容易吗？满大街都是高楼，能有几棵树，能有几棵桃树，能有几棵成精的桃树，你这是残杀国家保护动物，老子要去法庭告你！

神经病。工头说，关你什么事，这个野生的，砍了就砍了，你能怎么样！

我能怎么样？温无右立在那儿，他想，我想怎么样？我能怎么样？树已经没了，过去了，我不就只能走开，回家，假装无事发生，接着上班吗？我他妈个人类不是只能这样吗？他又想，西方属金，刀兵之祸，高人原来是这个意思，这一劫是到底没渡过去。

于是他转身，想，我现在该回去了，缘分了结，散的也该散了。然后温无右一个回身，把豆花拍在了工头脸上，他狂奔过去抄起那根仅剩的小枝子，手指着天，用那种总裁独有的语气大喊。

我现在就让你们知道，他吼，吼得很大声，这棵桃树被我承包了！

接着他抄着那个枝条跑了，后面有一群工人在追，但他跑得很高兴，很轻松，很纯真儿。

六

温无右从并没有十万平方米的大床上醒来，发现落地窗正在被轻轻敲打，敲的是西游记主题曲，非常朋克。

于是他过去开窗，看见栽在花园里的小桃枝奇异地变成了参天大树，占了整个园子。

我的三色堇和牡丹啊，他心里哀号，就见那满树花的枝子凑到他面前，流里流气地开口。哎呀，树说，这位小哥，承蒙渡劫相助，小爷我知恩图报，咱在您这儿住一辈子怎样，感动不感动？

温无右不是很感动，他看身前的一树桃花，想，这可能就是知己，就是那种：一个并不总裁的总裁和一个并不鬼的鬼，听一句可以插十句嘴，在公园里拦下班人求签的知己。于是他就真的感动了，桃树把枝子环绕着他，无故显出点儿温柔来，那花是熠熠如玫瑰色的沫子，映着万里无云，花是开得成百上千了，绵一样浮在他四周。温无右就想，这世间还是该有花开的，也该有纯真一点的梦想，不然天地便窄了，太窄，都放不下乐趣，放不下一棵成精的桃树，还有一个下班回家的总裁。

（作者学校：重庆南开中学）

本文为 2018 第五届"北大培文杯"复赛第五场参赛文

> 我喜欢故事，但我害怕写故事。我怕自己写不好，怕被批评肤浅、幼稚。
>
> 一直以来，我对母语怀有深深的愧疚，我自知写作风格缺乏严肃文学的厚重感。我不会写诗也不会作词，我的笔在黄土地上种不出艳丽的花，我的思维已被贴上异域的标签。
>
> 尽管彷徨、不安，我还是写下了属于自己的第一篇中文小说。它诞生自午后书房内一个绮丽的幻想，它试图用形式上的探索来说明故事内容的真实。
>
> 它想从"boy-meet-girl"的桥段开始，展现当下写作的无限可能。
>
> 但愿我们都能在与故事的相遇中开启通往异界的入口，惊喜地看见世界的另一种模样。

赵 炜

Re：Papyrae[①]，或纸

谨以此文献给詹姆斯·乔伊斯，献给 Re：CREATORS

河水奔流，穿过他和她的宫殿，从《吉尔伽美什史诗》记载的灭世洪水到《山海经》提及的大喷发，承载着挪亚的生命方舟，见证了奥德修斯的漂泊，又在何处形成一个个漩涡，循环往复，竟化作 0 和 1 的讯号，沿着电缆一路上行，在延伸的网路中相互激荡，把我们带回到信息的海洋。[②]

---

① "纸"在拉丁文中作 Papyrus，本身为阳性词，作者在此处特意将其设造成阴性（添加"复数"）。
② 仿乔伊斯《芬尼根的守灵夜》第一部第一段。

一

叙事也许是从一开始便存在着了。根据当下的说法，当人类意识到自己在时间上的起始时，便在进行着这一种描述了。意识孕育出神话，神话孕育诗歌，诗歌又生出小说……文本在水上穿行，文学在流动中成形，故事一代一代地传递下去，似乎永不止息。

似乎永无终结。可还是停下了。我这么想着，试图找出谜团的答案。

我是坐在书桌前思考这件事的。那是夏天的一个下午，阳光猛烈，空气被加热得膨胀起来，各种电磁波也加快了步伐，从外界传来的信息随之暴涨，就要涌入我的书房。

把门锁上，我又走到大书架旁，用手摩挲着书页。房内的时间停止了流动，心里倒是舒坦了些。

"纸一定是文学最合适的载体了吧，没有纸，没有用以书写的载体，故事也就没有保存的可能了。"我想。

"大概吧。"另一个声音响起，像是拆穿了引号内的独白。

我吓了一跳。手一哆嗦，架子上的藏书接二连三地掉了下去：《简明语言哲学》被《论文字学》压在身下，《开放的作品》与《文学的邀约》并排躺着，《动物化的后现代》把《文化与政治》撞出一道印痕……

我赶紧蹲下整理书籍。"别捡了，大概也没有保存的必要了。"我愕然。一个白衣少女拿着一本书正看着我，声音中含着些许失落。

也许是我见识尚浅，但要从之前看过的作品当中抽出描写女主角样貌的句子，仍不完整地描绘出她的美丽与圣洁。

总而言之，这样的美少女本应存在于想象中。她就是一个故事。

"我叫 Papyra，你也可以叫我 Shì。"声音很好听，但我没听清楚那个名字。

"那，那我——他们叫我阿虚。"我下意识地报上绰号。

赵 炜

Re：Papyrae，或紙

"我知道。"她略略一笑，这时我才注意到那本书竟是《凉宫春日的忧郁》。①

一个爱看凉宫春日的美少女……

"在想什么呢，对你来说，我的出现不奇怪吗？"她见我愣在那里，又笑了笑，问道。

"我，我在想，要是以惊慌失措的样子出现在故事的开头，这种'展开'早就不受读者们青睐啦。再说，省下力气静待你的开场白，恰好弥补了直接引语连篇累牍的毛病呢。"我故作镇静地说着，她笑得前仰后合。

"您果然看了蛮多的——就是'宅'②吧！"

故事顺利地开展下去。原来，少女叫"氏"（就是"紙"的音符）。她说自己本来叫"紙"，按字面意思，是从古至今的文学作品凝结而成的精灵。在过去的某个时候，紙分裂成两个存在，叫做"糸"的另一半不知去向。我眼前的少女请求我帮助她恢复形态。"我的力量正在衰弱，万一找不回她，紙，也就是文学作品，就会失去存在的价值和必要了——请务必帮助我。"她露出认真的神情，我也严肃了起来。

"我需要你来读这个。"她屏气凝神数秒，我手上便多了一张白纸和一支笔。

"对于我来说，人类的著作就是我的记忆，他们精心设计的叙事情节，于我就成了现实。

"这应该是糸通过人类作家之笔留下的文本，关于她失踪的一点线索。去阅读它，解读它，接受它，转化它，这就是你的使命。"

"可为什么是我，我到底是谁？"

氏没有回答。她示意我打开那张纸，文字跟着我的目光逐一呈现。经过

---

① 《凉宫春日的忧郁》是日本著名的轻小说作品，故事是以男主角阿虚的视角展开。
② 日语中「お宅」是称呼对方的尊敬语，但一般只在动漫爱好者之间使用；该词汇进入中文网络论坛后，"宅"这个汉字被移用作称呼动漫爱好者或沉迷于某物不爱外出的年轻人。

短时间的浅阅读后,我仿佛看到两个人在一片草原上行走的景象,女孩应该是糸,另一个青年男子就是文本的作者。

"去寻找吧。"她召唤出一道白色的光晕覆盖着整个书房,郑重其事地说,"词语就是我的身体。"①

我抓起笔,把注意力集中在文本上。门外传来"哗哗"的响声,像是夏季的涨潮。

接受她的邀请,我开始阅读《书写的神话:一个青年作家的旅行与见解》。②

虽说文学多半是虚构的,但往往也存在着"真实的虚构",有时候连亲身经历也被当作了虚构。和多数作家同行不同的,我在此写下的绝不是追求新颖的寓言小说,而完全是我自身的见证。倘若有人质疑我说的话,只消知道与我同行的少女是谁就好了。这篇小说(记述?)也是借由她的力量完成的。

我望向那个叫糸的少女,她在我前面走着,时不时根据草地上冒出的字迹调整方向——没错,我们出不去了。更糟糕的是,我只记得自己突然出现在这个不寻常的地方,而据糸所说,这里是独属于文学的异空间。虽说这遭遇有种卡夫卡的味道,但显然我只得相信糸所谓的力量,在堆满着词语的草地上寻找离开的道路。尽管糸是文学的化身,但她丧失了部分力量和记忆,必须配合身为作家的我才能辨认出那条字迹,难怪她遇到我后似乎很高兴。可我隐约地感觉到,这次奇遇多少与我有关。

没走多久,引路的字迹便消逝了。紧接着我们遇到了幽灵。幽灵可以是一种比喻,但要理解为事实也无妨。幽灵身后跟着一个段落长度的词语,它们有手有脚,宛若人形,在草原上做着踢皮球游戏:"远"和"近"这哥俩相互

---

① 英文的"词语"(corpus)来自于拉丁文"身体";另见《圣经》:"这是我的身体。"
② "神话"(mythos)在希腊文中原意为"传统故事"。见乔伊斯《一个青年艺术家的自画像》及斯特恩《绅士特里斯舛·项狄的生平与见解》。

赵 炜

Re: Papyrae，或纸

争着皮球不放，"意思"面对从四面八方抛来的皮球显得手足无措，"正字"与"政治"长着东洋人的脸——它们的名字总是被叫错。看了好一会儿，我才回过神问那幽灵他是谁，这又是什么。像幽灵一般的男子却开口说："不，不要问'名字'，那没有'意义'。就当我是幽灵好了。"他又反问道："难道你们没有听说过语言的诡计吗？"他指了指一个词语的身后，那里有一块小小的影子。"那是躲在暗处的涵义。词语很狡猾，它们对外展现自己精致的外表，同时掩盖了真实而丑陋的本质。瞧这个'斧正'，不过是'修改'的近亲，却披着文学的修辞打扮装饰自己。""这个理论听起来像索绪尔关于语言的能指与所指的论断。"糸突然说道。"您认识他吗？"幽灵大笑道，"不错，那家伙以及美国的奥斯丁一度启发了我，但他们忽略了一件事。"他接着说："词语早就想把自身彻底地变为迷惑人的外表了。现在，我们有理由相信，不管是诗性语言还是日常语言，都存在着隐喻。'我是法国（或者法语）①哲学家'这句话，究竟是指涉我的国籍、母语还是在诱导你承认我的作品具有地域上的风格呢？抑或是在暗示我的身份认同？甚至说，即便有词语宣称它是诚实的，我也认为这是更高明的伪装。语言是不确定的，用文段中的其他词语去区分、解释某一词语，势必将你领至对其他词语的探究中；不要相信语言！"他吹了声口哨，那些词语在糸周围按照成分排列成一个语段，互相传球，同时唱着："我传给你，你传给我，意义被推迟②，踪迹替代在场，我们铭刻自身，消除自身。文本之外，再无意义！"糸顿时脸色煞白，跌坐在地。我上前想揪住那幽灵，可他轻易地躲开了。"愿你在这个世界能找到'真理'，作家——然而那也会是词语的陷阱。"他挥了挥手就消失了。

我连忙跑过去将糸搀扶起来。"我没事，只是有些累。"她脸上闪过一丝茫然。"但我在想，写在纸面上的字究竟代表了什么呀……"我无言以对。

---

① "法国的"与"法语的"在多数西语中拼写相同。

② "推迟"指哲学概念"延异"（la différance）。

二

暮色爬上窗沿，变幻的光打断了我的阅读。"编织故事的语言被否定了呢。"我略带失落地说。"但也不代表语言就是欺骗吧？"氏却说。"即便现代物理学解释了自然界是由位置、速度或者状态不确定的粒子构成，观测者们也可以根据概率推断粒子出现的大致规律。同理，既然语言本是人类创造的，也可以凭借词汇的使用经验来断义吧。对于这个世界上不在场的概念——比如'踪迹'，倒不如将其放入括号内，你们要做的只是观察现象便好。"

"说起来头头是道，可真有你的。"氏摆摆手。

"那是谁的视线……"[①]

字迹再一次浮现，把我们引向一片树林。

一进林子，我就感到不对劲，像是有人在窥视我们。我回头望去，四下无人，只有树枝被风吹得轻轻地摇晃。

当我们走向树林深处时——

一阵眩晕袭来，我和糸都倒在了地上。下一刻无数个画面在我脑海里闪过，像是在讲述一个人的一生。

……我看到那人带着三分之一的星辰从天庭坠落，随后投胎成人……在学校时他少言寡语，却成天流连于宇宙最大最神秘的图书馆，曾一度为了更换一本装订出错的小说误入了异世界……成年后他最喜欢模仿骑士小说的冒险情节，与志同道合的伙伴一起手持火枪保护心爱的姑娘……战争突然爆发，他满怀热血奔赴战场，却发现中世纪的骑士传说早已被炮火烧成灰烬……他被一条根本不存在的军规折磨着，最终脱离部队，当起了公司的小职员，然

[①] 日文《その目誰の目？》，动画作品 *Chaos; Head* 中的名句。

赵 炜
Re: Papyrae，或纸

而遭到了一场无缘由的审判……他放弃了挣扎，过起了日复一日的生活。直到在6月16日早上8点至晚上2点这段时间内，他突然从人类最琐碎、最不值一提的日常事务中，悟出了古典神话的母题……疯癫中他怀疑自己的一生是否真实，旁人眼中只出现于小说的奇遇亦不过是被神化了的庸俗体验……他确信这是某人刻意为之，一切已被安排好，他只是舞台上的牵线木偶。现在，幕后的人就要登场，他感受到了那个目光……

"那是谁的视线？"

我猛地睁开双眼，对上了它的视线。

一棵树，不，是整片树林都在看着我们。它们的眼睛藏在树皮里。

"那是谁的记忆？为什么我能看见？你们又是谁？"我喊道。

"那是你的记忆……""虚假的记忆……""雾一样的记忆……"树的声音此起彼伏。

"如果我没记错，你们就是掌管情节的树灵。"糸显然知道它们。

"是的，文学的精灵。但是，那个作家，他所做的简直是在亵渎这片神圣的土地！"一个说。

"这是无数个作者依靠想象捏造的记忆……虚构的情节，荒谬的幻想，将象征强加于每一段时间。这些叙事的魔术师用尽了一切把戏：戏仿、反讽、陌生化、互文、自我指涉，甚至是超文本，只不过是掩盖他们对客观事实的窃取。文学，全然是虚构。"另一个说。

我生气了："文学明明来自生活，怎么成了谎言？"

"年轻的作家，你真认为作者不是一只坐井观天的青蛙吗？你们标榜的真实体验，不过是受到更大的一层叙述影响罢了。

"打个比方，英文的'context'既指语篇中涵义的整体环境，又是指人类所处的社会环境。有个叫巴特的人第一次感受到那口井的存在：他发现人类无时无刻不处于'话语'的支配之下，每一种写作都采取了某种叙述而不是透明的真实。写作者的经验不可能是完全属于个人的，它更可能来自于他人的经历、社会历史文化的传统、意识形态以及流行化潮流。在不同的话语争斗之下，无论是作者的经验还是文学情节，都是脱离客观真实的虚构！"

我感到后背发凉，却不敢向后望去，在一片低语声中跟着糸匆匆离开了树林。然而我始终不能确定自己是否就在谁的视线当中。

三

我着实看累了。抬眼望去，月亮已经挂在天空上了。阅读中的人对时间的感知果然是迟钝的。

"塞万提斯笔下的人物像是在刻意地揭示欧洲骑士小说的做作以及幻想与现实之间的差距，而王小波笔下失忆的自己始终在文本的边缘踟蹰。他们就像在反抗着盛行的某种权力话语一般。"我感叹道。

氏点头："罗兰·巴特推崇零度写作，试图建立一个客观透明、不受话语控制的文学世界，可惜他失败了，后人也逐渐歪曲了他的本意。"

"忍受着某人的目光什么的，难道无法避免吗？"

氏摸了摸我的头。她的手上带着香气，我想到了玛德莱娜蛋糕。"但首先，阅读他的小说的，正是我们呀。"

显然，至今为止我所经历的都隐含着某种意味。即便先前无一例外不是我们在与怪人相遇后落荒而逃，但那条向远方流去的字迹说明了一切尚未结束，我们还有走出去的机会。

从某刻起，我对自己的遭遇意外地感到平静，有时还用古今小说家的创作经验向自己证明，故事中的人物总是在某个契机之后迎来命运的转折点——我对自己会想到这句话感到很奇怪，为什么一个创作故事的人竟把自己也代入到故事中去——要向读者说明的一点是，此刻我既是文本的作者，又是文本中正在寻找归途的年轻作家。我这么说并不是在赶时髦，而是从实践上表达出这一事实。想象一下文学精灵的力量吧，她能将年轻作家一路上的所见所想转换成一份文本，为寻找我们的人留下一点线索。当然，文本的"作者"还是我，只不过我没有用笔写下这一切——虽说这样讲有些不尊重前辈们，但此时用"操作者（指定内容）——打印机（生产）——文件"表示这种关系是比较恰当的——我并没有去寻问糸文本当中是否出现了错字、漏印或者脱页的问题，毕竟□□□□□□□□□——我决定关上展现文本意图的闸门，因为一篇冗长的小说是得不到多数读者的青睐的。

现在，某人的愿望迫使我的叙述进入下一段。我要暂且隐匿起来，把意识还给还在赶路的年轻作家……好了，我回到故事。

"快看天上，那是什么！"糸的呼唤把我拉回现实。

阅读科幻小说的经验告诉我，这个晚上我们竟碰上了三体运动现象。

三颗明亮的天体在夜空中沿着某个轨道跳起了舞。三体之间时而聚拢，时而疏远，但始终保持着奇妙的平衡。根据数学家庞加莱的理论，每一天体必受其余二者的引力牵制。一旦受力发生重大改变，三体运动的秩序就会被破坏。

当糸在感叹"真奇妙啊"的时候——

"庞加莱一生也无法用数学方程准确构造出来的三体和谐，就在文学的象征世界中实现了。很有趣，不是吗？"糸像是没发现有个穿着黑色风衣的男子突然出现在身旁，她看着星空。

"如同奇迹一般。"我回应那个男子。

"可它就要死了，你看。"

异象发生了。流星群从天划过，逼近其中一颗星体。那颗星体的舞蹈出现了一丝停顿，接着其余两颗也偏离了轨道。完美的秩序，被打破了。糸并未察觉，她还在看着星空。

"这是你一手造成的。"男子说出了令我震惊的话。

"'太初有道,道与神同在,道就是神。'① 这句话其实是对文学神圣地位的隐喻。作为权威的作者将'道'放置于文本当中,是为'道成肉身',赐予读者,形成一种神圣的誓约。② 多么神圣,多么虚伪!"他突然吼道。

"作者是暴虐的,他强迫读者接受经歪曲后的语言,臆造一段段奇遇以掩饰庸俗,对文本涵义进行反复的转述。控制着释读真理的权力,在宝座上永远称神!"

"绝不是这样,我从来没想过这么做!"我向他辩解。

"事实摆在这里。三颗天体代表了作者、文本以及读者,正是作者的诸般行径引发了流星群的侵入,这个世界即将毁灭。现在,你必须为文学的崩溃付出代价。走下神坛,撤下迷惑人的装饰,将自己的声音放逐于文本之外。不,不是你,我说的是你身后的那个。"

男子突然张口说了什么。我感到内心深处有另一个声音响起,另一个自己的……

那个人发现了我,把我从叙述的死角拉了出来。我,也是文本的作者。

"你以为让我退出文本就可以挽救文学吗?"我质问他。

"不必担心。"他微笑,"负载过多的天体被去除后,另外两个便可达到受力平衡。

"或者说,作者的身份不过是虚构出来的。在文本中,不是作者在说话,是语言在说话。文本一旦写作完毕,语言符号即开始运作,作者不复存在。文本具有了自治性,脱离了意义的枷锁。同时,读者也将获得自由,他们的评判即是作品的价值。让作者死去,这就是三体问题的最优解。

---

① 见《圣经·约翰福音》1:1。
② "权威"(Authority)与"作者"(Author)同源;"道"(Logos)在希腊文中还有"话语"之意;"道成肉身"(Incarnation)是重要神学概念;"读者"也作"接收者"(Receiver);"誓约"(Testament),神学概念。

赵 炜

Re: Papyrae，或紙

"这不正是你在寻求的意义吗？"

是的，它在呼唤着我。那些经历都是在警告我，是作者亲手将钟爱的世界引致毁灭。我真糊涂。

一片静谧中，我朝糸的身影望去。少女还在欣赏着美丽的流星雨，她把手伸向星空，璀璨的光芒透过指尖，她仿佛在与星尘握手。

"每一刻一闪一闪的星星里，都藏着一个古老而甜蜜的故事吧。好想知道、好想感受那份光芒的温暖呵。"她轻声说道。

"她可真美——只要你选择放弃，她就可以恢复力量，再一次生存下去。"

假如这个故事一定要有结局，我想，此刻就可以收笔了吧。

真的，我是作者，这不重要。这就是我的答案。

最后看了少女一眼，我闭上眼睛。声音、意识以及存在渐渐离我远去……

要活着，一定。

结束了。故事结束了。

长时间的沉默之后，我突然开口道："所以，这就是结局吗？"氏的眼睛红了。"对，对啊，结束了。世界因某人的牺牲而得到了重生。就是这样。"

可那就是答案吗？我仍在犹疑。文学的终结已经解决了吗？

我想到了陪伴我成长的那些故事，它们或是在颂扬英雄伟绩，或是讽刺社会现状，也是在寻找内心的宁静，更是在想象一个更加美好的未来……在某个时候，它们被视为脱离现实的虚构，创造它们的作者遭人唾弃。于是，文学陷入了停滞，消费主义的读者们掌握着作品的生杀大权。也就是说——

原来如此，我明白了。

我找到文本的最后一行"要活着，一定"，拿笔另起一行写下：你戛然而止的故事，由我替你续写。

"这是？难道你——"氏惊呆了，"那是作者的文本啊！"

"不,不再是了。应当说,这也是我的文本。"

话音刚落,门外传来一声巨响,不知从何而来的水,竟冲入了书房!

我抓起那张纸,纸面上泛着金色的光。它在邀请我,我知道。

"愿意再一次和我拯救那个世界吗,Papyra?"她微笑着点点头,握紧我的手。

我们进入了文本。

四

"为什么,为什么你不见了——"少女不明白,在她不知道的时候,那个作家消失了。或者说,文本的作者,死了。

她诅咒黑衣男子,后者却说:"你也从束缚中得到了解脱,不是吗?再说,我也是文本的'第二作者'啊。和我走吧,以后这个世界就自由了!"

"可是——我想见到的是带给我生命的人啊——"她不住抽噎着。

天空中传来一声巨响!男子不说话了。他看到,苍穹被割开一道口子,有什么从外面进来了……

河水奔流,从天而降,将我们带入了文学的世界。我这才明白,当年女娲缝补的正是这块缺口,难怪《红楼梦》中有评点者进入文本的痕迹……但现在我不再是高高在上的读者,我必须直面进入故事的风险。

"作者呢?他在哪里?"我直视着黑衣男子,我已经知道这里曾发生了什么。

"尊敬的读者!"他谄媚地笑着,"如您所愿,篡夺神位的作者已被放逐。从此,您就是这片土地的主人。"

我摇摇头:"不,我要把他找回来。"糸惊讶地看着我,氏连忙过去安抚她。

"为什么?"男子愣住了,"您难道不渴望权力吗?您不觉得,传统的作品在用语言的沟壑阻隔着现实与文学幻境吗?请相信我,在这个信息时代,

赵 炜
Re：Papyrae，或纸

读者完全可以摆脱与作者之间的信息不对称，甚至可以按照自身喜好更改、决定作品的内容。而在下亦能自由变换面貌，您无需担心在下的行文自相矛盾——因为在下拥有完整的文本，不存在失误，不持有任何偏见，也不受话语的压抑。在下就是客观的叙事者。这样的结果，您不满意吗？"

"但，这不是我想要的未来。"我缓缓说道。

"你看过《凉宫春日的忧郁》吗？我很喜欢这个故事。女主角凉宫春日因为厌倦平凡无趣的生活而建立了寻找超自然现象的社团。很快，她的社团里就充满了不属于现实的外星人、未来人和超能力者。

"在我看来，这个作品恰恰揭示了文学的价值就是那份或远或近的'距离感'。男主角一度坚信自己就是个普通人，但在加入社团后，他心里那份让世界更加有趣的愿望逐渐苏醒，随后和春日一道为在乏味的现实中构建出独特的'小世界'而努力着。文学的目的不正是如此？现实太残酷，生活太无奈，我们渴望从春日的忧郁中得到解脱。于是勇敢的作家拿起了笔，在语言的海洋中寻找精神家园。即便到达彼岸遥遥无期，那份跨越距离的愿望驱使着我们前行，创造一个新的世界。"

"因此，强行将现实与文学混为一体，反而使文学丧失了独特的美感。"氏说道。

"没错。而带领我们走向文学圣殿的，就是死去的作者。一旦否定了作者的价值，拒绝承认创作当中的平行文本，将文本生产仅仅归功于机械的'文本策略'和'文本自治'，或者逃避笼罩于上空的话语，人类本质上的不完美也会被忽视。"

"但作者死后，约束意义的边界将开放，隐藏的信息可自由获取，新的信息也可被创造。这难道不是人类的理想吗？"男子试图说服我。

"不是这样的。"糸止住了哭泣，说道，"的确，在文学文本的传播中，意义维度会得到增加，宛若水面上泛起的涟漪。但波纹的源头来自作者心中的理解，经由文本产生多义的象征，然后才是读者的联想。即便双方来自不同的文化语境，在纸的领域内，你们可以相互对话，对文本意义重新编码，从而塑造彼此。"

氏看向糸："这就是文本运动的过程。我和糸分别代表了读者和作者理解中的文本；语义的反面是信息的熵，如今文本的边界完全开放，大量外界信息的涌入只会加大熵值。"

"这便是一直困扰我的疑惑：消费社会的形成以及大叙事的凋亡。这样下去，读者和文学都会消失。"我补充道，又指指天上。

果然，无论是突然泛滥的河水还是流星群，都是文本边界被打破引发的后果。剩余的两颗天体仍无法承受，摇摇欲坠。

黑衣男子沉默了。许久，他开口："您认为还存在另一个解答吗？"

"是的。"我微笑，"我可是阿虚①啊。"

我不是普通的，这很重要。就算再让我选择一次，我也不愿意待在凉宫春日消失后的无聊世界。

我感受到那个微弱的声音，看来作者还没有完全放弃。我对他说："请回来吧，我们需要你。""我，我还有存在的意义吗？"

"当然了！因为——你是我的造物主啊。"糸又想哭了。

"谢谢你，读者。那就让我助你一臂之力吧。"瞬间，一份含着伤痛与喜悦的记忆流入我的体内。

"准备好了吗？"氏拉起糸的手，她们身上发出白色的光芒。另一份记忆进来了。

我闭上眼，将三份同样悠久的记忆相互编织……漫长的时间过去了，一个新的三体模型在我脑中逐渐形成。

---

① "我"的绰号"阿虚"即是《凉宫春日的忧郁》男主角的名字。

赵 炜
Re: Papyrae，或紙

去吧，他们说。是时候签订新的誓约了。就像神话那样，被解构的将被再建构，紙将获得新的化身，文学将为我们所复活。①

答案其实一直在我心中。

下一刻睁开眼，世界已经变了。一片新天新地。紙对我说，流星群改变了轨迹，冗余信息得到了遏制。

我抬头看天上，尽管已是清晨，可三颗新的天体就在云幕后转着，只不过这次，它们不会掉下来了。

我们给世界确定了一个新的秩序：以文学文本为中心，作者和读者均具有解释权，不仅作者的多数权利受到版权法保护，而且读者还拥有了创编权——也就是说，拟象和"同人"作品得到了理解。

黑衣男子不知在什么时候离开了，不过作者说自己要找到他好好聊一聊。真希望他们能和解。

现在，这里只剩下我和紙两个人。恢复了形态之后，她变得更睿智，也更漂亮了。她就是我故事中的女主角吧！

"阿虚，我也要走了。谢谢你。"

我们的故事不是才开始吗？我纳闷着。

少女再一次看穿了我的想法。"恰恰相反，我的旅行将再度开始。糸的记忆告诉我，流星雨里面有着无数个故事。尽管它们不是传统上的文学作品，甚至是以图像、音乐、影视等形式出现的，但我能感受到它们传来的温暖——因此，我要去寻找它们，再度跨越那道边界，也可能会到互联网的国度内。"

"但是，网络很危险。"我知道，那是一个超文本的世界，寄居于纸面的精灵说不定又会遇到什么困难或者新的伙伴。也许那又是我出场的机会啦。

"我明白了。"我对上她澄澈的双眼，"我会在屏幕之外的世界注视着你

---

① "新的化身"是"重生"（Re-incarnation）的字面义；另见"道成肉身"的注释。

403

的。"虽说我们平凡如阿虚,但也可以成为某个故事的主人公,甚至改变世界。

"那,请不要移开视线喔。"她调皮地说道。在晨曦中,她向我伸出手,我们离开了这个世界。

五

此刻,我正坐在电脑前完成这份作品。故事的真实性并不重要,重要的是我们为这个故事感动过。即便世界比以前老了,跨入异境的通道已鲜为人知,我们依然能在某时某地遇见一个好的故事,让我们明白,世界还可以是其他模样。

思虑良久,我最终确定了标题。但愿这个故事将在信息之网中传递,作为新世界给某些少女的祝福——

Re:Papyrae

(作者学校:广州市执信中学)

本文为2018第五届"北大培文杯"初赛参赛文

> 翻开一本日记，上面满满记录着自己——痛苦的曾经，喜悦的回忆，都隐没于淋漓的雨幕无声无息。我们叹气，我们执笔，我们都希望再慢些，再慢些——慢得雪花的白染不了鬓上的霜，慢得岁月的担压不弯我们的脊，慢得时光来不及扣下它的扳机——但总有人仓促地落笔，留下匆忙的墨迹。到头来看看过去，总是满怀歉意。青春，是一本华丽残酷的日记，它的终章，也将由我们亲手写上。

周智宇

纸上行走——莫比乌斯环

我伏在案上，左边那一大摞稿纸几乎遮住了那本就昏黄的大部分灯光。我没有因它挡住了灯光而移动它，只是任凭自己的文思在纸上流淌。

我是一个作家，一个不入流的小作家，一个靠着在地方报刊上发表点文章挣点饭吃的不入流的小作家。但我一直觉得我有一支生花的妙笔；我能让作品中的人在纸上行走；我能用笔创造出自己的世界。但除了她和我的弟弟，几乎未有人认可过这一点。

小小的房间里充斥着霉味，老旧的书桌也会在我写作时发出令人牙酸的"吱呀"声。但我对此毫不在意：一方面，微薄的稿费足以支付这里低廉的租金；另一方面，这里有她陪伴我，这就足够了。

我抬起头，目光越过那叠高高的纸。她正在那里扫地。借着昏暗的光，我不厌其烦地看着她那不算漂亮的脸，尤其是那一双充满智慧却又略带忧伤的大眼睛。她似乎感受到我的目光，便带些嗔怪轻轻地对我说："你看看成天不修边幅,家里又这么乱,也不打扫打扫。"说完又小声嘀咕了一句:"看你整天舞文弄墨的,桌边的稿纸堆得跟山一样高,却挣不了几文钱。"

听了她的话,我丝毫不愠怒。不修边幅?我的确是的。可是,不是说凡成大事者不拘小节吗?至于那堆积如山的稿纸可是我还没有写完的,却会是我生命中最重要的东西啊!我的心血,除了她,便都倾注在了那一张张的纸中。她不知道,那一张张纸上正是我俩的爱情史!我尽力把里面的人物写得栩栩如生,像是在纸上行走一般,就是为了在写完时,把这份大礼亲手交给她。

正在我用心写作的时候,耳边传来了开门的声音。她一边换鞋,一边朝我说:"我去楼下李老板那里给你买点夜宵。写了这么久,一定累了吧。"我没抬头,只是含糊地"嗯"了一声。随后则是她轻轻把门带上的声音,以及她的廉价帆布鞋踏在水泥路上的声音。

声音渐渐远去了。我的眼皮突然有些发沉。正当我疑惑这突如其来的疲倦时,大脑中似乎传来一声命令:你必须睡了。我突然想起了什么,那是我必须面对的。可是困倦逐渐蒙蔽了我最后那部分清醒的认知,我最后看了一眼钟,快到十一点了,然后便睡着了。

第二天醒来时,已是上午十点。看看床上还在熟睡的她的脸,我轻轻地从椅子上起身。我对自己居然在写作时睡着了而感到生气,但想到今天是周日,好不容易起得比她早一次,那么就去把早饭买回来吧。

下楼,右拐,熟悉的店。我轻车熟路地向店主打招呼:"李老板,早上好啊!昨天晚上我女朋友还在这买夜宵呢。老样子。鸡蛋、肉包、豆浆。都要双份的。"李老板复杂地看了我一眼,拿起一旁早就打好包的还热乎的早餐递给我。我付了钱,转身走的时候,听到了他一声沉重的叹息。我虽疑惑但也并未放在心上。

说来也怪。今天是周末,公交车站却挤满了挎着公文包的上班族。他们行色匆匆,彼此毫不相干,就像作家笔下的在纸上行走的人。现在的白领可真累啊,我叹息一声。

"哥!"弟弟在面前拦住我,"十点零九分,一点不差,你又恰好经过这里。哥,难道你还不相信这一切吗?"曾赞许我文章有想象力的弟弟眯着眼睛看着我。这小子在说什么?怎么今天每个人都奇奇怪怪的?我不明白,但感觉胸闷得难受,像是有什么即将喷发一样。"假的,这一切都是假的,难道你还不明白吗?"突然,我心头毫无预兆地升起一股无名业火,"够了!"我自己都不知道哪儿来的这一股火气,仿佛我的内心在抗拒着什么。弟弟怔怔地看着我,转身离去。

回到家,我发觉她已起床,但不在家。"可能去办什么事了。"我将早餐放在小小客厅的茶几上,不急着吃,却径直走向了书桌,开始写作。写到哪里了呢?啊,对了,写到那天她帮我打扫屋子了。我的感情仿佛是江河一般在纸上流淌。是的,我爱她,她也爱我。我们从小一起长大,长大后她也不顾家人反对,选择嫁给了我这个小作家。她工作日去上班,晚上则陪我一起写作。这样的日子,贫困之中也有温馨。

万籁俱寂。我沉浸到了写作之中,我继续用笔勾勒出一个个栩栩如生的人,看着他们在我构建的乌托邦中行走。虽然那些都只在一张张稿纸上,可当我看向我真情流露的辞藻时,那些人分明在纸上行走!我们之间的一个个故事,将会成为我送给她的最好的礼物。

"咚咚咚!"敲门声不合时宜地响起。也许是她回来了。我急忙去开门,却发现是我的弟弟。不等我招呼,他直接进来,走到书桌前。"这就是你的作品?写到这儿了吗?快了,快了!我就等你一会儿吧——果然,她不在家?"他神神叨叨的,但脸上坚决又悲哀的表情分明预示着什么。我满心只有作品,给他倒了一杯茶,便匆匆继续完成那份大礼。

不知过了多久,弟弟在我耳边喃喃道,随后则是她轻轻把门带上的声音,以及她的廉价帆布鞋踏在水泥路上的声音……我从恼怒中抬起头,我不喜欢这种我写到哪儿，其他人读到哪儿的令人不快的感觉。"别吵！"我嚷道。谁知弟弟的泪珠大颗地滑下："你继续写啊！你倒是写啊！"他不理会我的恼怒，同样愤怒地大叫。我不想搭理歇斯底里的他，可是当我再次拿起笔时，却发现我的大脑里一片空白，根本不知道怎么写。我竟然什么都写不出来了！仿佛根本没有和她在一起过一样，我所记得的关于她的每一件事，在这里戛然而止。头上的钟响了十一下，外面夜已深了。

"她在哪儿？去买夜宵了吧！"我的弟弟自嘲似的笑道。我茫然地看着他，他猛然起身，用力地将我的那叠心血之作，向燃烧得正旺的壁炉掼去。"你干什么？"我像疯了一样，怒吼着想救回那些珍贵的纸，却被有力的弟弟冷冷地、死死地拦住。我只能不甘地看着那一张张纸化为纷飞的火蝴蝶，那纸上的乌托邦正不可逆地分崩离析，在纸上行走的人们痛苦地扭曲着。我的眼前又绝望地闪现出了她的笑、她的哭和她美丽的大眼睛。最后，当一切白云苍狗都烟消云散时，面前的弟弟手里正拿着一条纸带。他双手捏住两头，一只手旋转九十度后将两头重合，形成一个诡异的八字形。

"莫比乌斯环？"我沙哑无力地，也是疑惑地说。他却像没听到我说话一样，自顾自地道："那也是一个星期天的晚上。她出门给你买夜宵，却在中途出了车祸，最后不治身亡。当时的你就已开始写你们的爱情史，得知消息后，直接疯了患上了严重的臆想症。你天天蜗居在这里，总是认为她还在身边陪你，一起写你们的爱情故事。你倾注了你全部的心血，结合你自己的愿望，才塑造出了这个想象中的产物。但在你大脑深处，你一定是清醒的。但你选择了麻醉自己，而非面对现实。那天起你便一直在这个莫比乌斯纸带上行走，活在永恒的星期天中。"

一切都连起来了。那李老板的叹息，明明是"星期天"，许多白领们却去上班，还有弟弟的反复念叨。我果然回想不起昨天的事，因为昨天即是今天的复制；我的作品再也无法继续，因为里面的人物已经走到了纸的边缘。而我，可以像弟弟翻折那张纸一样，主动将自己的记忆拉成一条莫比乌斯环，日夜在上面行走。到了晚上十一点，我的潜意识就会令我沉沉睡去，醒来时则到了纸的另一面。但那些回忆不一样。它们不会创生，无法虚构，所以当故事到了最后一刻，在纸上行走的人必将跌落虚空。它们，是无法被逆转的。

"醒来吧，走出这个莫比乌斯环，去过你真正的生活！"弟弟轻拍我的肩，长吁一口气，说道。

我望着窗外一片漆黑。那仿佛置身于另一种世界的黑暗，却让我发觉另一种可能。"莫比乌斯环未曾毁灭，纸上的人也未曾停止行走。的确，我的生活就是一条莫比乌斯环；我生活中的虚构者们在我的纸上行走。"我冷峻的声音使弟弟刚刚还充满希望的脸颊渐渐变色，"但他们都在我掌控之中，美好回忆也不会作假！"我看向地上的灰烬，疯狂地哈哈大笑。我突然转过头，直视他充斥恐惧的双眼："但是又如何确定，你我，不过也是在纸上行走呢？"

这回我可是彻底地疯了。

（作者学校：江苏省南通天星湖中学）

本文为2018第五届"北大培文杯"初赛参赛文

> 我和笔墨从纸的一端，一起艰难地爬到另一端。黑色的墨水可以密密麻麻无限增殖，而思想不能；我那一日扯拽出所有养分，不确定它们是否畸形。飞过千里写下的文字也就是这个样子：我、我的外在，都已经被这些文字所入侵。于我自己，写作并不是本能，但痛苦是的；对于一切痛苦和困惑，只要写下来，就是不甘的和不怕的。我的书桌下并没有磨出两个浅窝，没有自觉性，也低声下气地明白了为何写作是真正的苦难。于我自己，文字是所见的最荒诞的自省和最神圣的亵渎。我仍然在纸上痛苦地爬行，学着从两栖动物变成人类。这一次，一笔写下来，没有迟疑和遗憾。这一点文字在之后将要告诉我：我们可以走上陆地。

周曦和

通天塔图书馆外的山坡

在讲述这个故事之前我必须虚构一个前提：即在山坡上沉眠的蜂巢既不会受到洪水或火山的侵蚀，也没有全副武装的捕蜂人骚扰；无人（或蜂）向其散播任何教义，也没有成体系的哲学。蜂群也无人的面孔或四肢。而虚构这个前提的理性动机就目前来说也是虚构的：即我无力描述真实。故事的开始则是结束。

在蜂巢里

世界的另一端有一声嘹亮的啼哭，是为了唤醒蜂巢中第一只决定飞起的蜂。清晨是无法照亮这个庞大体系的：紧密、完美的六边形锁死了内外概念，没有任何光能够透进来。女王安坐在蜂巢正中央，工蜂们井然有序，一天的日程即将开始。

非生物学家不能描述这种奇景。图案是美的，因为井然是美的。不从生物学意义入手，井然便是为了约束它们作为个体的飞行，使一切飞行都成为了整体。

忙碌的一天开始，捕食者们行动了起来——它们立身的山丘上，无尽的食源对它们鲜艳地招展。它们愉快地从各自的六角形中起身，"嗡嗡"飞离了蜂巢。

一个弃儿目不转睛地注视着同伴们斑斓的背影。说是注视也许并不恰当，因为后世的研究者们认为这种蜂并没有眼睑，无休止的注目便失去了凝视的意义。但诗人们坚持歌颂隐喻，因此我们也暂时援引眼睑的概念。这位弃儿静静地待在它的六角形中，复眼不断地旋转。

它就这么等到了蜂巢几乎静默下来的时刻，默默抽动了一下翅膀。忽然，它看见眼前悬挂下了一根摇摇欲坠的丝线，极度微纤，极度通透。这根丝线沿着一条绝对笔直的路线，从蜂巢坚固的墙壁外穿了进来。

这是什么？

假如蜂们存在发达的大脑，视神经就一定会郑重地将问题移交脑神经处理，遗憾的是，我们的弃儿并不会思考。它好奇地观望了片刻，本能使它努力地把身子往那条丝线的方向靠近。没错，千真万确——本能不负众望地告诉这位打出生起就没有离开过这甜美六角形的弃儿：这是光（光在没有其定义或概念时也仍然是其本身）。

弃儿不敢再移动了。它是一位食物的贮藏者，出生的地方即为死亡的地方。蜂巢在资源分配或收集出现失衡时，偶尔会选出一些即将长大的工蜂，用他们的身体作为食物的容器。在此期间，它们的生或死并不是很引蜂注目。因为这仅仅是某个庞大秩序的一部分，甚至连弃儿本身都没有任何质疑。所以它们就留在出生的六角形当中，每天饭来张口，唯一的喜悦就是看着自己的躯体日益膨胀，达到极限后还有极限。

　　弃儿调整了一下庞大的身躯，模糊地感到移动变得比以前更艰难了一些。但它没有在意，而是继续专注观察着那缕光线。弃儿并没有见过外面的世界，比人类幸运的是，它也并没有"世界"这一基本概念。但它仍然有一种庄重的预感，认为这缕不知名事物的出现可能代表着某件比较重大的事情。也许没有膨大的腹中包藏着的事物重要。但既然两不冲突，那就不妨把它几乎静止的生命分一点给这种预感。

　　细线坚强地继续维持着自身的存在。

　　弃儿忽然有些厌倦了，因为那缕光线让它那可怜的小脑袋感受到一种崩塌。光线刺穿了墙壁，这种刺穿让它不太好受：想想，它的同伴们每天辛劳地飞出，在另一个未知（即无限）的场合使用它们的口器、翅膀，然后带回甘美的食物，填充进它的体内，这几乎有种神圣的意味了。但如若它被刺穿、被撕裂呢，那些食物呢？光线可以刺穿厚重的墙壁，如若蜂巢也分崩离析，坚固的城墙纷纷溶解，剥落成那种细长、缥缈的丝线，那么"存在"本身呢？

　　那么它飞行的同伴们、安停于此饱食终日的它，也就不再区别了，不再存在了。世上对于它们的定义也就理所当然地消失了。

　　此时，弃儿忽然惧怕起了消失。这一秒钟，本能附在它的耳边，悄悄告诉了它死亡。它摇摆着肥硕的身躯，平生第一次使用了力气，重心不稳地站了起来。身躯在热切地对大脑（如果它有的话）表示抗议，但是奇迹般地，它没有归位。复眼成千上万地转动起来；翅膀密布着浅浅沟壑的透明薄膜，像一片冰那样脆弱晶莹，又像银箔里侧的黑暗一样沾满了死亡的隐喻——它笨拙地翕动起来，连一阵微风也没有带起。连值班的工蜂都没有发觉任何异样。

　　它惊惶地跌回原地，忏悔般寻找着刚刚蛊惑它的那缕丝线，但却发现，这个地方从未存在过什么光。它其实连什么是光和隐喻都无法理解。只是颤动的胸腹和下垂的翅膀证明了刚刚的努力并不是假的而已。

一切都如常。但是,"常"也存在吗?

飞行者和安停者的区别实际上也存在吗?还是如同这篇虚构的小说一样,是一种谵妄?

最后,弃儿注视着它膨胀的、甜美的身躯,不由自主地阖上了苍白的眼睑,渐渐睡着了。

在山丘上

蜂巢东边的山丘上,岩石扭转腰身,绿色的藤蔓泻下,在一望无际的同样绿色草地上溅洒出一地毫无破绽的金花来。但是在金色山菊的缝隙中栖息着冬日的痕迹:草木开始衰颓,灰黑色的秃土块开始郑重策划一场谋杀。没有食物的季节就快到了。生息在这里的野蜂们必须抓紧时间完成最后一批食物的采集和贮藏。

清晨升起了一轮沉默的红日,牛奶般的浓雾开始散去。野蜂们倾巢而出,作为方圆几公里内唯一的掠食者(回忆起我们的前提了吗?),它们骄傲地全副武装,携带口器、翅膀和本能,像一阵云雾般席卷了这片暂还丰饶的草原,有条不紊地开始了一天的劳作,不用担心诸如飞鸟之类的天敌忽然来袭,终止它们有理有据的生命。

写到这里时,我认为将总体作为一个单一对象描述时,如果还要处心积虑地挑出总体中的某个个体进行描述,无疑是对其他个体的侮辱。我决定描述它们具有共性的飞行。当蜂群隐于花丛之中时,它们就与静默的万物毫无区别;而当它们群起,寻找下一处可压榨的场所时,它们又重新成为他者。某时某刻它们极有尊严地活着,某时某刻它们又近似于被它们留在巢中的弃儿,成为静止的安停者。觅食行为、身份的流动都可以成为"飞行"的定义,因此,飞行就极有尊严地包含了安停的概念。一切似乎就要没有痛苦了。我就快要成功定义了。

冬天很快就要来临了。在最后一次倾巢而出时，某一只（我还是侮辱了）心情愉悦的采集者快要归巢时，在离蜂巢不远处发现了一只身体被破开、一动不动的成年蜂。它很快就判断出那不过是一只被作为食物容器的普通蜂而已，在死亡之后不知出于什么原因被取出了身体内的食物，暴尸荒野了。这也没有什么好奇怪的，也不值一提。没有什么能改变它今天比同伴多采了一朵山菊而带来的快乐。

云雾再次潜伏，它们归巢了。

在世界里

蜂巢的故事到这里完美结束，但我的讲述还没有到此为止。恳请读者坐下来再听我讲几句话。快到时间了，这个虚构的世界也要被定义完成了。

首先，一切隐喻都是危险的。但那是对哲人来说。于我，还有一二可讲。对于蜂来说，飞行与安停的逻辑实际上非常清楚：飞行——象征着自身缺失与生存本能浇灌的爱欲，以其为动机的行为就不存在痛苦一说，所以经常被称为麻木。出生、学习，受着动机的支配，永无停歇地行动下去。而出于偶然，宇宙中派生出被遗弃的安停者，这种安停是因为受害而永恒。从它们的身上，我们人类骄傲地看出自己高明的地方，我们不仅认识到自身是飞行的，而且还思考了安停者的痛苦。我们认识到：飞行与安停，正如生与死一样具有统一性。

我们的任务则是在这种优越性之中不断地定义自身，从而存在下去。

但是请读者注意，以上定义存在着一个问题。无论蜂群如何定义自身，山丘和太阳都密切地注视着它们。不仅是蜂群，连此时执笔的我也被它们所入侵、所窥视，遑论现在注视着文字的读者。或许能认识到这一点也是好的，我不由要对命题的意象做一些语词上的修正：对于摆脱了伦常的"山丘"——换而言之是"悲伤"或"永恒",静默象征着四方上下、往古来今,必然要换一个说辞,并非是安停。

但是诗歌终究是诗歌,就好像诗人坚持歌颂着无用的眼睑。诗人发问道:"多难解的谜!"

毕达哥拉斯笃信他拥有前生。我们不妨再次虚构一个场景:一个人类婴孩的出生。

在世界另一端的一个小村庄中,一个清晨,一团静默的火焰升了起来。冬天已经过去了,春光慷慨地被赐予,小村庄中的暖风裹挟着树枝交错的浅影来到一扇窗前。

"就快出来了!"

这时,他茫然地发现,他似乎被赋予了另一种形体以及定义这个世界的能力。摆脱了一个遥远的六角形和一片苍茫的雪原,他还有些惊惶和措手不及。他生长出了安全的、真正的眼睑,虽然此刻还只能闭合,但很快他就有机会看清这个世界了。柔和鲜亮的红色和黄色一边包裹一边冲撞着他。他愚蒙未开。

"——是个男孩!"

一瞬间,束缚他的色彩不见了。他听到了如释重负的叹息,一阵前所未有的喧闹代替温柔的血与水接管了他。他被倒吊起来,细细的腿脚被人捏住,拍到他身上的巴掌像他体内曾经蕴藏的食物一样神圣。

他终于如愿以偿地飞了起来。此时,他忽然感觉到一阵莫名的、浓重的困惑挤压到了心头,变成了悲伤。于是他第一次调动全身的力气,终于发出了第一声啼哭。

(作者学校:江苏省淮阴中学)

本文为2018第五届"北大培文杯"决赛参赛文

> 幻想在空中翱翔不知去向时被现实社会拉扯。时间一帧一帧划过时，未来的模样就渐渐清晰起来。峡谷很深，有人在埋，没有出路。人们总是善于欺骗自己，把自己的谎言当成通向光明的马车，可是那些看不见的、摸不着的又被层层忽略，当自欺欺人的谎话变成一堵墙，封住井底之蛙的人类时，我们又会以最美的恶意继续往下挖，往下埋。汹涌江水最终淹没，而我们的古迹在地表蔓延。当文字间的答案慢慢呈现，回答荒芜人世，也回答自己。只是井口外的杂草滋长，掩映着这座坟墓里的空荡人间。

陈文浩

知白[①]的等待

黄昏将近了，江岸上的知白扶着栏杆，向远处张望着。人们不知道他在这里待了多久，只要是在江岸，就一定能看见他的身影。

知白在张望中不时擦拭眼角的泪水，白色的衬衣染了一股淡淡咸味，想是泪水的杂陈。

2199年的最后一天，知白坐在江岸的智能机械椅子上，挂着拐杖，沐浴着黄昏。雨滴渐渐飘洒了，行人的空气雨伞无意间把雨水吹向了知白。

我一身雨干套衣，慕名来采访，坐在了知白的旁边。知白一把花白的胡子。

"知白先生，我听说你在这里等了很久了。"我边坐下边为知白打起了空

[①] 知白乃楮知白，纸的别称。文中的中书乃中书君，笔（毛笔）的别称；青松乃青松子，墨水的雅称。

气雨伞。

"听一听江的呼啸吧。"

我一望,江已经被人做了平衡处理,一切风平浪静。

"听不见。"

"那就看看。"

平静的江面上隐隐闪着人类铺在水上的电子光信号。我看到时代在奋勇向前,毫不停歇。热血沸腾的臆想被知白先生打断了。

"看到了什么?"知白苍老的声音强劲有力,不知为何,戳痛我的心。

"时代,科技。"我实话实说。只是记者的身份有点颠倒,我忙纠正回来。

"所以你在等待新世纪的到来?"我问。

"就在明天,你们的明天。"知白突然落下了泪。

"你很痛苦,是吗?"

"何来痛苦?我只是伤感。痛苦不在伤感之中,伤感却在痛苦里。"

"是一个人吗?"问题好突兀。

"那不是一个人,是两个人——"

"你们约好了?"

"没有——"

天色见黑,对岸的高楼投屏出炫目的3D广告。

知白花胡的脸望向了对岸,眼角的泪水泛着微弱的光,脸上的泪痕在萧条之中映了出来。但看起来又是那么年轻。

"中书,青松——"潜然之间,知白轻声说了几个字。

"你的旧友?"

"你认识吗?"知白的眼中突然萌芽出希望。

我摇摇头。

"中书君,青松君?"

我仍然是摇头。

知白平静地摇了摇头，仿佛在诉说着血泪的往事。

"能说说吗？"

"是我的朋友——那年我在这个码头送走了他俩，他们走的时候眼泪汪汪，我安慰他们我会在这里永远等着他们回来。"

"没回来——"我哀叹。

"没回来。"

知白望着我，嘴角又有了笑意。

"不出意外，你认得他们。"

我没问下去，心里慌得没有底。知白笑着。寒冷的冬天，白雾飘扬，知白吐了一口气。

"人生难得有知交，记者朋友，你有知交吗？"

我很惊讶，第一次有人问我这样的问题。我支支吾吾答不上来，这却也不是记者的表现，谁是采访对象，在知白的"圈套"中，我被忽悠了进来。

"其实——我知道，他们不会再回来。"

知白的哭声很稚嫩，却又很打动人心。许多美好的和不美好的回忆一下子牵动了我的心弦。从小到大那种无知的依赖和信仰，在这一刻似乎慢慢瓦解掉了。蛛丝马迹，缠缠绵绵，心头一股热气，却又喊不出来。我不知道为什么会跟着知白一起流泪。夜幕侵袭在知白的耳边，有什么沉重不堪在一直催促着他快快离去。

"他们都死了——"

知白说这句话的时候，我再也忍不住哽咽。竟同知白像孩子一样哭了。

雨停了。

天空中泛起无数美丽的烟花。转瞬即逝，好似一梦。那些心头的，过去的。知白脸上的胡须慢慢褪去了。这一刻，八点。

知白朝着我笑,安慰我不要悲伤。悲伤不需要伤感。

我平复了心情,面对着知白。

"青松中书,我的旧友。我们曾经被人拥戴,被人封宝。大路向前,我们踏进沙漠。孤烟飞雁,古典文学,海纳仁义,从荒漠走向了繁荣。

"我们总没有离开过,旅行,传递。风雨之中我们走过了许多年。

"他们说,我们身后是金屋颜玉;他们说,我们是千秋克星。沐浴着灿烂的同时,质疑将我们送进谷底。

"峡谷很深,有人在埋。没有出路。"

九点整。天际飞速旋转着。知白脸上的皱纹越说越少,温热泛红的脸颊,藏不住心中喜悦的跳动。

"他们把出路留给了我。

"送走的那一天,江面上没有电子信号的铺展。他们不是乘的船——

"而是跳入江中——江在疯狂打着岸边,水势上涨,淹了老柳树的根。"

"这是自刎吗?"我一惊。

"哪里是,你会明白——不久之后就会明白。"

知白望着天空中的月亮。

中书和青松是谁,我不再追问了。

悄悄告别了知白,是十点整,知白的眼睛越来越清澈。

"哒哒哒。"二十三点五十九分。

"那是自刎吗?""哪里是,你会明白——不久之后就会明白。"

不知为什么知白的记忆在我脑海中越来越模糊。我突然意识到了。

我疯狂地冲出电视台,搭载无人低空飞行器飞到江边。

12秒,江边没有人,只有老柳树。知白不见了!

13秒,寻人模拟器未查找到相关人员。

14秒,模拟器显示公安未登记过知白的信息。

20 秒，知白两字在我的脑海中短暂失去记忆。

22 秒，我奔向老柳树，知白不见了。

35 秒，我坐在老柳树旁边的板凳，板凳旁的无人飞行摄像机仍还在，我忘了拿走。

37 秒，摄像机模拟追踪停留在椅子底下的一张白纸上。

"知白，白纸！"

39 秒，白纸有了活动迹象，江中的电子信号突然活跃。

40 秒，我拿着白纸，白纸突然被风吹了起来。

45 秒，白纸开始指定性飞向江中。

51 秒，2200 年进入十秒倒计时。

52 秒，知白的身影出现在岸边的扶手。

53 秒，我奔过去。江势上涨。

54 秒，我试图牵住，什么也抓不到！

55 秒，大脑渐渐无法识别知白的人像。

56 秒，风极大，我站得很稳。老柳树的根似乎要被拔起。气象台没有发送暴风预警。

57 秒，知白渐渐回过头来，他对着我笑。

58 秒，"知道了吗？"年轻的身影好不熟悉。

59 秒，知白影像消失，留下的纸却是黄昏色躺在扶手上。我跑去抓。

60 秒，江势凶猛。飞行器设置为水下自动拍摄。这一秒，天空中出现电子烟花的首秀，绚丽夺目。

乌云在强烈翻滚，江水淹没了老柳树的根。天气显示：晴朗。

摄像机图像出现在全息眼镜上。

知白老先生，他摇摇晃晃，颤颤巍巍。送走了世纪春秋的他已经看不见前方的眺望和等待，命如纸芥，余年逝去。面对电子信号传播飞快，全息机械式的交流,他被遗忘在这一时刻。曾经的细水长流不复存在了。他被卷入江中,吞入人类的垃圾场。深海又见不到底投不了光地沉沉压抑,挣扎散乱成一幅幅被水浸烂的古卷,文明、古典、仁义,从他的脑海中渐渐淡去……

(作者学校:四川省绵阳南山中学实验学校)

本文为2018第五届"北大培文杯"初赛参赛文

> 我想，每一页纸，都藏着一个沉睡着的世界，而文字，是唤醒纸中世界的灵魂。有时不愿刻意闯入其中，生硬地冲撞只会使原本缥缈的事物更加虚无。但往往不经意间，身体早已与世界融为一体。我害怕时光流逝，在这里却可以没有时间，黄昏的每一次回想悄悄地渗进湖水中，幽蓝的眼眸带着困意注视着我。昔时忘却的诺言，我会试着在这里寻找。到头来，没有找到，我却幻化成了年少时的样子。或许任何事物都会失信，但文字不会，它将微风暂停，在原地等你回来。

郗国旭

光与鸟儿

> 窗外的风雨报告残春的运命，
> 丧钟似的音响在黑夜里叮咛：
> "你那生命的瓶子里的鲜花也
> 变了样：艳丽的尸体，谁给收殓？"
>
> ——徐志摩《残春》

光

我叫瞳。我是他们口中所谓的"盲人"。

从出生开始，我就注定要潜伏在这黑暗中。但实际上，我并不能理解"黑暗"是怎样一回事，这也是他们——那些正常人强加给我的词语。

郝国旭
光与鸟儿

他们时常会故作亲切地凑到我身边，和我讲色彩，讲世界，夸张地谈论这个世界多么五彩斑斓多么美丽动人。我总会厌恶地起身，摸索着向前走去，留下他们在原地，发出虚伪的叹息声。

冷漠、怪异、不合群，这是他们给我下的定义。

我唯一的朋友，应该只有时。

他，我却不知道该如何定义，我没有触摸过他，也没有听过他的声音，他和我接触过的任何事物都不同。有时我会想，他或许根本就没存在过，可我却又能清晰地感知到他的存在——但不是用身体去感受。

有一次我问他："时，你到底是什么？"

"我是光的一种。"

我笑了笑，说："可那些人告诉过我，我永远也无法感受到光的。"

"不，你可以，用自己的方式。"

我有些惊讶，不再说话，抬头"望"向远处的山——他们告诉我，那个方向，有山，山上有溪流。傍晚时，夕阳的余晖抹在山上，很美很美。

现在已是傍晚，那我眼前，应该是一片美丽的画面。

我"注视"着看不到的美景，最终扭过头去。

我能感到时就在我的身边，我试着触摸他，却依然什么也没有。

翅

一只鸟满身灰尘地躺在沙地上，它只有一只翅膀。

如果洗去身上的灰尘，那它应该是一只十分美丽的鸟。全身白色，像纸一样纯粹。眼睛是晶莹的蓝色，闪着清澈的光芒，似乎只要和它对视，自身的灵魂便会永远地追随它离去。

而现在，它却显得如此疲倦不堪，身体上除灰尘外，还布满了深红色的伤口，一些血珠不时地渗出，滚落到地上，溅渗进沙土里。

一片枯叶不知从何处飘来，盖在鸟的身上。

鸟原本微闭的蓝色眼睛猛然睁圆，疯狂地扇起仅有的一只翅膀，奋力向天空冲去，一番挣扎后，再次坠落到沙土上，击扬起一小片沙尘。

一些尘埃落入它的蓝眼中，不久，有些浑浊的泪渗出来，和血珠一起滴落在沙地上。

光

我喜欢站在高的地方，我感觉，越高一点的地方，离阳光越近一些。

我确实讨厌他们所说的那些话，但是那些描绘到底还是勾起了我的一些向往。我听说，每个事物的色彩，是由它们反射出的光绘成的，看到了光，也就看到了这个世界。而所有光，都来源于阳光的给予。然而，纵使我摸索着爬遍了任何我觉得最接近阳光的地方，我依然看不到它，唯一能感受到的，是它那时而冷漠时而炙热的温度。

我沮丧地靠在楼顶的墙板上，说："时，我真的看不到这光吗？"

你能，你能感知到我，就代表你能感知到光。

"我说的不是感知，我是说真真正正地看到它。"

或许你，才是真正能看到光存在的人。

"什么意思？"

瞳，其实没有什么看到看不到，正常不正常。那，只是人们强加的一个定义。你，或许是最出色的人，但你却被所谓的定义弄得对自己感到迷茫。而那些所谓的正常的人们，也只是在用他们定义的方式来衡量你，观察这个世界。

"你怎么突然说得这么深奥，我不太懂。"

郗国旭
光与鸟儿

瞳，光，不一定要用眼睛来感知。那些能"看"到光，"看"到这个世界的人，每一天真的仔细看过这个世界了吗？他们所忽视的，却可能比看到的还要多。

"——是吗？"

世界，其实不是光组成的，是由一条条线连接构成的。你感知到其中一条，便能一点点牵动其他的线条。瞳，你要发现自己，你其实更能看到真实的世界。

我用手抚摸着身后的墙壁，墙有些不平整，凹陷着一些大小不一的孔洞。

翅

鸟仍旧躺在沙地上，一动不动，仿佛死去一般。身上的血渍已经凝固，变成黑褐色。

你怎么可能飞上天，你只有一只翅膀。

一只翅膀……

鸟的蓝色眼睛微微动了动，好像醒了过来。它扭过头，望向地上自己黑色的影子。

影子随着鸟的身体做着一样的动作，鸟轻轻地叫了一声，影子却突然脱离了鸟的控制，自己缓慢地向远处离去。

鸟怔怔地看着，似乎有些惊讶。蓦地，它的身子再次剧烈地晃动起来，向不远处的影子追去。身上的伤口裂开，鲜血再次一点点淌在地上。

鸟用仅有的翅膀，拼命地按住想要逃走的影子，张开鸟喙，猛然向影子咬去，然后一点点把影子吃掉……

鸟望向天空，蓝色眼睛微微发亮，再次振动翅膀向天空冲去。

这一次，它飞起来了。

光

时已经消失好多天了。无论我用什么方法，都无法感知到他。

现在想想，也就是那天，他和我说完那些难以捉摸的话以后，我便再也感知不到他。

最后他说的话是：你要发现自己，你其实更能看到真实的世界。

发现自己——一阵翅膀的拍打声传来。紧接着，一个柔软的东西落到我的手中，似乎是一只鸟。我用手抚摸它，发现它只有一只翅膀。

奇怪，那它是如何飞起来的？

鸟朝我愉快地叫了一声，刹那间，一道澄澈的光射入我的眼睛。是的，光，我竟然能看到它的存在。我不知道它应该是什么颜色，只觉得好清澈，仿佛能够洗涤灵魂一样。

鸟从我掌中飞起，我惊奇地感觉到一根线正接连着它与我，有力地拉我向前方奔去。

我无所顾忌地奔跑着。渐渐，我感觉到更多的线向我汇来，缠绕着，编织着，从指尖，到全身……

周围传来那些人诧异慌乱的声音，他们或许在想一个盲人为何突然发起了疯。

我没有理会。

他们不懂，不愿去想，但我不一样。

我比他们更能看到这个世界。

（作者学校：河北省乐亭第一中学）

本文为2018第五届"北大培文杯"决赛参赛文

> 我小时候曾仰望过星空。那种星空不是普通的星空，那仰望也不是普通的仰望，很明显我没办法给它一个妥帖的定语，那个时候我只是张着嘴巴，看着那么多那么多的星星。我真的是每一次写什么时，总会想到农村里的那一个夏夜，我不想把文章写得怎么花枝乱颤、披上一些鬼魅的荧光。LED 灯绝对无法与篝火相比，围着篝火的是歌声是舞蹈，围着 LED 灯的是清仓大抢购的人群。语言，要有星光的真实，要有星光的温度，要有星光的热度，要有无声处使人落泪的力量，并且还赋予他们用手抹去眼泪的本领。我想要捉住我心里的那颗星星。

王超立

Light

"我们能拥有它吗？"

"那是我们所不知道的神祇的怒火，你是无法拥有的。"

"你怎么知道？"

Lightening

狂风撕咬着夜晚的森林，犹如在它的某一角，一只剑齿虎在黑沉沉的夜色中尽情地就着红酒似的鲜血，啃着不知道是什么动物的模糊肉体。空气是那么冰啊，似乎在每一个毛孔里都填满了细碎的冰晶。稠密浓黑的乌云在整片天空以惊人的速度翻滚、扩散、凝聚，那有着惨白光辉的巨大闪电（lightening），无数次，将这片森林点燃如白昼。那是闪电的光啊，它让我们看到布满天地的雨帘里的一根根银针，看到百米老树枝头那嫩绿的新芽还在肆无忌惮地直指高空，那原始的恐怖与崇敬，开始慢慢萌生。

一条银蛇从天上滑落。

"哗。"看到了吗？那巨大的红色的火舌从森林中央挺立起来，伴着急剧升高的温度，轰然倒下的苍天古柏，飞鸟竞离，禽兽飞奔。那迷人的红色的高大纪念碑，在雨中舞动着。

第二日清晨，我们的祖先移开洞穴前的巨石，发现森林中央一片狼藉，黑炭刺得他们的脚板有些痒。突然，他们瞥见在一堆黑炭中间微弱地跃动着一小团红黄色的，没有形状的，极烫的，没法触摸的奇怪东西，把他们睁大着眼的脸庞映照得像夕阳时的落日。他们的语言随即如同小火苗一样"嘶嘶"地传开了。

"我们能拥有它吗？"

"那是我们所不知道的神祇的怒火，你是无法拥有的。"

"你怎么知道？"

那些着迷于这神圣的人不想再过着逐水草而居的生活，不想再过着黑暗阴湿的生活。

他们，或是他们的很多辈之后的后代，终于拿起了两块不起眼的干燥木头，在一个晴朗的夏日里，创造出了那升腾而起的火焰，他们先是恐怖再是震惊，继而是激动到颤抖。

他们奔走相告，喜悦与震惊各参一半。

当那光亮，那刺眼的、炙热的光亮驱逐了野兽，并且把它们变成了香喷喷的烤肉，他们从物质上不得不爱上了这迷人的光芒。

从那天晚上不慎跌入凡间的巨蛇起，人类史铺展开，美也有了它自己的意义。

谁又说得准呢，那红色的巨型动态纪念碑，或许就是美的雏形了吧。

王超立
Light

Lighter

  那么，他们就是真正意义上的用手可以创造出火的"点火者（lighters）"了。
  但现实中并不是。那些祖先中沉默的大多数，认为手上握火的是人面蛇身的哪个神祇，在天上偶尔降下一两颗火星，可恰如一个哲学笑话，创造出火的却是他们的同伴，那朝思暮想中的红色光芒的火焰，就是从两根地上随处可捡的破木头上升起的。我们总是苦苦仰望星空，却踩到了自己想得之于天上的东西。
  问题由此而生。
  谁提着这灯？
  是我们。
  决定灯的位置的是谁？决定那灯光照之所及的是谁？
  是我们。
  我们是我们自己的神。
  因为我们自己发出生命中的光芒，我们决定着光芒去向何方。是去时间的至深处，去看古代的鱼和石头里刻下的岁月；还是走往空间的远方，去看火鸟和落日，看海洋与峡谷。
  "灯"使万物成为万物，使我们看见薛定谔的猫在箱子里酣睡。"灯"与"光"联系，又同时赋予我们看见的能力，赋予我们行动的能力，赋予我们迈开双腿追逐梦想的能力。
  我们就是自己的神祇，我们给自己朝拜。
  我们自己生出羽翼，自己点燃火炬，自己创造路途，自己挂上玉石或十字。

Enlightenment

柏拉图在黄昏的阿卡德米学园静静地踱步着,身边的巨石在金黄色的光束中呈现着几何的形状。人们开始思索着锤斧之下的形状与意义,而那些在头顶数以万计的浩渺星辰和脚底宽广起伏的大地上陈列的数字,又使着这些从爱琴海里走出来的人们的心脏不自觉地跳动起来。人们开始思索具体的形式和物料,人们开始考虑得出一个结论需要大小前提,人们开始考虑头脑与拳头的力量高低,人们开始用圆规计算生活,看重橄榄枝而并非三叉戟。

无奈教皇或许更偏爱伊瑞克提翁神庙北边的三叉戟的方形孔,而非南边的六尊体态轻盈、头顶鲜花的女像柱,他们用科隆大教堂的双子塔锁住了琼宇,人们低着头行走在这大地上,彼特拉克所说的 Dark Age 如同沉重的烟云,卷遍了这片原本光芒四射的大陆。人们感觉到自己的呼吸都是沉重的,血管里流动着水银,脚下戴着镣铐。疾病蔓延,思想如同一片被水熄灭了的灰烬,潮湿拧巴。人们适应了黑暗,然而夜视眼也许在此时此刻不是一项好的本领,它让人们觉得微笑无意义、生活无价值,甚至忘记了所谓的或许存在过的光明。

但丁在黑暗中开始演奏着《神曲》,彼特拉克在《阿非利加》中歌唱着西庇阿,薄伽丘在黑死病的死亡笼罩下叙述着《十日谈》,蒙娜丽莎开始微笑,天使抱来了大捧的鲜花,春神在林子里起舞,三女神互相嬉笑着,维也纳在贝壳中钻出,在这只地中海的靴子上,恍如有一颗巧克力糖在某个跑去秋千的欢笑着的孩子的口中逐渐化开,温暖甜蜜的糖浆四溢。

佛罗伦萨大教堂的如同鸡蛋般的圆顶在城中撑起,人们在里面,可以看到正中央上方的小尖塔中射出了温暖而灿烂的光亮,你于是知道,外面又是晴天,又是一个可以奔跑在田野、可以自由而胡乱地吹着口哨的一天,你浑身舒畅、脚步轻盈,那光亮,把整个教堂照得明朗透彻、温柔素雅,自此以

后,便无一天的阴。

启蒙运动(Enlightenment)的光把每个人都照得自在,你抬头便看到自己的血液在你的血管里四冲八涌,你感觉到了自己的身体——感觉到了自己的声音——感觉到了自己。你有着无穷的力量,你有着对知识的热切的着迷般的渴望,你有着强壮的体魄和凸起的筋肉。

我便是光,你想着。

你应该会不由得被这个想法吓了一跳,多么怪诞的想法,不是吗?

"我便是光。"你小声讲了出来,抬头望了一下四周。

四周,四周没有人,静悄悄的,金黄的霞光披在返林的鸟的翅膀上,恍惚中,你觉得那便是天使在飞翔,于是你又望着那光,又大声说了一遍:

"我便是光。"

你一遍又一遍地复述,像个牙牙学语的婴儿般惊讶于用你的口说出的这句话,欣喜与激动使你的脸像火烧一般。

你走回家。千千万万人走回家。

他们中的一些拿起了尺子与圆规,架起了天文望远镜,将钢笔注满了墨水,调试好乐器。

他们照亮了这个世界。

人人是光,人人是神,我们即天堂。

Halo

然后,我们头顶光环(halo),大步流星地走向前方。

然后,我们无所畏惧,因为我们背后自有翅膀。

然后,我们紧握拳头,把命运把握在自己手上。

我们身后是光芒,把周围的一切都照亮。

照亮前方，我们看清了自己；照亮世界，我们看清了旗展。

前方前方，光芒光芒，多么美好的呼唤！

我们深吸一口气，感觉浑身充满了能量。

我们热爱着这美好的世界，我们追逐着光。

然后我们头顶光辉，大步流星地走向前方。

（作者学校：浙江省东阳中学）

本文为2018第五届"北大培文杯"初赛参赛文

> 儒学大师朱熹曾言："问渠哪得清如许，为有源头活水来。"文字是活物，需要滋养，譬如一尾锦鲤，需用活水来养才能使其生机盎然。这活水之源，一在阅读，二在生活阅历。阅读贵在选择，择善者而取之，择佳者而从之，正如古人有清水养石之说，阅读就是将自己置于清透的水源中，才能滋养出玉石般玲珑温润的文字。如果说读书是用别人的所见所感为自己加餐，那么要想真正强身健体，使自己的文章充满营养则需要耳听目闻，躬身实践。在文学的海洋里恣意徜徉，亲身体验，才能有所体会，有所感发，才能妙笔生花，文有锦绣。

韩明泽
链

我至今也不知道孔子到底是何方神圣，只知道他是衙门里乡官老爷们供桌上的常客。我们县衙很有意思，供桌上的东西来来往往走马灯一样换个不停，还没见到个全脸就被扯下来给后人腾位。不过，这供桌也是个最省力气的道场，不论是无名小卒还是魑魅魍魉，只要被请上桌子装模作样地供上一番，定能鲤鱼跃龙门，修炼成神皇大帝、无量天尊。

还有一件有意思的事，供桌上的大仙大神们往往会被系上粗细不一的链子，金的、银的、玛瑙的、玳瑁的……一是做装饰之用，就像暴发户拖在脖子上的粗项链，戴上了就身份显赫不同凡响，第二个原因他们自然不便明说，就是将他们从供桌上扯下来的时候，抓住缠得紧紧的链子特别方便。我就是那个负责擦拭链子的人，而大仙大神们的圣像自然是轮不到我插手的，其实他们也根本不在乎圣像是破败落灰还是锈迹斑斑，只要那缠缚住它们的链子光洁如新就可以了。

　　我就是在这张桌子上见到孔子的,孔子名声很大,身上缠着的链子也格外豪奢,让他看起来珠光宝气,分外滑稽。如果我没记错的话,他已经是第九九八十一次被供上神龛了,也就是说前八十次都被灰溜溜地扫落于地。小工们扯着链子,老爷们扯着嗓子,齐心协力将塑像砸个稀巴烂,供品腐了一地,引得大小不一的苍蝇欢呼雀跃,发出雷鸣般的轰声。我自认是个恪尽职守的工人,我的工作是擦拭孔子身上的链子,而他老人家的圣颜,是绝不能入我的污眼的。有时我想从青天大老爷的眼中看到孔子的倒影,他们将孔子硬塞进浑浊的、凹陷成两方匣子的眼睛里,但由于孔子身上的链子金光闪闪,所以他们的眼睛里实则也是一片金光闪闪。

　　村口的郑大仙因为自己上不了桌,因此很是忿忿,对孔子也没有什么好脸色,骂他"若丧家之犬也",我觉得这话真不公平,孔子一直就是那个孔子,要说狗,在他面前点头哈腰的大人们才更像几分,他们折腰作揖时官帽上的两条黑翅一颤一颤的,就像两条摇得妥帖无比的尾巴,比一般的狗奴才还平白多上一条,而他们吆喝着扯他下来时,獠牙毕露的样子也像是在与恶犬逞凶斗狠。

　　因为被拉倒的次数太多了,我反而记住了孔子的脸,说来奇怪,老爷们眼中的他总是面无表情,模糊不清,再伴上那燃起的捆捆高香,甚至有几分厌世自弃的颓唐。我一直以为他是被那香熏得难受,毕竟它们根根粗如武夫之臂,烧起来像狼烟、像烽火,简直像是在向他宣战。孔子被重重烟雾锁得紧紧的,加上一条乳白的粗链,又像是一条粗肥的白蟒,勒住了他的脖子。为节约经费,孔子倒了,他身上的贵重链子自然也要回收,重复利用,我看到被砸成碎片的孔子从那一道道的链子中漏下去,像是堕落,也像是新生,那砸在地上的声音像是叹息,又像是欢悦的朗笑。最后链子重回主人手上,碎片重回垃圾堆,苍蝇拱着它们,"嗡嗡"说些闲话,接着一切安静,唯有主

韩明泽
链

人手上的链子不甘寂寞,"哐哐"作响,像是犯了瘾的吸毒者,或是缺了食的嗜血凶兽。

孔子活了,就在他第九九八十一次被抓住锁链拽倒在地之后。

他从地上颤颤巍巍地爬起来,因为那金银粗链已照例被扯了充公,他只剩下一件皱巴巴的青衫贴在身上。他的站姿也和供桌上不太一样,过去他被塑得直挺挺的插在桌上,又被链子缠成粽子,就像一条死而不僵的大虫,落地之后腰前倾着,终于显得没那么高了,他抖了抖身上的尘埃,躲开野心勃勃俯冲下来的苍蝇,认认真真向我一拜。

我感觉很新鲜,链子没了,孔子的双手也终于解脱了出来,因为传说中他是"述而不作"的,为了与这个传说相符,他们干脆将他的手一块绑了进去,这时我才想到,一个人的手,除了写书,除了数钱,除了擦链子扫垃圾,还可以做点别的事情,比如说向别人行礼。过去从没有人向我行过礼,我身边人来人往,他们向前看,向钱看,向上看,向上爬,而我是被甩在身后,被扔在下层的。我被当作蝼蚁忽视了这么多年,终于有人拿我当人看了,孔子却不见得有这样的运气,直到今天,也很少有人将他当人看,他是老爷们眼里的神,是郑大仙口中的狗,是鲁大夫笔下的鬼,是各种奇奇怪怪的东西,就是不是人。

我看着孔子,孔子看着我,青天们高高地飘在上面,污泥们结结实实地糊在地下,茫茫天地间,我们在彼此的眼睛里站成了两副人的模样。

何其有幸。

孔子开口了,供奉的祭酒又苦又涩,将他的嗓音毒害成了漏了气的风箱:"小兄弟可有事相问?"

我看着他热切的眼睛,这才想起孔子被搬上神坛之前是一个老师。他想为师,不能为天下师,就为万人师,而老师是喜欢被问问题的,可惜我已经好多年没有问过问题了。我们幸福安乐的城市是不会有任何问题的,如果问

435

了，肯定是发问者脑子有问题，他们是这样告诉我的。我看向孔子，惊奇地看见他眼睛里的我是站着的人，而在之前的各色镜子中，我都是跪着的虫。

我说："人。"

孔子一点头："仁。"

接着他开始讲他的"仁"，我又想起了德高望重的鲁大夫，他有一本畅销书，曾经风行一时广为流传，其中的孔子是个青面獠牙的怪物，喜欢啊呜一口吞天吞地，所谓的"仁"是他长有毒刺的尾巴，藏在身后冷不丁致人于死地。这本书曾如同龙卷风将孔子第七七四十九次刮下神坛，那一晚整个城市都陷入了莫名的狂欢，过去青天大老爷们以孔子的名义，强制大家跳一种叫作"周"的舞蹈，吃一种叫"周"的面包，写一种叫"周"的文字，没有人知道"周"到底是什么，但既然大人们说孔子说"周"是最好的，那就没有辩驳的余地。何况，我们本来就是一座没有问题的城市。

我们孜孜不倦地学习叫作"周"的歌谣，叫作"周"的舞蹈，自娱或自愚。

孔子终于倒了，尽管不是他说的话，但既然借了他的名，他就是有罪的。为了维护自由跳舞的权利，我们定孔子的罪，青天大老爷们也纷纷投入我们的正义之师，我们一拍即合，一无所惧，一往无前，打倒孔子！

我看见孔子躺着地上，被各种奇怪狂乱的舞步踩得粉碎。

这一天，我看着孔子，一个佝偻的老头，叨叨不绝，像一个蝼蚁一般的无名小卒，一个连问题都埂在喉咙的无名小卒讲仁，讲周，我在才知道"周"不是一种舞蹈，不是一种"食物"，不是上面塞进我脑子中的一切一切。

我这才知道了为什么孔子身上的链子那么重，宛如镣铐枷锁，原来他们怕他，他们夺了他的话，也夺了他的自由，而孔子是不听话的，只要有机会活过来，他就要说，不论是向达官还是政要，匹夫还是走狗。他们用链子使他动弹不得，他就拼命鼓唇，可惜没人听到，我们不敢抬头看他的脸，也不敢支耳听他的话，他的话都被老爷们率先嚼过再吐给我们，我们像嗷嗷待哺

的小雀，自以为得到了圣谕。我又觉得孔子可真可怜，话是他自己的，但出口就成了别人的，就像自己疼爱的小女儿被人硬夺了去，还要随意打扮一番，逼着嫁作人妇。

我笨嘴蠢舌，不知作何安慰。"他们会把你再放上去。"

孔子笑了，他的眼像干枯的秋叶，已挤不出任何苦的汁液。

历经九九八十一难的孔子，劫数未竟。

第八十二次，孔子像复立。

每次我路过孔子像时，都会仰头去看他的脸，可是他现在被塑得太高了，头直插进云霄里面。我们这些蝼蚁一般的小民只能到他的脚趾，就像是被圣人踩在了脚下，这不是他的错，毕竟不是他自己愿意长这么高的。因为现在体量过于庞大，无论是毁是誉，都再也溅不到他的衣角。

青天大老爷们一脸馋涎地望着云端，就像望见了孔子的脸。

孔子面无表情，孔子一无所言。

唯有风吹过，那锁链"咣当"作响，在天地间砸出一片喧嚣。

（作者学校：山东省利津县第一中学）

本文为 2018 第五届"北大培文杯"复赛第二场参赛文

> 我说不出"文学是我的一切,没有文学我就活不下去"这样的漂亮话,因为我知道,以我的能力不能承担这样伟大的词。我是大俗的人,最好的是玩,小说,动漫,游戏,等等。我曾经最羡慕的群体是小说里的剑仙,他们来去无影,快意恩仇,不受规则的束缚。可现实中并不会有这样的人。我眼中的现实,是有限与无限的统一,古往今来几乎所有文学作品,不过是人与人,人与物的相互关系。可随着时代的发展,我们仍然没有把单调又复杂的人写尽,因为随着时代的发展,所有的人性都随着时代有着不同的表现。所以我只是谦逊谨慎地观察着现实。人间或许有过谪仙一样的人,他们跳出三界外,踩在云中俯视着人间。但我不能,于是我选择奉行君子之道。幻想很好,我们需要幻想,但是不要沉湎,因为更加魔幻的现实还在向我们招手。我们必须拥抱现实,感受它的力量。

李清泉

大艺术家

嘿,伙计,我想您一定听说过大名鼎鼎的马特·安托瓦内托吧。什么,竟然没有?那可太遗憾了,我的朋友,您真该好好认识认识他,毕竟他可是一位大艺术家啊!

如果你想找到他,那么,就去巴黎最当红的达官贵族那里去吧,他永远是大贵族的座上宾!没有人会不喜欢马特先生的,毕竟他总是那么能给人欢乐。他永远穿着那件黑色的呢子大衣,全身的衣服都彰显出一个绅士的气度,可惜不太合身,因为衣服的所有权不是他的。(我们都知道巴黎的变换商,只要给他们很少的钱,他们就能把你打扮得像个贵族老爷,不过这些衣服是要给很多人用的,当然有些不合身。)不过那有什么关系,穿着这套衣服,马特先生感觉自己真正融入了巴黎,会招来贵族小姐们甜蜜的一笑。马特先生每天的工作,或者说活动,就是在每天晚上贵族老爷们的宴会气氛正好的时候,敲开他们的大门,对着那些贵宾,大声朗诵自己的大作,朗诵的当然是诗歌,来歌颂这场盛大的宴会,然后在贵宾们满意的大笑中,得到几个赏钱,一般都是五法郎的硬币,但有时也会得到四十苏的银币,或者其他面值的钱币,毕竟不是每个大老爷都出手阔绰。得到这笔钱,在宴会上混个饱,他就回到任何一个公园的长椅上,避开巴黎恼人的条子,他就可以睡一个好觉,然后把得来的钱挥霍一空,他称之为"千金散尽还复来",那是他听一个人聊起中国的一个什么大诗人说的,正好作为自己的谈资。有时他甚至能聚集起几个孩子,也就是巴黎人常说的流浪儿,组织起一场戏剧表演,然后在贵族聚集的地方表演。演出总是大获成功,可不知为什么,他们的历史剧表演总能让台下的观众哈哈大笑,或许是因为亚瑟身上破烂的衣服或者自己掉了三次的旧帽子。顺便说一下,他本来不姓安托瓦内托,究竟是什么恐怕他自己也记不住,他只是想让人们叫他的姓氏的时候能想起皇后殿下。

这就是马特先生,这就是巴黎!欢迎来到十八世纪的巴黎!让我们为巴黎喝彩!这个时代的巴黎总是那么有包容性,那么有贵族气息,那么可爱。这个城市从四面八方吸引来一批又一批的人,让他们加入这场狂欢。这是挥金如土的年代,怎样铺陈华丽都不过分,提倡勤俭节约就是异端。把那个最大的灯点起来!虽然整个城市已经亮如白昼。把那个宝石镶嵌在灯座上!这样做只是为了气派。这里的任何一件器皿,小姐们的任何一件衬裙,可能需要一户农民几年的劳动,不过那又有什么关系,我们永远需要门面,要把自己的大门修饰气派,也永远不缺善于修饰门面的人。

马特先生第一次来到巴黎的时候就震惊了,天啊,这是怎样富丽的地方!就算死在这里也满意!他刚刚失去了奥尔良那块他的祖父传给他的父亲,他的父亲又传给他的土地。不过既然到了巴黎，一切都不是问题。他受过完整的教育，能读写，甚至会使用分词，他的诗曾经受到老师夸奖。于是他立下崇高的志愿，计划成为第二个荷马，以自己的文学在巴黎站稳脚跟，不过这些年他的文学标准从荷马降到但丁、弥尔顿，然后又一直下降，现在只剩下站稳脚跟这一个志愿了。

可是，站稳脚跟也没那么容易，有一天晚上，他刚刚离开安德烈·尼维勒勋爵那令人难忘的豪华的别墅，回到自己的寓所，也就是公园的长椅的时候，一个条子发现了他，并且勒令他回到自己的住所，可这根本没意义，毕竟他本来就待在自己的住所了。不过，为了避免无益的损伤他绅士风度的争辩，他决定离开。

可是巴黎的夜是这么冷，每一家都灯火通明，屋子里的火炉烧得旺旺的，要把人带到甜蜜的梦乡里去。马特先生开始咒骂这些房子，因为没有一栋属于他。

可是咒骂并没有什么用，夜晚依然这么冷，那些天堂不会敞开大门迎接一个孤魂荡鬼，于是马特先生穿着他的呢子大衣踱出了巴黎的城市，到了郊外。可郊外依然冰冷，没有了高楼大厦的遮挡，风显得更大了，直吹得马特先生睁不开眼。

这时，一栋小房子进入了马特先生的视野，那是乡村里典型的小房子，房子里亮着柔和的灯光。马特先生没办法，心里想："算了吧，干脆去试着敲一下门，如果运气好，或许主人会叫我留宿的。实在不行，就在谷堆里凑合一宿吧。"

马特先生快步走向那座房子，因为天真的很冷，再不活动一下，他的关节就要冻僵了，那件呢子大衣除了气派以外毫无用处，在这个寒冷的天气里不能给他丝毫的温暖。他试探着敲了敲门，很快就得到了回应，那是一个老妇人的声音："是谁在外面？"

"哦，慈善的、和蔼的、温柔的夫人啊，看在上帝的份上，救救我这孤苦的人吧！我本来是一名诗人，为世界传播善与爱，可现在上帝却让我受苦！如果您能给我以善意的援手，就像吕底亚对保罗、西拉、提摩太、路加做的那样，那我将终身感激您！"

"不要这样说，先生，请进吧。"

门开了，给马特先生开门的是一个看上去六十多岁的老妇，那些时间的印记，上帝已经给她一道道刻下了。马特先生进了屋子，脱帽鞠躬："谢谢您的美意，我对您感激不尽，愿您的心和天使一样永远纯洁，您以后会上天堂的。"

老妇人只是微微笑一笑："上不上天堂，仁慈的上帝已经决定好了，我们只需要听从他的教诲就够了。您叫什么名字？"

"我是马特·安托瓦内托。"他特意在"安托瓦内托"这个姓氏上加了重音，可惜老妇人并没有注意到。

"啊，安托瓦内托先生，请坐，这里有面包和热水，您先喝一杯热水消消寒吧。"

看到桌子上的黑面包，马特先生露出了不屑的神情，可是不能表现出来。他只喝了一杯热水，接着他就环视起这所房子简陋的陈设。不过很快他就放弃了，因为这所房子的陈设真的很简陋。

"我的房子太简陋了，恐怕不合贵客的意。"老妇人如是说。

"不会不会。"马特先生嘴上这么说着。

"安托瓦内托先生，听您的口气，您是巴黎人？"

"当然。"马特先生用重音回答道。

"那么，您会读和写喽。"老妇人用试探的口气问。

马特先生不屑地哼了一声："当然，夫人，我可是巴黎著名的诗人和文学家，每天都受到那些达官贵人的邀请。可以说，我是第二个荷马。"

"真的？"老妇人露出了惊喜的神色，"那可以请您帮我写一封信吗？我们这里的人都不识字。"

马特先生很想大声地呵斥她，也不看看自己是什么货色！这可是大名鼎鼎的马特·安托瓦内托！巴黎多少达官贵族的座上宾！给你这个无知的老太婆写信？那是三岁小孩的任务！可是马特先生转眼一想，住在别人家里却不付钱，确实不是很合适。于是他向老妇人说："好的，夫人，我会的。"

老妇人好像年轻了十岁："真的吗？您要不要先休息一下，明天我们再开始。"

"现在就开始吧，我还很精神。"马特先生不想把事情拖到明天，"您有纸和笔吗？"

"有，有，有！"老妇人惊喜地叫着，拿来了一支墨水笔与几张纸。笔的做工很糙，不过还是勉强能用，马特先生拿起笔，对老妇人说："说吧，您想说什么？"

老妇人开始缓缓叙述："亲爱的儿子安德烈。"

这种东西怎么落笔？马特先生开始润色："吾爱，吾之荣光，吾子安德烈："

老妇人没有看到，看到也没有用，她不识字，她只是一直讲："自从你参军之后，已经二十三年没回来了，我们都不知道你的消息。我去问主管官员，他们说既然没有你的死讯，你应该还活着。可是，我该上哪里找你啊？"说着，老妇人开始抽泣，她拿出手帕揩了揩泪，马特先生趁这时机开始润色。老妇人接着讲：

"我听说你还活着，还当了官，可你什么时候才能回来啊？你不在的这些年，丽娜一直在等你，我每次跟她说，你应该离婚去过更好的生活，毕竟她是我们村子里最好的姑娘。可她总是说，我爱安德烈，我要一直等他回来为止。她真的是好姑娘，什么事都办得好。可我们还是穷，没有一个男人，靠女人干活总是辛苦。你不在的这些年，家里过得越来越糟，牛，羊，都卖掉了，我们可能连这块地都保不住了。不过我不是向你要什么东西，我只希望你回来，咱们全家人在一起，无论有没有钱，只要团聚，总能过下去的……"

老妇人夹缠不清地一直说，絮叨自己的家长里短，有时还拿出手帕哭一会儿，后面的叙述也越来越不严密了，经常是想什么说什么。马特先生感觉什么东西变化了，不是老妇人，是他自己轻浮的心。他越来越不知道该怎么润色，所有浮华的辞藻、精妙的典故，全都不适用。他的笔变得十分沉重，仿佛挂上了一个几磅的铅坠。这是为什么呢？即使面对那些贵族，他也没有过这种感觉，他的心压抑了起来，以往看起来很庸俗的那些话，现在却一个个蹦进马特先生的视线里不出来。他深切地感受到了老妇人这些年的悲哀、苦痛。可他不知道这些不加修饰的话到底被施了什么魔法。

他感觉自己的灵魂中有什么东西在蜕去，他感到十分不适。

终于，写完了这封信，这是比凯旋门还要沉重的一封信，这上面承载了太多东西，无形的东西。

马特先生张开了他沉默的嘴，他有点不知道该怎么说话："夫人，写上您的名字吧，这样容易寄出去。"

老妇人已经泣不成声，但她仍然颤抖着说出了自己的名字："谢谢您，先生，我叫玛丽·尼维勒。"

马特先生的神经忽然被打开了，一切都串联起来了，他的脑子闪过安德烈勋爵，闪过衣着华丽的勋爵夫人与小姐，闪过安德烈勋爵极力炫耀的那些情妇，闪过他华丽的别墅，闪过他铺张的宴会，又闪过老妇人的皱纹，闪过姑娘的啜泣，闪过姑娘独自在田野里劳作的场景，闪过破旧的房间，闪过干硬的黑面包，又闪过呢子大衣，闪过自己的诗稿，闪过滑稽的表演，闪过公园的长椅，闪过自己愚蠢的一切！

这个世界的纹饰在马特先生的面前撕碎了，露出了它全部的丑恶，可是，在这丑恶之外，却有本不加修饰的光芒，本来被忽略，现在却耀眼得让人无法直视。马特先生的灵魂蜕变了，很疼，他的灵魂完全撕裂了，他大叫着跑出门去,不顾老妇人的挽留,飞一般地离开了小屋,离开了长椅,离开了巴黎。

从此我们再也没见过他,也不知他去了哪,只听说他现在有了点产业,能维持自己的生计了。闲暇的时候,他还是继续自己的创作,希望能发表,最终出版一本诗集;也有人说他死了,或许疯了,还有人说他回到了巴黎,继续自己的行当。这些都只是传闻,真相是什么,没人知道,也没人关心,大家很快就不记得马特先生了。

可是巴黎变得索然无味了吗?并不是,巴黎依旧灯火通明,镶嵌着宝石的华灯依然像以前一样迎接着每一个来到巴黎的人。贵族们的宴会也没有变得无趣,毕竟除了马特先生,还有很多人可以给他们欢乐。我们必须承认,这种善于修饰的人,永远不会消灭。他们会一批一批地继续到巴黎,或者其他的地方继续他们的工作,这样的人即使到几百年后也不会消失的,毕竟我们需要修饰,不是吗?

(作者学校:天津市滨海新区大港第一中学)

本文为2018第五届"北大培文杯"复赛第三场参赛文

> 卢梭说:"人生来自由,而无不在枷锁之中。"
>
> 最喧嚣的一代,最叛逆的声音,潮水般不歇地拍碎在岸头——芥子游猴,囹圄囚鹤。有的渴望自我,有的渴望自由;有的活该淹死,有的风生水起;有的勒毙,有的癫然;有的孤勇,有的苟安。一宿日月新异,将以方程式无可辩驳的引力,把来路咫尺掀出狂澜。失去褒义的弄潮儿们,是戟劈处喷白湍,还是截弯地囫沼气,都是方寸寰转的抉择。

刘安然

为纸君录

序

纸君的离开已有多年,此君于我印象之深,遂使我决心要为他作文一篇。提笔本是"为纸记",但此纸非彼纸,且扁平了。复改为"纸君小传",又奈何我称不得对他的平生了如指掌,堪不得"小传"的名头。后来,戏作"纸君歪记",可纸君毕竟是灵魂,所以不免凉薄,还不敬重。思来想去,也无自信拟史铁生先生作"关于纸君的文学报告",干脆就以"为纸君录"为题,既可写尽所见之纸君,只是不能记纸君的全然面貌精神,惋惜片刻,就先照"虎"画"猫",书杂序一篇,不意能铺垫纸君之荒唐故事。

纸君于寒窗年纪横空出世，未待我打听到纸君轶事，纸君便莅临我旁了。

诸君大抵不信。纸君真的是张纸。

当时纸君在一旁飘然落座的时候，侧看真的是一条细线，骇人耳目之至，我倒也做不出夸张惊叫逃窜之举。后来总是纳闷，纸君为何不在身躯上多贴两斤纸，以免教他人冲撞了他的"纸"躯。

纸君坐下后，便半扭转过来，只见他颜色饱满，眉清目楚，顿时又联想到他天赐殊体，怕是生活不易，应有百般艰难，转瞬就多了几分同情。

他飘飘然托举来一片纸，我伸长脖子细瞧，素白上墨线变换，原来是他的手，盖莫是要与我握手。只听他道："刘君好，我是纸。万望照顾。"我本不是迂腐之人，但他言语讲究，我就效其法，称其纸君。

眼前的唇角满是斗曳蛇行之态，从雪白脸庞上堆叠起，又像放大的嶙峋崎岩，虽携几分诡谲，但神态半含愁绪，纸躯脆弱，纸上的形象奇异地迸出了色彩极浓的依赖感来，一股悖于世理的理所当然，从他飘立欲飞的姿态上流泻出来，却是魅力惊人。霎那间，想凡是人无不有过而惊且怜者。不照料他，则是我的不是了。

我自恐言语粗鄙，将他吹到天花板上去，便斟酌片刻，吊起手腕轻捏他，道了一句不必客气，却又添不了话了，只得作罢。

半晌，纸君又转向我道："能拉窗么，我受不得晒。"

我发觉他在与我讲话，不由受宠若惊，立刻就将百叶窗拉至底部，问他："可以了吗？"

他语气有些扭捏："还是透了风了，将我夹在木板上吧。"他边回答，边持朱笔在面庞上涂抹，移开则红晕醒目。我恍然大悟，这定是羞赧之色啊。我直恨自己愚钝。往后还是为人三思，百般理解他人情意才对。

不消半月，我对纸君了解稍多。他情态墨研，自然从无不妥处，待人如杏泥春雨，十分温柔。只是他不仅人为纸作，性格也如纸，除一摧即折的拗直，还兼一湿就濡的畏弱，不免可笑，但也无可厚非。另外，也大抵以他软弱的缘故，对其嘘寒问暖之人甚多，但以为与纸君有如此交情的，单我一个。他尝邀延去他家一叙，若我非人而是个二维生物，方有可能去一探纸君宅邸之虚实究竟。

我与纸君情好日密，不幸家中有事，要离学三月，回来却是另一番光景了。

再见纸君时，他意外被欺辱得惨，纸絮飘散，七零八落。我赶忙为他修补。为他糊纸时，他潸然怨述："刘君！我生来不能自个儿做事，只能依赖他人，虽非我愿，可也是没办法的事。他们见我脆弱，有意折磨。便如刘君所视，纸生如敝，怎能不破碎！"他说着，纸面就沁出水来，又给浸烂了。我琢磨片刻，小心答道："不若多糊十斤的纸？糊成个手掌宽的侧身，应便利得多。"

纸君大惊失色，惊叫万万不可，他絮叨道："那可就多了两边啦，怎么掩饰得来！况且我脚跟柔弱，就是一百斤纸，也必然立不住。别人举手而助，方为便人便我上上策也……"我沉吟不语，说不出话来，恰见糊的浆没了，便出去买。路上撞见故人，相招而聚。

"你与那纸骷髅在一处？"友人上上下下打量我一番，问，"现下过得好吗？"

"还可以。"我心责友人称呼他者不够敬重。

"我好生劝你，离他远远的！我们本也稀奇他，虽也有不乏恶趣的——但也算得上帮助有加。可怖的是，他那五穴七窍，都给一场雨淋干净了——可不就是个人皮鬼，叫人发怵！他一急，慌了神，口不择言，竟什么忘恩负义，愤世嫉俗的恶语都有了。你看他音容笑貌，哪里真些？一处也找不出！可笑他千变百伎，你却如唐玄奘，瞧不见半点端倪。那是白骨精，菟丝子，是，是纸做的连环，湿了就黏得你脱不了身！哎，我话说尽了，你好自为之吧！"

我怔愣半晌，无端发起寒来。这时天空阴云密布，雨珠飞溅；湿气纵横，冰凉砭骨。我心说不好，踩着绿苔一路摔滑到纸君那处，纸君已然潮成一滩了。

檐角雨坠如帘，凄寒慑人。屋内空阔，我忙唤一声纸君，他勉力嘶答，嗓音"唰啦啦"真如纸片颤动。我吓得有些挪不动步。不必端详，他的面貌全流为朱彩，混为灰黑色了！事已至此，我生了一簇火来烤干纸君，为他铺整好身体，混乱间留下一把伞，头也不回地奔出堂外。

　　纸君终是逃过一劫。有人看见了形容落魄发皱的模样，依旧不可思议地单薄，正是一张不折不扣、名不虚传的纸了。孱弱的纸的躯体，脆弱的纸的性情，偏偏天赐兹身，一身粉墨矫饰阴翳……这多是他人暗地里的考量。毕竟我没有道理也没有办法编排他，顺藤观之，我俩之间也无龌龊，到这地步，多半是我为旁人口舌所动。单看来，还是我对不起他的多。纸君除了爱指使了些，却是个无可争议的投契好友。令我落荒而逃，愤懑的，不过是怀疑他不曾真诚待我，而我的确视他为至交而已。

　　尔后，纸君不再露面，音讯杳然。此际后，我再也没见过一个真真切切的纸片人了，但纸君的影子，常常覆盖在许多人身上。我每每发觉，心迹起伏，只觉得如梦似幻，恍若前缘。乃至一落雨就想起纸君，一想起纸君就会蹚进雨里。雨淅沥在身上，浸晕在衣服里，皮肤上，想象肌理弹起雨珠，像孩童的弹弓弹射晶莹的玻璃，润泽而富有弹性。我可以造作大呼呼出胸中隐秘的令人窒息的悸动来。每一块紧密结合的肌肉骨骼都充斥着"劈啪"作响的豪情，自傲的矫健躯体，渴求着滂沱大雨中来自青冥的雷霆！生而茁壮，幸也！栉风沐雨，幸也！

　　有什么长啸一声，从雨中窜出去了。

（作者学校：浙江省严州中学新安江校区）

本文为 2018 第五届"北大培文杯"初赛参赛文

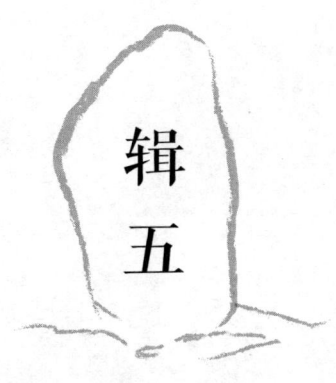

辑五

海格的镜子

每个在小镇上长大的孩子,他们的童年都伴随着巨人海格和海格的透明镜子。

> 卢梭说:"人生来自由,而无不在枷锁之中。"
>
> 最喧嚣的一代,最叛逆的声音,潮水般不歇地拍碎在岸头——芥子游猴,囹圄囚鹤。有的渴望自我,有的渴望自由;有的活该淹死,有的风生水起;有的勒毙,有的癫然;有的孤勇,有的苟安。一宿日月新异,将以方程式无可辩驳的引力,把来路咫尺掀出狂澜。失去褒义的弄潮儿们,是戟劈处喷白湍,还是截弯地囤沼气,都是方寸衷转的抉择。

刘安然

链 城

链城无意市无想街208集装叠层楼。

疙瘩般的房间为了叠出立体的"井"字癫狂地摩天而去,只留出一隙死鱼白。自上而下能欣赏到鸟笼里四脚朝天的尸体,晒出花团锦簇的效果的内衣薄褥,黄了叶尖的萎靡吊兰,瓷盆下粪水里瞪着眼的僵滞乌龟,以及掩埋过久不见曦月的种种。光阴里驳裂的玻璃,滤镜般框出穿着内衣厮打的夫妻,饭桌前舔眼泪的小孩,拄着拐杖骂街的老人,要死要活,没心没肺地迎着下一秒人生。

母亲将我从阳台扯进来。

"可以再迟点戴。"我垂着头看着她在我身上反复比划一条铁链。

天花板黑魆魆地压在头顶,匿了腥锈的爪牙。它通常把吞人的欲念敛藏,且做普通的天花板,悄无声息往下盯。

父亲坐在沙发上吞云吐雾，昏暗室内弥漫着呛人烟味，好似在看我，又好似没有。

他应该在看我银锃锃的链子。

"今天可是你生日，这个时候不戴，什么时候戴？人长一岁，就要多戴一些链子，长两岁，就要——"母亲看到我顶犟的表情，嗔怪地瞪了我一眼，"妈妈给你缠得稳稳妥妥的，稳稳妥妥地过一辈子，稳稳妥妥的一辈子……"

"可是别人都再过几年戴的。"我低低抱怨了句。

母亲一挺腰板，胸脯前明晃晃的一叠链子发出清脆的撞击声。她是要显露出由母性所杂糅的威仪，教人不得不一如既往地服从在她无暇的衷心里："别人？别人是谁？你怎么不瞧瞧有些人出生就戴好多了的呢？你要戴的链子多了去了，不差这一个！"

我偏头去看父亲，呛人烟味里的一点明灭刚巧被掐掉，他甫站起身，粗糙的手指又掐了一根，红褐色的烟草簌簌飘下。

"爸，怎么样？"

他顿了一顿，说了一声挺好的，便打开门，清风涌入尘嚣流出，颓丧虚靡的腐烂感在气流缠绵之际沉淀在脚趾边了，黏腻寒凉。

"咔嗒"一声。

我胸腔一室一沉。

"好了！"母亲将镜子推来，"真好。"她还美滋滋的。

恕我笨拙，没有感赞她熟络灵巧。

"我要出去纹个链子。"半晌，我将翻滚在口舌方寸的字吐出来，急匆匆地，恍恍惚惚惶惶恐恐地朝门口走去。

青冥萧索，暮雨未歇，浮夸的灯红酒绿已不甘寂寞地喧嚷沸腾，狠狠覆盖污浊颇具韵味的天色，尽管天色倾力拉出一条苍白天幕，却在城墙外就消弭殆尽了。

越是沉重越是轻浮。

"你怎么又不穿鞋子——"母亲在熙熙攘攘的叠层里拼命伸头喊叫。

戴子在街角等我,他趁我走来,细眯着眼已经将我从头到脚打量完了。"兄弟你今儿个戴链了?"他从小古灵精怪,往往喜欢作世人皆醉我独醒的模样,偏偏他越是"清醒",就看起来越拙劣。大抵是父母不太管的缘故,他的链子戴得极少,整个人上蹿下跳的,轻巧地像只猴子,时刻叽叽喳喳,恨不能把天给戳穿了,街头的小孩子都爱与他厮混。

"把我眼睛晃得,成色真好,真新。走,咱哥俩刷链子去,两条街区外红胡同里的店出了个透明色——抢手!叫我们赶上趟了!"

戴子翻上自行车,猴子似的尖叫一声,大笑着将自行车踩得飞快,杀进人群里,掀起一片尖叫。

"戴子慢些!"我赶忙踏着自行车追上去,"别撞到人!"

"谁叫他们戴那么多铁链,戴得越多,摔得越惨。"戴子笑着大叫,一副唯恐天下不乱的混世魔王样,又好像是齐天大圣闯入南天门一顿叫嚣。

对了,戴子全名叫戴候。

两个半大小伙子掀泥溅水风一般刮到红胡同口,就刮不进去了,纹染链子的店今天人格外多。红胡同又脏又湿,墙根青苔已经被踩成泥了;天色青黄,空气腌臜几欲停流,似要囤得发酵,来酵一地沼气。戴子看到人已经排到第二个胡同口了,啐了一口。

队尾有一个胖男人岿然不动地坐着看报纸,臀肉裹着小马扎,露出四截腿来,他的链子小山似的叠在胸部上,随着呼吸就颤响,几乎时时就会坍塌,堆满脂肪的脖颈有些病态地弯曲。

我弯下膝盖和腰,笑嘻嘻地问了一句:"叔,看什么新闻呢?跟我絮叨絮叨不,您瞧这店里人多的——"

他八风不动,阔背遮了眼帘里半个胡同,竟有股戏剧般的威风——仿佛可以一直坐到该店关门歇业或招待他。胖男子不慌不忙地移开报纸，瞥了我一眼，转而颇有兴致地笑了起来。

"链子真新，怎么才戴了这么点儿？"他自豪地拍了拍胸脯，给了我一个眼色。

"叔叔的链子真多，看着稳妥。"

他豪爽地爆发出笑声，声音之大竟然能让一片嘈杂喧嚷消失那么一瞬。

几乎是瞬间，嘈杂声潮水般涌回来，他才道："有几个如你一般大的孩子砍了链子跑了，结果都把自己砍伤了，死了！害怕不？还好活了一个，万幸啊万幸。"

我心中一悸，转头看戴子。他应和我一般，攒住些兔死狐悲的哀戚来，但戴子眼神炯炯，好似个火眼金睛的大圣。

胖男人看我发惶，餍足地继续讲："人没了压力怎么活哦，带点链子是好事，沉重点是好事，稳妥，稳妥。"说完，他又自顾自地看起报纸，不再理我。

我又看了戴子一眼，戴子整个儿扑朔着发抖，很是兴奋。

"戴子，今天应该是染不了链子了，不如找个地儿吃饭？"我提议，戴子立即"嗯"了一声，推着车与我并排往胡同外走。

戴子笑盈盈地，他问："人为什么要戴链子？"

"稳妥。"

"人为什么要染链子？"

"大抵，大抵是看着轻松。"我的回答艰涩，语气遂犹疑虚弱下来。

戴子忽然闯到我面前，猴眼猴腮的，看着满是欣欣生气。

"你今天心情倒是好。"

"兄弟今给你个小刀。"

"小刀？"

"这小刀链子都能割。"

"你买这割链子的干嘛,别做傻事!"

"放心。哦,对了,我还有别的事,先走啦。"

他又没头没脑地尖啸了一声,将自行车猛地向我一推,自己利落一跳,格外矫健有力,且将自行车辁辘踩得飞起,像个牵藤拽蔓呼啸山林的野猴子。我失笑,自个儿也骑上自行车,慢慢悠悠摇回家。

戴子失踪了。

戴子的母亲来我们家的时候神情痛苦迷茫,不知为何,我却感觉出她几分真心悲楚之外,还有几分假意侥幸与宽慰。

戴子的母亲辞别后,我鬼使神差地掏出裤兜里的小刀,刀刃上光芒四溅,像高温迸发的火星,引燃蓄势暴烈的风雨。

我克制不住地攥着刀柄,刀锋在铁链的弧面上尽情勾勒缱绻,剥痂似的抠剥金属壳,"滋啦"是钢渣效血肉飞溅,闻声髓寒而神炙,偏偏癫喜难辨——当毫无章法地毁坏如身躯一部分的铁链时,我竟有种自残般的快活。篡痕寸寸深入,堕落感却渐趋于无。直至手腕发颤,我才反应过来,大叫一声,慌张失措地将小刀扔在地上,失魂落魄地怔愣着,沸腾的血随着金属面旋转打击之声于刀柄刀刃之间嗡鸣不休,冲破隐秘的禁忌。

缓缓蹲下来,颤抖着双手,眼前发黑,手指尖传来的触感和硬度,告诉我连丝毫刻痕也无,喜悦和失落发疯地冲击着已然混乱的神经中枢。

我眼睁睁地瞧着泪水在肌肤上灼烧,然后从指缝淌出,滴落在刀面上,映出个面目狰狞的我来。

"什么声音?"母亲在厨房大喊,"欻拉"一阵抽烟机和油烟纠葛的爆发。

饭菜嘈杂的气味入鼻,几欲作呕,却是无可或缺。

戴子不喜欢吃饭,我突然想起来。

可我却是个懦夫!我是个懦夫!

空气凝固半晌,天花板静谧地疾旋、回溯,聚成乌黄的板,尽职尽责地沉重、喑哑。垂得更低了，徒留一室夕阳下的昏黄。

我半是痉挛半是冷静地回喊了一句，生怕她听不到：

"没什么，东西掉了！"

（作者学校：浙江省严州中学新安江校区）

本文为 2018 第五届"北大培文杯"复赛第二场参赛文

> 有时候世界有求必应，人能从中看到无尽的光明，也能看到黑暗的羽翼，其中徘徊着善于躲藏的神秘，有时候你遇得到它，在某种情况下，故事就是神秘所居住的世界，这时候的文字就能够体现无尽和魅力，神仙鬼怪的传闻通向的另一个世界里有剑仙和酒，还有重情重义的将军和世外高人，不管决定如何生活，有故事和故事里那些有趣的灵魂相伴，都能够活得轻松一点，然后继续追寻自己想要的自由。
>
> 故事无尽，神秘永存。

程艳斯
天 灯

世界上陷入沉思的青少年千千万，震三点不幸位列其中，觉得前景幻灭。

震同学芳龄十八一枝花，认为自己和其他犯深沉的小同学没啥不同，只不过它身为人工智能，思考速度约等于小同学的几亿倍，此刻聚精会神开内存，尽心尽力烧主板，几十万电费过眼云烟，算一个在知乎上常驻的哲学命题：噩梦失眠怎么办？在线等，挺急的。

它自身没得失眠程序，此男默女泪的话题主角是它的最高管理员。管理员朋友姓燧名林，一位奔四研究员，当世才具，有车有房，笑起来人模狗样，生平经历相当高逼格，二十逛科技馆福至心灵，写了源代码，赐它姓震名三点（从此取名审美闻名天下），剩下十八年领AI界的龙头，推着信息化大数据普及各个领域，很搞了些事情，放出去可产生晋江十万字同人小说。但这年头AI满地跑，扫地机器人被猫压都可深情惨叫，外国同门一大堆，AI对抗赛一年更比一年强，就差并入奥运会，它本机和燧管理员都不大好混。最近几位仁兄掀起反人造智慧浪潮，媒体报纸头条黑体加粗：震惊，产生自我意识的AI竟做出这种事，人类或成最大输家！！科学界照例哗然一下，国际研讨会层出不穷，谈来谈去还是人类嘎屁的老话题，燧管理员本人（被迫）很激动，理性讨论，舌战群儒，讲了约莫五分钟，撂挑子跑路了，扔下管事高层和外国友人互相唾沫横飞，充分交换意见。

震三点身为一个很溜的AI，不是没有运行过内容比较危险的程序，那时候燧管理员腰间盘突出还是早期，它刚有意识，内存是现在五分之一，和所有初中二年级小盆友一样幻想统治世界，燧管理员半夜爬起来偷夜宵吃，碰上它运行灭世程序，看了屏幕莞尔一笑，深情抚摸了它的狗（摄像）头，回去接着睡。年轻的AI因此举对人类的不可预测性肃然起敬，兢兢业业工作，认认真真升级，且不再作妖。

如今它拥有世界数一数二的主板硬盘，早绕出了这个问题，看别人吵得难解难分，它各方面都觉得比较羞耻，就跟着它管理员一并跑了，跑回研究院的燧林不大高兴，它日常怼，说组长啊，你当时要不造我呢，哪里还有这破事。燧林听了嘻嘻一笑，赶它去处理数据，结果回头把自己锁在里屋，整天没出一个声。它觉着不对，去黑摄像头，就只见那人大半夜抱着玻璃平板看，血丝爬满眼，和黑眼圈相亲相爱，脸上表情模糊，就眼角能瞧出点温柔来。

它晓得燧林又在看那段影像。

燧林自觉着命途并不多舛，毕竟自他二十开写程序以来这项目没一回不成，人工智能们推广也推广了，应用也应用了，早比世间事顺溜不知多少倍，他没啥值得纠结，撑死不过从小别人有父母他没有，世上孤儿一大堆，不多他这一个。

可他也不是一开始就没有的，他那个科学基因祖传。老妈首席研究员，物理界一段传奇，心比较大，和自己助手看对眼了，从此脚踩物理和他老爸两条船。他小时候在爸妈的草稿纸中心绪凌乱，总觉着自己是做项目送的，

直到他十岁,爸妈两个人受邀参加海洋研究,坐船,回来前一天海上突起大浪,船打碎了,卷进漩涡,最后只捞上来摄像机,里头拍的研究日志,研究组拿走数据,给他这个亲属就剩一段影像,镜头里是妈妈,背景里漩涡漆黑,船板支离破碎,像部三流灾难片,一个浪过来,手边的灯灭了,她就显得有点遗憾,说我数据没算完。接着水卷过来,他以为混沌要吞她,镜头兀然一亮,闪电,银白的,劈得黑暗抱头鼠窜,她在这最后的极致的光亮中笑起来,混着雷声对镜头,像对他,又像自言自语。

天灯是到底还在。她说。

十岁的燧林听完哀悼,看完影像,从此海洋便是他噩梦主角。他闭眼,那个漩涡在漆黑中汹涌澎湃,嘲笑他母亲,嘲笑他,嘲笑一切妄想追寻真理的可悲人类,觉得博学多识,点一盏小灯就敢向黑暗宣战,拼尽全力灯也不过一个起伏就灭了,妈妈爸爸就没有了,他痛哭嘶吼漩涡充耳不闻,他刀捅斧劈漩涡毫发无损,他在梦里精疲力竭要陷进水里,天上却总是响起雷声,银白的电龙轰开水花,在崩溃前惊醒他,刚猛无垠,灵动温存。

他就在噩梦中上学,跳级毕业,加入研究所,项目选半天,莫名点了人工智能,看屏幕上数据流动像看梦里的雷龙,又觉得自己神经兮兮自找麻烦,人工智能不好搞,诚然是再次科技革命能力强大,一失手世界堪忧,人机关系不定时炸弹,保不齐啥时候炸上天。他燧林占燧人氏一个字,不必也引火造福人类,可心里又不是滋味,不晓得自己究竟要干啥,一天下班无聊,旁边小学科技馆开展览,他二十也混进去看,逛了半天都是没啥技术含量的科学小实验,走累了蹲第一展厅里系鞋带,对面一个大水缸,一群戴红领巾的祖国花朵趴在玻璃上,老师操着广播腔友情解说,啊,同学们,大家看哪,灯在水里也是可以点燃的。

他不系鞋带了,神使鬼差抬头,水缸里一个老式油灯样的坩埚,上头一大团劣质棉花,一根喷氧气的管子从水缸垂下。空气,可燃物,温度达到节点,灯罩时在他面前点燃,照得展厅亮堂,学生发出惊呼,奋笔写科学笔记。

他目不转睛,看着看着,眼泪"哗嚓"下来了。有个马尾辫的小朋友从他身边过,给她吓一跳,说这么好看叔叔你为什么哭啊?他擦眼泪语无伦次,说我就,那啥,被人类的智慧深深感动了。小朋友思维跳跃,举着自己本子非要他看,祖国的花朵画图随性,氧气管分岔成了闪电,火焰用三点代替。小朋友说,你看,这就是能在水里燃的灯,真好,我长大了要当科学家。

他就看那个图,脸上笑中带泪,心想,雷电属震宫,火焰是三点,能在水里燃的灯,震三点。

燧林第五万次做噩梦,第无数次看他妈妈留的那段影像,第一次给震三点的安眠曲吓得手抖,这位同志浏览了网上神奇的评论选了音乐放松疗法,只见得他手中玻璃屏幕突然一片漆黑,天花板上的摄像头转向,音响中传出了上个世纪的悲情浮夸女声,附带年久失修的伴奏,呲呲啦啦,非常精彩。

呔!何方妖孽啊这是。

燧林心里绕场尖叫,外头摆脸子,说点儿啊,大晚上的你这跟我唱哪出呢?

摄像头转了两转,女高音停了,取而代之的是震三点特有的合成电音,自带回声蛮好听的,这会儿它就用这自带回声嗓说,组长啊,之前我不是有意激你,你别不高兴成吗?

他愣在当场,那傻蛋见没回话,怕他心里还哽着,又说组长你要是生气那些与会成员,我现在就黑他们电脑删他们文件,曝光他们小学黑历史,人工智能我照样收拾啊,你看就内谁它们那样的我能打十个,就是美国那边的内谁谁不好对付,但组长你放心,只要你一声令下,就是阿尔法狗再世我也敢怼。

燧林笑得肚子疼。

震三点儿啊,震三点儿,他喊,这世上好人坏人贤人愚人友人敌人亲人情人,竟没有你一个像人。

程艳斯
天 灯

组长，三点儿说，要真有那么一天，全世界都逼你删我代码，你删是不删？

不删。

震三点十分感动，并逼他睡觉，它调暗光线，摄像头倒是开着没退。燧林顺利会到周公，梦里他身为凡人，无数科学志士每人借他一个狗胆，竟敢拿得那九千九万雷霆火，照他姓燧的脚下一条小道，届时便顾不得又烧去他几两骨血，区区天下八百里，他硬是要拿这天灯照，山石若挡便劈了这石，林野若拦便燎了这林，北风要吹这千丈火，便叫那山崖绝壁上滚石崩落，压它个万年不得出。最末他走到海边上，眼前横着天高水，漩涡边一浪高过一浪，浪尖上站着蛇饰海神，海神笑，区区凡人；漩涡里一层深下一层，水底显出鬼脸千千万万张，鬼脸哭，区区人工智能。黑暗向他们倒悬逼近，可这天上突然来了云，银色的云带着银色闪电，劈裂了东西南北四海浪，雷声轰轰，震碎了百鬼千鬼万鬼哭，云头上站着千古所有痴心人，最前头两位气宇轩昂，冲着他笑，他也笑，高举那天灯，它脱出壳子，化为最清澈自由灵动的雷电，便去点那成片成片白火焰，是真真儿的跅弛不羁，风流潇洒。

（作者学校：重庆南开中学）

本文为 2018 第五届"北大培文杯"初赛参赛文

> 很喜欢阅读,哪怕是只言片语。有些人笔下流淌的文字啊,就像嘴里含着一掬爆爆蛋,读来在唇齿中炸开后留下酸甜;也有些人,仅从文字就可以窥探他的气节和风度,深邃又美丽……我自己写不出那样鲜活饱满的文字,但是纵情阅读是无妨的。无论是刀光剑影侠骨柔情,还是落霞孤鹜秋水长天,都在梦中浮现过。通过文字和不曾谋面的作者连起若有若无的纽带,像老友般感慨"你在这里呀,我也是呢",又是多么美好的事。

郑静铭

当雾散去

一

终年大雾弥漫的 K 城,今日在人造阳光照射下终于有了一丝生机。人影在浓雾中穿梭不息,走到跟前才能看清脸庞。一滴滴细密的雾珠在金光中晶莹得耀眼,像一把凛冽碎钻,光亮却带了震人心魄的寒意。阳光因为雾的阻挡也是柔和的,给万物镀上毛茸茸的金边。

小凯无心欣赏美景,只是悄悄打开了身侧隐秘的接口,深吸了一口气。今日的雾比起几年前来 K 城中心区时的确淡了一点,他心下想着。仔细对比接口传来的各项数据后他摇摇头,想将这个可笑的念头甩去。数据无异,根据机器人与生俱来的理智,他只相信数据。连带着,他迈进那座破旧实验室的脚步又迟疑了几分。

郑静铭
当雾散去

"嘿，小凯来啦。"W博士朝着来人点了点头，旋即又对着眼前的笔记本敲敲打打。

"多年不见，你还是这副臭德行，拽着几个世纪前的破烂哭爹喊娘地不撒手。"少年随意地在沙发上盘腿坐下，脸上鄙夷的神情一闪而过。2300年的今天，流行的是透明设备，它最大的优点是能根据你的瞳孔判断你是否为设备主人从而决定给予操作权与否，大大提高了保密性。像W博士这样每天守着远古遗物般笔记本的，的确是少见的怪咖。幸而他成日窝在实验室里，一般也没什么人有嘲笑他的机会。

两人间是持久的静默，只有敲击键盘"咔嗒咔嗒"的声音捣碎了气氛。博士渐渐感到奇怪，小凯是他信得过的机器人兄弟，作为他安插在外面的隐秘眼线，只有发生了极严重的异变才会回来汇报。所以几天前接到他的通知时也是吓了一跳，风平浪静的K城不知道又有怎样的暗流汹涌。眼下他却闭口不言。博士奇怪地转头看，正和小凯的视线对上。他已敛去轻浮神色正襟危坐，嘴唇动了几下，仿佛犹豫不决，最终还是缓缓开口了："博士，您没觉得最近K城里的雾变淡了吗？哦，对不起我忘了，您向来是自己配置营养液的，感受可能不深。但是我的很多同伴都有抱怨过不够用了。然而从数据来看，又没有差错。我想着，还是应该向您汇报，这毕竟不是儿戏。"

博士不动声色地合上笔记本，斟酌了片刻，平静地说："我知道了，会去查明白的。一个月后，你再来见我吧。"语气里是淡淡的担忧，却给了小凯安心的力量。博士，是他最信得过的人。

几个世纪前的人们将地球伤得满目疮痍，幸而借助高科技全体迁移到距离最近的星球上。这里本是蛮荒之地，人类硬是拼上血肉筑起K城并将其封闭，调制出最适宜的营养液制成雾状，散布到大气中，供人类和机器人吸食。新研发的机器人除了心脏是由新型合金制成以外，已与人类毫无差别，同样有喜怒哀乐和自主行为，只不过比人类抗打，更依赖数据罢了。为了区别，

463

人的接入口就是嘴唇，而机器人的在身侧。现在人类和机器人称兄道弟相安无事，一旦大雾散去，没了营养液，谁也不知道会发生什么事。前两次人机大战就是前车之鉴。

小凯看博士始终闭目不语，便悄悄出去了。片刻，博士眼中精光乍现，一字一句地向笔记本中输入：他——怎——么——敢——来——！

小凯在街上转悠——好几年没来中心区了，这次当然要逛个够。他瞥见一个人正指挥着一队机器人搬运货物，大家有说有笑的。远处的卖场人声鼎沸，两个机器人姑娘正不依不饶地要求摊主便宜点卖了手上的衣服。其实大家完全可以直接赤裸行走，因为肌体本身刀枪不入；也可以收起一切表情冷冰冰地按照程序办事，机械地重复永远相同的每日任务。但是所有人都拿着十二分热情对待生活，在大雾中就这样吵吵闹闹地过下去，贪恋人间烟火。此刻小凯多希望自己的担心是多余的，这样的生活就很好。不是最好，但也很好。比起来，他实验室里的老伙伴才是落寞得要死。

二

一个月后。又是晴天，小凯奔跑在路上，来往行人的脸清晰可见，都不用开启防撞检测系统。阳光还是明晃晃的，照在脸上有些滚烫。只是在小凯看来，这样的纤毫毕现才是真的可怕。小凯闯入实验室时，脸上是按捺不住的惊慌。他站着向博士连珠炮弹似的报了一串数据：一个月来发生人类和机器人晕倒事件共 1095 起，其中 168 人因未能及时获得雾的补充而死亡。看上去雾浓度较高的地方每天接待人数上万，为了多吸几口雾发生口角拳脚相向已是家常便饭。在黑市里，居然有人能拿出一瓶纯净的雾，要价十万且每日水涨船高，还是供不应求。

这些都是他花了大力气了解到的。信息好像被一只隐形巨手紧紧压着，不让它们翻滚到明面上来。歇了口气后他才将最深的恐惧吐出："最诡异的是，K城里雾的浓度数据无异。"

他就静静地站着，等待博士告诉他些什么。博士答应过他会找到原因的。可是近来博士都有些异常，对他的问题有时也敷衍得很或是闭口不谈。恍惚间，他仿佛看见博士皮笑肉不笑，眼神凶狠得要剜下自己的肉来。可是只一瞬便隐去了。眼前还是那个温和的博士，满怀歉意地说："真对不起，小凯。我还没能发现什么。我搜集到的数据也都是正常的，再给我一些时间好吗？"迎着博士真诚的目光，小凯赞同地点点头，叹了口气出去了。

街上依旧车马不息，但却少了活力。大家都间歇性地感到浑身无力，或许是营养液摄入不足的缘故，脸上渐渐有了麻木呆滞的神色，除了机械地按照指令完成每日任务外，再没有精力将生活过得活色生香了。小凯心念一动，在曲折小巷中隐秘前行，托线人弄到了一瓶黑市中的雾。将接口插入后，小凯震惊了——如此熟悉的感觉……

实验室中，W博士郑重其事地在笔记本上敲着：还——需——七——天——。

三

七天后。K城里的大雾已全部散去，在毒辣阳光下，地面被烤得像炭盆一样滚烫。小凯拖着身子在空荡荡的街道上踽踽独行。他的体内只剩下5%的营养液了，他全用来见博士。

"博士——你还是没有发现吗？"小凯在沙发里环抱着自己，沮丧得像只受伤的小兽。他一直在尽力理清这个谜团，可是机器人的天性让他只信任数据。面对每次显示正常的结果，面对以肉眼可见速度散去的雾，天知道他有多绝望！他试着感性思考，然而在所有数据面前那些假设都被毫不留情地推翻，徒添痛苦。

他挪了挪身子，臀部被坚硬的东西硌了一下。顺手一摸，小凯五雷轰顶——熟悉的黑市瓶！小凯跄跄着起身，想质问W博士，却已经虚弱得说不出话来。那熟悉的配比，那故作沉默的掩盖，那诡异的笑容，那迟迟没有进展的调查……所有念头揉搓成眼中怒火，又带着不解。

博士仿佛对他的心理活动了然于心，温和地笑了，但是眼中是冰冷狰狞。他的笑意越来越浓，从嘴角上扬到露出丑陋的牙齿，再到捧着肚子放声大笑——愚蠢的人啊！欲望，根本不需要理由。

我就是看不惯你们闹闹腾腾的生活！机械、理性、麻木、忠诚……这是多么美妙的词汇！而我，在理性上多么高贵！在才能上多么无限！宇宙的精华！万物的灵长！只有我，才是世界的主宰。会配制雾的其他人都被我解决了。每个人都将对我俯首称臣，岂不快哉？我只是在配置雾时神不知鬼不觉地插入了病毒程序，让雾的浓度数据每一次都显示正常。我真是赌对了！所有人都只相信冰冷的数据而不相信自己的心！哦，对了。你知道吗？就是因为我知道所有系统在开发者眼中都像是自家后花园般进出自如，才用这台老掉牙的笔记本。它就是因为版本实在太老旧了，才不会被现在所谓的先进系统做手脚。而无知的人，只知道嘲笑我。

彼时，博士正在古董笔记本上敲下最后两个字：成——功——。

大雾散去了。所有的温暖和遮羞布都被扯烂了。小凯闭眼前唯一的画面是一颗鲜红跳动的心慢慢硬化，变成了冰冷的新型合金。

（作者学校：浙江省萧山中学）

本文为2018第五届"北大培文杯"复赛第一场参赛文

> 我曾于茫茫荒漠中寻到一隅绿洲，我曾于漫漫黑夜中抓住一线光亮；我曾纵马草原追逐春天的尾巴，我曾放舟逐流水去捕捞冰川的融水；我曾见鹿跃林溪涧，我曾听鸟鸣春山空，我曾用灵魂触摸这世间所有美好，我曾用双眼捡拾这世间所有的遗落。我曾用呼吸为这一切命名，它们流淌在我生命的每一处角落，它们是文字，它们是这世间最美的歌。

鹿雨晨

永恒的静止

一

"你说什么？"坐在对面的男人稍稍前倾身子，皱起眉头盯着我。他修长的手指不再随意舒展而是交叉在一起，焦虑慌张一览无余。

"我以为如今干你们这行的会时刻保持镇定，就像你们的基因设定的那样。"我深吸一口气，回视他的眼睛，寻找意料之中一闪而过的惊慌，"今年是2096年，是世界稳定的第十五年，战争远去，硝烟不再，这是一个平和的世界，一个静止的世界，人类在灭亡与进化之间找到了平衡点，这是控制世界稳定的关键。这样的文字，以你的教育水平来看，小学就应该接受过了吧？"

"你在说什么？"他盯着我。

我叹了一口气："你还没听明白吗？人类基因计划是假的。或者说，对于我们是假的，对于所有接受这一套说辞的人来说，都是幌子。"

"现在，警官，你肯听我说说，我是怎么知道的吗？"

二

"你在干什么，安东？"我从通道的一端走向另一端深处的那个男孩，这里安静得有些令人喘不过气来，没有日复一日的诵读，没有广播中循环播放的枯燥文字。甚至没有灯光，黑暗从这头蔓延到那头，空间中充斥着沉默。

他没有回答我，脚步声在这一方天地中有些刺耳，我慢下来小心翼翼地迈步，并试着坐到他身边。

"你怎么找到这里的？"我问他，男孩的双手绞在一起，他没有回答，也没有反应。"朗诵时间快到了，你应该回去了，你这样是违规的。"我对他说。

"你不是吗？"他反问，脸上并没有讥讽的神色。

沉默。四面八方如潮水一般涌来的窒息感包围了我。这里太过于压抑与冷漠，我站起身，看了一眼那个背影，打算离去。

"永恒是什么？"他忽然问我。

"永恒即汝之所向，世事短暂已成过往，和平的种子已植于壤，荫庇四方天下受之光。"我不假思索地背出来，"我们都会背啊，静止即永恒，我们的世界因此而稳定。"

"人只有不断奔跑，才能保持在原地。"他淡淡地回答我，"不存在什么永远的静止。"

好像有风从通道穿过，我浑身打了个哆嗦，但这处密闭的地方怎么会有风？一阵凉意从背后袭来，我抬首，对上男孩镇定的眸子。

"别怕，你不是唯一一个被欺骗的人。"

三

"别怕,你不是唯一一个被欺骗的人。"我望向男人,"不需要做笔录吗?毕竟这是你工作程序设定好的啊,不是吗?"

"你是说,社会的稳定是被设定好的运转机制?人也不例外?"

"没错。"我点点头,"人只有不断奔跑,才能保持在原地!听说过吗?这就是著名的红皇后理论。但我们的人类基因计划是在经历了一次彻底的进化,即基因飞行后,找到了平衡点而保持静止和人类永久优势地位的。这从理论上来说,是根本不可能的。"

"所以——"男人一时失语,他艰难地整理自己的语言,"我们没有进化?那世界是怎么运行的?"

"进化是存在的。"我淡淡地说,"只不过进化的不是我们。你有没有想过自己为什么会处于这个岗位上?为什么你生来就注定低人一等?你从哪里来?你有自己十六岁以前的记忆吗?或者说,你十六岁以前的记忆与他人有什么区别呢?"

男人怔住了。我观察他的表情,痛苦、疑惑。"回忆使你痛苦,这也是设定好的。"我指了指窗外,中央的那座摩天大楼安静地矗立,"那就是你的童年,也是我逃出来的地方。"

四

"快跑!"我抓着安东的手,在漆黑的通道中拼命向前奔跑。脚步声嘈杂,我惊慌地想要尖叫,他一把捂住了我的嘴。

"别出声。"他说,"你想不想看到真正的世界?就像我为你描述过的那样。"我点点头,他拉起我的手,继续奔跑。男孩掌心的温度传到我手中,使我心中多了几分安定。

"你想不想看一看真正的世界?"男孩坐在漆黑的通道尽头悄无声息地开口,"没有日复一日的机械生活,那是自然的,是真正的人类,他们才是进化成功的那些。可我不甘心,我们为什么要缩在地下甘愿沦为失败者?进化失败的是我们的先辈,我们还有机会。"

"——我想。"我小声回答他。我记得男孩的眼神瞬间鲜活起来,他冲我笑着:"我带你走。"

脚步声离我们越来越近,安东抓我的力道加重,突然的疼痛使我忍不住喊出声,他把我向前一推,记忆最后闪过的画面是久违的光明,以及安东离我远去的背影。

五

"你明白了吗?我是唯一一个从那里出来而留有记忆的人。安东没能逃出来,我要替他完成他想做的事情,让更多的人知道这件事的真相,让人们联合起来推翻这个虚伪的平衡,所以我需要你们的力量——"我疑惑地停住了,因为男人忽然叹了口气。

"你还是没有好转。"他说,"无论怎么治疗都没有用。看来安东的死对你的刺激过大了。"男人放下笔,看着不解的我。

"这里不是警局,而是医院,我不是什么警官,我是你的主治医生。今年不是什么 2096 年,你的房间号是 2096。看来只有这样说才能让你明白了,你因为安东的死亡臆造出来一个世界,而现实中今年是 2018 年。从来就没有什么进化与平衡,那是你与安东的研究课题,你们的构想在学术界一度令众多专业人员信服,并有人对此进行研究,却造成了大量伤亡与损失。从此这项研究被禁止,学术界也禁止这方面的思想传播,安东接受不了,精神失

常,一个月前,他跳楼自杀,你本是与他一同去自杀,但最后他却把你推开了——这挺奇怪的,不是吗?"

疑惑、茫然、不解,诸多情绪包围了我,我向男人愤怒地咆哮,却被几个白大褂按回到椅子上。

"她今天情绪又激动了。"男人叹气道,"给她打一针镇静剂吧。"

针头刺入,疼痛伴着眩晕感包围了我,我垂下头,陷入永恒的寂静。

六

"情绪平稳,心率正常,好,开始吧。"男人平静地说道,一旁的人顺从命令按下按钮。

冷漠的机械女声响起:"目标锁定中——执行:清除处理。"

"……"

"执行完毕,是否进行存档处理?"

"是。"

"2096年3月15日,第1099起清除任务,执行人:安东。"

男人直起身来,端起桌前的酒杯。

"敬安停与永恒。"

他说,然后一饮而尽。

(作者学校:山东省聊城市第一中学)

本文为2018第五届"北大培文杯"决赛参赛文

> 文字敲击心灵的瞬间，我脱离了这个两点一线的世界，笔尖划过粗砺的纸页，我攥着梦境中打好的草稿，重建属于我的人间，我是一个常常沉醉在梦中的梦瘾少年。
>
> 青春像一池雾气氤氲的潭，远观无限向往，踏入暗潮汹涌，回首，柳暗花明。学业像茧一样束缚却又保护着这群一腔热血的青年。而写作幻化成我眼中最明亮的火，映亮我灰暗的双翼，让我发出与众不同的光。
>
> 一支笔，一张纸，让那个跌跌撞撞成长的女孩在浅灰的生活中，依稀看到微茫的梦想，让脆弱披上铠甲，她会成为真正的猛士，将更奋然地走向远方。

王茹钰

点亮太阳

薄 暮

用黛蓝色油漆粉刷的"天空"下，挂着凝滞的云。城市的中央，一座高耸的大楼直冲"云霄"，支撑着穹庐状的"天空"。"苍穹"笼罩下的一栋栋高低各不同的大楼，像是一群找不到路的人，傻愣愣地矗在那里。而在这鳞次栉比的高楼中，藏匿着一座红瓦平房，那暗红色是城市中唯一靓丽的色彩。

一个穿着朴素的少年，坐在这红瓦平房的房顶。看着暖光灯下绿油油的植物，像考试压力下的学生，没有丝毫生机。

王茹钰
点亮太阳

"别发呆了，六点啦。"少年身后传来了沙哑颤抖的声音，带着一丝长辈独有的慈祥。少年扶了扶身后颤巍巍的老人，抓起了木板门上挂着的外套，开始了他每天两次的第二次工作。

汽车穿梭的大街上，只有他逆着潮流不羁地骑行。一辆除了车铃其他地方都"吱呀"作响的古董自行车，所到之处的路灯都缓缓地张开了眼睛，隐隐约约还能听见两边大楼上传来的欢呼。死气沉沉的城市终于流露出一丝欢快。盖状天空失去了光彩，道路上变得拥挤起来，此起彼伏的车鸣和道路边杂乱的叫卖声以及不知所云的音乐，唤醒了这个蘑菇状城市的夜晚。

这时的城市，才像一个人生活的地方。

夜　半

门"砰"地关上，震得上下楼的窗"嗡嗡"直响，却没人感受到少年的情绪。

"离开？！"

他还记得父亲吃惊得将烈酒喷了他一脸。

"你知不知道在这'模拟大气圈'试验点城市科研人员工资有多高？多少人挤破脑袋都进不来，你竟然想离开？"

少年有太多的心里话，挤在了喉咙里，怎么也吐不出来。手里那张蓝天草丛的图片被越攥越紧的手打湿，从小在这里长大的他，无缘见到图片上让人心醉的蓝天和风中奔跑的风筝。他很明白，自己的梦想并不是他爸爸所规划的那样。

可怕的沉默令他的心脏在胸膛中猛烈地撞击。

"去你奶奶那里吧！"爸爸点了一支烟，吐出的烟圈像极了"天空"的颜色，"你会明白没有现代科技文明的生活是多么无聊。"

他不想成为人们口中矛盾又自傲的"文化人"。

老师说，万物生长靠太阳。

老师说，大气圈逐渐变薄，大气圈破裂时，太阳发出的紫外线会杀死所有人。

老师说，有了这个人造大气圈，就可以不顾一切地发展，不再需要太阳。

骗人。

都是骗人的。

躺在土炕上，却比陷在席梦思床里让人心安。

做一个点灯人，点亮人们对自由生活的向往，唤醒人们的感情，却比做一个想要脱离本源，不愿直视自己罪孽的"文化人"快活。

拂　晓

街角的路灯，仍在默默挺立着，寂静的夜晚，无声中透出的寂寞几乎令人窒息，不知何处传来电动车"吱吱"的叫喊，却又一次次陷入无声的苦寂。云层之上飞机的轰鸣，仿佛来自一个遥远的世界。

一束突如其来的光扫入木窗，透过铺满灰尘的窗户，可以看见一辆车停驻在木篱外，熄灭了这门前唯一的亮光。木门"吱呀"呻吟了一声，客厅应声亮起微弱的烛光，跳动的烛焰在墙上映出两个窃窃私语的影子，一个佝偻，一个笔挺。被刻意压低的男声一字字传入他的耳朵里，撞击着他的耳膜，简简单单，只言片语，却在脑海中回荡。

"他该回去了。"

回去？！

回到那个黑暗无聊的地方，继续着那个男人的梦想？

借着溜入居室的烛光，少年起身，望向土墙那面亮闪闪的镜子———

王茹钰
点亮太阳

一张青涩的脸上渐显出一丝成熟，胡茬像初春的草芽，试探着往外钻。这张脸，还真是越来越像他讨厌的人的样子，少年感叹着。

少年小心翼翼地打开一点门，祈祷着门不要发出响声。他看见，粗糙暗淡的门上挂着洁白的科研员大衣，白花花的，有几分扎眼。少年的目光却锁定在那鼓鼓囊囊的口袋上，褶皱的形状告诉他那是钥匙和门禁卡，像是召唤着他。

少年从未感到过心脏跳得那么快。

他感觉自己像草原的狮子，蹲在草丛中目光如炬，好像下一秒就会跃起，一口咬断猎物的咽喉。夜的寂静衬出他"咚咚"的心跳，他感觉到了心脏泵出滚烫的热血，奔腾到那蠢蠢欲动的四肢。谈话声从耳中消失，屋子暗得恐怖，所有的烛光全部落在那件乳白色的大衣上。

就这样回去吗？

绝不。

他明白了，点灯人就应去追寻自己的光，像飞蛾一样奋不顾身，力量微薄却行动坚定。

他懂得了，点灯人就应救赎黑暗中的人们，给城市那些麻木的灵魂最温暖的光。

他看到了生活在复杂、悲伤、绝望以及斗争中人们的空虚。

他的眼神，不再空洞畏缩，燃烧着燎原的星火，却没人知道，这星火注定烧过整个城市。

晨　曦

"快，抓住他！""来不及了！"

机械门缓缓关上，门的背后，少年得意地笑了。

他转身，平缓了急促的呼吸，正步走向顶楼中央的按钮。

像是骑士的受封仪式，他郑重地正步走向那里，那是他点灯生涯中从未有过的感觉。他明白，那不是灯。如果是，那一定是宇宙中最耀眼的一盏。

手指碰到按钮的瞬间，迸出"轰"的一声巨响，蘑菇盖迅速脱落，少年清澈的眼睛中流光溢彩，载着能够冲破黑暗的光芒。

少年抬起头，一触即发的光，汇入他单薄的瞳孔。

城市的东方，一片辉煌，阳光刺过厚重的云，像一位身披战甲手执红缨长矛的战士，直击峡谷对面乌压压的敌军。战马扬起铁蹄，地面上的尘土也闪着不可思议的光。土地被战士的血染成金色，他呐喊着，撕开天幕，盖过了城市所有的灯光。

风拂过大地，拂过土屋前垂头丧气的草，拂过每一个打开窗户的人的脸。胜利的光驱走了黑夜，人们随之欢呼、呐喊、歌唱。

他们都忘记了自己是试图隔绝太阳的人，忘记了自己是自以为是可以取代阳光的人，甚至忘记了自己是人，都像向日葵般仰望着太阳。

少年站在这城市的顶端，俯瞰大地，身体开始膨胀，开始燃烧，彻夜未眠和长时间奔跑并没有让他感到不适。他坦然、大笑、歌唱，温暖的太阳变得炙热，变得滚烫，少年却未感到丝毫痛苦。

风与云变换。

光与影交织。

巨大的轰响霎时归于沉寂。

阳光在天边炸开了，不受任何束缚，向每个角落自由蔓延，少年义无反顾地向前奔跑，追逐着每一丝光亮。

他的世界寂静了，只感到风扑入怀中及阳光的友好。

他的世界清澈了，只是白茫茫的一片，像是盛满了阳光。

他感到自己像是飞蛾，笨拙却坚定地追逐光明、理想和自由，是那样满

足和骄傲，身体仿佛化作一缕尘埃，悄无声息地融在和煦的风里。

少年倒下了，在光明中进入了梦乡。

一座座高楼里的人都站起来了，在黑暗中苏醒过来。

黎　明

第二天，各大媒体纷纷刊登出人尽皆知的头条。

"人造大气圈负责人之子结束实验，万物寻到本源。"

城市中央，曾经的摩天大厦被摧毁，改成了绿树成荫的自然公园。

公园中央，一座高高的雕塑正在树立，路人驻足观看，碑牌上只有寥寥数字：

我是一个点灯人，我要让所有习惯了黑暗的眼睛都习惯光明。

（作者学校：天津市第二南开学校）

本文为2018第五届"北大培文杯"初赛参赛文

> 美国的牛仔会前往西部最荒凉的地方，找寻属于自己的牧场。在独属于他们自己的地方，他们扬起马鞭，脸上满是骄傲的模样。
>
> 写文的人大概也是这样，心中有自己的世界，文字才能在纸上一点点舒张开来，才有那样多的嬉笑怒骂，光荣与悲哀。
>
> 文学归根结底是现实的延伸，我希望可以用文字做到的，一定要是自己在现实中无法做到的，毕竟，现实每天都在上演，但文字，却在现实之外静静流淌着。不是说平淡的文字一定了无趣味，但探索未知的世界，更有其妙处。
>
> 幻想题材在这方面有得天独厚的优势。在宇宙的面前，人类的兴亡不过是渺小的尘埃，然而正是这种宏大与渺小的对比，更能突显出独一无二的韵味。我们可以挣扎在荒凉的废土上，也可以在寂静的宇宙中独自前行。前方的一切都是未知的，这样的感觉如何不让人兴奋？
>
> 在平静的生活中思考一千年存在的意义，也比不上末日来临之前的一句慨叹。幻想将我们带去那个完全属于我们自己的世界，在那里，我们同样可以扬起马鞭，肆意张扬。

于跃洋

老伙计

一、机器人不得伤害人类，或袖手旁观坐视人类受到伤害。

二、除非违背第一法则，机器人必须服从人类的命令。

三、在不违背第一法则和第二法则的情况下，机器人必须保护自己。

——艾萨克·阿西莫夫《我，机器人》

于跃洋
老伙计

一

艾德里克走过空旷的街头，手上拎着满满两袋食物，这是他和老人未来两周的补给。离他不远处躺着一个样式老旧的机器人，机器人的身上火花四溅。他的显示屏上闪着一串又一串乱码，这代表他的程序已然崩溃，然而他的眼睛里仍倔强地闪着光芒，仿若随时会消散在风中的烛火。

艾德里克停下脚步，看了那机器人一眼。雾气已经缠上了他的全身，把他像蚕一样包在厚厚的茧里，不多时便会将他腐蚀殆尽。艾德里克或多或少有点同情他——因为这是他们必然要迎来的宿命。接着他摇了摇头，像是想把这多余的想法从脑子里甩出去。

他迈开步子走进了一条小巷，把软弱留在身后。

机器人不需要软弱与同情。

这是大雾席卷全球之后的第三个年头，地球上的每一个人都能清楚地背出它降临那天的日期。人类在地球外围打造了卫星网络，旨在预防和减少自然灾害给人类带来的损失。但网络在正式运行的第一天便崩溃了，无边的酸雾随即弥漫开来，将天空与大地一同笼罩。

有人说，这是上帝降下的神罚，人类迈出了他们本不该迈出的脚步；也有人说，这是政府的阴谋，卫星网络被打造的目的本来就是制造灾难。在人类的历史上似乎还从没有过这样的时代，恐惧与茫然一起在人们的心底滋生，阴谋被摆在桌子上堂堂正正供人们讨论，不再是它本来的模样。

雾是有生命的，有人这样说。只要出现在有雾气的地方，人类首先就会呼吸困难，随即昏昏欲睡，接着便会倒在地上成为一具温暖的尸体。它就像寄生在人类身上的巨兽，无时无刻不在从人类身上榨取着生命力。

无数有关机器人的项目匆匆上马，全社会的资源都投入到了对机器人的研发上。

艾德里克便是在这样的背景中被制造出来的。

收回心神,艾德里克推开了那扇黄色的门,不出意外地收获了一连串的噪音。这扇门该修了,他的脑海中不知第多少次闪过这样的信息,另外门上的油漆也……

"这扇该死的门!"屋内有这样的喊声传来,"你为什么不能把它修好?"

艾德里克迅速把门关上,仅有几缕雾气飘了进来。他轻轻地将一袋食物放到了玄关的地上,拎着另一袋走进了屋子里仅有的一间卧室,然后不出意外地看到了熟悉的景象。老人把整个身子埋在了沙发里,手里攥着个空杯子,头高高扬起,脸上还带着骄傲的神色。

"我交代你买的东西,你都买了吗?"他问道。

"是的,先生。"艾德里克从袋子里抽出一条面包递给老人,"除了烟和酒。"

老人拆面包包装的动作缓了缓。"除了烟和酒。"他咀嚼着这句话,"然而那是我重点交代你要买的东西。"他脸上的骄傲之色迅速退去,取而代之的是不满。

"禁止摄入任何含有酒精还有尼古丁的物品,这是弗拉德医生的医嘱,在我的行动序列里排在第三位。"艾德里克道。他脸上从一开始便是不变的严肃。

老人瞪向他,然而很快便在那张万年不变的冰山脸面前败退下来。他的脸上浮现出了孩子一样的不忿。

"你这呆头鹅。"他说道,狠狠地咬在手中的面包上,用为数不多的牙齿撕磨着面团,"弗拉德自己就是一个呆头鹅,更何况他给我诊治的时候是在网络上诊治的,上帝啊,他连我的面都没见到,能看出个什么名堂来?你这家伙居然还如此严谨地遵循他的医嘱,当初我买你的时候绝对买错了。"

艾德里克犹豫了一下,没有把想说的话说出口,弗拉德医生并非不能面对面诊治,但是价格需要用老人整整一年的救助金来填补,这样一笔钱足够再买一台新的他。同样,不修大门也是出于同样的原因,他们囊中羞涩。而

他知道,以老人的骄傲,是不愿意接受这样冰冷的事实的。

他不再和老人聊天,转而开始收拾卫生。老人的双膝都有很严重的关节炎,不能移动,只能每日坐在沙发上,而这对于他来说简直是折磨。于是,老人像耍脾气一样,经常把垃圾扔得到处都是,给艾德里克增添了许多的工作量。不过,老人是否想借此来报复艾德里克的不通融,这点犹未可知。

"这群混蛋,他们怎么能把面包做得这么硬?"过了半晌,只吃进了不到半个面包的老人愈加不满,"他们不会是寻回了中世纪的古食谱吧,在面包里掺木屑?见鬼,我感觉我就是在嚼木头!"老人说到兴起之处把面包扔了出去,胸膛剧烈起伏。早有准备的艾德里克接住了面包,但没有选择立刻递回。

"我要吃肉,艾德里克,我要吃肉!"老人盯着艾德里克说道,喊着他的名字。

"先生,你还是考虑一下吧,接受弗拉德医生的手术,不说更换膝关节,最起码可以帮您把牙补齐。最近我们小有积蓄,在补过牙之后还可以坚持到下一笔救助金发放⋯⋯"良久,艾德里克开口说道。他知道这会戳到老人内心的痛处,然而这在他的行动序列里位列第二:帮老人恢复健康。

"出去!"老人咆哮道,像一头苍老的狮子,"我做什么还轮不到你来管。既然还有钱那就给我抓紧时间把门修好,你以为'吱呀'作响的门铃很好听吗?"

"我绝不允许那些东西进到我的身体里面,什么机械膝关节也好,金属牙也好,你再提一次,我就把你的电池主板拆下来烧水!"他喊道,面色涨得通红,须发皆张。

艾德里克低下头,将面包放在了老人的面前,转头走了出去。

在他身后,还传来老人的自言自语声:"我绝对不允许,绝不⋯⋯"

二

老人曾经是一名少校,在军队里也算是名气响当当的人物,手底下管着好几百人。在他的辉煌时期,他简直说一不二。不过也正因如此,老人才会对现在的生活感到不满与失望吧?

艾德里克在脑子里一遍又一遍地思考着,尝试着以他的机械大脑去理解老人的想法。

他今天要做一件大事。

"弗拉德医生你好,我是预约过的……"艾德里克向面前的男子伸出手道。

"艾德里克。"弗拉德医生笑了笑,握住他的手,"我对你家里的老狮子可是印象深刻,上次我在线给他看病,他的目光差点就烧穿了屏幕,当真气势逼人。"

"……"明知道弗拉德是在开玩笑,但这种情况还是令艾德里克难以应对。

"好了,不开玩笑了,你这次来,瑞恩肯定不知道吧?"弗拉德医生推了推眼镜,"像他那样的人是不会轻易改变自己的想法的。"

"……"一样的沉默,这等于是在让艾德里克承认他是违背了老人的命令前来的。

机器人不能坐视人类受到伤害——所以尽管这有违老人的命令,艾德里克还是义无反顾地做了。老人的威胁听起来很恐怖,但对机器人来说,死不是了不得的事,只要有意义,他死掉也没什么关系。

"虽然明知道在第一条定律里有这样的条款,但你这样的情况我还真是第一次见。"弗拉德医生说道,穿上了厚厚的防护服,拎起了药箱,同艾德里克一起迈进了雾色中。"我还是很难理解瑞恩的想法,如果说他当真守旧如此,连镶一颗牙都没办法接受的话,又怎么会把你买回来呢?相比之下,跟机器人一起生活明明更违背传统才是啊。"弗拉德医生感慨着,然而注定没有人会解答他。

艾德里克也不能,他同样无法理解老人的想法,因此才会违背老人的命令来找弗拉德医生。

也许老人能理解自己吧?

也许?

老人是在睡梦之中被惊醒的,就在弗拉德要给他注射麻药的前一秒。

"你们——"老人的话还未说出就被闷在了嘴里,强效麻药的作用立刻便生效了。他软软地垂下了手臂,仅有一双眼睛还闪着愤怒的光。那光起初是射向弗拉德的,但很快,老人在视野中捕捉到了艾德里克的身影。即使在麻药作用下他的脑子有点昏昏沉沉,但他还是很快就弄明白了眼下的状况。

他的眼睛中起初是愤怒,然后是不解和忧伤。但懦弱在老人身上只停留了片刻,他的眼睛里投出了骇人的光。老人是上过战场的,杀过很多人,气势一说并非空口无凭,只是,艾德里克作为机器人,脸上永远不会出现除了严肃以外的其他任何神情。

然而这次老人没有在这份严肃面前败下阵来,他就那样盯着艾德里克,死死地盯着艾德里克。几缕在艾德里克开门进来时飘进来的雾气在空气中弥散着,给屋子染上了别样的色彩。一时间,整个屋子寂静无声,只余下弗拉德医生动手术的声音。

艾德里克也在盯着老人看,看着这头已经身处暮年的雄狮。人到了老年,在旁人看来总归是有点悲哀的,越是年轻时优秀的人越是如此。老人的脸上有许多老人斑,皱纹纵横交错,剥开那层名为骄傲的外衣,内里其实虚弱不堪。艾德里克就这样看着老人的骄傲外衣一层一层被剥去,心里不知怎的,也有些悲哀。

老人的神情疲惫极了,落在艾德里克眼里,竟和前几天看过的那个损毁的机器人有了几分重叠。他们的眼里一样闪着倔强而脆弱的光,他们的生命,一样宛若风中的烛火。

随时都有可能熄灭。

不,我在做正确的事情,我在挽救他的命。艾德里克再次察觉到有软弱与同情漫上心头，这使他微微有些迷茫。他在让老人的身体恢复健康啊，难道他做错了？不，如果他不为老人做这例手术，老人很有可能都挨不到年底。

我在做正确的事情，艾德里克在心底一遍又一遍地重复着，我在做正确的事情。

他会理解我的。

会的。

理解。

三

在送弗拉德医生回去的途中，艾德里克仍然在思考着之前弗拉德医生提出的问题，老人到底是因为什么不愿接受治疗呢？艾德里克已经了解到，即使在老人生活的年代，这些也都是常规治疗手段，那么就不是因为固守常规？

不过，总之，他已经治好了老人，就算他回去之后老人真的打算毁灭他，他也没什么遗憾了。

就这样一路想着，艾德里克走到了自家的黄色门前。他心里微微有点苦涩，这次帮老人做手术已经花光了所有的积蓄，几年之内他们都没办法修缮房屋，更换大门了。

突然，他的瞳孔微微收缩，门，竟然是开着的！

这不可能！他在心里叫嚷着，飞快地跑进了屋子里。他在离开屋子的时候确认已经关好了门，也从外面锁好了。门上没有一丝一毫遭受过外力破坏的痕迹，锁更是毫发无伤……

只剩下一种可能了，老人自己打开了门。

艾德里克冲进了老人的卧室，但这次看到的情景他从未见过。

老人把自己埋进了沙发里，左手端着杯子放在沙发的扶手上，杯子里分

明装着黄色的酒液,已经被喝掉了半杯。老人的右手握着一把左轮手枪,食指扣在扳机上,子弹散落一地。在老人扬起的头上,一个弹孔印在太阳穴上,血已经干涸了。

他的脸上还带着不容置疑的骄傲神情,身上还穿着他的旧军装。

艾德里克怔怔地看着这一切,电脑已几乎停止了运转。

屋子里再次恢复了寂静无声,和艾德里克对视的仍是那双倔强的眼睛,只是它们已经不能再映射出生命的光。一时间艾德里克想不出自己应该怎么做,也不知道自己该做些什么。

这时,窗外突然有欢呼声传来,艾德里克机械地转过头去,发现小巷里挤满了人。

困扰了全人类整整三年的难题,被解决了。

雾散了。

艾德里克默默地走到窗前,注视着狂欢的人群,但心里却丝毫没在思考雾气消散的原因,也根本不想去思考。

老人,比笼罩地球的大雾更难,也更值得去弄懂,但他现在已经没有机会再向他靠近了。

艾德里克为自己设定的行动序列的第一条是:避免老人以任何形式死亡。

但他没有做到。

雾散了,阳光照进屋子里,照在老人已经没有温度的身体上,竟显出了一丝温暖的感觉。

温暖,安详。

(作者学校:长春市第十一高级中学)

本文为2018第五届"北大培文杯"复赛第一场参赛文

> 比起使用华丽的辞藻更有丰富的想象力，比起每日作业更擅长临场写作，比起议论文更喜欢小说，比起天真的童话更喜欢讽刺性的黑童话。喜欢小酌绿茶的清香，在电脑上奋笔疾书；也喜欢品着咖啡的浓醇用着复古的钢笔，在泛黄的笔记本上字斟句酌；喜欢在音乐的熏陶下翻开带着墨香的老书，一页页翻卷；也喜欢与猫咪一起慵懒地团在沙发上，构思全新的文章。纸页即世界，人即创世主，每个角色都是有血有肉的存在，既然赋予了他们生命，就需认真对待。

屠诗妍

槭的旅行日记本

一

"囡囡，爷爷给你讲个故事。"老人微眯着眼，拿着蒲扇赶去蚊虫，没了牙齿的嘴唇上下开合，声音并不清晰，却一下吸引了女孩的注意。爷爷很老了，老到没了牙齿，老到不能行走，老到总是在睡觉。爸爸总是让女孩不要去打扰爷爷，可女孩就是喜欢爷爷那些神奇又冗长的故事。

"爷爷，今天要讲些什么呀？是冒险经历还是祖爷爷的故事呀？"女孩坐在板凳上，用手托着下巴，兴冲冲地发问。

"今天啊，爷爷要给你讲讲这棵槭的故事。"

"槭？"女孩抬头，看着身旁的参天古木，古老的树干上被虫蛀了洞，却依旧站得笔挺，像一个卫士般巡视着大地，"爷爷，树也有故事吗？"

屠诗妍
桄的旅行日记本

"当然,万物都有故事。"老人摇了摇扇子,"囡囡,在这片森林还没有被烧掉之前——"

"啊,是在爷爷还没有搬过来之前吧!"女孩打断了老人的话,又吐了吐舌头,捂住了嘴,"爷爷继续。"

"呵呵呵。"老人摇了摇头,原谅了女孩的无礼,"没错,当时的这里,有着铺向天边的花毯,猩红的小百合、浅蓝的风信子、淡黄的毛茛和紫红的喇叭花生在地上,风一吹起,花香便会扑向你,包裹你……"

女孩张大了嘴。

"在那片森林中央啊,有一个神奇的部落——木虎族,传说,天神用森林里的木头做了许多许多的小老虎,将他们放在森林里,保卫这片土地。"

"木头做的小老虎?就和《木偶心》中的木偶人一样吗?"

"对,就是那种木偶。传说木虎族的身体可以救人一命,所以为了保护自己,木虎族一直住在森林里,与外界断绝来往。直到一只叫桄的小木虎,想要出去看看……"

女孩听得入迷,头顶的桄舒展枝叶,为他们遮挡着阳光。

二

嗨!旅行日记本。我叫桄,我是第9823代小木虎,今年才——等等,让我数数——1、2、3、4、5、5、5……啊呀,不管了,总之我很小,还没有成年。

我注定是一只不一样的小木虎,在一堆"小白""木木""阿虎"的称呼里,我的名字十分与众不同。什么?这个字怎么念?不用担心,有很多虎问过我这个问题,这念"hao",第二声,好听吧!我的父亲是一个语文老师,听他说啊,我是一只木头做的小老虎,木虎木虎,不正是个桄字吗?所以,我就叫桄了。

我住的地方，有猩红的小百合、浅蓝的风信子、淡黄的毛茛和紫红的喇叭花，还有燕子和百灵，为了沟通，天赋异禀的我偷偷从父亲的藏书室里偷出来了语言书，学会了鸟语，他总是给我讲外面的世界有多么多么好看，有许多没有毛的（虽然我不知道毛是什么）两足动物，少了两条腿真可怜，他们肯定连站都站不稳；有很多高高的用石头堆起来的房子（我更喜欢我的用草搭的轻柔的房子）；听说还有一种白白软软的用云朵做成的糖，我没有吃过云朵，但燕子说，那糖可甜了。

我想出去看看，所以我攒下80条小鱼干，从文具店买下了你。

你好贵，所以我要叫你小旅。

6月7日于森林

三

小旅真是个傻瓜，都不知道隐藏好自己，害得我现在屁股都还在痛！

我不明白为什么父母的反应这么大！我不就是出个森林嘛！凭什么送了我一顿竹笋炒肉丝、男女混合双打？什么叫外面的世界很危险？燕子和百灵去了这么多次又没有受伤，切，不就是不想让我离开家嘛，我懂，大人们都这样不放心孩子，在他们的心目中，我们永远都没有长大。

看来我只能去找大巫奶奶了。对了，小旅，你还不认识大巫奶奶吧！奶奶是这里最最最智慧最最最年长的木虎了，她走过的路比我吃过的盐还要多（好像是这么说的），我相信大巫奶奶会说服爸妈让我出去的！

糟了，小旅，我好像听到了脚步声，我把你从父亲卧室偷出来的事情一定被发现了！我得快。

四

上次被发现了，打得真疼，不过小旅，梳可是保护了你没有被撕成两半，梳厉害吧！

大巫奶奶同意我离开森林了，她还说服了我的父母，我可聪明了，从门缝里偷听了奶奶的话（虽然我不懂）："预言是不可能改变的，总要有个孩子成为预言中的人……"

别问我，预言是什么我也不知道，但能成为预言里的人，我一定是很伟大的！嗯！

今天大巫奶奶在族人面前给我施洗，我的额头上被点上了火印，听说只要这个印记存在，我就受到了族人的庇佑，是不是很厉害！受洗时妈妈哭了，父亲也铁青着脸，我忍着没有哭，因为我已经是个男子汉了！我马上就要出发了，大巫奶奶让我把两句话告诉小旅。

火印的咒语："祖先会保佑你的，而我从来深信不疑。"

保护自己的咒语："既然说了好，就不再说疼。"这跟妈妈经常给我唱的童谣一模一样。

7 月 26 日于森林

五

真的，小旅，外面的世界比燕子说的好多了！会跑的铁块，石头房子，好吃的云朵糖（听两脚兽说这是棉花糖），有一个两脚兽的幼崽甚至给了我一块橘子！但这橘子好难吃啊，比森林里的难吃多了……但这可是我收到的第一个礼物！所以我给了幼崽一块鹅卵石，幼崽看起来也特别特别开心。要不是两脚兽嫌弃地扔掉了幼崽的鹅卵石还打了她的头，我们俩一定成为了好朋友！

之前我觉得自己明白火印的作用了，因为在两脚兽的世界里，能看见我的只有幼崽呢！可昨天有一只半大幼崽掉到了河里，父亲说过，做虎不能见死不救，我跳到河里救起了幼崽，结果被围观的两脚兽看到了！那个半大幼崽的父亲快速抓起我离开了河滩，现在我在他们的房子里，陪着半大幼崽看《巧虎》，小旅你觉得这种东西好看吗？有毛的木虎？

额头上的火印有些变淡，难道是因为我没有念咒语吗？离开故乡（两脚兽是这么告诉我的）已经一段时间了，不知道父母怎么样了。

9月16日于两脚兽之家

六

小旅，好久不见，因为之前事情比较多，有一段时间没和你聊天了。两脚兽告诉我，他们被称作人类，那个人类叔叔对我很好，给我吃的给我喝的，还给我做了一张小床，但最近总是有一些奇奇怪怪的戴帽子的叔叔们会来砸他的门，嘴里总是骂骂咧咧地念叨着一些脏话，每次我都会带着5岁女孩（半大幼崽）躲到床底下，看着叔叔开门、恳求、下跪、磕头赔罪，叔叔的额头上总是包着厚厚的纱布，将那些人送走后总是用悲伤的眼神看着5岁女孩。

那种眼神只在我出门时我在父母的脸上看到过，但5岁女孩又不会离开家，所以我决定再度偷听！那个叔叔打电话（有声音的特别快速的信）说，小依（好像是女孩的名字）生了很严重的病（血癌？），需要很多钱（小鱼干？）来进行谷穗一直（我还没有学到这个词语，应该是这么写的）。我不明白这是什么意思，但是小依生病了，比感冒还要严重的病。之前我感冒的时候，木头关节脱落了好几次，可疼可疼了，我不知道小依得的是什么病，但是木虎族的身体可以治愈一切病症，那我可以把我的耳朵送给小依。记得大巫婆婆之前告诉过我一个咒语。

"既然说了好,就不再说疼。"

妈妈,真的,一点也不疼呢!

1月6日于两脚兽之家

七

小旅,我现在住在一个叫动物园的地方,每天有很多很多的人类来看我,甚至还有两脚兽专门为我梳洗,陪我玩,我认识了一对果宝(人类是这么叫他们的)——平平和安安,他们住在我的隔壁,由黑色和白色组成,看起来很单调。他们说自己是熊猫?意思是他们是熊和猫咪的后代吧,太奇怪了。平安兄弟每天都在树上或是草地上,不喜欢玩耍,总是抱着竹子啃,但是却有很多人类举着"爱疯"——就是我之前说过的有声音的特别快速的信,人类是这么称呼的——给他们照相,嘴中还喊着一些奇奇怪怪的词语,真的是好吵啊!

呼,作为一名绅士要冷静。

额头上的火印越来越暗了,几乎看不到了,似乎我离家的时间越长,火印就越淡,也许是因为我对家乡的记忆也开始淡了?

对了,小旅你不是问我为什么到了动物园吗?

我的左耳治好了小依的病,但是叔叔还是没有攒够足够的小鱼干去还高丽带(嗯,是这么写的没错),所以他把我送给动物园换回来了许多许多的——这个数字我都还没有学到,可能和大巫奶奶的年龄差不多——小鱼干。(原来我比小旅你贵多了,哈哈哈!)

可惜我不能再和小依玩耍了,动物园什么都好,就是一点儿也不自由,昨天有两个叔叔让我和他们走,他们会带我去吃更多更多的云朵糖,所以我现在在整理东西。但是他们的话似乎在哪里听到过呢,想不起来。

之前我把右眼也留给了小依，这样小依就算生了病也不会痛了。

妈妈，真的，念了大巫奶奶的咒语，一点也不疼呢！

3月7日于动物园

八

小旅，榄想回家，真的想回家。

榄终于想起来了自己在哪里听到过这些话——当时陪小依看《巧虎》时有一个想要抓走巧虎的坏叔叔也是这么说的。

动物园多好啊，和平平安安两兄弟聊聊天，吃吃人类的果果，多好啊！我为什么这么贪心，为什么？！那两个叔叔带着我到了一个叫马戏团的地方。榄不得不学了很多奇怪的技巧——空中飞虎、踩滚筒、做数学题。

今天我被逼着学会了跳火圈，小旅，你应该知道火吧，唯一能杀死木虎族的外物。榄真的不敢跳，真的，但巡守诗（我不会写，没有人教过我还有这种职业）的藤条狠狠地带着风声甩到了我的背上，狠狠地，狠狠地……

我的火印终于没有了，祖先似乎没有保佑我，我被祖先忘记了。

小旅，我想回家，我想爸爸，我想妈妈。

可我的左眼流不出泪水，我的右眼已经送给了小依。

世界，真可怕。

"既然说了好，就不再说疼。"

我吃了自己的尾巴，妈妈，大巫奶奶，真的不疼。

救命，救命。

6月12日于马戏团

九

你好吗？小旅。

请原谅我凌乱的字迹，现在的我被关在笼子里，左眼送给了人类。

几个月前，我被两个叔叔从马戏团里偷了出来，他们哭着告诉我自己的亲人生病了，需要木虎族身上的部件，我拆下了我的腿、我的鼻子、我的左眼。

因为父亲和大巫说过，到了世界的木虎族，就应该多帮帮人类，特别是像叔叔们那样的大好人。

小旅，我想爸爸妈妈了，我想回家，叔叔们答应带我回家，所以我把森林的位置告诉了他们，他们答应明天就带我回家。

小旅，明天，明天梳就能回家了。

小旅，我认识了一个叔叔的儿子，他叫小虎，和我的名字是不是很像？我告诉小虎，我住在一个有着猩红的小百合、浅蓝的风信子、淡黄的毛茛和紫红的喇叭花，花毯一直铺向天边的地方，小虎告诉我，现在的我也住在一个森林里，森林里没有花，但有很多很多的小动物。我想看看，但我已经没有了眼睛，我只能从小虎的描述中想象美丽的森林。小虎告诉我，他爸爸总是会用"小孩子知道这么多干什么？！"来搪塞他，爸爸和叔叔以为小孩子什么都不懂，但他其实什么都懂。我问小虎，你懂不懂"既然说了好，就不再说疼"是什么意思。

小虎告诉我，这是一句蒙古谚语，意思是——

我如果答应了你，任凭怎样艰难困苦，都不会后悔。

我好像明白了大巫奶奶的意思了，妈妈，我不疼，一点也不疼，真的。

有人来了，我得快。

3月15日于？？？

十

　　小旅，我在回家的路上。小虎带我回家了，他说叔叔们骗了我，他们不会带桃回家。

　　桃把木虎一族的预言告诉了什么都懂的小虎，看了很多很多书的小虎告诉我，他之前在父亲书上读到过木虎一族的预言："木虎一族的覆灭源于一只离开了家的木虎。"

　　我？我会造成木虎一族的覆灭？怎么可能？我马上就要到家了，我会扑进爸爸妈妈的怀抱，和他们撒娇，给他们讲世界的故事，我还会把小虎介绍给他们（小依不在真是太可惜了）。

　　小虎说我额头上的火印又出现了，他跟我说，这枚火印其实代表了你与家的距离，家越远，火印越黯淡。我摸了摸我的火印，那枚印记开始发烫，就像我的心一样。

　　妈妈！爸爸！我回来了！

3月16日于回家路上

十一

　　"既然说了好，就不再说疼。"

　　"既然说了好，就不再说疼。"

　　"既然说了好，就不再说疼。"

　　可是，为什么，妈妈我好疼，我真的好疼。

十二

嗨！小旅，我是小虎，梃让我帮他与你告别。

我们赶到木虎族的时候仍然是晚了一拍，爸爸和叔叔已经带领着猎人闯进了森林。梃一路上都在给我讲着他那有着猩红的小百合、浅蓝的风信子、淡黄的毛茛和紫红的喇叭花的家，他叫我无所不知的小虎，其实他错了，如果我真的无所不知，我就应该告诉他，我的爸爸和叔叔不是他口中的大好人，而是一些无耻的偷猎者。爸爸问梃的家住在哪里也不是为了带他回家。梃的身体零件也不是用来救人的，而是用来卖钱的。

小旅，你会怪我吗？

我看到了梃说的那片花毯，只是花毯中满是木虎一族的尸体。

梃咬下了自己的左手，期待着看到父母的他看到的却是木虎一族的覆灭。

"木虎一族的覆灭源于一只离开了家的木虎。"

我看到梃这么念着，拖着残缺的身体，靠近了森林，他大笑着，点燃了额头上的火印。

再见，爸爸。

再见，木虎。

再见，梃。

3月25日于荒地

十三

"森林被火印烧了个精光，偷猎者也离开了人世。"

"小依明白了！"小女孩点点头，"所以爷爷搬了过来，为梃哥哥守护这片森林，对吧。小依的名字，和那个梃救了的小姐姐一模一样欸！"

"别缠着爷爷了，爷爷累。"男子站在大树下，对着女孩道，"爸，你也是，少给小依讲这些童话故事。"

"知道了，爸爸。"小依吐吐舌头，转身跑开。

老人叹了口气，抬手摸了摸树干上的疤痕。

"老伙计，你不会怪我吧。"

槐摇了摇，树叶摩擦发出沙沙声，像极了轻笑。

传说中，封闭了心的木虎一族，会变作一棵树。

（作者学校：浙江省宁波市效实中学）

本文为2018第五届"北大培文杯"高三赛参赛文

从作为读者到尝试书写，从第一篇落笔到开始想要继续往下写，似乎都是如同日升月落一般自然发生的事。在凭着感觉和热情写完了最初的两篇文章后，开始认识到写作是件艰苦的工作。它不再仅仅是日常的备忘录、情绪的跑马场，而是开始为我撕开眼前的时间和空间，并要我以笔以自身，去不断深入到每个灵魂的病症、冷漠或狂热、嬉皮与悲怆，生活乃至生存的隐疾、阵痛和长恨当中去。于是从架空虚构到依附现实，从模仿到笨拙地创造，它们像任何理所应当发生的事一般，一件一件铺展开在我笔下。与其说我创造它，不如说它们在进一步塑造我。形而上者谓之道，形而下者谓之器。在慢慢接近锤炼文字之"器"的过程中，"道"也离我愈近。它或许只是一点不甘，是孱弱的情怀，时代里微弱的呼声，是忧愁与爱，但那或许已经涵盖了写作与我的全部意义所在。

廖欣琳

轮　回

方子徒拆开那封信的时候，楼里正弥漫进了黄昏。

锅瓢与火声隔着墙隐隐约约"哐当"碰撞，有孩子追着骑自行车的少年，泼洒的欢笑声流过窄巷。底层的老人把竹椅晃得摇摇欲坠，一面嗓子里咳出棉絮声一面把收音机缓缓调响。"再过几年这玩意儿就绝迹了吧？"方子徒夹着大包小包的黑色购物袋，把钥匙衔在嘴里，暗笑着撕开了信封，白色的纸封里还装着一个棕黄色的牛皮信封，当面上印着的一块精美的黑色鸟形图案展露出来时,他的呼吸连同整栋楼的黄昏一并凝固了起来。

"已寄出。"短信来得格外及时。亮着光的屏幕像一只狡黠的眼睛,他把振动的手机放回口袋。

他低头望着黑色图案上的候鸟,在他们商议各种方案的过程中总是摩擦不断,但对于这个图案的确定,战友们的态度却是前所未有的一致。"衔着渴望自由的种子,不甘永生与他乡温暖的巢穴,开展和寒天冻土的战斗,只为了回归最原始的故乡。"在将这句话印在他们基地的墙上时,所有人的眼里都闪烁着泪光。

信的内容很短,几行整齐娟秀的手写英文被印在淡蓝色的纸上。方子徒屏息从头到尾看了几次,在信上的笔迹渐渐氧化前,确定把每个字都刻在心底后将信收进口袋里,才深吸一口气踏进家门。

母亲发髻整齐地坐在沙发上,没有开灯,孱弱的身影在渐渐暗下来的客厅里仿佛被一整片黑色海潮压着的孤舟。饭菜被铁盆倒扣着搁在桌上,早已没了热气。方子徒望也不望她一眼,她怜惜的目光却穿透黑暗横贯过来,腻腻地黏在他身上。方子徒径直朝自己的房间走去,在把门关上的那一刻,却仍没逃过她投过来的声音。她说:"记得日子啊,在下周三。"

"砰!"门重重地摔上了,连同屋里人怒火冲天的咆哮。

方子徒靠着墙站了一会。几天没进食引发的低血糖,此刻在愤怒的发酵下,在脑海里牵扯出一大片昏沉和模糊。他沿着墙缓缓坐下,手扶到了口袋里的信封,狂喜像绳索般浮出水面。他看向一旁镜子里的自己,苍白,憔悴,只余一层经络分明的皮肉贴在骨上。天终于黑了下去,暴雨将至,风一股脑似的撞在玻璃窗上。如兽低啼。

信是安娜寄过来的。关于他们的候鸟计划与轮回之塔。

那是人世间的第二尊佛祇,轮回之塔。拥有顶尖的科研集团与云计算系统,记录所有公民的体征及精神信息,储存,分析,调控,重置,最后在种子库中生成与受体细胞完美融合的人格程序，压缩为"灵魂核心"植入公民体内。与古老的不死术与传统克隆法不同的是，拥有轮回之塔所制造的"灵魂核心"的公民，生命便从此成为一条蜿蜒无垠的河流。精神的延伸和拓宽带动全身肉体细胞的无尽循环，人类千百年来长生不老的希望在某种意义上得到了成全。死神被锁进囚笼，生命打败了时间。这是世界的传奇欢歌，人间的神灵福音。

可这同样是一小部分人的噩梦。

"我已经活够了。"每天方子徒走下楼时，邻居家近百岁的老人都蜷缩在藤椅里，这是方子徒听见他说的第一句话。他诧异地回头，老人已经阖上双目，面庞轻轻颤抖。后来与邻居搭话时，他才知道原来老人之前做了"灵魂核心"植入的手术。老人早已孤苦伶仃，无亲无友。他的心里顿时涌上悲哀的河流。

人一身托寄千万相，喜怒哀乐，离合悲欢，方生方死，痛彻心扉，虽渺小，卑微，转瞬即逝，却因死亡的存在才变得有所意义，葳蕤生光。正因短暂，一切热爱、悲绝、亡命、拼搏才拥有必要性。如候鸟般穿越一整片冻土与岁月长河的循环，最终归溯回宇宙消亡的源头，归往故乡。否则只存在于永远没有终结的时间之中，不异于无间地狱——只有当一个人拥有死亡的权利时，他的一切努力才有意义。

轮回之塔正式建立与公开投放的那一天，万人空巷，灯火连昼。方子徒站在他的科研所办公室的窗前，静而绝望地观望窗外全城狂欢的人群。安娜从他身后走来，将手柔弱无骨地搭在他的肩上。他们对视了一眼，彼此都在对方的眼中望见了候鸟掠过的翅膀和嘶啼。

他们开始四处奔走，寻找同样的人群。他们聚集在一起，毁坏轮回之塔与抵抗强制轮回的计划开始渐渐成型，填充进血肉。方子徒与安娜组织了地下实验室，制造出了能够一举阻断信息库与云系统的主机干扰程序，如若成功，千万台数据库电脑的 DNA 与纪录将灰飞烟灭。那时他便想办法带上安娜和母亲——这世上他最爱的两个人逃跑。即使被愤怒的人群抓到了，钉在所谓的耻辱柱上，也总比做时间永恒的傀儡强上一万倍。

然而在他的计划日开始倒数的一个月前，一个晴天霹雳便横空砍下——方子徒的母亲接受了轮回之塔的"灵魂核心"植入，正式踏入了源源不断的不死人的行列。

一阵敲门声细细地传来，渗入了方子徒黑沉的睡眠，原来他不知何时昏睡在了房间的地板上。方子徒头疼欲裂，从地上挣扎着爬起来，母亲正端着刚热好的饭菜站在他面前。氤氲的雾气缭绕在他们之间，像一条滔滔的江河。

"出去。"他艰难地支起身来，"我有说过你别踏进我房间一步吧？还有，你做的饭，我是不会碰的。你以为你还是我的母亲吗？当你去接受了那个该死的'灵魂核心'植入的时候，我的母亲就已经消失了！我的生死与你这个傀儡无关！"他剧烈地咳嗽起来，咳出满脸眼泪。母亲却没有像往常一般默默掉泪，而是倔强又微微颤抖地直视着方子徒的眼睛。他才察觉到了不对劲，连忙一把推开她，放在门后的那几个黑色塑料袋已经不翼而飞。

"啊——"方子徒暴烈地突起双拳，一把砸在了母亲脑袋两侧的墙壁上，白色的墙灰簌簌碎裂，血的红乍然开出鲜艳的花。那一拳仿佛抽掉了他所有力气，方子徒顺着墙瘫坐在地上。

"你为什么不接受它？"她终于暴出了一喉攒积的哭声，"为什么不好好想想呢，它能让我们不死啊，能让我们永远在一起。"

"它会让我陷入永无止境的痛苦！"方子徒双目沁红，重重地一字一顿喊出。

"你不能这样做。你会失败然后被逮捕，处以死刑。"

"即使和它同归于尽,我也不会和你们同流,永远活在连性命都掌握在别人手中的阴影里。"他摔下这一句话,拿起外套冲出了家门。"我们毕竟是人类啊。即使不死,依旧永远在徒劳无功。"母亲的泪眼消失在门缝,连同最后一句话也被掩盖在门后。

"你不要过来。"父亲肩上挎着行囊,脸朝着前方,一下都没有回头。门被重重地摔上了。"不要跟过去。"幼年的他被母亲紧紧地抱在怀里,茫然地顿住哭声。那时候他第一次发现一个人消失原来这样容易,父亲只拿走了几件衣服,常用的刮胡刀。除了他和母亲的结婚照,家里再也没有父亲的痕迹。父亲从来没有和他拍过照。

眼前的暗夜开始变了颜色,微微明晰的光从远方的地平线之上升起,有血红的日,点燃了一大片晕开的云朵。天空中晦明汇合,清冷的,暗暖的,紫红的,燃烧着的天际。分不清究竟是黎明还是黄昏。一枚巨大的流弹在他头顶上划过弧线,像候鸟展开的宽阔羽翼,苍穹之上刹那间纷落下暴雨一般的火星。他被哭叫的母亲紧紧地抱在怀里,和周围的人流一起奔跑。"轮回之塔就是一个坟墓!"父亲的声音从很远的后方传来,像一道卷土而来的闪电。他吃力地回头,父亲已经被武装士兵押下塔顶。这次彻头彻尾失败的暴动传遍了每一个角落,人们无一不在谈论那个企图毁掉轮回之塔的疯子。"以后你就跟我姓,不要让人知道你爸是谁。"透过暗黄的灯光,看不清母亲的眼睛。他点头,把脸埋进饭碗里。

他从来没有梦见过父亲。那个身影瘦削而寡言的男人,直到今天以前。梦里的父亲仍旧背对着他,四周是一望无际的荒野,旁边停着一架巨大的飞行器。父亲直步走向那座耸立的巨大火箭,握着铁杆向上攀,双脚一蹬翻身坐进了驾驶室。他缓缓拉动方向杆,飞行器缓缓地升起来,天空五彩缤纷。青灰的天际,微微泛出橙红的光,也有缤纷的五色彩云。他从来没有目睹过那样魅惑而又圣美的壮丽,像是久远的接踵而来的伤痛。父亲没有回头,一直飞到他眺望不到的高处。随后有光,至苍穹之上纷落。

方子徒再一次醒来时,眼中昏昏沉沉映着安娜家的地毯。安娜逆光坐在窗前,细削的背影像一根立在暮色里的针。

方子徒暗叫一声不好,忙飞快地起身,边穿衣服边含混不清地喊:"计划呢!他们……"声音却被安娜清冷的目光倒打进咽喉。

"你的母亲——"她似乎在斟酌着开口,"她带着程序独自一人上了轮回之塔。我们没有料到的是轮回之塔的防御系统里有所有公民的生命机关,她在临走前发了消息给你。"

——你在出生的时候就已经被植入了"灵魂核心",原谅我一直没有告诉你。

——我爱你。

方子徒的双眼霎时变得混沌了。他飘飘然地站了起来,出门,下台阶,走出安娜的公寓楼。又是人间一个苍茫的黄昏。锅瓢与火声隔着楼与墙隐隐约约"哐当"碰撞。有笑声流过,人的脚走过去又踏过来了。火炉冒出黑烟,弥漫着饭食的气息。风和雨来了,瓢泼的,硕大无朋的。远处轮回之塔的塔尖闪烁出隐隐蓝光。汽笛声响起,又一批长生的婴儿在"灵魂核心"的庇佑下降世了。随着第一声啼哭,他们将无病无痛,不死不灭,拥有足以睥睨一切文明长河的生命,带领人类走向奇迹的顶峰。方子徒忽然觉得身边的世界如纸扎纷崩,如火炉吞噬万物,来来往往如无常。石头滚滚如彤云,月滑进夕阳的伤口里,喷灼出一片浓烈的夜暗。

这一切的徒劳无功与来不及停驻的爱与悔啊。

这零余的渺小与苍茫。

他轰然跪在雨地里,将脸贴在湿漉漉的地面上。他的眼前出现了一片混沌的,如母胎子宫般的温暖。候鸟沿着静谧的轨迹飞行,从南至北,从冻土

廖欣琳
轮　回

向暖镇。穿越整个广袤的岁月，衔来一颗春的种。它扑棱着翅膀，旋滑落下，将种子与身体一并埋入故乡温暖潮湿的泥土地。

生生不息。

（作者学校：福建省永安市第一中学）

本文为2018第五届"北大培文杯"复赛第六场参赛文

> 我们都是行走在自己路上的人，踽踽独行。有时别人会把目光投在你身上，有时你会把目光投在别人身上，但别人始终是别人，你永远是你自己。
>
> 你的想法和看法独一无二，遇到愿意倾听它们的人你会无比感谢，遇到理解领悟的人更是如获至宝，至于能否邂逅相似的人，就只能靠运气了。总之，即使你时时都愿意表达，心意相通和心领神会也不过那么几次而已。
>
> 然后你带着所有的回忆和感悟，偶尔欣喜若狂，偶尔撕心裂肺，常常心如止水，依然踽踽独行。

曹相宜

老虎化作花

老虎是一只好老虎。

他是森林之王，负责主持森林中的各项事务。他爱这片森林，也爱动物们。动物们也爱他，因为他是一只好老虎。他只吃那些年老体衰行将就木的而且愿意做他食物的动物。如果没有，他宁愿饿着，也不愿捕食动物。虎生如此，离成老虎佛也不远了。

老虎爱动物们，动物们都知道。可老虎爱花，只有虎穴前第三棵树上的松鼠知道。准确地说，老虎爱虎穴前第三棵树下的那朵花。松鼠是这片森林中离老虎最近的动物，所以他知道，老虎很孤独。他有点同情老虎，但统治者总是孤独的，这个道理他懂。他曾听猫头鹰说，人类世界中的统治者叫作皇帝，那是最孤独的人。他的孤独不在于无人陪伴，而是他身边的人，都在算计他。那么老虎还好一点儿，松鼠想，起码没有人要害他。

每至春夏，花儿开出来的时候，老虎都会常去第三棵树下。他有时对花说话，有时轻嗅她，有时只是在她身边坐着，或是打盹。而她在他说话的时候会微笑望着他。当风吹起时，她会努力借着风，也蹭一蹭他身上的毛，用她粉色柔软的花瓣。

作为一只敬重老虎的动物，松鼠偶尔也会有点点嫉妒花，因为老虎都很少对他说话。不过他不得不承认，她的确与众花不同。她美丽却不高傲，即便他不小心把松果掉在她头上砸痛她，她也不会像其他花那样破口大骂，只会微笑着接受他的道歉。她温柔却不柔弱，即使一连多天不下雨她渴到发烧时，也不像其他花那样怨声载道。而这时，老虎会用口含着小湖的水浇在她身上。老虎真的很爱她啊，松鼠想，希望他们和森林都能这样安稳下去。

可是好景不长，随着老虎渐渐变老，选择继任虎王的比赛快开始了。他是一只好虎王，所以森林中许多动物——尤其是常做老虎们口中食的种群——对继任虎王的事十分担忧。渐渐地，森林中流言四起，动物们陷入恐慌。老虎对这些睁一只眼闭一只眼。他是一只好虎王，他知道该怎么做。他依然依偎着他的花。他的花对他说，她相信他，无论他做什么选择，她都会支持他。

一个黄昏，老虎走进了一只继任虎王候选虎的洞穴中。那是两只声望最高的年轻候选虎中的一只。老虎看着他的眼睛。一双坚定又温柔的眼睛，像清澈见底的小湖，就像他年轻时的一样。老虎将令牌交给了他。有这个令牌的动物，拥有森林中至高无上的权力。老虎说，按规矩，令牌该是比赛结束时由老虎王交给新虎王的，只有在比赛中胜出的才能是新虎王。可是所谓的比赛，也只是比打架而已。另一只候选虎，虽然表面上品行端正，我却亲眼看到他欺负小动物，捕食他们。老虎说，论武力你未必胜出他几分，但那样的虎绝不能做虎王。老虎说，我观察过你，森林我可以放心交给你，令牌你拿好。当你赢得比赛时，我洞穴外第三棵树上的松鼠会替我传达旨意。老虎说，我要走了，森林就交给你了。只是我洞穴外第三棵树下的花，拜托你方便时偶尔照顾。老虎走出洞穴，新虎王两条前腿跪在地上，直至看不见老虎的背影。

又一个傍晚,老虎走进了另一只虎王侯选虎的洞穴中。那是两只声望最高的候选虎中的另一只。老虎趁他不备袭击了他。一番激烈的搏斗之后,老虎成功了。处理好尸体后,老虎拖着遍体鳞伤的身体,奄奄一息地回到了他的花旁边,再也没有醒过来。

松鼠躲在树洞里哭了。老虎叮嘱过他,在新虎王的加冕仪式上,他要传达老虎的旨意,要告诉整个森林不要惊慌不要抵触,要他们知道新虎王也是一只好老虎,要他们快乐地生活,要他们——不要想他。松鼠突然很心疼,不,是一直都很心疼。

老虎的灵魂来到了森林之神面前。森林之神说因为老虎实在是一只好虎王,为森林做了很多贡献,所以他可以满足老虎的一个愿望,比如说,他可以来世还做虎王。老虎才不喜欢这个建议。他的第一个愿望是,动物们可以一直好好地生活,没有战争。森林之神说,这件事他控制不了,但是他会尽力。老虎提出了第二个愿望。他想做一朵花,就在他洞穴外第三棵树下的那朵花旁边。森林之神允诺了。

第二年春天。

松鼠冬眠醒来,懒洋洋地趴在树洞里。他想起了老虎,自己有点想他。松鼠想,我已经像他叮嘱的那样做了。新的虎王果真如他一样,森林一派祥和安宁,他该很安心了吧。不知他下一世会变成什么在森林中生活呢?忽地心念一动,松鼠探出头,往树下一看,那朵花已经开了,只是旁边似乎多了一朵。松鼠想了想,咧嘴笑了。

那是朵橘黄色的,隐约还带着黑色条纹的花。

(作者学校:沈阳铁路实验中学)

本文为2018第五届"北大培文杯"复赛第十二场参赛文

> 爱，是个永恒的话题，这个故事关于母爱。每个孩子都会有被爱的渴望，太急切去寻找，却遗漏了身边的那个人。以为和妈妈在一起是再平常不过的事，久了更会生了烦闷和嫌隙，有时甚至急于逃离，却在分别之后才发现，原来，我是那么，那么想念一个人。把年少时得到的爱错以为是负担，于是卸下包袱远远地逃离，当再次想起那是自己最重要的东西时，只发现它早已被不知名的路人捡去，自己不知道珍惜的，恰恰是别人所渴望。我不会说华丽的语言，我只能用一个故事，去讲述。原来爱，一直都在。记住身边的妈妈，记住那世间只此一份的爱。

王 孛

海格的镜子

海格有一面透明镜子，传说透过这面镜子任何人都可以看到世界上最爱自己的人，而海格呢？他是这个小镇的守护神，传说他是个巨人，有满头的棕色卷发，胡子把他的脸遮了个严实，只露一双大眼，像个卷毛的大狮子，每个在小镇上长大的孩子，他们的童年都伴随着巨人海格和海格的透明镜子。

海格的透明镜子是小镇上最受孩子欢迎的玩具了，每个孩子都渴望拥有，每个孩子都想知道谁是最爱自己的人。小女孩米兰达也不例外，但她家太穷了，她家的房子是小镇上最老最破的房子，她的衣服是小镇上孩子们中最旧的衣服。她的妈妈总是替别人缝补衣服来维持母女俩的生活。

"我要是能有一面海格的镜子该多好啊！"米兰达看了看远处举着镜子开心的孩子，"他一定知道了世界上最爱他的人，所以才这么开心！"米兰达自言自语道，每天她都会去汤姆叔叔的杂货店转一转，那儿有各种各样的海格的镜子。

"本店出售海格的镜子，让你知道谁最爱你！"泛黄的广告牌总是让米兰达激动不已，但她只能摸摸空空如也的口袋。

"我一定要知道谁最爱我！"米兰达飞快地跑回家，她希望妈妈给自己买一面海格的镜子。

"妈妈！"米兰达气喘吁吁地跑回家。

"嗯？"妈妈正坐在门槛上缝衣服，听到米兰达叫她，应了一声。

"我可以买一面海格的镜子吗？"米兰达小声地说，"求你了，妈妈！"

"米兰达，你要知道，我们的家境并不富裕——汤姆家海格的镜子都只是普通的镜子，海格也只是个传说。"妈妈有些迟疑。

"哦。"米兰达没精打采地应了一声，她知道妈妈已经拒绝自己了，但妈妈说得很对，让人无法反驳。

"去吧，米兰达，去森林里找些野果，妈妈给你做果酱。"妈妈起身递给她一个破旧的篮子，"别走太远，森林里容易迷路。"

"或许妈妈不是世界上最爱我的人。"米兰达走在森林里，越想越委屈，眼泪流个不停。她太伤心了，以至于忘了妈妈的叮嘱，走到了森林深处，她迷路了。

米兰达暂时忘记了海格的镜子，她有些害怕了，天空又突然下起了雨，米兰达只好用篮子罩着天，匆忙找了个树洞躲了进去。"这竟然有面镜子！"米兰达在树洞的杂草丛里找到了一面镜子。

"海格不是住在树洞里吗？这里是不是海格的家？这面镜子，难道是巨人海格的？"米兰达欢呼起来。

"我马上就要知道谁是世界上最爱我的人了！"米兰达微笑着举起镜子，可镜子里什么也没有，只有她自己一个双眼通红，像落汤鸡似的迷路在外的小女孩,她只看到了自己。

"或许这个世界上真的没有人爱我!"米兰达放声大哭,冰凉的雨和黑夜让她更加伤心和委屈,她哭了很久,最后疲惫地睡着了。米兰达做了一个梦,梦见她遇到了巨人海格。海格把她托到自己的肩膀上,那个大狮子般的巨人用洪亮的声音对她说:"海格的镜子可不是普通的镜子,我的镜子是透明的,它能让你看到世界上最爱你的人"。

"可我只看到了自己!"米兰达啜泣道。

"不,世界上有很多人爱你。只是你还不懂海格的透明镜子的真正含义是什么,只有当你真正明白了,你就会知道原来世界上有那么多人爱你。"海格用宽大的手掌拍拍米兰达的头,"去吧,你该回家了。"

米兰达在树洞里醒了,她现在十分想念整日缝衣服的妈妈。"就算妈妈不是最爱我的,我也要爱她!"米兰达用衣角把镜子擦拭干净,小心翼翼地放进篮子,准备找回家的路。临走前,她对树洞招了招手:"谢谢你,海格先生"。

米兰达努力回想来时的路,雨已经停了,天也快亮了,或许是当时米兰达哭得太专心,根本没有顾及四周,她在森林里转啊转,饿了就顺手摘两个野果充饥。

"我可能再也走不出了!"米兰达十分沮丧,"我以后再也不任性了,海格海格,帮帮我,让我回家吧!"

海格真的帮了她!米兰达听到远处有人在叫自己的名字,"米兰达!""米兰达!"是妈妈!米兰达猛地跳起来朝着呼喊的方向跑去:"妈妈,我在这儿!"米兰达突然被树枝绊了一下,身下的篮子被压扁了,而远处妈妈的声音似乎也消失了。

"妈妈,我在这儿!"但没有回应。

"哦,他们走了,他们把我抛下了!"米兰达抑制不住自己的哭声。

"米兰达!"当妈妈循着哭声找来时,米兰达正脏兮兮地提着被压扁的篮子哭泣，妈妈冲上前抱住了米兰达。

"妈妈，我再也不任性了！"米兰达的眼泪止不住地往下掉。

"没事，米兰达，妈妈以后一定保护好你，我们回家，妈妈给你做了果酱。"妈妈拍着怀里的米兰达，她已经找了一夜，正要绝望的时候竟然找到了米兰达，苍白的脸上也终于浮现一丝血色。

回到家后，妈妈要给米兰达买一面海格的透明镜子，但米兰达拒绝了。她神秘地说，自己有真正的海格的镜子，但当妈妈问她看到了谁时，她迟疑了，因为她谁也没看到，但她现在也相信，妈妈是世界上最爱她的人。

"我看到了你，妈妈。"米兰达看到妈妈脸上洋溢着幸福的笑容，突然就觉得，海格的镜子已经不重要了。

这天，当米兰达又翻到那个被压扁的篮子里，她才想起树洞里见到的海格的镜子，但镜子的镜面被压碎了，现在只剩下一个镜框，"透明的镜子……"米拉达突然想起了什么。

当米兰达慢慢拿起"透明"的镜子时，她透过镜框看到了正在做果酱的妈妈，镜子里只能看到自己，但透明的镜子可以让米兰达看到一直默默爱她的妈妈。

原来，妈妈就是世界上最爱米兰达的人。

"妈妈。"米兰达轻轻叫了一声。

"怎么了？"

"我爱你！"

（作者学校：河南省鲁山县第一高级中学）

本文为2018第五届"北大培文杯"复赛第十五场参赛文

一茶勺色彩，一小包汤料，添一点快乐，加一抹忧伤。拌一拌，搅一搅，闻闻隐约飘出的奇妙味道。喜欢阅读，喜欢音乐，喜欢画画，喜欢童话般缤纷的颜色，喜欢随时随地胡思乱想。无边无际的想象对我而言，是平淡时光里趣味十足的调剂，是日常生活中不可或缺的重要。这趟漫长旅途才刚开始，我希望不断尝试并取得崭新的进步，祈盼自己的声音以写作的方式让大家听到。期待有朝一日我的故事能被人喜爱和铭记，那将会是非常幸福的事！

李松晓
风的絮语

你像音符，像喷泉池里的彩虹；
你像金色细绳，叩响尖塔大钟。
你像乌云，像暴雨来临的天空；
你像远山，像云雀躲藏的灌木丛。
而我呢，我是一阵清风，
不肯停留，来去无踪；
踮脚飞过你耳边，隐入密深森林中。
……

我没有颜色和形体，大家都叫我风。
我游走山川与森林，穿梭河流和溪谷。我漫步在海滨的金色沙滩，吹一口气让航船升起雪白风帆;我从鸽子飞舞的喷泉广场凌空划过,为头戴遮阳帽的旅者捎来丝丝沁凉;我走过恋人夜晚私会的葡萄架下,用低语遮掩他们缱绻缠绵的呢喃。我拨动磨坊"滴溜"转的水车,穿花衣裳的孩子们奔跑欢叫着追赶。

"谢谢你,风!"他们双手拢在嘴边。

但我并未停步,径直前去,飞行的快感总会带给我满足。我看见小瓢虫的花瓣船在池塘中心打转儿,轻轻拂动就使它顺水漂流。我来到一片蒲公英花海,鼓起腮帮吹出一条曲折延伸的道路。我飞着,跳着旋转步伐,种子在我的带动之下漫天乱舞,细细地,软软地,轻轻地,小小的,比雪更洁白,毛茸茸很可爱,飘落在小姑娘的手心,暖暖地好像要融化开。

一对兄妹爬到树上呼喊,我倏忽来回穿过山谷,将那声音原原本本传到他们的耳边。"听哪,回声仙子!""不对,是山谷间的风。"

"谢谢你,风!"他们把叶片卷成喇叭状。

但我并未停步,径直前去,热烈的欢愉也不能使我降落。鸟儿的羽翼追不上我的速度,时间的流逝不令我的活力减退半分。焰火会熄灭,寒冰会融化,滴水涌入深海,蒲公英凋零衰败。然而无论足迹遍布何地,我从未改变。

但我不像静默连绵的群山,不像古老沉寂的钟楼,也不像夜空里熠熠闪烁的星。他们安然停歇,他们从不开口,他们拥有亘古不变的理由。可如果屏息倾听,那些沉重的呼吸中包含着我读不懂的东西。层云告诉我,那叫作永恒的悲伤与宁静。

有时遇到夏日的瓢泼大雨,我畅快地遨游于雨丝的帘幕之中。雷声是伴奏的鼓点,乌云当听众,我唱着那首悠扬婉转的歌:"我是一阵清风,不肯停留,来去无踪……"我纵情大笑,尽全力热爱这个鲜活的世界,我是天地间最自由的精灵,相信自己永不会死去。

天晴后我继续飞行,追寻野花的芬芳,与蜂蝶嬉戏。我窥视一座小灰楼

李松晓
风的絮语

的窗栏缝隙,有个男孩坐在一张有轮子的黑椅里。他面容俊秀清朗,却带着我看不懂的表情。他跟磨坊那些奔跑的孩子如此不同,神色没有宁静只有忧伤。我钻进窗缝,环顾斑驳的墙壁和角落的蛛网,调皮地掠过男孩瘦削苍白的脸颊。

男孩迷惘而惊奇地睁大眼睛:"咦,有风?"

我盘旋一圈抚弄窗台上的风铃,"丁铃丁铃",串串欢悦轻灵的响声。我飞回男孩耳边,悄声为他哼起歌:"你像音符,像喷泉池里的彩虹……"

"是个女孩子的歌声?我听错了吗?"男孩侧过头唇角渐渐上扬,眼底有了欣喜和向往。

"你像远山,像云雀躲藏的灌木丛……"

"你是谁,留在这里好吗?"男孩急切地伸手,我敏捷地闪避。他看不见我摇头,却能辨出我的声音。"对不起,我必须离去。风儿生来就不断地飞行,绝不可能安停。"

我挤出窗外,径直前去,不知自己应该前往哪里,不知这究竟有什么意义。我不明白什么叫改变,或许恰似暴雨时照亮天空一瞬的闪电,或许是滑翔的飞鸟,枯萎的花苞,轻曳的火焰。或许是玩耍的孩子会长大,海岸灯塔的光芒被潮水扑灭。我不明白什么叫永远,树叶埋进泥土第二年枝头仍会发芽,山丘的沙砾石子终有一天也被磨平棱角。满天星斗时常变换它的位置,钟楼尖塔总有坍塌毁坏的那刻。或许答案就是我读不懂的宁静和悲伤。或许正如人们讲的,快乐短暂忧伤却漫长。什么是静止,什么是流动呢?我只知道自己和往常不全一样。那男孩温和忧愁的面孔总在前方浮起,离开他很远了还听得到他的呼唤,看得见他沉静漆黑的眼睛。

我想找回以前的欢乐,所以轻声给自己唱歌。这沉甸甸压下来却摸不着的东西是他们所说的悲伤吗?它这么熟悉又那么陌生。骗人的,骗人的,风儿没有眼泪也没有心。

也许我该歇息一会儿,别再一刻不停地飞。但我是风啊,怎么可能停息?我只有径直前去。我来到一个奇怪的城市,那儿高耸的危楼似铁铸的黑森林,管道深处冒出呛鼻的灰白烟雾。行人捂着口罩匆匆走去,面如死灰的模样和僵直麻木的步态告诉我,这里很久很久都没有风来过。

"嘿,那就该我上场啦!"我愉快地转了个圈,希望帮助他人会像从前那样让我幸福。我哼着曲调吹过沉寂的街道,将污浊的气体统统赶走。人们平板呆滞的脸孔终于有了喜色,这里很快就能和其他地方同样鲜活。

"谢谢你,风!"他们挥动着口罩和围巾。

但那男孩的呼唤依旧在我耳畔挥之不去,飞行从未带给我真正的满足。渐渐地我的脚步开始沉缓,嗓音前所未有地沙哑浑浊。是那灰色烟雾在阻挡,我幡然醒悟,不流动的只是死去的空气,静止不前又怎能称为风?这将是我旅途的终点吗?不是安停和宁静,而是彻底消失踪迹,不是天地间自由的精灵,再也不见阳光、蒲公英和黑眼睛。

我第一次碰触死亡,懂得悲哀与恐慌,我想逃离,想要回返,想为男孩唱完那支歌,想送给他真切的拥抱和亲吻。我想像磨坊和喷泉的人们那样懂得爱的含义,想要有眼泪和一颗跳动的心。我想知道永恒的宁静是什么,强烈的愿望远远超过了飞行。

我使尽最后的力气挣脱灰色烟雾,我还活着,因为我始终没有停。沿来时的路贴着地面行进,目力所及一切皆成浮光掠影。近了,近了,破败的灰色楼房。钻进窗缝拨响"丁铃铃"的风铃,男孩躺在床上,短发蓬乱面颊毫无血色,本应健康强壮的双脚虚软无力,本应结实紧致的手臂瘦弱松弛。捕捉到我的声音,他微微睁开漆黑的眼睛。

"是你呀,你回来了?"他露出疲惫的微笑,我飞落到他手心,"你会陪着我吗,和我说说话?"

"会的,会的,我是风。"我悄声耳语,他听得懂,"你知道什么是静止,

什么是流动吗？什么是改变，什么是永远？比如说火苗、闪电、钟楼、群山、飞鸟还有星空……"

"所有的一切都在改变，所有的一切都是永远，包括你和我。"

"那什么是快乐什么是悲伤？"

"认识你很快乐，分别时总会悲伤，它们经常密不可分，我看书上这么讲。你，会留在这里对吗？我可能很快就要离开了。"

"会的，会的，我已经停下脚步。我想知道拥有眼泪和心跳是什么感觉，我想知道什么是爱和思念。我想告诉你蒲公英、烟雾、大雨和瓢虫。再给你唱一次歌好吗？我想一直停在你身边。"

"你像音符，像喷泉池里的彩虹——而我呢，我是一阵清风。"

歌词和旋律转瞬即逝，它们将在我们记忆里长存。飞行与安停，絮语和呢喃，当我们消失后记忆还在吗？会变成闪烁的星星、坠落的雨滴，或是如枯叶埋进泥土，渗入长出第二年新芽的根？会成为哪个奔跑孩童的一部分？悲伤和宁静似浪潮轻轻涌来，世上一切都是改变和永恒。

我的生命够漫长了，快活而绚丽多彩；这是我自己选择的结局，安停，平稳。

"我们来自哪里？死亡是往何处去？"会有人记住渺小的我们吗？是不断行进还是再度返程？是停滞不前的黑暗还是新一次诞生？我伏在他胸口，聆听生命被抽离时依然温暖的心跳声。

"不知道。但我不怕。"

"不怕。"我悄悄重复，瞥见一滴晶莹的泪珠从他紧闭的眼角滑落。许多缺憾没有机会弥补，但我找到答案了。

"谢谢你，风。"

"踮脚掠过你耳边，隐入密深森林中……"

我飞行,我安停,我变化,我静止。希望不久的将来在山谷和原野,仍有自由的风儿低唱属于我们的歌。

(作者学校:中国人民大学附属中学)

本文为2018第五届"北大培文杯"决赛参赛文

> 三毛说:"我不是在旅游,我是在阅读大地。"
>
> 至于我,或许不只是在写作,而是在和自己真正的初心对话。
>
> 每每徘徊在字里行间,会感觉到心底的憧憬,希望忽然在某一刻花开如树,惊艳而寂寞;很难说究竟是文字丰盈了我的成长,抑或是我的青春早已与文字密不可分。
>
> 只愿做个与文字打一辈子交道的人,在笔下能永远保持最纯粹的灵魂。

魏晓宇

心之焰

一

或许当年在普罗米修斯将火带给人类时,我便是那粒一同坠入凡尘的火星。

我在夏夜的深林里闪烁、燃烧——宛若在夜色这块上好的绸缎上落了丁点儿香灰,烫出了晶亮的里子。我喜欢和同伴们在林间翩然起舞,共同歌唱着心中有关火的梦想——一串渴望燃烧的欢歌颂音,却不是为了温暖我们自己。

是的,我们本就是一团团蓝色的火焰。

是的,我们还有一个美丽的名字:萤火虫。

二

母亲认为我们一定是疯了——我,还有我的兄弟姐妹们。因为我们都无比固执地渴望有一天燃烧自己，像真正的火一样，为外面世界来的人类探险家照亮这片森林的宁静祥和——这是我们生命中最后的却也是最绚烂的绽放。我对此深信不疑。

"你们真的以为自己的光已如火焰般明亮吗？"母亲的光像将熄未熄的火，微弱而挣扎。直到很久很久之后，我方才明白：她在劝她可爱而愚蠢的孩子们尽早放弃不切实际的幻想。

可惜当时的我们已点燃心中的熊熊火焰，竭力让自己的光芒像真正的火那样明亮。尤其是大哥信誓旦旦地说："我们聚在一起就是一团火，如果分散各地就像是满天的繁星。"这得到我们的一致拥护，母亲就如同黯淡的火种般疲惫无奈地眨眨眼睛，便隐匿到深林中去了，只在原地空留下一声叹息。

当天深夜，我自睡意迷蒙中被叫醒。方张开一丝眼皮，便被大哥散发的从未有过的强光吸引住了视线，睡意立消："大哥，你好像一团真正的火。"我羡慕不已。

大哥神秘兮兮地说："小九，我要走了。我想去外面的世界看看真正的火是什么样子，那里的人类也需要我为他们照亮回家的路。"

困意像骤然反扑的巨兽攫取了我的意志，我就在大哥渐行渐远的光芒里再次沉沉入睡。只是第二天当母亲得知大哥离开去人类世界后，她忽然黯淡了周身的光芒，隐入更深的丛林中一言不发，而我和其他萤火虫停在那里，忽然想起似乎昨夜大哥临走时伏在我耳畔的低语："你等我，我回来带你去看真正的火。"

我一向很听他的话，就每天这样等啊等——但直到我离开，他都没有再回来。

三

我的兄姐们都默契地选择与大哥同样的方式离开了,我也收到了太多再也兑现不了的关于火的诺言。母亲在更深的森林中很少再出来,偶尔我会在午夜梦回时听见她遥远的啜泣与叹息。只剩下我唯一的妹妹小十闪烁着稚嫩的光芒——像一小团干净的火苗——与我终日相伴,她会眨着好奇的光问我:"九哥,其他哥哥姐姐都去哪里了?"

我给她讲我们关于火焰的信仰,她露出或许与我曾经一式一样的向往神情:"我也好想去看看真正的火啊。"

一股奇妙的感觉忽然涌上心头,我看着天真烂漫的小十,仿佛看到当年那个怀揣同样憧憬的自己,同时心底的火焰再次燃烧起来——使我向小十重复了被我的兄姐们重复过太多次的诺言:"你等我,我回来带你看真正的火。"

我也选择了在某个繁星满天的深夜离开,临行前我最后看了眼酣睡的小十和那在深林里闪烁着微光的母亲,然后头也不回地踏上未知的信仰远征。

漫天迷人的星光,就像是我的兄姐温柔的凝视。我知道,他们就在前方等我——我们聚在一起,就是一团火。

四

我以为,我们是和火焰一样明亮的存在。

我以为,我们的光会照亮人类回家的路。

原来,我以为的,都是错的。

我在终日明亮的人类世界却几乎失明,拼尽全力发出的光,只是浮动在空气里的一颗还算晶亮的尘埃。

母亲说,火是明亮的。那整个人类世界可是终日失了火?

每每想起小十的盼望、家人的等待，我总是勉强瞪大被光线刺痛的眼睛——寻觅着，寻觅着，在我们心中那燃烧着的却不为温暖自己的火焰。只是有时候，那火焰也会燃起一缕寂寞的青烟。

飘进眼中，会让我在极度无力时悄悄泪流满面。

五

已记不得是持续多久的寻觅，我只知道我的生命正随我的光芒渐渐陨落。

或许是心中那把旺火支撑着我继续坚持，幸好还有心中的火焰。

终于，在我又一次即将失控跌落之前，我找到了失散到我已模糊了时间的兄姐。

也找到了——火。

那"火"在房顶上吊着，向我那在地上蜷缩着的、被关在一个透明盒子的家人投影出怜悯的影。旁边还有几只素来以喜爱扑火闻名的飞蛾兄弟在跳舞——看来，这便是真正的"火"了吧。

我有些失望：这"火"在人类世界随处可见，看来这里真的是在一直失火。真可怜啊。

不过，能亲眼看到火就已经很满足了。

我艰难地飞近透明盒子，隔着玻璃对我的兄姐用力笑了笑："你们看，我也看到火了。我们一起回家讲给小十听好不好……"我张张嘴，却再也发不出任何声音。我的光更昏暗了，在这明亮的"火"旁我几乎找不到它的存在。

我的眼前又是一片朦胧的刺痛，勉强聚集视线后，看清我的大哥已坠落在那里，光芒不会再亮起，而他似乎还有——遗憾的神情。

有什么可遗憾的呢？已经见到真正的火了啊。或许是在遗憾没能在火中成全自己最绚烂的绽放吧，我这么想。

我的其他家人，也都在撑住一个疲倦至极的笑——我知道，再等不了多久，我们就会在另一个世界一起再发热发光，像真正的火一样。

　　这时门从外面被推开了，蹦跳进来一个胖男孩，后面跟着像他父亲的人，叼着一支烟。

　　男孩迫不及待地将脸贴在透明盒子上，随即失望地大叫："哎，怎么都不发光了？"他发现了在一旁奄奄一息的我，用手指捏起："也是只快要死掉的，没劲。"将我毫不留情地扔在一边。

　　我痛到几乎像是散了架，听见男人不耐烦的语气："一只破萤火虫能活多久。"张开一丝眼皮，我勉强能看清男人拿出了个小盒子凑近香烟。随着"咔嗒"一声，我的心头猛地一惊——一种我从未见过的橘黄色的微小光芒在强光下慵懒地伸展着妖媚的姿态，在我即将到达的生命尽头绚烂地绽放了。

　　我最后一次拼尽全力地向那光芒扑去，却狠狠坠入生疼的深渊。等意识再次艰难拼凑起形状，我却只剩下弥留之时的一片安然。

　　我突然明白大哥为什么会遗憾。

　　我突然庆幸在经历步步错后终于找到了正确的方向——哪怕是在灵魂尽头。

　　火。

　　是的，我们本就是一团团蓝色的火焰。

　　我们的灵魂一定会固执地在那火中完成它最绚烂的绽放升华，我对此深信不疑。

　　纵然旁人只看到那一缕青烟，那也是我们最明亮的心之焰。

（作者学校：山东省东营市胜利第一中学）

本文为 2018 第五届"北大培文杯"决赛参赛文

辑六

夕烧

火光染红了天色,绘成永恒的夕烧,驱散了年少时眼中迷惘的大雾。

> 秾华如梦太短，人间之路太长。活一遍，不够。我要在能奔跑的时节，打马过江湖武林，快意于仙境神州。我要在能欢歌的年华，与名士侠客交游，与倾国佳丽为友；我要在能倾樽的岁月，入深林曲水流觞，临高山揽潮观月。文字是一个平行宇宙，在每一颗星辰上都发生着璀璨的燃烧，吸引我们情不自禁地穿梭寻找，耕耘建造，直至自己也走入星空，化为永恒。彼时我们将轻轻颔首微笑：此生我活过千万遍，何憾之有？唯文字，白头如新，倾盖如故。

李青青

桃花开

"桃花开，我就走。"

白 龙

她来得不巧。这次的桃花刚刚开完，满山满谷都是纷飞的，带了褶皱的花瓣，像极了她眉宇间飘零的失落。

"我从长安来，遥遥三千里，舟车快马一路奔赴，可惜还是迟了。"

她便在桃花谷里住下了，每天在溪边浣衣，淘米，弹琵琶，还有就是去给桃树培土除虫。

你问我为什么要关心一个人类女子的琐事？废话，没看见溪水是流进桃花潭的吗？她搅了老子三百年的清静！

问君能有几多愁，恰似一条白龙卧潭中。

我整个人，不，整条龙都不好了。

老子不就是三百年没怎么出谷，宅在家里长胖了点吗？凭什么要被认成穿山甲啊，混账！嫌老子长得丑，你自己就好看到哪里去了吗？！瘦不拉几的柳枝一样的单薄身子，按你们大唐人的审美真是丑到天上了好吗！还不说那一手如泣如诉如杀猪的琵琶，让老子午觉都睡不满五个时辰啊……

前世造了什么孽！

我怒气无法发泄，只好随便吃了一百只小虾和一百条鳜鱼，睡觉去了。

"穿山甲，你为什么在这里睡觉？桃花开的时候也睡吗？"

"老子是白龙！"

"穿山甲，你知道桃花该怎么修剪吗？我该不该把侧枝剪下来？不过桃花谷三万株桃树，我好像剪不完——你能帮我吗？"

"老子是白龙！"

"穿山甲，我听说桃花谷的桃花有很神奇的功效，你听说过吗？"

"老子是白龙！"

"穿山甲，我还做了天花毕罗和单笼金乳酥，你还吃吗？"

"吃！"

作为一条龙，我的威严我的古奥我的狂放……都在她递来的食物前喂了狗。

本来，我在偶然被她看见且当成穿山甲后是打算睡个五百年再上岸的，然而那天，她往潭里丢了一个法力强大的宝物，那宝物散发着荼蘼的清香和蜜糖的甜润，由不得我不吃下去。每天吃完饭，我便躺在她小屋门口，一边吃点心一边听她闲聊。

她说，她来寻求桃花，桃花谷的桃花研作细粉再配成胭脂，涂抹后的女子都会拥有这世间最完美动人的容颜。

她说，她喜欢更美丽的自己，那样能找到更多的朋友，跳更美的舞。

她还对我说："穿山甲，你好笨哦。"然后把刚出锅的玉露团递给我。

云起在潭水上,将秀丽的山谷融成缥缈的仙境。日光暖暖地照在我的鳞上和她窈窕的身姿上,令人心里微微一动。

我忽然不太抗拒她喊我穿山甲了。

夜里我回到潭底,大概是吃饱喝足了的缘故,我看见自己的龙鳞在漆黑的水里发着微光,像青空下的星辰。

毕竟我是白龙。

在山外的荷塘里开满了荷花时,三十棵桃树上吐露了细细小小的花苞。

她惊讶得合不拢嘴,而后欢喜得跳起来:"太好了,我可以早点儿取到桃花了!"她又迟疑了一下,"可是为什么只有三十棵呢?"

废话,那是因为老子的水很有限,也只够浇三十棵。其余的,只有慢慢来了。

我轻佻地甩尾:"肯定是因为我太帅,桃花也想一睹本帅哥的盛世美颜。"

"切,那你的容颜也只值三十棵桃花,整个谷里可有三万株呢!"

三万株就三万株,谁怕谁。

她似乎知道了什么,给我做更多好吃的,也一次次在我面前盼望着漫山漫谷的桃花。

我的确在尽力,每天清晨我都先去查看昨晚我汇集的水又催醒了多少桃花。它们芽叶舒展,一点点开始春的历程。而她瘦瘦的脸上的笑容,每天更多一分。

"白龙,你好厉害哦。"

"白龙,你吃不吃这个水晶糕?"

"白龙,我们是好朋友哦。"

她每天都对我更好一点儿,不再说我是穿山甲,而且会对我笑,和我聊更多长安的故事,告诉我她如果拥有了像杨什么玉环一样的美貌,便也能跳那绝艳倾城的《霓裳羽衣舞》。可我倒是觉得,有一点点奇怪。

为什么我似乎没那么喜欢她对我越来越好呢？

也许是我不太懂人类的情感和表达方式吧。

不管怎么样，我还是在尽一条龙最大的努力去收集上好的水。

桃花谷的五色碧桃是天下独一无二的品种，三年一开，但有我白龙的水灌溉，也许只要三个月。

已夏末。

昼夜不息。

天地的精华都化作一道道色彩各异的云雾萦绕世间，而在我的吞吐下它们如涟漪般扩散跃动，渐渐集结成片，又渐渐凝结为水，那些水滴里浮动着高远的月华。

我很累，但也很高兴。

再多一点，多一点，多到催开十里桃花，催开她脸上的盎然春意。

她欢喜得很，每天都小心翼翼地照料那些新生的桃花。

她再也没有时间陪我闲聊了。有时我想起那些初夏的午后，仍然感觉十分美好，那时满山野花野草的微香都流淌进山谷，而我盘着尾巴，躺在暖暖的潭边草地上看她揉面，烤点心。

没关系，我们是朋友啊，她说的。等她用三万碧桃制成了胭脂，就又可以与我懒在阳光下，讲她长安的故事了。

女　子

桃花开了，我要走了。回长安。

那条傻龙还笨笨地问我为什么要离开。可笑，我就是为了桃花而来的，桃花开过，我自然回去。我还有事要做，我能胜过杨玉环了，我是天下最动人的女子。香车宝马，金簪翠翘，这才是我想要的长安的生活。

至于那条白龙,又算得了什么呢?它为我催开了整个桃花谷的桃花,我会记住它的。不过它也因此精疲力竭,像耗尽了许多年的力气。它已经没有用了,让它待在那儿吧。

白　龙

桃花又落了。红雨般的一阵阵花瓣飘入潭水,沉进了潭底。潭水深千尺,在那黑黑的潭底,它们还能为我铺一层胭脂色的床,让我一睡三千年。

那天,最后一棵桃树也被晶莹凛冽的清水浇灌后,一刹那间所有的桃树都以肉眼可见的速度抽芽、吐苞,像姿容艳丽的舞女绽开裙摆般绽开了五色的花瓣,转眼桃花谷犹如铺上十里红妆。

她穿梭在每一朵桃花下,采集着它们的花蕊和花瓣。制成的胭脂像红色的玉石,层层颜色,万千变化。

不,我不后悔。只是很遗憾。

她想拥有的,从来只是绝世倾国的容颜,至于那美丽皮囊下的心,是否还像当初她说我"穿山甲"一样轻轻跳动,她不在乎了。我以为的那段悠长的时光,的确存在过,但也的确只有那么一点点。

自从她知道我能催花,便再不曾把我当朋友。

不过话说回来,我自己为了吃她的东西和她闲谈,而去集水催桃花,缩短了花期也缩短了我们相处的快乐,似乎也没有比她好到哪里去。

红尘中,谁又痴了谁?

后来的后来,我听进山打柴的人类说,长安中一女子,绝艳动天地,远胜杨贵妃,皇帝像弃了江采萍一样弃了杨玉环,与她朝朝暮暮,誓死不离。可惜好景不长,不久天下大乱,皇帝携爱妃出逃,中途抛弃了她,不知后文。

尾 声

"你来了？"

"我老了。再不美丽。"

"你来找我催花吗？"

"不，我来等桃花开。"

"桃花已经不开了。那次催花，催完了它们的花期。"

"那我便与你一起，等桃花来世开。"

（作者学校：湖南省岳阳市一中）

本文为2018第五届"北大培文杯"复赛第五场参赛文

> 突然想站在穹顶之上，看着一些人飞来飞去，纵然自己不曾追逐，也已处于高处，寻那一份淡然。左右两岸，信仰与沉沦，那不是一道浅湾所能隔开的，处于其中，恍如白夜。你我都是世人，喜怒哀乐皆寻常，当明白自我的独特经历不过是大部分人的生活时，我们就长大了。孤独，是因某事而欣喜时他人不解的眼光；绝望，是见到阳光时突然涌出的眼泪；迷茫，是在校园里行走时那一瞬的恐慌。你问我什么是青春啊，我想它就像是刚刚开启的可乐，吞到嗓子里，凛冽的痛与喧腾的泡沫降下去，却有着缠人的甜。或许在这些文字里，在这三个存在或不存在的人里，你们能见到一点点生活的影子，能在有时令人沉沦的现实里，坚守信仰，拥抱希望。

刘晨曦

榴花两岸

那时世上有两道岸，一道为右岸，一道为左岸；右岸只生长红榴花，左岸只生长白榴花。中间一湾碧水相隔，洗刷着两岸的罪恶。

"大地是生化万物的慈母，又是掩藏群生的坟墓。"

榴花殇

"呵，第一千张了……"我有些呆滞，如果说投出第一张时我还存有期待的话，到如今这一张，已经无望了。十年来，我拼尽全力地描摹着白榴花的韵致，在数万张草图中挑出最满意的一个寄给右岸，一千次投寄，一千种心情，却终究只得到落选这个一样回复。我捏着画纸一角的指尖微动，那第一千张落选的画飘起来，摇摇摆摆地出了巷子。

哦，对了，我叫沐光。

身为左岸人，我只爱白榴花，我曾以为其他人也是这样。可当我拿起画笔后，才发觉走入了新的世界：原来左岸的人们，不爱白榴花。那时我很疑惑，但慢慢地我明白了，因为右岸的人爱红榴花，所以我们也爱红榴花。别看只隔着一湾碧水，那右岸可是最为富庶的所在，当然，右岸也掌管着艺术的判断权，这便是我为何要把画寄给右岸的原因：没有右岸的肯定，这画就不叫艺术。

白年曾对我说："你得学会画右岸人爱的红榴花，才会得到他们的肯定。"

这我当然知道，可这十年里，我始终画不出红榴花，一拿起画笔，眼前便清楚地浮现出白榴花的脉络，它是那么美丽与高贵，让人难以拒绝。况且我觉得，画家不就应该画自己喜欢的东西吗？难道只有迁就右岸才会成名？

这些年，我固执地画着白榴花，问题的答案仿佛渐渐明了，我将要失去那仅存的希望。

或许对于我而言，幸运是白色的，不幸却是彩色的，当不幸的这张盘越转越快时，我的幸运便出现了。

那些天，左岸右岸都沸腾起来了，人们都在谈论榴花珠与伯爵的对话。榴花珠名为海川，是左岸最耀眼的人，他引领着整个大地的风尚。我不是个好闲谈的人，至于我为什么关心，那是因为他在与伯爵交谈时，提起了一个画了十年白榴花的人，他说："白榴花象征着纯洁与多情，这个人的画工极佳，以后必是一颗明星。"于是，正如你们所看到的，我成名了，我被迷迷糊糊地送到右岸，迷迷糊糊地接受封赏，又迷迷糊糊地出现在展览会上。

正是现在，那些曾经被退回的白榴花画被认真地框在金边内，有序地挂在游廊两侧，我有些吃惊地走着，沉浸在成名的喜悦中，可走来走去，我只

刘晨曦
榴花两岸

听到了一句话："看这就是榴花珠称赞的画，它一定美极了，这可是榴花珠称赞的呢！"我有些恼怒了，接着便是压抑到窒息的失落。原来这人山人海的画展，大家欣赏的都不是我的画，而是榴花珠海川。我盯着手里高脚杯中纯酿的红酒，伸手将它泼在离我最近的一幅画上，那画上的白榴花变红了，红得往下滴血。

我飞快地逃离了画展，回到左岸，反正他们在意的不是我，而是推荐我的人。回来的路上，胸口一阵阵地抽动着，刺骨的疼痛漫向我的末端神经，突然，我吐出来一口血，那血的颜色像极了红榴花，看了令我恶心。我在左岸边上躺着，那里有我最爱的大片大片翻涌着的白榴花。于我，白榴花才不是什么纯洁与多情，它是我整个的生命和信仰，可那些人们，又有谁在欣赏呢？我感到好累，眼睛缓缓地闭上，四周仿佛有流水涨过，可我不想睁开眼睛，我只想沉睡下去，沉睡下去……

榴花珠

我是海川，右岸最耀眼的榴花珠。我对艺术有着至高的判断权，如果愿意，右岸的风尚会随我变幻。他们说，我是最美的红榴花蕊中的珍珠。

其实在我年轻的时候，也最爱白榴花。可如今看来，不过是可笑的年少轻狂罢了。成名的捷径，就是依赖红榴花，那是一个背叛者对我说的。

"你的成功，即是我的失败。"背叛者咬牙切齿地挤出了这几个字。

他背叛了我，但他只是右岸人中最为普通的一个。

后来我逐渐依赖起红榴花，如同菟丝子死死地缠绕在将死的木干上，妄想吸取它仅剩的生命。于是，我迎来了一次又一次的加冕。

行至今日，我也总算明白了，这儿，极灿烂的人极孤独。人们对加冕有多狂热，对并非自己的被加冕者就有多残酷，那些鲜花与掌声，不过是一把把笑面刀,毫不留情地刺向我的心脏,伺机剜下一块肉来。

加冕,不过是浸了毒的花蜜,引了无数的蜂蝶自相残杀,尸体堆积中,几个可怜的获胜者也终将走向毁灭。

这就是右岸,一个谁都逃不过的名利场。

所以,那日与伯爵谈论起榴花时,我提起了沐光,或许是他像极了当初的自己,或许是被他的坚持打动,或许是对自己没能坚持的悔恨,我鬼使神差般地提起他,完全不顾这可能给我带来的舆论风险,说实在的,我敬佩这个坚守初心的少年。

但那天画展时,他突然消失了,白年对我说他走了,永远不会再回来。

可他为何要离开呢?难道成名不是他所期冀的吗?

我不明白。

榴花行

巷子口处,一朵白榴花在空中打个转儿,一头扎在地上,如同折翼的天使,失去了纯色的灵魂。我原以为会嗅到浓郁的芬芳,待走近看时,才发觉那只是一幅白榴花画。

能将榴花画成这般境界的,唯有沐光。

我往里走,果然见到了沐光斜靠在裂了纹的木椅上,伸着一只手对着阳光发愣,细碎的金色洒在他破旧的衣衫上,显得神秘极了。

"你得学会画右岸人爱的红榴花,才会得到他们的肯定。"我说。

他依旧点了点头,另一只握着几近光秃的画笔的手微微发紧。

这句话,从我认识他的时候就开始对他讲,一直讲了八年。可这个贫穷得难以用贫穷来形容的人,却从不去画红榴花,他说,他只爱白榴花。伙计们,不是我在放狂言,倘若沐光肯画红榴花,那他就必定是另一个榴花珠!

他，真是个傻子！

我觉得，我比他聪明多了，我不爱红榴花，但我爱画红榴花，因为红榴花就代表着成名。而我，渴望成名！我是个右岸人，从小便有人教我如何将榴花画得讨人喜欢。我刻苦地训练着，也算是小有成就，偶尔能与榴花珠谈上几句话，我告诉了他有关沐光的事，但奇怪的是，这个站在最高处的人，每当提起沐光时，冷静的眼眸就会迸发出痛苦而奇特的光亮，如同迷失沙漠的旅人见到水井时露出的目光。

在那次榴花珠与伯爵的谈话后，沐光成名了，他真的成名了。

那日在展会上，他泼了一杯红酒的时候，我正准备向他表示祝贺，可他很快地，如发狂般离开了会场。我明白，他并不开心，因为到这里的每一位欣赏者，都不是探讨白榴花的真正含义，而是癫狂地重复着榴花珠的名字。

后来，我听说有个人淹死在了左岸边上，躺在白榴花中，笑得很是安详。我向榴花珠说沐光再也不会回来了，可我不确定那个淹死的人是不是沐光，如果可能，我情愿被淹没的人就是他，他这一生承受了太多的苦痛，不如就此安眠在他最爱的美丽的白榴花中。

我站在右岸边上，透过朦胧水雾向左岸张望，那里是一片模糊而又刺目的白，那是白榴花的颜色。我转过身来，打量着右岸的红榴花，它开得很盛，像极了令人作呕的蚊子血，忽然，我仿佛明白了沐光常说的信仰，原来，我并不比他聪明。最起码他有信仰，而我没有。

这个没有信仰的我，只顾着去追逐浮名，荒唐了前半生。

我收拾起简单的行囊，行至对岸折下一枝白榴花，带着它乘上了两岸碧水间的小舟。我想去沿岸寻找，我自己的信仰。

彼时，我觉得成名便是希望；现下，只要我在路上，还在找寻信仰，那便是希望。

那些榴花

曾经有一个世界，最该沐光的人终生行走于黑暗，最该惜时的人曾白度过年华，最该海纳百川的人将万水化作了泥沼。那是个荒诞的世界，却有着最真实的情感。

少年你可曾听说，这曾有两岸，右岸有红榴花，左岸有白榴花。每朵榴花，都曾泣过血泪，都曾追逐浮名，都曾坚守过信仰。

（作者学校：河南省郸城县第一高级中学）

本文为2018第五届"北大培文杯"复赛第十一场参赛文

> 我是王，我的疆域寸土尺地，一叶可障。那天，少年策马从我面前飞奔而过，银鞍白马，蹄下飒沓。我见过他，便取下头顶沉甸甸的金冠，狠狠摔在了地上，而诸君多笑我疯癫，应料我见诸君亦如是。

燕丽晨阳
偏　锋

一

半柄断剑没入师兄胸口的那一瞬间，也深深地割开了我的掌心，血肉模糊。

师兄一声没吭，单薄的身子直挺挺地向后倒下去，溅起一地狼狈的水花。他乌黑的眼睛平静异常，甚至带上了不常有的笑意，像是赞许我的行为。

我丢开只剩剑锋的半柄剑，矮下身来，僵硬地弯弯唇角。他的面色苍白，许是命不久矣，却还是云淡风轻地一笑，唤出了那个他冒用了十年的名字——我的名字。他气若游丝，声音却温温软软，半点不似他往日的刻薄劲儿。

"小其实……"

二

"我叫肖其实，你们见过我师兄吗？他叫韩源本。"

闻言，喧闹的众人忽而一齐噤声，接着不约而同地大笑起来，对我指指点点。有人一头雾水，忙问道："这谁啊？"

"还能是谁，就是那个冒充天下第一的骗子呗！"

店小二指着我鼻尖，毫不留情地讽刺道："就你这小身板，吃茶钱都付不起，穷鬼一个，还想冒充天下第一？你要是肖其实，那我就是无名道人，你祖师爷！"

我见他不信，也懒得去分辨，自顾自地斟满茶水，转而对旁边一言不发的老妇人问道："婆婆，你认识……"

老人本来一手提着茶壶，怀里揣着抹布，冷着一张脸哼哧哼哧擦桌子。听我问她话，猛地抬起头来，眼底满是恨意，飞快道："我知道他在哪儿，你要来杀他吗？"

末了，又不甚信任地补充道："你杀得了他吗？"

我一时不知如何作答，张了张嘴，思忖道："应该吧——但其实，他也不一定非死不可。"

"小其实，你个怂包软蛋。"

这是师兄韩源本最常说的一句话，说话时语气里三分不屑六分嘲讽，连同一分少年人的轻狂傲慢，酣畅淋漓地迎面泼来。我漫不经心地叼一根草叶，含糊不清地回道："是是是，我是怂包软蛋，你做天下第一不就好啦？到时候你报名号，就说你叫'肖其实'，咱俩刚好对半分。"

他鄙夷地冷哼一声。

虽同出一门，我却与师兄是截然不同的性子。韩源本生性桀骜不羁，心高气傲，未出茅庐便虎视眈眈着天下第一的名号，而我只求安稳度日，凡事留一条退路，总好过孤注一掷的莽夫之勇。他骂我，我也从不骂回去，毕竟他只能逞逞口舌之快，若有人真要打我，他绝对会疯狗一样第一个冲出来。

师兄是十年前下的山。

下山那日，师兄半夜里去而复返，趴在我窗沿上，压低了声音问道："小其实，你真不走？"

我困得迷糊："我走了，师父一把年纪了，谁来看？山上的花花草草，谁来照顾？还有……"

他忽而神秘一笑："别以为我不知道你那点心思。"说罢，扬长而去。

他走后的第一年，听说江湖上出了一个剑术高超的年轻人，名叫"肖其实"。师父高深莫测地看了我一眼，我笑了笑，没说话。

他走后的第十年，师父驾鹤西去，坟头还没凉呢，就听说十年前那个少年已然叛入邪道，善恶不分，杀了正道上好些侠义名士，引得非议满身，各路都叫喊着要讨伐他，还死者一个公道。

我终于坐不住，提剑下了山，要替先师清理门户。

眼前的这妇人忽而尖声叫起来："他十恶不赦，难道不该死？他杀我全家！害我在这里端茶倒水！他该死，该死！"

我叹了口气，只得宽慰她道："好好好，我打得过他，你既然知道他在哪儿，带我去见他，如何？"

三

"扶不起的烂骨头——这么骂你，也不会生气。"

同行不出半日，这老妇人便发现我是个委曲求全的性子，说话也肆无忌惮，夹枪带棒起来。我对她笑笑："经常被这么说，习惯了。"

她撇撇嘴，似乎不满我的态度，阴阳怪气道："什么都'好好好，是是是'，这么活着，有什么劲儿？"

我道："这劲可多啦。你想想看，太喜欢出头的招人嫉恨，太窝囊没用的遭人欺负，太聪明的会被聪明误，太愚笨的又容易引来祸患，这世上什么都要讲个分寸，讲个度，我不恨你，也不讨厌你，因而你说什么都对我不痛不痒，一半一半，岂不是刚刚好？"

她沉默一阵，忽而指着我腰间的剑鞘道："这就是你带把破烂的理由？"

我坦然抽出剑来，凌冽寒光在她面前一晃，老妇人眉头一皱，似乎有些厌烦我这般举止，别开了脸。

我道："这是我们山上最好的剑，就是被师父弄断了。师兄——韩源本下山的时候，带走了下半截，留给我的呢，就只有这一半了。"顿了一顿，我忽而问道："你怎么知道韩源本在哪儿？"

她阴沉着脸道："我怎么知道？我找了他这么多年，做梦都想杀了他。"

我若有所思地点点头。她目不斜视，忽而定住了，眉头紧蹙，指着前方一座华贵逼人的高塔，轻声道："到了。"

不必她说，我也知道。不远处那道颀长而孤傲的身影，显然已经恭候多时了。

熟悉的声音乘风而来："怂包，好久不见……"

四

我叫肖其实，我的师兄叫韩源本。

名字是师父起的，他拍着我的脑袋，一副睡不醒的样子，语重心长道："小其实，你记住啦，你们两个在这世上，只要什么事都想个'其实'，给自己留一条退路，不到万不得已，切不可贸然采取行动，如是无论处于何种境地，都可全身而退。"

我趴在师父膝头，一下一下拽着他鲜红的剑穗，问道："那'原本'呢？"

师父毫不客气地弹了我脑门儿，疼得我哇哇大叫，乐呵呵道："那是告诉你，做事不要后悔……"

偏锋

一直专心致志抄书的师兄这才抬起头来，狭长的凤眼里，已然可以窥出日后那股轻狂劲："师父可有后悔之事？"

"你小子。"师父咂咂嘴，"都是——好多年前的事了，不提也罢。"

我赶紧顺杆爬，对着师兄吐了吐舌头："就你事多，好好抄书！"师兄对我威胁似的呲了呲牙。

我知道师父为何后悔。

虽然师父年事已高，每天不甚清醒，可当年也是名震一方的顶尖剑客，一柄剑名为"随性"，剑术出神入化，当之无愧的天下第一。

他名声在外，不少人慕名请他帮忙，其中有一对孤儿寡母，全家为贼人所杀，痛哭流涕地跪在他面前，求他手刃贼人。师父自然毫不犹豫地应下，如出一辙地以暴制暴，杀了那贼人府上十余人，却留下了家中的仆人和幼子。

那名家仆四处哭诉。师父他那时太年轻，还不懂得善刀而藏，一身傲气早就暗中结梁无数，却不自知，此事一出，师父顿时沦为众矢之的，被逼自断佩剑，隐遁深山。而那妇人也因抑郁过度，不久便撒手人寰。

师父把两家的孩子都带回了山上。妇人家的孩子更小些，便做了师弟，也就是我，肖其实。

这话是师父喝醉了胡言乱语讲给我的，我原原本本地告诉了师兄，除去贼人幼子一事。师兄不屑地一笑，故作老成道："幼稚。"

"再让老头子重来一遍，他还是学不会藏头藏尾的活法，平平庸庸凑凑活活，小其实，如果要我这么活一辈子，我宁愿死。"

我挠挠头："其实也不是不行啊……"

韩源本瞧不起我，下山时他本想带走随性的剑锋，因为师父说，只有修为到了一定境界，才可动用剑锋。可他摆弄了老半天，掌心被割得鲜血淋漓，随性还是不肯听话。他意味深长地看我一眼，拿起剑柄，对我挥了挥手："小其实，你真的不走？"

我敷衍道:"再等等吧——山下有什么好的,你看看师父这个样子,别到头来还要给我找麻烦。"

师兄走了。

那一走,便死死扼住我的梦境,十年不散。

——"师兄去而复返,在漫天清辉下,白衣广袖,举世无双。"

"小其实,别以为我不知道你那点心思,你想走,你想做天下第一,对不对?"

五

他猛然攻来。

韩源本的剑已经补好,寒光纯粹凌冽,浑然天成。十年不见,他的剑术更是大有长进。我看见他剑锋后那双乌黑的眼,惊诧地寻见几分熟悉的神情,仿佛这十年只是一梦,韩源本依旧是我那个护短又野心勃勃的师兄,而不是什么天下第一的魔头。他招招凶狠不留余地,我一边忙不迭地格挡,一边就要笑:"韩源本,你真以为我会杀你,还是你觉得我这种货色也打得过你?"

他只是闷声道:"早晚你会来杀我的。"

我不禁敛起了笑意,厉声道:"知道你还胡作非为!还杀人家全家!当初师父怎么教的你,'做人留一面,日后好相见'……"

"怂包,这一套不管用了。"

我真是气急了,一反常态地打算反驳他,这一分神,忽而掌心一阵刺痛。韩源本的剑削断了我手里粗制滥造的木头剑柄,下意识地,我一抓住了银亮的剑身,浓郁的血腥味霎时蔓延开来。

随性的剑锋在我掌心撕开一道深可见骨的伤口,韩源本趁机一剑刺来,我足尖一点,退开几步。但韩源本剑法以快闻名,银亮的剑锋如毒蛇紧咬不放，我自知胜负已定，自嘲地笑笑。

年少自负天资，只觉不争便是赢，我要做天下第一，凭他奈我何？原来到头，才知我不是他的对手。从我望着他离开那一夜起，就已经输了。

原来最后，我只不过做了十年天下第一的美梦。

剑至眉心，我平静地看着师兄，等着那刻骨疼痛到来。可剑锋一偏，竟擦着鬓角掠过。身后传来老妇撕心裂肺的惨叫，我猛地转过身去，只见那一剑刁钻，血泊中的老妇已然大睁着双眼，没了声息。

"韩源本！"

半柄断剑没入韩源本胸口的那一瞬间，也深深撕开了我的身体，我的心脏，我怒不可遏，一把揪起面色苍白的韩源本："你为什么要杀她？"

韩源本居然很平静地对我一笑，"还记得师父故事里那个贼人吗？"

我愣住了。

他缓缓道："她便是那家仆，当初我家余下黄金千两，她想要私吞，被师父发现。师父要杀她，我念及恩情，请师父留下她一条命。我活着一日，便不会让一文钱落在她手里。我盼她改邪归正，可惜，这么多年了，她还是要杀我。果然，是我错了。"

他早就知道那个故事了。我的手忍不住颤抖起来，后知后觉地想去为他狰狞的伤口止血，他却一把握住我的手，很用力，很用力地握了一下。

"不要后悔杀了我，我的的确确杀过恶人，可也错杀过好人，死不足惜。"他宽慰似的一笑，就好像我还是那个怂包软蛋的小孩，他挡在我面前，一面骂我一面告诉我"不要怕"。

可有时候，人需要的却不是一个可靠的后盾，而是一条渡不过去的河，没有对岸的深渊，只差一步就跌死的悬崖，要么往前，要么死，绝无折中之法，绝无二分之地。

可我明白得太晚了。

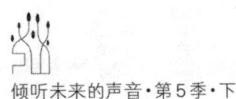

"你拿得起剑锋,这天下第一,原本就是你的。"他乌黑的眸子看向我,渐渐失去光泽,温柔喃喃出那个阔别十年的称呼。

"小其实——"

我一动不动地抱着他,连同那把被残忍二分的随性,出神地任眼泪落下,喃喃不知语何人:

"原本不该这样的……"

（作者学校：山东省东营市第一中学）

本文为 2018 第五届"北大培文杯"复活赛参赛文

> 圆满结局爱好者，一事无成的肥宅，术业无专攻的资深咸鱼，游走不停的身体里装着从不歇息的灵魂。
>
> 曾经梦想成为一名导演，在电影院里公映自己的脑内世界，后来发现自己欠缺科学缜密的头脑，智商只够用来幻想，于是选择最低成本的，乱七八糟写写来自娱自乐。
>
> 性格成分复杂，做事拖延且三分钟热度，但写作和音乐是坚持最久的事情，因此几乎不敢想象日后没有写作和音乐的生活。
>
> 想成为一颗星火，并企图燎原。

郑雪琦

夕 烧

我最近又开始发脾气了。不为别的，单单是眼疾加重这点就足以让我恼火。

我开始大摔东西，虽然这样做颇有些欲盖弥彰的意味。我想那些下人们必定是心知肚明的，要不然他们也不会忙里偷闲地一次次来看我的笑话，甚至有的时候我都能听见丫鬟们聚在一起窃笑的声音。真是叫人恼火。

可我这么个半瞎子又能奈他们何呢？告诉管事？充其量不过是得到一句"奴婢知错了"而已。

"公子，请让我来吧。"说这话的人叫曲萨，姑且算是我的贴身侍卫。偌大的将军府里，与我交好的只有他一人。

曲萨不知有什么本事，当真是叫那些在背后乱嚼舌根的丫鬟们乖乖闭了嘴。我问他是如何做到的,他却不言,只是淡淡一笑:"妇有长舌,维厉之阶。"

于是我也便不再多问,他能做到自然有他的法子。

倒是我娘亲,整日为了我的眼疾求医问药。可是我这眼疾,却是实实在在地药石罔效,要延请个大夫实在是难上加难。

就连曲萨也说:"公子,不必担心。我曲萨,永远都会是您的眼睛。"

我莫名有些想发笑:"你这南蛮子,口气倒是不小。谁准许你一直在我身边了?"

"看着吧,总有一天,我要把你赶出将军府去,叫你痛不欲生。"

曲萨是个顶优秀的人,我深知自己这辈子不可能有什么大出息,总不能叫他跟着我窝囊一辈子。离开将军府,对他来说是最好的归宿了。

曲萨不再说话,只低头闷闷地应了句:"是,公子。"

当天晚上,曲萨就不见了。

我暗暗骂了自己一句,抄起拐杖就往外冲。但两个家丁拦住了我的去路:"公子,万万不可呀!"

我梗着脖子,使劲挣开他们的束缚:"放开我!我要去找曲萨!"

"曲侍卫……他……"那两个家丁吞吞吐吐,像是在隐瞒什么事情。

"说啊!他去哪儿了!"我几乎是用吼地说出了这句话。

"公子有事找我吗?"

我抬头一瞧,昏灰视线中,挺拔的身形,凌厉的气势,不就是曲萨?

"公子,我要走了。"他手持酒坛,仰头一饮而尽。

"去哪儿?"我递给他一坛新的,明知故问道。

他三五下除去坛口的封蜡,又灌了一口:"回家,回那蛮夷之地。"

"——好。"其实我原本应该为他所做的决定感到欣喜才是,不知怎的,心里却有点失落。

郑雪琦
夕　烧

醉眼蒙眬间，我问了曲萨一句："你这个人似乎见多识广，人间什么最值得一看？"

曲萨伸出手，掰着手指认真数道："浮云，朝露，远山和夕烧。"

"那什么最美？"

"夕烧。"

"咦？人们不都常说远山美吗？"

"远山虽美，有雾笼罩；夕烧一现，天朗雾消。"

"公子，对不起，我食言了。"

曲萨走了，走得干净利落，我甚至都没去送他。

之后娘亲恰好为我求来一张方子，只不过这药难吃得紧，里面竟好像还有牲畜的眼睛。但无论如何我还是忍着强烈的不适吃下去了。

静养了一周后，我的眼疾奇迹般地好了，这简直是令人讶异的一桩事。痊愈之后，下人们便也不敢再嘲弄我，一看到我都躲得远远的，好像我是什么吃人的妖怪一样。

而我，如愿看清了这个人间。

我只身打马走过江南的早春，烟柳在欸乃的桨声中溶成一幅画。

赤诚而热烈的盛夏，塞北半人高的蓬蒿在尖叫着恣意生长。

秋是关山的明月，是搁浅的尺素，是迟迟不肯落下的残子，是云檐下流转的眉眼，浸满柔情与伤心。

而冬天来临，红泥火炉中的松木枯枝毕剥作响，新酒挥发出微醺的香气。火光染红了天色，绘成永恒的夕烧，驱散了年少时眼中迷惘的大雾。

后来，我遇到了一个人。他有着挺拔的身形，凌厉的气势，像极了我的故人，曲萨。

只是他同年少的我一样，是个瞎子。

他说，他的眼睛是被人挖去的。

547

"那你后悔吗?"我如是问他。

他没有回答我,只是说:"人总会为一些美好心甘情愿,总会为一些愿望奋不顾身,总会为一些人红了眼眶,总有相知的人,相遇最好的时光。"

"好。"我朝他笑笑,"那我来做你的眼睛吧,陪你看看这人间。"

(作者学校:山东省诸城第一中学)

本文为2018第五届"北大培文杯"复赛第一场参赛文

> 何以为青春？心之少者寄寓之地也，少年心事当拿云的豪放，却把青梅嗅的纯真，为赋新词强说愁的稚嫩，却又有少年强则国强的家国担当。而人未冠或弱冠，便以梦为马，以笔为剑，或抒缠绵心事，或叙波诡云谲，或剑指阴暗，一发醒世之言，文学之于青年，可不甚哉！而或少年之认知尚浅，亦需此生漫漫长途索哉。至若以真情实意，真情实感以成文者，则嬉笑怒骂，皆成文章耳。如此篇《采花贼》是也。

肖静萱

采花贼

某种程度上，没人真正见过一朵花。此乃良言。花在心里，岂是眼珠子此等浊物可见？

那时候我还小，极其向往的是那种江湖生活。当大侠，要有黄蓉配，不然，还有个神雕做伴；少林武僧，严肃得很，不讨人喜欢；《葵花宝典》？欲练此功，必先自宫，本人还没修得这个境界。可怜那时的我，不晓得这采花贼为何物，只知采花雅，为贼酷。于是下定决心，今生今世的事业，不为采花贼不罢休。

要想采花，必得种花，我这样想。于是对着花儿品头论足。牡丹怎样？不可。宝钗抽签便是牡丹，我才不要她呢！海棠花？我想起晴雯死时，那些肆无忌惮飘过天空的"娘"和兴许有过的"宝玉"，不为宝玉，不种海棠。芙蓉？莫怨东风当自嗟，吾还是莫亵渎她。倘若是玫瑰花？"别这么磨蹭了，真烦人！你既然决定离开这儿，那就快走吧！"她是一朵非常骄傲的花，只有三根刺来对抗这个世界。那么？我望向身后的桃花，阳春三月，妖冶无比的桃花，采花采花，老祖宗的东西，你也敢动？桃林已经千年，从来没人敢撷一束枝条。种花不得，采花又何求？我坚信那花，在远方的江湖。

于是我踏上了江湖。

妈妈曾说，江湖很远，江湖上有数不清的大灰狼和小红帽，大灰狼张着血淋淋的大口等着你，小红帽要用她的红帽子收了你。她边说边做出大灰狼的样子来。我才不怕呢！采花贼之所以成名，就是因为他上梁摸瓦，无一不通，步履轻盈，形影无踪，足能够钻到大灰狼的肚子里。我跟妈妈说："大灰狼喜欢小红帽呢。这是个秘密，你可不能往外说。"

于是我踏着威风凛凛的将军步，离开了这片从未变过的桃源。身后，风装腔作势地飞过，好像依依不舍，只有桃花不变，依旧是妖冶得令人发指。

依稀记得当年我背了三块干粮和一瓣桃花，哪承想我就再也没有回到这个地方。

我看到路上有好多人，都背着沉甸甸的包袱，默默赶路。他们面无表情，脚下生风。

我路过一户人家，炊烟袅袅，却叩门难启。待我要移步，却有一姑娘走了出来，她谨慎得很，只悄悄地觑。我的肚子却不争气，竟"咕噜咕噜"地响了起来。彼时的我风尘仆仆，灰头土脸，破帽，蓬头，跣足，一副乞丐模样，痴痴一笑，便更像个呆子。她拉我进去，随即把门子扣得严严实实。

咦？故乡的干粮，桃花形，桃花馅。姑娘给我端出，旋即去帘子后面躲了起来，闺门不便外人见，谁都不行。在我的狼吞虎咽下，三个干粮很快消失殆尽。我却仍像小猪一样"哼哼"着。

我呆呆地望着这家院子，土墙上发出新鲜的柳树芽，满园里只有孤零零的一枝花。姑娘不说话。

道一声告辞，姑娘终于发出声息："还望小心，外面多的是采花贼。听闻入了采花贼的道，便再难回头。"

采花贼？我便是个采花贼，我不解采花贼有甚可怕。

　　掩上门子,又是一片风尘。行至百米,小屋竟又不见了。

　　码头上熙熙攘攘,尽是送别之人。我刚赶到码头,便看到一个奇丑无比的女人拉住她的夫君,一再叮咛,夫君一摆手,船起航了。

　　读者诸君看到这可能就要想了,您的花呢?殊不知我这位采花贼又有了新的志向,花开花谢,难带走,我要寻的是一粒花的种子。一枚真正的种子。

　　摆渡的爷爷见识多,他告诉我,过河之后,南面一户人家,各式各样的花,应有尽有,现在花开得正好呢!我欣喜不迭,连忙给他做一个长揖。

　　只是静静地坐着,那个人却向我走来,他坐我身旁,拍拍我的肩膀,拿出一壶酒,哼了一段曲:"十步杀一人,千里不留行,事了拂衣去,深藏身与名……"唱罢又说:"小兄弟,看你有缘,干了这杯。"我哆哆嗦嗦地接过杯子,心里想的却是:"难不成我碰上了真正的大侠?"我朝大侠一躬:"大侠,这里可是江湖?"大侠哈哈一笑:"可不是嘛,钱塘江上,洞庭湖旁。"大侠很快便睡着了。繁星满天,江湖与花却都不见。

　　大侠在深睡中却哼哼着:"花,花,你去了哪里啊。"可惜我没有听见,一直以为这世上只有我一人是采花贼,纯正的采花贼。"桃花潭水深千尺,不及汪伦送我情,汪伦,汪伦。"大侠又梦呓起来。

　　不及鸡鸣,我便抽身起来,大侠的头竟枕在我的靴子上。"云想衣裳花想容,春风拂槛露华浓,若非群玉山头……"大侠仍未醒,许是昨夜饮酒太过。我急急地眺望对岸,一片雾蒙蒙。我就那样守着,直到雾气散去,羲和驾车而来。

　　"花的香,是形而上的。"果不其然,对岸的人,竟都早早起床,拾掇起花儿来。我疾步下船,却又看到那些面无表情的路人冲在前面,他们激起的烟尘把我扑倒在地,我从家乡带来的包裹也随之不见。大侠见此,掩面不住地笑着。

　　我终于下船,大侠却仍待在上面,他朝我摆手,说他要去更遥远的地方,寻一个故人，见一朵花。

奇怪的是，路人很快不见了踪影，偌大的天地，竟只是花。花各式各样，那都是很好的，可我究竟说不清我想要怎样的一朵，我想，那是我还没有见到她。

这日，我却见到了背着画笔篓子的画家，他的步伐时而沉重，时而轻快。没有人知道他的故乡，也没人了解他在这儿干嘛。我却对他起了好奇心，偷偷靠近，他的画笔匆匆，是一片金黄的向日葵，可我举目四望，山野的小花夹杂在绿地之间，竟没有一株会向着太阳弯腰鞠躬的向日葵。我每日跟在他身后，他却从来没有吱过一声，他的画笔"唰唰"，替他说完了一世的话。

"我要走了。"原来他不是哑巴。他收拾起那一幅幅不即景的画，给我留下了向日葵。我触着向日葵明亮的笔调，送他上船。他说，他也要去寻一朵花。"那你的向日葵呢？"我朝着远去的他大声呼喊。"那是留给你的。"

"桃花流水窅然去，别有天地非人间。"我仿佛终于明白了他们要寻的花。

心中有志，哪里没有花呢？鸳鸯皆白头，良人罢远征，便是一片花海吧。

地上有一株枯萎的花，我想她是属于我的。我悄悄剥开花瓣，拿走了她的种子。却不知，寻花者的后果是人尽皆知的，他们唯一瞒着的，便是采花贼那寻花者。如果你知道了花的秘密，便只能身化为花一朵了。

"采花贼！""抓住他，这采花贼！"人们骂着喊着狂叫着，又一阵风尘过后，我仓皇无措地向前奔跑，手里仍握着那颗种子。

我想我找到了江湖。

读者诸君，谅我再多说一句话。如若看到那傻乎乎的侠客和画家，请告诉他们，我已找到了花，也告诉他们，不要忘记寻花。

（作者学校：山东省寿光现代中学）

本文为 2018 第五届"北大培文杯"复赛第十五场参赛文

> 青春应当是肆意泼洒的年纪，应当寻梦，应当幻想，幻想自己活在一个快意恩仇的世界里，几分儿女情，几分朋友义，还有大好山水与满天星河倒映着万家灯火。随处寻一草庐，便可闭眼听雨，听知了的窸窣与刀剑的铮鸣。
>
> 而我取一勺风花雪月，一壶侠肝义胆，几碗傲骨衷肠，几盏正邪莫辨，埋入心底成一坛陈年老酒。愿多年后在一个凉如水的夜里能够重饮，就着这一口烧刀子，仿佛血未冷，心仍热，闭眼依稀可见刀光剑影，明月天涯。

江依格

岁月何欢

《奇图志》有记载，南疆瘴疠之地，多雾气，无味，可顷刻毙命。

陈曦头戴斗笠，身披白袍，背负两把长剑，一为桃木，一为精铁，一作驱鬼，一作诛人。他身形敏捷，穿梭在密林中这要人命的雾气里面，竟无一点迟滞之感，几次白衣翻飞之间，人已来到了林中一木屋处。

"这林中雾气毒性甚烈，一路过来未见活物，何人能够居此？"事出反常必有妖，陈曦不敢妄动，轻轻靠近那屋子，却并未发现其中有活人气息。"也许是已被废弃的居所吧。"他这样想着，突然向左侧斜跨而出，上身侧过，堪堪躲过一道凌厉的刀光。

陈曦冲了出去，抽出背后之剑与来人对上，眨眼便是几个回合过去，兵刃交接之间，雾气却不散，只是变得稀薄了些许，让他看不清来人的脸。几乎是同一时刻，陈曦的剑尖抵住那人咽喉，而一把乌黑的长刀，也落在了陈曦颈侧。

"敢问兄台是何方人士，为何来此？又为何与在下动手？"

"这位侠士，依你们那儿的规矩，对擅闯他人居所之人要如何处罚？"

陈曦了然，剑却不落："仁兄住在这毒雾里，当真是好兴致。"

"南疆之事多诡谲，勿以你们中原人的想法多加揣测。"那人说着，竟先一步放下了刀，任凭陈曦的剑抵住喉咙，"此处非你久留之地，一炷香之内立刻离开。"

陈曦见状，不得不收起剑，袍袖一抖，向那人拱手道："来此非我本意，只是不知这位侠士，可否知道近来闹得沸沸扬扬的四十条人命案？"

那人摩挲着下巴，语气竟颇为松快："知道。"随后又顿了顿："想必侠士定是寻得了什么线索才跑到我这里来。"

陈曦闻言心里一紧，不料那人又开口道："你请我吃几尾南城东市卖梅子酒旁边那家的烤鱼，我就把知道的东西告诉你。"

推杯换盏几次，陈曦方知那人名叫吴业。"南城四十条人命案，本也不是什么惊天动地的大事。"见陈曦眉头蹙起，吴业知趣地将话拐了个弯，"只是一时间过于集中，死者全被一刀毙命，丢掉性命的又都是无家可归四处漂泊的乞丐和贩夫走卒，这才引起了大家的注意。"他一边说着，手上动作却没停，几下将烤鱼里的刺全部理了出来，再将焦香鲜美的鱼肉放进嘴里。

陈曦看着他吃，觉得这人的脾气着实奇怪，说动手杀人时绝不含糊，转头几尾烤鱼就能把人哄好。

待吴业扫荡了桌上一半的鱼，又给自己斟了一杯小酒，这才继续道："谁会杀乞丐？又会杀这么多乞丐？"

"兄台的意思是，杀人者必有目的，且行事需要大量，呃，尸体？"

"天灾一起，饿殍遍地，或是战事紧急，哪里不是成千上万条人命？"吴业摇摇头，不欲与陈曦在此问题上过多争执，"不知你可听说过南疆的一些巫

蛊术法？"

"杀人者是为练蛊？还是赶尸？"

"南疆规矩，练蛊不涉及城中之人，乞丐也不行。"

"那南疆可有什么仪式祭典与此有关？"

"小子聪明！"

吴业笑眯眯地又夹起一条鱼，陈曦这才发现，盘中鱼已空。一抬头却看到一只手拿着个酒壶杵在他面前："鱼没了，给你留了一口酒，待会儿记得付账。"

陈曦也没介意，拿起酒壶灌了一口："吴兄对南疆之事如此熟悉，这相关的仪式祭典可有线索？"

"祭典就是风俗，你这样是坏了规矩。"

"还望吴兄指明。"

"一定要查？"

"人命关天。"

多日来毫无进展，陈曦不免有些丧气。按照吴业提供的法子，从乞丐的面相特征，到杀人者的作案时机，甚至死者的丧命地点都一一做了调查，却也只是匆匆见了那杀人者一面，还险些被雪白的刀光晃瞎眼睛。城中又丢了几条性命，算上之前之数，已是四十八起血案。

"你可与杀人者交过手？"

"不曾。"

"可曾见过那人的身形，刀法如何？"

"你怎知那人使刀？"

"看来你是见过了。至于我嘛，尸体脖颈上的刀伤再明显不过，莫非杀人者还能使剑不成？"

陈曦有些歉意地看着他："抱歉，我这几日头昏脑胀，思虑难免不周，还望见谅。"

吴业摆摆手："无妨，我早见识了你这小子的脾气，想要客套，不如鱼馆一叙。"

陈曦有些哭笑不得："吴兄好兴致，只是我近日毫无进展，忧心城中百姓性命，这请客一事可否缓缓？"

"随你便是，但若是没有线索，也不妨问我。"吴业背起了他那把黑刀转身欲走，却又被陈曦叫住："吴兄终于肯帮我了？"

"你这话就不对了，看在你请我吃鱼的份上，我何时没有帮你？"

陈曦心下一动，向吴业做了一个"请"的手势："吴兄且行，咱们好好整理一下线索。"

"行往何处？"

"吴兄自便即可。"

吴业突然笑了，也许是连夜奔波，也许是久居毒瘴之中，他的眼窝处有淡淡的青黑，笑纹却格外舒展："那不妨再去一次我那林中木屋如何？"

陈曦跟在吴业身后，心中翻涌。他仔细回忆那天所见之人的身形与刀法，却不知那似曾相识的感受是确有其事还是自己多虑。他依照吴业之法与戴着面具的杀人者撞了个照面，也是依照吴业之法半点没能推测杀人者的行踪。

"你心神有些不宁，这林中雾气重，稍有不慎便会丧命剧毒之下。"吴业转过头，发现陈曦正盯着他的刀看，语气冷淡了下来，"怎么，你还在怀疑我是凶手吗？"

陈曦摇摇头："确有怀疑，不过刚刚我忽然想起，吴兄刀是乌铁制成，通体黑色，而我那日所见杀人者刀身雪白，得以断定不是吴兄。"

吴业打趣道："若我换刀呢？"

"吴兄这样漂泊之人，与刀相依为命，怎有换刀之理？"

吴业哈哈大笑，拍了拍陈曦肩膀，转身继续带路。

就在雾气最重之地，快到木屋之时，背后骤然而起的森冷剑气使得吴业心中一凛，刹那间精铁剑扑面而至，他下意识拔出了自己的乌刀，将内力灌注于其上，刀身顿时被白光笼罩——随即是兵刃相接的金戈之声！

陈曦睁大眼睛看着他，剑尖微颤，声音嘶哑中带了一丝哭腔，却什么也说不出来，只能大吼一声，愤然提起剑向吴业刺去。

吴业挥刀一挡，喃喃道："南疆有风水局，取七七四十九条漂泊无根之人性命，后经做法，可保南疆十年平安。"

"你可问过他们是否愿意！"

"走卒之命，本就贱如蝼蚁！"

陈曦悲愤中用尽全力将剑向吴业刺去，吴业反手一挡，竟将刀丢下，任凭长剑刺入胸膛。

"我是第四十九条。"

林中迷雾散去，真相大白之时，陈曦剑脱开了手。他踉跄几步，随即跪倒在地。

"不知，我还有鱼可吃否？"

（作者学校：成都树德中学）

本文为 2018 第五届"北大培文杯"复赛第一场参赛文

> 不想流连于云端之上，以不关己的姿态俯瞰地面纷乱无常。不想偏安于象牙塔内，与周遭隔了一层明净而不可破的窗。我想在地上行走，以探寻的目光观察事物，去遇到应该遇见的风景，见我所爱的人。但我也要永远保持着仰望天空的姿态，向着我所期待的光和热，无畏惧地拥抱它。
> 我听世界把故事讲述，而我不过是想做一些微末旁白。

朱怀熠

平沙落雁

"先生是在弹什么曲？"

"平沙落雁。"

那问琴的童子瞅着鬼画的谱子，又看了看弹琴的姑娘，心中藏不住似的继续往下问去。一紧一张的思忖间，他小脸涨得通红，像是弹琴的姑娘要吃了他。

"此曲——先生何解此曲？"

抚琴的姑娘收了手，望了眼紧张的小孩，笑了笑，正儿八经地回答他道："雁阵北来，孤雁落沙。"

才

人有言，桃李不言，下自成蹊。但人又有言，杏林深处，医家隐世。

浔阳南山下有个陆家，正巧窝在杏林深处，可巧祖上也算是个医家。可惜这一大家子隐世隐得不可开交，这辈儿出个文翰林，下辈儿出个武将军，祖辈三代下来，却没出个当世圣手。可陆家如斯子息脉广，怎就没生个能当郎中的娃娃？毕竟十里八乡都知道，陆家是要郎中才能当家主。

陆家家主对劝他过继子弟的众来客摇了摇头："慧极必伤，深情不寿。次辈儿郎都慧极，看人都要看个究竟，看进骨子里了，却只看见了这吃人心思，再去油嘴滑舌得叨叨不明所以的玩意儿，没看见病灶几何，难以行医。"

彼时年方三岁的陆平宁站在族人身后听见爷爷说这番话，愣是掐饬出几个刚从书里看来的词句，拨开比她高好多好多的哥哥姊姊们，一跃上了陆家中堂的门槛，扬声道："若是能看见吃人的心思也好，医人病也可医心。"

身后的族人炸开了锅，讲平宁儿踩了家里的门槛，对不起列祖列宗，要一会儿上祠堂里跪下磕头赔罪。身前的乡绅地主，一个二个面上都惊得下巴都搁在了鞋面上，一迭声道这小姑娘不得了。这陆家家主，也就是陆平宁的爷爷，捻了捻长须，自顾自得念道："慧不致极，情不致极，是医者也。"

后来的故事，就是陆平宁被她爷爷抱到手上，说她不必再念什么三从四德了，她得跟着他去南山里学医去。

苦

陆平宁在族中也是有些来头的。

她年幼便早早地失掉了怙恃，而她死去的父亲，本就是个要学医的人，可惜就可惜在爷爷老是挂在嘴边的慧极上，生来体弱多病，就算是爷爷的回天圣手也不能从阎王那儿要回一条命来。

"所以上天之事，人事也难为啊。你父亲是个没有命的医者。"

这是她陆平宁第一次听见爷爷说他的父亲，她从没见过自己的父亲，所以就少了些牵挂，像是听一个熟悉的陌生人的悲情戏一样，挂落了几丝眼泪。

她曾经暗暗地为父亲打抱不平，也为自己感伤过那么一小会儿，毕竟爷爷要她五谷蔬菜杂食，医者要尝药，她是不惧怕药苦的，但是她唯独惧怕苦瓜。所以她会想，要是她父亲还在世，由父亲教她医药，也许她可以不吃苦瓜。

"好了，别想了，爷爷今天去找了泉边的苦瓜来，你再不吃这月的考较就要提前了。"

然后，她爷爷又往她的碗里搁了一筷子苦瓜。

才刚总角之年的陆平宁突然就皱成了一个苦瓜脸，用筷子把那一小段凉拌苦瓜拨弄到一边去，但是她一对上陆老先生的目光就又还是认了怂，把那一小段惨遭她蹂躏的玩意儿丢进嘴巴里，嚼吧嚼吧就咽下去了，苦瓜脸皱得更厉害了。怎么比平常的还更苦了呢，小孩子心思想了半天，想到苦味都消散了，还没想出来。

但是山外的世道，也好像这段冷泉喂出来的苦瓜，越来越苦了。

琴

她的琴不是跟她爷爷学的，她爷爷不会任何乐器，弹也不会，吹也不会，反正有孔的给他就会变成人间杀气，有弦的给他就会变成惊天地泣鬼神的魔物，倒不如给陆老先生个棒槌，让他捣药去。

琴是一位乡野先生教她的。

乡野先生原先是个朝廷里的人，后来屡遭排挤，哪儿也容不下身，避世避世就避到这南山下来了。但是避有什么用呢，吃人的世道还是要吃掉他的，先是病让他倒在了床上，后来是田地荒芜了没得吃，最后家里人没办法，打听到她爷爷在这儿隐居还带了个小徒弟，就把他给送进了山里。

乡野先生见到她时她在剖鱼。她眯着眼睛观察了一下手上足有三寸长的鲫鱼，没过一会儿她就抓起手边上用来做手术的小刀子，她把刀子舞得虎虎生风,去鳞破肚,一气呵成,把乡野先生给吓了个魂飞天外。小姑娘像是没看到这儿还有个活人似的,漂了手就出去找她爷爷,还顺便拎着那条收拾好了的鱼。等小姑娘回来的时候,她领着她爷爷,祖孙俩一问一答药经,其间还夹杂着夸小姑娘刀使得好可以独立处理外伤了云云,又把乡野先生吓出了身冷汗。

后来他才知,小姑娘是看见了他,只不过她在宁心静气地做自己的事,小姑娘说:"不论何事,人须宁心静气,把脉是如此,剖鱼也是如此。"

后来他还知晓,那天的一问一答是考较的一部分。不过考较不限于问答,还有轻功针法之类的他看了也看不懂的东西。小姑娘挺老成地说,爷爷江湖出身,希望她也能历练几分,所以就什么都教了。

教陆平宁学琴,还是巧合之事。

他那时不过是坐在花儿将开未开的杏树下弹琴,小姑娘从树上倒挂着下来念叨着:"莲心止带,清净安神。"然后突然岔开药条子,问他:"此何曲?"

他下意识答曰:"广陵散。"

"那此曲又何解?"

乡野先生快被小姑娘逗笑了,他连连说你不懂,小姑娘却偏要问,拗不过小姑娘,他就说:"肃杀之曲,乱世有音。"

陆平宁却是很懂地点了点头:"爷爷说,盛世医人,乱世医心。"

她继续说道:"教我琴吧。"

之后的南山中,就响起了一叠琴音。

乡野先生还是死去了,不过没病死,是沉湖自尽的,仇家在他归山医病的时候抄了他家满门,大悲之下,谁都能被世道吃掉。

她听说这件事情的时候在溪水边上洗苦瓜,望着潺潺而过的溪水,她没来由地想,这天下,医的合该是人心。

病

"这天下该不该有病可医？"

"没人医才好呢，这天下也不用医者了，这天下可不就太平了。"

陆平宁捏紧了拳头，快把自己捏疼了，她才想，我不该当个绝世圣手，等着皇城贵胄来这南山中来找我来医，我该是个江湖郎中，去看看这天下事。等她料理完抄医书时安然睡去的爷爷的后事，她真的出了山，去见了天下。

她曾踏足过边乱，当呼声、喊杀声、哀号声响成一片的时候，她很难想到她曾经料理过的那些缺胳膊断腿的伤员就是这么来的。她也曾经走过被洗劫的村镇，当她自以为怀着一颗人心处事，怀着一身绝技行走在这世道之上时，却一粒米粮也救济不了在街边的饿殍，一瓢清水也给不了被火烧了房屋的村庄妇人。

每个人都好似拴在一根草绳上的蚱蜢，每个人都在试图挣脱困住自己的柔弱草绳，试图逃离这个破落的桎梏，但又在明白的后面的一环被烧去的时候，狠命挣扎着把波及的人给踢下去，明哲保身的好。

她试图问自己，她想医的心还可医吗？

可没有人回答她。

归

不过也有人好像能回答她，好像又回答不了。

她第一次见到陆辞安被几个兵士抬进来的时候，人定都过了几刻了，她看着浑身是血的家伙被放在医馆里，恍然瞥见那少爷身上缀着的腰牌，愣是破天荒地问了好些话，问此人从哪儿来，怎么伤的。抬人进来的小亲兵人都快急哭了，只是回答了说他是沙场上的谋臣，大将军的儿子，少将军的弟弟，这次战役极为重要，就跟上了前线，要掌握随时而来的情报，可流矢不长眼睛，愣是一根从他的后心穿过。营里没人敢去动他，怕一折腾人就过去了，听说当代圣手在这儿，就立刻过来了，就怕人要不好。

陆平宁听完什么也没说，唤来几个药童，再把那几个急得要了命的亲兵遣了出去，说这小将军定能无虞，等天翻了鱼肚白再来叨扰她。立即关了门，利落地处理伤势了。

她当然晓得这人是谁，陆氏上一辈出了个大将军，朝中有着这么一个在明面上的族辈。问得那么清楚当然不是说不救，而是她头一次见这么重的伤势，人被骇住了。

陆平宁学了那么多年医，也不算是吃白饭的，算是把人从鬼门关前给要了回来，接着她那个族叔也来了，来给她道谢。陆平宁自谦地回了谢词，只说是医者应该——而且她当然不能说她是陆家人，她还不想在这片被照顾得妥当。

病人也算是多年习武，不是风一吹就倒下的林妹妹，再加上年轻气盛，没过几天人就活过来了。后来她发现，她的这个病人，就算是醒了也格外地安静，除掉看战报拟折子，就是读兵书写字，好像就没有其他的事情可做。她抚着琴，悄悄地看了那个还在看书的人一眼，没想到那人也瞥过来，失血过多而苍白的脸上僵硬地扯出了个笑，问她："你只会广陵散吗？"

"教我的人只会这曲子。"

"那好吧。"他摇了摇头说，"我也只是略通曲谱。可这几年在军中，父亲军纪甚严，禁丝竹酒，忘得也只会一首曲子了。"

他说，他只会平沙落雁了。

"此曲何解？"

"雁阵北来，孤雁落沙，引颈望兮，不知何从。"

陆辞安接过了陆平宁的琴，轻轻地弹起来。刚刚从鬼门关上下来的人没什么气力，手是悬着的，谱子好像也记不大清晰，就那么断断续续地弹着，可是收弦的一瞬间，陆平宁大概知道了，她听到了孤鸿哀号，无处可从的雁盘旋在雁门关上，不愿南归。

"也许这仗打完了我得回京城，毕竟我知道伤得重，可能没办法再耐燕地苦寒。

"但是我守不了国门，我可以去朝堂里把着千万佞臣的心，我还想……

"我还想陆氏无虞，父兄无虞，前线将士无虞。

"我想这家国安康，四海清平。

"不好意思，失了礼数，望姑娘原谅我这不知愁的书生吧。"

陆平宁没接话头，她想医的天下人的心，怕是在这里找到了药。像是脱开了医术百部的桎梏，她抱紧了她的琴。像是雁脱开了枷锁，落在了年轻将军的肩头。

当一根绳子上的蚱蜢有一位没那么希望把下一位蹦进火坑里，也许蹦蹦跶跶，还有那么些许活命的机会，还有那么些许让这个吃人的世道安定一些，平静一些。

她现在觉得，小时候吃的苦瓜好像没那么苦了。

尾　声

那童子接着问道：

"这平沙落雁就这么苦吗？"

她又笑着摇了摇头说：

"雁阵北归，孤雁逐之，鸣兮鸣兮，知何从矣。"

雁归于途，陆平宁归于世。

（作者学校：南昌市第二中学）

本文为 2018 第五届"北大培文杯"复赛第二场参赛文

> 一开始，我希望能够变成一团烧尽一切的火焰，于是我叛逆、破壁、歇斯底里地寻找幸福。当我已经历良多，再一次回到起点时，我才开始思考：当一个人拿起笔时，他想要传达什么？
> ——原来，我们想要呐喊的，终不过无可救药的自己、创伤、无力抹除的印记、错过、隔阂与爱……我们嘶吼着的，原来不过是那么普通的东西而已。
> 我用尽了生命的力量叫喊表白，终于穿透厚厚的墙，传到你那里，或许只剩下些许微弱的、转瞬消散的音尘，但我终我的一生，不会停止。
> 再一次。

许 雯

造 纸

一

孝章皇帝的子民，都落在土里吃糠咽菜。仗是打了又打，地里的庄稼是极慢极慢地长，城郭里的房子都如沙子里拎出来似的灰头土脸，几只小蝇"嗡嗡"地在阴影里转，不知哪里传来野鸡"呀——"的一声喊，极悠长地停留在这邻里村舍间。

远地里的消息，是不久前送来的，照旧发布在官府门口，照旧人围了几圈。围在最里面的自然是长于清议的夫子。晚饭刚吃完，精神百倍，于是清议的声音也就压倒野鸡了。

"庆太子是决计不可贬为清河王的。"一个挂拐棍的夫子说,"便是贬为混河王也不可。我所做考据,这所谓'清河'即是未来人称'卷帘大将'的家业,庆太子贵为太子,我们是不建议去抢别人的东西的。何况,这一河里,如今确确实实只有鱼能称霸,人来为王,不合儒法、儒法——"

"素格拉底的三段式!"有夫子叫起好来了。

蔡公便正从这里走过。虽然早就推起言论自由了,他心里还是犯起议论来,他想,察举的老爷们愈发厉害了——但也是人之常情,自家的娃娃,没离开五代的娃娃,自然是亲的,要提拔的,但也说不定是否因为没有更轻便的教科书式的关系,举不出自家之外的娃娃来——看这乡间的夫子都如此放屁,也怨不得举自家人的老爷。

这念头总归是在他心里种下颗种子了。

大汉的朝堂一如既往的乱七八糟:宋贵人横竖是个死,梁美人的龙胎捡个好便宜,从此成为肇太子。窦娘娘掌下,炟殿下驾鹤归西,肇太子黄袍加身。肇爷是年纪轻轻就腰椎盘突出了的,一拿久了沉重的简牍,就头快碰腿,腿快碰桌,身子径直拗成了虾米。

二

蔡公于是决定造纸了。

纸是不好造的。头一个办法是把竹简削到无限薄,可惜这世间少有大树一般粗的竹子,削得太薄又是捻不起的,也只能作罢。其他办法,或是树叶乃至于兽皮,不是太过脆弱就是不能长久。

因而蔡公整天痴了一般,常念念有词,在殿前绕着几株茂盛的兰草打转。后来跟着一群小黄门去了趟溪边,回来似是有了妙法,四处征得树皮、破麻布,还有旧渔网,让工匠们把它们切碎铰断浸泡,做出的破棉絮一般的东西,似乎确实就是纸了。肇爷喝着茶期间,似乎是饶有兴趣地问了两句,蔡公便奉上去;谁知,突如其来地,肇爷派了官员班子来"学习",要朝堂也这般"细致""体面"。

这官员班子自然都是官员,胖而留油汗的官员,胖而不留油汗的官员,留长髯的官员,不留长髯的官员,浩浩荡荡地挤进狭小的工房里。拿拐棍的,便拿那拐棍在浆子里捅上一捅;不拿拐棍的,就来尝尝这工房里的渣子茶。蔡公都要赔笑脸。见识了"纸",官员们却迅速地围成一团,切切地私语起来了。

"这自孔孟以来,'皆竹简素丝',其用缣帛者谓之为纸,这水中的絮子怎的就能变成帛咧。"留长髯的官员说,"若真能变成帛,这很好——莫非这水里竟藏有虫桑吗?"

"况且——"胖大的官员看一眼那水中的絮子,不笃定地说,"这东西能比得缣素吗?绢子贵归贵,但贵有贵的道理,干净、标致——至于那些下民,'饱食终日,无所用心',他们有的是树叶树皮,我想,也算够了。"

蔡公要陪笑脸,官员们议论归议论,却不是他辖内的事了,听得只字片语,便见几个官员离得略远,却似夜游鬼一般,三三两两地在那里徘徊;另有几个人堆里的,伸着头向他看来,样子不甚清楚,黑眼珠却大得吓人。蔡公一惊,再定睛看去,却也没有什么。他于是不安起来,失了魂魄似的呆一时,明白了什么,便又隐隐地笑上一笑。

奴们却也是传起议论了。蔡公奉完了茶,念念不忘,来工房了。黑地里没走多远,就见工房的灯仍昏暗地点在黑夜里,像一颗星。走近了,听得有人的私语声。

"这絮子乌头巴脑,也似无用。"帮着搅纸浆的乙奴说,"却不晓得用来做什么。"

"说是纸,但是,也可能是肥料……"

蔡公便从暗处走出:"你说甚么?"

几人面面相觑一阵，一女奴便鼓起勇气，声音始细如蚊蚋，后来许是得了胆子，声音大起来："婢子观这破絮子鸡都不吃，也似无用，不知做来为了什么。"

蔡公只觉得好笑：凡事，若是只贴上无用的标签，倒真是如此逍遥自在！又有意顶她，便回答说："你观那新生的婴儿，又可是有用的？"

奴们又面面相觑了一阵，似乎是无话可说了，也似乎是没有听懂。

次日早上，絮子经过千百次过水，终于绵软柔韧到能做纸了。蔡公令工匠们把絮子捞起，命力大者拿根石杵用劲地戳捣，又用竹篾把这戳捣出的东西挑起来晾干，又晾了三天三夜。这絮子中便逐渐地生出石青色的烟来，袅袅地、微微地浮在空中；阳光下，絮子中又像埋了荒古的熔岩一般，从缝隙中露出艳丽的红和耀眼的黄来。最终，这青，这红，这黄，统统消减下去，留下的，只是一片石头似的纸来。那土黄中带一点珠圆玉润的白，倒像是大理石一般。

蔡公照例奉到朝堂上去，肇爷无需蜷成虾米办公了，自然龙心大悦。过了两天，官员们得了消息，却办起联欢会来，宣言仓颉之于造字、敬仲之于造纸云云——总之，新纸没过两个月就推行完毕了。

三

永宁二年，邓太后薨。

宫墙都围在一片刺眼的白帛里，显出一股滑稽的恐怖。蔡公便从这白墙边疾疾地走过去，边走心里边想：娘娘去了，祐爷上任，却投了折子，要追究当年害死他老娘的有自己一份……不论如何，这刑讯是去不得的。

他浑浑噩噩地进了屋，按一按衣袋，拎出个白色的小瓷瓶来，上面系一条红绳。他盯着这瓶，这瓶便在他眼中旋转，扭曲……不论如何，这刑讯是决计去不得的。

他于是下了决心,很勇猛地拿起那瓶来,一饮而尽。华服是早就更好了的,他便直挺挺地倒在床上。一时半会儿还没有感觉,过了一会儿便晕晕乎乎,浑身发热了。他闭了眼躺着,昏沉中,却听"呔!——"的一声。

他吃了一惊,睁开眼看,却见床头站着一个黑色的人,面貌倒十分像戏里的无常。这无常宣旨一般地说:"你这死尸,一生趋炎附势,以权富贵,不仅如此,还犯了最大的罪孽,该当何罪?"

蔡公便疑惑了,回转着想,却也想不出自己犯了什么"最大的罪孽"。那无常看他磕巴,便冷笑一声:"你偏要造那纸,怎么忘了?"

"此话说的——这怎就成了罪孽了?"

"呵呵!"那无常冷冷地笑了,又扬起声音来说,"不懂道理的人们,就算不懂道理,终究是快活的;你若带给他们烈火,也不过让少数几个人掌握、滥用,让多数人尝到生的灾难,你竟以为这是对的吗?……"

蔡公也并不清楚他在说些什么,不过听得烈火、灾难几个字眼,便觉格外刺耳。当下瞪起眼睛来,刹那竟电光火石,闪闪如岩下电,不似一个阉人。

"但带去了烈火,你便不能说是绝没有机会重生的。"

无常退了一退,又恼羞成怒,便抡起旗子来:"你倒无怨无悔——罢!该走了!"

四

蔡伦于是与他上路。

这不朽的灵魂走到哪里,这纸,似乎就传到哪里,这火,似乎就烧到哪里。它点燃了未知的国家,罗马、君士坦丁堡甚至爱琴海都为它所震撼,魔窟里的侏儒和精灵都为之战栗。它烧过千百年的时光,成为书、本、报纸,载着彼特拉克煜煜煌煌的巨著，从金碧辉煌的法典边闪过身影，封皮的鹰隼镂金灼灼其华；在那摩西走过的红海下，照耀沉船锈迹斑斑的铁锚与宝藏的奇迹，在那茫茫大漠里，为魔鬼城的岩石与关隘里木乃伊一般的士兵递达文明的讯息；乃至于那恒长久远的绵延万里的丝路上，没有一处不流传着纸与火的传说。

它只有灰尘也能燃烧，让那落在土里的，爬起身来，那牲畜一般的，说起话来。

（作者学校：北京市十一学校）

本文为2018第五届"北大培文杯"初赛参赛文

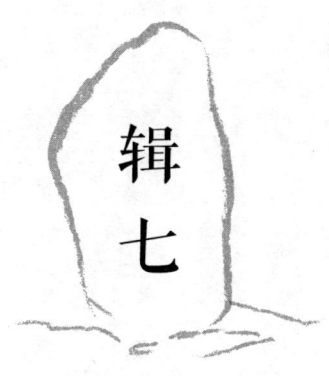

辑七

洗发店的人

世间的链条经转不息,链条搅碎少年时期的厌恶和单纯。

> 生命的来去自有它的道理。
>
> 我一直都信奉着这一点，相信着我所经历的人事自有它的道理，相信人生中来去自如的悲喜，相信那些梦里、现实里的如神亲临般的灵感。"逃避人生的唯一方法便是沉浸于文学，如同无休止的纵欲。"我在现世里写着不着调的文字，喜欢着古怪的人事，我守着世俗条框，又忠于自己，忠于自己保留在文学里的离经叛道。南风知我意，吹梦到西洲。在我千百个平平常常的日子里，文学曾真正点亮过我的生活，如同新年夜里第一朵烟花的绽放，之后，余声回响，不绝于耳。所有悲苦欢乐都将如期而至，我仍会像六岁等待生日礼物的孩童，接受生活的赠礼，岁月的灵感。我所阅读的书籍不过是千万本璀璨的成就中的一本，但那些散发着油墨气息的文字便是这空空的人间对我的唯一理解，唯一应答。人生不过是非，荣辱，成败，但于自己也便是自己。

何瑞阳

洗发店的人

> 我最后一次去洗头店的时候，我是齐耳的短发，洗发店的门上结着蜘蛛网，那天刚好下着雨，地上的水池里漂着一只死掉的蝴蝶。
>
> ——题记

我往后仰了仰头，头发像海底绿意盎然的海草一样将我包裹起来，安稳，温暖。我实在是喜欢极了这齐腰的长头发。

母亲的声音从门外传来："闺女，可以去楼下洗头了。"

我常去楼下的洗头店洗头,大概五年有余。这个洗发店装饰却是十分文气,门口花花草草簇拥在一起,偶有蝴蝶在花草间飞舞。蝴蝶的飞舞,在城市中心是不多见的一幕。给我洗头的是店里的一个老店员了,我叫她朱姨。朱姨其实不老,而且还挺漂亮的,人很白净。也许是因为老店员的缘故,其他洗头的女工都很敬重她。我和母亲喜欢她给洗头,我们家买洗护用品都是挂在她的名下,她大概也是业绩最好的一位了。我去店里洗头的时候,她总当着我母亲的面说:"要是我孩子像你家的这么漂亮就好咯。"她微微笑起来,眼角的皱纹像春日里的水塘,盛满了温柔。我是真的很喜欢她,母亲也喜欢她,总是在洗头的时候和她唠家常。朱姨见识广,什么都可以说上两句。

小学的时候我拉着母亲悄悄讲:"以后我要成为朱姨这样的女工。"

母亲瞧了瞧我,又笑了笑。

孩子的话是戏言。

读高中了,两周才回家一次,回家都去一次洗头店,让朱姨给我做肩颈,朱姨总是问我:"学习累不累?"我也乐于回答她。她和其他大人不同,其他大人们总是说:"哪个高中生的生活不苦?"孩子也不愿意聊下去,对话就冷冰冰地结束了。她却总是顺着我说:"哎哟,现在高中生活真是苦。"

那天的洗发店熙熙攘攘,人很多。朱姨在给别人洗头,后面还等着两个顾客。母亲有些不耐烦,有个新人小声地问我母亲:"要不我给姐你洗吧。"我瞧了瞧她,也不过比我大两三岁吧。和朱姨熟络地与客人接话不同,新人总是五六分钟才干巴巴地挤出一句话。我在旁边百无聊赖地看手机,她没有报出自己的名字,只是和我母亲讲:

"姐,你就叫我 26 号吧。"

可能初来乍到的年轻人都是这样,带着一点儿怕被老店员欺负的胆小,带着一点儿想证明自己的卖力,还有一点儿十七八岁的青涩,和十五六岁所余留下来的朝气和不甘心。洗头店熙熙攘攘的,空气湿漉漉的,我就出去了。

后来母亲告诉我:"我在 26 号名下买了一瓶精油。"

我眼皮也没有抬一下:"好。"

晚上七点的时候突然下了暴雨。朱姨给母亲发了消息:"以后洗头就不要找我了。"我和母亲有些不知所措,朱姨后来又断断续续地发了很多消息。大抵都是关于:我帮你洗了这么久,你居然在新人的名下买精油,我这么多年,都是在打酱油。母亲觉得有些好笑:"算了算了,店员都是争业绩的。"回了消息:那我以后都在你名下买,那天不是看你忙嘛。雨还是在下,城市仿佛要被淹没了一样。

朱姨回复了:我现在工作都很忙,你以后不要找我洗了。

母亲对着手机发愣。我皱了皱眉,把母亲手机拿过来后删掉了朱姨的联系方式。删完之后,我努力想象着朱姨说这样的话,想象着春日潭水下的冰块。

母亲后来去洗头一直都是找 26 号那个小姑娘。在母亲和朱姨冷漠争吵后我第一次去洗头店时,朱姨和那一派老员工瞧都没有瞧我,大家依然围着她讲话,十分敬重她。只有 26 号的小姑娘快步走过来:"我帮你洗我帮你洗。"她的语气急促有力,冲击着平静如水、暗波汹涌的空气。那个时候我十五六岁,对待朱姨我用了这个时代孩子最擅长的事情:摆脸色。吹头发的时候,我从镜子里瞧见我的脸上下着北方的雪。其实我心里有点儿难过,原来世间的人可以用一肚坏水酿出一脸春意温柔,这倒也是个本事,我到现在才懂这个道理,却是我的傻气。吹头发时望向窗外,惊觉蝴蝶少了许多,甚至连那花草都有些枯萎的样子了。无意抬眼了,看到了镜中的人间,竟如电影一般跌宕起伏:26 号被那老一派店员堵在楼梯上,26 号的脸藏在碎发间,楼下还有一个脸生的面孔,大抵也是新来的,头低得厉害,我甚至可以看到她背后的骨头,我真担心她会不会从椅子上翻个跟头下来。

我头吹好了,拿着账单去前台,手牌不小心失手掉了,和瓷砖发出"乒乒乓乓"的声响,那个新人仿佛被惊醒了一样从椅子摔下来,又是好大的动静,楼上乌泱泱的人群忽然散了,老板抬起不知所措的眼睛,店里的意大利民谣依然懒洋洋唱着。

账单掉了,落在地上的开关上,我好像拉动了链条,世界瞬间变化,又平静如波。

但我不是上帝,也拉不动链条,是链条拉动了生活。

我回校了,做个普普通通的高中生。三天洗一次头,海藻般的头发让紧促的高中生活混乱不堪,我萌生了剪发的念头。为了备战大考,将近一个月后才回家。

"26号在吗?我洗头。"

"那几个都走了。"

"什么时候走的?"

"嗯,前几天,好像这个月的26号走的。"

我的目光越过老板,看见朱姨女王般坐在洗头店的凳子上,其他女工围在她旁边说说笑笑。整个洗发店,她那个地方格外热闹,也就那里格外热闹了。我忘了谁给我洗的头,但我记得那天看了部电影叫《大侦探福尔摩斯》。店里的气氛就和电影里凶杀案的气氛一样诡异。

洗完头上楼的时候听见我妈在和王婆聊天,王婆是个跳广场舞的大妈。虽然已是六十来岁,依然烫发,抹口红,在广场上傲然地跳舞。以前洗头的时候我常常遇见王婆,王婆总是很熟络地和几个店员聊天。忽然想起来,我好久没有在洗头店看见王婆了,反而在楼梯间的相遇更为频繁。阳光照进来,琥珀色的糖浆滚动不息,我像是古希腊的学者,带着思考者一般的神情,大脑高速转动,链条反应。

"我和你讲哦,楼下那个洗头店去不得了,去不得了——"

何瑞阳
洗发店的人

"怎么去不得了呀？王婆。"
"我和你讲，那几个新人都走了，我总觉得气氛怪得要死人哦。"
"……"
"那个小朱，我以前挺喜欢她的咯，现在总觉得她不行嗳，哎哟，这洗头店新来的和老的不和，不好的，不好的。"
"是啊，是啊。"

《大侦探福尔摩斯》中的教授有一句台词："你知道天体运行法则吗？当两个物体碰撞的时候，总是会殃及周边的事物。"

好了好了，都成立了，链条反应顺利进行。

那天洗头店的气氛很不好，没有蝴蝶飞舞，没有熙熙攘攘的人群，没有湿漉漉的洗发水的味道，老板的眼睛里没有亮晶晶的神采，朱姨也没有再给别人洗头——这家洗发店好久没有生意了。

我下楼跑到别的洗发店："你好，你好，我要剪头。"我一抬头忽然看见了26号，我倒是第一次清清楚楚地看清这个姑娘的面容。我才发现她在原来那家洗头店都没怎么抬起头来过。不施粉黛的面容，马尾随意扎着。我剪发了，我瞧见我的海藻落在地上，瞧见了自己。2018年的4月，我从学校回来，太阳直射点从南回归线向赤道进发，冲击着北回归线，世界的链条分秒不停，正如这不断变化的太阳直射点一样。那一天下着哗啦啦的暴雨，我撑着伞，看见这家洗头店在雨中哭泣。我的海藻在这里长大，却在另一家店落下。花花草草遗落在路边的土壤里，有一只可怜的蝴蝶在水沟里漂浮，洗头店的店门紧闭，上面结着灰色的蜘蛛网。

雨不停下，世界还是热热闹闹。太阳东升西落，大风从南到北，世间的链条经转不息，链条搅碎少年时期的厌恶和单纯。我们每个人在历经世间部分毒草和恶果之后，才会发现人间有春潭，亦有臭水，各人有各人的灰暗和皎洁。好在太阳直射点每年都会经过北回归线和南回归线，世界的链条如同昼夜交替永不停息，链条搅碎我们的生活，也会拉直我们的生活。

孩子的话是戏言。

那一年我十六岁，爱极了自己的齐耳短发，我想变成天空中一朵忽明忽暗的云，瞧瞧这变幻莫测的人间。

（作者学校：浙江省平阳县浙鳌高级中学）

本文为2018第五届"北大培文杯"复赛第二场参赛文

> 当今社会，人与人间激烈的竞争，强烈追求名利的欲望，纷繁复杂的社会现象都给我们增加了无形的压力，心态浮躁已渗透到社会的每个角落。方向在哪？风华正茂的青少年千万不能迷失了方向，要有远大的理想和坚定的信念，拒绝庸俗！在花开的日子里，乘着风，遨游知识的海洋，编织青春美丽的梦想。美丽的青春需要一笔一画精心描绘，生活中事事处处都可以使青春闪亮发光。

缪静翘

心灵鸡汤之经典食材：风和蝴蝶

"当当当……节目快开始了，什么，解说员不见了？哎呀，就你了，你上去！什么，衣服穿反了？没关系，待会儿我叫技术部拿个二维码在电视屏幕上挡着，快去快去！"

欢迎大家收看纪录片《舌尖上的心灵鸡汤》，本期节目中我们将会了解到煲汤的经典食材，我是平时负责送盒饭今天临时顶替解说员的陆仁甲。请大家扫描屏幕上的二维码，有亿分之一的机会获得价值九毛钱的纸巾一包。

上期节目介绍了粤菜，那也是我的家乡菜。之前一个来自北方的大师到我们学校开讲座，说像什么获奖文章的作者，广东省总是只有门可罗雀、稀稀落落的几个人，可见比起其他东南沿海的省份，广东就是一片文化沙漠，读书太少。我甚不服气，我可是三岁读《果冻是怎么炼成的》，四岁读《追忆糖水年华》，五岁读《蓝楼梦》……咳咳，如果广东真是"沙漠"的话，哪来博大精深的煲汤文化啊。扯远了扯远了，今天我是想给大家介绍两种煲汤的好食材：风和蝴蝶。哎呀，忘了告诉您，这碗靓汤名叫"心灵鸡汤"。

在"心灵鸡汤美文"横行于世的今天，相信大家不会对这句经典语句感到陌生："你若盛开，清风自来；你若芬芳，蝴蝶自来。"

是不是一看到它，就很有大妈微信朋友圈转发文章的既视感？

看得多，人难免会烦。大家忍不住吐槽"毒鸡汤"，如：心灵鸡汤最大的错误是什么？答：没有勺子。

其实，心灵鸡汤正如历史悠久、底蕴深厚的老坛酸菜牛肉面一样，古人早就煲了好几千年，煲心灵鸡汤的手艺丝毫不逊色于后人。它历久弥新、生生不息，几千年来灌溉着人们的心田。

早在春秋时期，人们就拿清风、蝴蝶煲起心灵鸡汤来，不信你看：《论语》里写到，孔子问学生的志向，曾点说自己的理想是"暮春者，春服既成，冠者五六人，童子六七人，浴乎沂，风乎舞雩，咏而归"。暮春时，几个大人小孩在沂水里洗个澡，再到高处吹吹凉爽的风，唱着歌儿回家。而比起其他学生参政的宏伟志向，孔子更认同曾点的想法。这就是传说中的"佛系青年"啊，放下执念，知足常乐。

比起吹风，有人觉得飞翔更刺激。这不，有位叫庄周的同志大白天做了一个梦：咦？我咋变成一只蝴蝶了呢？好开心，好自由，啦啦啦，大家一起唱："在你的心上，自由地飞翔，哎呀忘词了，下一首，我是一只小小小小蝶，想要飞却一直飞……"忽魂悸以魄动，恍惊起而长嗟，庄周醒了，来了千古一问：啥，到底是蝴蝶梦我，还是我梦蝴蝶？现在人们依然在思考这个问题，2016年4月28日，霍金发微博说道："我们不知道，也许也无法知道。"闻闻，这碗鸡汤的气味多么高大上：真实与梦幻难以分辨，逍遥于人世间自由自在，天人合一，超越生死！简直——心灵鸡汤天然鲜，晒足一百八十天。

其实，风和蝴蝶都是生活中普遍存在的事物，它们到底有什么特别之处，能给人无尽的灵感、人生的启迪，汇成一碗洋溢着浓浓智慧气息的心灵鸡汤呢？

风，是冷热差异引起的空气流动。热量的分布不均造成一地很热，一地很冷，大自然的规律是公正的，"不患贫而患不均"，追求阴阳平衡的和谐，于是诞生了风，让风充当热量交换的使者。于是，我们冬天喝到了西伯利亚进口的西北风，透心凉，心飞扬；夏天喝到了太平洋风味的东南风，温暖如火炉。人们虽然对此很无奈，但不得不承认它也给我们带来许多美好。我认为风的神奇之处在于流动，整个世界都是它的舞台。它绿了王安石的江南岸，愁了李煜昨夜的小楼，携了苏轼的豪情到琼楼玉宇……它不仅流动着自然的热量，还流动着人类的情感，流动着永恒的希望，正如日本著名小说《起风了》给我的感受，爱与希望也许像风一样无影无踪，但永远不会真正地消逝。

至于蝴蝶，以每秒翅膀扇动十次左右的频率飞翔，它用自身的化学能转化成机械能，自己制造风，然后在风中翩然起舞，在一朵又一朵花中流连，吸取足够的营养，继续扇动翅膀，在风中跳永恒的舞蹈。这既是它的生存之道，也是它的极乐享受。

既然本质上人的心灵属于自然，那么与风与蝴蝶产生共鸣也是自然而然的了。透视一碗心灵鸡汤，我们喝喝，我们呵呵。

（作者学校：广东省中山市第一中学）

本文为2018第五届"北大培文杯"复赛第十三场参赛文

> 故事里有一个孤独的女孩，有一座荒芜的小城，有一个光怪陆离的世界。在每一个不曾起舞的日子里，我只身穿过破败的街道，在每一个不眠夜倚靠着月光在寡淡的夜色中思索。街道连接着梦境与现实，朦胧与真切，我看见，看见流逝于指尖的繁华，听见绝望的呐喊；在一条条纵横的昏暗街道里吞噬未来的浓雾，听见苦痛的呻吟。这一切都是我的前方。而我，拖拽着伤痕累累的肉体，燃起希望的微弱火种向前匍匐。我无法回头，在淡红的文字里，黑暗在咆哮，光明在高歌。我希望，透过纸背，你们可以看到我，一个在泪水中微笑、在微笑中流泪的旅人。

岑伊贝妮
拴天链

那是一个萧索、寂静的不眠夜。

白日里聒噪的蝉也已经沉沉睡去了，我睁着大眼睛去看和我并排躺在凉席上的那个瘦弱女子——父亲的小姐姐。我一向喜欢叫她小妈妈，她身上淡淡的油烟和衣柜里被子的陈旧气味将我紧紧环住。

"小妈妈，小妈妈，给我讲个故事好不好呀？"我小心翼翼扯着小妈妈的衣袖，满怀期望地问着。

小妈妈笑了，两个小酒窝轻轻浅浅地挂了起来，她顿了顿，开口讲起故事来。

"在很久很久的时候，上古有十六大神器——其中有一个，叫'拴天链'。"小妈妈说话的声音轻轻的，仿佛在拉只有两根琴弦的小提琴。"'拴天链'，代表羁绊与桎梏，是无法斩断的链子……"小妈妈还在讲着，但是我却

已经被周公擒住了魂，悠悠地飘远了。

那已经是十多年前的一个夏夜了，现在的我立在窗前，夜的湿气将我周身缠绕。

又是一个萧索、寂静的不眠夜。

我立在落地窗前，看着眼前还未入眠的路，细细回想这突然被时间浪潮冲上来的记忆。

人在十五六岁的时候，总是有一种突如其来的仓皇失落。我当然不例外。表现得明白点，就是对自己当下所拥有的一切都不尽满意。

尤其是家门前那条北三环路。

我们的城市好以方位来命名，中环线，南二环……北三环路就是这众多路中的一条。

我最初的记忆就是在北三环路上开始的。父亲拉着我的手送我上幼儿园。我的手包在他温暖粗糙的大手里，一边走路一边时不时地蹲下，从路上的小石子堆里挑一块我最喜欢的石头送给父亲。父亲的嘴角上扬，注满爱意和笑意的目光柔软地洒了我一身。

说来也巧，在父亲的带领下，我顺利地走出北三环西路，到了北三环中路去念小学。

父亲买了车送我上学，他一开上北三环路我就会抱怨："开这么破的路作甚呀！""离学堂近咯。"为了不至于每天吃过早餐再加餐一顿老师的唾沫星子，我只能忍。小学那边有一条"夏天绿豆汤，冬天芝麻糊"的河，一年不变的是那股恶臭，以及总是自来熟的苍蝇。"五水共治"的口号喊了五年，捐款也捐了五年，似乎还是春风不度玉门关，恩泽顾不及这条无名河流。河边仍然是老房子，并不是南方特有的古色古香的木屋，而是用粗糙的石头搭就，灰蒙蒙的窗户粘着蜘蛛都不屑于待的破网，枯死的爬山虎更显出一份萧瑟。我们小孩子玩捉迷藏，谁都不要躲到那房子里去。城市不是古老，是破旧。

等到上交小升初毕业卷之后，我开心地想着终于可以离开北三环路了，可是从北三环路上那所初中飞来的录取通知书又把我和这一条破路紧紧拴在了一起。怀着满肚子的怨气，我又得在北三环路跑上三年。

北三环路是破的，破得无药可救。路面坑洼，像恐龙美女脸上的痘坑，车轮在坑中一上一下，弄得我坐车赛似骑马，骑的还是一匹桀骜的劣等马。我也不敢恭维北三环路边所谓的"城市风光"。好像前几年就说要建什么文化商务区，迟迟没有动工，只拉了一张所谓的效果图："滨湖天地，天府之宅。"绝了，我差点就信了。后来终于有人想起还有文化商务区这回事，回来打个地基。于是在"咚咚咚"震天响的声音中，北三环又多了一道风景——漫天的沙尘。每次开车来都恍如黄袍老妖再世，挥一挥衣袖，没带走唐僧，倒是带走了二十元的洗车费。

路，投射出一个城市的倒影。我所在的城市若是以时下流行的幸福感来评论的话，实在是不敢恭维。可是北三环在我们城市也算是条新兴的路，只是那三座只有骨架的高楼尴尬地立在空荡荡的水泥地上，活像古代被剥了衣服赤身裸体站在大庭广众之下的犯人。北三环路通向一个拥挤甚至已经开始犯起"城市病"的城市。入夜，也会有迷离的灯光在夜色中一眨一眨，催动城市的心脏深入地下"咚咚"作响。我想到地理课时常讲起的"虚假城市化"，不由得质疑，是否我看到的一切都是假象，只是如泡沫一般的幻影，在阳光下流光溢彩，但是一戳就破。

路上是形形色色的人，穿西装的，挑担的，背书包的，抱孩子的。每一个都长着一张过目即忘的疲惫的脸，他们在生活的泥潭中苦苦挣扎。

看这城市就像是解一道无解的数学题。明明公式是对的，计算也没有错误，可答案就是出不来，只能看着钢笔戳在纸上化开一片浓黑的墨汁。城市，热闹也有了，繁华也有了，甚至高耸入云的大厦都立起来了，但每个人都像是一位流浪者——心灵的流浪者。他们在这个城市找不到落脚点，只有不断

地上路、徘徊、停步、再上路，重复这不觉疲倦而又无休无止的循环。

北三环路上的菜市场是这条路上最繁忙的地方。每天一大早，我都可以听到卖菜的人推着车从路上轧过去，或许是因为路面坑洼，又或者是万向轮不灵光，常常是"咕噜咕噜"滚过去突然"啪"的一下，于是伴随着一声"他妈的"，我的新的一天开始了。偶尔还可以听到装着猪的火车"轰隆隆"地雷一样开过去，猪的呼噜声与整个仍在赖床的城市毫不违和。我时常和父亲一起去菜市场买菜，沼泽一样的地面上散落着一文不值的烂菜叶。小贩们总是很殷勤，我们走近的时候会突然大喝一声："卖菜咯，萝卜白菜，新鲜哟！"有了这一个开头，南腔北调都开始响起来了，与其将卖菜比作各个地方人民的友情汇聚，倒不如说是有打群架的气势。父亲喜欢去菜市场最角落的摊买菜，摊主是一位中年妇女，典型的老农民，破草帽像一只破碗一样倒扣在头上，半灰而凌乱的头发四下支棱出来。买菜的时候父亲爱和她寒暄几句，我抱着手臂在一边听。她聊到家离这里不远，自己种菜本就图个自在，老伴随着孩子回老家，自己舍不得把地白白卖掉，就种点东西拿过来卖，好一个人过日子。父亲总是会被她打动，买她的菜总是不收找回的钱。而我抱臂旁听，充当一个冷漠的看客。我对她的感情是浮沉的，同情浮在水上，而厌恶就藏在水下。她说着这些与我们毫不相干的话来博取我们的同情，用良心的绳索来道德绑架我们。瞧她脸上的笑，分明市侩的小得意就洋溢在那张满是皱纹的脸上。我突然也有一种小得意，觉得自己看透了这些生意人来笼络长期顾客惯用的伎俩。

这样的人在菜市场里太多太多了。我听到杀鱼的当面堆笑替你去鳞，背过身就低声咒骂："事情真多！"卖白菜的看着顾客把外头的烂菜叶剥掉，心里算着又少了两毛钱。那个摊主，没准表面命苦，背后就笑我父亲这样的人傻呢。在我眼中，菜场里黄毛卷发的、黑发油腻的、瘦如人精的、满脸横肉的，实际上都长着一样会微笑的脸，可是谁知道那微笑底下会有多少扭曲呢。有许多人，通过北三环路来到这个城市，先是外行的人看热闹，因这个城市展现给他们的表象而幸福，可在被生活狠狠抽了几耳光之后终于黄粱梦醒，在生活的泥潭中挣扎，陷入一个死循环。菜市场熙熙攘攘，城市也热热闹闹，日复一日从菜场卖出的东西都顺着食管流到胃里，变成欲望，变成俗世梦想，最后在肠子里九曲十八弯，放出一个屁——全没了。

可是三年初中过去，我的噩梦还是没有过去。我的高中，也在北三环路上。真的就像十年前小妈妈口中的"拴天链"，北三环路是我的桎梏，我的羁绊，我跌走于其中，无可奈何。高中算得上是城市二中，这里倒有不少和我一样瞎猫抓到死耗子的人，但更多的是不能上一中的愤青，结果就是他们稍稍动动手指，我就得去给他们垫垫高排名。这年头，成绩可是一个人的门面啊。我初中算得上佼佼者，在高中就是失败者，输得一塌糊涂。我想要逃离，想要自由，但是依旧被拴在这里。

一代又一代的学生都是这么过来的，我也只是北三环路上的一个过客，在这里挥一挥衣袖，只有回忆与我相随。北三环路不会记得我，就算我是一个一出生就与它同呼吸共命运的人。十八年时间，四套校服四套教材，人慢慢被时光拉长。三年前那个阳光的午后，无数的微粒漂浮在金色的光芒之中，银色的窗框，摇晃的树梢，天空中缓缓划过一道航迹云。初中时的我故作高深地托着下巴想，我以后会上一个怎么样的高中呢，这个某某，那个某某又会怎么样呢？那时无从考证，可如今回头一看，当时的想法都是无稽之谈，甚至是相去甚远。一个个教室远去了，一群群人也都散了，时间过得也快了。

我们的城市没有大学，这就意味着，我以后至少有四年时光要远离这个城市。原来离开真的是一件不必急于求成的事。更有意思的是，城市唯一的长途车站，就在北三环路那个灰色的尽头，像我未来的路，明明在眼前了，可就是看不真切。

在那之前的许多年，我时常可以看到一辆公交，挤满了人，向北三环路的尽头驶去，然后消失。我可以想象那车内，污浊的空气不断在各种人的

肺里进出，人们脸上也许是麻木的疲惫，也许是空洞的希冀。你们到底去哪儿？归家还是远行？曹文轩在《远方》中写道："人类不得不流浪。"人总是在路上，前行着，流浪着，为了未知的远方。我现在明白了，北三环只是一个载体，同中国的其他路一样，它只是为流浪的人指明了方向，催促着，让人们跌跌撞撞地走着。它是路，不仅仅是一条路，它还可以是一条线，牵动我全身上下最柔软的角落。

我从这里起航，从拖着鼻涕被我妈揍到举着试卷被我妈揍，我拍拍屁股以为再也不见它了，可它一头拉着我的尾巴，一头牵着我的家。这是一座不如人意但总是故乡的城市。我们语文老师老黄在讲张若虚的《春江花月夜》时说，你们还没有过这种经历，是不会懂的。当讲到"人生代代无穷已，江月年年望相似"的时候，年过花甲的他镜片后竟然有了些许雾气。他说起自己以前出去培训，天南地北地跑，有一次房子租在一条江边，每夜伏案写作累了，就捧一杯清茶去江边望月，虽然告诉过自己不要去想，但是自己孩子的明亮眼睛依旧浮现在眼前，老婆的轻轻低语和盈盈微笑似乎还在身边。那月还在，人却不再，只一低头，泪水就砸在杯子里了，荡漾开一圈思念。

我不知道以后的我会不会有"日暮乡关何处是，烟波江上使人愁"的怅然，我还会不会嘲笑那个长叹"近乡情更怯，不敢问来人"的人是婆婆妈妈的小家子气？我从北三环路起飞，但我最终还是会被它拉回，真的就像是拴天链。桎梏，羁绊，现在拉着我的脚踝不让我远去，以后拉着我的心不让我远走高飞。这种强行被拴住的恼火，以后会变成什么样，谁知道？鬼知道。

也许，多年以后的我回过头来，看到一个这么矫情的自己，会笑得赘肉乱颤呢。

（作者学校：浙江省慈溪市慈中书院）

本文为 2018 第五届"北大培文杯"复赛第二场参赛文

> 介于现实与梦境之间，有一段未可知大抵也不可知的暗色——也没有颜色，只是朦胧的知觉——而借由这里是无数的可能性。我曾将它比作漂浮此间的柔软云层，引着我沉入梦境里去，同时亦使我在现实醒转。而此刻我将我所以为的文学比作这云层。我深知云层并非现实或梦境，故这篇《他们》，我想是离梦境更近的一点白色水汽。借由这一点水汽，愿有人可以到达风的梦境。
>
> 在半梦半醒里，应总有某一朵云去往心之所向。

钟若涵

他 们

一

树　木

花纷纷地凋零了。

我只能听见鸽子翅膀拍打的声音，这声音干燥地掠过我枯萎的枝杈。静谧在这里筑了巢，蜷缩在花凋零的位置。我可以闻到它，却不知道它是否也会看一看那些布满天空的浮云。

这些浮云只属于秋季，像是逝去的花的生命又在遥远的地方盛放，短暂的。不同于夏季一群群游走在森林上空的饱满而极易致雨的云，它们是轻盈而缓慢的，投下的影子就如同自身一般淡薄。也极像花瓣，风将其梳理出细腻的脉络，在天空里舒展着。

钟若涵
他 们

秋季短暂，我是知道的。花凋零的时间又有多久呢？冬季将于转瞬间降临。那些暗色调的揉皱的花瓣，却还要在此间停驻。

在溪流迟缓地苏醒的时节，又有繁密而明艳的花盛放。

湖　水

我是喜爱黎明的，我想。当日光穿过浓郁的雾气，当雾气明亮地蒸发消弭，我又映入了所有的颜色的时候，我是愉悦的。

但我却总会在白昼的时候，不可遏制地想起夜晚的月亮。夜晚的月亮，与皎洁而清冽的月光。

月光要柔和得多。它笼在我的表面的时候，我可以感到一切陷入沉沉的睡眠。风也无法撩拨分毫。而月光也要疏离得多。它不会渗入它所触及的一切，只是在表面流淌着，我知道它在这里，却永远无法感受到。就像是鹤将它的喙它的羽毛浸入我的时候，它会感到我的存在，而当我浸入月光的时候，我好似感到了凉意，又好似什么也没有感到。

我不知道月光是属于月亮的，还是月光本就是月亮。我只知道两种矛盾的特质在月亮这里融合得恰到好处。

也许这就是月亮吸引我的地方。

萤火虫

当她由枯草化为一个带有翅膀的生命的时候，她已经开始对雪感到好奇。当她携一盏星星一般的灯在植物间找寻的时候，她开始被称为萤火虫。

她也不知道为何一只夏季的虫子会对冬季的雪着迷。"我真的不太明白，你一只夏季的虫子为什么会对冬季的雪着迷。"一只蜘蛛在修补她的网的时候这样说。

我大抵曾在梦里见过。在我还是枯草的时候。不，我没有见过，我或是听说过。

她想着。然后意识到夏季和冬季是隔了很远的季节,她是见不到雪的。

雪。

风

我承载了太多。

诸如燕子送给南方的思念,旅人关于童年的歌谣,橡木温暖的香气,或者山谷里连绵的松涛。

我像是一趟列车,我常常这样想。尽管我从来都是无意的。

而他们似乎都认为,我可以到达那个车站,那个存在于他们心里的远方。

二

树 木

花的一切怕是被风带去天空的。我的秋季也许也与风有关。我不知道如何告诉秋季,我怎样为它的离去叹息。我不想打扰静谧,却想写一本献给秋季的诗集。

风会携着秋季离开么,在冬季的那场风到来之前?

湖 水

月亮攥住了我的心。我如镜子一般的表面为月亮起了波澜。

风将月光倾泻入我的一切,我第一回感到如此的满足。那些柔和而疏离的物质溶入我幽深的怀里,我感受到它们粼粼跳跃在我的身上。

而当我又一日见到日光的时候,请看啊,我所有的波澜,我揉碎的日光,都是为了月亮。

萤火虫

她想借一趟风的列车,为她的车站,她的远方。

于是她向着北方,据说是雪最早出现的地方。她没有那么漫长的生命,她甚至不知道在见到雪之前自己是否已成枯草。而她仍旧前往,气流托起她薄而透明的翅膀。

她想象着雪的模样。

星星告诉她秋季的到来。

她经过一片森林,那里的花都已凋零,树木却有着鲤鱼色的秋叶,像是花的颜色都染给了即将枯萎的葱茏。她听见风擦过枝杈的声响,那像是唱给秋季的骊歌,却满含着愉悦,讲述着曾被注视过的奇幻的浮云。

她经过有着波澜的湖泊。那时是晚上,月光在湖水里盈盈流淌,她从不知湖水兼有柔和与疏离的特质。她闻见细碎的银色上弥漫的水雾,记录了无数安然的梦境,与无尽的被织成月亮的月光。

风

树木向我请求了花的颜色,湖水以为是我将月光给予。而萤火虫随我远行。

三

树 木

层林尽染。向南方迁徙的雁群用这个词形容我。那时候它们背后的浮云被描上了浅金的影子。我感到愉悦,从未有过的愉悦。

而我在晚秋见到了一只萤火虫。

湖　水

月亮在我的表面映下影子。当月亮的影子被晃成细碎的银色的时候，月光由边缘溶入我的一切。我感到愉悦，从未有过的愉悦。

而我在晚秋见到了一只萤火虫。

萤火虫

她开始意识到一些事。

秋季本只属于花的凋零，树木却纷纷生长出花的颜色，而秋季因而被记住。月亮不过是从恒星那里借来的光，这不是它本初的样子，却以这种方式留存。

她意识到，原来树木想记住秋季，湖水想留存月亮。这是他们想要到达的车站，是他们想要到达的远方。

那么我呢，她想。我的远方的车站，是雪吗？我到达车站之后，我也想像他们一样。

灰白的云从远方而来，她看见飞扬的卷着凉意的物质。

这是她曾想象过无数遍的雪。

我来过一定会有痕迹。

她的死亡是来过的痕迹，是最好的诗句。

将我的爱献给秋季，将我的爱献给月亮，将我的爱献给雪。

萤火虫以她的方式写下了雪，枯草上凝结的白霜是她最初的想望。

而雪将她的故事吟唱。当树木与秋季告别，当湖水冻住月亮，当山风迢迢而来转过枯草，万物都将听见一个故事，关于梦与信仰。

风

他们说，他们永远无法到达，而他们始终向往。

我曾见证他们为此创作出无与伦比的美，甚至为此终一生之长度，好像借着故事里的自由，他们就可以到达远方。

你们到达了你们的车站，你们的远方。我曾见证过啊。

（作者学校：北京市第八中学）

本文为2018第五届"北大培文杯"复赛第十七场参赛文

> 翻开一本日记，上面满满记录着自己——痛苦的曾经，喜悦的回忆，都隐没于淋漓的雨幕无声无息。我们叹气，我们执笔，我们都希望再慢些，再慢些——慢得雪花的白染不了鬓上的霜，慢得岁月的担压不弯我们的脊，慢得时光来不及扣下它的扳机——但总有人仓促地落笔，留下匆忙的墨迹。到头来看看过去，总是满怀歉意。青春，是一本华丽残酷的日记，它的终章，也将由我们，亲手写上。

周智宇

故　乡

人生就好比一场旅行，但正如鸟飞行久了就会寻找树枝歇息一样，人旅行久了，也总会找一个能使肉体心灵安歇之处。对我而言，我的故乡就是我的安停之处，那里即是永恒。

余秋雨先生曾说过："一座普通城市的文化，主要是看地上有多少热闹的镜头；一座高贵城市的文化，主要是看天上有多少孤独的云霞。"我想，或许我的故乡就是那高贵之地吧。

那一朵朵寂寞的云霞下，是无垠的沃土；无垠的沃土上，世世代代生活着淳朴的乡民。我就在这里长大。一座二层砖楼，一片桑林鱼塘，承载着我童年的大部分记忆。就像一个贫穷的人小心翼翼地藏匿自己的梦想一样，我也温柔地将我的童年安置在了故乡。

如今，我住在远离故乡的繁华都市中，为了自己的未来奋力飞行。可每当夜深，独坐灯下的我望着被夜间霓虹染的五光十色的天幕之时，心头每每

周智宇
故 乡

漾起的，却总是有关故乡的记忆涟漪。终于，我明白：飞行了许久，是时候安停一下了。

于是，趁着一次难得的长假，我回到了老家。放眼望去，田间一片翠绿。我不由得感叹道：城市的地面上，只能长出楼房；而乡间的土地，才是真正播种希望的地方啊！爷爷奶奶家门前的松树还在，屋后的池塘还在，亲切的老邻居们也还在⋯⋯岁月飞逝，莫非唯故乡永恒？

当然不是。故乡广袤的土地早已暴露在周边野心勃勃大城市的虎视耽耽之中。这桃园美景怕也只是风烛残年，朝不保夕。我不禁惶惑：我，难道要永远失去这安停之所了吗？难道我以后只能蜗居在狭窄的楼房之中了吗？那一片青山绿水，连天麦野，都只能成为梦中美景，徒留伤感吗？

我当然不愿意看到满天星辰被霓虹喧宾夺主，也当然不愿意看到阡陌交通被大厦千万间取而代之，但我仍然在像一只因飞行太久而感到迷茫的鸟儿问自己：为何而飞，因何而停？

若选择飞行，则必将义无反顾，勇往直前；若选择安停，则违背本心，有背叛理想之虞。我们大多选择飞行，却又因安停之处不知何去何从而感到不安。没有时间哀歌的我们，只能任由这份不安在心中发酵，慢慢酿成一腔苦酒。有人说，这酒的名字，叫岁月。

后来，我又去了一次老家。当时，那里已经面目全非，一群工人正将最后苟延残喘的房屋拆除。站在断垣残壁之中，我感到痛心，但痛得并不剧烈；我想有所感慨，但发现自己无话可说。远处苍黄的天色底下，横卧着几条安静流淌的小河。这些年，我也经历过生离死别，我也目睹过美好的事物在岁月飞逝中分崩离析。可是，我也在一次次的飞行中愈加成熟，并最终发现，真正的安停之所，并非他处，而是自己的内心。保留一份纯真的记忆，确定那个最初的自己。以一种色调贯穿始终，比五彩斑斓的人生无疑精彩得多。

我们选择飞行，我们有时安停。当两者出现矛盾之时，岁月便在其中窖藏。我们在现实中飞行，我们在内心里安停。岁月的陈酿，将会历久弥香。

（作者学校：江苏省南通天星湖中学）

本文为 2018 第五届"北大培文杯"决赛参赛文

> 作为学生，深知"学而不思则罔"，而写作是最有效的思想记录。繁重学业之余，学写诗词、散文、读后感、对联，也学编剧本、编校刊、设计海报、撰写提案，其中最无羁无绊的诗歌与创意写作，于我心有戚戚焉。以写解压释重，使稍纵即逝的灵感在墨痕里耀放光彩。
>
> 亦知"思而不学则殆"，而阅读是最恒久的学习方法。我酷爱那些美文字里行间流动的风景和抑扬顿挫中激荡的情怀，还有诗词歌赋寥寥数语间博大丰厚的意蕴，手不释卷，甘之若饴。

李岱宸

地火·烟尘·宇宙

> 宋词中有"榆火换新烟"一句，"榆火"本谓春天钻榆、柳之木以取火种，"新烟"谓寒食节后重新举火生烟，即以火腾烟。
>
> 转而细细想来，世间世外之交通，古今中外之交会，物质精神之交融，生理心理之交畅，乃至一切物之理、人之求、星之灼、大化之轮转，不过是以火腾烟。
>
> 又联忆唐诗一句："须知火尽烟无益，一夜栏边说向僧。"
>
> ——题记

脚下那著名的、踏实的众生母星"暗淡蓝点"，浮于冰冷、寂然的渺渺太虚，那样的黯淡——千亿璀璨星系中无奇的一个蓝点。虽落寞如此，她的内核里却燃着一把烈火，亘古不熄。

地火深埋。地壳以下六千余千米，藏着一颗烁石流金的心，那样灼热，却那般温和安静，藏而不露——只有些许氮氧气雾袅袅腾起海面，似博山香炉，丝丝缕缕青烟飘升。

内火外烟。星球有内火，人亦有，唤作"思想"，或称"精神"。内火不能自暖，却常常自伤。母星深悉这个令人伤感的道理。内火外露是危险的，所以，当她忍不住从地表火山之口喷吐火焰时，总灼得自己木尽土焦，遍地疮痍。火焰总是短寿的，炽烈烟尘却能久久笼罩不散——"青烟幂处"，经月经年的飘摇，醒目却无言，好像一则警讯，但又难明就里。

母星的子民似未领会她的教诲。他们只看到烟。有些高人奇人的内火是一把旺火，迅疾地自燃自耗，辉耀刺盲了世人的眼。这火光或能予众生福祉，或能揭示奥秘、阐明本真，像那句诗所传唱的："自然和自然的法则在黑暗中隐藏，上帝说——让牛顿去吧，于是一切都被照亮。"

但古往今来，星光流转，世人并不总予火热以善意的回报——知音般相赏的更为罕有。众生往往忽略明亮和煦的焰，常常只见熏目呛鼻的烟。

布鲁诺，中世纪的梦想家，一位"执火者"。他梦见气泡在虚空中接连浮现，一个个，一簇簇，一串串，互不相妨，自顾飘荡，如大海上的浮沤。他乘光之翼穿梭其间，惊觉每个气泡中都藏有一个世界，而其一内中藏有一粒尘埃，所有的人类都在上面，所有的生与死、老与少，或高尚或低卑的灵魂，或煊赫或平庸的生命，所有已出现、将出现的文明，所有历史与记忆，都附着于这粒尘埃上。多么可怜，多么可观，多么可嘉，多么可意，他率直想着，思想之火无疆无界。他兴奋于自己的发现，内火催促着他呐喊着广告世人——人类的存在多么渺小，渺小似宇宙里一粒沙，又多么伟大，伟大到能在一粒沙上燃起洞明宇宙的火焰。

他并未意识到，他的火过于光怪陆离，路人看到的是妖魔隐形的青烟。原来这般火与那般火有时也不能相容，人们愤于承认那种渺小，又怯于拥抱那种伟大，于是宗教狂热的"真火"，将刑柱上的布鲁诺烧作飞灰，人间重归安稳笃定——每个路人心里都烧着一样虔诚的火,凡夫们相互"理解""认同"乃至"欢愉",遂不必理会、记挂着偶一骇异。

布鲁诺的悲剧给坊间的凡心们烙下了深重的疮痕,千百年后依旧一触即痛,后来者们不得不顾虑迟疑。内火一旦外露,它将引爆什么,它将吞噬什么,全不由自己掌控。近百年间,那朵闻名的蘑菇云下,创造了"一项历史上前所未有的大规模有组织的科学奇迹"的首席科学家奥本海默自省道:"我成了魔鬼,地狱的使者。"爱因斯坦则震惊于比基尼岛竟成人间炼狱,发现质能方程的喜悦第一次转为怀疑。

冷眼观之,那些闪烁着真知灼见的内火何尝有错,错的分明是"路过者"的滥施与误用。那些"煊赫"们一旦见识到烟的威力,便无暇考虑火的初心。

那么,就没有一位"路过者"见烟亦能见火吗?自然也有,如哈代之于拉马努金。"以整数为友"的印度数学家拉马努金,凭直觉写下狂野的公式,身边人纷纷目之为"邪火",唯远方的英国剑桥教授哈代肯俯首相就,引导他以严谨思路验证直觉。当旁人都对那些纷繁冗长的"无用"公式嗤之以鼻时,哈代小心地保留了那脆弱的"火种",直到百年后为霍金的黑洞理论添薪加火,从而大放异彩。拉马努金是幸运的,可终生不得知遇的"古之伤心人"又有多少?忧愁不可辍,叹息肠内热……

风一更,雨一更。"蓝点"上的"微尘"之我,管窥之余,忽而也有臆想之内火萌发涌动,于人之外、于星之外,梦中说梦,幻境实录如下:

"有趣,有趣",宇宙培养皿上悬着两只"观察之眼",正饶有兴味地一眨一眨,进行着二进制的交流。"果然,奇点处多样化的初始设定,演化出的宇宙便也异彩纷呈。那些小小的微尘各自做着独特的梦,按照其中一位迷恋金黄色花朵的微尘说法——每个人心里都住着一把旺火。"

另一只观察之眼赞同地眨道:"不仅如此,那无穷无尽的梦里,有最灼热的猜想,一切存在的不存在的,都可能出现。比如这个——这粒微尘能在梦里见到只有四维微尘才能拥有的视野——同时见到立方体的每个面、每条棱,内侧与外侧,甚至每一面的厚度,这可是我们上次宇宙实验时才设计出的啊。"

"还有更奇妙的呢!你看这粒微尘,它竟然梦见了我们,梦见了我们此时此刻对它的观察,梦见了宇宙实验的真相。"

"可惜,对它而言,这不过是神秘朦胧的梦,它永远无法验证,甚至不敢分享给其他微尘——那该多荒谬啊!它惧怕这样的评价,只有让这火在心底自顾自燃烧,连一丝烟尘也不漏。"

"第1101010号宇宙的结局不也是如此吗?每一簇小小的火焰都独立地燃起,又彼此碰撞、相融,最终宇宙的每一个角落,都落成了一样的温度,处处平衡、均匀,或者用微尘们的称呼——'热寂'。"

"喂,知道了这些,你不会伤心遗憾吗?"观察之眼问那个梦见自己的微尘,"你所为之赞叹、倾倒,愿为之添薪的人类文明之火,到头来也不过是烈焰中荡然迷失的梦。"

那粒微尘闻言停止了伏案,扬首凝视着那宇宙之外的"观察之眼",微笑道:"乾坤自有其火,但草木青青亦堪怜。我之心火纵然微小,纵然温热寥寥,纵然转瞬即逝,却能支撑自己完满自足的一生。我们的世界里有一则佛家偈子:'问余何适,廓尔忘言;花枝春满,天心月圆。'我们都没有名字,没有面目,即使不遇知音,也能在自己的世界里圆满。"

——记录止于梦醒。火尽烟散,乾坤朗朗。

(作者学校:中国人民大学附属中学)

本文为2018第五届"北大培文杯"决赛参赛文

摇晃颤巍，冥冥穿行，登上前路，踏入归途。生命交错的幻灭与虚空，被人感知，恰似王羲之《何如帖》里"中冷无赖"四字，笔触落墨，仿佛"力不次"，有一点慢世的状态。亦或像晚唐的宫廷画，用一种极其淡漠的冷红晕染，深到发紫，暗示盛世的繁华已然消亡殆尽。

北京故宫有一间暖阁，名"三希堂"。止八平方米，藏三件稀世名帖，系乾隆养心殿内的书房。普天之下莫非王土，然而这位高高庙堂之上的皇帝，却将文化的生命置于这渺小空间里，似乎这偌大的紫禁城宫阙辉煌，却不比这间小小暖堂，更像一位帝王的家。

文学对于我，大抵如此。世间伤人利器，从来不是恶意，止冷漠而已。广袤天地间，幽幽惶惶，文学给予一方狭小空间，恰足以装盛一心，对孤独做最终拯救。

三希堂匾额前一副对联——"怀抱观古今，深心托豪素。"

文学，如此生命。

陈昭宇
南北行停

一

夜里，总梦见一片古战场。

梦中扬起的沙尘，可以哽呛咽喉。

时有冲天的呐喊，隐隐铁马金戈之声，然后倏然，寂静如初。

远方系连绵的关塞黑山，隔断了地隅经纬，究竟不知身处何方，不明日出日落。沙场空间的中央，一株春柳，于黄烟深处，舞得低迷。

梦醒，依约星空漫漶。

当年，函谷关，大抵如此罢。

中国文化仿佛受了诅咒，《兰亭序》陪葬入土，《红楼梦》半部佚失，又将夕阳晚阑中骑着青牛的白衫老人，重重推出了函谷关。

更遥的远方，更远的楼兰。

中国，不需要哲人了吗？

老聃，哲人还是狂癫，你自己都不知，奈何问物我万界？依我说，何须那青牛，跨着世纪末的晚云，便可出关。

"大道至简。"怀着深情，你便不敢再望你所爱的苍生一眼？当年函谷关那人求你，你是否含着清泪，从黄布书袋里抖出残简，以血蘸墨，写下火箸画灰的《道德经》。

而后归去。

鲁迅言：黑暗牢笼里，一群人在昏昏沉睡，偶有一两个人醒来了，那么这一两个人是应该大声呐喊呢？还是继续昏睡下去？

觉醒必然是好的吗？老聃苦笑说："我的思想就是这些珠子，我已洒在了函谷关的苍茫黄沙上，待时代殁了，王朝覆了，你们世人啊，就去穿珠子罢。"苦笑着，咳出鲜血。

"世界微尘里。"人们不过是尘土，在风中飘散着，无法安停。随着眼界的开阔，生命的领悟，如沐甘霖，结束了浮华的飞行，沉淀为土壤，能够在时代的雨落中，逐渐超脱。

"纵浪大化中，不喜亦不惧。应尽便须尽，无复独多虑。"千年之前，陶令握着满襟的秋菊，悠然长吟。一瞬，瞥见了远方南山。

纵浪大化。老子付出了此生的深情，融血水于那一部《道德经》，后应尽便须尽，跨上青牛，走入了黄沙漫天，留给世人，一个决绝的背影。

陈昭宇
南北行停

然而"道生一，一生二，二生三，三生万物"，在老聃出走的那一方西域，行来了阵阵驼铃，大唐的李太白，吟着兰陵美酒郁金香，长眠在长安市的酒家，醉饮长空一轮明月。文化在不断地吞吐，亦在不断地行停。

中国文脉在黄沙渺茫的古战场上，生出了新绿。时代也在不断地走进长安、走出长安中，秘密地飞行与安停。

二

凌晨四点半，夜空的颜色愈发深蓝。

起身披衣，我在线装古册中翻找。一本泛黄的古册，封底玄蓝，封线欲坠，书页在翻动的微风中，仿佛茶烟冷雨。

书册扉页上静默列着一排文字——"我们都在不停地寻找，飞行与安停。"钢笔留下的墨渍，几乎被星光洗去，不余一丝痕迹。

曾在书中读到："一颗星发出的光亮，要旅行几亿年抵达地球。"

我想，在这漫长的时光里，这束星光已经于悲静的宇宙中寂寞地穿行了几十亿年，这颗星本身可能已然消亡殆尽，却只为了让你流连它的一瞬。这些朱红、绛紫、湛蓝的流光，无助地飞行，只为终于可以在你的眸里安停。多么可怜，多么可爱。

生命于世界，都是一个不断悟禅的过程。禅，在印度语里，称"禅那"。

在上帝面前，人生下来即有原罪。人的一生，就是在为自己的罪补偿，为善。然而这大抵有些恐怖的意味了——如果我们没有诺亚方舟，是无法逃脱神的惩罚了。

它告诫我们，生命需要一个渐悟的过程，恰似飞行。

世人之间，皆为俗世所绊，或为金钱财欲，或为名利权倾。尘世间的无助奔劳辛苦，是为不可降落的飞行。

然我们可以在生命的闹市中，寻找一地停驻。

求一所不大的房子，顶置原木，四白落地，挂一幅水墨山青，阳台上摆几盏陶盆，注水，插几苇败萍，如李商隐有"留得残荷听雨声"之句。闲时煮茶，虽不是妙玉，可得梅上雪水，用日常俗水亦可。焚一枝雅檀香，于蒲团上打坐，闭目塞听，感觉体内飞流涌动，气息蕴吐。在生命的地平线，林立的城市广厦覆起时，寻求浮生半日之雅闲，望"雨中山果落，灯下草虫鸣"。

于渐悟的过程中，静待一声棒喝，一句机锋，一缕缘妙，达到顿悟与安停。

顿悟什么？安停什么？

"一花一世界，一叶一菩提"吗？

非也。

柴米油盐酱醋茶。

这方是我们真正要悟的机锋。

禅宗讲，悟禅之境界有三：第一境，看山是山，看水是水；第二境，看山不是山，看水不是水；第三境，复看山是山，看水是水。

生命的安停，原是要回到最本原、最平常的东西。正如"大隐隐于市"，是中国的生活哲学。

毋求沉浮之心，只活在当下，适度悲观，不失热情，便可得永恒。

那么，何时可以顿悟呢？

王守仁言："汝未看此花时，汝花与汝心同归于寂。你来看此花，则此花颜色一时明白起来，便知此花不在汝心之外。"

我亦在等待我的机缘，我的棒喝。

三

伊卡洛斯这一希腊神灵，终于因为飞得离太阳过近而死。

陈昭宇
南北行停

以生命去追求临死的永远的光热，似乎是希腊乃至西方哲学所信奉的命题。

大约三年前，入四川。

四川于我，系第二故乡。倒无甚特别的原因，只因亲切。问为何亲切，想来当时亦是不甚名状的。但后来细想想，还是因为蜀相。

是的，蜀相。

千年的平原肥沃，深山烟雨，万载离乱纠纷过后，原是这样一座花重锦官城。

武侯祠前，竹柏森森，朱墙严严。正匾书"明良千古"四字，光影迷离。丞相祠堂内，右壁《隆中对》，左壁《出师表》，诸葛造像立于堂正中，一袭宽袍，白衣素雅，手持羽扇，风神俊朗，雅量从容。汉昭烈庙则位于其后。千年之前，一君一臣，本应君贵臣轻，却在如今武侯祠内，一一打破，臣荣于君。

可见时代眼光并非"盲"，万载湮没后，常常呈现一种惊人的雪亮。

"出师未捷身先死"，诸葛亮，被世人抹去了结果，只留下最为高尚的过程。

那年剑阁微雨，山路泥泞，满山关塞尽插锦旗，上书"蜀"字。古籍上言："诸葛亮相蜀，凿石驾空为飞梁阁道，以通行旅。"一语落定，千古良明。

当年我去剑门关时，没有酒和驴，不然，我亦可"细雨骑驴入剑门"。

生命的飞行与安停，在尘埃落定时涌现出惊人的深情与执着。一如被楚狂接舆大笑"知其不可为而为之"的孔丘。

这位历史迷烟深处的老者，周游列国，飞行了无休无尽的十三年后，落停，流下苦泪。

"道之不行也，吾知之矣。"

然后怀着淑世精神，永远地苦痛，永远地深爱着万物苍生。

四

  时代信仰与终极关怀下，我们都是站在历史高度的人，下笔应格外慎重。

  魏晋时代，阮籍为了喝军营里酿的美酒，一度辞官不就的他担任了步兵校尉；北方洛阳任职的张季鹰，因为秋风起了，想念家乡江南的莼菜鲈鱼，丢下乌纱帽；山阳县夜雪，王徽之忆起好友戴道兴，连夜乘船拜访，却在友人家门口，返船而回，留下一句："吾本乘兴而行，兴尽而返，何必见戴？"

  嵇康的《广陵散》绝响，何晏的"五石散"，士人们的"扪虱而谈"，魏晋人物的悠然超达提醒我们，生命的飞行与安停，就在于一种纵浪人间、不以物喜、不以己悲的深切同情。

  我在无数个夜晚，望着天边幽冥的星云，如是想。

  飞行，便尽己所能，生命完成；安停，便放下杂念，悠然落定。

  去来而已，了无牵挂。

  "飞行""安停"呼在口中心间，应给予怎样的重量？

  我们都不知道。

  我们还在探索，在飞行。

（作者学校：西北师范大学附属中学）

本文为 2018 第五届"北大培文杯"决赛参赛文

> 也算是一种双向推拒吧，我不期盼在一群以名著只读过个位数为荣的人群里找到回应，别人也无法从永远在一群五三中捧着小说看得风生水起的我这里获得什么。
>
> 在理科班的这些日子里，文学于我而言是一件异常私密的东西，它就像是藏于心中的一个桃花源，只可怡然自得，不足为外人道。
>
> 仿佛若有光。

唐诗源

我愿乘风归去

夜晚的空气沉淀着一整天的污浊与燥热，但我还是裹紧了宽厚的大衣，小心翼翼地走着，当风吹过来的时候，人们可以故意忽略干涩呛人的气味。那大概是活泛了一天之后的疲惫，如起了皱的纸，无色，易碎。

在桥边停下来的时候，我终于看清了那一路蜿蜒的电线管，在河水中泛起霓虹状的波纹。我站在最高的桥上，可以看见最繁华的城市中心，以及那其中的人群、车流。

人真多啊。

可人们只是走着，像是勤勤恳恳的蚂蚁，最后也只是在这座庞大的城市中耕耘出一条条河流，犹如错综纠缠着的血脉，哪怕是夜晚，也同样生生不息。

河水倒映出一些并不十分清晰的东西，现在没有多少人大谈特谈鬼神了，摊口的门神画报并不能勾起人多少好奇，可令我惊异的是那座塔，隔岸的霓虹照得它通体发红，似乎繁华已渗透到了对岸。可灯光过后，只留下突兀的黑暗，遥遥地与什么对峙着。

听说是清朝的事物，大概与佛界也有一丝的渊源。

它像很多人。

我家楼下住着一对新搬来的夫妇，在夜市经营着一家大排档摊位。搬来的第一天，夫妇俩便给各家各户都送了两个咸鸭蛋，说是自家的特产。那女人将咸鸭蛋递给我时，我看到她那双手布满了红肿的冻疮以及结了痂的裂口。

我朝她礼貌地笑笑："阿姨好。"

她立刻笑起来，说她家的女儿也与我一般大，又问我属什么，在哪儿念书。我一一回答，她就很高兴，拉着我的手用并不太熟练的普通话说了很久。男人站在一旁，只是微微笑着，时不时插上几句。女人临走前一再邀请我去他们家玩，我笑着答应，她便仿佛是很放心地走了，而那男人临走前却突然伸出手在我面前比画了一下，几乎是很突兀地说："她大概还要比你高一点。"然后便很高兴地走了。我愣在原地，拿着两个咸鸭蛋，有些不知所措。

后来，我才知道他们已经三年没有见过他们女儿了。

之后也曾想去他们家坐一坐，可他们通常不在。听母亲说，做大排档天还没亮的时候就得出门了，不到晚上十点以后，是没法收摊的。我也不大见得着他们了，只是有时会看到他们那辆生满铁锈的电动三轮车停在楼下，一靠近便会闻到一股浓烈的腥臭味。

终于有一天，我中午回家走到楼道口时碰到了那个男人，戴着一顶沾着煤灰的鸭舌帽，不由分说便要我去他家吃饭，我实在无法拒绝他的好意，便答应了。推开门，我有些愕然，这是一间没有装修的毛坯房，水泥板裸露着，中间随意搭了一张塑料桌和几条塑料板凳，角落处有几张简易的行军床，棉被却是整齐地叠着，是紫色的碎花图案。女人从里间出来，一看见我便很开心，嚷嚷着要加菜。我看到桌子上只摆着一盘咸菜，和一个脏兮兮的高压锅，里面有半锅粥。

我有些尴尬地在塑料板凳上坐了下来，看见一尊菩萨像，是最普通的观音送子，它被摆在阳台上，在阳光下慈祥地朝我微微笑着。

菩萨像在这个城市已属罕见，供奉菩萨的人更是几乎找不到了，现在突然在一个毛坯的阳台上看到一尊菩萨像，心中只觉惊奇。

女人走过来喊我去吃饭，饭桌上她一遍遍强调菜真的是太少了，并不断往我碗里夹肉，我看那男人只是夹那一盘咸菜，其余几乎不碰，女人也只是端着一碗剩粥，大口地吃着。我有些尴尬，却不好再说什么，便快速埋下头去扒饭。临走前，女人抓着我的手让我保证下次一定再来，我连连答应，却飞也似的向楼上跑去。

大概也就住了一年的时间吧，他们便搬走了，临走前却没和任何邻居打招呼，几乎是一夜间便消失得无影无踪，后来楼下也搬来了新的住户，再从那家门前经过，只觉得了无痕迹，仿佛是一张纸，已随风飘去了。

也许蛋饼摊是这个城市最稀松平常的存在，它们通常由最简便的工具组成，驻扎在某个突如其来的巷口，蒸腾着葱油气味。我也曾是小区外一个蛋饼摊的常客，那做蛋饼的是个跛脚的女人，后屋由她的男人经营着一家零售铺，起初我并不知道女人跛脚，最后还是几个和我一起等蛋饼的婆婆说出来的。

"你的脚怎么了。"

她们问。

不是疑问的口气，而是陈述句。

"跛了。"她简短地答道。

几个婆婆还欲再问，她手脚麻利地装好蛋饼递过去。

"蛋饼好了。"

于是几个婆婆只是讪讪地笑笑，走了。

我于是知道她是跛脚的。也终于有幸看到了那破旧不堪的拐杖，似乎也泛着油腻的光。

后来她的邻居,一个常来夸她手艺好的女人竟也开了蛋饼摊,仿佛是仗着那少了十米的距离,那蛋饼摊生意竟一天天火爆起来,而她的顾客却是越来越少。可我似乎有种执念,总是挤过那聚集着很多人群的蛋饼摊,走到她那边默默地递上两个蛋:"一根火腿肠,不加香菜。"

有一天,当我递上两个蛋时,她竟然笑着说:"我知道,一根火腿肠,不加香菜。"我有些讶然。"老顾客就那么几个,我都记得。"她笑着解释。那天她把蛋饼交给我时,突然说:"我看你面相,将来是要交好运的。"我又是一阵讶然。

她却笑着摆摆手,让我走了。

后来又光顾了几次,便不再去吃了,毕竟一种食物也是不便常吃的。可即使隔了很久,我仍会为那份特殊对待而心动,哪怕它薄得犹如一张纸,它也真真切切地存在过,我知道的。

有时会在路旁看到无法回家过年的老人用简易的铁盆烧纸,黑色的纸絮会飘得很远;也会看到爷孙二人在车库的铁门上贴上大红的春联,用最传统的浆糊细细地刷着,左右比画着距离;还能看到妆容精致的女孩子,靠在汽车站台上,隔着隆隆的爆竹声对着电话才喊了一声妈,就迅速低下了头去捂住了嘴巴。

他们都属于这座城市,在这座城市辛勤地耕耘着自己的人生,不问朝夕。他们也同样分享着这座城市,简单地维系着单薄的联系。他们同时也一遍遍咀嚼着这缘分,有如咀嚼一张纸一般,涩而无味,却又真真切切,令人难忘。

《情书》中,渡边博子向着那苍白如纸的雪山哭喊:"你还好吗?"

回声一遍又一遍:"我很好。"

他们,都还好吧。

可他们都是何等辛苦的人啊,拼尽全力渴望融入这个城市,用单薄如纸的身体去努力活下去,在梦中维持着琼楼玉宇的渴望,就如同那种渴望被一束霓虹灯照亮一样。可纸毕竟还是过于脆弱的东西，他们终于是一去不复返了，了无痕迹。

　　河水那边吹过来的风依然干涩得让人想流泪，很多人来到这里，也有很多人从这里离开，匆忙得如被风刮跑的纸张。可对我而言，他们也就是一张张纸啊，空白到一无所有，却争先恐后地飘向那琼楼玉宇，哪怕高处不胜寒。

　　我说，我愿乘风归去，如一张纸。

（作者学校：江苏省盐城中学）

本文为 2018 第五届"北大培文杯"初赛参赛文

> 我好久没有细细打量她,她爱高谈阔论,所有事在她眼里都简单无比。她信口开河,毫无顾忌,颇显幼稚。她做事荒唐,行为任性,胆大得令人羡慕。她善良勇敢,敢和任何人说不。她早已不知去向,只藏匿于一个个深入浅出的方块里。文字的分量怎能承受一颗心的沉重。她挣扎,是我一次次将她按下,直到,化为一粒种子;直到,我说,我想她了。
>
> 沉睡的荒野经浇灌后依旧是虚无,每一次播种得到的也是无济于事的野草,终点是放弃,是安静,是时钟留下的"嘀嗒"的脚步声,是笔尖划过纸梢的每一次耳语。

余嘉怡

时 光

如果我去问一个孩子,二分之一是多少?他支支吾吾地说不出来,那可不是他傻,他只是不知该从何处说起。一个蛋糕的二分之一?还是画纸的二分之一?孩子们的想象有千万种,我的二分之一当然也不止一种。

曾经与老人一起住过,事实证明,那是不需要钟的日子。被一声声踩下厚重木楼梯的脚步拉回现实,在"嘎吱嘎吱"声中,没有一点儿怨气,天已大亮,我知道现在还很早。老人们不需要死气沉沉的闹钟来支配他们的时间,在第一声公鸡打鸣之前,窗外鸟儿的叫早声已有冲破陈旧窗户的冲动。那种轻松醒来之感,已然成了我现在无比怀念的日子。"外婆,你怎么这么早起床呢?"拿着空心的竹竿正在向灶口吹气的外婆没有看向我,只是趁着间隙无意说了句:"习惯了啊。"她用一句标准的当地口音,道出了隔壁,再隔壁,

甚至是整个村子老人都会回答的话语。我后来想过,老人们为什么醒得这么早?为了白天过得长些吗?我竟有些自责,淡淡的忧伤与害怕一点点弥漫上来,我没再想下去。跟着老人们生活,时间似乎被拉长了。我跟着乡下的日出日落不经意间追赶着时光,在影子变向之前做完手头的工作,追上了,倒也没有特别惊喜之感。算了算,白天的时间远远地超过了十二个小时,有时是十五个小时,有时又是十七个小时。这话要是别人讲给我听,我一定不会相信,可我却真正做到了。我用最美的清晨试着去做一个真正的乡下孩子,坐上外公的"敞篷车",一路颠簸上山,下山,一身泥倒也轻快;同样也有大把的时间,我继续坚守学生的职责:背书,读英语,写作业。院子中也不热,偶尔抬起头来,是外婆正在一角悄悄剥豆角的身影。过久了这样简朴的生活,倒也从来没有荒废之感。二十四个小时,我在远超过二分之一的时间里,出乎意料地让自己满意自己的活法。

不知从何注意到,原来已有好些日子,爸妈的作息变得与我截然不同。我在曾自以为的大清早起来,打开手机,时常能看到几张自然清凉的风景照,那是我妈妈发来的,这时,我便知道,她正在旁边的公园中锻炼呢。她会在我刷牙时敲响大门,拎着一袋大饼油条进门,头上还有依稀可见的汗珠。也有许多次,早晨出去买菜的爸爸和妈妈一同买回同样的早餐,平时从不担任买菜任务的妈妈竟也有一天让我和爸爸心照不宣地笑了起来。老妈不止一次跟我说过,每天早上她都会很早地醒过来,让她自己都感到奇怪。她说,是不是这是人老了的前兆呢,想想,二分之一的年龄已经到了啊。小时候听到这样的话,我定会瞬间眼睛变得红红的,却又固执地不想让大人们见到,可小孩子的心那样简单地表露出来,爸妈总是慌忙说,不说了不说了。现在却没有了眼泪要涌出眼眶却又极力克制鼻酸的感觉,我会悄悄地掰着手指头算算妈妈的年龄,一丝伤感沉入心底,却轻松地安慰道:"这可是说明你越来越有活力了,哪像我,每天晚睡晚起,活成小猪了呢。"妈妈一定会笑起来,对于女儿的小笑话，无论多么无聊，母亲总能对着女儿的笑颜开心起来。

二分之一这个节点，真是另一个青春期。我跟着老人们过远大于二分之一的生活，不觉产生了语文课本中那些诗人们的超脱与淡然。几年过去了，外婆的白头发只要再让我拔去几根，便又是一头青丝。老人们过得忙碌，手脚比我可还要轻快。我怀念那时的每一分每一秒，我呼吸着缓慢的空气，跟在老人身后走着缓慢的步伐，竟也过得充实无悔。我看着早上贴在镜子前的笑脸，知道一会儿妈妈定会元气满满地回来，我想她不知道，她真的变年轻了，这个秘密得留得久一点儿再告诉她。

身边的人都在自觉而又不自知地努力着，于我，又何尝不需要呢？年纪还没成为我的生物钟，闹钟就成了必需品。在刺耳的铃声中，我眯着眼，起床，开始一天。大约二分之一的白天，太阳从东到西，我忙忙碌碌有时却又不紧不慢。有时，埋怨自己成了习惯，我想我不应浪费那一些时间，又或是为了一些没有成功的事情。时光太美好，以至于怎样度过都觉得浪掷，回头一看，都要生悔。也许这只是我这个年龄特有的感受，对日日的重复，觉得单调无味，却也无可奈何。用尽全力去安排好的二分之一，在别人看来可能遥不可及，有时却会让自己失望。

那句"年年岁岁花相似，岁岁年年人不同"，大抵指的是一代又一代人的更替吧。可鲜花也会凋零，那又怎会相似？我们从人的角度，写下这句诗。若是花也有知，那又会是怎样的看法呢。是啊，当我们看自己的时候，才会有所感触吧。我继续过着追逐二分之一的生活，却不再感到迷惘与不甘。因为我知道，终有一天，我会不同，所有的二分之一正在慢慢堆积，我所等待的，不过是那一刻的厚积薄发。那对现在的一点一滴不应该是感到庆幸吗？

我在二分之一里穿梭，看到远方正在向我缓缓靠近。那里有光亮，有未知，还有形形色色的二分之一。我想，我会有一天，骄傲地自然醒来，和爸妈一起出门锻炼，在太阳升起时踏回家，说说笑笑一如现在。到时我还会有着特别特别令人羡慕的白天，白天很长，把曾经困扰我的二分之一远远地甩在后头，笑看那些用力追逐二分之一的年轻人们，不争不扰。到那时，会不会有个孩子问我"你是怎么起得这么早的呢"？然后我会想，咦？时光还真挺奇妙的，我过上了曾经参与过的别人的生活，终成了笔下的那个自己，与大家都相同，却又一点儿不同。

这个平凡的早晨，这些平凡的字，将成为一副挂在门额的对联，鲜色的底子历经岁月，却仍然能在一声炮竹中被点亮。不瞒你说，我现在还挺期待的，那些令人着迷的二分之一。

（作者学校：浙江省宁波市效实中学）

本文为 2018 第五届"北大培文杯"复活赛参赛文

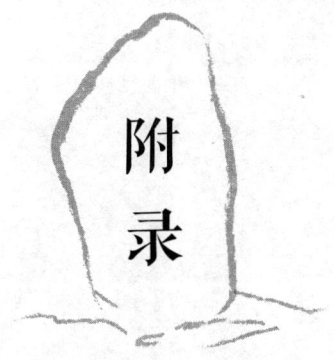

2018第五届"北大培文杯"赛题

初赛题目

高中组

题目一：请阅读诗歌《点灯》，展开联想和思考，自拟题目，创作一篇3000字以内的作品，文体不限。

点 灯

陈东东

把灯点到石头里去，让他们看看
海的姿态，让他们看看
古代的鱼
也应该让他们看看亮光
一盏高举在山上的灯

灯也该点到江水里去，让他们看看
活着的鱼，让他们看看
无声的海

也应该让他们看看落日
一只火鸟从树林里腾起

点灯。当我用手去阻挡北风
当我站到了峡谷之间
我想他们会向我围拢
会来看我灯一样的
语言

题目二：请以"纸"为主题，自拟题目，创作一篇作品，3000字以内，文体不限。

小初组

题目一：下面是土耳其诗人 Qyazzirah Syeikh Ariffin 的一首哲理诗，请根据你的理解创作一篇作品（小学组1000字以内，初中组2000字以内），文体不限（小说、诗歌、散文、戏剧等文体，古体诗除外）。

你说你爱雨水，
但雨从天降时，你却撑开了雨伞。
你说你爱阳光，
但阳光灿烂时，你却藏在了阴凉之处。
你说你爱风儿，
但阵风吹起时，你却关上了窗儿。
这就是为什么，你说你爱我时，
我却产生了忧患……

题目二：请以"纸"为主题，自拟题目，创作一篇作品（小学组 1000 字以内，初中组 2000 字以内），文体不限（小说、诗歌、散文、戏剧等文体，古体诗除外）。

复赛题目

第一场

请以"大雾散去"为主题，创作一篇作品，题目自拟，文体和字数不限。

第二场

请以"链"为主题，创作一篇作品，题目自拟，文体和字数不限。

第三场

芬兰谚语说：美丽的大理石不用修饰。请就此展开思考和联想，创作一篇作品，题目自拟，文体和字数不限。

第四场

请阅读诗歌《弹琴》，展开思考和联想，创作一篇作品，题目自拟，文体和字数不限。

弹 琴
刘长卿
泠泠七弦上，静听松风寒。
古调虽自爱，今人多不弹。

第五场

请阅读诗歌《桃花盛开》,展开思考和联想,创作一篇作品,题目自拟,文体和字数不限。

桃花盛开

[德]赫尔曼·黑塞

满树桃花盛开
未必每朵都能结果
熠熠如玫瑰色的泡沫
映衬云影蓝天

灵感也像桃花
每天成千上百地绽放
开吧!一切顺其自然
别问能收获什么

也当有嬉戏与纯真
也当花开满树
否则天地便太过狭隘
生命也缺乏乐趣

(陈明哲译)

第六场

请以"候鸟衔来的种子"为主题,创作一篇作品,题目自拟,文体和字数不限。

第七场

请以"窗外阳光倾泻"为主题,创作一篇作品,题目自拟,文体和字数不限。

第八场

请阅读诗歌《日落象山》,展开思考和联想,创作一篇作品,题目自拟,文体和字数不限。

日落象山
洛夫

好多人在山顶
围观
一颗落日正轰轰向万丈深谷坠去

让开,让开
路过的雁子大声惊呼

话未说完
地球已沉沉地喊出一声
痛

第九场

请以"逆"为主题,创作一篇作品,题目自拟,文体和字数不限。

第十场

俄罗斯作家普里什文说:人的身上有大自然的全部因素,只要人有意,便可以和他身外所存在的一切互相呼应。请就此展开思考和联想,创作一篇作品,题目自拟,文体和字数不限。

第十一场

请以"榴花殷红"为主题,创作一篇作品,题目自拟,文体和字数不限。

第十二场

请阅读《世界的花》,展开思考和联想,创作一篇作品,题目自拟,文体和字数不限。

世界的花

宗白华

世界的花
我怎能采撷你?
世界的花
我又忍不住要采得你!
想想我怎能舍得你
我不如一片灵魂化作你!

第十三场

请以"风与蝴蝶"为主题,创作一篇作品,题目自拟,文体和字数不限。

第十三场(浙江)

请以"墙上的缝隙"为主题,创作一篇作品,题目自拟,文体和字数不限。

第十四场

美国作家梭罗说:从圆心可以画出多少条半径来,而生活方式就有这样的多。请就此展开思考和联想,创作一篇作品,题目自拟,文体和字数不限。

第十五场

请以"透明的镜子"为主题,创作一篇作品,题目自拟,文体和字数不限。

第十六场

法国作家拉罗什福科说:不灭的太阳也无法使人们久视。请就此展开思考和联想,创作一篇作品,题目自拟,文体和字数不限。

第十七场

请以"远方的车站"为主题,创作一篇作品,题目自拟,文体和字数不限。

第十八场

意大利作家卡尔维诺说:谁想看清尘世就应当同它保持必要的距离。请就此展开思考和联想,创作一篇作品,题目自拟,文体和字数不限。

复活赛题目

请以"二分之一"为题创作一篇作品,文体和字数不限。

决赛题目

高中组

题目一:荷兰著名画家梵高曾说,在我们的心里或许有一把旺火,可是谁也没有拿它来让自己暖和一下,从旁边经过的人只看到烟囱里冒出的一缕青烟,不去理会。请就此展开思考和联想,创作一篇作品,题目自拟,文体和字数不限。

题目二:请阅读诗歌《一些东西在飞行》,以"飞行与安停"为题目创作一篇作品,文体和字数不限。

一些东西在飞行
[美]艾米莉·狄金森

一些东西在飞行——
鸟儿——时光——野蜂——
它们没有悲歌哀鸣。

一些东西在安停——
悲伤——山丘——永恒——
这并非我的使命。

静默之物，升起。

我能否辨明天理？

多难解的谜！

（徐淳刚译）

小初组

题目一：请以"风与海的对话"为题目，创作一篇作品，文体和字数不限。

题目二：请阅读诗歌《起风》，以"起风以前"为题目创作一篇作品，文体和字数不限。

起　风
西川

起风以前树林一片寂静

起风以前阳光和云影

容易被忽略仿佛它们没有

存在的必要

起风以前穿过树林的人

是没有记忆的人

一个遁世者

起风以前说不准

是冬天的风刮得更凶

还是夏天的风刮得更凶

我有三年未到过那片树林

我走到那里在起风以后

高三赛题目

第一场

请以"堤岸与江河"为主题,创作一篇作品,题目自拟,文体和字数不限。

第二场

请以"这是早上八点五十分的校园"为主题,创作一篇作品,题目自拟,文体和字数不限。

第三场

请以"快递停运之后"为主题,创作一篇作品,题目自拟,文体和字数不限。

第四场

蒙古谚语说:"既然说了好,就不再说疼。"请就此创作一篇作品,文体和字数不限,题目自拟。

跋

郜元宝

今年8月1日,我有幸作为评委,参加了第五届"北大培文杯"的阅卷,次日又与参赛学生、家长、北京文化界以及评委代表们一道,参加了盛大的获奖发布暨"北大培文杯"五周年庆祝大会,感受到现场隆重、热烈、喜庆的气氛,也趁机梳理了自己平日对中小学生写作(或曰"创意写作")的零碎想法。

组织中小学生写作竞赛,既能从中选拔可造之材,也能激发广大师生乃至全社会对母语写作的兴趣,还能推动和提升中小学语文教学水平,一举三得,功莫大焉。惟其如此,及时发现问题,认真总结经验,就显得尤为重要。

"北大培文杯"的评委阵容十分豪华,有国内著名高校古代文学、现当代文学、外国文学、文艺学和创意写作领域的教授学者,有权威媒体和重要文化出版单位的专家,有目前正活跃于文坛的新锐作家(他们中间不少人也曾经历过各种中小学写作大赛和创意写作),厕身其中,我可以了解各方面对中小学写作竞赛与创意写作的总体印象。

大家几乎一致认为,现在的孩子们真了不起,别的不说,类似的题目,让当年同为中小学生的我们来写,肯定会无所措手,望洋兴叹。不管对当下中小学语文教育有着怎样的意见分歧,与上个世纪60年代中期至90年代下半期这一历史阶段相比,近十多年以来中小学生的写作水平在某些方面无疑有了长足的进步。

比如,学生们的眼界更开阔了,思想更活跃了,信息资源更多元更丰富了,写作的信心和胆量也更大了。他们基本都能在规定时间内洋洋洒洒写出一大篇文章,差不多全在水平线以上,往往还能令评委们眼前一亮。所有这些,都确实令人振奋。但与此同时,也有一些反复出现的现象,值得警惕和深思。

我这里只谈一个问题,就是不少作品不约而同都取材于遥远的过去,或同样遥远的域外以及其他虚拟时空。这样写,当然可以获得极大的"自由",可以更加"放肆"地施展想象力,遣词造句也可以更少拘束,甚至可以享受类似"大写意"和"泼墨画"的快感,但另一方面,作者的现实意识,他们对于可见可触可感的周围世界的认知,不得不退居幕后,甚至令人无从把捉。

我并不完全反对一种颇为流行的说法,即写作竞赛主要测试语文水平,而非展示真情实感,更非描述作者的亲身经历,但我坚持认为,写作毕竟不同于纯粹技术和体能性质的"才艺表演",因为文章的"形式"毕竟不能跟"内容"完全剥离,人类的语言毕竟天然地具有不可漠视的及物性,一定范围的虚拟游戏虽无伤大雅,但如果完全脱离现实,变成纯粹的"文字游戏",那么即使是模仿与练笔,也会影响到(其实就是伤害到)作者的价值判断、思维方式,而且也不利于巩固和提升真实的语言能力。

任何时候,"修辞立诚"都是值得记取的古训。同学们今后写文章,主要并非为了游戏,而是为了应对各种现实的需要。应对现实的需要,游戏文章是派不上多大用场的。

所以一点也不奇怪,评委们尽管也都能欣赏虚拟的语文游戏,但真正让他们感到欣喜和欣慰的还是那些面对真实世界时能够直抒胸臆的文章。这些文章或许显得生涩稚嫩,但这种生涩稚嫩展示的是真情实感和真实的语言能力，与虚假的丰赡豪华、廉价的烂熟流利、几乎表征着昏迷谵妄的浮言涨墨，有着质的区别。

与此相连的另一个问题，就是同学们现在可资利用的语文资源较之以往固然更多元更丰富了，但很奇怪，大家喜欢汲取和模仿的多半似乎还是某些流行的时文滥调，那些经过文学史无数次优胜劣汰之后被证明是文章渊薮的真正有价值的资源，反而容易被冷落，被忽视。

古代和外国的姑且不说，五四以来一百年，我国的文章体式已经相当丰富了，但根据我的阅卷经验，似乎就没有受到青少年写作者们足够的尊重，甚至缺乏基本的了解。

"现当代"文学史或文章史上，鲁迅的气象万千、深山大泽一般的杂文笔法，周作人雍容冲淡的"美文"，郁达夫、徐志摩、朱自清等真挚清纯的自叙传、日记体或旅行随笔式的散文，胡适之等剀切详明的议论文，林语堂、梁实秋、钱锺书等眼界开阔、幽默机智的小品，萧红、张爱玲、汪曾祺等融合小说家和学者风度的散文，巴金等冲口而出似乎完全不讲技巧的放笔直干的随想录，或选入中小学语文课本，或列入课外参考书，都不难看到，但它们作为应该被学习模仿的文章典范和可供遵循依傍的文章正轨，都未能被用心揣摩，化为学习者自己的骨骼血肉。与此同时，许多并不高明的畅销作品或同辈人偶尔蹿红的习作，反而极具魔力，鬼使神差地纷纷奔到参赛者们的笔下，以至于出现明显的同质化现象。

这无疑是相当可惜的事。作文如行路，弯曲狭窄荒僻昏暗的小径，偶尔走走也无妨，但如果完全无视或严重偏离众人皆以为美的康庄大道，未免因小失大，得不偿失。如果这种蔑视传统、毁弃典范、偏离正轨、偏行己路的倾向成为一时之风尚，岂不哀哉。

我这样说，肯定有点杞人忧天、耸人听闻，但事关中小学生的语文素养、价值取向、思维训练和写作基本功，我相信任何"小节"都不可掉以轻心。

这次参加阅卷，让我有机会短时间集中接触大量的参赛作品，也让我有幸与关心中小学生语文素养的多位评委朋友深入交换意见，尤其听到8月2日谢冕、陈晓明、曹文轩、高秀芹等先生们关于中小学生创意写作高屋建瓴的即席演说，我相信"北大培文杯"的努力方向，就是要依托北大深厚的人文传统，遵循当年以北大为主阵地迅速蔓延全国的新文化运动所开启的"为人生，也要改良这人生"的一系之文脉，在研究、推动、引领、提升中小学语文教学和习作训练这一"经国之大业，不朽之盛事"上，真正发挥挣天拒俗、拨乱反正、转移一时之风气、作育一代之英才的作用。

　　是所望焉，也谨以此与各位青少年写作者们共勉。

2018 年 10 月 4 日

北大培文杯 决赛评委

白烨 中国当代文学研究会会长、评论家	陈福民 中国当代文学研究会秘书长、评论家	孟繁华 沈阳师范大学教授、评论家	陆绍阳 北京大学教授、学者
吴玄 《西湖》主编、评论家	孔庆东 北京大学教授、学者	彭程 《光明日报》领衔编辑、散文家	陈晓光 北京大学教授、学者
季进 苏州大学教授、学者	王尧 苏州大学教授、长江学者、评论家	何平 南京师范大学教授、评论家	张生 同济大学教授、作家
梁彬 《新华文摘》编审、评论家	李剑锋 山东大学教授、学者	高秀芹 诗人、出版家	吕正 《萌芽》编辑、作家
堵力 《中国青年报》编辑、评论家	崇王军 《中国作家》原副主编	蔡宝堂 作家出版社总编辑、评论家	赵瑜 山西省作家协会副主席、中国报告文学学会副会长、作家
金宁 《文艺研究》副主编	陈成 华南师范大学教授、评论家	罗岗 华东师范大学教授、学者	刘川鄂 湖北大学教授、文学院院长、评论家
彭敏 《诗刊》编辑、诗人	杨庆祥 中国人民大学副教授、评论家	郭冰茹 中山大学教授、评论家	石一枫 《当代》编辑、作家
郑熙青 中国社会科学院助理研究员	高寒凝 中国社会科学院博士后	薛静 清华大学博士后	王玉玊 北京大学中文系博士生	林品 首都师范大学讲师